SCOT

Inc

Nacido en Chicago en 1949, Scott Turow —cuyas obras han sido traducidas a más de veinte idiomas y han vendido más de veintidós millones de ejemplares— es uno de los más brillantes escritores de *thrillers* jurídicos. Se licenció en la Universidad de Harvard y trabajó en la fiscalía de su ciudad natal. Su primera novela, *Presunto inocente*, un bestseller número uno, dio lugar a una exitosa película protagonizada por Harrison Ford. El resto de sus novelas han seguido gozando de gran éxito de crítica y público, entre ellas *Demanda infalible*, *Errores reversibles* y *Héroes corrientes*. En la actualidad vive con su familia en las afueras de Chicago.

Inocente

SCOTT TUROW

Inocente

Traducción de Montserrat Gurguí y Hernán Sabaté

Vintage Español
Una división de Random House, Inc.
Nueva York

PRIMERA EDICIÓN VINTAGE ESPAÑOL, MAYO 2011

Información de catalogación de publicaciones disponible en la Biblioteca del Congreso de los Estados Unidos.

Vintage ISBN: 978-0-307-74355-8

www.vintageespanol.com

Impreso en los Estados Unidos de América
10 9 8 7 6 5 4 3 2 1

Para Nina

ÍNDICE

SEGUNDA PARTE

III

IV

PRÓLOGO

NAT, 30 DE SEPTIEMBRE DE 2008

Hay un hombre sentado en la cama. Es mi padre.

Bajo las mantas yace el cuerpo de una mujer. Era mi madre.

La historia no empieza realmente aquí. Tampoco termina en este punto, pero es el momento al que siempre regresa mi mente, la manera en que siempre los veo.

Según me contará pronto, mi padre lleva ahí, en esa habitación, casi veintitrés horas, con pequeñas pausas para ir al baño. Ayer se despertó a las seis y media, como casi todos los días laborables, y notó el cambio mortal en cuanto volvió la vista hacia mi madre, mientras se ponía las zapatillas. Le sacudió el hombro, le tocó los labios y le presionó varias veces el esternón con la palma de la mano, pero tenía la piel fría como el barro. Sus extremidades ya estaban anquilosadas, como las de un maniquí.

Me dirá que entonces se sentó en una silla, delante de ella, y que no lloró en ningún momento. Estuvo pensando, añadirá. No sabe durante cuánto tiempo, salvo que el sol había recorrido toda la habitación cuando, por fin, se puso en pie otra vez y empezó a ordenar el dormitorio obsesivamente.

Dirá que devolvió al estante los tres o cuatro libros que ella estaba leyendo. Colgó la ropa que ella tenía la costumbre de amontonar en el asiento de delante del tocador y luego arregló la cama en torno al cuerpo, dejando las sábanas bien tirantes, doblando la colcha y alisándola, antes de colocarle las manos, como las de una muñeca, sobre el ribete de satén de la colcha. Tiró dos de las flores del jarrón de su mesilla de noche, que se habían marchitado, y ordenó los papeles y revistas de su escritorio.

Me contará que no llamó a nadie, ni siquiera a la ambulancia, porque estaba seguro de que había muerto, y que únicamente envió un correo electrónico de una sola línea a su secretaria para decirle que no iría a la oficina. No respondió al teléfono, aunque sonó varias veces. Pasará casi un día entero antes de que se dé cuenta de que debe ponerse en contacto conmigo.

Pero ¿cómo puede estar muerta?, le diré yo. Hace dos noches, cuando nos vimos, estaba bien. Después de un momento de zozobra, le preguntaré: No se habrá suicidado, ¿verdad?

No, responderá él de inmediato.

No estaba en ese estado de ánimo.

Ha sido el corazón, dirá entonces. Ha tenido que ser el corazón. Y la tensión sanguínea. Tu abuelo murió así.

¿Vas a llamar a la policía?

¿A la policía?, preguntará al cabo de unos momentos. ¿Por qué tendría que llamar a la policía?

Dios mío, papá. Eres juez. ¿No es eso lo que hay que hacer cuando alguien muere de repente? Para entonces, yo estaba llorando. No sabía cuánto rato llevaba haciéndolo.

Iba a llamar a la funeraria, me dirá, pero he pensado que te gustaría verla antes de hacerlo.

Joder, claro que sí. Claro que quiero verla.

Al final, la funeraria nos dirá que llamemos al médico de cabecera y este llamará a su vez al forense, el cual enviará a la policía. Será una mañana larga y luego vendrá una tarde más larga aún, con decenas de personas entrando y saliendo de la casa. El forense tardará seis horas en llegar. Se quedará a solas con el cadáver de mi madre solamente un minuto y luego pedirá permiso a mi padre para hacer una lista de todos los medicamentos que tomaba. Al cabo de una hora, entraré en el cuarto de baño de mis padres y veré a un poli con un bolígrafo y un bloc en la mano, boquiabierto ante el botiquín.

¡Joder!, exclamará.

Trastorno bipolar, explicaré cuando finalmente se percate de mi presencia. Tenía que tomar muchas pastillas.

Al cabo de un rato, vaciará los estantes del botiquín y se marchará con una bolsa de basura que contiene todos los medicamentos.

Mientras tanto, llegará otro policía y le preguntará a mi padre qué ha ocurrido. Él contará la historia una y otra vez, siempre la misma.

¿Y en qué pensó durante tanto tiempo?, preguntará un poli.

Mi padre sabe expresar mucha dureza con sus ojos azules, algo que probablemente aprendió de su padre, un hombre al que despreciaba.

¿Está usted casado, agente?

Sí, señor juez.

Entonces, ya sabe en qué pensé, responderá. En la vida. En nuestro matrimonio. En ella.

La policía le hará repetir el relato tres o cuatro veces más. Cómo fue que se quedó allí sentado y por qué. Su respuesta no cambiará. Contestará cada pregunta con su habitual estilo contenido, el del impasible hombre de leyes para quien la vida es un mar infinito.

Explicará cómo movió cada uno de los objetos.

Contará dónde pasó cada una de las horas.

Pero no le dirá a nadie lo de la chica.

PRIMERA PARTE

I

1

RUSTY, 19 DE MARZO DE 2007, DIECIOCHO MESES ANTES

Desde el banco de nogal situado unos tres metros por encima del estrado de los abogados, golpeo la mesa con el mazo y cito el último caso de la mañana para la vista oral.

–El Estado contra John Harnason –digo–. Un cuarto de hora para cada parte.

La majestuosa sala del Tribunal de Apelación, con sus columnas granates que se elevan dos pisos de altura, hasta un techo decorado con oropeles rococó, está prácticamente vacía de espectadores, a excepción de Molly Singh, la periodista judicial del *Tribune*, y de varios jóvenes ayudantes del fiscal, atraídos por la dificultad del caso y por el hecho de que su jefe, Tommy Molto, el fiscal jefe en funciones, ha hecho una inusual aparición aquí para litigar en nombre del Estado. Molto, un veterano de aspecto envejecido, está sentado con dos de sus ayudantes a una de las lustrosas mesas de nogal situadas frente al juez. Al otro lado, el acusado, John Harnason, que ha sido declarado culpable del envenenamiento mortal de su compañero de piso y amante, se dispone a oír cómo se decide su destino mientras su abogado, Mel Tooley, avanza hacia el estrado. Junto a la pared de enfrente se encuentran varios pasantes, y entre ellos Anna Vostic, la más veterana de los míos, que dejará el trabajo el viernes. Cuando se lo indique con la cabeza, Anna encenderá las diferentes lucecitas situadas sobre el estrado de los abogados, verde, amarilla y roja, que indican lo mismo que los semáforos.

–Con la venia de su señoría –dice Mel, utilizando el tradicional saludo de los abogados a los jueces.

Con un sobrepeso de al menos treinta kilos, Mel sigue insistiendo en llevar unos audaces trajes de raya diplomática, tan ajustados como la piel de una salchicha –suficiente para inspirar vértigo–, y la misma asquerosa peluca que le hace parecer un caniche desollado. Empieza con una sonrisa empalagosa, como si él y yo y los dos jueces, Marvina Hamlin y George Mason, que me flanquean en el tribunal de tres magistrados que decidirá la apelación, fuéramos los mejores amigos del mundo. A mí, Mel nunca me ha caído bien: es una víbora más venenosa de lo habitual en el nido de serpientes que es el cuerpo de abogados penalistas.

–En primer lugar –dice Mel–, no puedo empezar sin desearle al presidente del tribunal, el juez Sabich, un feliz cumpleaños en esta señalada fecha.

Hoy cumplo sesenta, una ocasión que he abordado con tristeza. Indudablemente, Mel ha sacado esta información de la columna de sociedad de la página dos del *Tribune* de hoy, una crónica de la actualidad diaria llena de insinuaciones y filtraciones, que siempre concluye felicitando el cumpleaños a las celebridades y los notables del lugar, entre los que esta mañana me encontraba yo: **«Rusty Sabich, presidente del Tribunal de Apelaciones del Distrito Tercero y candidato al Tribunal Supremo del Estado, 60»**. Verlo en negrita había sido como recibir un balazo.

–Esperaba que nadie hubiera reparado en ello, señor Tooley –digo.

Todos los presentes en la sala se echan a reír. Como descubrí hace tiempo, al ser juez, mis bromas, por estúpidas que sean, provocan sonoras carcajadas. Con un gesto, le indico a Tooley que proceda.

En pocas palabras, el trabajo de un tribunal de apelación consiste en asegurarse de que la persona que apela haya tenido un juicio justo. Nuestro registro de sumarios refleja la justicia al estilo americano, claramente dividida entre los ricos, que en general disputan casos civiles muy caros, y los pobres, que constituyen la mayor parte de los imputados por delitos y que se enfrentan a largas penas de prisión. Como el Tribunal Supremo del Estado revisa muy pocos casos, nueve de cada diez veces un tribunal de apelación es el que tiene la última palabra sobre un sumario.

La cuestión de hoy está bien definida: ¿presentó el Estado suficientes pruebas para justificar el veredicto de homicidio contra Harnason emitido por el jurado? Los tribunales de apelación rara vez revocan una sentencia sobre tal base; por regla general, la decisión del jurado es válida a menos que sea literalmente irracional. Pero este era un caso muy discutido. Ricardo Millan, compañero de piso y socio comercial de Harnason en una agencia de viajes, murió a los treinta y nueve años de una misteriosa enfermedad degenerativa que el forense tomó por una infección o un parásito intestinal no diagnosticado. Y las cosas podrían haber terminado ahí, de no ser por la obstinación de la madre de Ricardo, que vino varias veces desde Puerto Rico. Gastó todos sus ahorros en contratar a un detective privado y a un toxicólogo de la universidad que persuadieron a la policía para que exhumara el cuerpo de su hijo. En las muestras de pelo se encontraron niveles letales de arsénico.

El envenenamiento es el modo de matar de los que actúan con sigilo. Nada de navajas o pistolas. Nada de momentos nietszcheanos en los que uno se enfrenta con su víctima y siente la elemental excitación de imponer la propia voluntad. El envenenamiento conlleva más impostura que violencia. Y resulta fácil entender que lo que hundió a Harnason delante del jurado es, simplemente, que su aspecto encaja con el arquetipo. Me suena vagamente familiar, pero es probable que sea porque su foto ha salido en la prensa, porque si no, yo me acordaría de alguien tan deliberadamente extravagante. Viste un llamativo traje color cobre y en la mano con que garabatea notas furiosamente lleva las uñas tan largas que han empezado a curvársele como las de un emperador chino. Unos espesos e ingobernables rizos anaranjados cubren su cráneo y, de hecho, hay un exceso de pelo rojizo en toda su cabeza. Sus cejas, demasiado pobladas, le dan aspecto de castor y por encima de sus labios cuelga un bigote pelirrojo. Los tipos como él siempre me han desconcertado. ¿Quieren llamar la atención o, sencillamente, creen que los demás somos unos aburridos?

Dejando a un lado su aspecto, las pruebas materiales de que Harnason mató a Ricardo no son claras. Los vecinos informaron de un episodio reciente en el que un Harnason ebrio blandió un cuchillo de cocina en la calle, reprochándole a Ricardo que se viera con un hombre más joven. El ministerio fiscal también subrayó que Harnason interpuso recurso en el juzgado para impedir la exhumación del cuerpo de Ricardo, afirmando que la madre de Ricky era una chiflada que le haría pagar la factura del segundo entierro. Posiblemente, la única prueba material es que los detectives encontraron rastros microscópicos de insecticida para hormigas a base de óxido de arsénico en el cobertizo trasero de la casa que Harnason heredó de su madre. Ese producto había dejado de fabricarse hacía más de diez años, lo que llevó a la defensa a mantener que los infinitesimales gránulos no eran más que restos degradados de la época en que la madre vivía en la casa, mientras que el verdadero autor del crimen habría podido comprar una forma de óxido de arsénico más probadamente letal en varias tiendas de internet. A pesar de la fama del arsénico como veneno clásico, las muertes por esta causa son raras en la actualidad, y por eso, el arsénico no se busca en los análisis toxicológicos rutinarios que se hacen en las autopsias, así que, de entrada al forense se le pasó por alto la causa de la muerte.

Teniéndolo todo en cuenta, las pruebas a favor o en contra están tan igualadas que, como presidente del tribunal, concedo la libertad bajo fianza de Harnason hasta que se decida la apelación. Esto no ocurre a menudo después de que un acusado haya sido condenado, pero me parecía injusto que Harnason empezara a cumplir condena en la cárcel por un caso tan endeble antes de que decidiéramos el asunto.

Esta orden mía explica, a su vez, la aparición de Tommy Molto, que hoy actúa como fiscal. Molto es un habilidoso abogado de apelaciones, pero, como es el jefe de su oficina, en la actualidad tiene muy poco tiempo para dedicarse a ellas. Si lleva este caso es porque los fiscales consideran que la imposición de la fianza puede ser un indicador de que la condena por homicidio de Harnason podría ser revocada. La presencia de Molto pretende poner de relieve la decisión con que la fiscalía apoya sus pruebas. Concedo a Tommy su deseo, por así llamarlo. Y cuando sube al estrado lo interrogo a fondo.

–Señor Molto –digo–, corríjame si me equivoco, pero, por lo que leo en el informe, no hay nada que demuestre que el señor Harnason supiese que el arsénico no sería detectado por un análisis toxicológico rutinario y que, de ese modo, podría hacer pasar la muerte del señor Millan como debida a causas naturales. ¿No es verdad que no existe información pública sobre los análisis toxicológicos que se practican en las autopsias?

–No es un secreto de Estado, señoría, pero no, no es de dominio público.

–Y, sea secreto o no, no había ninguna prueba que indicara que Harnason lo sabía, ¿verdad?

–Correcto, señor presidente –dice Molto.

Una de las virtudes de Tommy en el estrado es su conducta impecablemente cortés y directa, pero no puede evitar que una sombra familiar de rencoroso disgusto nuble su rostro como reacción a mis preguntas. Él y yo tenemos una historia complicada. Molto era el ayudante del fiscal en un caso de hace veintiún años, un acontecimiento que todavía divide mi vida más claramente que la línea blanca de una carretera, cuando fui juzgado por el homicidio de otra ayudante de la fiscalía y, finalmente, declarado inocente.

–Y, de hecho, señor Molto, tampoco había pruebas claras sobre cómo pudo el señor Harnason envenenar al señor Millan, ¿no es cierto? ¿Acaso no testificaron algunos amigos del difunto que este se cocinaba todas sus comidas?

–Sí, pero el señor Harnason era quien habitualmente preparaba las bebidas.

–Sin embargo, el químico de la defensa dijo que el óxido de arsénico es tan amargo que su sabor no puede camuflarse con un martini o una copa de vino, ¿no es así? La fiscalía no refutó ese testimonio, ¿verdad?

–Sí, es verdad, señoría, ese punto no fue rebatido, pero los dos hombres comían casi siempre juntos. Eso le dio a Harnason muchas oportunidades de cometer el crimen por el que el jurado lo condenó.

Últimamente, en los ambientes judiciales se comenta lo mucho que ha cambiado Tommy, casado por primera vez ya maduro y ocupando un cargo que claramente anhelaba. Sin embargo, su reciente buena fortuna ha podido rescatarlo de su lugar de toda la vida entre los físicamente desafortunados. Tiene una cara casi de viejo, muy estropeada por el paso del tiempo. El poco pelo que le queda en la cabeza se le ha vuelto completamente blanco y debajo de los ojos tiene unas bolsas que parecen las del té una vez usadas. No obstante, es innegable que en los últimos tiempos se aprecia en él una leve mejoría. Ha perdido peso y se ha comprado trajes que ya no le dan el aspecto de haber dormido con ellos y a menudo su expresión es de paz e incluso de buen humor. Pero no es así en esta ocasión. Conmigo, no. A pesar de los años transcurridos, Tommy sigue considerándome un enemigo y, a juzgar por su expresión cuando regresa a su asiento, toma mis dudas en este caso como una confirmación adicional de ello.

En cuanto termina la vista, los otros dos jueces y yo trasladamos la sesión, sin nuestros pasantes, a una sala de reuniones adyacente a la del juicio, donde discutiremos los casos de la mañana y decidiremos su resultado, y redactaremos el dictamen de cada uno para el tribunal. Esta es una sala elegante, que en todo, incluida la gran araña de cristal, recuerda al comedor de un club de caballeros. En el centro hay una enorme mesa de estilo chippendale, rodeada de las suficientes sillas de cuero con respaldo alto para acomodar a los dieciocho jueces del tribunal en las raras ocasiones en que nos reunimos todos para decidir sobre algún caso.

–Me ratifico –interviene Marvina Hamlin, como si no tuviera sentido discutir, una vez llegamos al caso Harnason.

Marvina es la típica negra dura, con abundantes razones para ser así. Se crió en el gueto, tuvo un hijo a los dieciséis años y, a pesar de ello, continuó estudiando. Empezó como secretaria judicial y terminó como abogada; una abogada muy buena, debo decir. Llevó dos casos ante mi tribunal hace años, cuando yo era juez de primera instancia. Después de tratar con ella durante una década, sé que no cambiará de opinión. Desde que su madre, a muy temprana edad, le dijo que tenía que cuidar de sí misma, no ha oído a ningún otro ser humano decir nada digno de consideración.

–¿Quién más pudo hacerlo? –pregunta.

–¿A usted le trae el café su secretaria, Marvina? –le pregunto.

–Me lo voy a buscar yo misma, gracias –replica.

–Ya sabe a lo que me refiero. ¿Qué prueba hay de que no fuera alguien del trabajo?

–Los fiscales no tienen que perseguir conejos en todas las madrigueras –responde–. Y nosotros tampoco.

Tiene razón en lo que dice, pero, alentado por este intercambio, les digo a mis colegas que votaré que el veredicto sea revocado. Así pues, Marvina y yo nos volvemos hacia George Mason, que será quien, a efectos prácticos, decida el caso. George, que es un educado virginiano, todavía conserva tenues restos de su acento nativo y está bendecido con la ideal mata de pelo blanco que un director de reparto buscaría para un juez. George es mi mejor amigo en la judicatura y me sustituirá como presidente del tribunal si, como todo el mundo espera, gano las primarias y las elecciones generales del año próximo y asciendo al Tribunal Supremo del Estado.

–Creo que está dentro de los límites –dice.

–¡George! –protesto.

George Mason y yo llevamos treinta años lanzándonos el uno al cuello del otro como juristas, desde que apareció en calidad de abogado del Estado recién licenciado asignado al tribunal en el que yo era el fiscal principal. En el ámbito de la ley, como en todos los demás, la experiencia temprana es formativa, y George suele ponerse de parte del acusado más a menudo que yo. Pero hoy, no.

–Admito que, si se tratara de un juicio en primera instancia, lo habría declarado no culpable –dice–, pero estamos en una apelación y no me atrevo a sustituir el veredicto del jurado por el mío.

Este pequeño comentario va dirigido a mí. Nunca lo diré en voz alta, pero percibo que la aparición de Molto y la importancia que la fiscalía da al caso han inclinado lo suficiente el fiel de la balanza en mis dos colegas. Sea como sea, el resultado es que he perdido. Eso también forma parte del trabajo, aceptar las ambigüedades de la ley. Le pido a Marvina que redacte el dictamen para el tribunal. Todavía un poco acalorada, sale de la sala y George y yo nos quedamos solos.

–Un caso difícil –comenta.

Es un axioma de nuestra profesión –como el de que marido y mujer no se acuesten nunca enfadados–, que los jueces de un tribunal de apelación abandonen los desacuerdos que hayan tenido en la deliberación. Me encojo de hombros a modo de respuesta, pero nota que sigo disgustado.

–¿Por qué no presentas un voto discrepante? –dice, refiriéndose a que redacte mi propio dictamen, explicando por qué creo que los otros dos no tienen razón–. Prometo que volveré a considerar el asunto cuando lo vea sobre el papel.

Yo rara vez discrepo, ya que una de mis principales responsabilidades como presidente de la sala es promover la armonía en el tribunal, pero decido aceptar su propuesta y me dirijo a mis dependencias para empezar el proceso con mis pasantes. Como presidente, ocupo un espacio del tamaño de una casa pequeña. Tras una antesala donde están mi secretaria y los funcionarios del juzgado, se abren dos reducidos despachos para mis pasantes y, al otro lado, mi enorme zona de trabajo, de diez metros por diez y un piso y medio de altura, con las paredes revestidas de roble antiguo barnizado, lo que da a la estancia el lóbrego aire de un castillo.

Cuando abro la puerta de esa sala, me encuentro a una multitud de unas cuarenta personas que inmediatamente gritan: «¡Sorpresa!». Estoy sorprendido, sí, pero sobre todo por lo malsano que me parece que me recuerden mi cumpleaños. Sin embargo, finjo estar encantado mientras doy una vuelta por la sala, saludando a personas cuya larga presencia en mi vida las convierte, debido a mi estado de ánimo actual, en un recordatorio tan doloroso como un mensaje grabado en la lápida.

Tanto mi hijo, Nat, que ahora tiene veintiocho años, un poco demasiado delgado, pero enormemente atractivo, con su melena negra azabache, como mi esposa, Barbara, de cincuenta y seis, están presentes, lo mismo que quince de los restantes diecisiete jueces. George Mason acaba de llegar y me da un abrazo, un gesto de esta época con la que ninguno de los dos nos sentimos cómodos, al tiempo que me entrega una caja en nombre de mis colegas.

También están algunos de los principales funcionarios del tribunal y varios amigos que siguen trabajando como abogados. Mi primer jefe, Sandy Stern, orondo y robusto aunque afectado por una tos de verano, ha venido con su hija y compañera de bufete, Marta, y también el hombre que hace veinticinco años me nombró su secretario, el anterior fiscal jefe Raymond Horgan. En un solo año, Raymond pasó de ser amigo a enemigo y luego amigo otra vez, cuando testificó contra mí en mi juicio y, después de mi absolución, puso en marcha el proceso que me convirtió en fiscal jefe. Ahora, Raymond vuelve a desempeñar un papel importante en mi vida como director de mi campaña para el Tribunal Supremo. Plantea las estrategias y sacude el árbol del dinero en las grandes empresas, dejando los demás detalles de la operación a dos mujeres, dos fieras de treinta y uno y treinta y tres años, cuyo compromiso con mi elección es más intensa que la de un matón profesional.

La mayor parte de los presentes son o han sido abogados defensores, un grupo de gente amigable por naturaleza, y el ambiente es distendido y alegre. Nat se licenciará en junio de la facultad de Derecho y, una vez colegiado, empezará una pasantía en el Tribunal Supremo del Estado, donde antaño yo también fui investigador ayudante de un juez. Nat sigue siendo el mismo, se siente incómodo en las conversaciones, y Barbara y yo, siguiendo un hábito adquirido hace mucho tiempo, nos acercamos a él de vez en cuando para protegerlo. Mis dos pasantes, que realizan un trabajo similar al que hará Nat, ayudándome en las investigaciones y escribiendo mis dictámenes para el tribunal, llevan a cabo hoy una tarea mucho menos distinguida, la de camareros. Como Barbara se siente siempre a disgusto fuera del ámbito doméstico, en especial en los actos sociales, mi pasante veterana, Anna Vostic, oficia más o menos de anfitriona y vierte un chorrito de champán en el fondo de los vasos de plástico, que enseguida levantan todos para una interpretación festiva del «Cumpleaños feliz». Todo el mundo aplaude cuando se comprueba que todavía tengo el fuelle necesario para apagar el incendio del bosque de velas plantado en la tarta de zanahoria de cuatro pisos que Anna ha preparado.

La invitación decía «nada de regalos», pero hay un par de bromas. George encontró una tarjeta que reza: «Felicidades, hombre, has cumplido sesenta años, y ya sabes lo que eso significa». Y dentro: «¡No más bomboncitos!». Y, debajo, él ha escrito a mano: «P.D. Ahora ya sabes para qué llevan toga los jueces». En la caja que me ofrece encuentro una toga nueva, negra azabache, con charreteras de trencilla dorada como las de los tambores mayores del ejército. La broma provoca grandes risas cuando enseño la prenda a los invitados allí reunidos.

Después de otros diez minutos de charla, el grupo empieza a dispersarse.

–Hay noticias –susurra Ray Horgan, con una voz tan queda como la de un duende, mientras pasa a mi lado camino de la puerta.

Una sonrisa contrae su rostro rosado, pero las conversaciones partidistas sobre mi candidatura están prohibidas en los recintos oficiales y, como presidente del tribunal, siempre tengo presente la responsabilidad de dar ejemplo. En vez de hablar allí, accedo a pasar por su despacho media hora más tarde.

Cuando todo el mundo se ha marchado, Nat, Barbara, yo y los miembros de mi equipo recogemos los platos y los vasos. Les doy las gracias a todos.

–Anna ha estado maravillosa –dice Barbara y, en uno de esos arrebatos de candor que el bicho raro de mi mujer nunca entenderá que son innecesarios, añade–: La idea de la fiesta ha sido suya.

Barbara siente un profundo afecto por mi pasante más veterana y a menudo expresa su decepción porque Anna sea demasiado mayor para Nat, que acaba de romper con su novia de mucho tiempo. Me uno a los elogios al pastel de Anna, cuyas dotes para la repostería son famosas en el Tribunal de Apelación. Envalentonada por la presencia de mi familia, que solo puede ver su gesto como inocente, Anna se acerca a darme un abrazo mientras yo le doy unas palmaditas en la espalda en actitud de camaradería.

–Felicidades, juez –exclama–. ¡Es usted el mejor!

Acto seguido se marcha, mientras yo hago lo que puedo por borrar de mi mente, o al menos de mi cara, la sorprendente sensación de tener a Anna totalmente pegada a mi cuerpo.

Confirmo los planes para cenar con mi esposa y mi hijo. Como era previsible, Barbara prefiere hacerlo en casa en lugar de ir a un restaurante. Se marchan los dos mientras los olores de tarta y champán persisten tristemente en el aire de la sala, que acaba de quedar en silencio. Con mis sesenta años a cuestas estoy, como siempre, solo para enfrentarme conmigo mismo.

No he sido nunca lo que se diría un tipo alegre. Me doy cuenta de que he tenido más suerte de la que en justicia me correspondía. Quiero a mi hijo. Disfruto con mi trabajo. Después de caer en un valle de vergüenza y escándalo, escalé de nuevo las cimas de la respetabilidad. Tengo un matrimonio propio de la mediana edad que sobrevivió a una crisis que iba más allá de lo imaginable y que a menudo es apacible, aunque la conexión entre Barbara y yo no siempre es completa. Pero crecí en un hogar conflictivo, con una madre tímida y distraída y un padre que no se avergonzaba de ser el hijo de una puta. De niño no fui feliz, por lo que hasta cierto punto es natural que, de adulto, no me sienta nunca satisfecho.

Pero incluso para los parámetros de alguien como yo, cuya temperatura emocional normalmente oscila entre el desinterés y la tristeza, he esperado la fecha de hoy de mala gana. El avance hacia la mortalidad ocurre cada segundo, pero todos experimentamos ciertos hitos. Los cuarenta me cayeron encima como una tonelada de ladrillos: el principio de la mediana edad. Ahora, con sesenta, sé perfectamente que se levanta el telón para el último acto. No hay manera de evitar las señales: Simvastatinas para reducir el colesterol, Flomax para mantener la próstata a raya. Y cuatro Advil por la noche con la cena, porque pasarme todo el día sentado, un riesgo laboral, me destroza las lumbares.

La perspectiva del declive añade un terror especial al futuro y, sobre todo, a mi campaña para el Tribunal Supremo, pues dentro de veinte meses, cuando jure el cargo, habré llegado lo más lejos que la ambición puede llevarme. Y sé que aun así notaré un molesto susurro procedente de mi interior. «No es suficiente –dirá la voz–. Todavía no.» Todo estará hecho, todo estará logrado. Y sin embargo, en el fondo de mi corazón, todavía me faltará ese pedazo innombrable de felicidad que se me escapa desde hace sesenta años.

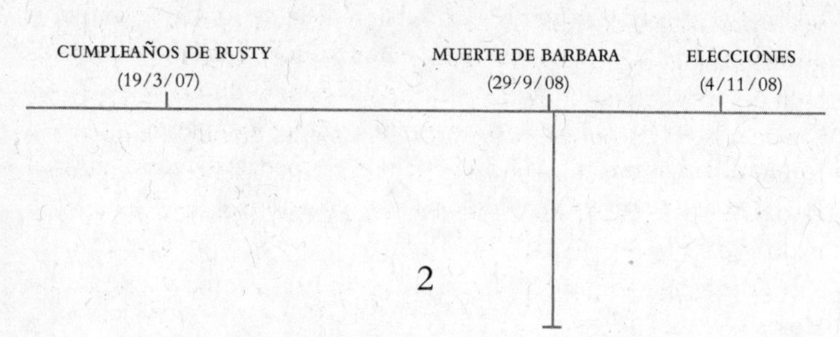

2

TOMMY MOLTO, 30 DE SEPTIEMBRE DE 2008

Tomassino Molto III, fiscal jefe en funciones del condado de Kindle, estaba sentado al escritorio de su despacho, un mueble grande y pesado como un Cadillac de los años sesenta, maravillándose de lo mucho que había cambiado últimamente, cuando su ayudante principal, Jim Brand, llamó a la puerta con un solo golpe de nudillos.

–¿Qué, sumido en profundas reflexiones? –le preguntó Brand.

Tommy sonrió e hizo un gran esfuerzo por mostrarse evasivo, dada su personalidad crónicamente directa y franca. Un par de veces cada hora, como el goteo que rezuma de un alero, le rondaba por la cabeza la cuestión de cuánto había cambiado en los dos últimos años. La gente comentaba que se había transformado radicalmente y le preguntaban, bromeando, dónde tenía escondidos el genio y la lámpara. Pero Tommy estaba en su segundo período como fiscal en funciones y había aprendido a reconocer los halagos que la gente dedica siempre al poder. Se preguntaba hasta qué punto podían cambiar las personas realmente. ¿De verdad se había convertido en otro? ¿O, en el fondo, seguía siendo el mismo de siempre?

–Acaba de llamar la policía estatal de Nearing –dijo Brand al entrar–. Han encontrado a Barbara Sabich muerta en la cama. La mujer del presidente del tribunal.

Tommy apreciaba mucho a Jim Brand. Era un buen abogado, y leal como poca gente lo era ya en aquellos tiempos. Pero aun así, reprimió cualquier gesto que indicara que tenía un interés especial en Rusty Sabich. Pero lo tenía, por supuesto. El nombre del presidente del Tribunal de Apelación, a quien Tommy había procesado sin éxito veintidós años antes por el homicidio de una colega de ambos, todavía le provocaba una especie de corriente eléctrica, pero lo que no le gustaba era la insinuación de que le siguiera guardando rencor a Sabich desde entonces. El rencor era propio de gente deshonesta, incapaz de afrontar la verdad, sobre todo una verdad que resulta poco halagüeña. Tommy había aceptado hacía mucho la sentencia de aquel caso. Un juicio era una pelea de perros, y Rusty y el suyo habían ganado aquella.

–¿Y bien? –preguntó Tommy–. ¿Nuestra oficina va a mandar flores?

Brand, alto y corpulento, con una camisa blanca tiesa como el alzacuellos de un sacerdote, sonrió mostrando una buena dentadura. Tommy no secundó su sonrisa, pues lo había preguntado en serio. Ese era un ejemplo más de lo que le había sucedido toda su vida, cada vez que su manera de pensar, tan clara y resuelta, lo llevaba a hacer un comentario que todo el mundo tomaba por evidente comedia.

–No, pero es extraño –dijo Brand–. Por eso el teniente ha llamado para informar de lo sucedido. Es como si dijera: «¿Qué hacemos con esto?». La mujer estira la pata y el marido ni siquiera llama a emergencias. ¿Quién ha nombrado forense a Rusty Sabich?

Tommy le pidió más detalles. El juez, explicó Brand, no le había comunicado la muerte a nadie, ni siquiera a su hijo, durante casi veinticuatro horas. En cambio, había preparado el cuerpo como si fuera un empleado de la funeraria, como si fueran a velar a su mujer allí mismo. Sabich había atribuido sus acciones a la conmoción, al dolor. Quería que todo estuviese perfectamente ordenado antes de dar la noticia. Tommy creyó entender por qué. Hacía veintidós meses, a los cincuenta y siete años, después de una vida en la que sentir un punzante deseo por alguien era para él tan inevitable como respirar, Tommy se había enamorado de Dominga Cortina, una tímida y guapa funcionaria de la administración del tribunal. Enamorarse no era nada nuevo para él. Durante toda su vida, cada par de años había aparecido alguna mujer –en el trabajo, en los bancos de la iglesia o en su edificio– que le despertaba una fascinación y un deseo tan arrolladores como un tren a toda velocidad. Su interés nunca era correspondido, y la mirada esquiva de Dominga cada vez que Tommy andaba cerca parecía indicar más de lo mismo, lo cual era comprensible, porque ella solo tenía treinta y un años. Sin embargo, una amiga de la joven se había fijado en las penetrantes miradas de Tommy y le había dicho que se atreviera a pedirle una cita. Se casaron al cabo de nueve meses. Y once meses después de la boda nacía Tomaso. Si Dominga moría, la Tierra se desintegraría para él lo mismo que una estrella muerta y toda la materia quedaría reducida a un átomo. Porque para Tommy había cambiado algo fundamental: había conocido la alegría. Por fin. Y a una edad en que la mayoría de las personas, incluso las que habían disfrutado de grandes dosis de ella, abandonaban la esperanza de lograr más.

–Treinta y cinco años de matrimonio más o menos –comentó Tommy–. Dios. A veces la gente actúa de manera extraña. En cualquier caso, él es un tipo extraño.

–Eso dicen –contestó Brand.

En realidad, Jim no conocía a Sabich. Para él, el presidente del tribunal era un personaje remoto. No recordaba los días en que Rusty recorría las salas de la fiscalía con un aire malhumorado que parecía dirigido a sí mismo. Brand tenía cuarenta y dos años. Con esa edad ya era mayor; lo suficientemente mayor como para ser presidente o para dirigir aquella oficina. Pero lo era de una forma distinta a la de Tommy. Lo que para este era vida, para Brand era historia.

–El teniente anda con la mosca detrás de la oreja –añadió Brand.

Los polis siempre sospechaban. Los buenos siempre eran malos disfrazados.

–¿Y qué cree que ha ocurrido? –preguntó Molto–. ¿Hay signos de violencia?

–Bueno, esperarán el informe del forense, pero no hay sangre ni nada de eso. Tampoco tiene contusiones.

–¿Entonces?

–No sé, jefe, pero ¿veinticuatro horas? En ese tiempo se pueden ocultar muchas cosas. Lo que hubiera en su sangre podría desaparecer.

–¿Qué podría haber?

–Joder, Tom, solo estaba especulando. Pero la poli cree que deberían hacer algo. Por eso he venido a verte.

Cada vez que Tommy pensaba en el juicio de Sabich, acaecido hacía veintidós años, lo que evocaba de esa época era la profusión de emociones. Carolyn Polhemus, ayudante del fiscal, amiga de Tommy y una de esas mujeres a las que él no podía por menos de desear, había aparecido estrangulada en su apartamento. La investigación del crimen, que había tenido lugar en medio de una encarnizada campaña por la fiscalía entre Ray Horgan, que optaba a repetir en el cargo, y el aspirante y amigo de infancia de Tommy, Nico Della Guardia, fue irregular desde el principio. Ray se la asignó a Rusty, su ayudante principal, y este no hizo nunca mención de que, unos meses antes, había tenido una aventura secreta con Carolyn que había terminado mal. Desde que recibió el encargo, Rusty se dedicó al caso y, convenientemente, dejó de investigar una serie de pruebas –registros telefónicos, análisis de huellas dactilares– que lo incriminaban de manera directa.

Después de que Nico ganara las elecciones, cuando Sabich fue acusado de la muerte, parecía muy claro que era culpable. Sin embargo, en el juicio, el caso se vino abajo. Habían desaparecido pruebas y el patólogo de la policía, que había identificado el grupo sanguíneo de Rusty en la muestra de semen recogida del cadáver de Carolyn, había pasado por alto que la víctima se había sometido a una operación de ligadura de trompas y en el estrado no pudo explicar por qué la mujer había utilizado también un espermicida. Sandy Stern, el abogado de Rusty, puso de manifiesto todas las fisuras de la teoría construida por la acusación y atribuyó todos los fallos de la investigación –las pruebas perdidas, la posible contaminación de la muestra– a Tommy y a un vergonzoso intento de este de incriminar a Sabich. La táctica dio resultado: Rusty Sabich salió libre, Nico fue destituido en consulta popular y, para ahondar aún más en la herida, Sabich fue nombrado fiscal.

Durante los años transcurridos desde entonces, Tommy había intentado hacer una valoración objetiva de la posibilidad de que Rusty fuera inocente. En realidad, podía serlo. Y esa era su postura pública. No hablaba nunca del caso con nadie sin decir «quién sabe». El sistema había funcionado. El juez había quedado en libertad. Olvidémoslo y sigamos adelante. Tommy no tenía ni idea de cómo había empezado a existir el tiempo, ni de qué había sido de Jimmy Hoffa, ni de por qué los Trappers perdían un año tras otro. Y tampoco tenía ni idea de quién había matado a Carolyn Polhemus.

Sin embargo, su corazón no seguía el camino de la razón. Allí, grabado a fuego, decía: Sabich lo hizo. Tras un año entero de investigación, finalmente se demostró que Tommy no había cometido casi ninguna de las infracciones de las que lo habían acusado solapadamente en la sala del tribunal. Había cometido errores. Había filtrado información confidencial a Nico durante la campaña, pero todos los ayudantes de la fiscalía filtraban información confidencial. Sin embargo, no había ocultado pruebas ni manipulado a testigos. Tommy era inocente y, como sabía que lo era, le parecía una cuestión de lógica que Sabich fuese culpable. Pero se reservó ese convencimiento para sí mismo; ni siquiera se lo comentó a Dominga, que casi nunca le preguntaba por su trabajo.

–No puedo meterme en esto –le dijo a Brand–. Demasiada historia...

Brand se encogió de hombros. Era un tipo corpulento, que había entrado en la universidad con una beca deportiva y había acabado siendo un destacado jugador de la liga universitaria. De eso hacía veinte años. Brand tenía un cabezón enorme en el que le quedaba poco pelo, y en aquellos momentos lo sacudía despacio.

–No puedes quitarte de encima un caso cada vez que te llega alguien acusado por segunda vez. ¿Quieres que busque expedientes y vea cuántas incriminaciones has firmado de tipos que salieron libres la primera vez?

–Pero ¿cuántos de ellos están a punto de presentarse a las elecciones para el Tribunal Supremo del Estado? La sombra de Rusty es alargada, Jimmy.

–Yo solo te lo comento –replicó Brand.

–Esperemos a tener el resultado de la autopsia. Pero hasta entonces, nada. Nada de polis entrometidos husmeando en el pasado de Rusty. Y ninguna participación de la fiscalía. Nada de citaciones del gran jurado, ni ninguna otra cosa hasta que aparezca algo sustancial. Y eso no va a ocurrir. Todos podemos pensar lo que queramos de Rusty Sabich, pero es un tipo listo. Muy listo. Dejemos que los polis de Nearing se dediquen a lo suyo hasta que tengamos noticias del forense. Eso es todo.

A Brand no le gustó lo que oía, y Tommy se percató de ello. Sin embargo, Jim Brand había sido marine y comprendía la cadena de mando. Se marchó con aquel leve malhumor que siempre mostraba cuando decía: «Como tú digas, jefe».

Cuando se quedó solo, Tommy dedicó un instante a pensar en Barbara Sabich. De joven, había sido una mujer bonita, con una melena de abundantes rizos morenos, un cuerpazo increíble y una expresión dura que decía que ningún hombre podría poseerla. En las dos últimas décadas, apenas la había visto. Ella no tenía las mismas responsabilidades públicas que su esposo y, probablemente, había evitado cruzarse con él. Durante el juicio de Rusty, Barbara se había sentado en la sala todos los días, fulminando a Tommy con la mirada cada vez que él volvía la vista hacia ella. «¿Qué te hace estar tan segura?», había querido preguntarle más de una vez. Ahora, se había llevado la respuesta a la tumba. Y, como hacía siempre desde sus tiempos de monaguillo, Tommy elevó una breve plegaria por la fallecida. «Acoge para siempre en Tu seno, Señor, el alma de Barbara Sabich.» La difunta era judía, recordó, y sus plegarias no le importarían, igual que tampoco había mostrado nunca el menor interés por él mientras estaba viva, antes incluso del juicio de Rusty. En Tommy volvió a desencadenarse el mismo profundo dolor que había sentido toda su vida ante el desdén que recibía con frecuencia y, siguiendo otra de sus arraigadas costumbres, luchó por reprimirlo. Rezaría por ella, a pesar de todo. Eran reacciones como esa la que Dominga había visto en él y, gracias a ellas, se la había ganado. Su mujer conocía la bondad que había en su corazón mucho mejor que ningún otro ser humano, a excepción de su madre, que había fallecido hacía cinco años.

Al pensar en su joven esposa, un poco regordeta y de generosas curvas en los lugares idóneos, a Tommy le sobrevino el deseo y notó el principio de una erección. Había decidido que no era pecado sentir lujuria por la propia esposa. En el pasado, Rusty también debía de haber deseado a Barbara de ese modo. Ahora, ella ya no estaba. «Acógela, Señor», pensó de nuevo. Luego, miró a su alrededor y, una vez más, se preguntó hasta qué punto había cambiado.

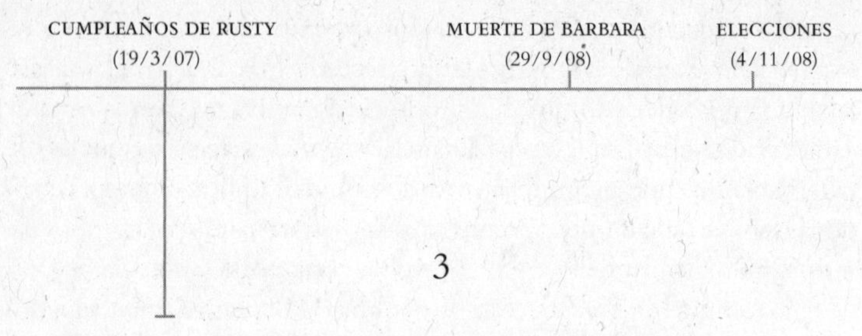

3

RUSTY, 19 DE MARZO DE 2007

El Tribunal de Apelaciones del Distrito Tercero se encuentra hoy en el antiguo Palacio de Justicia. Es un edificio de ladrillo rojo y columnas blancas que fue restaurado en los ochenta con dinero federal destinado a la lucha contra la delincuencia. La mayor parte de los fondos se dedicó a la remodelación de las salas para juicios penales de los primeros pisos, pero también a la creación de un nuevo espacio para el Tribunal de Apelaciones, situado en la planta superior, que se llevó un buen pellizco. El dinero se invirtió con la esperanza de dar un nuevo estímulo a la zona, algo apartada del centro de la ciudad y de la vía de acceso que constituye la carretera US 843, pero los abogados se marchan en sus lujosos coches en cuanto acaban las sesiones y pocos comerciantes se han decidido a instalarse en una vecindad en la que la mayor parte de los visitantes diurnos son gente acusada de delitos. La plaza de cemento entre los tribunales y el edificio del condado del otro lado de la calle, un insulso ejemplo de arquitectura pública, ha resultado muy útil, sobre todo, para celebrar manifestaciones.

No he recorrido más de doscientos pasos desde que he salido del tribunal, camino de encontrarme con Raymond para que me dé noticias sobre mi campaña, cuando oigo que me llaman y me vuelvo. Detrás de mí está John Harnason. Lleva un sombrero de paja de ala redonda, por debajo del cual sobresale su melena pelirroja de payaso. Me doy cuenta de que ha estado acechando, esperando a que saliera.

–¿Puedo preguntarle cómo me va, juez?

–Señor Harnason, usted y yo no deberíamos hablar, sobre todo mientras su caso esté bajo deliberación. Un juez no puede hablar con una de las partes sin que esté presente la otra.

–Ni una palabra de ese asunto, señoría. –Harnason se lleva un grueso dedo a los labios–. Solo quería sumarme a la enhorabuena por su cumpleaños y darle las gracias personalmente por la fianza. Mel me dijo que necesitaría un juez que los tuviera de titanio para conseguir la libertad condicional. No es que no la merezca, pero dice que nadie recibe elogios por poner en la calle a un convicto de asesinato. Claro que usted ya sabe un poco lo que significa hallarse en esta situación...

Gracias a mi larga práctica, no muestro ninguna reacción. A estas alturas de mi vida, transcurren meses sin que nadie haga referencia a mi incriminación y mi proceso. Empiezo a darme la vuelta para alejarme, pero Harnason levanta una mano y observo de nuevo esas largas uñas suyas, tan extrañas.

–Debo decir que sentía curiosidad por ver si me recordaría, juez. He sido como una suerte de moneda falsa en su vida.

–¿Nos conocemos?

–Fui abogado, señoría. Hace mucho tiempo. Hasta que usted me procesó.

Antes de pasar a la judicatura, trabajé casi quince años en la fiscalía, más de doce como ayudante y dos, los mismos que Tommy Molto, como fiscal jefe. Ni siquiera entonces podía acordarme de todos los casos que llevaba, y ahora es imposible, pero en aquellos tiempos no procesábamos a muchos abogados, como tampoco a sacerdotes, médicos o ejecutivos. En aquella época, el castigo estaba reservado básicamente a los pobres.

–Entonces no me llamaba John –apunta–. John era mi padre. Yo me hacía llamar J. Robert.

–J. Robert Harnason –digo.

El nombre es como un conjuro, y emito un pequeño resoplido. No es de extrañar que Harnason me sonase familiar.

–Por fin me ha situado.

Parece satisfecho de que el caso haya vuelto a mi memoria, aunque dudo que sienta otra cosa que resentimiento. Harnason era un abogado de tres al cuarto que a duras penas se ganaba la vida y que al final urdió una frecuente estrategia para mejorar su estilo de vida. Pactaba casos de lesiones personales y, en lugar de pagar la indemnización que las aseguradoras concedían a sus clientes, se quedaba con ella hasta que tenía que acallar las repetidas quejas de un cliente pagándole con la indemnización de otro. Cientos de abogados cometían la misma estafa todos los años, utilizando los fondos de sus clientes para pagar el alquiler, los impuestos o la escuela de sus hijos. Los peores casos llevaban a la expulsión del Colegio de Abogados, y Harnason probablemente habría salido bien librado, con apenas este castigo, de no ser por una cosa: tenía un largo historial de detenciones por escándalo público, como habitual del mundo clandestino de los gays de la época, cuyos bares la policía sometía alternativamente a redadas y extorsiones.

Su abogado, Thorsen Skoglund, un finlandés taciturno fallecido hacía tiempo, no se anduvo con rodeos cuando vino a discutir mi decisión de acusar a Harnason de un delito.

–Lo va a procesar porque es homosexual.

–¿Y qué? –repliqué yo.

Recuerdo esta conversación con frecuencia –aunque no a las partes implicadas–, porque en cuanto lo dije sentí como si una mano hubiese empezado a agitarse cerca de mi corazón, reclamando atención. Una de las realidades más duras de los cargos que he desempeñado, como fiscal y como juez, es que en nombre de la ley he hecho muchas cosas que la historia, y yo mismo, hemos acabado lamentando.

–Usted me cambió la vida, juez.

En su tono de voz no hay ni una nota desagradable; sin embargo, en aquellos tiempos, la prisión era dura para alguien como él. Muy dura. Según recuerdo, de joven, Harnason había sido muy guapo, con un aire un poco blando y el pelo castaño peinado hacia atrás. Nervioso, pero mucho más sereno que el chiflado que me abordaba ahora.

–No suena como si me estuviese dando las gracias, señor Harnason.

–No, no. Entonces no se las habría dado, pero, francamente, juez, soy una persona realista. Lo soy de veras. Incluso entonces, hace veinticinco años, las cosas habrían podido ser muy distintas, ¿sabe? Solicité dos veces el ingreso en la oficina de abogados de la fiscalía y casi me contrataron como ayudante del fiscal. Podría haber sido yo quien tratase de meterlo entre rejas a usted por con quién se acostaba. Por eso lo procesaron también, ¿verdad? Si la memoria no me falla, no hubo muchas pruebas, aparte del hecho de que lo pillaron con las manos en la masa, ¿no es cierto?

Harnason no anda lejos de la verdad. He captado su mensaje: él se hundió, yo floté. Y es difícil, al menos para él, entender por qué.

–Esta conversación no lleva a ninguna parte, señor Harnason. Ni es apropiada.

Me vuelvo, pero él alarga el brazo y me agarra.

–No pretendo causarle ningún perjuicio, señor juez, solo quería saludarlo. Y darle las gracias. Ha tenido mi vida en sus manos dos veces, señoría. Esta segunda vez me ha tratado mejor, por lo menos hasta ahora. –Sonríe un poco con la advertencia, pero con esa idea su aire se vuelve más solemne–. ¿Tengo al menos alguna oportunidad?

Al formular la pregunta, de pronto resulta tan patético como un niño huérfano.

–Escuche, John –digo, y me interrumpo: ¿lo he llamado John? Pero hay algo en el hecho de que nos conozcamos desde hace tanto tiempo y el daño que le hice en el pasado que exigen que adopte con él un aire menos imperioso. Y ahora que he pronunciado su nombre de pila, es como si no pudiera dejar de repetirlo–. Como habrá visto en la argumentación, John, sus objeciones no han caído en saco roto. El debate todavía no se ha cerrado.

–Entonces, ¿aún tengo esperanzas?

Sacudo la cabeza para indicarle que ya basta, que no me pregunte más, pero de todos modos me da las gracias, inclinándose levemente, con absoluta obsequiosidad.

–Feliz cumpleaños –me desea de nuevo, cuando por fin consigo darle la espalda.

Me alejo de él, completamente trastornado.

Cuando vuelvo al edificio, después de una reunión algo preocupante con Raymond sobre la campaña, son más de las cinco, la hora de las brujas, después de la cual los empleados públicos desaparecen como si los hubiera absorbido un aspirador. Anna, con gran diferencia la pasante más trabajadora que he tenido nunca, sigue aquí, como casi siempre, afanándose. Descalza, me sigue hasta mis dependencias, en cuyas estanterías reposan hileras de tomos legales encuadernados en piel –que, en la era de los ordenadores, son meramente decorativos–, junto con recuerdos familiares y profesionales.

–¿Te marchabas ya? –le pregunto.

El viernes celebraremos su último día en mi oficina con una cena en su honor, algo que siempre hago con los pasantes que se marchan.

El lunes próximo, Anna empezará a trabajar en el departamento de litigios del bufete de Ray Horgan. Tendrá un sueldo más alto que el que yo puedo darle y entrará, aunque un poco tarde, en la vida real. A lo largo de los doce últimos años ha sido técnica sanitaria de urgencias, publicista, alumna de una escuela de negocios, ejecutiva en una empresa de mercadotecnia y, ahora, abogada. Como Nat, pertenece a una generación que a menudo parece paralizada por su implacable sentido de la ironía. Casi todas las cosas en las que la gente cree pueden desmontarse, así como pueden revelarse sus ridículas incoherencias. Y por eso esta generación se ríe. Y permanecen quietos.

–Creo que sí –responde, y luego su cara se ilumina–. Tengo una tarjeta de cumpleaños para usted.

–¿No bastaba con todo lo demás? –pregunto, pero acepto el sobre.

«Tienes SESENTA», reza la tarjeta, que lleva una foto de una rubia despampanante con un jersey ajustado. «Demasiado mayor para no saber lo que haces», leo. Y al dorso: «O para que te importe». La tarjeta añade: «¡Disfrútalo todo!». Debajo, ella ha escrito simplemente: «Con cariño, Anna».

Demasiado mayor para que me importe. Si solo fuera eso... ¿Son imaginaciones mías o la exuberante chica de la postal se parece un poco a ella?

–Muy bonita –digo.

–Era perfecta –replica–. No quise desaprovechar la ocasión.

Nos miramos el uno al otro durante un instante, sin hablar.

–Venga –le digo por fin–. A trabajar.

Anna es, ay de mí, muy bonita. Tiene los ojos verdes, el pelo rubio ceniza con mechas naturales, la piel rosada y un cuerpo rotundo. Es guapa y, aunque no entre en la categoría de para parar un tren, rebosa de un atractivo terrenal. Se aleja contoneándose con su falda tubo, que le marca un leve michelín en las caderas y un amplio pero bien esculpido trasero, y se vuelve para ver qué efecto ha causado. Con un gesto de la mano, le indico que siga caminando.

Anna lleva dos años y medio trabajando para mí, más tiempo que cualquier otro pasante que haya tenido. Es una abogada astuta, con un don natural para la profesión, aunque también tiene un carácter alegre y vehemente. Trata con todo el mundo y a menudo resulta enormemente divertida, lo cual no complace a nadie tanto como a ella misma. Y, para colmo, es incansable. Como sabe más de informática que el personal del departamento de informática, siempre renuncia a su hora del almuerzo para solucionar problemas aquí y allá. Prepara postres para mis empleados y recuerda los cumpleaños y los detalles de la familia de todo el mundo. Dicho con otras palabras, es un ser humano entregado a los otros seres humanos y en el edificio todo el mundo la aprecia.

Sin embargo, es más feliz por la vida de los demás que por la suya propia. El amor, en concreto, es una preocupación para ella. Está llena de anhelo... y de desesperación. Ha traído a las dependencias una colección de libros de autoayuda que a menudo intercambia con Joyce, la alguacil de mi sala: *Amada como te gustaría serlo, Cómo saber si te aman lo suficiente*... Cuando lee a la hora del almuerzo, se puede ver cómo su rutilante fachada se desconcha.

La larga temporada que ha trabajado para mí, que se prolongó cuando Kumari Bata, la sucesora a la que yo había contratado, se quedó embarazada inesperadamente y necesitó guardar reposo, nos ha llevado a una familiaridad inevitable. Ahora, desde hace algún tiempo, cuando un par de noches por semana nos quedamos poniendo en orden los trámites administrativos, se permite utilizar un franco tono de confesión que a menudo incluye abordar sus desventuras sentimentales.

–He salido con hombres y he tratado de no tomarme las cosas demasiado en serio para no hacerme ilusiones –me dijo una vez–. Y, en cierto modo, ha funcionado. Ya no tengo ilusiones en absoluto. –Sonríe, como suele hacer, tomándoselo con humor más que con amargura–. ¿Sabe qué?, cuando tenía veintidós años, estuve casada un nanosegundo, y cuando todo terminó no me preocupó no encontrar a alguien especial. Pensaba que era demasiado joven. Pero ¡los hombres siguen siéndolo siempre! Tengo treinta y cuatro años. El último hombre con el que salí tenía cuarenta y era un crío. ¡Un bebé! Ni siquiera había aprendido a recoger su ropa sucia del suelo. Yo necesito un hombre, un adulto de verdad.

Todo eso parecía inocente hasta hace pocos meses, cuando empecé a notar que el adulto que ella tenía en mente era yo.

–¿Por qué es tan difícil conseguir acostarse con alguien? –me preguntó una noche de diciembre, mientras me describía su primera y poco gratificante cita con un hombre.

–Eso no me lo creo –dije por fin, cuando recuperé el aliento.

–Al menos, con alguien que me interese de veras –replicó, y sacudió con abatimiento su media melena de variados tonos rubios–. ¿Sabe qué? Estoy empezando a pensar: Qué demonios, lo probaré todo. Todo, no; nada de enanos ni de caballos, pero tal vez debería ir a alguno de esos sitios a los que nunca se me ha pasado por la cabeza acudir. O, si se me ha ocurrido, me he reído de la idea. Ya que intentar hacer lo «normal» no me ha dado buenos resultados, tal vez debería ser mala. ¿Ha sido usted malo alguna vez, juez? –me preguntó de repente con aquellos ojos verde oscuro que eran como un radar.

–Todos hemos sido malos alguna vez –respondí en voz baja.

Aquel fue un momento crucial. Ahora, cada vez que me aborda cuando estamos solos, lo hace de una manera descarada y directa: dobles sentidos vulgares, guiños, solo le falta colgarse un cartel que diga «EN VENTA». Hace unas noches, se puso en pie de repente y se llevó la mano a la cintura para alisarse la blusa mientras se plantaba ante mí de perfil.

–¿Le parece que tengo demasiado pecho?

Me tomé un buen rato para disfrutar de la vista y luego, en el tono más neutro que pude, respondí que estaba bien.

Mi excusa para tolerar esto es doble. Para empezar, a sus treinta y cuatro años, es un poco mayor para los empleados de los tribunales y hace mucho que ha dejado atrás una fase de desarrollo que pudiera justificar esa conducta como algo característico de la infancia. En segundo lugar, no estará mucho tiempo más por aquí. Kumari, que ya ha dado a luz y está totalmente recuperada, se reincorporó la semana pasada y Anna se ha quedado unos días para ponerla al corriente del trabajo. Para mí, su marcha será una verdadera tragedia, pero también un alivio considerable.

Y como el mero paso del tiempo resolverá mis problemas, lo único que no he hecho es lo que realmente exigiría la sensatez: sentar a Anna en una silla y decirle que no. Con amabilidad. Suavemente. Con un sincero reconocimiento de lo halagado que me siento. Pero no, no hay manera. He preparado el discurso varias veces, pero no soy capaz de pronunciarlo, sobre todo porque podría terminar terriblemente avergonzado. El sentido del humor de Anna, que en este mundo de gente de Marte y gente de Venus podríamos calificar de «masculino», se inclina a veces hacia lo escabroso. Todavía temo que diga que todo era una broma, esa clase de bromas que todos gastamos de vez en cuando, y que no lo decía en serio. Otra verdad más dolorosa es que soy reacio a abstenerme de beber el elixir que mana de la supuesta buena disposición sexual, aunque sea una broma, de una atractiva mujer veintiséis años más joven que yo.

Sin embargo, desde el primer momento he sabido que la rechazaré. No sé qué parte de la atracción queda limitada a un mero coqueteo y nunca traspasa la frontera del control, la que existe entre lo imaginado y lo acaecido, pero estoy seguro de que es la mayor parte. En treinta y seis años de matrimonio, solo he tenido una aventura, sin contar un revolcón en la parte trasera de una furgoneta, estando borracho, mientras hacía la instrucción básica en la Guardia Nacional, y ese único, demente y compulsivo desvío hacia los puros excesos del placer me llevó directamente a que me acusaran de homicidio. Si no soy el vivo ejemplo del «Piénsatelo dos veces», nadie lo será nunca.

Trabajo en mis dependencias media hora más y Anna vuelve a asomar la cabeza.

–Me parece que llegará tarde.

Tiene razón. Me esperan para la cena de cumpleaños.

–Mierda –exclamo–. Vaya despiste.

Me tiende el pendrive que prepara todas las noches con los borradores de los fallos para que yo los revise en casa, y me ayuda a ponerme la chaqueta, alisándomela en el hombro.

–Feliz cumpleaños de nuevo, juez –dice, y posa un dedo en el botón central–. Espero que todos sus deseos se hagan realidad.

Me mira fijamente y, sin zapatos, se pone de puntillas. Es uno de esos momentos tan sexuales y obvios que parece que no pueden existir, pero posa sus labios sobre los míos un instante. Como siempre, no hago nada para resistirme. Me enciendo de los pies a la cabeza, pero cuando cruzo la puerta no digo nada, ni siquiera adiós.

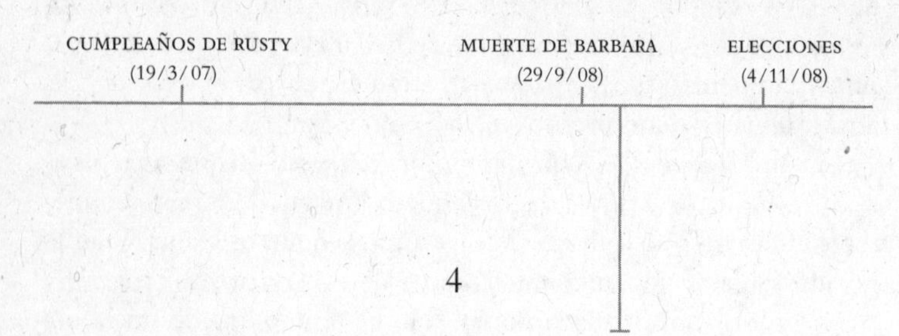

4

TOMMY MOLTO, 3 DE OCTUBRE DE 2008

Jim Brand llamó a la puerta de Tommy, pero se quedó en el umbral esperando a que el fiscal le indicara que entrase. Jim había percibido cierta falta de respeto hacia Tommy durante su primer breve mandato como fiscal. Después de más de treinta años en aquella oficina, este tenía tal fama de estoico luchador –al pie del cañón todos los días, de las ocho de la mañana a las diez de la noche–, que parecía difícil que un ayudante de la fiscalía lo tratara con la deferencia debida a su autoridad suprema. Como encargado de los ayudantes, Brand había cambiado eso. El respeto y el afecto que sentía por Molto eran evidentes y le salían con naturalidad ciertos pequeños gestos formales –como aquel de llamar a la puerta–, que, a aquellas alturas, habían llevado a casi todos los ayudantes a dirigirse a Tommy como al «jefe».

–Bien –dijo Brand–. Tenemos una pequeña actualización en el asunto de Rusty Sabich. Un informe toxicológico inicial de la esposa.

–¿Y?

–Es interesante. ¿Preparado?

Realmente merecía la pena preguntarlo. ¿Estaba Tommy preparado? Tener que ocuparse de nuevo de Rusty Sabich podía matarlo. En la época, había corrido el rumor –uno de tantos que circulaban entonces por los tribunales como el flúor en el agua corriente procedente del río Kindle–, de que el caso Sabich había sido un juicio apresurado por parte de Nico. Tommy también había participado, pero no era el responsable último de las decisiones, que fueron torpes, pero no se tomaron con malicia. Esa interpretación convenía a todo el mundo. Después de haber sido depuesto como fiscal, Nico se había trasladado a Florida, donde había ganado millones de dólares litigando contra las compañías tabaqueras. Se había comprado una isla en los Cayos a la que invitaba a Tommy, y ahora también a Dominga, al menos dos veces al año.

Por lo que respectaba a Tommy y a Sabich, ambos habían alcanzado la orilla después de sus respectivos naufragios personales y habían reanudado su vida. Había sido Rusty, a la sazón fiscal jefe, quien le había devuelto el empleo a Tommy, un reconocimiento tácito de que toda aquella historia de que este había amañado la incriminación de un inocente era mentira. Ahora, cuando se encontraban, cosa que ocurría con cierta frecuencia, mantenían una cordialidad tensa, no solo por necesidad profesional sino también, quizá, porque los dos habían vencido juntos al mismo cataclismo. Eran como dos hermanos que no se llevarían nunca bien, pero que estaban moldeados y marcados por la misma educación.

–Causa de la muerte: ataque cardíaco, como resultado de una arritmia y posible reacción hipertensiva –dijo Brand.

–¿Y eso es interesante?

–Bueno, eso es lo que dijo Sabich. Que el corazón le latía de forma irregular y que era hipertensa. Fue lo que le dijo a la poli. ¿Cómo puede alguien acertar el diagnóstico con tanta precisión?

–Vamos, Jim. Probablemente hubiese antecedentes familiares.

–Eso ha dicho. Que el padre de la fallecida murió también así. Pero quizá a ella le reventó la aorta. O tuvo un derrame cerebral. Pero no, él dice, bum, «fallo cardíaco».

–Déjame ver –le pidió Molto.

Tendió la mano para coger el informe, y, mientras lo hacía, pensó que sería buena idea cerrar la puerta. Se dirigió al umbral, y una vez allí, observó la antesala donde trabajaban sus secretarias y más allá los oscuros pasillos. Tenía que hacer algo con aquellas oficinas. Esa era otra de las cosas en las que pensaba todos los días. Las dependencias de la fiscalía llevaban en aquel lamentable edificio administrativo del condado, donde la luz tenía la tonalidad del barniz viejo, las tres décadas que Tommy trabajaba allí y por lo menos un cuarto de siglo antes de su llegada. Era un lugar peligroso, con los cables eléctricos sueltos por los suelos, recubiertos de plástico, como salchichas que hubieran escapado de la carnicería, y aquellos ruidosos aparatos de las ventanas, que seguían siendo el único aire acondicionado de que disponían.

Después de volver a su silla, leyó las notas de la autopsia. Allí estaba: «Fallo cardíaco por hipertensión». La mujer tenía la presión sanguínea muy alta y una familia con el corazón más débil que los tobillos de un caballo de carreras, y había muerto mientras dormía, probablemente con fiebre debida a una gripe repentina. El forense había recomendado una conclusión de muerte por causas naturales, que se correspondía con el historial médico conocido de la fallecida. Tommy volvió a menear la cabeza.

–Esa mujer –dijo Brand– medía un metro cincuenta y ocho y pesaba cuarenta y nueve kilos. Hacía ejercicio todos los días y aparentaba la mitad de los años que tenía.

–Jimmy, me apostaría diez pavos a que hacía ejercicio todos los días porque en su familia nadie ha vivido más allá de los sesenta y cinco años. Con los genes no hay nada que hacer. ¿Y los análisis de sangre?

–Han hecho un inmunoensayo. Un análisis toxicológico rutinario.

–¿Y ha aparecido algo?

–Han aparecido muchas cosas. Esa señora tenía un botiquín más grande que un baúl de viaje. Pero no ha dado positivo en ninguna sustancia que no le hubiesen recetado. Las pastillas para dormir que tomaba todas las noches y muchos medicamentos para su trastorno maníaco-depresivo.

–Cuyos componentes pueden provocar fallos cardíacos, ¿verdad? –Molto miró a su jefe de investigadores.

–En dosis clínicas, no. Quiero decir que no es habitual. Y es difícil medir los niveles de esas sustancias después de la muerte.

–Tenemos un historial médico coherente. Y si no murió por causas naturales, de lo cual habrá quizá una posibilidad entre cincuenta, es que tomó accidentalmente una sobredosis de sus medicamentos.

Brand frunció los labios. No tenía nada que decir, pero no estaba satisfecho.

–¿Y eso de que el tipo se quedó allí sentado durante casi veinticuatro horas? –preguntó.

Un buen fiscal, como un buen policía, podía construir un caso a partir de un solo hecho. Quizá Brand estuviera en lo cierto, pero no tenían ninguna prueba.

–No tenemos nada que investigar –le dijo Tommy–. Es un hombre que va a sentarse en el Tribunal Supremo dentro de poco más de tres meses y que tendrá la posibilidad de votar sí o no a cada una de las condenas que consiga esta oficina. Si Rusty Sabich quiere hacernos la vida imposible, tendrá diez años para conseguirlo.

Mientras argumentaba con su ayudante, Tommy empezó a entender lo que ocurría. A Brand, Rusty Sabich le traía sin cuidado. Si planteaba todo aquello, era por lo que significaba para Tommy. Hacía dos décadas, para recuperar su trabajo en la época en que Rusty era fiscal en funciones, Tommy había tenido que reconocer que había violado el protocolo de la fiscalía sobre el manejo de las pruebas relacionadas con el juicio de Sabich. El castigo que le impusieron fue mínimo: la renuncia a cualquier pretensión de cobrar con carácter retroactivo el salario del año que había estado suspendido, durante las investigaciones que se realizaron después del juicio.

Sin embargo, con el paso del tiempo, el reconocimiento de haber hecho algo mal a sabiendas se había convertido para él en un lastre. Ahora, la mitad de los jueces del Tribunal Supremo del condado de Kindle eran ex ayudantes del fiscal que habían trabajado con Tommy. Sabían quién era –sólido, experimentado y previsible, aunque un poco aburrido– y les había alegrado nombrarlo jefe en funciones de la fiscalía cuando el fiscal electo, Moses Appleby, había dimitido a causa de un tumor cerebral no operable, diez días después de haber jurado el cargo. Pero el Comité Central del Partido de los Obreros y Campesinos Demócratas, donde conocían siempre todos los secretos, no estaba dispuesto a apoyar a Tommy para ese cargo, ni siquiera para el de juez, que era el puesto que Tommy codiciaba realmente porque ofrecía más seguridad a largo plazo para un hombre con una joven familia. Los votantes no entendían de matices y toda la elección estaría en peligro si un oponente de Tommy desenterraba el reconocimiento de culpa de este y empezaba a actuar como si hubiese confesado un delito. Tal vez, si hubiera tenido la sombría estelaridad de alguien como Rusty, habría podido superar tal maniobra. Pero él había preferido que esa nota oscura de su biografía fuese conocida solo por los pocos que ya estaban en el ajo. Sin lugar a dudas, Brand tenía razón. Demostrar que Sabich era en realidad un mal tipo podía limpiar esa mancha. Aunque todo el mundo se enterara de ese borrón en su historia, a nadie le importaría que Tommy se hubiera excedido entonces.

Sin embargo, no merecía la pena correr riesgos por esa remota posibilidad. Mantener el empleo había parecido, durante años, otra de las fútiles aspiraciones de Tommy, que sentía el dulce poder del orgullo de desempeñar bien su trabajo. Más concretamente, tenía la oportunidad de reparar buena parte del persistente daño a su reputación que le habían causado las acusaciones en el juicio de Rusty, de modo que dentro de dos años, cuando fuera elegido un nuevo fiscal, Tommy podría recuperar la capa de caballero blanco y marcharse a trabajar como investigador a una empresa privada, con un buen sueldo y eso no sucedería nunca si la gente pensaba que utilizaba su cargo para llevar a cabo una venganza.

–Hablemos claro, Jimmy. De ninguna manera puedo joder a Rusty Sabich otra vez. Tengo un hijo de un año. Otros, a mi edad, ya están considerando dejarlo. He de pensar en el futuro. No puedo permitirme ser otra vez el malo de la película.

Cuando pensaba en el lugar que ocupaba ahora en la cadena trófica, Tommy se quedaba atónito. No había pretendido colarse delante de nadie o coger lo de otro, solo disfrutar de lo que hasta entonces no había tenido. No había sido nunca uno de esos tipos con un ego tan grande que se creen capaces de desafiar incluso el paso del tiempo.

Pero la mirada de Brand lo decía todo: aquel no era Tommy Molto. Lo que acababa de oír –mirar por los propios intereses, la cautela– no era propio del fiscal que él conocía. A Tommy se le encogió el corazón ante la cara de decepción de su ayudante.

–Joder –dijo–, ¿qué quieres?

–Que me dejes escarbar –respondió Brand–. Por mi cuenta. Lo haré con mucho cuidado, pero permíteme que me asegure de que no hay nada.

–Si hay alguna filtración, sobre todo antes de las elecciones, y no hemos descubierto nada, ya puedes escribir mi necrológica. ¿Lo comprendes, Jimmy? Estás poniendo en juego el resto de mi vida, joder.

–Seré una tumba. –Levantó su manaza cuadrada y se llevó un dedo a los labios.

–Joder –dijo Tommy de nuevo.

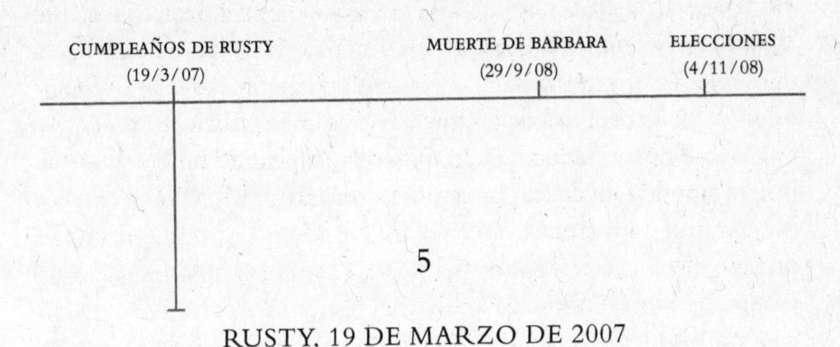

5

RUSTY, 19 DE MARZO DE 2007

Cuando me apeo del autobús en Nearing, el antiguo puerto de transbordadores junto al río, que se convirtió en zona residencial poco antes de que nos mudáramos aquí, en 1977, me detengo en la farmacia del otro lado de la calle para recoger las recetas de Barbara. Pocos meses después de concluido mi proceso, hace veintiún años, por razones que solo nosotros dos conocíamos del todo, Barbara y yo nos separamos. Tal vez habríamos llegado al divorcio, si a ella no le hubiesen diagnosticado un trastorno bipolar después de un intento de suicidio. Para mí, eso acabó siendo motivo suficiente para reconsiderar la decisión. Después del proceso, tras los meses de declive, de bajar peldaño tras peldaño sin tener nunca la sensación de haber tocado fondo, después de noches de furiosas recriminaciones a los colegas y amigos que se habían vuelto contra mí o que no habían hecho lo suficiente, después de que todo eso se diluyera, quise lo que siempre había querido hasta que aquella pesadilla comenzó: la vida que había tenido antes. Si he de ser sincero, no tenía fuerzas para empezar de nuevo. Ni para ver cómo mi hijo, una criatura frágil, se convertía en la última víctima de toda aquella tragedia. Nat y Barbara volvieron de Detroit, donde ella enseñaba matemáticas en la Wayne State, con una sola condición: que jurase tomar escrupulosamente su medicación.

Su estado de ánimo no se estabiliza con facilidad. Cuando las cosas iban bien, sobre todo durante los primeros años después de que Nat y ella regresaran a casa, la encontraba mucho menos avinagrada y a menudo la convivencia era agradable. Sin embargo, Barbara echaba de menos su lado maníaco. Ya no tenía la energía ni la voluntad para entregarse a aquellas sesiones de veinticuatro horas ante el ordenador, cuando perseguía alguna esquiva teoría matemática como un perro jadeante decidido a dar caza al zorro. Con el paso del tiempo, abandonó su profesión, lo que le provocó accesos de melancolía más frecuentes. Ahora, Barbara ha adoptado la actitud de un cobaya, dispuesta a probar cualquier cosa que su psiquiatra le recete para tener más control de la situación. En el mejor de los casos, se trata de un puñado de pastillas: Tegretol, Seroquel, Lamictal, Topomax. Cuando está triste, hurga en lo más hondo del botiquín en busca de tricíclicos, como el Asendin o el Tofranil, que la dejan soñolienta y como si le hubieran perforado unos agujeros en las pupilas, lo cual la obliga a ponerse gafas de sol dentro de casa. En los peores momentos, toma fenelzina, un antipsicótico que su médico y ella han descubierto que la ayuda cuando está al borde del abismo, y que creen que merece la pena que tome a pesar de los numerosos riesgos que implica. Dispone de recetas para quince o veinte medicamentos, incluidos los somníferos que toma todas las noches y las medicinas para controlar la hipertensión crónica y alguna arritmia ocasional. Envía las recetas por internet y yo recojo los medicamentos en la farmacia dos o tres veces por semana.

La cena de cumpleaños en casa transcurre sin pena ni gloria. Mi mujer es buena cocinera y ha preparado tres solomillos a la plancha, cada uno del tamaño del puño de un gigante, pero todos hemos agotado nuestra cuota de alegría y buen humor en la celebración del juzgado. Nat, que en cierto momento pareció que nunca iba a marcharse de casa, ahora vuelve aquí a desgana y está significativamente callado durante la cena. Casi desde el principio, ha quedado claro que nuestro principal objetivo es terminar cuanto antes, decir que hemos cenado juntos un día señalado y volver al mundo interior de signos y símbolos que constituye la preocupación de cada uno. Nat regresará a su casa a preparar las clases de derecho de mañana, Barbara se retirará a su estudio y a internet y yo, con cumpleaños o sin él, conectaré el pendrive en el ordenador y leeré los dictámenes preliminares.

Mientras tanto, y como ocurre a menudo en mi familia, soy yo quien lleva el peso de la conversación. Mi encuentro con Harnason resulta, como poco, tan curioso que merece la pena que lo comente.

–¿El envenenador? –pregunta Barbara cuando menciono su nombre.

Ella rara vez presta atención cuando hablo de asuntos de trabajo, pero uno nunca tiene idea de lo que Barbara Bernstein Sabich puede saber. En este momento de su vida parece una réplica aterradora, aunque con mucho más estilo, de mi algo chiflada madre, cuya manía al final de sus días, después de que mi padre la dejara, consistía en organizar sus pensamientos en cientos de tarjetas que apilaba en la vieja mesa del comedor. Por completo agorafóbica, había encontrado la manera de ir más allá de su pequeño apartamento participando a menudo por teléfono en tertulias radiofónicas.

Mi esposa también detesta salir de casa. Tiene una facilidad innata para la informática y navega por la red entre cuatro y seis horas al día, permitiéndose cualquier curiosidad: recetas, la cotización de nuestras acciones, los últimos artículos sobre matemáticas, compras varias y unos cuantos juegos. No hay nada en la vida que la estabilice tanto como tener a mano un universo de información.

–Resulta que imputé a ese tipo. Era un abogado que vivía del dinero de sus clientes. Homosexual.

–¿Y qué espera de ti ahora? –pregunta Barbara.

Me encojo de hombros pero, de alguna manera, al contar la historia, me enfrento a algo que ha ido creciendo en mi interior con las horas y que me resisto a reconocer, incluso delante de mi esposa y de mi hijo: que me siento dolorosamente culpable de haberlo enviado a la cárcel solo por unos prejuicios que ahora me avergüenza haber tenido. Y, visto desde esa perspectiva, reconozco lo que Harnason trataba solapadamente de sugerir: que si no lo hubiera acusado por motivos espurios, si no lo hubiera privado de ejercer su profesión ni lo hubiera lanzado al foso de la vergüenza, su vida habría sido totalmente distinta y habría dispuesto del respeto a sí mismo y del autocontrol necesarios para no matar a su compañero. Fui yo quien inició la concatenación de acontecimientos. Al advertir la fuerza moral del argumento, enmudezco.

–Dadas las circunstancias, recusarás el caso, ¿verdad? –pregunta Nat.

Cuando vivía en casa, una vez acabados los estudios, era raro que mi hijo interviniera directamente en nuestras conversaciones. Por lo general, adoptaba más o menos el papel de un analista deportivo, que interrumpía solo para calificar la forma en que su madre o yo nos habíamos expresado –«muy bien, papá», o, «dinos cómo te sientes de verdad, mamá»– cuyo evidente objetivo era evitar que ninguno de los dos alterase el precario equilibrio que había entre nosotros. Hace tiempo que temo que mediar entre sus padres sea una de las cosas que le ha complicado la vida. Pero ahora Nat opina y charla conmigo de asuntos legales, lo que me proporciona un desacostumbrado acceso a la mente de mi desconocido y retraído hijo.

–No tiene ningún sentido –digo–. Ya he votado. La única duda del caso, y no es mucha, es qué dirá George Mason. Y Harnason, en realidad, no pretendía hablar de las posibilidades de éxito de su apelación.

El otro problema, si quisiera apartarme ahora de ese asunto, es que la mayoría de mis colegas del juzgado sospecharían que lo hago en beneficio de mi campaña, para evitar así que quedase constancia de mi voto a favor de derogar una condena por homicidio, algo que rara vez gusta al público.

–De modo que has tenido una tarde llena de acontecimientos… –comenta Barbara.

–Y aún ha habido más –digo. Acude de nuevo a mi mente el beso de Anna y, temiendo haberme ruborizado, paso a contar mi reunión con Raymond–. Koll se ha ofrecido a abandonar las primarias.

Koll es N.J. Koll, un genio legal y un estúpido jactancioso todo a la vez, que antaño fue juez conmigo en el Tribunal de Apelaciones. N.J. es la única oposición que espero tener en las primarias a principios del año que viene. Con el respaldo del partido, estoy seguro de que mi victoria sobre él será abrumadora. Requerirá, sin embargo, una gran inversión de tiempo y dinero. Dado que los republicanos no han presentado siquiera un candidato en esta ciudad monocolor, la retirada de N. J. equivaldría a ganar lo que los periódicos llaman abiertamente «el escaño del hombre blanco» en el Tribunal Supremo del Estado, en contraposición a los otros dos escaños del condado de Kindle, tradicionalmente ocupados por una mujer y un afroamericano.

–¡Eso es estupendo! –exclama mi mujer–. Menudo regalo de cumpleaños…

–Demasiado bueno para ser cierto. Pero solo renunciará si yo apoyo que vuelvan a nombrarlo presidente del Tribunal de Apelaciones.

–¿Y?

–No puedo hacerle eso a George. Ni al tribunal –añado.

Cuando accedí al Tribunal de Apelaciones, este era un lugar de retiro para leales del partido, que demasiado a menudo parecían dispuestos a aceptar todo tipo de alegaciones. Ahora, después de mis doce años como presidente, el Tribunal de Apelaciones del Distrito Tercero se jacta de tener unos jueces distinguidos cuyos dictámenes incluso aparecen de vez en cuando en las publicaciones de las escuelas de leyes y son citados por otros tribunales de todo el país. Koll, con su simplón egocentrismo, destruiría en un abrir y cerrar de ojos todo lo que he conseguido.

–George comprende la política –dice Barbara–. Y es amigo tuyo.

–Lo que George comprende –replico– es que merece ser presidente del tribunal. Si yo contribuyera a poner a Koll en vez de a él, todos los jueces lo considerarían una puñalada por la espalda.

Mi hijo recibió clases de Koll en la Universidad de Easton, donde N.J. es un respetado profesor, y llegó a la conclusión habitual.

–Koll está como una puta cabra –dice Nat.

–Por favor –interviene Barbara, que todavía defiende el decoro en la mesa.

N.J., una persona de escasa sutileza, ha acompañado su oferta con una amenaza. Si no accedo, cambiará de partido y será el candidato republicano en las elecciones generales de noviembre de 2008. Sus oportunidades no mejorarán, pero incrementará la presión y la dificultad y me impondrá el máximo castigo por no haberlo hecho presidente del tribunal.

–¿Así que hay una campaña? –pregunta Barbara con cierta incredulidad mientras explico todo esto.

–Si Koll no se ha tirado un farol... Tal vez decida que es una pérdida de tiempo y dinero.

–Es un rencoroso. Se presentará solo por rencor –opina mi mujer asintiendo con la cabeza.

Desde la encumbrada distancia que mantiene respecto a mi universo, Barbara ve muchas cosas, como un martín pescador, y al instante sé que tiene razón, lo que lleva la conversación a un punto muerto.

Barbara ha traído a casa lo que ha quedado de la tarta de zanahoria de Anna, pero todavía nos estamos recuperando del coma diabético que casi nos ha provocado y recogemos la mesa. Mi hijo y yo dedicamos veinte minutos a ver cómo los Trappers pierden otro partido. Los únicos ratos que yo pasaba con mi padre, fuera de la panadería familiar en la que trabajé desde los seis años, eran dos o tres por semana, cuando me permitía sentarme con él en el sofá mientras se tomaba una cerveza y veía el partido de béisbol, un juego por el que sentía una incomprensible fascinación, siendo como era inmigrante. Y cuando me dirigía algún comentario, un par de veces durante la velada, yo lo valoraba como si fuera un tesoro. Nat había sido un buen jugador en el instituto, pero cuando perdió el puesto de titular en su tercer año en la universidad, no quiso saber nada más del béisbol. Sin embargo, los hábitos que, a pesar de todo, se trasmiten entre generaciones, hacen que casi siempre pase unos minutos conmigo ante el televisor.

Aparte de expresar la angustia que sentimos por nuestro siempre desgraciado equipo o de las conversaciones sobre leyes, Nat y yo casi no hablamos. Esto constituye un deliberado contraste con Barbara, que acosa a nuestro hijo con una llamada telefónica diaria, que él limita a menos de un minuto. Sin embargo, violaría una especie de pacto fundamental si no sondeara su situación actual, aun sabiendo que va a evadir mis preguntas.

–¿Cómo va tu artículo?

Nat, que aspira a ser profesor de derecho, va a publicar un artículo sobre psicolingüística e instrucciones al jurado en la *Revista Jurídica de Easton*. He leído dos borradores y ni siquiera puedo fingir que lo entiendo.

–Está casi terminado. Este mes entra en imprenta.

–Qué emocionante…

Asiente varias veces con la cabeza para evitar más palabras.

–¿Te parece bien si voy a la cabaña este fin de semana? –pregunta, refiriéndose a la casita familiar de Skageon–. Me gustaría aislarme para una última lectura.

No soy quién para preguntar, pero estoy casi seguro de que Nat irá solo con su compañero favorito: él mismo.

Con dos eliminados en la novena, Nat ya tiene bastante de béisbol. Se despide de su madre gritándole «Adiós», y ella, que ahora está navegando por internet, no le responde. Cierro la puerta tras él y voy a buscar el portafolios. Barbara y yo recuperamos nuestro ritmo habitual. No hay ningún ruido, sea la televisión o sea el zumbido del lavavajillas. El silencio es la ausencia de toda conexión. Ella está en su mundo, y yo, en el mío. Ni siquiera se pueden detectar las ondas radiofónicas procedentes del espacio profundo. Sin embargo, esto es lo que elegí y lo que, las más de las veces, creo que aún quiero.

Una vez en mi pequeño estudio, descargo los archivos del pendrive y reviso los dictámenes preliminares y luego consulto el correo electrónico, en el que encuentro varias felicitaciones de aniversario. Hacia las once, me dirijo al dormitorio con sigilo y descubro que Barbara, inesperadamente, me está esperando despierta. A fin de cuentas, es mi cumpleaños. Y supongo que voy a recibir mi regalo.

Sospecho que las prácticas sexuales en los matrimonios largos son mucho más variadas –y por ello, hablando de una manera abstracta, más interesantes– que entre las parejas que ligan en bares de solteros. Entre los amigos de nuestra edad, oigo comentarios ocasionales que indican que sus relaciones de ese tipo son, básicamente, cosa del pasado. Barbara y yo, en cambio, hemos mantenido una vigorosa vida sexual como manera de compensar, probablemente, otras carencias de nuestro matrimonio. Mi esposa siempre ha sido una mujer muy guapa, y ahora, cuando tantas de sus amigas sufren el desgaste de los años, aún lo parece más. Sigue siendo una chica de los sesenta. Ha dejado que sus abundantes rizos naturales se vuelvan grises y apenas usa maquillaje, pese a la palidez propia de la edad. Sin embargo, sigue siendo una belleza, con una figura espléndida. Hace ejercicio durante dos horas diarias cinco días a la semana en el gimnasio que tenemos en el sótano, una práctica con la que combate las taras físicas de su familia y que la ayuda a mantener un cuerpo de jovencita. Cuando entro en algún sitio con ella, siempre experimento el orgullo masculino de acompañar a una mujer muy atractiva y todavía disfruto cuando la veo en la cama, donde hacemos el amor dos o tres veces por semana. Recordamos. Nos unimos. La mayor parte de las veces es prosaico, pero también lo es, en el mejor de los casos, la vida con la familia en torno a la mesa o con los amigos en un bar.

Sin embargo, esta noche no habrá nada de eso. Una vez en el dormitorio, comprendo que he malinterpretado el hecho de que me esperase despierta. Cuando está trastornada, Barbara tiene una expresión acerada –en los ojos, en la mandíbula– y ahora toda ella es puro metal.

Formulo la sencilla pero siempre peligrosa pregunta:

–¿Qué ocurre?

Se mueve debajo de las mantas.

–Creo que deberías haber hablado primero conmigo –contesta y su comentario me resulta incomprensible hasta que añade–: Acerca de Koll.

–¿Koll? –repito boquiabierto.

–¿Crees que eso tampoco me afecta? Has tomado una decisión, Rusty, y durante meses me veré implicada en una campaña sin que me hayas consultado siquiera. ¿Crees que podré volver a ir a la tienda de comestibles después de hacer ejercicio, con todo el pelo pegado a la cara y oliendo como un calcetín sudado?

La verdad es que Barbara hace casi toda la compra por internet, pero paso por alto ese punto polémico y, sencillamente, le pregunto por qué no.

–Porque a mi marido no le gustaría. Sobre todo, si entonces me ponen un micrófono delante. O me toman una foto.

–Nadie va a tomarte una foto, Barbara.

–Si tus anuncios de campaña salen en televisión, todo el mundo me vigilará. ¿La esposa de un candidato al Tribunal Supremo? Es como ser cónyuge de un ministro. Que seas presidente del Tribunal de Apelaciones, como eres, ya es martirio suficiente. Pero ¡ahora sí que voy a tener que desempeñar de veras mi papel!

No hay forma de sacarla de esa difusa paranoia; lo he intentado durante décadas. Sin embargo, su comentario sobre desempeñar su papel me deja atónito. No solemos llegar al punto en que salgan a la luz las condiciones pactadas para la reanudación de nuestro matrimonio. Nat era nuestra mutua prioridad. Después de eso, he tenido el derecho a rehacer mi vida lo mejor que he podido, sin deferencias hacia ella; sin embargo, dado que he aceptado que este estado de cosas es moralmente correcto, a menudo no tengo en cuenta cómo le afecta a Barbara la interminable penitencia de mostrarse como una esposa perfecta gracias a la medicación.

–Lo siento –digo–. Tienes razón. Debería haberlo hablado contigo.

–Pero no has pensado en ello, ¿verdad?

–Acabo de pedirte disculpas, Barbara.

–No. A ti nunca se te ocurriría permitir que N. J. se convirtiese en presidente del tribunal, no importa lo que eso significara para mí.

–Barbara, cuando tomo decisiones profesionales, no puedo tener en cuenta si mi esposa es… –busco visiblemente la palabra adecuada, de forma que los dos sepamos cuáles han sido rechazadas: «bipolar», «loca», «mentalmente desequilibrada»– … si es tímida delante de las cámaras. N. J., como presidente, haría mucho daño al tribunal. Normalmente, dejo a un lado mis propios intereses y, por el contrario, no podría dar más preferencia a los tuyos.

–Porque eres Rusty, el dechado de virtudes. San Rusty. Siempre has necesitado correr una carrera de obstáculos antes de permitirte conseguir lo que quieres. Esto me pone enferma.

«Estás enferma», casi le replico, pero me contengo. Siempre me contengo. Ahora se pondrá como una fiera y yo me limitaré a absorberlo, recitando interiormente mi mantra: «Está loca, ya sabes que está loca. Déjala, está loca».

Y así sucede. Barbara cada vez está más furiosa y yo me siento en una silla y no digo ni una palabra, salvo repetir su nombre de vez en cuando. Se levanta de la cama y parece un boxeador, se desplaza como si estuviera en el ring, con los puños cerrados y lanzando invectivas en vez de puñetazos. Me quedo vacío de pensamientos, frío, abstraído, ajeno a ella. Al cabo de un rato, voy al botiquín a buscar Stelazine. Le muestro la píldora y espero para ver si se la toma antes de entrar en la destructiva fase final en la que destrozará algo más o menos valioso para mí. En anteriores ocasiones, ante mis ojos, ha roto los sujetalibros de cristal que me regalaron en el Colegio de Abogados por mi ascenso a presidente del tribunal; ha prendido fuego a los pantalones de mi esmoquin con el encendedor que usamos para la barbacoa y ha tirado por el inodoro dos auténticos puros habanos que me había dado el juez Doyle. Esta noche, encuentra la caja que me ha entregado George, saca el regalo y, delante de mí, corta con unas tijeras las charreteras de la toga.

–¡Barbara! –grito, aunque no me levanto para impedírselo.

Mi estallido, o su acción, bastan para que ella dude un momento; luego, coge la pastilla de la mesita de noche y se la traga. Dentro de media hora estará en un coma inducido, debido al cual se pasará casi todo el día de mañana durmiendo. No habrá disculpas. Dentro de dos o tres días, volveremos al punto en que estábamos. Distantes. Cautelosos. Desconectados. Con meses de paz por delante hasta que llegue la próxima erupción.

Me encamino al sofá del estudio contiguo a la alcoba. Allí tengo guardados un juego de sábanas, una manta y una almohada para estas ocasiones. Los ataques de ira de Barbara siempre me conmocionan, ya que, tarde o temprano, me llevan por un túnel del tiempo al crimen ocurrido hace veintiún años y me pregunto qué locura me llevó a pensar que podríamos seguir adelante.

En la cocina tengo una botella de whisky escocés. Cuando me hice abogado, no probaba el alcohol. Ahora, en cambio, bebo demasiado; rara vez me excedo, pero son pocas las ocasiones en que me acuesto sin administrarme una dosis de anestesia líquida. Voy al baño, vacío la vejiga por última vez y me quedo allí de pie. Hay momentos del año en que el claro de luna entra directamente por la claraboya. Mientras me detengo bajo esa luz mágica, los recuerdos de la presencia física de Anna regresan con más fuerza que la melodía de una canción favorita. Recuerdo el comentario de mi mujer sobre mis dificultades para permitirme conseguir lo que quiero y, casi como represalia, me abandono a la sensación, no meramente a la película de Anna y yo unidos en un beso, sino también a la languidez y al alborozo de escapar a la contención sobre la que he construido mi vida durante décadas.

Me quedo allí hasta que, al cabo de un rato, vuelvo al presente, hasta que la mente vence a los sentidos y empiezo un interrogatorio de mí mismo propio de un abogado. La Declaración de Independencia dice que tenemos derecho a buscar la felicidad... pero no dice nada de encontrarla. En Darfur mueren niños. En Norteamérica, los hombres trabajan cavando zanjas. Yo tengo poder, un empleo importante, un hijo que me quiere, tres comidas al día y una casa con aire acondicionado. ¿Por qué he de tener derecho a más?

Vuelvo a la cocina para servirme otra copa y luego me hago la cama en el sofá de cuero. El licor ha surtido efecto y voy cayendo en las brumas del sueño. Y así termina el día en que he celebrado mis sesenta años en la tierra, con la sensación de los labios de Anna levemente posados sobre los míos y mi cerebro dando vueltas a las eternas preguntas. ¿Podré ser feliz alguna vez? ¿De veras puedo entregarme a la muerte sin haber tratado de averiguarlo?

El trato entre juez y pasante es en gran parte único en la vida profesional contemporánea, porque un pasante está, fundamentalmente, llevando a cabo un aprendizaje. Llegan a mí brillantes, pero sin moldear, y yo me paso dos años enseñándoles nada menos que a razonar sobre problemas legales. Hace treinta y cinco años, yo también fui pasante de Philip Goldenstein, presidente del Tribunal Supremo del Estado. Como la mayor parte de los pasantes, todavía adoro a mi juez. Phil Goldenstein era una de esas personas llamadas a trabajar en la vida pública por su apasionada fe en la humanidad, por creer que en cada alma habitaba el bien y que su trabajo como político o juez consistía fundamentalmente en ayudar a que ese bien saliera a la luz. La suya constituía la fe sentimental de otra era y, si tengo que ser sincero, no es la que yo he adoptado. No obstante, mi pasantía fue una experiencia gloriosa, pues Phil fue la primera persona que vio grandes cosas en mí como abogado. Yo contemplaba la ley como un palacio de luz cuyo fulgor diluiría la oscuridad mezquina y avinagrada de la casa de mis padres. Ser aceptado en aquel ámbito significaba que mi alma había superado los reducidos límites dentro de los cuales siempre había temido que estuviese mi destino.

No sé si he sido capaz de seguir el generoso ejemplo del juez con mis pasantes. Mi padre nunca me proporcionó un modelo de autoridad amable y, probablemente, me retraigo con demasiada frecuencia, y me ven pomposo y engreído. Pero los pasantes de un juez son sus herederos, y yo me siento especialmente unido a muchos de ellos. Los siete ex pupilos míos que asisten a la fiesta de despedida de Anna el viernes por la noche se cuentan entre mis favoritos y todos ellos han tenido un notable éxito en la profesión. Se suman al resto de mi personal para componer una alegre mesa de quince comensales en una oscura sala trasera del Matchbook. Todos bebemos demasiado vino y nos burlamos cariñosamente de Anna debido a sus constantes dietas, sus lamentos sobre la vida de soltera, los cigarrillos que fuma de vez en cuando y la manera en que convierte un traje de chaqueta en una prenda informal. Alguien le ha comprado unas zapatillas de andar por casa para que las lleve en la oficina.

Cuando la cena termina, Anna me lleva a los juzgados, como habíamos planeado. Voy a buscar mi portafolios, ella recogerá sus últimas pertenencias y luego me dejará en la parada del autobús de Nearing. Pero resulta que cada uno ha llevado un regalito para el otro. Me siento en el viejo sofá, cuyo cuero cuarteado inevitablemente me recuerda mi propia cara, y procedo a abrir la caja. Contiene una balanza de la justicia en miniatura en la que Anna ha hecho grabar: «Al jefe, con cariño y gratitud para siempre, Anna».

–Preciosa –digo, y ella se sienta a mi lado con el paquetito que yo le he dado.

Distancia. Proximidad. Las palabras no son meras metáforas. Por la calle, caminamos más cerca de las personas con las que nos sentimos vinculadas. Y en los últimos meses de pasantía de Anna, la distancia profesional se ha desvanecido casi por completo entre los dos. Cuando entramos en un ascensor, ella inevitablemente se arrima a mí. «Perdón», dice, clavándome la cadera, con la cara medio vuelta para reírse. Y ahora, por supuesto, se sienta pegada a mí, hombro con hombro, sin que medie un milímetro entre los dos. Al ver mi regalo –un juego de pluma y bolígrafo para su escritorio y una nota invocando a Phil Goldenstein, en la que le digo que está destinada a conseguir grandes cosas–, se echa a llorar.

–Usted significa mucho para mí, juez –dice.

Y a continuación, como si el gesto no significara nada en absoluto, apoya la cabeza en mi pecho y, finalmente, yo la rodeo con el brazo. Transcurren los minutos y no decimos nada, ni una palabra, pero cambiamos de postura y mi mano se posa con firmeza en su hombro, y su hermosa melena, realzada con acondicionadores y champús, reposa encima de mi corazón. No hay necesidad de expresar lo que se debate. El deseo y la unión entre nosotros son feroces, pero también es evidente lo peligroso e insensato de la situación. Estamos acurrucados el uno junto al otro y cada uno intenta determinar qué pérdida será peor, si seguir adelante o dar marcha atrás. Todavía no sé qué va a ocurrir, pero en este momento advierto una cosa: he estado mintiéndome durante meses, porque la verdad es que tengo muchas ganas.

Y así, me quedo allí sentado, pensando: ¿Sucederá, sucederá realmente, cómo sucederá, cómo no va a suceder? Es como el momento en que el portavoz del jurado se pone en pie con la hoja del veredicto doblada en la mano. La vida va a cambiar. La vida va a ser diferente. Las palabras no pueden pronunciarse lo bastante deprisa.

En los momentos en que me he entregado a esta fantasía, me he prometido que la decisión será solo suya, que yo no se lo pediré ni me insinuaré en modo alguno. Y por eso ahora la abrazo, pero no hago nada más. Notar su cuerpo sólido pegado al mío me excita, por supuesto, pero me limito a esperar, y el tiempo pasa, tal vez veinte minutos, hasta que finalmente noto que vuelve la cara hacia mí y siento en el cuello la calidez de su aliento. Ahora está esperando, preparada. Lo noto. No me digo «No», o, «Espera». Lo que pienso es esto: Nunca volverá a suceder. Es ahora o nunca. Nunca más tendré la oportunidad de gozar de la principal emoción de la vida.

Así que bajo la cabeza hacia ella. Nuestros labios se encuentran, y nuestras lenguas. Suelto un gemido y ella susurra:

–Rusty, oh, Rusty.

Toco la exquisita suavidad del pecho que he imaginado en mi mano miles de veces. Ella se aparta un poco para mirarme y yo la miro a mi vez, hermosa, serena y completamente decidida. Y entonces pronuncia las palabras que me elevan el alma. Esta mujer joven, atrevida y espléndida, dice:

–Bésame otra vez.

Más tarde, me lleva al autobús, y cerca de la terminal entra en un callejón para que podamos darnos un beso de despedida.

«¡Yo! –grita mi corazón–, el juez Sabich, besuqueándola como un adolescente en la oscuridad, detrás del cono de luz que proyecta un farol de la calle.»

–¿Cuándo te veré? –pregunta ella.

–Oh, Anna.

–Por favor –añade–. Que no se quede en una sola vez. Me siento como una zorra. –Se interrumpe–. Más zorra.

Sé que no habrá nunca un momento tan dulce como el que acabamos de vivir. Será menos torpe, pero nunca más exultante.

–Estas aventuras siempre terminan mal –digo. Yo quizá sea el principal ejemplo mundial de ello. Procesado por homicidio–. Los dos tendríamos que pensar en ello.

–Ya lo hemos hecho –replica–. Hace meses que te he visto pensarlo cada vez que me mirabas. Por favor. Bueno, ¿podremos hablar, al menos?

Los dos sabemos que la única conversación la tendremos entre revolcón y revolcón, pero asiento, y luego, después de besarla de nuevo intensamente, me apeo. Su coche, un Subaru con algunos años, se pone en marcha con el carraspeo de un silenciador estropeado. Camino despacio hasta el autobús. «¿Cómo es posible –grita mi corazón– que esté haciendo esto otra vez? ¿Cómo puede un ser humano cometer otra vez un error que le arruinó la vida, conociendo las probabilidades que hay de que se produzca una nueva catástrofe?» Me hago estas preguntas a cada paso, pero la respuesta es siempre la misma: Porque lo que ha ocurrido entre entonces y ahora, a ese tiempo no se le puede llamar vida.

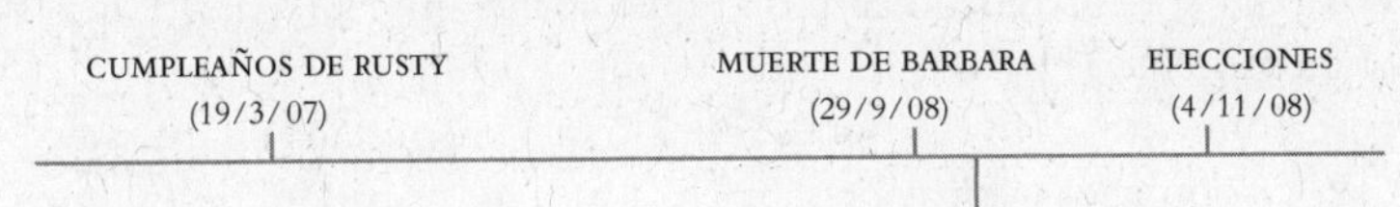

6

TOMMY, 13 DE OCTUBRE DE 2008

Jim Brand solicitó el ingreso en la fiscalía desde el agujero de su escuela nocturna de leyes y recibió una notificación de rechazo. No obstante, se presentó en recepción para pedir una entrevista, y a Tommy, que pasaba por allí, le gustó lo que vio. Fue él quien le dio un empujoncito en el comité de selección de personal, le enseñó a redactar un informe decente y lo convirtió en el abogado auxiliar de unos cuantos casos importantes. Y Brand, con el tiempo, demostró su valía. Tenía un apego natural por los tribunales y poseía la intuición de un jinete de carreras que sabe cuándo le van a llegar problemas por su ángulo ciego. Los abogados defensores lamentaban su estilo agresivo, pero eso también lo decían de Tommy.

Sin embargo, a diferencia de la mayoría de las personas a las que uno les hace un favor, Jim Brand no se olvidó nunca de con quién estaba en deuda. Tommy era como su hermano mayor. Habían sido padrinos el uno del otro en sus respectivas bodas. Incluso ahora, por lo menos una vez al mes, comían solos como forma de mantener el contacto personal y para hablar de los problemas recurrentes de la oficina que pasaban fácilmente por alto por culpa del día a día. Por lo general, comían un emparedado rápido en cualquier parte, pero aquel día Brand había pedido a las secretarias que le dijeran a Tommy que lo esperaba a las doce en la puerta principal. El morro del Mercedes de Jim asomaba por el aparcamiento, una construcción de cemento encajada entre los juzgados y el edificio del condado, en el preciso instante en que Tommy salía a la calle.

–¿Adónde vamos? –le preguntó este, tras acomodarse en el asiento del pasajero.

Brand le tenía mucho cariño a aquel coche, un 2006 Clase E que había comprado barato después de tres meses de una búsqueda que supuso constantes conversaciones sobre lo que encontraba en internet o en los anuncios por palabras. Sus hijas y él lo lavaban todos los domingos y había encontrado un abrillantador para el cuero que le daba al vehículo el olor característico de un coche recién estrenado. Lo tenía tan limpio que Tommy ni siquiera se atrevía a cruzar las piernas por miedo a que quedara polvo de sus zapatos en la tapicería. Uno de los momentos más felices de la vida de Brand fue una noche en que, al salir del aparcamiento, un borracho desdentado se le acercó, tambaleante, y le dijo: «Eh, tío, qué buga tan bonito». Brand todavía repetía la frase constantemente.

–Pensaba en Giaccolone's –dijo Brand.

–Oh, Dios.

En Giaccolone's servían un entrecot de ternera, bañado en salsa de ajo y albahaca, dentro de un panecillo italiano. Cuando empezó como fiscal, Tommy llevaba allí a los investigadores que trabajaban en un caso cada vez que el jurado se retiraba a deliberar, pero ahora un bocadillo equivalía a las calorías totales que debía comer en una semana.

–Este almuerzo te va a gustar –contestó Brand, y esa fue la primera indicación que Tommy tuvo de que ocurría algo.

Giaccolone's no estaba muy lejos de la universidad, y el apetito voraz de los estudiantes había mantenido el local años atrás, cuando para entrar en aquel barrio se requería arrojo juvenil o unos compañeros que fuesen armados. En aquella época, la zona era un caos. El parque infantil del otro lado de la calle era un solar cubierto de hierbajos en el que crecían cardos color púrpura junto a la basura arrojada a medianoche, como por ejemplo tapacubos gastados o pedazos de cemento armado con las barras de refuerzo oxidadas asomando de ellos. Ahora, allí había elegantes casas con jardín y Tony Giaccolone, la tercera generación en el negocio, había hecho lo impensable y había añadido ensaladas al inmenso menú colgado encima del mostrador. El hospital universitario, cuya vanguardista forma arquitectónica le recordaba a Tommy un puñado de bloques de construcción de su hijo pequeño esparcidos por el suelo, llegaba hasta unos cientos de metros del restaurante tras transformarse y expandirse como uno de esos cánceres por cuyo tratamiento se había hecho famoso.

En la parte trasera de Giaccolone's había mesas de picnic de cemento. Brand y Tommy se dirigieron allí con unos bocadillos gruesos como ladrillos. Al ver que se acercaban, un buda cobrizo con traje se puso en pie de un salto.

–Hola –lo saludó Brand–. Jefe, te acuerdas de Marco Cantu, ¿verdad? Marco, ya conoces al fiscal.

–Hola, Tom.

Cantu estrujó la mano de Tommy con la suya. En la época en que Marco estaba en el cuerpo, lo llamaban No Cantu. Era bastante listo, pero su pereza era famosa: la clase de poli que hacía pensar que no deberían haber puesto aire acondicionado en los coches patrulla, porque, en verano, no se apearía del suyo ni para evitar un asesinato. Pero Marco consiguió salir bien librado, Tommy lo recordaba bien. Cumplió sus veinte años de servicio, se retiró y luego encontró el paraíso en la ola de multiculturalidad vigente.

–Encargado de seguridad en el hotel Gresham –respondió Cantu cuando Tommy le preguntó a qué se dedicaba.

El Gresham era un hotel clásico, construido alrededor de un majestuoso vestíbulo con unas columnas de mármol altas como secuoyas. Tommy iba de vez en cuando para asistir a actos del Colegio de Abogados, pero para dormir allí se necesitaba un presupuesto de gran empresa.

–Debe de ser un trabajo muy duro –comentó Molto–. Seguro que una vez al mes sufres una crisis por tener que decirle a algún ejecutivo borracho que es hora de que se marche del bar.

–En realidad –dijo Marco–, tengo empleados para que hagan eso. Yo me limito a escuchar por el auricular.

Se sacó el chisme del bolsillo y se lo mostró para que se rieran un poco.

–¿Y qué hay de los famosos? –preguntó Brand, encandilado siempre con las celebridades–. Debes de tener unos cuantos.

–Oh, sí –respondió el otro–. A veces hay un buen puñado.

Contó la historia de una estrella del rock de diecinueve años que salió a tomar unas copas y, cuando regresó al hotel a las tres de la madrugada, decidió que era buena idea quitarse hasta la última prenda de ropa en el vestíbulo.

–Al principio no sabía qué hacer –dijo–, si impedir la entrada a los *paparazzi* o subir la calefacción para que la chica no pillase un catarro. Qué muchacha tan tonta.

–Y también van por allí los famosos locales –dijo Brand–. ¿No me dijiste que la primavera del año pasado te encontraste varias veces con el presidente del Tribunal de Apelaciones?

–Pues sí –contestó Marco–. Y cada vez que lo veía, iba abrazado a esa *chiquita*.

Brand miró a Tommy con sus ojos oscuros y entonces este supo por qué estaban allí.

–¿Una chica joven? –preguntó Tommy.

–Con edad suficiente para votar. No sé. ¿Treinta, quizá? Atractiva, con un buen par de tetas. La primera vez, lo vi sentado solo en el vestíbulo. Eso no tenía sentido, ¿verdad? Seguro que el juez es un tipo muy ocupado. Me acerqué a charlar con él, pero noté que miraba hacia los lados, como si advirtiera a alguien con los ojos. Me agaché para arreglarme los bajos del pantalón y vi a esa chica retrocediendo, camino del ascensor.

»Luego, al cabo de un par de semanas, yo estaba arriba, en una de las plantas, para ver qué ocurría con un hombre de negocios asiático que no había contestado a la llamada del despertador y, cuando se abren las puertas del ascensor, veo a la pareja separándose y yéndose cada uno a un rincón. El juez y ella. Ella estaba literalmente metiéndose la blusa dentro de la falda y el viejo jefe tenía ese aire de…, bueno, ya saben: «Vejiga, no me falles ahora». Y unas semanas después lo pesqué entrando en el vestíbulo, y cuando me vio se volvió en redondo como una bailarina y salió por la puerta giratoria. Pero la chica estaba en el mostrador de recepción.

–Y eso ¿cuándo ocurrió? –preguntó Tommy, mirando con cautela a los otros clientes que tenían cerca.

En la mesa contigua había un grupo del hospital. Todos vestían largas batas blancas y llevaban fonendoscopios en el bolsillo del pecho. Bromeaban, reían y ni siquiera habían reparado en la presencia del fiscal, sentado a un par de metros de ellos.

–Dos veces a la hora del almuerzo. La última después de terminar la jornada de trabajo.

–¿El juez aprovecha la hora del almuerzo para echar un polvo?

–Eso me pareció –respondió Marco.

Tommy se tomó tiempo para meditar sobre los descalificadores juicios que esa información le suscitaba. No le sorprendía que Rusty fuera un hipócrita, que se presentara a las elecciones del Tribunal Supremo y al mismo tiempo anduviera follando por ahí. Algunos tipos eran así; para ellos, su pene era lo único que contaba. A Tommy, la idea de engañar a su mujer le resultaba incomprensible; él estaba literalmente fuera del alcance de cualquier deseo. ¿Para qué? ¿Qué podía haber en el mundo más valioso que el amor de su esposa? Toda aquella historia no hacía más que confirmar la opinión que tenía de Rusty Sabich. Era un gilipollas.

–Me parece –comentó– que he estado en almuerzos del Colegio de Abogados en ese hotel.

–Pues claro. Los hay a menudo.

–Y las salas de reuniones, ¿están siempre llenas, día y noche?

–Tiempo atrás, sí. Ahora el negocio está un poco parado.

–Bien –dijo Tommy–, pero hay muchas razones que pueden explicar por qué el juez y esa joven rondaban por allí. Marco, ¿tienes alguna posibilidad de mirar en los registros del hotel si el juez tenía habitación?

–Sí, pero como ya he dicho, era la chica quien se inscribía en recepción.

–¿Eso quiere decir que no hay registros?

–Exacto.

Tommy miró a Brand, que estaba tan contento por cómo iban las cosas que se disponía a reanudar el ataque al bocadillo. Pese a su edad, Jimmy siempre estaba famélico. Molto tenía muchas cosas que decir, pero no lo haría delante de Marco. Hablaron del equipo de fútbol de la universidad, hasta que Cantu tuvo que irse y envolvió lo que quedaba del bocadillo en el papel encerado. Antes de marcharse, apoyó las manos en sus anchos muslos.

–Nunca me gustó la forma en que Rusty lo jodió a usted durante el juicio –dijo–, así que no me ha importado contarle esta historia a un par de personas con una cerveza fría en la mano.

–Te lo agradezco –contestó Tommy, aunque los engranajes de su cabeza funcionaban a toda velocidad.

Supuso que Cantu debía de tener sus propios resentimientos contra Sabich.

–Pero el hotel… –prosiguió Marco–. «La intimidad de nuestros huéspedes» –entrecomilló la frase con un gesto de sus dedos rechonchos–, es sagrado. Como si fuera un banco suizo, joder. Así que, si un día se descubre el pastel, yo no he dicho nada. Si necesita esto por escrito, mande a un detective y yo correré a ver a mi jefe para que él corra a ver al suyo. Al final, el resultado será el mismo, pero ya sabe cómo son estas cosas.

–Entendido –dijo Molto, y observó a Marco mientras este se alejaba con su elegante traje.

Dejó el resto del bocadillo y, con un gesto, le indicó a Brand que volvían al coche. Jim lo había dejado al otro lado de la calle, en una zona donde estaba prohibido aparcar, pero que podía verse desde el restaurante. Al subir, quitó el tarjetón que había dejado en el parabrisas –«POLICÍA UNIFICADA DEL CONDADO DE KINDLE – EN ASUNTO OFICIAL»– y volvió a guardarlo bajo la visera de la izquierda.

–Ese hombre no era un buen poli cuando patrullaba la calle, ¿sabes? –le dijo Tommy.

–Yo diría que era un saco de estiércol –replicó Brand–, pero no quisiera ofender al estiércol.

–Y entre Rusty y él hay mal rollo, ¿verdad?

–Eso me ha parecido. La primera vez que hablamos de esto, Marco me contó que, cuando Sabich era juez de primera instancia, le desestimó una moción que pedía la supresión de unas pruebas.

–De acuerdo, así que No Cantu quizá ve un poco más de la cuenta.

–Tal vez sí, tal vez no. Pero, si es cierto lo que dice, sería un móvil suficiente para que el juez liquidase a su señora.

–Sea como sea, eso ocurrió hace un año y medio. Y no creo que sea móvil suficiente para un homicidio. ¿Has oído hablar alguna vez de divorcio?

–Con mi mujer eso no sería posible –contestó Brand–. Me pegaría una patada en el culo. –Jody, que había sido ayudante del fiscal, era todo un carácter–. Tal vez Rusty pensó que el divorcio perjudicaría su campaña.

–En ese caso podía haber esperado seis semanas.

–Quizá no podía. Quizá la chica estaba embarazada y empezaba a notársele.

–Demasiados quizá, Jimmy.

Habían llegado a Madison y pasaban ante la puerta principal del hospital universitario. En la esquina, había gente esperando a que cambiara el semáforo. Por su aspecto eran médicos, pacientes y trabajadores, y todos ellos –ocho, contó Molto– hablaban por el móvil. ¿Qué le había ocurrido al momento presente?

–Jefe –dijo Brand–, a Rusty no van a ejecutarlo a medianoche por esto, pero dijiste que te trajera algo, y esto es algo. Tenemos a un tipo que fue procesado por homicidio. Su mujer muere de repente y él deja enfriar el cuerpo un día entero sin que haya ninguna explicación lógica para ello. Y ahora resulta que tenía un lío amoroso. O sea, que es posible que quisiera cambiar de mujer por la vía rápida. No lo sé, pero tenemos que averiguarlo. Es lo único que digo. Tenemos un trabajo que hacer y debemos hacerlo.

Tommy miró la ancha avenida que discurría a la sombra de unos árboles sólidos y viejos que crecían a ambos lados de la misma. Todo habría sido muchísimo más fácil si se hubiera tratado de otra persona.

–Por cierto, y ¿cómo te ha llegado esta información? –preguntó–. ¿Quién te puso en contacto con Marco?

–Uno de los polis de Nearing juega al billar con Cantu los martes por la noche.

–Espero que no hablen demasiado. –A Tommy eso no le gustó–. No quiero que unos cuantos polis de Nearing vayan por ahí preguntándole a la gente si creen que hay algún motivo para pensar que Rusty Sabich se cargó a su mujer.

Brand le aseguró que habría silencio. Tommy se dio por contento con que el caso no hubiera llegado todavía a la prensa y le preguntó a su subordinado qué quería hacer.

–Yo diría que ha llegado el momento de controlar sus registros bancarios, sus llamadas telefónicas –respondió Jim–. Para ver si realmente hay una chica misteriosa y todavía están liados. Podemos entregar requerimientos a noventa días a todo el mundo, prohibiendo que se le comente nada a Rusty hasta después de las elecciones.

Según la versión estatal de la Ley Patriótica, los fiscales tenían derecho a requerir documentos y ordenar a la persona que los proporcionaba que no hablase de ello con nadie, salvo con un abogado, durante noventa días. Era una versión descafeinada de lo que estaban facultados a hacer los federales, que podían mantener los requerimientos en secreto indefinidamente, pero los abogados defensores locales habían puesto el grito en el cielo, como era habitual, en la capital del estado.

Tommy soltó un gruñido y citó a Maquiavelo, un italiano que sabía mucho de aquello:

«Si atentas contra el rey, será mejor que lo mates».

Pero Brand se limitó a negar con su calva cabeza.

–Ponte en lo peor, jefe, supón que esto no lleva a ninguna parte. Rusty se cabreará cuando lo sepa y tal vez nos meta el dedo en el ojo de vez en cuando, pero no irá a quejarse a ninguna parte. Está en el Tribunal Supremo, no ha salido perjudicado y no ha tenido que reconocer que en su día, mientras su señora todavía respiraba, él tenía un ligue. Lo único que hará será odiarte un poco más de lo que ya te detesta.

–Magnífico.

–Tenemos un trabajo, jefe. Nos ha llegado cierta información.

–Una información poca sustanciosa.

–Poco sustanciosa o no, tenemos que comprobarla. No querrás que, dentro de seis meses, un poli de Nearing le llore a un periodista, tomando una cerveza, y le diga que se enteraron de trapos sucios del nuevo juez antes de que fuera elegido y que tú no quisiste que el malo de Rusty te pateara el culo otra vez, ¿verdad? Eso tampoco estaría bien.

Brand estaba en lo cierto. Tenían un trabajo que hacer, pero era peligroso. La gracia es que uno se crea siempre dueño de su vida. Tú hundes el remo en el agua para dirigir la canoa, pero es la corriente la que te lanza hacia los rápidos. Lo único que puedes hacer entonces es agarrarte fuerte y esperar no golpearte contra una piedra o no caer en un remolino.

Tommy esperó todo el camino de regreso a los juzgados antes de darle a Brand permiso para proceder.

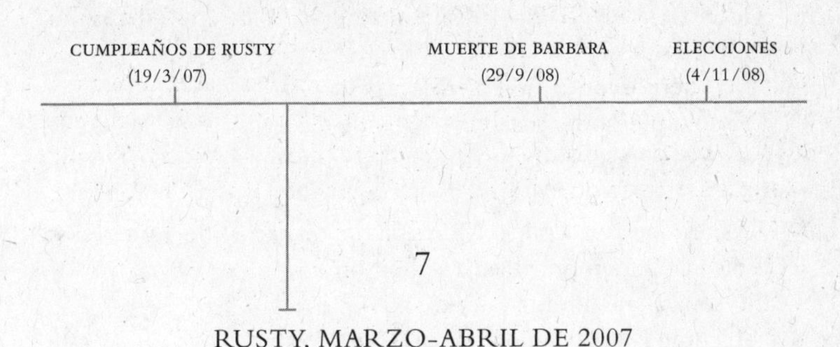

7

RUSTY, MARZO-ABRIL DE 2007

Cuatro días después de convertirnos en amantes, Anna y yo volvemos a encontramos en el hotel Gresham. Su casa no nos conviene, pues su compañera de piso, Stiles, puede presentarse en cualquier momento. Y, sobre todo, porque su edificio de ladrillo rojo de la urbanización de East Bank está a solo dos manzanas del Tribunal Supremo del Estado, donde Nat trabaja unas cuantas horas por semana.

Dado que mantener las apariencias es fundamental, a través de unos crípticos correos electrónicos hemos acordado que ella usará su tarjeta de crédito para reservar la habitación del hotel. Yo me siento en el vestíbulo fingiendo que espero a otra persona. Cuando el recepcionista se vuelve de espaldas, Anna busca mi mirada. Me llevo la mano debajo de la chaqueta y me toco el corazón.

Cuando has mirado durante meses a una mujer con el ojo anhelante de la imaginación, una parte de ti no acepta que sea realmente ella, desnuda, la que está entre tus brazos. Y, hasta cierto punto, no lo es. Su cintura es más estrecha de lo que yo creía y sus muslos un poco más gruesos. Sin embargo, la esencia de la emoción es haber saltado el muro de mis propias fantasías: eso constituye una experiencia tan sobrenatural como colarse entre los barrotes y darse un revolcón con los animales exóticos del zoológico. «Por fin –pienso cuando la toco–. Por fin.»

Después, mientras se mete el faldón de la camisa dentro de la falda, digo:

–Entonces esto ha ocurrido de veras.

Su sonrisa es de inocencia y arrobo. Cuando Anna disfruta con algo, no es consciente de sí misma.

–Tú no querías, ¿verdad? Cada vez que entraba en tu despacho, veía que lo sopesabas. Y que decidías que no.

–No quería –confirmo–. Pero aquí estoy.

–Yo solo pienso las cosas una vez –me dice–. Y luego decido. Es un don. Hace tres meses, me di cuenta de que quería acostarme contigo.

–Y eres como la Policía Montada del Canadá, ¿no?, que en su lema dicen que siempre pillan a su hombre.

Ella sonríe, una sonrisa radiante.

–Sí, como la policía montada del Canadá –dice.

En mi trabajo, en los actos de la campaña, mientras camino por la calle o viajo en el autobús, sigo la rutina de una vida normal, pero por dentro me he mudado a una nueva ubicación. Pienso en Anna todo el rato y reviso obsesivamente los pasos cada vez más grandes que dimos durante meses en nuestro camino para convertirnos en amantes, todavía sorprendido de haber escapado a los severos límites que había establecido en mi existencia. Una vez en casa, no me apetece irme a dormir, no solo porque no tengo ganas de tumbarme al lado de Barbara sino también porque, en la última semana, he notado más vitalidad en mi cuerpo de la que había experimentado en décadas. Y, sin la campana de cristal bajo la cual todas las mujeres menos mi esposa han reposado sanas y salvas durante una generación, siento una palpable excitación en presencia de casi cualquiera de ellas.

Sin embargo, en todo momento sé que lo que estoy haciendo es, en el sentido coloquial del término, una locura. Un hombre poderoso de mediana edad, una joven hermosa. La trama no posee ni un ápice de originalidad y es, merecidamente, objeto de desdén universal, incluido el mío propio. Mi primer lío –hace más de veinte años– me dejó tan agobiado y lleno de conflictos que empecé a ir al psiquiatra. Pero ahora no he pensado en buscar a otro terapeuta, cosa que he tenido más o menos previsto hacer durante años, pues no necesito el consejo de nadie para saber que esto es sencillamente una chifladura hedonista, nihilista y, sobre todo, irreal. Y tiene que terminar.

Para Anna, que nos descubrieran no sería tan catastrófico como para mí. Supondría un vergonzante inicio para su carrera, pero no cargaría nunca con la parte principal de la culpa. No tiene una esposa a la que haya jurado fidelidad, ni responsabilidades públicas. En la judicatura, el hecho de que nos hayamos contenido hasta que dejó de ser empleada mía podría salvarme el cargo, pero N.J. Koll se convertiría al instante en el favorito.

Y estos serían los costes menores. La ira de Barbara es letal, y en estos momentos es posible que la convirtiera en un peligro para sí misma. Lo peor, sin embargo, sería tener que enfrentarse a Nat y su nueva mirada totalmente carente de respeto.

A raíz de mi primera aventura, advertí que llevo conmigo un gran bagaje de la casa infeliz y lúgubre donde me crié. Hasta entonces, había creído con toda ingenuidad que era un universitario típico, un chico espabilado, hijo de un sádico superviviente de la guerra y de una excéntrica solitaria, que había sido capaz de convertirse en un americano normal mejor que la media. En cierto modo, todavía anhelo ser un ejemplo, poseedor de una normalidad difícil de alcanzar, pero me acecha esa sombra que sabe que no lo soy. Nadie lo es, eso también lo sé. Pero mis defectos me preocupan más que los del resto de la gente. El vicio tiene ese atractivo. Significa aceptar quien soy.

Anna es como muchas personas que conocí en la facultad de Derecho. No es una intelectual, pero es brillante y, tan rápida en las tareas jurídicas –hacer encajar la ley con los hechos–, que verla en acción es más emocionante que contemplar a una gran atleta en la pista. Ahora que, de repente, nuestro trato es de igual a igual, su agudeza me resulta cautivadora. Sin embargo, en nuestras conversaciones hay poca dulzura y ningún murmullo. Hablamos de abogado a abogado, casi discutimos, medio en broma, pero la charla no carece nunca de estímulos. Y lo que debatimos es una verdad que tiene que quedarnos clara a los dos desde el principio: es imposible que esto termine bien. Ella conocerá a alguien más adecuado. O nos descubrirán y nuestra vida quedará reducida de nuevo a una humeante ruina. Sea como sea, no tenemos futuro.

–¿Por qué no? –pregunta ella cuando se lo digo, como quien no quiere la cosa, la tarde de nuestro segundo encuentro.

–No puedo dejar a Barbara. Primero, porque mi hijo no me lo perdonaría nunca. Y segundo, porque es injusto.

Le cuento parte de la historia, detallando incluso la farmacopea del botiquín de Barbara a fin de apoyar mi tesis: mi esposa no está en sus cabales. Volví con ella sabiéndolo.

La expresión de Anna denota que está entre enfurruñada y dolida. Se sonroja.

–Anna, esto ya lo sabías. Tenías que saberlo.

–No sé qué sabía. Yo solo necesitaba estar contigo.

Unas lágrimas surcan sus tersas mejillas.

–Ahí está el problema –le digo–. Entre nosotros hay una diferencia fundamental.

–¿Te refieres a la edad? Tú eres un hombre y yo soy una mujer. No pienso en la edad.

–Pues tendrías que hacerlo. Tú estás empezando, y yo ya termino. ¿Te has fijado en que los hombres de mi edad pierden el cabello? ¿Y en que empiezan a crecerles pelos en las orejas y la barriga se les pone flácida? ¿Por qué crees que les ocurre eso?

–¿Por las hormonas? –pregunta ella con una mueca.

–No. ¿Qué diría Darwin? ¿Por qué es ventajoso que los viejos tengan un aspecto distinto del de los jóvenes? Porque así las mujeres en edad fértil saben con quién deben aparearse. Porque así los mujeriegos de mi edad no pueden decir que tienen veinte años menos.

–Tú no eres un mujeriego y yo no soy una cabeza hueca.

Ofendida, aparta la colcha y, muy erguida, en toda su espléndida desnudez, camina hasta el escritorio en busca de un cigarrillo. No la había visto nunca fumar y me había sorprendido un poco que pidiera una habitación de fumadores. Yo dejé el vicio hace tiempo, pero el olor de un cigarrillo encendido nunca ha dejado de parecerme el aroma de una ciega indulgencia.

–¿Qué piensas? –inquiere–. ¿Que para mí esto solo es una experiencia?

–Es lo que terminará siendo. Una locura que cometiste una vez y de la que aprendiste algo.

–No me digas que soy joven.

–Si no lo fueras, ninguno de los dos estaría aquí. Ni sentiríamos tanta fascinación el uno por el otro.

Me sitúo detrás de ella, la hago volverse hacia mí y recorro su torso con las manos. Físicamente es maravillosa, un poder del que Anna disfruta y que se esfuerza mucho por mantener: manicura y pedicura, peluquería, tratamientos faciales; «mantenimiento rutinario», como ella lo llama. Sus pechos son perfectos, grandes, con una hermosa forma de campana, una amplia y oscura areola y grandes pezones. Y me fascinan sus genitales, donde, de alguna manera, parece concentrarse su juventud. Los lleva depilados; «un brasileño completo», como ella dice. Para mí es una novedad, y ese tacto liso provoca mi lujuria como un relámpago. La idolatro, me la bebo y me tomo mi tiempo mientras ella gime y me da instrucciones alternativamente.

En este estado de estupefacción, la vida continúa. Hago mi trabajo, redacto dictámenes, emito providencias, me reúno con grupos y comités del Colegio de Abogados, llevo a cabo el habitual combate burocrático con el tribunal, pero Anna, con sus variados mohínes, siempre acaba atrayendo mi atención. El cambio de partido de Koll, que anunció la semana de mi cumpleaños, de momento ha restado urgencia a la campaña, aunque Raymond continúa programando actos de recogida de fondos.

Anna y yo hablamos varias veces al día. Yo solo la llamo desde el despacho, porque los recibos detallados de las llamadas del móvil llegan a casa por correo. A solas en mi oficina del juzgado, llamo a su línea particular en su nuevo trabajo o ella llama a mi teléfono directo. Son conversaciones en voz baja, siempre demasiado rápidas, una extraña mezcla de banalidades y expresiones de deseo. «Guerner me ha asignado este maldito documento. Tendré que trabajar todo el fin de semana.» «Te echo de menos.» «Te necesito.»

Un día, por teléfono, Anna me pregunta: «¿Qué ha ocurrido con Harnason?». El último acto oficial de Anna como pasante fue redactar mi dictamen discrepante y le preocupa el caso, así como otros en los que ha trabajado. Yo me había olvidado de Harnason, igual que de todo lo demás en la vida, pero, una vez cuelgo el teléfono, llamo a Kumari. Como respuesta a mi voto discrepante, George ejerció galantemente el derecho que asiste a todos los jueces de mi tribunal e hizo circular el severo informe de Marvina y mi borrador por todos los despachos, planteando si no sería un caso apropiado para una revisión conjunta en la que los dieciocho jueces dictaminaran sobre el caso. Algunos de mis colegas, reacios a ofender al presidente del tribunal, han elegido la alternativa diplomática de no responder. Doy un plazo de una semana y termino derrotado contundentemente: 13 a 5 –contándonos a Marvina, a George y a mí mismo– a favor de ratificar la condena. Esto garantiza prácticamente que el Tribunal Supremo rechazará la vista del caso basándose en la teoría de que dieciocho jueces no pueden estar equivocados. Saboreando la victoria, Marvina pide redactar de nuevo el dictamen, pero en menos de un mes John Harnason deberá volver a la cárcel.

Pienso en Barbara casi tan a menudo como en Anna. En casa, estoy más allá de toda sospecha. Las noches previas al siguiente encuentro con Anna, estudio mi cuerpo desnudo a la luz del cuarto de baño. Estoy viejo, informe, un poco hinchado. Me corto vello púbico con unas tijeritas de cortar los pelos de la nariz, para eliminar las largas e ingobernables hebras canosas. Tendría que preocuparme que Barbara lo notara, pero la verdad es que no comenta nunca nada de mis visitas al peluquero ni de los serios cortes que me hago al afeitarme. Después de treinta y seis años, está más pendiente de mi presencia que de mi aspecto.

Décadas atrás, cuando me lié con Carolyn, estaba completamente ido; en cambio, Anna me ha llevado a apreciar más a Barbara y a ser paciente con ella. Las escapadas al placer han vaciado ese amargo almacén de resentimientos, lo cual no quiere decir que sea fácil seguir adelante con el engaño, que carcome todos los momentos que estoy en casa. El que saca la basura o hace el amor con Barbara –algo que no puedo evitar por completo– parece un segundo yo. La falsedad no reside solo en mentir acerca de dónde he estado o en los hechos destacados de la jornada. La mentira está en quién soy realmente, en lo más profundo de mi corazón.

Mi deseo imposible de ser fiel a dos mujeres me lleva repetidas veces a las cimas más elevadas del absurdo. Por ejemplo, insisto en pagarle a Anna en efectivo lo que gasta en las habitaciones de hotel. Ella se ríe de mí, pues su sueldo es mayor que el mío y, con un aumento del 400 por ciento sobre lo que ganaba como pasante, se siente como si nadara en oro, pero una obsoleta caballerosidad, si queremos llamarla así, se ofende al pensar que me estoy acostando con una mujer veintiséis años más joven que yo y que ella tiene que pagar por el privilegio.

Sin embargo, conseguir el dinero es más complicado de lo que había previsto. Barbara es la contable de casa y, como licenciada en matemáticas, los números son lo principal en su vida. Puede decirte sin parpadear el importe de la factura de la electricidad del mes de junio pasado. Aunque puedo justificar un par de visitas extra al cajero automático como pérdidas de las partidas de póquer entre jueces, reunir varios cientos de dólares de más cada semana parece imposible hasta que, casi por intervención divina, de repente llega el ajuste del sueldo de los jueces al coste de la vida, algo que llevaba mucho tiempo en litigio. Paro el ingreso directo de mi sueldo del 17 de abril, voy al banco con el talón y deposito la misma cantidad que hasta entonces aparecía electrónicamente, mientras que me guardo en efectivo la diferencia del aumento. Este incluye los dos años y medio de atrasos que ha tardado el acuerdo, casi cuatro mil dólares con el primer cheque.

–Me alegro de que esto sea un secreto –le digo a Anna una tarde, tumbados en la cama. Ahora nos vemos dos o tres veces por semana, a la hora del almuerzo o después del trabajo, cuando puedo decir que estoy en un acto de campaña–, porque de ese modo no tendrás que oír cómo millones de personas te dicen que estás loca.

–¿Por qué estoy loca? ¿Por el asunto de la edad?

–No –respondo–. Eso solo es una locura normal. O anormal. Me refiero a que la última mujer con la que tuve una aventura terminó muerta.

He captado su atención. Los ojos verdes están quietos. El cigarrillo queda suspendido a mitad de camino de los labios.

–¿He de temer que me mates?

–Algunas personas aludirían a los antecedentes... –Anna sigue sin moverse–. No la maté yo –añado.

Anna probablemente no se lo imagina, pero esta es la mayor intimidad que me he permitido con ella. Durante más de dos décadas, por una cuestión de principios, no me he molestado nunca en dejarlo claro ni siquiera con los amigos más íntimos. Si pese a lo bien que me conocen albergan sospechas, estas no desaparecerán nunca, por más que yo niegue.

–Me acuerdo muy bien de ese caso, ¿sabes? –dice ella–. Fue la primera vez que pensé que me gustaría ser abogada. Todos los días leía las noticias sobre el juicio en la prensa.

–¿Y cuántos años tenías, entonces? ¿Diez?

–Trece.

–Trece –repito con tristeza. Empiezo a advertir que no me acostumbraré nunca a mi monumental estupidez–. Entonces, la culpa de que seas abogada también es mía, ¿no? Ahora la gente dirá que te he corrompido.

Me da con la almohada y pregunta:

–Entonces, ¿quién crees que lo hizo?

Muevo la cabeza, negando.

–¿No lo sabes, o no quieres decirlo? Yo tengo una teoría –prosigue–. ¿Quieres oírla?

–Ese caso está cerrado.

–¿Aunque hace un momento me hayas dicho que estoy en peligro de muerte?

–Vistámonos –digo sin intentar disimular que estoy molesto.

–Lo siento. No quería presionarte.

–No hablo de eso. Los veteranos no hablan de las guerras, solo siguen adelante. Esto es lo mismo. Aunque no dejo de preguntarme...

–¿Quién lo hizo?

–De preguntarme por qué estás aquí, dado mi peligroso historial.

Ella ya se ha puesto la ropa interior, pero ahora se quita el sujetador y, con la destreza de una cabaretera, lo arroja contra la pared.

–El amor lleva a cometer locuras –dice, cayendo en mis brazos.

Los dos tenemos prisa, pero esa actitud de desenfreno enciende de nuevo mi deseo y hacemos el amor otra vez.

Cuando terminamos, dice:

–No me lo creo. En absoluto.

–Gracias –murmuro–. Me alegro de que eso no te haya disuadido.

–Tal vez haya sido todo lo contrario –replica, encogiéndose de hombros.

La miro con curiosidad.

–Quiero decir que todavía eres una especie de leyenda –explica–. Y no solo para los abogados. ¿Por qué crees que nadie que esté en su sano juicio quiere presentarse contra ti a las elecciones para el Tribunal Supremo?

El Tribunal Supremo. El corazón me da unos cuantos saltos en el pecho. Entretanto, ella parece ausente, como si no estuviera del todo aquí.

–A veces –dice Anna entonces–, hacemos cosas que realmente no comprendemos, pero tenemos que hacerlas. Que sean sensatas o insensatas no importa mucho.

Esta conversación incide en algo que me pregunto muy a menudo. ¿Qué le ocurre a una mujer joven, a la que considero inteligente y enormemente sensata en casi todos los demás aspectos, para que le interese un hombre que casi le dobla la edad y que, para colmo, está casado? Estoy seguro de que si todos los abogados, jueces y aduladores de los juzgados no me llamaran «presidente» cada vez que entro en el edificio, Anna no sentiría atracción por mí. Pero ¿qué significa para ella acostarse con el presidente del tribunal? Significa algo, eso está claro, aunque probablemente no entenderé nunca qué parte secreta suya espera que yo llene. ¿Lo que ella quisiera en el ámbito de la ley? ¿Quien desearía tener como padre? ¿El hombre que ella anhela ser en sus sueños secretos? No lo sé y, probablemente, Anna tampoco. Lo único que noto es que necesita estar lo más cerca posible de mí, pues lo que busca, sea lo que sea, solo puede absorberse de piel con piel.

He aquí lo que había olvidado: el sufrimiento. Había olvidado que una aventura amorosa es un tormento constante. Lo es por la falsedad que vives en casa, por la angustia de que puedan descubriros. Por el dolor que sabes que llegará con el inevitable final. Por la agonía de la espera para volver a estar con ella. Por el hecho de que solo eres tú mismo durante unas pocas horas, unos días por semana, en la habitación de un hotel, cuando esos dulces momentos, los más cercanos al cielo que conocemos en esta tierra, hacen que todas las angustias merezcan la pena.

Rara vez duermo toda la noche y a las tres o las cuatro de la mañana estoy levantado, tomando una copa de brandy. Le digo a Barbara que lo que me preocupa es el tribunal y las elecciones. Me siento en la oscuridad y empiezo a regatear conmigo mismo. Veré a Anna dos veces más y luego lo dejaré. Pero, si la voy a dejar, ¿por qué no lo hago ya? Porque no puedo. Porque el día que renuncie a ella será el día en que acepte que esto no volverá a ocurrir nunca más. Que, en pocas palabras, habré empezado a morir.

A pesar de las precauciones habituales, me noto cada vez más atrevido frente al peligro. El riesgo está siempre presente pero, cuando no te descubren dos veces, y luego cuatro y cinco, parte de esa emoción extraordinaria reside en vencer las probabilidades. Un día en que Anna y yo nos hemos citado en el Gresham, Marco Cantu, ex policía al que conozco de cuando patrullaba, me ve sentado en el vestíbulo sin motivo aparente y se acerca a saludarme. Ahora trabaja en la seguridad privada del hotel. Le digo que espero a un amigo para almorzar juntos pero suena raro, incluso a mis oídos. Y una semana más tarde me siento medio electrocutado de pánico cuando, mientras Anna y yo bajamos, la puerta del ascensor se abre en un piso intermedio y aparece Marco, que tiene la hechuras de un luchador de sumo en pequeño. Es un mal momento, Anna y yo todavía nos estamos besuqueando y, al detenerse el ascensor, nos separamos, un movimiento que a Cantu seguramente no le habrá pasado por alto.

–¡Presidente! –exclama–. Lo vemos mucho por aquí, en los últimos tiempos.

No le presento a Anna y noto que él me traspasa con la mirada. La semana siguiente, lo veo cuando voy a entrar al hotel y, con una pirueta, salgo otra vez por la puerta giratoria hasta que advierto que abandona el vestíbulo.

–Ha llegado la hora de cambiar de escenario del crimen –le digo a Anna tan pronto como estamos a salvo en la habitación–. Marco patrulló la calle mucho tiempo. Es perezoso, pero tiene un olfato extraordinario.

Ella ya se ha desnudado. Se ha puesto el suave batín del hotel, pero no se lo ciñe con el cinturón, sino con una cinta de satén rojo en forma de esmerado lazo de regalo.

–¿Esto es lo que piensas que es? ¿Un crimen?

–Algo que sienta tan bien tiene que ser malo –respondo. Ya he colgado la chaqueta y me he sentado en la cama para quitarme los zapatos cuando me doy cuenta de que he hablado con demasiada crudeza.

Ella me mira enfadada.

–Al menos podrías fingir que te gustaría estar conmigo.

–Anna…

Pero los dos sabemos que el comentario se acerca a la verdad. No he pasado ninguna noche con ella. El viernes de la tercera semana, le dije a Barbara que iba a un acto del Colegio de Abogados y me atreví a regresar a casa a la una y media, después de haber abandonado la habitación mientras Anna me suplicaba que me quedara. A menudo habla de que nos escapemos un fin de semana, para despertarnos juntos y poder pasear al aire libre, pero yo no me lo imagino. Me siento muy unido a ella pero, para mí, nuestra relación pertenece al espacio cautivo de una habitación alquilada, donde podemos desnudarnos y obtener las distintas cosas que cada uno está tan desesperado por conseguir.

–Ahora en serio, tú no te casarías nunca conmigo, ¿verdad?

–Ya estoy casado.

–Hum. No, no me refiero a eso. ¿Y si Barbara no estuviera en la película? ¿Si muriera de repente o se largara?

¿Por qué mi primer instinto es huir?

–Soy demasiado pobre para tener una esposa trofeo.

–Eso es un cumplido.

–Anna, la gente se reiría de mí en mis narices.

–¿Es por eso? ¿Porque se reirían?

–Porque habría razones para reírse. Un tipo casado con una mujer que podría ser su hija vuela demasiado cerca del sol.

–Yo diría que ese es mi problema y de nadie más, ¿no te parece? Si quiero pasearte en una silla de ruedas en la fiesta de graduación del instituto…

–¿Y cambiarme los pañales?

–Lo que sea. ¿Por qué no puedo tomar esa decisión?

–Porque las personas, por lo general, tienen problemas para mantener una relación cuya parte buena está toda al principio. Acaban sintiéndose llenas de resentimiento.

Vuelve la cara. Estas conversaciones la llevan siempre al borde de las lágrimas. Hoy estamos en una habitación ocupada casi completamente por la cama de matrimonio. Da al patio interior, por el que llega el ruido de platos de la cocina del hotel.

–Anna, en este mundo hay alguien que se moriría por casarse contigo.

–Bueno, pero todavía no ha aparecido. Y no me hables de otro hombre. No quiero un premio de consolación.

—No te mentiré, Anna, no puedo. Miento en todas partes. A ti tengo que decirte la verdad. Esto no tiene futuro. ¿Qué se supone que tengo que hacer? ¿Cambiar el lema de mi campaña? «Vote a Sabich, se lía con sus empleadas.»

Suelta una sonora carcajada. Por suerte, su sentido del humor no la abandona nunca, pero sigue de espaldas a mí.

—Anna, si tuviera cuarenta años me casaría contigo, pero tengo sesenta.

—Deja de decir que soy joven.

—Lo que digo es que soy viejo.

—Las dos cosas son igual de molestas. Oye, no estás aquí por casualidad. Jodes conmigo y luego me largas estos discursos que dan a entender que no puedes tomarte esto en serio.

La vuelvo hacia mí y agacho un poco la cabeza para que nuestros ojos queden a la misma altura.

—¿Tú crees que tiene sentido lo que has dicho? ¿Que no me tomo esto en serio? Lo he arriesgado todo para estar contigo —digo—. Mi carrera, mi matrimonio, el respeto de mi hijo…

Ella se suelta pero, de repente, me mira de nuevo con una gran intensidad en sus ojos verdes.

—¿Me amas, Rusty?

Es la primera vez que se atreve a preguntarlo, pero desde el principio he sabido que lo haría.

—Sí —respondo. Dicho por mis labios, se parece muchísimo a la verdad.

Ella se enjuga una lágrima.

Y esboza una radiante sonrisa.

Después del último encuentro con Marco Cantu, nuestros lugares de cita están regidos por los caprichos de hotelrooms.com, donde siempre aparece una habitación de precio económico en el último minuto, en alguno de los hoteles del centro de la ciudad. Anna se encarga de las reservas y me manda un correo electrónico para decirme en qué establecimiento nos encontraremos. Llega diez minutos antes que yo y me envía el número de la habitación a la PDA. A la hora de marcharnos, también lo hacemos con un intervalo de diez minutos.

Así, estoy saliendo del Renaissance un espléndido día de primavera, con un cielo limpio y el olor de las flores que empiezan a abrirse, cuando oigo una voz más o menos familiar.

–Ah, juez –dice.

Cuando me vuelvo, me encuentro con Harnason. Es un momento horrible. De inmediato me doy cuenta de que me ha seguido aquí hace dos horas y que ha esperado como un perro fiel atado a una farola. ¿Hasta qué punto sabe lo que ocurre? ¿Cuántas veces me ha seguido? Como me ocurre con tanta frecuencia en estos tiempos, cuando reparo en la magnitud de mi estupidez casi me fallan las rodillas.

–Qué casualidad encontrarlo –añade él sin una pizca de sinceridad, por lo que confirmo que mis sospechas son ciertas.

Le pido a mi corazón que se tranquilice un poco mientras calculo qué puede haber visto. Que voy a hoteles a la hora del almuerzo, que a veces me quedo más de lo que se tarda en una comida normal, pero eso es todo. Si estaba siguiéndome, no habrá visto llegar a Anna diez minutos antes que yo.

–Sí, qué casualidad –contesto.

Harnason no está por encima del chantaje y espero su amenaza. Será inútil. No puedo hacer nada en absoluto para cambiar el resultado de su caso. Sin embargo, no me amenaza y, mientras hablamos, a un metro de distancia, su rostro cubierto de cabello pelirrojo se ensombrece.

–No lo soporto, juez –dice–. No soporto no saber. Cuando obtuve la libertad bajo fianza, estaba extático, pero no es lo mismo que ser libre. Es como caminar esperando que se abra una trampilla en la acera bajo tus pies.

Miro a Harnason, a quien antaño condené por razones equivocadas y por quien ahora he librado una batalla, sin que él lo sepa.

–El dictamen no tardará mucho en salir –digo y doy media vuelta. De inmediato, siento su mano en la manga.

–Por favor, juez. Si ya está decidido, ¿qué daño me va a hacer saberlo ahora? Es terrible, juez. Solo quiero saberlo. ¿Cuál es la diferencia?

La diferencia es que está mal. Esa es la respuesta correcta, pero un leve aroma del perfume de Anna impregna mi piel y todavía noto esa agotada y jodida sensación romántica que emana de mi polla. ¿Quién soy yo, hoy, para ser fiel a ningún principio? O, lo que es más importante, ¿quién soy yo para negarle ahora a este hombre la compasión que merecía hace treinta años?

–Debería usted prepararse para una mala noticia, John.

–¡Ah! –Es un sonido que le sale de las entrañas–. Entonces, ¿no hay esperanza?

–Me parece que no. Ha llegado al final del camino. Lo lamento.

–¡Ah! –repite–. La verdad es que no quería volver allí. Soy demasiado viejo.

Allí, de pie en medio de la calle, rodeado de tenderos y hombres de negocios que se arremolinan a nuestro alrededor, muchos de ellos transportados electrónicamente a su propio universo mediante los móviles o los iPods, me cuesta entender mis sentimientos. Siento una extraña compasión por Harnason, pero también me molesta la forma en que me ha seguido y me ha sonsacado información. Sé que tengo que trazar una línea para evitar nuevas intimidaciones. Sobre todo en este momento en que me siento un poco irritado por la lástima que muestra hacia sí mismo. Como fiscal, siempre he sentido respeto por los condenados que salían de la sala sin pestañear, los que vivían según el lema «No cometas un delito si no eres capaz de cumplir la condena».

–Hablemos claro, John. Lo hizo usted, ¿verdad?

–Igual que usted, juez –responde, sin tomarse un segundo para pensar–. Y aquí está.

No, estoy a punto de decir, saltándome mis antiguos escrúpulos contra dar explicaciones.

–Me absolvieron –replico–. Como merecía.

–Yo también lo merecía –dice.

Saca el pañuelo y se suena la nariz. Ahora llora a lágrima viva, como un niño. Algunas personas que pasan junto a nosotros para entrar en el hotel se vuelven a mirar, pero a Harnason no le importa. Él es como es.

–Pero no porque no lo hiciera –digo–. ¿Cómo fue eso, John? ¿Cómo pasó ese mes, mientras sabía que estaba matando a ese hombre?

No sé qué conseguiré enfrentándome a él de ese modo. Supongo que lo que estoy preguntando es: ¿Dónde está la frontera? ¿Cómo parar? Cuando he jodido con mi pasante y he traicionado a mi esposa, cuando he lanzado por la borda todo lo que había conseguido, ¿dónde está la línea de contención?

–¿De veras quiere saberlo, juez?

–Sí.

–Fue difícil. Lo odiaba. Iba a abandonarme. Yo era viejo y él no. Yo lo mantenía y al principio me lo agradecía, pero luego se cansó de mí. Soy demasiado viejo para encontrar a otro, a alguien como él. Eso lo comprende, ¿verdad?

Me pregunto de nuevo cuánto sabe sobre Anna y asiento con la cabeza.

–Pero al principio no creía que realmente fuera a hacerlo –prosigue Harnason–. Pensé en ello, lo reconozco. Fui a la biblioteca, investigué un poco. Hay un caso en un tribunal de apelación. ¿Usted no lo sabía? De Pennsylvania. Leí que el arsénico no se detecta. –Se ríe con cierta amargura–. Parece que a los fiscales se les pasó por alto que he sido abogado.

–¿Y dónde estaba el arsénico? ¿En las bebidas?

–Hago repostería. –Harnason se ríe entre dientes a costa de la acusación. Los fiscales son historiadores que trabajan en la reconstrucción del pasado con todos los peligros que eso conlleva. No lo consiguen nunca del todo, porque los testigos declaran de una manera sesgada, o están equivocados, o no están seguros de su testimonio. O porque, como en este caso, los investigadores no formulan las preguntas correctas, ni juntan las piezas de todo lo que saben–. Todas esas personas que testificaron que yo nunca cocinaba decían la verdad. Cuando Ricky estaba en casa, la cocina era suya. Pero yo preparaba pasteles y Ricky era muy goloso. Las primeras veces me dije que solo lo hacía por diversión, para ver si él lo notaba, o cómo me sentiría yo si podía hacer aquello sobre lo que había leído. Debí de hacerlo unas cinco veces y seguía sin parecerme real, pensaba que pararía. Eso me lo dije innumerables veces, ¿sabe? –dice Harnason de repente–. Que iba a parar. –Su mirada apagada se pierde muy lejos–. Pero no lo hice –añade con remordimiento–. No paré. En algún momento, el séptimo o el octavo día, me di cuenta de que no iba a parar. Odiaba a Ricky. Me odiaba a mí mismo. Iba a hacerlo costara lo que costase. Y usted, juez, ¿cómo se sintió cuando mató a esa fiscal? ¿Fue un crimen pasional?

–Yo no la maté.

–Comprendo. –Su mirada es fría. Se siente engañado y derrotado–. Usted es mejor que yo.

–Yo nunca diría eso, John. Quizá he tenido más suerte. Nadie es bueno por sí mismo. Todos necesitamos ayuda. Yo recibí más que usted.

–Y ahora, ¿quién lo ayuda? –pregunta e indica la entrada del hotel, volviendo hacia ella su cara sonrosada.

Aquí estamos, de pecador a pecador. Me siento empequeñecido por mi propia naturaleza previsible.

En esta conversación se han dicho tantas verdades que no puedo mentir. Meneo la cabeza y doy media vuelta.

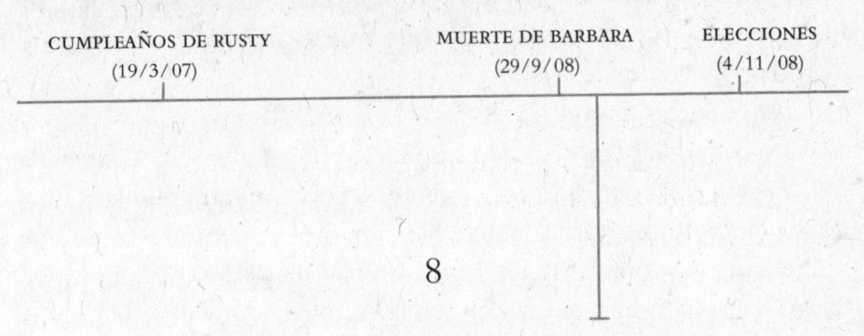

8

TOMMY, 17 DE OCTUBRE DE 2008

Rory Gissling era la hija de un poli, Shane Gissling, que terminó su carrera como sargento de detectives. De adolescente, Rory lo tenía todo: belleza, inteligencia y la personalidad de una animadora, y Shane quería para ella lo que los padres querían para sus hijas en aquellos tiempos: que aprendiera a ganarse la vida y que se casara con alguien cuya posición le permitiese no tener que ganársela nunca más. No se había imaginado a su hija en el cuerpo, que era un pozo de mierda. Rory sacó sobresaliente en contabilidad en la universidad, aprobó a la primera el examen de Contable Público Certificado y tuvo un fulgurante inicio profesional en una de las principales empresas financieras. Todo bien, pero la chica se sentía como si estuviera cumpliendo una condena. Al cabo de cuatro años, lo dejó y solicitó el ingreso en la academia de policía sin decir una palabra a sus padres. Los chismosos contaban que Shane lloró a lágrima viva de tan desgraciado como se sintió al enterarse de la noticia.

Después de dos años patrullando, Rory pasó a Delitos Financieros y destacó desde el principio. Ahora, al verla entrar en el despacho acompañada de Jim Brand a Tommy lo decepcionó un poco ver cómo se había estropeado desde la última vez que la había visto, hacía pocos años. Al ser alguien que siempre había tenido su aspecto físico en contra y que debía hacer un gran esfuerzo para ofrecer una imagen apenas aceptable, Tommy no entendía que una mujer como Rory, que de joven atraía todas las miradas, se hubiera descuidado de aquella manera y hubiese engordado veinte kilos, todos ellos en los lugares menos adecuados. Rondaba los cincuenta, todavía tenía el pelo rubio sin canas e iba muy bien arreglada, lo que tal vez significaba que, aunque hubiese perdido la batalla contra la báscula y odiase los espejos, le preocupaba un poco lo que su marido Phil, teniente de Tráfico, pensara de ello.

–¿Qué felices nuevas nos traes? –preguntó Tommy.

Él y Brand habían decidido que Rory era su mejor apuesta en la policía para entregar los requerimientos de documentos. Tenía el rango suficiente como para que se lo pidieran directamente a ella, sin que hubiera de pasar por un superior, y el cerebro necesario para interpretar los hallazgos sin necesidad de ayuda. Y, además, era uno de los pocos miembros del cuerpo que tenía a gala saber guardar un secreto.

–No sé –contestó Rory–. La verdad, chicos, es que no sé lo que tenéis vosotros, para empezar –añadió y dedicó una dura mirada a Tommy mientras Brand y ella se acomodaban en las butacas de madera que había al otro lado del escritorio. Tommy le había dicho a Brand que no explicase nada sobre la investigación y Rory, como era normal en todos los agentes, no soportaba trabajar a ciegas. Los policías querían saber, porque tener información de todo el mundo era uno de los mayores placeres que conllevaba el trabajo. Que ese conocimiento los hiciera sentir superiores, o meramente no tan inútiles, era algo que dependía de cada uno–. Esto es como trabajar para los federales –se quejó la mujer–: «Limítese a hacer lo que le decimos».

Tommy no tenía nada contra Rory, pero sabía que solo había una manera de que la noticia de que Rusty estaba siendo investigado por homicidio no trascendiera: no fiarse de nadie.

–Sabes quién es el sujeto, ¿verdad? –le preguntó, como si el mero nombre fuera explicación suficiente.

–Cuando entregas cuatro requerimientos de prueba documental con el mismo nombre en cada uno de ellos…, en fin, te haces una idea –respondió ella–. Supongo que el juez tenía algún lío amoroso. La última vez que lo comprobé, joder no era delito, ni siquiera para un candidato al Tribunal Supremo. Y por otra parte lo estáis llevando de una manera tan reservada que no creo que se trate de delatarlo a la prensa como venganza. O sea, que aquí tenemos algo gordo, ¿no es verdad?

Brand miró a Tommy, que no respondió. Estaba pensando lo que Rory había dicho. Los documentos que ella había conseguido confirmaban de algún modo las informaciones de Cantu y demostraban que Rusty tenía una aventura extramatrimonial.

–Hay una cosa que tengo que preguntar –dijo la mujer–. ¿Estamos hablando de un chico o de una chica?

Tommy se quedó boquiabierto.

–De una chica –respondió al fin.

–Mierda –masculló Rory, quien, al parecer, pensaba que aquello iba a ser divertido.

–Pero nos han dicho que es mucho más joven que él –intervino Brand–. ¿Qué te parece eso?

–No es lo mismo –respondió ella.

–¿Sabes por qué se folla a una mujer treinta años más joven? –le preguntó Brand.

–Porque es muy afortunado –respondió con una sonrisa malévola.

Creía que Brand le estaba tomando el pelo y hablándole como si fuera un hombre, la versión policial de la igualdad de oportunidades. Brand, sin embargo, hablaba en serio.

–Porque cualquier otra de su edad no lo haría. En esas páginas de ligar por internet, si en el perfil pones que estuviste acusado de matar a tu amante, no creo que te salgan muchas citas.

–Pues yo creo que eso excitaría a algunas mujeres –replicó Rory.

–¿Cómo es que yo no he conocido nunca a ninguna de esas? –dijo Brand.

–Eh, ¿aquí nadie trabaja? –intervino Tommy–. Rory, ¿cómo has averiguado que Rusty le pone los cuernos a su mujer? ¿Qué has descubierto en los requerimientos?

–No mucho, en realidad –respondió ella–. A través de los registros de la nómina, encontramos su número de cuenta corriente. Eso es lo mejor que he conseguido, su cuenta corriente.

Tommy preguntó si el banco había recibido la carta con la orden de que no podían decir nada durante noventa días. Rory lo miró como diciendo, «No soy tan estúpida», y abrió la carpeta. Había empezado la clase. Sacó copias de los extractos bancarios de Rusty.

Lo que les mostró a continuación fue que, a finales de abril, Rusty había detenido el ingreso automático del sueldo que recibía del condado en su cuenta corriente. Fue precisamente entonces, después de un movido pleito promovido por un grupo de contribuyentes, cuando por fin se había aprobado que el salario de los jueces se ajustara al coste de la vida. En vez de que se lo siguieran ingresando por transferencia, Rusty iba al banco cada dos semanas con el talón e ingresaba la cantidad exacta que cobraba antes del ajuste. El resto se lo quedaba en efectivo, incluidos más de cuatro mil dólares de atrasos.

Tommy no entendía adónde quería ir a parar la agente.

–Eso significa que no quiere que la parienta sepa nada de esa pasta –explicó Rory.

De vez en cuando, hablaba como su padre, con sus mismas expresiones coloquiales, como si lamentase haberse graduado con honores en la universidad.

–Te lo había dicho –murmuró Brand, dirigiéndose a Molto–. Esta chica es muy buena.

–No, fui yo quien te lo dijo –replicó Tommy–. Lo que no entiendo es qué relación tienen esos dólares con una amante. Quizá al juez le guste apostar a los caballos.

–O darle al crack –suspiró Rory–. Eso fue lo primero que supuse, ya que solo podía moverme en el ámbito de las suposiciones. –Dedicó otra dura mirada a Tommy. No estaba dispuesta a dejar el tema–. Naturalmente, no puedo decir con seguridad adónde ha ido la mayor parte de ese dinero, pero creo que tengo una idea. A veces, el juez iba al banco, hacía el ingreso y utilizaba el efectivo que le devolvían y un poco más que debía de tener metido en un calcetín para adquirir cheques de ventanilla.

–Buen truco –comentó Tommy.

–Es mejor tener suerte que ser listo. El banco me pasó esa información junto con el resto del historial. Nunca se me habría ocurrido preguntarlo. Normalmente, con tantas leyes de secreto bancario, hay que golpearlos como si fueran un tambor para que te den todo lo que tienes derecho a pedir, pero esta vez me lo entregaron con un lazo en menos de veinticuatro horas. La carta de los noventa días debió de asustarlos. No creo que aquí, en Nearing, vean muchas de esas.

Rory les pasó el primer talón, fechado el 14 de mayo de 2007, por un importe de 250 dólares. Pagadero a una empresa llamada CAETS.

–¿Qué significan las siglas?

–Corporación de Análisis de Enfermedades de Transmisión Sexual.

–¡Vaya!

–Sí, vaya –repitió ella.

–¿Por qué? ¿Habrá pillado alguna porquería? –preguntó Tommy.

–Chico, podría darte muchas teorías –respondió Rory–, todas ellas divertidas. Tú ya has apuntado la primera. O tal vez se olvidó de ponerse el chubasquero. Quizá su amiga y él querían hacerlo a pelo y aguardaron en la sala de espera, cogiditos de la mano, para hacerse la prueba juntos. Lo que está claro es que si él llevaba algo a casa, no llegaría muy lejos diciéndole a la parienta que lo había pillado en el asiento del retrete.

–¿Y podemos conseguir los resultados? –le preguntó Tommy a Brand.

–Solo si se lo pedimos a los federales. Con la Ley Patriótica, se puede acceder al historial médico sin que el interesado lo sepa. Sin embargo, la asamblea del Estado denegó este punto en la aplicación local de la ley.

Si podían, los federales les robarían el caso. Un juez presidente. El Tribunal Supremo. Siempre querían encargarse de todo lo que pudiera generar grandes titulares. Pero Tommy no los necesitaba. El simple hecho de que Rusty hubiera ido a hacerse un análisis significaba que había tenido una aventura extramatrimonial.

–Quizá la chica de Rusty sea una prostituta –sugirió Tommy, mirando a Brand.

Este asintió con la cabeza. Era una posibilidad.

–¿Os acordáis de Eliot Spitzer, el gobernador de Nueva York que dimitió cuando lo pillaron con chicas? Tal vez él le recomendó a alguna... –apuntó Jimmy.

Todos se rieron, pero Rory dijo que no creía que se tratara de eso, porque las prostitutas son, por lo general, un hábito, y Rusty había empezado a ingresar de nuevo todo su sueldo, incluido el ajuste del coste de la vida, desde el 15 de junio del año anterior.

–¿Y cómo le explicaría eso a su mujer? –se preguntó Brand en voz alta.

–Le diría que por fin había llegado la actualización.

Ambos hombres asintieron.

–Suponiendo que quisiera ese dinero para mantener a una chica, eso se debió de terminar –intervino Rory–. Al menos por un tiempo.

–¿Por qué solo por un tiempo? –inquirió Brand.

–Porque aquí tenemos el segundo talón.

El cheque, fechado el 12 de septiembre, hacía poco más de un mes, lo había cobrado Dana Mann y su importe era de 800 dólares. La referencia decía: «4/9/08, consulta». Mann, a quien se conocía como Prima Dana, era el rey de los abogados especializados en divorcios de la clase alta y representaba a los ricos y a los superricos. Se decía de él que era un gilipollas presuntuoso, más astuto que inteligente, y que su especialidad era montar el numerito de «unidos venceremos» con las divorciadas desoladas, aunque había quienes confiaban en su tacto y criterio. Al parecer, Rusty era uno de ellos.

–¿Y a ti qué te parece todo esto? –le preguntó Tommy a Rory.

–¿Te refieres a por qué pagó una consulta con ese abogado?

–No –respondió Tommy.

Eso tenía explicación. Prima Dana aparecía continuamente en el Tribunal de Apelaciones. Si Rusty había seguido con Barbara y no se había convertido en cliente de Dana, y siempre y cuando le hubiera pagado la minuta a este, no estaba obligado a inhibirse como juez en los casos futuros de Dana, algo que equivaldría a anunciar públicamente que, en algún momento, este había sido su abogado y, por tanto, él había pensado en divorciarse.

–Un divorcio sería un poco duro en plena campaña –dijo Brand.

–Sobre todo si hubiese otra mujer.

–¿Podemos acceder a los archivos de Dana? –preguntó Rory.

Tommy y Brand negaron con la cabeza.

–Solo a la factura y el pago –respondió Tommy–. Él no nos diría nunca de qué hablaron. La información entre abogado y cliente está protegida por la confidencialidad, aunque tampoco merece la pena preguntar. Durante la última década, ¿qué casos ha llevado Dana que no hayan sido divorcios?

Brand se acercó al ordenador. Jim era uno de esos tipos que entendía esos aparatos como si hubiera nacido dentro de uno de ellos y que era capaz de obtener información tocando un par de teclas en el tiempo que Tommy empleaba en recordar cómo se abría su programa de correo electrónico.

–«Bufete dedicado al derecho matrimonial» –leyó Brand en la página web de Dana.

Rory tenía otro cheque pagadero al abogado Dana de julio de 2007, con una referencia similar. Al parecer, Rusty llevaba tiempo coqueteando con la idea del divorcio. La primera vez coincidía con las fechas en que había sido visto yendo de un lado para otro con su joven amorcito.

–Bien, ¿y qué conclusiones sacas de todo esto? –le preguntó Tommy a Rory.

–Mi máquina del tiempo se ha estropeado. –La agente se encogió de hombros–. Pueden ser muchas cosas, pero ¿sabes qué?, estoy casi segura de que salía con una chica. Aparte de eso, lo único que cabe hacer son conjeturas. Todos sabemos lo que suele pasar: ella le dijo que dejara a la parienta o cerraba el chiringuito, él no lo hizo, rompieron la relación y, en septiembre de este año, él volvió a pensárselo. Estaba dispuesto a poner en marcha el divorcio. Y entonces –añadió con un pequeño efecto dramático–, la señora del juez falleció oportunamente.

Miró a Tommy y luego a Brand. Pues claro que Rory se lo había figurado. Por supuesto que sí. La chica era un as. La segunda visita de Rusty a Dana había tenido lugar menos de tres semanas antes de que Barbara muriera.

–Ni una palabra –le advirtió Tommy, apuntándola con el dedo–. Ni siquiera a Phil.

Ella hizo como que se cerraba la boca con un candado y tiraba la llave.

Tommy sopesó lo que habían hablado. Podía haber muchas otras explicaciones, pero aquella era muy buena.

–¿Sabemos quién es la chica? –preguntó.

–Creía que vosotros lo sabíais –respondió Rory tras una pausa.

–En eso no hemos tenido suerte –dijo Tommy.

Ella tampoco la había tenido. Los registros de las llamadas de los teléfonos fijos ya no existían, porque había transcurrido más de un año, y los del móvil detallaban unas cuantas llamadas todos los días, pero casi todas a su casa, a su hijo o a la farmacia.

–Podríamos requerir los registros telefónicos del juzgado. –Sonrió–. Pero entonces la carta de los noventa días tendría que llegar a manos del presidente del tribunal. Y, después de transcurrido un año y medio, seguro que ya no se conserva el detalle, igual que sucede con los otros teléfonos.

–¿Y el correo electrónico? –preguntó Brand–. En estos tiempos, los proveedores de internet purgan el servidor una vez al mes, pero eso no significa que el juez no los tenga en su disco duro. Me parece que sería de lo más interesante echar un vistazo al ordenador de su casa. O al del trabajo.

–Eso no vamos a hacerlo –contestó Tommy–. Por lo menos, hasta después de las elecciones. Y tampoco lo haremos si solo tenemos esto.

Le dio las gracias a Rory, alabando repetidas veces el buen trabajo que había hecho.

–¿Estoy en esto? –preguntó la agente desde la puerta, lo que significaba que sería ella quien practicase la detención si llegaba a darse el caso.

–Sí, lo estás –respondió Tommy–. Pero no queremos a nadie más. Ya te llamaremos.

Brand y Tommy se quedaron solos. En el vestíbulo contiguo sonaban los teléfonos y se oían las voces de los ayudantes.

–Tenemos algo, jefe. El análisis para detectar enfermedades de transmisión sexual. Los monógamos felices no hacen esas cosas. Y sabemos que estuvo hablando de divorciarse pocas semanas antes de que su mujer estirase la pata.

–Quizá era Barbara la que tenía un lío –dijo Tommy, tras pensarlo unos instantes–. Tal vez él utilizó el dinero del ajuste salarial para pagar a un investigador privado, que resultó ser una mujer joven, lo cual es un buen camuflaje para un investigador privado, y se reunía con ella en el hotel. Tal vez se hizo los análisis para asegurarse de que su mujer no había llevado a casa nada desagradable. Con el paso del tiempo, ve que no puede perdonarla y consulta con Prima Dana.

Jim soltó una incontenible carcajada.

–¿Sabes que te has equivocado de carrera, jefe? Si hubieras estado en el otro bando, habrías sido un genio. Tienes cabeza para ello.

–Pero no tengo estómago –respondió Tommy–. Escucha, Jimmy, el forense dice que Barbara murió por causas naturales.

–Porque el mal juez estuvo veinticuatro horas esperando que lo que fuese que la había matado desapareciera. –Brand se acercó al escritorio–. Tenemos que ponernos en marcha, jefe.

Había una larga lista de cosas que hacer: investigar los ordenadores de Rusty, entrevistar a gente para saber cómo se llevaban Barbara y él y desarrollar una cronología minuto a minuto de lo que había sucedido la noche antes de que Barbara muriera, hablar con el hijo de los Sabich...

–Todavía no –dijo Tommy–. Si la prensa se entera, Rusty perderá las elecciones. Y si pierde las elecciones, nosotros seremos su defensa, independientemente de las pruebas que hayamos logrado reunir al final. Ya conoces la canción: «El fiscal jefe en funciones busca venganza por un antiguo caso y deja a Sabich fuera del tribunal». No tenemos por qué oír eso. Nos tomaremos nuestro tiempo.

–Los jueces del Tribunal Supremo están diez años en el cargo –comentó Brand.

–Si están acusados de homicidio, no –replicó Tommy.

–¿Y si fallamos? –preguntó Brand–. ¿Y si nos acercamos mucho pero no lo suficiente? El tipo no solo sale libre otra vez de una acusación de homicidio sino que, además, está en una posición desde la que puede hacernos mucho daño.

Tommy sabía que Brand llegaría a eso: filtremos la noticia y pongamos a Rusty bajo los focos. Hagamos un poco de justicia en vez de no hacer ninguna. En momentos de acaloramiento, Jim todavía se sentía inclinado a tomar atajos de vez en cuando. Para ser sincero, Tommy probablemente había hecho lo mismo, y sin la misma excusa.

Cuando Brand tenía ocho años, su padre murió de repente mientras estaba en el despacho. Eran cinco hermanos. La madre hizo todo lo que pudo y empezó a trabajar de auxiliar docente, pero quedaron atrapados en una extraña existencia, pues habitaban en una casa de un hermoso barrio pagada con el seguro de la hipoteca del padre, en un lugar donde no podían permitirse vivir. Brand creció rodeado de gente que siempre tenía más: mejores ropas, vacaciones, coche, comidas refinadas... Ahora, Brand se dedicaba mucho a la cocina de gourmet. Jody y él se reunían una vez al mes con otras tres parejas e intentaban preparar las recetas que habían visto en televisión, en el programa concurso *Iron Chef*. Años atrás, Tommy le había preguntado por qué le interesaba tanto la comida.

«Por el hambre», había respondido Jim. Ahora, advirtió Tommy, ya no hablaba nunca de las comidas. La familia Brand había vivido con estrecheces en una comunidad que ni siquiera comprendía tal concepto. Pillado en medio, el joven Brand siempre sintió que en su casa nadie disponía de tiempo para él. Su madre tenía que ocuparse de los gemelos, cinco años menores, y sus dos hermanos mayores hacían cuanto podían para ayudar a sacar adelante a la familia.

Cuando iba al instituto, siempre se metía en problemas: hacía novillos y perdía el tiempo en salas de póquer, en las que empezó a jugar a hurtadillas cuando tenía quince años. De no ser por el fútbol americano, lo habrían expulsado del instituto. Probablemente, ponía fin de forma brusca a la temporada de cuatro o cinco compañeros de equipo en los entrenamientos y del doble de adversarios en la cancha, pero era un jugador de primera y rara vez fallaba un placaje en campo abierto. Le dijeron que no era lo bastante corpulento como para jugar de defensa en Primera División universitaria pero, cuando llegó al campus, hizo cambiar de opinión a todo el mundo. Lo consiguió del mismo modo que consiguió entrar en el despacho cuando Tommy le dio la oportunidad: a base de pura fuerza de voluntad. Y a eso se debía que Brand quisiera tanto a Tommy. Pues este había sido la primera persona en su vida que le había dado una auténtica oportunidad de manera desinteresada. Sin embargo, en momentos de exaltación, sobre todo durante los juicios, volvía a aparecer el chico hambriento y cabreado, el chico que no jugaba según las normas porque pensaba que estas estaban hechas por personas a las que los tipos como él les importaban un rábano. Tarde o temprano, el adulto se hacía con el control y Brand siempre terminaba por dominarse, aunque a veces uno tenía que darle una simbólica patada en el culo. Y eso fue lo que Tommy hizo en aquel momento.

–No –respondió a la idea de filtrar la noticia, en un tono lo bastante irritado como para que quedase claro. Años atrás, con el primer caso Sabich, había aprendido la lección por las malas. «Estás aquí para encausar delitos, no para decidir elecciones. Haz tu trabajo. Investiga. Construye un caso. Llévalo a juicio. El resultado no te incumbe»–. No hay otra salida. Antes de las elecciones, no divulgaremos nada.

A Brand eso no le gustó.

–A no ser que… –dijo malhumorado. Con Brand siempre había un «a no ser que». Estuvo largo rato pensando, muy concentrado, antes de atreverse a seguir. Entonces, añadió–: Tenemos otra manera de enfocar todo esto. De hacer un agujero en esa defensa suya basada en que buscamos venganza.

–¿Cuál?

–Demostrar que veinte años atrás se libró de la cárcel aunque era culpable. La fiscalía no busca venganza, busca justicia. Las muestras de sangre y de semen de ese viejo caso todavía deben de estar en el fondo del frigorífico del patólogo de la policía, ¿no crees?

Tommy sabía adónde iría a parar todo aquello, porque él mismo había considerado un par de veces esa posibilidad durante la última década, cuando cayó en la cuenta de que el ADN podía proporcionar la respuesta definitiva a si Sabich era culpable de la muerte de Carolyn Polhemus. Sin embargo, nunca había tenido un motivo honrado para hacer los análisis.

–Todavía no –contestó.

–Podríamos pedir una orden judicial aduciendo que el caso está relacionado con una investigación del gran jurado.

–Si sacas esas pruebas del fondo del frigorífico de McGrath –dijo, refiriéndose a la sede central de la policía, donde ningún secreto estaba a salvo–, sobre todo si lo haces con una orden judicial, al cabo de dos horas lo sabrán todos los polis de la ciudad y, cinco minutos después, todos los periodistas. Cuando llegue el momento, tal vez podamos hacerlo sin necesitad de orden judicial.

Jim lo miró boquiabierto. Aquella era la primera vez que su jefe se delataba y demostraba lo mucho que había pensado en Rusty y en el ADN.

–Todavía no –insistió Tommy–. Después de las elecciones, volveremos sobre esto.

Brand frunció el entrecejo.

–Todavía no –repitió Tommy.

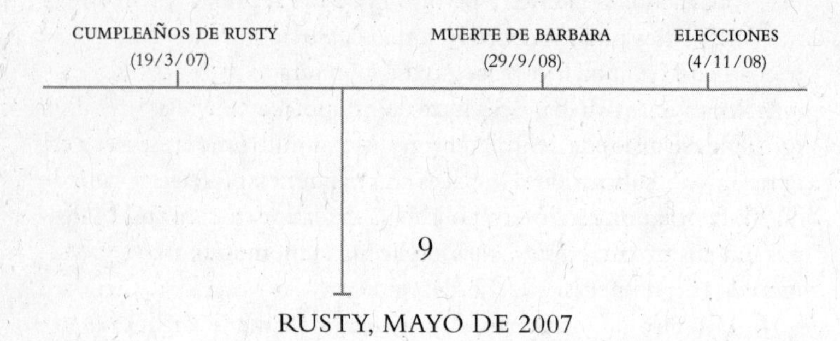

9

RUSTY, MAYO DE 2007

¿Cómo es un buen acto sexual? ¿Tiene que ser prolongado? ¿O imaginativo? ¿Requiere posturas circenses, o solo intensidad? Se mida como se mida, mis polvos con Anna no son los más fantásticos de mi vida, pues ese título lo ostentará siempre Carolyn Polhemus, para la que cada encuentro sexual era una conquista desvergonzada de las cimas máximas del placer físico y la desinhibición.

Anna pertenece a una generación que en su mayoría cree que hacer el amor es, por encima de todo, divertido. Cuando llamo a la puerta de la habitación del hotel, diez minutos después de que haya entrado ella, a menudo me espera una sorpresa: una enfermera con tacones de quince centímetros de esos que dicen fóllame. Su cuerpo envuelto en papel transparente. Una flecha verde de pintura corporal que se desliza entre sus pechos hasta la punta en V justo por encima de su hendidura femenina. La cinta de regalo con que se ciñe la bata, bajo la cual está desnuda. Sin embargo, el humor a menudo indica una ausencia de trascendencia que yo no siento nunca.

Anna tiene, por supuesto, mucha más experiencia que yo. Ella es la cuarta mujer con la que me acuesto en los últimos cuarenta años. Por su parte no concreta nunca «su número», como se refiere a él alegremente, pero de pasada menciona lo suficiente como para que yo sepa que mis predecesores han sido muchos. Me preocupa, por tanto, cuando tiene problemas para llegar al orgasmo. Con mis disculpas a Tolstói, diría que todos los hombres se corren igual, pero cada mujer alcanza el placer a su manera, y la manera de Anna se me escapa con frecuencia. Hay días en que yo también tengo problemas, lo que me lleva finalmente a mi médico para que me recete la píldora azul que tantas veces me ha ofrecido.

Pero, a pesar de todo lo que hace que Anna y yo parezcamos en algunos momentos firmes candidatos a un vídeo educativo, cada vez que estamos juntos se produce entre nosotros una ternura espontánea y prodigiosa. La toco como tocaría una reliquia sagrada, con adoración, demorándome en la caricia con la certeza de que mi piel irradia el deseo y la gratitud que siento. Y también tenemos otra cosa indispensable en un buen acto sexual: en nuestros mejores momentos, no existe nada más. Ni vergüenza ni ansiedad, ni casos que me abrumen, ni preocupaciones por los juzgados o la campaña. Lo único que hay en el universo conocido es ella. Es una inconsciencia hermosa y perfecta.

Por más que Anna insista en que no tenemos que pensar en nuestras respectivas edades, la diferencia está ahí constantemente, sobre todo en las lagunas que crea en nuestra comunicación. Yo no he tenido nunca un iPod en la mano y, cuando ella dice que algo es «matador», no sé si eso es bueno o malo. Por otra parte, no tiene ni idea del mundo que me ha conformado a mí, no guarda recuerdos del asesinato de Kennedy, ni de los años sesenta, por no hablar de cómo era la vida durante la presidencia de Eisenhower. La gran fusión del amor, el sentimiento de que ella es yo y yo soy ella, a veces resulta cuestionable.

Su edad también me lleva a hablar de Nat con demasiada frecuencia. No puedo resistirme a pedirle consejos a Anna, ya que es alguien que está mucho más cerca de él en tiempo de vida.

–Te preocupas en exceso –me dice una noche, mientras estamos abrazados en la cama, entre un revolcón y otro. El servicio de habitaciones llamará pronto con la cena–. Conozco a mucha gente que fue a clase con él en la facultad, en Easton, y dicen que es un chico brillante, ¿sabes?, de esos que hablan en clase solo una vez al mes, pero que lo hacen para decir algo en lo que ni siquiera el profesor había pensado.

–Ha vivido situaciones difíciles. Nat lleva muchas cosas dentro –digo.

Como amas a tus hijos y el objetivo principal de tu existencia es su bienestar, resulta deprimente ver que no son mucho más felices que tú. Nathaniel Sabich era un buen chico en todos los sentidos. En la escuela primaria era aplicado y pocas veces faltaba al respeto a sus padres, pero crecer le resultó inusualmente difícil. Era un chico impaciente y nervioso, y no podía parar quieto; cuando leía un cuento, pasaba las páginas para ver el final antes de tiempo. De mayor, se fue viendo cada vez más claro que toda aquella hiperactividad tenía su origen en algún tipo de preocupación que enterró en sí mismo de manera cada vez más profunda.

Los terapeutas tenían innumerables teorías al respecto. Es hijo único de un padre y una madre que también fueron hijos únicos y se crió en un invernadero de atención tal, que bien puede servir de ejemplo de que es posible amar demasiado a un hijo. Luego, vivió el trauma de mi acusación y proceso, durante el cual, por más que fingiéramos que no era así, nuestra familia colgaba de un puente roto como un personaje de película.

La explicación a la que recurro con más frecuencia es la que me provoca menos sentimiento de culpa: que ha heredado parte del trastorno depresivo de su madre. Cuando llegó a la adolescencia, vi cómo se hundía en la misma conocida melancolía, manifestada a través del mismo aislamiento y la misma actitud ensimismada. Pasamos por todo tipo de situaciones. Sobresalientes y suspensos. Drogas. Hace diez años, el día que mi amigo Dan Lipranzer, un detective a punto de jubilarse e irse a vivir a Arizona, entró en mi despacho inesperadamente fue uno de los más vergonzosos de mi vida. «Ayer, la brigada antidroga detuvo a un mocoso que va al instituto Nearing y que dice que le ha comprado las pastillas al hijo de un juez.»

La parte buena del asunto fue que ese incidente nos permitió presionar a Nat para que volviese a sesiones de psicoterapia. Cuando, al terminar la universidad, empezó a tomar antidepresivos, fue como si hubiese dejado una cueva y hubiese salido a la luz. Empezó la carrera de filosofía, por fin se marchó de casa definitivamente y, sin hablarlo con nosotros, se cambió a la facultad de Derecho. Mi hijo ha sido el receptáculo vivo de tanta confusión y anhelo por parte de Barbara y mía, que a veces nos sentimos perplejos de que sea capaz de labrarse una vida por sí mismo, aunque es probable que esa reacción nuestra tenga más que ver con la incomodidad de habernos quedado solos, frente a frente el uno con el otro.

—¿Te alegrase cuando decidió estudiar derecho? —pregunta Anna.

—En cierto modo, me sentí aliviado. No me importaba que se licenciase en filosofía, pero me parecía algo inútil que no sabía adónde lo llevaría. Tampoco es que estudiando derecho le haya ido mejor. Dice que quiere ser profesor en la facultad, pero le costará conseguirlo a partir de una pasantía. Y no parece tener otras ideas.

–¿Y hacer de modelo para J. Crew? Supongo que te habrás dado cuenta de que es guapísimo, ¿no?

Nat tiene la suerte de parecerse a su madre, aunque la verdad –al parecer solo yo lo percibo– es que la penetrante naturaleza de su atractivo, los vivaces ojos azules y el aire de sombrío misterio los ha heredado de mi padre. Las chicas se sienten atraídas por la excepcional apostura de Nat, pero él siempre ha sido especialmente lento a la hora de crear vínculos y ahora ha entrado en otra fase de aislamiento como resultado de su desastrosa ruptura con Kat, la chica con la que ha salido estos últimos cuatro años.

–Le ofrecieron trabajo. Alguien que trabajaba en una agencia lo vio por la calle, pero él no ha soportado nunca que la gente comente lo guapo que es. El físico no es la base sobre la que quiere ser juzgado. Además, si quiere hacer dinero fácil, hay un oficio mejor.

–¿Cuál?

–Con él, cualquier persona de tu edad podría hacerse más rica de lo que nunca haya soñado.

–¿Cómo?

–Aprendiendo a borrar tatuajes.

Se ríe como suele hacerlo, como si reír fuese lo más importante de la vida. Se parte de risa, pero la conversación sobre Nat la ha dejado dubitativa y, al cabo de un momento, se incorpora apoyándose en el codo y me mira.

–¿No has querido nunca tener una hija? –pregunta.

Me quedo desconcertado unos instantes.

–Me parece que esta es la clase de pregunta que Nat, en la época en que estudiaba filosofía, habría calificado de «deliberadamente transgresora».

–¿Quieres decir que está fuera de lugar?

–Sí, a eso se refería Nat.

–Pues aquí no me parece que pueda haber muchas cosas fuera de lugar –comenta, señalando con la cabeza la habitación en que estamos–. ¿Has querido tener una hija?

–Me habría gustado tener más descendencia, pero Barbara ponía todo tipo de excusas. Decía que no podría querer a otro niño tanto como a Nat y cosas por el estilo. Visto con la perspectiva que da el tiempo, creo que ella ya sabía que estaba enferma. Y que era frágil.

–Pero ¿tú querías tener una hija?

–Ya tenía un hijo.

–O sea, ¿sí?

Intento viajar con la mente a los deseos de aquellos años. Quería tener hijos, ser padre, hacerlo mejor de cómo lo habían hecho conmigo. Sí, era una pasión dominante.

–Supongo.

Se pone en pie y se quita despacio la bata que se ha puesto para no tener frío y la deja deslizar desde los hombros mientras me atraviesa con la misma mirada de anhelo que yo le veía los últimos días que trabajó conmigo como pasante.

–Es lo que pensaba –dice, y se tumba a mi lado.

Dejar a Anna, cuando nos vemos por la noche, sigue siendo difícil. Me suplica que no me marche y no es raro que recurra a las tácticas de una pelandusca. Hoy se viste de mala gana y, cuando nos acercamos a la puerta, apoya las dos manos en ella y empieza a mover el trasero de espaldas a mí como una bailarina de striptease.

–Así me costará mucho marcharme.

–Esa es la idea.

Sigue moviéndose al ritmo de esa danza lasciva y yo me pego a ella y me uno a sus movimientos hasta que estoy completamente excitado. De pronto, le subo la falda, le aparto las bragas y la penetro. Sin protección. Un acto temerario, se mire como se mire. Incluso la primera vez, Anna llevaba condones en el bolso.

–Oh, Dios –dice–. Rusty.

Pero ninguno de los dos se detiene. Ella sigue con las manos pegadas a la puerta. Toda la desesperación y locura de nuestra relación se concentra en ese acto y, cuando finalmente me corro, parece que ha sido el momento más auténtico que hemos vivido.

Después, los dos estamos un poco conmocionados y volvemos a vestirnos en un silencio colmado de desazón.

–Enséñame a mover el culo para ti –dice mientras me marcho primero.

La culpabilidad es un comando que llega sigilosamente y lo sabotea todo. Después de un breve momento de abandono, los miedos obvios me invaden por completo. Ya entrada la noche, casi me echo a llorar cuando recibo uno de los crípticos correos electrónicos de Anna. «Me ha llegado la visita», dice, utilizando el extraño término victoriano para la menstruación. Pero incluso después de eso, hay unas siglas que parecen una mano helada que me oprime el corazón cada vez que vuelven a mi mente: ETS. ¿Y si Anna, que ha tenido tantas relaciones, padece sin saberlo alguna enfermedad que yo puedo contagiarle a Barbara? Imagino repetidas veces la cara de mi mujer volviendo del ginecólogo.

Sé que esta preocupación es en gran medida irracional, pero los «¿y si...?» se me incrustan en el cerebro como clavos. Es tanto ya el tormento, que sencillamente no puedo afrontarlo más. Así que, un día, en mi despacho del juzgado, busco «enfermedades de transmisión sexual» en el ordenador y encuentro una página web. Llamo a un teléfono gratuito desde una cabina de la terminal de autobuses, de espaldas a la gente, para que nadie pueda oírme.

La mujer que responde es amable y paciente. Me reconforta. Me explica el procedimiento del análisis y dice que puede cargarlo a mi tarjeta de crédito. Las iniciales que aparecerán en el recibo serán inocuas pero son detalles de ese tipo los que a Barbara no se le escapan nunca. Siempre me pregunta por cualquier gasto inesperado, por si es deducible.

Mi silencio es elocuente. La cortés señorita añade «O, si lo prefiere, puede pagar mediante giro postal o talón conformado», y me da un número de identificación personal que usaré en vez de mi nombre en todos mis tratos con la empresa.

Al día siguiente, cuando voy al banco a hacer uno de mis ingresos amañados, aprovecho para extender el talón de ventanilla.

–¿Debo hacer constar su nombre como remitente?

–No –respondo a toda prisa, avergonzado.

De allí, voy directo a la planta decimotercera de un edificio del centro, adonde me han dicho que lleve el talón. Me encuentro ante la puerta de una empresa de importación/exportación. Asomo la cabeza, vuelvo a salir y saco del bolsillo el papel en el que llevo anotada la dirección. Cuando entro de nuevo, la recepcionista, una rusa de mediana edad con aire imperial, me mira, y con un marcado acento, pregunta: «¿Ha venido a traerme dinero?». La tapadera es sensata, pienso. Aun en el caso de que un detective me haya seguido hasta aquí, no sabrá a qué he venido. La mujer coge el talón y, sin la menor ceremonia, lo mete en un cajón y sigue trabajando. Menuda colección debe de haber conocido esta mujer… Hombres gays a decenas. Una mamá, con dos niños en el cochecito, que ha follado con el vecino que se pasa el día en casa porque está en el paro… Y, probablemente, muchísimos tipos como yo, de mediana edad y pelo cano, aterrorizados por si la prostituta de trescientos dólares con la que han pasado un rato les ha contagiado algo. El negocio de esta mujer prospera gracias a la debilidad y la insensatez.

En comparación, la prueba resulta de lo más anodina. Me la hacen en un centro médico, enfrente del Hospital Universitario, donde firmo solo con el número. La mujer que me extrae la sangre no sonríe ni una sola vez. Al fin y al cabo, todos los pacientes son un riesgo potencial para ella. No me avisa de que el pinchazo tal vez me duela.

Al cabo de cuatro días, un empleado me informa de que estoy limpio. La siguiente vez que veo a Anna, se lo explico. Dudaba si decirle algo, pero me doy cuenta de que la ciencia pura y dura es mejor que mi palabra sobre mi historia personal.

–Yo no estaba preocupada –replica, mirándome con el entrecejo fruncido–. ¿Tú, sí?

Estoy sentado en la cama. Es mediodía. Oigo al encargado en el pasillo, llamando a las puertas para entrar a reponer las bebidas. Un buen camuflaje para un investigador privado, pienso en mi actual estado de inquietud.

–Hay un montón de preguntas que no he querido hacer…

Dado que yo no puedo prometerle no acostarme con Barbara, sé que no estoy en condiciones de pedirle a Anna fidelidad. Todavía no sé si se ve con otros hombres, pero rara vez recibo respuesta a los breves correos que le envío durante los fines de semana. Y, por extraño que resulte, no estoy celoso. Imagino repetidas veces el momento en que me dirá que quiere dejarlo, que ya ha obtenido todo lo que podía dar de sí esta experiencia y que va a reanudar el camino hacia una vida normal.

–Ahora mismo no hay nadie más que tú, Rusty. –«Ahora mismo», pienso–. Y siempre he tomado precauciones. Lamento que hayas estado preocupado. Por otra parte, quiero que sepas que nunca me sometería a un aborto.

–No debería haberlo hecho.

–Me encantó que lo hicieras –dice en voz baja mientras se sienta a mi lado–. Ahora que ya sabemos que no hay peligro, podríamos hacerlo así. Tengo un diafragma.

–¿Y qué ocurre si haces el amor con otro?

–Ya te he dicho que siempre tomo precauciones. Quiero decir que... –Se interrumpe.

–¿Qué?

–Que no tiene por qué haber otro si tú me dices que estás pensando en dejar a Barbara.

–Anna –suspiro–, no podemos seguir con esta conversación. Si solo tenemos dos horas para estar juntos, no nos vamos a pasar la mitad de ellas discutiendo.

La he herido. Es fácil ver cuándo Anna se enfada. La parte más dura de ella, la que está relacionada con los crueles mecanismos de la ley, se adueña de su expresión y su cara se vuelve rígida.

Dolido y exasperado, me tumbo en la cama y me pongo una almohada en la cara. A ella se le pasará y se tumbará a mi lado. No obstante, de momento estoy aislado y en una especie de meditación en la que me hago la pregunta que a menudo Anna me ha formulado. ¿Me casaría con ella si alguna extraña circunstancia lo posibilitara? Es tremendamente divertida, un placer para la vista y una persona de la que disfruto, a la que necesito tanto como el aire que respiro. Pero ya tuve treinta y cuatro años una vez y dudo que pueda reunirme con ella al otro lado de un puente que ya he cruzado.

Sin embargo, hay algo más que, de repente, veo tan claro como la solución a un problema matemático que hasta ahora no había sido capaz de resolver. Ahora me doy cuenta de lo que he descubierto a su lado: que me equivoqué. Que metí la pata. Anna quizá no sea la alternativa correcta, pero eso no significa que no la haya habido alguna vez. Hace veinte años, pensé que tomaba la mejor entre muchas malas decisiones y estaba equivocado. Equivocado. Habría podido hacer otra cosa, conocido a otra persona. Peor aún: tendría que haberlo hecho. No debería haber vuelto con Barbara. No debería haber vendido mi felicidad por la de Nat. Fue una decisión errónea para los tres, que llevó a mi hijo a crecer en una mazmorra de callado sufrimiento y que sometió a Barbara a la constatación diaria de lo que cualquiera, en su sano juicio, hubiera preferido olvidar. Ahora, mi corazón es como un buque de guerra con sobrecarga, volcado por una ligera brisa y que se hunde en las aguas que tenía que surcar. Y no puedo culpar a nadie de ello salvo a mí mismo.

Cuando regreso a los juzgados, encuentro un mensaje urgente de George Mason en el escritorio. En realidad, hay tres. En el Tribunal de Apelaciones, la vida transcurre al ritmo de la animación suspendida. Incluso las mociones llamadas urgentes se resuelven en un par de días, no en una hora. Cuando levanto la vista, George está en la puerta. Ha venido en persona con la esperanza de que yo ya hubiese regresado. Está en mangas de camisa y se toca la corbata a rayas a fin de tranquilizarse.

–¿Qué? –pregunto.

–El lunes emitimos el dictamen sobre Harnason –dice, cerrando la puerta a su espalda.

–Eso ya lo he visto.

–Hoy, cuando salía a almorzar, me he topado con Grin Brieson. Llamó a Mel Tooley para que se encargase del reingreso de Harnason en la cárcel, pero no pudo hablar con él. Finalmente, a la tercera llamada, Mel le dijo que cree que el tipo se ha largado. La poli se ha puesto en marcha esta mañana. Al parecer, Harnason se marchó hace al menos dos semanas.

–¿Se ha saltado la condicional? –pregunto–. ¿Ha huido?

Por lo visto, Harnason fue a un barco casino y, con su tarjeta de crédito, cuyo límite era muy alto, compró veinticinco mil dólares en fichas, que luego cambió rápidamente en efectivo para financiar su evasión. Con una ventaja de dos semanas, probablemente ya esté muy lejos del país.

–La noticia todavía no ha salido en la prensa –explica George–, pero no tardará en hacerlo. Quiero que estés preparado para cuando llamen los periodistas.

El público no tiene ni idea de lo que hacen los jueces del Tribunal Supremo, pero lo que sí entenderán es que he dejado suelto a un condenado por homicidio y que ahora estará suelto para siempre, un coco más al que temer. Koll me machacará con el nombre de Harnason. Confuso, me pregunto si no le habré dado una oportunidad a ese gilipollas de Koll.

Pero no es eso lo que me paraliza cuando George, finalmente, me deja a solas detrás de mi enorme escritorio. Durante las siete semanas que llevo viendo a Anna he sabido que se avecinaba el desastre, pero no había previsto la forma que adquiriría. Estaba dispuesto a correr el riesgo de herir a los míos pero, por irónico que resulte, advertir que he colaborado en una grave violación de la ley me deja conmocionado. Harnason me embaucó bien... Las elecciones son ahora la menor de mis preocupaciones. Con el fiscal inadecuado –y Tommy Molto es realmente el fiscal inadecuado–, puedo acabar en la cárcel.

Necesito un abogado. Estoy tan desorientado y son tantos los reproches que me hago a mí mismo, que no sé cómo voy a salir de esta. Solo hay una alternativa: Sandy Stern, que me representó hace veintiún años.

–¡Oh!, señor juez –dice Vondra, la ayudante de Sandy–, mi jefe lleva tiempo sin venir por la oficina. No se encuentra muy bien, pero sé que le gustaría hablar con usted. Veré si puede atender su llamada.

Al cabo de unos minutos, me llama Sandy.

–Rusty. –Su voz suena gastada y débil, alarmantemente débil.

Cuando le pregunto si le ocurre algo, responde:

–Una laringitis con complicaciones. –Y desvía la conversación hacia mí, por lo que no me molesto en seguir con las cortesías.

–Necesito ayuda, Sandy. Me avergüenza decir que he cometido una estupidez.

Espero un mar de reproches. Stern tiene todo el derecho a hacérmelos. ¡Después de que te di otra oportunidad, otra vida!

–¡Ah, Rusty! –dice en cambio. Parece que le cueste respirar–. Esto es lo que me mantiene en activo.

El médico le ha ordenado que no hable durante dos semanas y por eso no va a la oficina. Prefiero esperar antes que pedirle consejo a alguien en quien confíe una pizca menos. Al cabo de cuarenta y ocho horas, recupero en cierto modo el equilibrio. La noticia de la fuga de Harnason ya está en los medios. La policía ha seguido todas las pistas y no ha encontrado ni rastro de su paradero. Koll ha cargado contra mis errores, pero la controversia ha quedado relegada a una pequeña nota al final de la página de noticias locales, porque todavía falta mucho para las elecciones generales. Por irónico que resulte, a Koll le habrían ido mucho mejor las cosas si se hubiese presentado a las primarias.

No sé en qué acabará todo este lío de Harnason, si Sandy me aconsejará que confiese lo ocurrido o que no haga nada, pero sí tengo clara una cosa: debo dejar de ver a Anna. Después de revivir una pizca de la ruina en que me vi sumido una vez, no me puedo permitir más riesgos.

Tres días después, llego temprano al vestíbulo del hotel Dulcimer para asegurarme de que la intercepto antes de que suba a la habitación. Mi inesperada presencia le indica que ocurre algo, pero la llevo hacia una de las columnas y le susurro:

–Tenemos que dejarlo, Anna.

Veo que su expresión se tuerce.

–Subamos –contesta con impaciencia.

Si me niego, es capaz de montarme una escena aquí mismo.

Tan pronto como cierro la puerta de la habitación, se echa a llorar amargamente y se sienta en un sillón, sin quitarse el ligero impermeable que se ha puesto para un día de tormenta como hoy.

–He intentado imaginarlo –dice–, he intentado imaginar esto muchas veces. ¿Cómo iba a sentirme cuando lo dijeras? Y no he podido. No he podido y por eso ahora no me lo creo.

He decidido de antemano no hablarle de Harnason. No le conté nada cuando sucedió el incidente y, por paradójico que parezca, estoy seguro de que la misma mujer que ha atizado mis pasiones ilícitas se quedaría anonadada si supiera que, como juez, puedo comportarme de una manera tan impropia. Por ello, me limito a decir:

–Ha llegado el momento. Lo sé. En lo sucesivo las cosas solo se complicarán más.

–Rusty –susurra.

–Tengo razón, Anna. Tú lo sabes.

Para mi sorpresa, asiente. Ella también lo ve claro. Ocho semanas, creo. Esa será la duración total de mi abandono de la cordura.

–Tienes que abrazarme otra vez –dice.

La estrecho entre mis brazos largo rato, junto a la puerta. Es un calco de nuestros primeros momentos juntos, pero no necesitamos un recordatorio: nuestros cuerpos siguen su propio impulso. Nos apresuramos en terminar, sabiendo que quizá estamos viviendo un tiempo robado.

Vestida de nuevo y junto a la puerta, se aferra a mí otra vez.

–¿Tenemos que dejar de vernos?

–No –respondo–, pero démonos un descanso.

Una vez se ha marchado, me quedo allí tumbado un buen rato. Más de una hora. Ha empezado el resto de mi oscura y maldita vida.

Podría decir que no hay forma de afrontar la pérdida, pero no es cierto. Soy como un mutilado que siente un dolor fantasma en el miembro amputado, el corazón me revienta de anhelo y la mente me dice, tal vez lo más triste de todo, que esto pasará. Nunca más, pienso. La maldición se ha hecho realidad. Nunca más.

Al cabo de una semana, las cosas van mejor. La echo de menos, sufro por ella, pero he recuperado cierta paz. Anna ha sido tan inalcanzable, tan joven, tan perteneciente a otra época, que me cuesta no sentirme vacío del todo, pero, con independencia de lo que ocurra con Harnason, esta parte de la historia quedará silenciada. Barbara no lo sabrá. Nat no lo sabrá. He evitado lo peor.

Y a todas horas me pregunto: ¿Es a Anna a quien añoro? ¿O es el amor?

Dos semanas después de nuestra última cita en el Dulcimer, Anna se presenta en los juzgados. Reconozco la voz desde mi escritorio, donde estoy trabajando, y oigo que le dice a mi secretaria que ha venido a traer unas alegaciones y que pasaba a saludar. Cuando me ve desde el umbral, resplandece y entra en mi despacho sin que la haga pasar. Solo es una antigua colaboradora que se ha dejado caer por aquí, algo que ocurre con mucha frecuencia.

Está contenta y bromea ruidosamente con Joyce acerca de que las dos llevan las mismas botas, hasta el momento en que cierro la puerta. Entonces, se derrumba en un sillón y hunde la cabeza entre las manos.

El corazón se me acelera. Es tan guapa... Lleva un traje gris de buen corte, cuyo tacto recuerdo con la misma claridad que si lo estuviese tocando.

–He conocido a alguien –dice en voz baja, alzando la vista–. Vive en el mismo edificio que yo. En realidad, lo habré visto cien veces, pero empezamos a hablar hace diez días.

–¿Es abogado? –Yo también hablo muy bajo.

–No –niega con la cabeza con determinación, como si quisiera indicar que nunca cometería tal estupidez–. Se dedica a los negocios. Inversiones. Divorciado. Un poco mayor. Me gusta. Anoche me acosté con él.

Consigo no inmutarme.

–Fue detestable –dice–. Me detesté a mí misma. Quiero decir que pienso que en la vida de todo el mundo hay personas como tú y yo, personas que no pueden estar juntas para siempre, pero que nos importan muchísimo en el momento. Creo que si uno lleva una vida sincera y honrada, conocerá a esas personas, ¿no te parece?

Tengo amigos que creen que, en realidad, todas las relaciones entran dentro de la categoría de «solo buenas por un tiempo». Aun así, asiento con solemnidad.

–Lo estoy probando todo, Rusty.

–Los dos necesitamos tiempo –digo.

Sacude su bonita melena. En las últimas dos semanas se la ha cortado y ondulado un poco.

–Siempre estaré esperando a que me digas que vuelva.

–Siempre quiero que vuelvas –replico–, pero no me oirás decírtelo nunca.

Ella sonríe al comprender lo absurdo que ha sido mi comentario.

–¿Por qué estás tan decidido?

–Porque hemos llegado a la conclusión lógica. No hay final feliz. Y estoy empezando a aceptarlo.

–¿Qué es lo que estás aceptando, Rusty?

–Que no tengo derecho a vivir dos veces. Nadie lo tiene. He tomado mis decisiones. Abandonarlo todo sería una falta de respeto a la vida que he vivido. Y tengo que demostrar gratitud a la fuerza que me ha permitido patinar sobre la capa de hielo más delgada y salir indemne. Te lo he dicho una y otra vez. Barbara no puede saberlo. De ninguna manera.

Anna me mira con dureza, una expresión que yo ya he visto en ocasiones y con la que recibirá a cientos de testigos cuando suban al estrado en las próximas décadas.

–¿Amas a Barbara?

Ahí está la pregunta. Por extraño que parezca, no la había formulado nunca hasta ahora.

–¿Cuántas horas tienes? –pregunto.

–Toda una vida, si quieres.

–Pienso que podría haberlo hecho mejor –digo, y esbozo una tenue sonrisa.

–Entonces, ¿por qué no la dejas?

–Tal vez lo haga. –Es la primera vez que lo digo en voz alta.

–Pero ¿no por alguien más joven? ¿No por alguien que ha sido tu pasante? ¿Porque te importa lo que diga la gente?

No contesto. Ya se lo he explicado. Continúa mirándome con esos ojos fríos y objetivos.

–Es porque te presentas a las elecciones, ¿verdad? –pregunta entonces–. Prefieres ser juez del Tribunal Supremo que tenerme a mí.

Lo veo al instante: debo mentir.

–Sí –respondo.

Emite un pequeño bufido de desdén y luego levanta la cara para continuar su gélida valoración. Ahora me ve, con todas mis debilidades, con toda mi vanidad. He mentido y, sin embargo, ha vislumbrado la verdad.

Pero he logrado una cosa.

Hemos terminado.

Mi relación con Sandy Stern es intensa y sui generis. De todos los abogados que comparecen en el Tribunal de Apelaciones, es el único en cuyos casos me abstengo invariablemente de intervenir. Incluso los casos de mis ex pasantes caen en mis manos menos de cinco años después de haberse marchado. Sin embargo, Stern y yo no somos íntimos. De hecho, no hablé con él durante los dos años siguientes a mi juicio, pero luego la gratitud se impuso a otros sentimientos. Ahora tenemos una relación de aprecio y almorzamos juntos de vez en cuando, pero no me ha confiado nunca ninguno de sus secretos. No obstante, el papel que desempeñó en mi vida fue tan decisivo que no puedo fingir que es un abogado cualquiera. La defensa que hizo de mí fue magistral y cada palabra que pronunció en la sala fue más importante que cada una de las notas que escribió Mozart. Le debo la vida.

Charlamos en su despacho sobre su familia. Kate, su hija pequeña, tiene tres niños. Se divorció hace dos años, pero ha vuelto a casarse. El hijo, Peter, se trasladó a San Francisco con su pareja, que también es médico. Es evidente que la más feliz es Marta, la que trabaja de abogada con él. Se casó hace doce años con Salomon, un asesor de gerencia, y tienen tres hijos y una vida plena.

Sandy está como siempre, quizá un poco más orondo, pero lo disimula con su traje de corte perfecto. La ventaja de aparentar más edad cuando se es joven es que hay un momento en que uno parece inmune al paso del tiempo.

–Te has recuperado de la laringitis –le digo.

–No del todo. El día antes de que llamaras me hicieron una broncoscopia. A finales de esta semana me operarán de un cáncer de pulmón.

La noticia me deja desolado, por él y por mí. Sus malditos cigarros. Son omnipresentes y, cuando está abstraído en sus pensamientos, rara vez se acuerda de que no debe tragarse el humo y lo suelta por la nariz como si fuera un dragón.

–Oh, Sandy.

–Me han dicho que es bueno que puedan operar. Con este tipo de cosas, hay situaciones mucho peores. Me quitarán un lóbulo y luego esperaremos a ver.

Le pregunto por su esposa y describe a Helen, viuda como él cuando se casaron, como una persona valiente y divertida. Como siempre con Sandy, ella ha sido exactamente lo que él necesitaba.

–Pero ya basta de hablar de mí –dice.

Si yo estuviera condenado, si las horas que me quedasen de vida cada vez fueran menos, me pregunto si subiría al estrado a defender a nadie. Que él considere que su profesión forma parte de sus mejores momentos es un homenaje a la misma.

Le cuento mi historia a grandes rasgos, explicándole lo mínimo que debe saber: que yo me veía con alguien y que Harnason me siguió, me pilló desprevenido y me hizo sentir desasosegado, enfadado, intimidado, culpable. Mi exposición hace que Stern murmure confusas expresiones en latín y todas sus facciones se movilizan brevemente mientras abarca las escurridizas categorías de la vida.

Las dos semanas que he esperado para verlo no me han ayudado a aclararme respecto al apuro en que me encuentro. Quiero que Stern me aconseje sobre lo que la ley y la ética me obligan a hacer. ¿Debo decir la verdad a mis colegas jueces o a la policía? Mientras me escucha, alarga la mano para sacar un cigarro, pero se detiene. En vez de ello, se frota las sienes y piensa. Se toma su tiempo.

–Un caso como ese, Rusty, un hombre como ese… –Sandy no termina la frase, pero su actitud indica que ha comprendido bien el extraño carácter de Harnason–. Planeó la huida con mucha astucia y sospecho que sus planes para esconderse serán igualmente cuidadosos. Dudo que lo volvamos a ver. Si lo detienen, entonces, desde luego… –Hace con un gesto de la mano–. Sería problemático. Cabría esperar que, por gratitud, no dijese nada de la confidencia que le hiciste, pero sería imprudente confiar en ello. Sin embargo, desde el punto de vista penal me parece muy difícil que prosperase. ¿Un delincuente condenado dos veces al que ya habías enviado a la cárcel? No resulta muy creíble como testigo. Eso no presupone que Molto no pudiera inventar un delito imaginario. Pero si Harnason es el único testigo que tiene el Estado, y resulta difícil creer que pueda existir otro, sería un caso muy endeble.

»Ahora bien, como asunto disciplinario para la Comisión de Tribunales, eso ya es otra cosa. A diferencia de en una investigación criminal, te verías obligado a declarar y, por más confundido que estuvieras, los dos sabemos que tu comportamiento contravino varios cánones de conducta judicial. Pero mientras las posibilidades de enjuiciamiento por lo penal no desaparezcan (y, con Tommy Molto en el asiento del fiscal, no lo harán), tienes que guardar silencio con tus colegas. Rara vez hago informes de mis conversaciones con los clientes, pero en este caso redactaré uno por si alguna vez quieres demostrar que fui yo quien te dio este consejo.

Lo dice de una manera natural, pero está claro que se refiere a la posibilidad de que ya haya muerto cuando se presente la ocasión de que yo deba explicar mi silencio.

Mientras bajo en el ascensor, intento reflexionar sobre la valoración de Stern, que es prácticamente la misma que la mía. Si lo comprendo bien, es posible que salga de todo ello sin problemas. Harnason se ha marchado para siempre. Barbara y Nat seguirán sin enterarse de lo de Anna. Yo llegaré al Tribunal Supremo y, con el tiempo, olvidaré un breve lapso de increíble locura. Lograré lo que deseaba, aunque no lo haya merecido por completo. Y, habiéndolo arriesgado todo, tal vez disfrute más de la vida de lo que lo habría hecho de otra manera. La secuencia de razones parece inexorable, pero no me sirve de mucho consuelo. Siento un profundo malestar.

Salgo del engorro de las puertas giratorias a un día radiante, con el primer auténtico calor veraniego. La calle está llena de gente que sale del trabajo para ir a almorzar, y de compradores cargados de paquetes. En la calzada, unos obreros reparan los socavones causados por el invierno, calentando alquitrán, cuyo aroma empalagoso resulta un poco embriagador. Al otro lado de la calle, los árboles del parque se ven verdes de nuevo, por fin llenos de hojas, y en el aire flota el olor metálico del río. La vida parece pura. Mi camino está trazado. Y por eso no rehúyo afrontar la verdad, aunque al hacerlo casi se me doblen las rodillas.

Amo a Anna. ¿Qué puedo hacer?

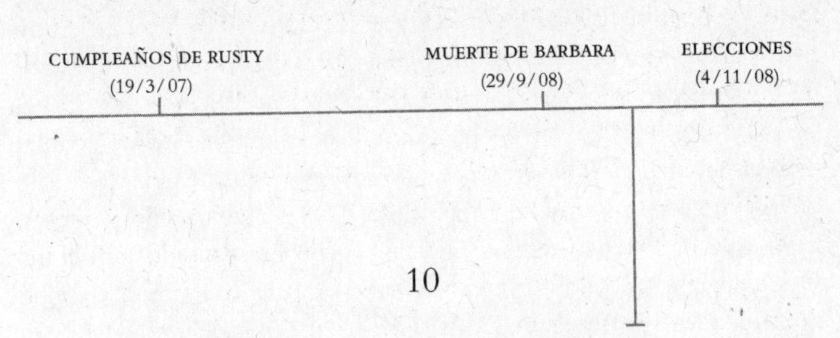

10

TOMMY, 23 DE OCTUBRE DE 2008

A Tommy Molto no le gustaba la cárcel. Era un edificio de tres plantas, oscuro como una mazmorra incluso de día porque, en 1906, para evitar fugas, lo construyeron con unas ventanas de quince centímetros de ancho. Y también había algo inquietante en el sonido, el angustioso rumor de las voces de las tres mil almas allí capturadas. Por no hablar del olor. Por estrictas que fueran la limpieza y la desinfección, tantos hombres juntos en aquel espacio, con un retrete de acero inoxidable sin tapa para cada dos de ellos, llenaban todo el edificio de un hedor fétido y cenagoso. No era el Four Seasons, ni se pretendía que lo fuera, pero cabría pensar que, después de treinta años visitando el lugar para hablar con testigos e intentar sacar información a los acusados, Tommy se habría acostumbrado. Sin embargo, todavía se le revolvían las tripas. En parte se debía a la horrible realidad de lo que hacía. Tommy tendía a pensar que su trabajo tenía que ver con el bien y el mal y la justa recompensa. Pero el hecho de que culminara en un rígido cautiverio al que dudaba que él mismo pudiese sobrevivir, seguía siendo, incluso ahora, una realidad indeseada.

–¿Y por qué vamos a hablar con este pájaro? –le preguntó a Brand mientras esperaban en la entrada.

Eran las nueve de la noche. Tommy ya estaba en casa cuando Brand lo había llamado. Tomaso acababa de dormirse y Dominga recogía la cocina. La casa todavía olía a especias y pañales. Aquellas eran las horas del día que Tommy valoraba más, cuando sentía el ritmo de su familia, el dulce orden que contrarrestaba el caos relativo del resto de su vida. Pero Brand no lo habría llamado si no se tratase de algo verdaderamente urgente, por lo que se puso de nuevo el traje. Era el fiscal. Dondequiera que fuese, tenía que estar a la altura de su papel. Al llegar a la prisión, vieron que tanto el director de la misma como el capitán de los guardias, que ya se habían marchado a casa, habían regresado tan pronto como habían sabido de su visita para poder estrecharle la mano y charlar un rato. Acababan de irse hacía un momento y Tommy podía, por fin, preguntarle a Brand por qué estaban allí.

–Porque Mel Tooley ha dicho que el viaje merecería la pena –respondió Jim–. Y mucho. Sabe algo que el fiscal tiene que oír en persona. Y las nueve de la noche, sin reporteros en dos kilómetros a la redonda, es el mejor momento.

–Jimmy, tengo mujer e hijo.

–Yo también –replicó Brand, aunque sonreía.

Le parecía divertida la manera en que a veces se comportaba Tommy, como si fuese quien hubiera inventado lo de tener una familia. Brand confiaba más en Mel Tooley que el resto de la gente porque uno de sus hermanos mayores compartía oficina con él.

–Bien, pues ponme al día –le pidió Tommy–. Ese tipo, el envenenador, ¿cómo se llama? ¿Harnason?

Dieciocho meses atrás, el jefe de la sección de apelaciones de la oficina, Grin Brieson, le había pedido a Tommy que argumentara el caso. De eso se acordaba, naturalmente, y también de que lo había ganado pese a la discrepancia de Sabich, pero los demás detalles se le habían olvidado con el paso del tiempo.

–Sí. Lleva un año y medio fugado.

–Lo recuerdo. Sabich lo dejó en libertad bajo fianza –dijo Tommy.

El mes anterior, N.J. Koll había puesto unos anuncios desafiando a Rusty a dar la cara y denunciando que hubiese concedido esa fianza a pesar de que la fiscalía se oponía a ello. Cuando Barbara falleció, N.J. no pudo sino tener un gesto de nobleza y retirar esos anuncios, lo cual fue un alivio para Molto, a quien no le gustaba que la fiscalía se viera implicada en una batalla electoral y mucho menos aquella.

–Ayer detuvieron a Harnason en Coalville, una población de veinte mil habitantes, que está a seiscientos kilómetros al sur, ya fuera del Estado. Allí era donde Harnason había establecido su nuevo lugar de residencia. Había abierto un bufete de abogados y ejercía con el nombre de Thorsen Skoglund.

–Qué gilipollas –exclamó Molto.

Había tardado unos segundos en recordar a Thorsen, un hombre honorable que ya llevaba un tiempo muerto.

–Sí, ejercía como abogado y, además, hacía horas extra como payaso en fiestas infantiles. No te lo creerás, pero ganaba más como payaso que como abogado, lo cual dice mucho de él. Todo le iba bastante bien hasta que su problema con la bebida le complicó la vida, pues lo pillaron conduciendo borracho. La comparación de huellas llegó del FBI un par de horas después de que lo soltaran. Harnason debió de pensar que las cosas funcionaban como en los viejos tiempos y que tardarían semanas. Cuando el sheriff local fue a buscarlo con un grupo de Operaciones Especiales, estaba haciendo la maleta.

Mel Tooley había reclamado la extradición y el sheriff de Coalville había llevado personalmente a Harnason a la ciudad. En Coalville no detenían a muchos fugitivos condenados por asesinato que se hubiesen saltado la fianza. El sheriff hablaría de Harnason el resto de su vida. De momento, este no había comparecido en el juzgado y los medios ignoraban que estaba detenido otra vez, aunque no tardarían en saberlo y divulgarlo. En conjunto sería una buena noticia para Rusty. Cuando Koll volviera a emitir sus anuncios, no podría seguir clamando escandalizado acerca del loco al que Sabich había dejado libre y que todavía andaba fugado.

Ahora, Tommy y Brand ya habían cruzado las dos puertas de hierro macizo, una especie de cámara de aire entre el cautiverio y la libertad, escoltados por un funcionario de prisiones llamado Sullivan, que los llevó hasta la sala de visitas. El funcionario llamó a una puerta blanca y Tooley salió al estrecho pasillo. Mel, que siempre vestía impecable, en ese momento iba con vaqueros. Debía de estar trabajando en el jardín cuando Harnason llegó a la población, porque se le veían restos de tierra bajo sus cuidadas uñas y en los pantalones. Tommy tardó unos segundos en advertir que, con las prisas, Tooley se había olvidado de ponerse el tupé postizo. A decir verdad, estaba mejor sin él, pero Tommy decidió callarse esa opinión.

Tooley hizo la acostumbrada alharaca porque el poderoso fiscal había acudido por la noche.

–Yo también te quiero, Mel –lo interrumpió Tommy–. ¿Cuál es la primicia?

–Verás –respondió el otro, bajando la voz. En la cárcel, nunca se sabía de qué parte estaba cada uno. Algunos funcionarios trabajaban para las bandas, otros cobraban de los periodistas. Tooley se acercó tanto que parecía que se insinuara en busca de un beso–. Esto es completamente hipotético, pero si le preguntas al señor Harnason por qué decidió escapar, te dirá que sabía de antemano cuál iba a ser la decisión del Tribunal de Apelaciones.

–¿Cómo?

–Aquí viene lo bueno –respondió Mel–. Se lo dijo el presidente del tribunal.

A Tommy le pareció que acababan de pegarle con una tabla en la cabeza. Le resultaba increíble. Rusty tenía fama de ser un juez muy estricto.

–¿Sabich? –preguntó.

–Sí.

–¿Por qué?

–Es muy extraño. Será mejor que lo oigas por ti mismo. Me refiero a que tiene mucho jugo –añadió Tooley–. Como poco, podrías entorpecer su camino al Tribunal Supremo. Incluso podrías acusarlo de instigador y encubridor de un quebrantamiento de la libertad condicional. Y de desacato por violar las leyes de su propio tribunal.

Como todo el mundo, Mel era de los que pensaban que Tommy daría un brazo a cambio de encausar a Rusty otra vez. En cambio, el fiscal soltó una sonora carcajada.

–¿Con Harnason como único testigo? ¿Un enfrentamiento entre un condenado por homicidio y el presidente del Tribunal de Apelaciones? ¿Y yo de fiscal?

Y lo que era aún peor: la historia encajaría en la campaña de anuncios de Koll de tal manera, que todo el mundo ridiculizaría a Tommy diciendo que era la ingenua marioneta de N.J.

Mel tenía unas mejillas carnosas, con marcas del acné.

–Hay otro testigo –dijo entonces Tooley en voz baja–. Harnason le contó esa conversación a alguien, poco después de que tuviese lugar.

–¿A quién?

Mel esbozó aquella sonrisa torcida que lo caracterizaba. No era capaz de levantar la comisura derecha de los labios.

–De momento, me ampararé en la confidencialidad entre abogado y cliente.

Aquel sí que era un equipo fantástico, pensó Tommy. Un cabronazo de homicida y un cabronazo de abogado. Probablemente, Tooley también estuviese pringado en todo aquel asunto y hubiese ayudado a Harnason a escapar. Pero Mel era Mel, y se aseguraría de que Harnason se olvidara de aquella parte y Tooley sabría borrar cualquier rastro en el estrado. Era un experto en engañar a un jurado. Llevaba cuarenta años haciéndolo.

–Tenemos que oír todo esto de boca de tu representado –le dijo Tommy–, pero de momento no hay ningún trato. Si nos gusta lo que dice, podemos hablar. Llámalo una oferta previa. Hipotética. Como coño quieras llamarlo, así que no podemos utilizarlo contra él.

Después de unos segundos con su cliente, Tooley les hizo un gesto a Molto y a Brand para que entraran en la sala de abogados. Era un recinto de no más de tres metros por cuatro, con las paredes encaladas, aunque en ellas aparecían trazos negros irregulares. Molto prefería no pensar cómo habían llegado hasta allí unas marcas de suela de zapato. En cuanto al prisionero, no tenía muy buen aspecto. Al fugarse, se había afeitado el bigote, había dejado de teñirse las canas y había engordado. Estaba sentado con su mono naranja fluorescente, las manos esposadas y las piernas con grilletes, unas y otras encadenadas a un aro de hierro fijado en el suelo. La pálida marca del reloj, que le habían quitado al detenerlo, todavía era visible entre el vello rubio y rojizo de su antebrazo. Parecía muy nervioso, y volvía la cabeza a ambos lados cada pocos segundos. Solo llevaba unas horas en la prisión del condado, pero ya tomaba precauciones contra cualquier cosa que pudiera llegarle desde atrás. Las extradiciones o las torturas con ahogamientos simulados eran una chorrada, pensó Tommy. Con una sola noche en la cárcel del condado de Kindle, a la mañana siguiente los miembros de al-Qaeda cantarían dónde estaba Bin Laden.

Tommy decidió interrogar a Harnason él mismo y le preguntó cuándo había empezado a planear la fuga.

–Cuando supe que iba a perder la apelación, no soporté la idea de volver a la cárcel. Hasta entonces, creía de veras que la ganaríamos. Eso era lo que Mel pensaba.

Tooley no se atrevió a levantar los ojos y mirar a Tommy. Para un abogado defensor, ganar apelaciones era algo infrecuente. Tooley había estado engañando a su cliente a fin de sacarle otros diez de los grandes para una petición de revisión por Tribunal Supremo del Estado.

–¿Y cómo supo que iba a volver a la cárcel?

–Creía que Mel se lo había contado.

–Bueno, cuéntenoslo usted.

Harnason se tomó un tiempo para estudiar sus rechonchas manos dobladas.

–Conozco a ese hombre, a Sabich, desde siempre, ¿sabe? Profesionalmente, si es que podemos llamarlo así. –Harnason movió la mano en dirección a Tommy. Este se encogió: demasiado cerca–. Y cuando me concedió la provisional, empecé a pensar que tal vez se sentía mal por haberme encerrado de buen principio. Sí, tenía que sentirse fatal, bien lo sabe Dios.

Tanto Tommy como Brand ignoraban esa parte y Harnason explicó sus primeros encuentros con Rusty, acaecidos hacía mucho tiempo. Tommy todavía recordaba las redadas de gays que Ray Horgan ordenaba antes de las elecciones, en el parque público, en los lavabos de hombres de la biblioteca del centro de la ciudad y en diversos bares, llevándose a los arrestados en autobuses escolares delante de las cámaras. Los tiempos cambian, pensó. Todavía no tenía muy claro qué le parecía que los gays se casaran y educaran niños, pero Dios no ponía a toda una comunidad en la Tierra a menos que sus miembros formasen parte de Su plan. Vive y deja vivir, eso era lo que pensaba. Pero sabía que en aquellos tiempos habría tratado el caso de Harnason de la misma manera que Rusty.

Como no estaba seguro de que Sabich se acordara de él, Harnason se había dejado llevar por el impulso y había ido a verlo después de la primera vista oral, solo para saludarlo, desearle feliz cumpleaños y darle las gracias por haberle concedido la fianza. Tommy se tomó unos segundos para pensar qué papel habría jugado la visita de Harnason en la opinión discrepante de Sabich en el veredicto.

–Mel me reprendió por eso –explicó el detenido–. Lo último que yo quería era que Sabich se apartara del caso. Pero cuando hablé con él, noté algo raro.

–¿Qué quiere decir? –preguntó Tommy.

–Una conexión o algo así. –Harnason se tomó mucho tiempo y movió varias veces su cara fofa, con ronchas de color rosa fuerte, mientras rumiaba las palabras que estaba pensando–. Como si fuéramos almas gemelas –dijo al fin.

Tommy lo entendió. Abogados. Cabrones. Y asesinos. No lo pudo evitar: Harnason empezaba a caerle bien.

Brand estaba a su lado, tomando notas en un bloc de vez en cuando, aunque sobre todo observaba al hombre con atención. Era evidente que intentaba decidir qué pensaba de todo aquello. Harnason hablaba casi siempre con la cabeza gacha, como si el recuerdo de lo ocurrido pesase cincuenta kilos, y lo único que veían de él era su escaso pelo cano y su calva. Tommy comprendió su problema. Harnason le agradecía a Sabich lo que había hecho por él. No le gustaba hablar mal del juez.

–Sabich dijo algo vago respecto a que se habían escuchado mis alegaciones, algo así, algo que me dio un poco de esperanza –prosiguió–, pero me consumía no saber, tener que esperar la decisión. A veces, uno ya no aguanta más. Pensé que, como ya habíamos hablado una vez, por lo menos me diría lo que iba a ocurrir. Así pues, esperé a que saliera a almorzar y después lo seguí.

La primera vez, explicó, Rusty fue al Grand Atheneum. Resultaba interesante que no hubiese ido al hotel Gresham, donde a Marco Cantu le pagaban por no hacer nada. Al parecer, Rusty había decidido cambiar de sitio, probablemente porque había visto demasiado a Marco cuando quedaba con su chavalita en su hotel. Pero Harnason no sabía nada de Cantu, ni del análisis para detectar enfermedades de transmisión sexual. Así que su historia, de momento, parecía cierta.

–¿Sabich estaba con alguien?

–Supongo que sí –sonrió el hombre–, pero a ella no la vi. Lo vigilé hasta que entró en el ascensor. Estuvo arriba un buen rato, más del que yo pude esperar porque empezó a diluviar, así que me retiré y la semana siguiente volví a seguirlo. Todo igual, menos el hotel, que era otro. Se metió en el ascensor y se quedó mucho rato arriba. –Harnason había olvidado el nombre del hotel pero, por su situación, tenía que ser el Renaissance–. Estuve en la puerta casi tres horas, pero al final bajó. Caminaba con ligereza, contento y, tan pronto como lo vi, supe que venía de pasarlo bien.

–¿Iba alguien con él, en esta ocasión?

–No, pero la expresión de su cara cuando me vio… Ya sabe, una de esas expresiones de fastidio, de pensar, «oh, mierda», pero no estaba en absoluto cabreado. Quizá por eso me habló. Intentó salirse por la tangente, pero yo insistí: «Por compasión, dígamelo, ¿voy a volver a la cárcel o no?». Y lo hizo. Me dijo que me preparase para la mala noticia. Estás al final del camino. Y yo lloré a lágrima viva como una niñita.

–¿Y todo eso ocurrió en medio de la calle? ¿El presidente del tribunal y usted? ¿Y él le dijo que iban a ratificar su sentencia? –Todo aquello era una locura. A la hora del almuerzo, en Market Street, a la vista de tal vez un centenar de personas, ¿y Rusty se ponía a hablar con una de las partes sin conocimiento de la otra? Un abogado defensor (y Rusty recurriría a Sandy Stern, si este seguía vivo) haría picadillo a Harnason. Pero lo increíble del asunto le daba mayor verosimilitud. Si Harnason se lo hubiera inventado, no habría sido una historia llena de imperfecciones como aquella. A menudo, la gente cuenta historias así, demasiado extrañas para no ser ciertas–. ¿Y usted se lo contó a Mel?

Harnason miró a su abogado, que le hizo un gesto con la mano. Entonces respondió que sí, que lo había llamado aquel mismo día.

Los cuatro hombres permanecieron un rato en silencio. Tommy se dio cuenta de que Tooley tenía razón. Con aquello podían echar a pique la embarcación de Rusty Sabich. Y lo mejor de todo era que aquel caso no sería suyo. Por la manera en que Harnason había contado la historia, Sabich no había cometido ningún delito. Tommy se limitaría a pasar la información a la Comisión de Tribunales. Estos, a su vez, le harían una visita a Rusty y él probablemente terminaría por dimitir sin hacer ruido, cobrar su pensión y volver a ejercer de abogado, antes que afrontar una audiencia pública en la que seguramente saldría a relucir toda la historia de la chica y el hotel.

Tommy miró a Brand para ver si quería saber algo más y su ayudante le preguntó a Harnason si les había contado la totalidad de la conversación que había mantenido con el presidente del tribunal.

–Por lo que a mí respecta, eso fue lo principal –respondió Harnason en voz baja, sonriendo un poco a su pesar–. Hubo un poco más de toma y daca.

–Bien, pues oigámoslo.

El hombre se tomó su tiempo. Parecía que él mismo intentase comprender lo que venía a continuación.

–Bueno, yo ya me iba y él va y me dice «Vamos, suéltelo, usted lo mató, ¿verdad?».

–¿Y lo hizo? –preguntó Brand.

Mel lo interrumpió. No quería que Harnason confesara, pero Tommy dijo que no podía callarse nada. Brand preguntó de nuevo si había matado a Ricky.

–Sí –asintió Harnason tras pensarlo un instante–. Y eso fue lo que le dije a Sabich, que sí, pero añadí «Usted también se libró de una condena por asesinato», y me miró y dijo: «La diferencia está en que yo no lo hice».

–¿Eso le dijo? –saltó Molto–. ¿Se refería a lo que ocurrió hace veinte años?

–Sí. Dijo que él no lo hizo. Y me miró a los ojos al decirlo.

–¿Y usted le creyó?

–Eso parece –respondió Harnason tras pensarlo unos instantes.

Esas palabras dejaron a Tommy momentáneamente aturdido, pero no se le pasó por alto un hecho evidente: Harnason era lo bastante astuto como para saber lo que Tommy quería oír, y sin embargo no iba a decirlo. El hombre era uno de esos extraños delincuentes con principios. No había ni la más remota posibilidad de que no estuviese diciendo la verdad.

–¿Algo más? –preguntó Brand.

Harnason fue a rascarse la oreja y se dio cuenta de que las esposas no se lo permitían.

–Le pregunté con quién estaba en el hotel.

–¿Y qué respondió?

–Me dio la espalda y se marchó. Ahí terminó la conversación.

–¿No negó que estuviera con alguien? ¿Solo le dio la espalda?

–Exacto.

–¿Algo más? ¿Hubo algo más entre usted y el presidente del tribunal?

–Eso fue prácticamente todo.

–Nada de prácticamente –insistió Brand–. Queremos saberlo todo. ¿Recuerda algo más?

Harnason levantó la cara, pensando, e hizo una mueca.

–Bueno, hubo otra cosa un poco rara. Cuando le dije que había matado a Ricky, me preguntó qué se sentía al envenenar a alguien.

Tooley se sobresaltó de tal manera que Tommy supo que era la primera vez que oía aquello. Brand era tan frío que no se inmutó pero, como estaba sentado a su lado, Tommy notó que el pulso se le había acelerado.

–¿Le preguntó qué se sentía envenenando a alguien? –repitió Brand.

–Exacto. Quiso saber cómo era, que sentía día tras día.

–¿Y por qué quería saberlo?

–Por curiosidad, supongo. A esas alturas, ya no nos andábamos con reservas y entonces fue cuando le dije «Usted ya sabe lo que es matar a alguien», y él replicó que no lo había hecho nunca.

Brand repasó unas cuantas veces con Harnason lo que había dicho hasta aquel momento, para tratar de ordenar la secuencia de la conversación, al tiempo que lo presionaba para que fuera más preciso. Luego, los dos fiscales se marcharon y le dijeron a Tooley que evaluarían el caso y después se pondrían en contacto con él. No hablaron entre sí hasta que estuvieron a una manzana de la cárcel. Aquel era un barrio extraño y los edificios cercanos lucían pintadas de bandas cuyos miembros a menudo se reunían en las proximidades de la prisión, como si les diera cierta tranquilidad estar cerca de sus compinches. Los matones de la calle quizá disfrutarían metiéndose con el fiscal si lo reconocían, por lo que Brand y Tommy apretaron el paso hasta el aparcamiento situado junto al edificio del condado. Cuando pasaron ante la parada de autobús, vieron a una mujer practicando sus pasos de jazz con un radiocasete a las once de la noche, como si estuviera en casa, desnuda delante del espejo.

–Bueno –dijo Brand–, ¿sabes lo que pienso?

–¿Qué piensas?

–Que el juez le dio la información sobre la apelación por varias razones. Porque tenía un lío extramatrimonial y quizá ya estuviera pensando en cargarse a su mujer. Porque un candidato al Tribunal Supremo no quiere un divorcio desagradable durante la campaña, sobre todo si es por haber metido la salchicha en el panecillo que no debía. Y porque quería hacer un poco de investigación de campo, ver si realmente él podría hacerlo.

Tommy negó con la cabeza. Se parecía demasiado a un episodio de *Ley y orden*. Todo demasiado atado.

–Sería una buena teoría si tuviéramos alguna prueba de que Barbara murió de sobredosis y no de fallo cardíaco, Jim.

–Quizá no la hemos encontrado todavía –replicó Brand.

Tommy lo miró de hito en hito. Ese era el error más grande que podía cometer un fiscal, esperar una prueba que no existía. Los policías y los testigos podían malinterpretarlo y hacer realidad sus sueños.

Tommy vio el vaho que formaba su aliento en el aire nocturno. No esperaba que el otoño llegase tan pronto y se había dejado el chaquetón en casa. Pero no era el frío lo único que le preocupaba. Todavía estaba dándole vueltas a lo que Harnason había contado de que Rusty le había dicho que no había matado a Carolyn. A decir verdad, eso concordaba con su propia teoría, pero entraba en conflicto con la de Brand. Sabich era un asesino o no lo era. Se había cargado a las dos mujeres o a ninguna. Eso era lo que le decía la experiencia.

–Lo que hablaron sobre el primer homicidio todavía me tiene perplejo –comentó.

–Sabich mintió –replicó Brand–. Que cometiera un desliz con ese tipo en una cosa no significa que fuera a confesar que es el asesino. Además, hay una manera de averiguarlo con certeza.

Se refería de nuevo al ADN.

–Todavía no –dijo Tommy. Aún era demasiado pronto–. Dímelo otra vez, ¿cómo fue que ese tipo raro casi sale bien librado?

–¿Qué tipo raro, jefe? Andamos sobrados de ellos.

–Harnason. Envenenó a su pareja con arsénico, ¿no?

–Sí, pero en estos tiempos no es un veneno corriente. Es difícil de obtener y no se busca en los análisis toxicológicos rutinarios.

Tommy se detuvo mientras Brand daba un paso más.

–¿Qué piensas? –le preguntó a Tommy

–Sabich fue uno de los jueces del caso, ¿no? Lo conoce a fondo y sabe lo que aparece y lo que no en un análisis toxicológico rutinario.

–Claro, está en el expediente.

«Cuidado –se dijo Tommy–. Cuidado.» Aquello era el Templo Maldito de Indiana Jones. Lo sabía y, sin embargo, seguía avanzando a tientas por el camino que llevaba hacia él.

–¿Y la espectrometría de masas de la sangre de Barbara? –preguntó Brand.

–Habla con el toxicólogo.

–Una espectrometría de masas –dijo Brand–. Tenemos que hacerlo, sí. Su comportamiento después de la muerte su mujer fue raro. Tenía un lío amoroso. Le preguntó a alguien sobre un envenenamiento. Solo estamos haciendo nuestro trabajo, jefe. Tenemos que hacerlo.

Parecía lo correcto, pero Tommy estaba un poco nervioso con todo aquello, la cárcel y Harnason, que no era más que un tipo raro más, y la inquietante idea de que estaba de verdad tras la pista de Sabich.

Jim y él hablaron de cómo conseguir la espectrometría sin que nadie se enterase y se despidieron. Tommy bajó hasta el tercer piso del aparcamiento para recoger su coche. A aquellas horas, el sitio era un lugar peligroso, peor que las calles. Unos años atrás, allí habían atracado a un juez, pero seguía sin haber vigilancia. Las sombras eran más densas en la zona donde estaban estacionados los vehículos durante el día y Tommy se detuvo en el centro de la planta. Pero aquella atmósfera de Halloween activó algo en él, una idea que emergía y de la que por primera vez percibía tanto la emoción como el peligro.

¿Y si Rusty lo había hecho realmente?, pensó de pronto.

II

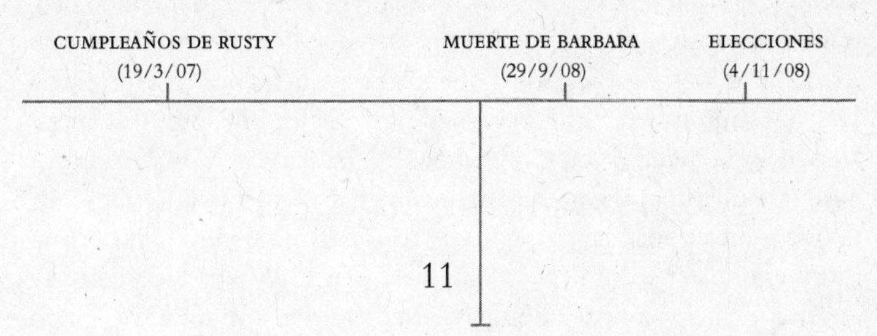

11

RUSTY, 2 DE SEPTIEMBRE DE 2008

Suena la línea de teléfono interior de mis dependencias del juzgado y oír su voz, ya la primera palabra, casi basta para que me rinda. Han pasado más de seis meses desde la última vez que la vi, cuando vino a almorzar con mi secretaria, y más de un año desde que terminamos la relación.

–Oh –dice–, no esperaba encontrarte aquí. Pensaba que habrías salido a hacer campaña.

–¿Te decepciona? –pregunto.

Ella se ríe como hace siempre, dueña absoluta de los placeres de la vida.

–Soy Anna –dice.

–Ya lo sé –digo.

Lo sé siempre, pero es absurdo hacer que las cosas sean más complicadas para los dos.

–Tengo que verte. Hoy, a ser posible.

–¿Es algo importante?

–¿Para mí? Sí.

–¿Estás bien?

–Creo que sí.

–Todo esto suena un poco misterioso.

–Será mejor en persona.

–¿Dónde quieres que nos veamos?

–No lo sé. En algún sitio tranquilo. ¿El bar del Dulcimer? El City View, o cómo se llame.

Cuelgo el teléfono mientras fragmentos de la conversación rebotan en mi interior. Mi relación con Anna en realidad no ha terminado nunca. La añoranza, el deseo… El año pasado, en julio, poco después de mi visita a Sandy Stern, me convencí de que estaba dispuesto a dejarlo todo y rogarle a Anna que me aceptara de nuevo. Consulté a Dana Mann, un viejo amigo que es el rey de los divorcios de la clase alta de esta ciudad. No era mi intención hablarle de Anna, solo decirle que me proponía poner fin a mi matrimonio y quería saber hasta qué punto podía hacerlo con discreción, suponiendo que Barbara estuviese de acuerdo. Pero la valía de Dana como abogado consiste en encontrar los puntos débiles del edificio y, con cuatro o cinco preguntas, ya había conseguido un esbozo de toda la historia.

–Me parece que no has venido en busca de consejo político –dijo–, pero si quieres que esto no aparezca en la prensa durante la campaña, te aconsejo que no hagas nada.

–He sido infeliz durante mucho tiempo y hasta que conocí a esa mujer no me di cuenta de lo desesperado que estaba. Ahora no sé si podré quedarme de brazos cruzados. En ese sentido, antes estaba mejor.

–La principal característica del desesperado es que no sabe que lo está –dijo Dana.

–¿De quién es esa frase?

–De Kierkegaard. –Dana se rió de mi total incredulidad. Conozco a Dana desde la facultad y, a la sazón, no citaba a filósofos–. El año pasado representé a un profesor de la universidad, y fue él quien la dijo. Era una situación muy parecida.

–¿Y qué hizo?

–Se marchó con ella. Era su director de tesis doctoral.

–¿Y pagó un alto precio por ello?

–Pagó. La universidad le dio un buen varapalo. Le había conseguido becas a la chica de manera irregular. Estuvo un año apartado de la docencia, suspendido de empleo y sueldo.

–Pero ¿es feliz?

–Creo que sí. Acaban de tener un niño.

–¿Y es de nuestra edad?

No daba crédito a lo que oía. En cierto modo, la historia que Dana me había contado bastaba para demostrarme que era del todo imposible. Yo nunca intentaría engañar a la naturaleza de ese modo, ni soportaba la idea de lo que un divorcio le haría a Barbara, lo muchísimo que sufriría. Antes de marcharme, le dije a Dana que no creía que volviera a consultarlo.

Y, sin embargo, alguna noche, mientras Barbara duerme, la añoranza me consume. No he tenido valor para borrar del ordenador de casa los mensajes que Anna me envió entonces. La mayor parte eran correos de una sola línea acerca del lugar y la hora donde nos reuniríamos la vez siguiente. Los he agrupado todos en una subcarpeta llamada «Asuntos del tribunal», que abro aproximadamente cada mes, en el silencio de la casa, como si fuera un cofre lleno de tesoros. En realidad, no leo los mensajes. Eso sería demasiado doloroso y el contenido es tan breve que significa muy poco. No obstante, me dedico a contemplar su nombre en la página, las fechas, los asuntos. Casi todos se llaman «Hoy» o «Mañana». Me entretengo en los recuerdos y los deseos de una vida distinta.

Ahora, después de la llamada de Anna, pienso en su tono de apremio. Podría ser cualquier cosa, incluso un asunto profesional, pero me ha parecido notar la tensión de algo personal. ¿Qué haré si me dice que no puede vivir sin que volvamos a estar juntos? ¿Y si siente lo mismo que siento yo desde hace tanto tiempo? El Dulcimer fue el último hotel en el que estuvimos. ¿Por qué lo ha elegido si la pasión no es su objetivo? Me contemplo, entonces, desde fuera, y mi alma observa desde arriba mi hambriento corazón. ¿Cómo es posible que la insatisfacción parezca la única emoción que tiene sentido en la vida? Pero así es. Y me doy cuenta de que no podré decirle que no, del mismo modo que no pude decirle que no cuando volvió la cara hacia mí en el sofá de mi despacho. Si ella está dispuesta a dar el salto, la seguiré. Dejaré todo lo que he tenido. Miro las fotos dispuestas encima del escritorio: Nat a edades distintas, Barbara siempre hermosa. Es absurdo tratar de imaginar las consecuencias de lo que estoy a punto de hacer. Son tantas y tan variadas que ni siquiera un campeón ruso de ajedrez o un ordenador podrían anticipar cada paso. Pero estoy dispuesto a hacerlo. Intentaré tener, por fin, la vida que deseo. Por fin seré valiente.

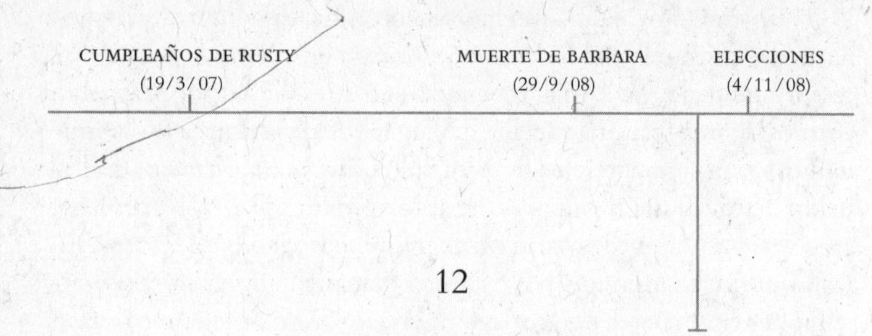

12

TOMMY, 27 DE OCTUBRE DE 2008

Los patólogos, los toxicólogos y toda esa gente no estaban hechos de la misma pasta que el resto de la gente. Pero ¿qué se podía esperar de alguien cuyo mundo está lleno de muertos? Tommy pensaba que, para aquellos tipos, parte de la emoción consistía en darse cuenta de que el fiambre ya no estaba y ellos seguían aquí.

La toxicóloga que había entrado con Brand tenía buena pinta. Se llamaba Nenny Strack y era una pelirroja menuda de ojos castaños, de treinta y tantos, lo bastante atractiva como para llevar falda corta. Daba clases en la facultad de Medicina de la Universidad y trabajaba también para el condado. Brand había acudido directamente al patólogo de la policía para que hiciera el trabajo enseguida y este, a su vez, se había dirigido al Servicio Médico Americano, un centro de Ohio que era el laboratorio de referencia para la mitad de las agencias policiales de Estados Unidos. Tommy había temido que todas esas maniobras se descubrieran cuando las muestras de sangre de la autopsia de Barbara salieran del frigorífico, pero nadie lo notó.

–¿Y bien? –les preguntó Molto a los dos.

–¿La versión larga o la corta? –inquirió Brand.

–La corta, para empezar –respondió él, y Brand le cedió la palabra a Strack con un gesto de la mano.

La mujer tenía una carpeta sobre el regazo.

–En la muestra de sangre cardíaca hay un nivel tóxico de un compuesto antidepresivo llamado fenelzina –explicó ella.

Brand se miraba los zapatos, tal vez para evitar sonreír. En realidad, no había nada gracioso.

–Entonces, ¿no murió por causas naturales? –preguntó Tommy, notando el tono excesivamente agudo de su propia voz.

–No es que quiera dificultar las cosas –respondió la doctora Strack–, pero no me corresponde a mí emitir una opinión sobre la causa de la muerte. Lo que sí puedo decirle es que los síntomas declarados, muerte por arritmia con una posible reacción hipertensiva, habitualmente se relacionan con una sobredosis de ese fármaco.

Dedicó unos minutos a describir la fenelzina, que se utilizaba para tratar depresiones atípicas, a menudo en combinación con otros compuestos. Actuaba inhibiendo la producción de una enzima llamada MAO, que descompone varios neurotransmisores que alteran la conducta. A menudo, el efecto que causaba en el cerebro era la mejora de los estados emocionales, pero limitar la enzima podía tener efectos secundarios fatales en otras partes del cuerpo, sobre todo cuando se ingerían medicinas o alimentos que contuvieran una sustancia llamada tiramina.

–Hay una lista entera de alimentos que uno no debería comer si se está tratando con fenelzina –prosiguió Strack–. Vino tinto, quesos curados, cerveza, yogur. Carne adobada, pescado en escabeche, embutidos... Todo eso aumenta la toxicidad del fármaco.

–¿Y de dónde habría sacado la sustancia?

–Estaba en su botiquín. De otro modo, el Servicio Médico no la habría identificado.

La doctora Strack explicó la técnica de la espectrografía de masas en una muestra de sangre. Al principio, producía un bosque de barras de colores. A continuación, se eliminaban todos los indicadores espectrográficos del centenar aproximado de fármacos que se buscaban en un examen toxicológico rutinario, porque estos ya habían sido identificados. El pequeño número restante de colores podía representar miles de iones, por lo que, en ese caso, el laboratorio había tomado como referencia el inventario del botiquín de Barbara, comparándolo con los conocidos. Casi de inmediato, habían identificado la fenelzina.

–¿O sea, que pudo tratarse de una sobredosis accidental? –preguntó Molto.

–Bueno, a juzgar solo por los niveles sanguíneos, habría que decir que probablemente no. La concentración es casi el cuádruple de la dosis normal. Suponiendo que sea un resultado verdadero, entonces cabría preguntarse si, por descuido, no se habría tomado la píldora dos veces. Es probable, pero ¿cuatro veces? Eso sería inusual. Los pacientes que toman este fármaco están perfectamente avisados de lo peligroso que es.

–Entonces, ¿no fue accidental?

–De entrada diría que no, pero hay un fenómeno llamado «distribución postmortem» que provoca que ciertos antidrepresivos migren al corazón después de la muerte, dando concentraciones infladas en la sangre cardíaca. Eso suele ocurrir sobre todo con los tricíclicos. En la literatura forense no está definido si los inhibidores de la MAO actúan de la misma manera. No sé si la fenelzina migra y nadie lo sabe con certeza. Si en el momento de la autopsia hubiésemos sabido qué buscábamos, habríamos podido extraerle sangre de la arteria femoral, porque la distribución postmortem desde el corazón no puede llegar tan lejos, pero la extracción femoral no es una práctica habitual en este país y, como es obvio, ahora no podemos hacerla. Así que ningún toxicólogo podrá decir con seguridad que la alta concentración de fenelzina en la sangre de la mujer signifique que realmente tomó una dosis letal del fármaco y que no se trate de un efecto de redistribución ocurrido después del óbito.

Brand no diría nunca «ya te lo había advertido», pero Tommy se dio cuenta de que, si le hubiera permitido tratar aquello desde el principio como una investigación de homicidio, ahora quizá tendrían esas respuestas. Se quedó pensando unos instantes, y notó que se le escapaba un suspiro. A veces, cuando Tomaso los despertaba de madrugada y Tommy acunaba a su hijo para que volviera a dormirse, intentaba adivinar cuál de las decisiones que había tomado ese día se volverían contra él. Siempre regresaba a la cama pensando que solo podía esforzarse por hacer lo que creía lo mejor, que cometer errores era inherente al cargo que desempeñaba. Su única esperanza era que esos errores fuesen pequeños.

–¿Así que eso de la distribución podría significar que no murió de sobredosis? –preguntó, concentrándose de nuevo en la doctora Strack–. Tal vez solo tomó una pastilla, bebió un poco de vino y comió una pizza de salchichón y escabeche.

–Podría ser.

–¿Y un suicidio? ¿Este fármaco es de los que hacen que los pacientes depresivos sean más propensos al suicidio?

–Eso dicen los estudios.

–No dejó nota de despedida –intervino Brand, tratando de eliminar la posibilidad de que Barbara se hubiese suicidado–. La policía no encontró ninguna nota.

Tommy levantó una mano para frenarlo. En ese momento, no quería que se iniciara un debate.

–O sea que tal vez fue un suicidio. O quizá un asesinato. O puede que un accidente. ¿Es todo lo que puede decir? –le preguntó Molto a la doctora Strack.

–Eso, suponiendo que la fenelzina le causara la muerte. Pero, para confirmarlo, necesitará al patólogo.

Aquella joven tenía buena pinta, pero ahora Tommy sintió compasión por ella. En los turnos de repreguntas de los juicios, los testigos expertos se llevan tantos palos que, si por ellos fuese, Molto suponía que no pisarían nunca el palacio de justicia. Él creía que la ciencia se ocupaba de investigar lo desconocido, pero los peritos como Strack parecían preferir que lo desconocido siguiera siéndolo. No había quien lo entendiera.

Era fácil adivinar lo que Brand pensaba sentado en la silla de madera contigua a la de la mujer. Tenía el mentón hundido y torcía el gesto en una mueca, como si tuviera acidez de estómago. Tommy vio claramente que la doctora Strack habría animado a Jim y luego, al hablar con el fiscal, se había mostrado más cauta. Jim no la hubiera llevado allí corriendo a menos que ella se hubiese mostrado mucho más optimista en la conversación con él de lo que lo había sido ahora en su despacho. En el caso improbable de que aquel asunto llegara a juzgarse, tendrían que darle un empujón o buscarse otro perito.

–¿Y qué hay de la hora? –inquirió Brand–. Si dejamos que transcurran veinticuatro horas desde la muerte, ¿qué repercusión tendría eso en el momento de identificar la sobredosis de fenelzina en la autopsia?

La doctora se tocó la cara mientras pensaba la respuesta. Llevaba una alianza de boda con un diamante minúsculo, uno de esos anillos que dicen «Me casé con mi noviete del instituto cuando no teníamos prácticamente nada, solo un gran amor». Eso hizo que a Tommy le cayera un poco mejor.

–Bastante, probablemente –respondió–. Cuanto antes se haga la autopsia, más fácil es descartar la distribución postmortem. Y, desde luego, el análisis del contenido del estómago es más difícil, porque, durante ese tiempo, los jugos gástricos continuarán erosionando lo que haya allí. Sería más difícil encontrar una píldora, o identificar la fenelzina o incluso lo que comió la persona, incluidos los alimentos que contienen tiramina. Pero, como ya he dicho antes, un patólogo podrá darle mejores respuestas.

–Muy bien –la interrumpió Brand–, pero si alguien le dio mucho queso y después dos pastillas y dejó que el cuerpo se enfriara un día, eso dificultaría determinar con fiabilidad el envenenamiento por fenelzina.

–Teóricamente –dijo, en sus trece, la doctora Strack.

Tommy pasó revista mental a todo el caso.

–¿Y cómo es que, inicialmente, esto se nos pasó por alto?

–Porque los análisis toxicológicos rutinarios no cubren los inhibidores de la MAO.

–De las pastillas que había en el botiquín, al menos de las que tienen una toxicidad conocida, ¿cuáles no cubren los análisis toxicológicos rutinarios?

–Esta es la única –contestó la doctora después de consultar el expediente–. Sedantes, ansiolíticos, antidepresivos, esos siempre se buscan. Con su historial médico, la fenelzina no hubiera llamado la atención. Si no se encuentran niveles tóxicos de ninguna otra sustancia, tampoco se espera encontrarlos de esta.

Molto formuló algunas preguntas más, y luego la menuda doctora se marchó.

–Jodida ardillita –exclamó Brand tan pronto como hubo cerrado la puerta a su espalda.

–Mejor saberlo ahora –dijo Tommy–. ¿Has leído la transcripción del caso Harnason?

Brand asintió. Tooley había hablado de fenelzina, entre decenas de sustancias más, cuando interrogó a la doctora Strack en ese juicio. Mel había intentado demostrar que ni siquiera una experimentada toxicóloga sabía qué fármacos cubrían los análisis rutinarios, así que mucho menos el pobre Harnason. Las preguntas de Tooley, incluida su mención de la fenelzina, aparecían en la declaración de datos del expediente de Harnason al Tribunal de Apelaciones. Así que Rusty lo sabía. Demostrar eso no les costaría nada.

Tommy había notado una descarga de adrenalina mientras hablaban. Ahora, se sentó de nuevo en su gran sillón de fiscal con el objetivo de tranquilizarse y pensar de una forma más pausada.

–Es un material estupendo, Jimmy –dijo al fin–, pero, sea quien sea nuestro toxicólogo, jamás podremos probar la causa de muerte.

Brand argumentó el caso. Una aventura amorosa. Sus consultas a Prima Dana. Que le hubiera preguntado a Harnason qué se sentía al envenenar a alguien. Que hubiera dejado enfriar el cadáver casi un día entero para que la fenelzina y todo lo demás se pudriera en su estómago.

–Jim, no puedes acusarlo de asesinato sin demostrar más allá de toda duda razonable que la mataron de forma intencionada.

Ese era el problema que le había pronosticado a Brand desde el principio. Si se sospechaba que alguien tan listo y experimentado como Rusty Sabich había hecho una cosa así, no quedaba más remedio que admitir que lo habría montado a prueba de balas. La posibilidad real de que Sabich hubiese matado a Barbara y no pudieran demostrarlo dejó a Tommy hundido.

Pero Brand no estaba dispuesto a rendirse.

–Quiero hacer un requerimiento de entrega de documentos a la farmacia y mandarles la carta de los noventa días para ver si Rusty está relacionado o no con la fenelzina.

Tommy hizo un gesto con la mano que significa que le daba carta blanca.

–Estamos así de cerca. –Jim juntó el índice y el pulgar de modo que casi se tocaron.

Molto asintió con la cabeza y le sonrió con expresión triste.

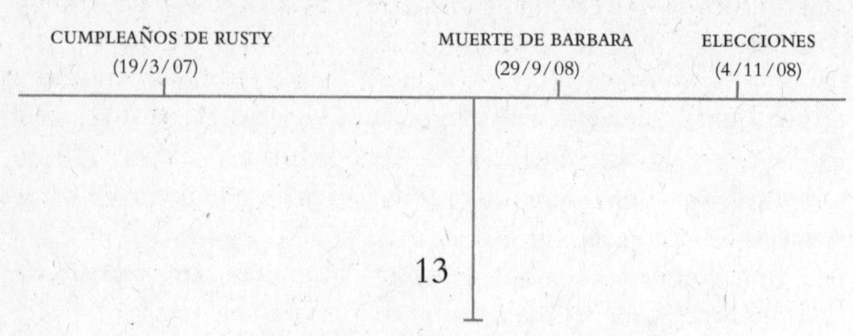

13

ANNA, 2 DE SEPTIEMBRE DE 2008

Toda la vida he tenido un talento especial para las meteduras de pata catastróficas, unos errores que me han hecho retroceder varios años cada vez. Empecé al menos dos carreras que no me gustaban –primero publicidad y, luego, tras mi licenciatura en económicas, mercadotecnia– y siempre me he enamorado de hombres inadecuados. Cuando tenía veintidós años, me casé con un tipo nada interesante –estuvimos juntos setenta y dos días– y he cometido errores peores que esos, sobre todo un par de desenfrenadas aventuras con hombres casados, en las que el trágico final estaba tan claro como el mensaje que apareció en la cueva del profeta Daniel.

Como todo el mundo, tiendo a echar la culpa de mis fracasos a mis padres; él se largó cuando yo tenía seis años, y desde entonces no ha sido más que una postal por Navidad, y mi madre, si bien era afectuosa, parecía esperar que fuese yo quien la criara a ella. Con ocho años, ya ponía el despertador para que se levantara y fuera al trabajo. En cierto modo, crecí con la tendencia a creer que cualquier cosa que ella desaprobase merecía pensarse dos veces.

Pero lo que estoy a punto de hacer es asombroso incluso para mí. Después de la llamada a Rusty, miro el teléfono que tengo en la mano y me pregunto hasta qué punto es verdaderamente peligrosa mi locura.

Uno de mis profesores de la facultad de Derecho decía que casi todos los problemas del mundo empiezan con los bienes inmuebles, lo cual, en este caso, es absolutamente verdad. En junio, decidí comprar un piso. Me encantaba la idea de tener por fin algo mío pero, desde el momento en que firmé el contrato, el planeta se sumió en el pánico económico. Al cabo de una semana, a mi compañera de piso, que había decidido hacerse cargo del alquiler de mi apartamento actual, la despidieron del trabajo y se fue a vivir con su novio. En el bufete en el que trabajo, se hablaba entre susurros de la caída de beneficios y se decía que habría que prescindir de colaboradores e incluso de socios. Me veía en Navidades sin trabajo, pero a punto de adquirir una gran experiencia en asuntos judiciales pues tendría que defenderme de la ejecución hipotecaria, el desahucio e iniciar los procedimientos de la quiebra.

Después del 4 de julio, envié un correo a toda la gente de mi agenda anunciando que subarrendaba el apartamento, y además colgué la noticia en todos los sitios imaginables, incluso en la intranet del Tribunal Supremo del Estado, para lo cual conté con la ayuda de la esposa de un compañero de trabajo. El apartamento está a menos de dos manzanas de los juzgados y sería perfecto para un pasante recién llegado. La misma tarde, recibí este mensaje:

DE: NatchReally@clearcast.net
PARA: AnnaC402@gmail.com
Enviado: Miércoles, 9/7/08 12.09 pm
Asunto: Re: Mi apartamento

Hola, Anna:

He visto tu anuncio. Me alegra mucho saber que las cosas te van bien. Ni siquiera imagino lo que sería poseer un piso, francamente. Eso está en una galaxia muy, muy lejana.

En cualquier caso, ¿sería mucha molestia que echara un vistazo a tu apartamento durante este fin de semana? Estoy viviendo con tres amigos en una casa de Kehwahnee, pero la cosa terminará en septiembre ya que dos de ellos se casan. Todavía no he decidido qué haré cuando termine la pasantía, sé que llevo un retraso de ocho meses, pero todavía estoy considerando la oferta que me ha hecho una empresa y, si la acepto, podría permitirme alquilar un apartamento. En realidad, no he buscado nada pero, al ver un nombre conocido, he pensado que debería hacerlo. Si me gusta tu apartamento, tal vez eso me ayude a decidir qué hacer con el trabajo. Sé que es imperdonable, pero todavía no he aprendido a tomar decisiones como una persona normal. Y si no me quedo tu apartamento, podría contarles lo maravilloso que es a los nuevos pasantes que todavía buscan sitio donde vivir.

Dime, por favor, si te va bien que pase a visitarte.

Nat Sabich

Tuve mis dudas al respecto, pero la desesperación tiene su propia lógica y no encontré ninguna buena excusa para decirle que no. El domingo siguiente se presentó en casa a las once de la mañana, vestido con vaqueros y camiseta. Era bastante más alto que su padre, delgado y asombrosamente guapo, con su mata de pelo negro, unos ojos azules como el mar Egeo y una pequeña mosca bajo el labio inferior. Deambuló por el apartamento diciendo que era un sitio fantástico, pero yo sabía que habría dicho lo mismo aunque hubiese habido murciélagos colgados del techo. Finalmente, tomamos una taza de café en el pequeño balcón, donde le enseñé cómo tenía que inclinarse para gozar de una gran panorámica del centro de la ciudad y del río.

–Precioso –declaró, y se quitó los zapatos, apoyó los pies desnudos en la barandilla y movió los dedos.

Conozco a Nat de cuando iba a visitar a su padre a los juzgados y siempre me ha gustado. Es tan atractivo que, a veces, casi me da miedo mirarlo, no vaya a ser que me quede boquiabierta; pero es tan tímido y extraño que no se puede decir que sea agradable. Sin embargo, su ingenuidad tiene un tremendo atractivo. En general se conoce a muy pocas personas sinceras; casi todas interpretan un papel.

Hacía un día estupendo, el aire estaba limpio y en el río sonaban las sirenas de los remolcadores. Nos relajamos con una buena conversación, algo que con Nat nunca es fácil. Habla como si llevara un retardador de señal, como si lo que quisiera decir se quedase almacenado en su interior unos instantes para ser sometido a inspección antes de soltarlo. Resulta difícil, incluso para alguien como yo, que estoy acostumbrada a llevar la voz cantante en cualquier conversación.

Los dos hemos ido a la facultad de Derecho después de probar otras cosas, e intercambiamos nuestras historias.

–Siempre he pensado que podría ser psiquiatra –dijo él–, porque he visto muchos en mi vida. Pero, desde que era pequeño, toda la gente me ha parecido encerrada en su propio mundo y nunca he estado seguro de qué sienten los demás, lo cual es, en parte, el motivo de que me matriculara en filosofía. Pero la ley es algo en que, al menos, la gente puede estar de acuerdo.

Me reí de la descripción. Al contarle lo orgulloso que estaba su padre de sus logros en la facultad, me miró como si viniera de otro planeta.

–¿Alguien sabe lo que piensa mi padre? –preguntó al cabo–. A mí no me ha dicho nunca una palabra de eso, de la facultad, de la tesis, de la pasantía... Y eso que he hecho cuanto he podido por seguir sus pasos. Es como si le diera miedo decir algo y que yo me enterase.

–¿Cómo está tu padre? –le pregunté con los ojos clavados en la taza de café.

–Muy concentrado en las elecciones. Koll lo ha estado atacando por lo de ese tipo, Harnason, el que se fugó después de que le concediera la libertad bajo fianza. Mi padre está fuera de sí.

Repitió algunos de los consejos de campaña que su padre recibía de Ray Horgan y luego me preguntó si conocía a Ray. Lo miré en silencio un buen rato porque al principio creí que bromeaba.

–Trabajo para Ray –dije por fin.

–Soy idiota. –Nat se dio una palmada en la cabeza–. Me sorprende que no hayas hablado últimamente con mi padre. Por lo general, sigue en contacto con sus ex pasantes y siempre hablaba de ti como si fueras lo mejor desde la invención de las galletas.

–¿De veras? ¿Eso decía? –Noté que el corazón se me aceleraba con el cumplido–. Trabajo tanto que vivo como una ermitaña.

Eso condujo la charla hacia lo que significaba ser un socio recién llegado a un bufete de abogados. Le dije la verdad a Nat: una se mete en eso para pagar sus préstamos de estudiante o para pagar un anticipo... o como un acto de fe ciega, porque cree que ser abogada es realmente interesante; si logras llegar a lo realmente interesante de la profesión, algo que yo todavía no he hecho.

–El gran problema –añadí– es que, mientras piensas todo eso, te enganchas al dinero.

–¿Y terminas comprándote un piso? –preguntó con una bonita sonrisa en la que yo ya me había fijado un par de veces.

–Sí. O alquilando un apartamento realmente estupendo para ti solo.

Nos reímos el uno del otro, pero eso fue todo. Mientras volvíamos a entrar, le pregunté qué le gustaría hacer.

–Cuando estudiaba en la facultad, di clases como profesor suplente en el instituto de enseñanza secundaria de Nearing. Lo que realmente me gustaría es enseñar Derecho. Pero si quiero que me contraten en un sitio decente, antes tengo que publicar algo. Escribí un artículo, pero necesito más. Se supone que tendría que dedicar este año a escribir un magnífico artículo sobre las relaciones entre la ley y la neurociencia, pero rompí con mi novia el semestre antes de graduarme y eso me tiene todavía tan jodido que, cuando llego a casa del trabajo, no puedo concentrarme en nada.

–Lamento lo de la ruptura –dije.

–Oh, tengo muy claro que fue lo mejor que podíamos hacer, pero todo este proceso me mata. Un día estás de lleno en la vida de una persona y al día siguiente le devuelves la llave de casa y su perro ni siquiera quiere mearse en tu pie.

Me reí con ganas, aunque me alcanzó la melancolía de su observación.

–He pasado por todo eso, lo he vivido –suspiré–. De hecho, todavía lo estoy viviendo.

No me atrevía a mirarlo a los ojos y me encaminé hacia la puerta.

–Normalmente, no hablo tanto –dijo él cuando llegamos–. Debe de ser porque siento como si te conociera mucho más de lo que realmente te conozco.

Yo no supe qué responder a un comentario tan extraño y permanecimos en silencio unos segundos.

Cuando se marchó, el corazón me daba saltos en el pecho. Inevitablemente, Nat había traído consigo a su padre a mi apartamento. Desde que Rusty y yo terminamos, he intentado no pensar demasiado en él, pero las veces que lo he hecho ha sido sintiendo una lástima terrible de mí misma por haber sido tan loca y vulnerable y estúpida, por querer algo que estaba claro que no iba a conseguir nunca. Mi terapeuta, Dennis, dice que el amor es la única forma de psicosis aceptada por la ley, pero supongo que precisamente por eso el amor es prodigioso y peligroso a la vez, porque te convierte en alguien muy distinto. Algunos de los libros que he leído dicen que, en el fondo, no es más que cambio. Todavía no estoy segura de ello.

Nat escribió a las dos horas para decir lo que yo había pensado que diría: que no iba a alquilar el apartamento.

Después de escucharte, me he dado cuenta de que debo de ser un idiota si pienso que podré trabajar en un bufete de abogados. Mandaré un mensaje a todos los pasantes nuevos del Tribunal Supremo por si todavía están buscando piso y les diré lo maravilloso que es tu apartamento y lo triste que sería que lo alquilase alguien a punto de ser condenado.

Tengo que disculparme un poco porque sé que te debo de haber parecido una especie de paciente mental raro y psicótico, allí charlando sobre mis psiquiatras, pero hablar contigo ha sido estupendo y, si te parece, dentro de un par de semanas quizá podríamos tomar un café y te contaría si tengo novedades con respecto al trabajo.

También quería decirte que, cuando he revivido mentalmente toda la conversación me ha parecido realmente curioso que nos preguntáramos el uno al otro qué piensa mi padre. ¡Eso es TAN propio de él...!

Hablaremos pronto,

Nat

Leí su correo varias veces, sobre todo la parte que hablaba de tomar un café. Me pregunté si el chico estaba un poco interesado por mí. Tardé media hora en redactar una respuesta adecuada.

Nat:

Lo entiendo perfectamente. Y gracias por tu ayuda dentro de los juzgados. Cruzo los dedos.

Y no, no me has parecido un tipo raro o psicótico. Te confesaré un secreto. Yo también empecé una terapia hace un año, después de una ruptura realmente dolorosa, y a veces pienso que hasta entonces estuve desperdiciando la vida. Todavía me avergüenzo un poco de todo ello, porque lo necesito y porque me gusta mucho. Pero, últimamente, es el único rato que me dedico a mí misma. No me gusta quedar para tomar un café porque siempre tengo que acabar anulando las citas, pero escribe de vez en cuando para contarme cómo te van las cosas.

Tan pronto como le di a la tecla de enviar, se me representó una verdad que rara vez me atrevo a aceptar: me siento sola. En la última década, he hecho tantos cambios que me ha resultado difícil conservar las amistades, ya que casi todos se han casado y tienen hijos. Me alegro por ellos, pero se han establecido y han dejado de poner las cosas bajo el microscopio. No puedes abrirle el corazón a alguien que sabes que no va a responder de la misma manera. Tengo amigas solteras pero, nueve de cada diez veces, terminamos hablando de hombres, lo cual, ahora mismo, no me conviene. En el año y pico que he pasado superando la ruptura con Rusty, me he aislado tras un muro de trabajo. La mayor parte de los fines de semana me he dedicado a ver la tele y a alimentarme de comida precocinada baja en calorías.

Eso fue todo con Nat hasta que, al cabo de diez días, se puso en contacto conmigo un tipo llamado Micah Corfling. Iba a hacer una pasantía con el juez Tompkins y había recibido un correo electrónico de Nat en el que hablaba maravillas de mi apartamento. Terminó alquilándolo a partir de unas pocas fotos que le envié. Cuando escribí a Nat para decirle que estaba en deuda con él, me respondió lo siguiente:

DE: NatchReally@clearcast.net
PARA: AnnaC402@gmail.com
Enviado: Viernes, 25/7/08 4.20 pm

¡Bravo! Pues si estás en deuda conmigo, ¿qué te parecería si almorzáramos mañana o tomáramos algo? No tiene por qué ser un sitio elegante porque, a excepción de los trajes, no tengo ropa que no esté agujereada.

DE: AnnaC402@gmail.com
PARA: NatchReally@clearcast.net
Enviado: Viernes, 25/7/08 4.34 pm

Lo siento, Nat, pero ya te lo dije. Trabajo, trabajo y trabajo. Estaré en la oficina hasta tarde. ¿No podríamos vernos otro día?

DE: NatchReally@clearcast.net
PARA: AnnaC402@gmail.com
Enviado: Viernes, 25/7/08 4.40 pm

Tengo que hacer un par de recados en los juzgados. Podemos vernos al lado de tu trabajo.

DE: AnnaC402@gmail.com
PARA: NatchReally@clearcast.net
Enviado: Viernes, 25/7/08 5.06 pm

Tengo que redactar unas instrucciones. Iré de cabeza y no seré una compañía agradable. ¿En otra ocasión?

DE: NatchReally@clearcast.net
PARA: AnnaC402@gmail.com
Enviado: Viernes, 25/7/08 5.18 pm

¡Oh, vamos! Pero si mañana es sábado... Y has subarrendado el apartamento gracias a mí (más o menos).

Llegados a este punto, me sentí muy ingrata, por lo que accedí a que nos encontráramos para comer algo rápido en Wally's, y pensé que tenía que aprovechar la oportunidad para frenarlo un poco. El sábado, antes de salir para encontrarme con él, le pedí a Meetra Billings, la secretaria que estaba mecanografiando las instrucciones, que me llamara al cabo de veinte minutos y fingiera que mi socio quería verme.

Wally's es un establecimiento de comida para llevar con unas cuantas mesas. Durante la semana, está siempre hasta los topes. Los clientes y los empleados tienen que gritar a pleno pulmón para hacerse oír y el oxidado aparato de aire acondicionado es tan ruidoso que parece que lleve un martillo neumático en su interior. Mientras, Wally, un inmigrante de un pueblo al este de Paris, grita, «¡Cierren la puerta, cierren la puerta!» a la gente que hace cola para entrar. Los sábados, sin embargo, se oyen incluso las voces de los dependientes gruñir, «¡El siguiente!», por la fuerza de la costumbre. En la mesa donde estaba Nat había dos cafés, uno de ellos con crema y dos de azúcar, que es como tomo el mío, lo cual fue todo un detalle. Vi que también tenía el móvil encima de la mesa y le pregunté si esperaba una llamada.

–Tuya –respondió–. Pensaba que anularías la cita en el último momento.

–Me has descubierto –dije–, pero no tengo tu número.

–He sido listo no dándotelo –replicó–. Bueno, ¿puedo preguntarte de qué va todo esto?

Me senté a la mesa y traté de encontrar una excusa que resultara razonable.

–Creo que sería raro que empezáramos a salir. Como he trabajado para tu padre y todo eso… –Sonó terriblemente ridículo, incluso a mis oídos.

–Creo que hay algo más –murmuró–. ¿Un novio celoso que quiere encerrarte en un armario, tal vez?

–No. –Me eché a reír–. No tengo ninguna relación. Me estoy tomando un descanso de los hombres.

–¿Debido a esa ruptura? ¿Qué ocurrió?

Por un momento me quedé sin respiración y, finalmente, negué con la cabeza.

–No puedo hablar de eso, Nat. Es demasiado duro. Y demasiado vergonzoso. Pero necesito estar segura de lo que soy y de lo que quiero antes de comprometerme otra vez. No he estado tanto tiempo sin pareja desde que tenía quince años, pero así me siento mejor. Salvo cuando se me descargan las pilas del consolador.

Supongo que intentaba evitar más preguntas sobre mi pérdida sentimental, pero no podía creer lo que había salido de mi boca. Sin embargo, ya había descubierto que compartíamos un mismo sentido del humor disparatado y Nat se rió a carcajadas. Su risa parecía proceder de alguna parte oculta de él.

–Lo de tomarse un descanso de los hombres suena a idea de terapeuta. Lo es, ¿verdad?

Lo era, por supuesto, y terminamos entablando una profunda conversación sobre terapias. Él había hecho muchas, pero lo había dejado porque temía convertirse en una de esas personas que solo vivía para poder hablarle de ello a su psiquiatra. Yo no había hablado nunca con nadie de mis sesiones con Dennis y, cuando Meetra me llamó como habíamos convenido, me llevé un verdadero disgusto. Además, me sentí un poco idiota porque ni siquiera habíamos pedido el almuerzo. Me disculpé como una loca, pero aun así me puse en pie para marcharme.

–¿Y cuándo haces la mudanza?

–El domingo tres de agosto. Será la primera vez que lo hagan unos profesionales. He pedido ayuda a mis amigos en tantas ocasiones que ya no me atrevo a hacerlo de nuevo. Lo único que tendré que mover yo son las cosas que temo que los transportistas me rompan. Será una lata, pero menos.

–Yo podría ayudarte –dijo–. Soy fuerte como un buey y trabajo muy barato.

–No podría pedírtelo.

–¿Por qué no?

Moví un poco la boca en busca de las palabras, pero él finalmente dijo:

–Eh, está bien, dejémoslo así. Solo amigos. Tú te estás tomando un descanso de los hombres y, en cualquier caso, soy demasiado joven para ti. Te van los tipos mayores, ¿verdad?

–Sí, por la ausencia de la figura paterna. Es bastante previsible que me haya dado por eso.

–Bien –replicó–, no me siento como si me hubieran expulsado de la isla. Di el día.

No podía fingir que no necesitaba ayuda, sobre todo la de alguien tan fuerte, para cargar el televisor nuevo, que temía confiar a los transportistas. En mis dos encuentros con Nat había advertido una cosa: que estaba hambrienta de compañía masculina. Siempre he tenido amigos íntimos con los que comparto ciertos terrenos comunes como los deportes, los chistes verdes y las películas truculentas. Después de los treinta años, cuando todo el mundo tiene pareja, me ha costado mucho mantener las amistades masculinas. Las esposas se ponen celosas y las fronteras están mejor patrulladas. Resultaba difícil rechazar el ofrecimiento de Nat en esos términos. Sobre todo porque su compañero de piso tenía un cuatro por cuatro que podía prestarle.

Y así, el sábado 2 de agosto, Nat llamó de nuevo a mi puerta. Era un día horrible para hacer una mudanza, pues el termómetro marcaba casi treinta y ocho grados. El sol era tan intenso que te sentías como si te estuviesen asando y el aire resultaba opresivo. Me había pasado toda la noche empaquetando. Una vez empecé, ya no pude parar y, cuando lo cargamos todo para bajarlo al camión, resultó que había llenado más cajas de las que cabían.

A mediodía, ya habíamos hecho el primer viaje al piso nuevo. Está en la sexta planta de un viejo edificio situado junto al río, con muchos detalles de época, molduras en el techo y hermosas maderas de roble, incluidos los marcos de las ventanas, que no se habían pintado nunca. Lo compré tras una ejecución hipotecaria y habían cortado la electricidad. No había aire acondicionado y los dos estábamos empapados. A Nat la camiseta sudada se le pegaba al cuerpo y yo, con mi corte de pelo de setenta dólares aplastado, aún tenía peor aspecto.

Decidimos que él iría a recoger las cajas restantes mientras yo salía a buscar comida. Tardé más de lo previsto en encontrar una tienda en mi nuevo barrio y, cuando regresé, Nat ya estaba en casa, de pie en el balcón trasero, desnudo de cintura para arriba, escurriendo su camiseta. Estaba de lo más guapo, con un cuerpo delgado pero musculoso, y aparté los ojos antes de que me descubriera mirándolo boquiabierta.

–¿Listo para comer? –le pregunté mostrándole la bolsa.

–¿No vamos a comer aire, como la otra vez?

Le clavé un dedo en el pecho a modo de advertencia. Como no había mesa, mientras intentaba pensar dónde podríamos sentarnos, él señaló una de las últimas cajas que acababa de subir. Estaba llena de fotos enmarcadas que había ido acumulando con los años. Les tenía tanto aprecio que no podía desprenderme de ellas, pero a la vez me daba vergüenza enseñarlas.

–No he podido evitarlo –dijo sacando una ampliación de una vieja foto que me habían tomado a los cinco años, junto con mis padres.

Era Navidad, y ante nuestra casita se amontonaba la nieve. Mi padre, muy apuesto con sombrero de fieltro y gabán, me tenía en brazos. Yo vestía un conjunto a cuadros escoceses, con capa incluida, y mi madre sonreía a nuestro lado. Y aun así, se percibía cierto visible descontento entre nosotros, como si supiéramos que aquella pose alegre solo era eso, una pose.

–Esta es una de las pocas fotos que tengo de los tres –le dije a Nat–. Mi tía la escondió. Cuando mi padre se marchó, mi madre cogió todas las fotografías familiares y, con unas tijeras, eliminó, literalmente, su imagen de ellas, lo cual yo no entendí nunca del todo. Mi padre tenía sus líos pero, por las insinuaciones que me han ido llegando con los años, es posible que ella también, aunque nunca lo he sabido seguro. Es extraño.

–Sé lo que se siente –dijo–. Creo que mi padre tuvo una aventura cuando yo era pequeño. Fue algo relacionado con su juicio, pero ni él ni mi madre han querido hablar nunca de ello, así que no sé lo que ocurrió exactamente.

Nos quedamos sin saber qué más decir. Nat miró de nuevo la caja y sacó otra foto, que resultó ser la de mi boda.

–¡Oh! –exclamó.

La verdad, que yo no estaba dispuesta a reconocer, era que aquel día se me veía tan bien que por eso no he querido desprenderme nunca de esa imagen.

–Esta foto es literalmente lo único bueno de mi matrimonio –dije–. Pensarás que, para alguien como yo, que no tiene hijos ni dinero, volver a empezar no sería una complicación, pero lo es. Casarse con alguien es un acto de esperanza tan grande… Y cuando se quiebra, se necesita mucho tiempo para recuperarse del golpe.

La siguiente fotografía lo dejó atónito.

–Mira lo que tenemos aquí –exclamó–. ¿Es Storm?

En la imagen, el famoso rockero lleva una chaqueta de cuero con tachuelas y nos abraza a mí y a mi mejor amiga, Dede Wirklich. Por aquel entonces teníamos catorce años. Yo había ganado un concurso en la radio local y el premio era dos entradas a un concierto y la oportunidad de conocer en persona a Storm en los camerinos y, naturalmente, elegí a Dede para que me acompañara. Cuando la conocí en la escuela a los ocho años, fue como si hubiese encontrado una parte de mí que me faltaba. Su padre también se había marchado y nos entendíamos de una forma que no necesitaba palabras.

Era bastante gamberra y con los años se metió en muchos líos. A veces hacíamos las gamberradas juntas. Una vez, entramos a hurtadillas en el despacho del director y escondimos en él un ruidoso grillo que tardó días en encontrar. Sin embargo, como solía ser la mejor alumna de la clase, los profesores eran reacios a echarme broncas. Dede y yo empezamos a beber juntas con once años, robando tragos de ginebra y vodka del armario de su madre y rellenando luego las botellas con agua hasta que ambas bebidas tenían el mismo sabor que lo que salía del grifo.

En la época del instituto, Dede se hizo gótica. Se pintaba las uñas de negro y se ponía sombra de ojos blanca, y desde entonces, quedó claro que toda la vida se metería en líos. Sus novios eran siempre chicos solitarios o inadaptados, tipos con tatuajes y un cigarrillo colgando de la comisura de los labios, que no se portaban bien con ella. El último año se quedó embarazada de uno de esos personajes y tuvo a Jessie.

Nat me preguntó si todavía nos veíamos y le dije que habíamos terminado mal.

–Cuando mi matrimonio se acabó, me fui a vivir con ella, pero fue un desastre. Tuve que hacerme cargo de todas las tareas domésticas, incluido el almuerzo de Jessie para la escuela. Dede estaba resentida conmigo porque, aunque mi vida no fuera un jardín de rosas, era mejor que la suya; yo, por mi parte, me harté de prestarle un dinero que no iba a devolverme jamás y me cansé de Jessie, que era una niña que siempre quería ser el centro de atención y que no paraba de lloriquear. Todo eso llevó a una situación difícil de la que preferiría no hablar.

Nat miró la foto de nuevo y, para cambiar de tema, me preguntó qué me había parecido Storm.

–¿La verdad? Estaba tan increíblemente nerviosa que, si no fuera por la foto, ni siquiera recordaría el encuentro.

–Storm tenía un buen espectáculo –comentó él–. Lo vi tres veces. Eso era lo único que hacía en la universidad, ir a conciertos y colocarme. A diferencia de ahora, que trabajo y me coloco.

Hablaba en tono de broma, pero yo me sobresalté.

–Nat, ¿no estarás yendo al Tribunal Supremo con porros en el bolsillo?

Pareció avergonzarse y murmuró algo así como que estaba siendo un año muy duro.

–Nat, si te pescan, te encausarán. Tu padre es demasiado importante para correr ese riego. Te quitarán la licencia de abogado y no permitirán que te acerques a un instituto.

Mi discurso lo hizo sentirse incómodo, como es natural, y callamos y nos sentamos en el suelo a comer. Con la espalda apoyada en el yeso de la pared, estábamos en el lugar más fresco de todo el piso. Nat seguía ensimismado. Al cabo de un rato, me dijo que las novias que había tenido siempre decían que era distante y sombrío. Yo no había visto nada de eso en él hasta ese momento.

–Eh –dije–, todos cometemos estupideces. Mírame a mí. Soy la líder mundial de las estupideces.

–Háblame de esa ruptura –murmuró, mirándome a los ojos.

–Oh, Nat, creo que no puedo.

Siguió mirándome unos instantes y luego se encogió de hombros y volvió al bocadillo sin decir nada más. Vi lo fácilmente que era perder la conexión con él, sobre todo cuando se siente mal consigo mismo.

–De acuerdo, pero nada de preguntas –dije. Había cerrado los ojos para pensar cómo iba a explicar aquello, pero aun así noté que se había vuelto hacia mí–. Después de dejar de trabajar para tu padre, empecé a salir con un tipo mucho mayor que yo. Un triunfador, un hombre muy importante, alguien a quien conocía y admiraba desde hacía tiempo. Fue una aventura desenfrenada, pero también una locura. Estaba casado y nunca iba a dejar a su mujer.

–¿Ray, verdad? Ray Horgan. Por eso me miraste de esa manera cuando mencioné su nombre en el apartamento.

Abrí los ojos y lo miré con severidad. Cuando tengo que hacerlo, sé hacerlo.

–De acuerdo –dijo–, nada de preguntas. ¿Cómo se dice ante el tribunal? Lo retiro. Lo siento, lo siento muchísimo.

Le conté el resto de la historia en pocas palabras. Un hombre importante que siempre me había dicho que lo nuestro era una locura y que al final cortó conmigo. Cuando terminé de hablar, oí el leve murmullo de un televisor en el piso vecino.

–Seguro que en una de esas cajas vas a encontrar mi letra escarlata.

–Eh –replicó–, como tú has dicho, todos cometemos estupideces.

Entonces, me contó la larga historia de una aventura que había tenido con la madre de uno de sus mejores amigos el último año de instituto. Dadas las circunstancias, fue muy amable por su parte explicármelo.

–Eres un buen chico, Nat.

–Lo intento –murmuró.

Apoyamos la cabeza en la pared y él me fue contando con calma cómo se había metido torpemente en la cama de aquella mujer. Llegado ese punto, nuestras caras no estaban muy lejos la una de la otra. Él tenía los ojos clavados en los míos y era imposible no captar lo que significaba aquella mirada. Lo sentí todo, mi soledad y mi deseo, y en aquel momento podría haber hecho algo terrible e increíblemente estúpido, como he hecho siempre. Pero una aprende, por lo que me limité a alborotarle el pelo y me puse en pie.

Estaba visiblemente excitado y, al cabo de unos minutos, dijo que se tenía que ir, no sin antes ofrecerse con pocas ganas a llevarme a casa. Le dije que no y, cuando volví a mi piso, le envié un correo electrónico dándole calurosamente las gracias y prometiéndole que lo invitaría a la primera fiesta que diera.

No respondió hasta pasados dos días y supe que me había metido en un lío porque, al ver su nombre y el asunto del mensaje en mi carpeta de entrada, algo saltó en mi pecho.

DE: NatchReally@clearcast.net
PARA: AnnaC402@gmail.com
Enviado: lunes, 4/8/08 5.45 pm
Asunto: Mi corazón

Anna:

Siento no haberte contestado antes, pero me he dedicado a pensar. Mucho. Y eso siempre es peligroso.

Entiendo perfectamente tu situación, pero empiezo a tener sentimientos al respecto, algo que, estoy seguro, ya has advertido. Tengo que protegerme. Puedo ir tirando muy bien, pero, de repente, algo me desequilibra y empiezo a hundirme. Y entonces puedo caer muy hondo. Pero parece que tú y yo hemos conectado de una manera especial, que hemos conectado de verdad, y me pregunto si no podría convencerte para que reconsiderases tu idea. Lo que quiero decir es que, como con los hombres mayores no te ha funcionado, quizá lo que necesites sea uno joven. ¿Y cuál es en realidad la diferencia cuando los dos estamos prácticamente en el mismo punto del mandala? En cualquier caso, espero que comprendas lo que intento decirte, porque me parece que me comprendes bien a mí.

Era tan dulce, que se me humedecieron un poco los ojos al leerlo, pero era de todo punto imposible. Y aun así, estuve dudando hasta la noche siguiente de si debía responderle.

DE: AnnaC402@gmail.com
PARA: NatchReally@clearcast.net
Enviado: martes, 5/8/08 10.38 pm
Asunto: Re: Mi corazón

Yo también creo que te comprendo, Nat. Y creo que tú me comprendes a mí. Y probablemente sería agradable pasar ratos juntos y ver qué ocurre si lo que me ha sucedido en la vida no hubiese pasado. Pero sería una idea realmente mala por muchas razones que ya te he explicado y por un par de cosas más de las que no quiero hablar, ni siquiera contigo. Después de recibir tu último mensaje, esta tarde he hablado de ello con Dennis. No soy de las que le dan al psiquiatra autoridad para poner vetos en mi vida, pero los dos vemos que esto no es en absoluto una buena idea. Y no puedo seguir metiéndome en relaciones que son como las butacas de cubierta del Titanic. No sé qué más decir, aparte de que lo lamento muchísimo.

No estaba muy segura de que se molestase en responder, pero lo hizo al día siguiente, tarde, aunque solo para despedirse.

Anna:

Creo que tengo que cortar por lo sano. Nada de vernos, ni de comunicarnos. Hay algo en la forma en que hemos conectado que me parece que solo conduce a un sitio. Voy por ahí lloroso y descorazonado. Y luego, al llegar a casa releo tus correos, lo cual, como poco, es un ciclo peligroso.

Todavía no has dicho nada que me permita entenderlo. ¿La edad? ¿El hecho de que hayas trabajado para mi padre? ¿Tu ruptura? Podríamos superar esas cosas en muy poco tiempo. Pero si hay una palabra que entiendo, esta es «no». Tú tienes tus razones, pero creo que, si sigo con esto, enloqueceré todavía más.

Creo que eres realmente extraordinaria.

No respondí. No había nada más que decir. Aquella noche, sin embargo, Nat me envió otro mensaje.

Anna:

Acabo de releer tu último correo y finalmente lo he entendido. Ahora estoy colocado, por lo que no sé si esto tendrá algún sentido mañana por la mañana, pero debo hacerte una pregunta sobre mi padre que es tan descabellada y propia de un culebrón televisivo que vas a pensar que estoy totalmente chalado.

He estado pensando en lo que dijiste, que sería extraño que salieras conmigo debido a mi padre. Y la forma en que callaste cuando te hablé de su posible aventura amorosa. Y lo que me dijiste de que creías que tu madre había tenido algún lío. Aquí va la pregunta:

¿Eres mi hermana? ¿O mi hermanastra? Sé que esto solo tiene sentido porque estoy absolutamente pasado de vueltas, pero aun así… Así que, si no te importa escribirme una respuesta a esta pregunta, sería fantástico.

DE: AnnaC402@gmail.com
PARA: NatchReally@clearcast.net
Enviado: jueves, 7/8/08 12.38
Asunto: Re: Mi corazón

Oh, Nat. Estoy riéndome y, a la vez, llorando un poquito. Incluso me gustaría responderte que sí, porque eso te tranquilizaría, finalmente. Y me parece que es una suposición muy brillante, pero la respuesta es no. No.

Tienes razón. Esto no debe continuar. Creo que eres más que extraordinario, eres perfecto. Pero permíteme que te diga lo que me digo a mí misma. Si tú y yo hemos podido conectar como lo hemos hecho, eso puede volver a ocurrir en otra parte. Con demasiada frecuencia he querido a los «alguien» que habría querido ser, en vez de buscar al hombre que me hiciera sentir lo bastante bien como para ser ese «alguien» yo misma. Así que me has hecho un hermoso regalo y nunca podré agradecértelo lo suficiente.

Tu amiga que te quiere,

Anna

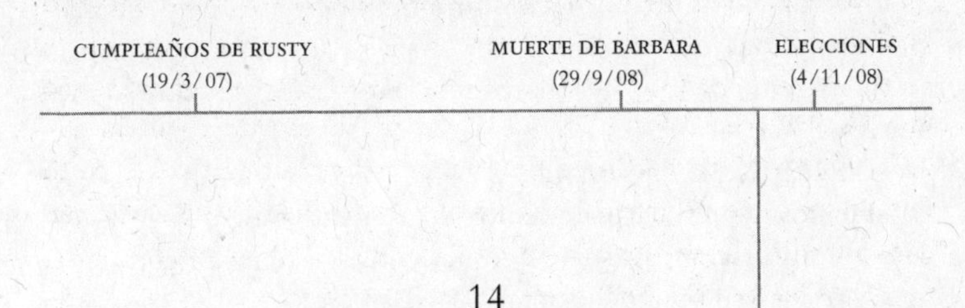

14

TOMMY, 29 DE OCTUBRE DE 2008

–Sé que has averiguado algo –le dijo Tommy Molto a Brand cuando se encontraron en el Palacio de Justicia del centro de la ciudad.

Jim tenía un juicio y vestía un traje a cuadros príncipe de gales más elegante y costoso de lo que un fiscal podía permitirse. A veces, Molto pensaba que Brand era italiano, aunque lo guardaba en secreto. El caso que se juzgaba era un triple asesinato en el que una de las víctimas era la sobrina de la actriz de cine Wanda Pike. Hermosa y enlutada, Wanda iba al juicio todos los días. Consciente de ello, Brand había decidido encargarse del caso él mismo en vez de dejar que lo hiciera alguien de la división de Homicidios con menos experiencia. Jimmy siempre había tenido muy claro que le gustaba salir en televisión. El juez había levantado la sesión para el almuerzo y Brand había ido al encuentro de su jefe. Seguro que estaría pasando frío. El tiempo andaba revuelto, soplaba un viento cortante y crecían nubes oscuras y ominosas.

–¿Cómo lo sabes? –preguntó Brand.

–¿Cómo sé qué?

–¿Cómo sabes que he averiguado algo?

–Porque, si no fuera así, no me harías venir hasta aquí ni dedicarías la hora del almuerzo a reuniones.

–Quizá he pensado que te conviene hacer ejercicio. Tal vez me gusta verte recorrer la calle como un palomo.

Sacó tripa y dio unos pasos imitando los andares de Tommy. Estaba demasiado contento. Aquello pintaba bien. Molto le hizo una señal para que entraran en el edificio, pero esperaban a Rory Gissling, que llegó al cabo de un minuto, con un grueso abrigo y una colorida bufanda. Debajo del brazo llevaba un sobre de documentos.

Entraron en los juzgados y buscaron un sitio tranquilo donde hablar. La sala del juez Wallach estaba abierta y los tres se apretujaron en un extremo de los elegantes bancos. Rory se sentó entre los dos hombres.

–Enséñaselo –le dijo Brand.

–Hemos requerido documentos a la farmacia de Barbara: sus recetas, el historial, todas sus relaciones con el establecimiento en el mes anterior a su muerte –explicó Rory.

Sacó del sobre un fajo de papeles de un par de centímetros de grosor.

–Enséñale los comprobantes de caja –la apremió Brand.

Rory hojeó las páginas del expediente y le tendió a Molto el comprobante de compra de la fenelzina, con fecha del 25 de septiembre del mes anterior, en el que aparecía claramente la firma de Rusty Sabich. Brand sonreía como un niño en Navidad.

–Con permiso –dijo Tommy, cogiendo el expediente que la agente sostenía. Pasó hojas y comentó–: Al parecer, Rusty recoge todas las recetas.

–En un ochenta o noventa por ciento de los casos –confirmó Rory.

–¿Y bien?

–Recogió la fenelzina –explicó Brand.

–¿Y bien? –repitió Tommy.

Rory le cogió algunas hojas de la mano. Rusty había firmado el comprobante de la compra de los somníferos de Barbara el 28 de septiembre.

–Creía que estábamos investigando una sobredosis de fenelzina –comentó Molto.

–Mira en el duplicado del recibo de caja –dijo Brand–. Ahí detrás. Lo que tienes que ver son las otras cosas que compró en la sección de alimentación del establecimiento.

A Tommy le costó un poco descifrar las abreviaturas, pero en el recibo constaba una botella de rioja, arenques en escabeche, salami genovés y queso cheddar curado, además de un cuarto de kilo de yogur natural. Pasaron unos segundos antes de que todo aquello le cuadrara.

–La sustancia que reacciona con el fármaco, ¿verdad? –preguntó–. ¿Cómo demonios se llama?

–Tiramina –contestó Brand, afirmando con la cabeza–. Compró todos los alimentos que reaccionan con la fenelzina y que pueden hacer que una dosis normal de esta sea letal. Y con una dosis cuatro veces mayor, una muerte segura. Yo diría que el juez preparaba una Última Cena distinta.

Tommy miró otra vez el comprobante de caja. La compra se había realizado a las 5.32 de la tarde.

–Celebraban un cóctel –dijo.

–¿Qué? –Brand se le acercó–. ¿De dónde sacas eso?

–Fue a la tienda casi a la hora de la cena. Compró una botella de vino y entrantes. Celebraban un cóctel, Jim.

–¿Con yogur? –preguntó este.

–Para los aderezos –respondió el fiscal.

–¿Para los aderezos? –repitió Brand.

–Sí, si uno sigue una dieta saludable, usa yogur en vez de crema de leche. Y hablando de aderezos –Tommy se volvió hacia él–: con el historial de tu padre, ya tendrías que saber de qué va esto. ¿Has oído hablar alguna vez del colesterol? –Le empezó a deletrear la palabra, y Jim lo hizo callar con un gesto de la mano.

Rory añadió unas prudentes palabras sobre su propio padre, al que acababan de practicarle un bypass, pero Brand hizo oídos sordos y se concentró en el caso.

–Ya lo tenemos, ¿no? –preguntó–. Está todo ahí, ¿verdad?

Tommy notó sobre él el peso de los ojos de su ayudante y de la detective. Había frenado a Brand durante mucho tiempo, pero en aquellos momentos eso no era lo importante. La iniciativa en aquel caso era toda de Tommy: los riesgos los correría él y era él quien tenía que sentirse seguro. Y visto lo visto, todavía no lo estaba. La lista de la compra de Rusty era bastante sorprendente, pero seguían tratando de sacar conclusiones de lo que un abogado defensor llamaría coincidencias.

–Digamos que estamos más cerca –contestó en voz baja.

–¡Jefe! –protestó Brand.

Y empezó a repasar todas las pruebas en voz alta, pero Tommy tuvo que advertirle que bajara el tono. Nada más faltaría que entrase un periodista en la sala y, sin querer, oyera todo aquello.

–Jimmy, habéis averiguado cosas increíbles, pero todo es circunstancial. No es preciso que me digas cómo destrozaría un caso así alguien como Sandy Stern. «¿Quién no ha ido alguna vez a comprar comida y a recoger un medicamento, señoras y señores?» –Tommy hizo una imitación del leve acento extranjero del abogado, que le salió mejor de lo que esperaba–. Ya has visto a Stern vender humo. Y el gran problema sigue estando ahí. Cuando nuestra experta suba al estrado de los testigos, tendrá que admitir que no puede excluir otras dieciséis causas de muerte, aparte del homicidio. Es inconsistente. Este caso es aún demasiado inconsistente. Necesitamos algo más.

–¿Y de dónde saco algo más, joder? –preguntó Brand. Esa era la cuestión–. ¿Y qué hay del ADN? –inquirió al cabo de unos segundos.

En los últimos días, Tommy había pensado mucho en ello. De madrugada, mientras acunaba a Tomaso, se había percatado de que en realidad el ADN no era la respuesta. Sin embargo, no quería hablar del asunto delante de Rory y se limitó a decir lo que llevaba semanas repitiendo.

–Todavía no.

Brand consultó su reloj. Tenía que volver a los juzgados. Se puso en pie y retrocedió hacia la puerta sin dejar de mirarlo.

–No voy a rendirme, jefe.

–No lo he dudado ni un segundo –replicó Tommy tras una sonora carcajada.

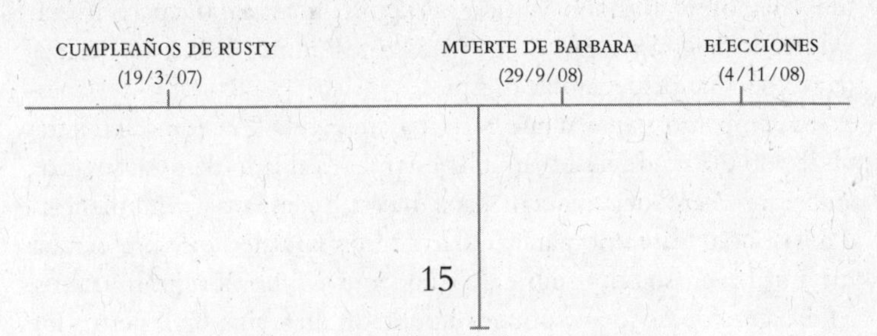

15

ANNA, 2 DE SEPTIEMBRE DE 2008

Cuando me divorcié de mi marido y me fui a vivir con Dede, me obsesionaba una cuestión. Por las mañanas, cuando me despertaba, me quedaba un buen rato en la cama preguntándome si alguna vez había estado enamorada de Paul. Había creído que sí, pero entonces tenía mis dudas al respecto. Sin embargo, ¿cómo podía yo, o cualquier otra persona, cometer un error tan básico? ¿Llegaría a distinguir alguna vez lo auténtico?

Hombre tras hombre, relación tras relación, ese tipo de cuestiones me han dejado siempre perpleja y con la sensación de que se me escapa algo. Algunos hombres me han fascinado y otros –y nadie tanto como Rusty– me han obsesionado y me han hecho sentir un deseo feroz. Pero ¿puede algo tan problemático ser un amor adulto y duradero? ¿Podría llevar a eso? Espero el día en que realmente sepa que estoy enamorada; lo espero con las mismas ganas que algunos esperan la segunda venida de Cristo.

Las primeras semanas de agosto estuve melancólica y al principio me negué a aceptar que mi estado de ánimo tuviera algo que ver con Nat. Luego afronté el hecho de que lo echaba de menos o, para ser sincera, echaba de menos la oportunidad que había visto en él de vivir algo distinto, que me parecía nuevo y correcto a la vez. Darme cuenta de ello me afectó más de lo previsto. Me trajo recuerdos de muchas cosas inesperadas relacionadas con Rusty, como la ira. De madrugada, había momentos en que no entendía mi propio razonamiento. ¿Qué tabú estaba transgrediendo? ¿Qué sentimientos trataba de no herir? Si el padre no me quería, ¿por qué no podía estar con el hijo? ¿No significaría eso que las cosas habían ido bien para todo el mundo? Cuando reconsideraba todo esto por la mañana, me parecía que el terreno que había ganado en los últimos quince meses se lo había llevado el mar de debajo de mis pies.

Sin embargo, pensaba que lo estaba superando. Era como si hubiese dejado esa renuncia a Nat en la estantería, al lado de otras muchas anteriores. Pero luego, esta mañana, he estado en la sala de audiencias del Tribunal Supremo para ayudar a Miles Kritzler, que presentaba un inútil recurso en nombre de su cliente, un hombre importante. Miles tenía derecho a exponer su petición de forma oral, pero a los jueces les disgustaba que les hiciera perder así el tiempo y allí estaban sentados los siete, con expresión de hartazgo. La luz roja que marcaría el final del turno de palabra del abogado iba a encenderse en cualquier momento y entonces alguien se ha acercado al estrado para entregarle unas instrucciones al juez Guinari y, cuando he levantado la vista, he visto allí a Nat, que me estaba observando, tan delgado y fascinado y tan increíblemente guapo, y con sus ojos azul marino llenos de una expresión asombrosamente suplicante. He temido que el pobre se echara a llorar y, de haberlo hecho, yo lo habría secundado.

De vuelta en la oficina, tenía un mensaje suyo en el buzón de voz:

«A las seis, cuando salga del trabajo, iré directamente a tu casa. Llamaré al timbre y, si no estás, me sentaré en el escalón de la entrada hasta que llegues. Así que, si continúas controlando tus emociones y sigues sin querer que algo me suceda, será mejor que vayas a dormir a casa de una amiga, porque me voy a quedar ahí sentado toda la noche. Esta vez, tendrás que decirme que no cara a cara. Y, a no ser que te comprenda menos de lo que creo, me parece que eso no ocurrirá».

En ese momento supe que, pese a todas mis dudas y renuncias, pese a haberme dicho mil veces que aquello era una locura, pese a todas las advertencias de que me estaba metiendo en un peligro increíble, pese a todo, mi corazón había decidido y yo iba a tener que seguir sus designios. Como dice la canción, lo daría todo por amor. Esta es una verdad sobre mí misma más grande y profunda que todos los consejos y lecciones que con tanto esfuerzo he intentado aprender. Y lo he sabido siempre.

Durante los últimos meses que pasé con Dede, yo salía con un poli llamado Lance Corley, que estaba matriculado en una de las clases nocturnas de economía a las que yo también asistía para terminar la carrera. Era un hombre dulce, grande y apuesto y, cuando venía por casa, pasaba mucho tiempo con Jessie. Tenía una hija a la que apenas veía. Desde el principio noté que Dede se había enamorado de él y que la cosa solo iba a ir a más. Mi amiga era completamente transparente. Varias veces al día me preguntaba cuando vendría Lance. Al final, este decidió que intentaría reconciliarse con su ex, sobre todo porque, cuando veía a Jessie, se daba cuenta de lo mucho que echaba de menos a su hija.

Cuando le expliqué todo eso a Dede, creyó que era mentira, que yo no deseaba que Lance fuese al apartamento porque no quería que se enamorase de ella. Se puso tan pesada que al final le pedí a él que la llamase para explicárselo, pero fue un error. La humillación que sintió al saber que Lance se había enterado de que estaba colgada de él la enfureció de mala manera.

La última mañana que pasé en su casa, me desperté a las seis y Dede estaba junto a mi cama, con las manos tendidas hacia mí blandiendo unas tijeras de cocina. Vi que estaba completamente fuera de sí, temblando como si tuviera un motor en el pecho, con la cara congestionada y la nariz moqueándole mientras acariciaba la idea de matarme. Me levanté de un salto y le grité. La abofeteé y la maldije al tiempo que le quitaba las tijeras, y ella se derrumbó en un rincón de mi cuarto de una forma que, si hubiese entrado alguien, la habría confundido con un montón de ropa sucia.

Escuché el mensaje de Nat seis o siete veces y luego descolgué el teléfono para llamar a Rusty. Le dije que tenía que hablar con él, aunque aún no sabía lo que iba a decirle. Pero en esta vida, cuando la gente se enamora, se producen locuras de todo tipo. Tengo un amigo que se divorció y se casó con la ex de su hermano. Y he oído hablar de un abogado de Manhattan, uno de los socios principales de un importante bufete, que a los cincuenta años se enamoró de un chico que trabajaba en el departamento de mensajería y cambió de sexo para que él lo aceptara, y la relación funcionó durante un tiempo. El amor es supremo. Posee su propia mecánica cuántica, sus propias reglas. Cuando te enamoras, solo hasta cierto punto puedes hacer concesiones al decoro o incluso a la prudencia. Si amas a alguien locamente, te das cuenta de que esa eres tú e intentas conseguirlo.

Aquel día, en casa de Dede, mientras recogía mis cosas, ella no dejó de llorar y de decir: «No iba a hacerlo, no iba a hacerlo en absoluto. Solo fingía, pero no iba a hacerlo».

Lo dijo mil veces, y al final me harté. Cerré la cremallera de la bolsa y me la colgué del hombro.

–Eso es precisamente lo que te falla –repliqué.

Esas fueron las últimas palabras que le dirigí.

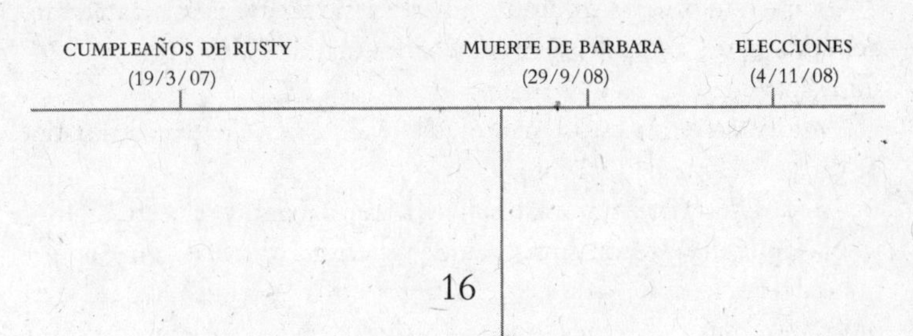

RUSTY, 2 DE SEPTIEMBRE DE 2008

Cuando llego al Dulcimer, Anna ya está allí. Se la ve nerviosa, toqueteando un vaso de cóctel lleno de burbujas, pero muy hermosa. Desde que trabaja en un bufete privado, tiene un aire más elegante, lleva ropa más cara y va mejor peinada. Me siento a su lado en una butaca del bar adornada con borlas.

–¿Te has cortado el pelo?

–Menos de lo que preocuparme. Más tiempo para trabajar. –Se ríe–. Confesiones de una esclava bien pagada.

–Te queda muy bien.

Mi cumplido la sume en el silencio unos instantes y luego murmura:

–Gracias.

–¿Qué bebes? –le pregunto.

–Tónica. Tengo que terminar un informe.

Me da un vuelco el corazón. Va a regresar al trabajo. Yo no digo nada. Aparta el bolso para que ningún objeto se interponga entre ella y yo.

–Rusty, no sé cómo decirte esto, así que lo haré sin rodeos e intentaré explicarme. Lo que ocurre es que he empezado a salir con Nat. Bueno, no, todavía no he empezado, pero hoy lo haré. No sé adónde nos llevará todo esto, pero la cosa ya es bastante seria. Muy seria.

–¿Mi Nat? –farfullo. Durante unos instantes, no siento nada. Y, de repente, lo que experimento es rabia. Surge de mi corazón en un estallido–. Esto es una locura.

Anna me mira y los ojos se le llenan de lágrimas.

–Rusty, no sabes cómo he tratado de evitarlo.

–Por el amor de Dios, ¿qué vas a decirme ahora? ¿Vas a hablarme del destino, de la fatalidad? Eres un ser humano adulto y tomas decisiones.

–Rusty, creo que estoy enamorada de él. Y que él está enamorado de mí.

–¡Oh, Dios mío! –Ahora, ella llora a lágrima viva y se acerca el frío vaso a la mejilla–. Mira, Anna, sé que quieres vengarte de mí. Sé que te he decepcionado, y que en el amor y en la guerra todo vale. He oído un montón de expresiones al respecto, pero esto es imposible. No puedes seguir adelante.

–Oh, Rusty –exclama entre sollozos–. Rusty, he hecho lo correcto. He sido tan buena… Ojalá me entendieras. He intentado con todas mis fuerzas que esto no sucediera.

Quiero pensar, pero la dimensión del asunto me resulta inabarcable. Y noto que las manos y los brazos me tiemblan de furia.

–¿Lo sabe él? Lo nuestro.

–Claro que no. Y nunca lo sabrá. Nunca. Rusty, sé que esto es difícil, que es una locura, pero tengo que intentarlo. Tengo que intentarlo. No sé si podré manejarlo, ni si tú podrás, pero yo tengo que intentarlo. Sé que debo hacerlo.

Me echo atrás en el asiento. Sigo teniendo dificultades para respirar.

–¿Sabes cuántas veces te he deseado y me he contenido? –le pregunto–. Me he obligado a contenerme. Y ahora, ¿qué? ¿Tendré que verte rondando por mi casa? Es morboso. ¿Cómo puedes hacerme esto? ¿Cómo puedes hacérselo a él? Por el amor de Dios…

–Rusty, tú no me quieres.

–No me digas lo que siento. –Estoy tan enfadado que la abofetearía–. No sé qué quiere decir todo esto, Anna, pero no te pongas como ejemplo de honestidad. Me estás apretando las tuercas de la manera más sucia. ¿Qué alternativa me dejas? Librarme de Barbara ahora mismo. ¿Se trata de eso? ¿De que me libre de ella o destruirás mi hogar?

–No, Rusty. No se trata de ti. Se trata de él. Es lo que intento decirte. Se trata de él. Rusty… –se interrumpe–. Rusty, no me he sentido así nunca con… –vacila–, con nadie. Quizá soy un caso clínico de manual de psiquiatría, porque no estoy segura de que esto hubiera ocurrido sin… sin lo nuestro. Pero es diferente, Rusty, de veras que lo es. Rusty, por favor, déjanos seguir.

–Que te jodan, Anna. Estás loca. No sabes lo que quieres ni a quién quieres. Un caso de manual de psiquiatría, efectivamente.

Dejo dinero encima de la mesa y oigo sus sollozos apagados mientras salgo del bar del hotel y camino calle abajo con indignación. Me consumo por dentro de la manera más antigua, más ancestral. Después de varias manzanas, me detengo de repente.

Porque una cosa está clara. Por más enfadado que esté, tengo que hacer algo. Debo hacerlo. No hay un camino claro. Pensaré y pensaré y pensaré y nada me parecerá bien. Pero debo hacer algo. Y ese misterio me parece una idea más inabarcable que el mismísimo Dios.

¿Qué haré?

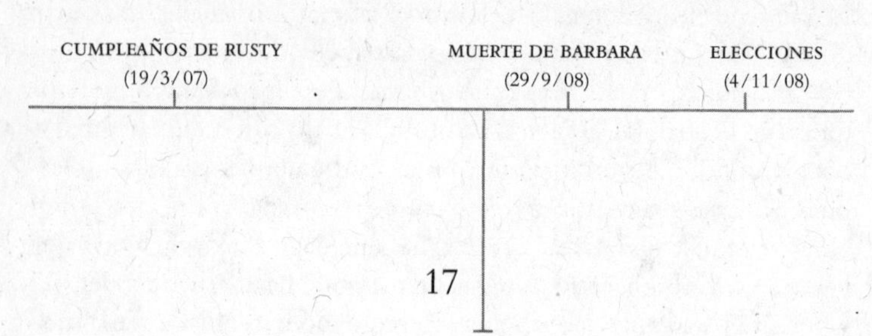

NAT, 2 DE SEPTIEMBRE DE 2008

Tal como lo veo, es como si todos circuláramos por la vida como un montón de gente por la autopista. Todo el mundo va por su carril y se dirige a su propio destino, escuchando la música que le gusta, o diferentes emisoras, o hablando por teléfono y, en general, tratando de no meterse en el camino de los otros. Y entonces, muy de vez en cuando, estás dispuesto a detenerte y recoger a un pasajero. ¿Quién sabe por qué?

No sé cuándo empecé a sentir esto tan fuerte por Anna. La conocí cuando trabajaba para mi padre y me pareció simpática pero, por aquel entonces, yo estaba con Kat y, una vez rompí con ella, mi madre no me dejaba en paz, preguntándome si Anna era de verdad demasiado mayor para mí, lo cual prácticamente congeló el asunto. Entonces, un día, este verano, estaba en el trabajo y vi que Anna había puesto un anuncio para alquilar su apartamento y pensé, voy a ver qué pasa. Y sentado con ella en su balcón, no podía creer que fuera tan simpática, y hermosa, inteligente y divertida y lo bien que sintonizábamos. Al principio, sin embargo, no fue mutuo. Yo le pedí una cita y me dijo que no. Con dulzura, amabilidad y todo eso, pero no.

Así que ahora, transcurrido un mes, estoy en el trabajo, todavía hecho un lío respecto a Anna. No tan hecho un lío como al principio, porque es imposible estarlo más de lo que lo estuve las primeras dos semanas. Cuando las cosas van mal, me pongo de tal manera que no puedo darle al botón de reiniciar. Me hundo y ya no me levanto. Rebobino y me vuelvo a pasar la película. Y lloro. De una manera muy poco masculina. En el juzgado, me levantaba de mi escritorio, iba al baño y lloraba cuatro veces al día. Luego empecé a racionarme.

Lloraba una vez por la mañana y otra por la tarde. Después, una en el trabajo y otra más en casa. En muchos sentidos, fue peor que mi ruptura con Paloma o con Kat. Y pensé que si me había hecho todo ese montaje de que era la Relación Perfecta, era solo porque no se había hecho realidad. Es un ideal platónico. Estoy perdidamente enamorado, aunque sé que, sobre todo, lo estoy de la idea misma del amor. Y quizá eso sea peor. Real o no. La esperanza es algo asombroso. Tal vez sea lo más esencial de la vida. Nos sostenemos a base de esperanza. Sin ella, nos quedamos aplastados.

Este es hoy, todavía, mi estado de ánimo cuando me acerco a la sala de audiencias del Tribunal Supremo para entregar un escrito que el pasante del caso, Max Handley, olvidó llevar a la sala. Y allí está. Durante este mes, un par de veces me había parecido verla por la calle, pero por desgracia no era ella. En cambio, ahora, incluso de espaldas, pese a que se ha cambiado el peinado y a que no le veo la cara, sé que es Anna. Está sentada a la mesa del demandante, tomando notas lo más deprisa que puede, mientras uno de los socios veteranos del bufete donde trabaja presenta una alegación que, francamente, está aburriendo a todos los jueces. Ese tipo, el socio, va a ser retirado del caso antes incluso de que abandone la sala. Y cuando la veo, me detengo tan de repente que la mitad de los que ocupan el estrado, deseosos de distracción, me miran. ¡Joder, estoy tan alterado!

Me acerco al juez Guinari y le tiendo el escrito. Me pregunto si voy a poder salir de allí sin repetir el mismo estúpido numerito. Miro al frente con los hombros erguidos. Pero, como es natural, estoy tan hecho polvo y tan anhelante de ella que no puedo marcharme sin mirarla. Y entonces, cuando me vuelvo, gracias a Dios veo –lo veo, gracias a Dios, Dios existe, es algo que siempre he creído– que sus ojos están clavados en mí. El abogado sigue con su monótona cantinela, pero Anna ha dejado de escribir. No hace más que mirarme. No parpadea. No puede apartar la vista. Y con esa mirada lo dice todo. Ha estado tan anhelante como yo. Y ahora se está rindiendo. Fuera lo que fuese lo que la llevó a decir no, ahora ya no puede hacerlo. Se está rindiendo. Está cediendo. Al amor. ¡Es como en las películas! ¡En las películas de los años cuarenta! Es la voluntad de Alá, el destino, el dharma.

Salgo de la sala trastabillando y regreso a mi despacho para coger mi móvil. Le dejo un mensaje en el buzón de voz y le digo que, cuando salga del trabajo, iré directamente a su casa y esperaré allí toda la noche si no queda otro remedio, hasta que me diga cara a cara qué es lo que quiere.

Y eso es lo que hago. Me siento en el único escalón del portal del viejo edificio de piedra gris. Y en serio me habría quedado allí toda la noche, pero en realidad no he estado más de un cuarto de hora. Anna se sienta a mi lado, enlaza su brazo con el mío, apoya la cabeza en mi hombro y lloramos, lloramos los dos, y luego entramos. Y es así de sencillo. Te lo dice alguien que ha estudiado filosofía. Es lo que todo ser humano anhela decir: es el momento más feliz de mi vida.

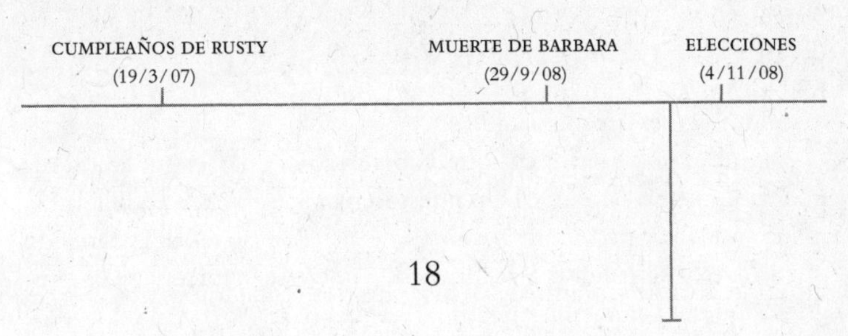

18

TOMMY, 31 DE OCTUBRE DE 2008

La sede central de la policía está en McGrath Hall desde 1921. El edificio de ladrillo rojo podría pasar por una fortaleza medieval, con sus arcos de piedra sobre las macizas puertas de planchas de roble y las torres almenadas del tejado.

Brand, que seguía en el juicio, había enviado un mensaje desde los juzgados, al otro lado de la calle, preguntándole a Tommy si podían encontrarse a las doce y media en la puerta del edificio del condado, y el Mercedes se había acercado a la acera a recogerlo y había arrancado tan deprisa que casi parecía una fuga. Brand serpenteaba entre el tráfico de la hora del almuerzo como si estuviese borracho. Nada más salir, Tommy recibió una llamada del FBI, y ya habían cruzado la verja de seguridad y estaban aparcando detrás del edificio de la policía cuando, por fin, pudo hablar con su ayudante.

–Y bien, ¿qué estamos haciendo aquí? –preguntó.

–No lo sé –respondió Brand–. No lo sé seguro, pero el día que Rusty comunicó la muerte de Barbara, los polis de Nearing se llevaron todos los frascos del botiquín de la mujer y los metieron en una bolsa de plástico, en vez de hacer un inventario allí mismo. Así pues, el miércoles le dije a Rory que mandara todos los frascos hacia aquí para ver si Dickerman obtenía algo de ellos.

–Bien. Buena idea –dijo Tommy.

–En realidad, fue idea de Rory.

–Sigue siendo una buena idea. ¿Y qué ha encontrado Dickerman?

–Tú siempre vas al grano, ¿verdad? Mo dejó un mensaje diciendo que tiene resultados interesantes. Si no fuese nada, no diría «interesantes», pero no he podido ponerme en contacto con él porque he estado todo el día en los juzgados. De todos modos, no he querido que me lo mandara por escrito. Eso, aquí, se filtraría en treinta segundos.

–También es una buena idea.

Brand explicó entonces que habían ido al cuartel general de la policía porque a Mo le habían puesto una prótesis en la rodilla la semana anterior y no se movía mucho de allí. Por eso le había parecido que lo mejor sería llevar a Tommy allí y que este le formulase las preguntas que le parecieran oportunas. Aquello tampoco era mala idea.

Encontraron a una de las ayudantes de Mo abriendo una salida de incendios en el sótano. Llevaba un sombrero de bruja y una espantosa peluca negra.

–La bolsa o la vida –dijo.

–Claro, claro –replicó Brand–. Todos los días me despierto pensando precisamente en esa disyuntiva.

Los tres recorrieron los oscuros pasillos que llevaban al territorio que Mo Dickerman gobernaba. A los setenta y dos años, Mo, alias el Dios de las Huellas, era el empleado más veterano de la Policía Unificada del Condado de Kindle y, sin lugar a dudas, el mejor considerado. Era el principal experto en huellas del Medio Oeste, autor de destacados textos sobre distintas técnicas y ponente habitual en las academias de policía de todo el mundo. Ahora que la ciencia forense estaba tan de moda en televisión, a duras penas podías darle al mando sin que Mo apareciera, subiéndose las gafas de gruesa montura negra sobre el puente de la nariz, en un programa u otro de crímenes reales. En un departamento que, como la mayor parte de las fuerzas de policía urbanas, siempre estaba empantanado en controversias y no pocas veces en escándalos, Mo era probablemente el emblema solitario de una respetabilidad intachable.

Con frecuencia era también un hinchapelotas. El apodo de Dios de las Huellas no se lo había ganado solo como reconocimiento. El hombre consideraba que sus opiniones eran como las Sagradas Escrituras y no toleraba siquiera un comentario. Si se cometía el error de interrumpirlo, esperaba a que uno terminase y volvía a empezar desde el principio. A menudo era un testigo difícil, porque se negaba a admitir conclusiones aparentemente obvias. Y era muy impopular entre los mandos del cuerpo por la forma en que hacía valer su reconocimiento público con amenazas de dejar el cargo a menos que su laboratorio, situado en el sótano de McGrath Hall, fuera equipado con las últimas innovaciones, forzando la inversión de un dinero que a veces habría estado mejor gastarlo en chalecos antibalas o en horas extras.

Mo salió a saludarlos cojeando, apoyado en sus muletas.

–¿Preparado para el concurso de twist? –le preguntó Brand.

En respuesta, Mo movió los codos y se balanceó unos cuantos centímetros a cada lado. Era un neoyorquino de rostro anguloso, cuya abundante cabellera solo empezaba a encanecer. Brand le dio las más sinceras gracias por haber atendido tan deprisa su petición y Dickerman se encaminó al laboratorio, una oscura madriguera llena de cubículos atestados y cajas apiladas, con varias zonas despejadas para sus costosos aparatos.

Se detuvo delante de su máquina favorita de aquellos momentos, un depósito de metal al vacío. Los jefes de la policía se habían negado a comprársela durante muchos años porque temían explicar al condado o al público por qué necesitaban un aparato que, literalmente, buscaba huellas latentes en oro.

Cuando Tommy era fiscal adjunto, las huellas no eran más que marcas de sudor que se descubrían con ninhidrina u otros polvos. Si la huella se había secado, no había mucho que hacer. Pero, a partir de los años ochenta, los expertos como Mo habían descubierto una manera de revelar los aminoácidos que dejaba el sudor. Ahora, si se conseguía una huella latente, también cabía la posibilidad de que se pudiera extraer de ella el ADN.

El DMV de Mo era una cámara horizontal de acero de un metro por cincuenta centímetros. Todo lo que había dentro costaba una fortuna: platos de evaporación de molibdeno, bombas de difusión y rotatoria combinadas que creaban el vacío en menos de dos minutos, un enfriador criogénico de ciclo rápido que aceleraba el proceso eliminando la humedad y un ordenador que lo controlaba todo.

Después de introducir allí el objeto que debía ser examinado, se vertían unos miligramos de oro en los platos de evaporación. Entonces, las bombas creaban el vacío y una intensa corriente pasaba a través de los platos evaporando el oro, que era absorbido por el residuo de la huella. A continuación, se evaporaba el zinc, el cual, por razones químicas, se adhería solo a los surcos entre las crestas y las espirales de la marca. Las fotografías en alta definición de las huellas en oro resultantes siempre dejaban pasmados a los jurados.

Pesado como siempre, Mo insistió en explicar de nuevo todo el proceso, aunque tanto Tommy como Brand ya se lo habían escuchado en varias ocasiones. Lo que Dickerman había metido el día anterior en el DMV era el frasco de plástico de la fenelzina que Rusty había recogido de la farmacia con la correspondiente receta. Mo tenía cuatro huellas claras, una junto al tapón y las otras tres, en la base. El frasco marrón, ahora empolvado en oro, estaba metido en una bolsa sellada, depositada en una mesa contigua al aparato.

–¿De quién son? –inquirió Tommy.

Mo levantó un dedo. Respondería a su debido tiempo.

–Las hemos comparado con las de la difunta. Con las dificultades previsibles. Llevo veinte años hablando al respecto con los tipos de la oficina del patólogo, pero todavía toman las huellas a los muertos como si pasaran la fregona por el suelo. No hacen rodar los dedos, sino que los arrastran. –Les mostró una ficha con las diez huellas digitales que los técnicos habían preparado como parte de la autopsia–. No hay nada que se parezca a una huella identificable de los dedos corazón y meñique de la mano derecha.

En cada uno de los cuadrados que Mo señaló no se veía más que un borrón de tinta. El hombre negó con la cabeza con desesperación.

–En cualquier caso, puedo deciros categóricamente que las cuatro huellas del frasco que queríais que examinara no las dejaron ocho de los diez dedos de la señora Sabich.

–Pero entonces, ¿podrían ser de los otros dos dedos de Barbara? –sugirió Brand.

–Esta no –contestó Mo, señalando la huella más grande en las fotos–, porque claramente es de un pulgar. Pero, aparte de eso, no puedo afirmar que, en efecto, las otras no sean del dedo corazón de Barbara, o del meñique.

–¿Y ahora? –preguntó Tommy.

Brand retrocedió un paso detrás de Dickerman y puso los ojos en blanco. No era uno de los admiradores más fervientes del policía.

–El paso siguiente fue ver si podíamos identificar las huellas del frasco. Supuse que vosotros, chicos, sospecharíais de alguien, pero Jim y Rory no quisieron dar nombres. Así que pasamos las huellas por el SIC –explicó, refiriéndose al sistema de identificación computerizado que contenía imágenes de todas las huellas de los habitantes del condado de las últimas décadas– y comparamos impresiones en dos cartulinas de huellas diferentes. –Mo les tendió unas fichas de huellas que había sacado de sus propios archivos. Una contenía las huellas que le habían tomado a Rusty Sabich cuando había empezado a trabajar para el condado, hacía treinta y cinco años. Las otras se las habían tomado al procesarlo–. Las cuatro huellas del frasco son de Sabich. –Dickerman tocó las cartulinas como si fueran un fetiche–. Rusty siempre me cayó bien –añadió, como si estuviera hablando de un muerto.

Jim esbozó una sonrisita de satisfacción. Siempre lo había sabido. En los años venideros, Tommy tendría que reconocérselo cada vez que hablasen del caso.

–¿Y cómo sabemos que Sabich no sacó el frasco de su envoltorio para ayudar a su esposa? –preguntó el fiscal.

Brand respondió a eso. Tenía los papeles de la farmacia que Rory había llevado el otro día a la sala del juez Wallach.

–Era una receta para diez pastillas pero, cuando la poli hizo inventario del bote, solo quedaban seis. –Cogió la bolsa de plástico que contenía el frasco que estaba junto a la valiosa máquina de Mo y le mostró a Tom las seis tabletas de color naranja que había en el fondo–. De modo que alguien sacó cuatro –añadió– y, por lo que he oído aquí, la única persona cuyas huellas aparecen es el juez Sabich.

–¿Pudo la mujer haber tocado el frasco sin dejar huellas? –inquirió Molto.

–Seguro que conoces la respuesta a esa pregunta, Tom –contestó Dickerman con una sonrisa–. Pero el DMV es el método más fiable que tenemos para identificar cualquier huella que haya habido aquí. Y, si he entendido lo que Jim acaba de decir, la señora Sabich habría tenido que tocar el frasco cuatro veces sin dejar marcas. Tenemos otros frascos de su botiquín y hemos empezado a procesarlos. De momento, tenemos sus huellas en ocho de los nueve que hemos estudiado. En el noveno, son confusas.

–¿Podrían ser suyas?

–Podrían serlo. Hay puntos de coincidencia, pero parece que alguien más también lo tocó, lo cual puede dificultar encontrar el ADN a la hora de distinguir los alelos y obtener suficiente cantidad para hacer el análisis.

–Ese sería un argumento sólido para un abogado defensor –comentó Brand–. Si sus huellas aparecen en todos los demás frascos y no en este, significaría que ella no se acercó a la fenelzina.

Brand y Molto se dirigieron a la misma puerta trasera por la que habían entrado. Tommy no quería encontrarse con las decenas de polis que circulaban por las plantas superiores y que se preguntarían que hacía el fiscal allí abajo, lejos del Monte Olimpo. Antes de despedirse, Brand se quedó unos momentos en la puerta para darle de nuevo las gracias a Dickerman y discutir la siguiente tanda de pruebas, mientras Tommy salía al cortante viento y pensaba en todo lo que acababa de oír. El cielo metálico que se adueñaría del condado de Kindle durante los seis meses siguientes como si una campana de hierro hubiera cubierto la tierra, se cerraba a su alrededor.

«Lo ha hecho de nuevo.» Las palabras, la idea, resonaron en su interior como la nota sostenida de un piano. Rusty lo había hecho de nuevo. No era el gato escaldado que del agua fría huye. Allí, de pie, Tommy sintió tantas cosas que le costó diferenciarlas. Estaba rabioso, eso seguro. La rabia era un sentimiento que aparecía en él con facilidad, aunque, con el paso de los años, cada vez menos. Sin embargo, seguía resultándole una emoción familiar, incluso esencial, como un bombero que al entrar en una casa en llamas se siente más él mismo que en ningún otro lado. Pero también reflexionó sobre la idea de venganza. Había esperado. Y Rusty se había mostrado tal como era en realidad. Cuando todo quedase demostrado ante el tribunal, ¿qué diría la gente de Tommy, esa gente que durante años lo había menospreciado y considerado un fiscal canalla que se escabullía tan fácilmente como los polis malos?

Pero, en medio de todas aquellas reacciones previsibles, mientras pateaba el suelo para combatir el frío, lo más extraño fue que de repente comprendió. ¿Qué habría hecho él si no hubiese podido estar con Dominga? ¿Habría matado? En esta vida, no había nada que la gente deseara tanto como el amor. Se levantó una ventolera que lo atravesó con la gélida intensidad de una horca. Pero lo había comprendido: Rusty debía de haber amado a esa chica.

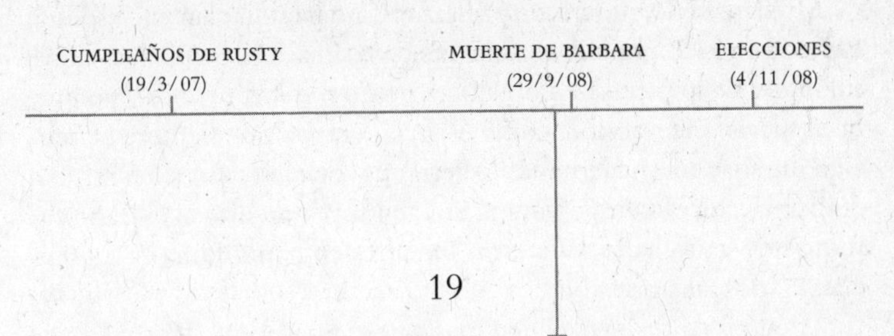

19

ANNA, 24-25 DE SEPTIEMBRE DE 2008

Amo a Nat. Estoy enamorada de veras. Por fin. Y de una manera total. Antes creía con frecuencia que estaba a punto de conseguirlo, pero ahora me despierto por las mañanas asombrada por esa sobrenatural maravilla. Desde el día que lo vi en el Tribunal Supremo no nos hemos separado, excepto por un viaje que tuve que hacer a Houston. La Nueva Depresión, que ha dejado a muchos bufetes legales al borde del abismo y que en momentos de reflexión me lleva a preocuparme por mi puesto de trabajo, ha sido una bendición, porque casi todas las tardes puedo marcharme a casa a las cinco. Allí cocinamos. Nos amamos. Y hablamos durante horas. Todo lo que dice Nat me gusta. O me conmueve. O me hace reír. No nos dormimos hasta las dos o las tres de la madrugada y por la mañana a duras penas podemos salir de la cama para ir a trabajar. Antes de que se marche, lo miro con severidad y le digo:

–No podemos seguir así, esta noche tenemos que dormir.

–De acuerdo –responde.

Y me paso todo el día sufriendo hasta que vuelvo a estar con él, hasta que comienza de nuevo el gozoso ciclo sin horas de sueño.

Nat se vino a vivir a casa la primera semana y en realidad no hemos hablado de adónde irá cuando se acabe el mes. Se quedará aquí conmigo. Es lo que todo el mundo me ha dicho siempre: cuando ocurra, lo sabrás.

Dennis ha preguntado, porque es su trabajo, si la pura imposibilidad de la situación forma parte del atractivo, si he sido capaz de entregarme solo porque sé que no debía y porque, en cierto modo, el desastre acecha. Y no tengo respuesta para eso, pero no importa. Soy feliz. Y Nat también lo es.

Mi plan, en lo que a Rusty se refiere, no ha sido plan en absoluto, excepto en lo de ponerlo al corriente de la situación. Sentado en aquel sillón del Dulcimer, se enfureció. A mí no me sorprendió, y no porque esperase esa reacción, como él decía, sino porque siempre he sentido que hay un núcleo de lava detrás de ese taciturno exterior. Sin embargo, con el tiempo los dos nos acostumbraremos al extraño camino que ha tomado todo esto. Tenemos en común una cosa esencial: los dos amamos a Nat.

Mientras tanto, he decidido mantenerme alejada de Rusty, lo cual no es tan fácil como esperaba. Barbara llama a Nat todos los días. Normalmente, responde él y le cuenta lo menos posible. Las conversaciones son breves y a menudo prácticas: qué comida especial quiere de la cadena local de supermercados, noticias de la familia y de la campaña, preguntas sobre si está buscando trabajo y los planes que tiene para final de mes, cuando tenga que dejar su piso. La última de esas preguntas supone que, tarde o temprano, tendrá que hablarle de mí. Nat ya me avisó de que no le quedaría otro remedio, porque su madre parece albergar la esperanza de que vuelva a vivir con ellos. Aun así, le pedí que no se lo contara.

–¿Por qué?

–Nat, por Dios. ¿No te parece muy fuerte decirle a la vez que salimos y que ya estamos viviendo juntos? Le parecerá una locura. ¿No puedes decirle momentáneamente que vas a compartir apartamento con un amigo?

–No conoces a mi madre. «¿Quién es ese amigo? ¿A qué se dedica? ¿Dónde creció? ¿Dónde estudió? ¿Qué tipo de música escucha? ¿Tiene novia?» Lo que quiero decir es que no podría engañarla ni un minuto.

Así que convinimos que se lo diría. Insistí en estar presente, para poder escuchar su parte de la conversación, pero hundí la cabeza en uno de los cojines de la sala cuando oí que se describía como «un zombie del amor».

–Está emocionada –dijo al colgar–. Completamente emocionada. Quiere que vayamos a cenar.

–Oh, Dios. Nat, por favor.

Por su manera de fruncir el entrecejo supe que empezaba a encontrar extraña mi vehemencia cuando hablábamos de sus padres.

–Pero si ya los conoces…

–Sería raro, Nat. Llevamos tan poco tiempo juntos… ¿No crees que primero deberíamos salir con otra gente? No estoy preparada para eso.

–Lo que creo es que tendríamos que quitarnos este asunto de encima, y cuanto antes, mejor. Mi madre insistirá todos los días. Ya lo verás.

Y así fue. Él se resistió poniéndole las excusas habituales, su trabajo o el mío. Pero, día a día, empiezo a comprender mejor la extraña simbiosis que existe entre Nat y su madre. Barbara se cierne sobre su vida como un exigente fantasma sin presencia terrenal propia. Y él siente la necesidad de complacerla. Ella quiere vernos juntos, pero le resulta difícil salir de casa, lo que significa que tenemos que ir a verla nosotros.

–Podrías limitarte a decir que no –le comenté la semana pasada.

–Prueba a hacerlo. –Sonrió y, la noche siguiente, me tendió su teléfono móvil–. Quiere hablar contigo –dijo.

«Joder», exclamé. Fue una conversación rápida. Barbara habló a borbotones sobre lo emocionante que era aquello y lo contentos que estaban Rusty y ella de que Nat y yo nos quisiéramos tanto. ¿No compartiríamos nuestra felicidad con ellos dos ni siquiera una noche? Como muchas personas brillantes con problemas, Barbara sabe acorralarte. Lo más fácil fue acceder a ir a cenar el domingo de la siguiente semana.

Cuando colgué, hundí la cabeza entre las manos.

–No lo entiendo –dijo Nat–. Eres una persona abierta, te desenvuelves bien con gente alrededor… Mi madre me ha insistido durante más de un año para que te propusiera salir. Eres la primera novia que tengo que le gusta. Decía que Kat era rara y Paloma era una mala influencia.

–Pero y a tu padre, ¿qué le parece a él, Nat? ¿No crees que le resultará extraño?

–Mi madre dice que le parece muy bien y que está encantado.

–Pero ¿has hablado directamente con él?

–Se lo tomará bien. Te lo digo yo, ya lo verás. Se lo tomará bien.

Sin embargo, cuando pienso en el entusiasmo de Barbara con lo nuestro o en la perspectiva de vernos todos, lo único que imagino es que Rusty se volverá loco. Y, como temía, hoy, en el trabajo, cuando consulto mi correo personal, el corazón me salta en el pecho al ver dos mensajes con su remitente. Cuando los abro, resulta que, extrañamente, son las respuestas a unos acuses de recibo que le mandé en mayo de 2007, hace dieciséis meses.

Tardo un rato en unir las piezas del rompecabezas. Durante el tiempo que salí con Rusty, era yo quien hacía las reservas de las habitaciones de hotel, puesto que él no podía utilizar su tarjeta de crédito. Después le mandaba la reserva confirmada y le pedía acuse de recibo, para saber que se había enterado, y así no tenía que molestarse en contestar. A menudo, enviaba una especie de mensajes seguidos: la confirmación inicial, un recordatorio por la mañana y luego un último correo en el que le daba el número de habitación una vez que ya me había registrado en el hotel. Al recibir los acuses de recibo, me daba cuenta de que, a menudo, el único mensaje que Rusty abría era el último, que le llegaba a la PDA, camino del hotel, y así no tenía que correr el riesgo de abrir los otros mientras hubiera alguien cerca.

Los dos acuses de recibo que han llegado hoy son de esos correos que el año pasado quedaron sin abrir. Al principio, siento como si esto fuese un acecho perverso, una manera de recordarme dónde estábamos los dos hace no mucho tiempo. Pero, al cabo de una hora de pensar en ello, pienso que es posible que él no sepa siquiera que me están llegando. Cuando abres un correo electrónico en el que el remitente te pide un acuse de recibo, se abre una ventanita que te avisa de que se enviará una notificación. La ventanita tiene también una casilla que dice: «No mostrar este mensaje de nuevo para este remitente» y es posible que Rusty marcara esta opción hace mucho tiempo. Al final de la jornada, decido que quizá esto sea un indicio positivo: por fin está borrando mis mensajes, algo que debería haber hecho hace dieciséis meses. Es una señal de que lo está superando, de que, por suerte, va a dejarnos en paz a Nat y a mí.

A la mañana siguiente, a las diez, me llegan tres más. Y, lo que es peor, advierto que al borrar los mensajes no se activaría el envío automático de acuse de recibo, sino la confirmación de que ese correo se ha leído. La imagen de Rusty en su despacho reviviendo los detalles me altera y me inquieta. Decido que no me queda otra alternativa que hablarlo con él, por lo que cojo el teléfono y marco su extensión privada. La señal suena varias veces y al final responde Pat, su secretaria.

–¡Anna! –exclama cuando digo hola–. ¿Cómo estás? Hace mucho que no te vemos por aquí.

Después de un minuto de palabras corteses, le digo que tengo una pregunta para el juez relacionada con uno de los casos de mi bufete, y le pregunto si puedo hablar con él.

–Oh, lleva toda la mañana en el juzgado, cariño. Subió hace más de una hora. Tiene varias visitas seguidas. No lo veré hasta las doce y media como mínimo.

Encuentro el aplomo suficiente para decirle que ya llamaré a Wilton, el pasante que había sido compañero mío, para pedirle esa información, pero, cuando cuelgo el teléfono, estoy tan desorientada y despavorida que no puedo apartar la mano del aparato. Me digo que lo he interpretado mal, que debe de haber otra explicación. Vuelvo a concentrarme en la pantalla, examino de nuevo los acuses de recibo y compruebo que los tres han sido enviados desde la cuenta de Rusty hace menos de treinta minutos. Y Pat me ha dicho que a esa hora ya estaba en la sala, lejos del ordenador.

Entonces entiendo el horror de lo ocurrido: la catástrofe que siempre ha estado rondando se ha producido por fin. Es otra persona. Hay otra persona que está revisando sistemáticamente los registros de mis citas con Rusty. Los hoteles. Las fechas. Durante un segundo en suspenso, me temo lo peor y me pregunto si será Nat. Pero anoche estuvo agradable como siempre, amable y enamorado, y es demasiado ingenuo para guardarse un descubrimiento de este tipo. Dada su naturaleza, se habría marchado.

Pero mi alivio dura apenas un segundo. Ahora ya conozco la respuesta con una certeza tan absoluta que me petrifica el corazón. Hay una persona con los conocimientos y el tiempo necesarios para entrar en la cuenta de correo de Rusty y llevar a cabo esta dolorosa inspección.

Lo sabe. Barbara lo sabe.

CUMPLEAÑOS DE RUSTY (19/3/07) — MUERTE DE BARBARA (29/9/08) — ELECCIONES (4/11/08)

20

TOMMY, 31 DE OCTUBRE DE 2008

Después de su encuentro con Dickerman en McGrath Hall, Tommy y Brand permanecieron callados hasta que llegaron al Mercedes.

–Necesitamos su ordenador de casa –dijo entonces Brand–. Es la única posibilidad de dar con la chica. Me gustaría emitir hoy una orden de registro. Y necesitamos interrogar enseguida al hijo, a ver qué nos cuenta de lo que se cocía entre papá y mamá.

–Eso saldrá en portada, Jimmy. Perderá las elecciones.

–¿Y qué? Nosotros solo hacemos nuestro trabajo –replicó Brand.

–No, maldita sea –dijo Tommy. Se detuvo unos momentos para recuperar la compostura. Brand había hecho un buen trabajo; tenía razón y él se había equivocado. No había ningún motivo para enfadarse con Jim por querer proseguir–. Sé que piensas que ese tipo está jodido, que tiene alguna patología y es realmente malo, un asesino en serie que está sentado en un trono a la diestra de Dios Padre, y te comprendo, pero piensa. Piensa. Si haces algo para apartar a Rusty del Tribunal Supremo, estarás dándole argumentos a la teoría de la defensa.

–¿El fiscal vengativo y toda esa mierda? Ya te dije lo que había que hacer con eso.

Se estaba refiriendo al ADN, a analizar la muestra de semen del primer juicio.

–Eso será lo que vamos a hacer a continuación –anunció Tommy.

–Creía que no querías pedir una orden judicial.

–No la necesitamos –masculló él.

Brand miró a su jefe con los ojos entornados, puso en marcha el Mercedes y salieron del aparcamiento. En una calle cercana a la sede central de la policía, dos madres acompañaban a seis niños a la escuela después del almuerzo. Iban todos disfrazados. Dos de los pequeños vestían traje y corbata y llevaban máscaras de Barack Obama.

Hacía una década que Tommy había pensado por primera vez lo que ahora iba a explicarle a Brand. En aquellos tiempos, había vuelto a casa de su madre para cuidarla en los últimos años de su vida. Los ruidos de esta, sobre todo la tos debida al enfisema, lo despertaban por la noche, pues dormía en un sofá-cama del comedor. Cuando ella se calmaba, Tommy pensaba en todo lo que le había ido mal en la vida, quizá como forma de convencerse de que también podría superar aquella pérdida. Sopesaba los miles de menosprecios y heridas que había recibido, y así, de vez en cuando, pensaba en el juicio de Sabich. Sabía que el análisis del ADN daría una respuesta a satisfacción de todo el mundo acerca de si a Rusty le habían jugado una mala pasada o si lo habían declarado inocente cuando en realidad era culpable. Y le tentaba la idea de hacerlo y se preguntaba cómo obtener ese análisis, pero luego, a la luz del día, se volvía atrás. La curiosidad mató al gato. Adán, Eva, la manzana... Había cosas que uno no debía saber. Pero ahora sí podía. Por fin. Revisó mentalmente el plan por última vez y luego se lo contó a Brand con todo detalle.

En aquel estado, como en casi todos los demás, había una ley que ordenaba la creación de una base de datos de ADN. El material genético que se recogía en cualquier caso de supuesto delito sexual se añadía a dicha base y se catalogaba. Rusty solo había sido acusado de homicidio, no de violación, pero la teoría de la acusación contemplaba la posibilidad de que Carolyn hubiese sido violada como parte del crimen. La policía del estado podía, sin orden judicial ni permiso de cualquier otro tipo, retirar las muestras de sangre y de esperma procedentes del primer juicio de Rusty del enorme frigorífico del patólogo de la policía y mandarlas analizar al día siguiente. Naturalmente, en la vida real los polis tenían tanto trabajo con las pruebas que recogían en cada momento, que no podían tomarse la molestia de volver sobre unos casos resueltos hacía dos décadas. Pero el hecho de que la ley existiera y de que se aplicara sin limitaciones de tiempo significaba que Rusty no tenía ninguna expectativa legal de mantener la confidencialidad de las muestras antiguas. En el juicio podía gritar y quejarse si los resultados lo involucraban, pero no tendría nada que hacer. Para cubrirse un poco, Brand podía decirle a la policía científica que enviaran todas las muestras anteriores a 1988 a la policía estatal, explicando que querían primero las más antiguas para impedir que se degradaran más. A Jim le encantó la idea.

–Podemos hacerlo ahora mismo –dijo–. Mañana. Y tendremos los resultados dentro de unos días. Esto es estupendo. –Se quedó pensativo unos instantes y luego añadió–: Y si está pringado, podemos ir a por todas, ¿no? Orden de registro de su ordenador, interrogatorios... A finales de semana podemos tenerlo todo listo. Hemos de hacerlo. Nadie podrá oponerse, ¿verdad? Es estupendo. ¡Estupendo! –repitió.

Pasó el brazo por el hombro de su jefe y le dio una sacudida sin dejar de conducir.

–Lo has entendido mal, Jimmy –se apresuró a decir Tommy–. Esa sería la mala noticia.

Su ayudante lo soltó. Aquello era a lo que Tommy le había dado vueltas todas las noches de aquella última semana.

–Jimmy, aquí tenemos noticias malas y noticias peores. Si no hacemos el análisis, estamos jodidos. Jodidos de veras. Caso cerrado.

Brand miró a Molto con rostro inexpresivo, pero parecía saber que estaba perdiendo el partido.

–Es demasiado endeble, Jimmy. Antes de que bajemos corriendo al laboratorio, quiero que entiendas que esto es a todo o nada.

–Joder –exclamó Brand y empezó a repasar de nuevo todas las pruebas hasta que Tommy lo interrumpió.

–Jimmy, has estado en lo cierto desde el principio. Ese tipo no es trigo limpio pero, si se demuestra de manera indiscutible que no cometió el primer asesinato, no podremos incriminarlo en el segundo. Solo seremos una panda de repugnantes vengativos que intentamos reformular una verdad que no nos gusta. Dentro y fuera del tribunal, solo se hablará de mi obsesión. Este caso es endeble como papel. Y si le sumamos el hecho de que Rusty ya fue falsamente acusado una vez por esta misma fiscalía, que es el presidente del Tribunal de Apelaciones y que todo el mundo por debajo de Dios declarará en su favor, no conseguiremos nunca una condena. Así que antes tenemos que saber qué demuestra el ADN. Porque si lo exonera del primer caso, hemos llegado al final del camino.

Brand clavó los ojos en el tráfico, que se había intensificado al acercarse al centro de la ciudad. Ese día, el condado de Kindle estaba en pleno Carnaval. Los oficinistas habían salido a almorzar disfrazados de cualquier cosa. Cinco tipos caminaban con una hamburguesa en la mano, vestidos como los componentes de Village People.

–¿Cómo es que un buen resultado de ADN lo exoneraría? –preguntó Brand–. Aunque el ADN lo declarase limpio del caso de hace veinte años, ¿qué? Mira, aunque fuésemos unos perdedores resentidos, los motivos de los fiscales son irrelevantes.

–Pero los del acusado no. ¿Quieres iniciar un caso con pruebas circunstanciales y argumentar que el tipo se arriesgaría a cargarse a su esposa? ¿No sabes que tiene derecho a demostrar que, en una ocasión, fue acusado de un delito que no cometió? ¿Y eso no haría mucho menos probable que ahora aprovechara una oportunidad así?

–Con ese tipo no lo sé, joder. Tal vez al contrario, tal vez lo haga más probable. Es una persona que conoce el sistema de cabo a rabo. Quizá sea lo bastante listo como para pensar que nunca iremos tras él por el primer caso. Puede que crea que ese ADN le da ahora vía libre.

–Y tendría razón –le dijo Tommy.

Habían llegado a un semáforo, y se miraron a los ojos hasta que Brand finalmente consultó su reloj. Soltó una maldición porque llegaba tarde. Molto pensó en ofrecerse a aparcarle el Mercedes, pero Jim estaba tan furioso que era mejor no gastarle bromas en ese momento.

–Lo vamos a pescar por el primer caso –insistió Brand–. Te apuesto cincuenta a que sí.

–Esas serían las peores noticias –replicó Tommy–. Lo mejor que podría sucedernos es que encontráramos una excusa para apartarnos de todo esto. La noticia verdaderamente mala sería que el semen de hace veinte años fuese de Rusty. Porque si él fue culpable, este no sería un caso de justicia, sino de absoluta necesidad. Si supiéramos que es un homicida por partida doble, no podríamos permitir que lo escogieran para el Tribunal Supremo. No podríamos.

–Es lo que te estoy diciendo. Todo el mundo lo comprenderá. Sabrán que no estamos persiguiendo fantasmas.

–Pero perderemos. Esta es realmente la mala noticia. Tenemos un caso que debemos plantear y que vamos a perder. Porque el ADN nunca servirá para acusarlo. Nunca. Es una calle de una sola dirección. Fue absuelto. No podemos utilizar las pruebas antiguas contra él ahora. No tendría sentido, a menos que se volviera a abrir ese viejo caso y eso ningún juez lo permitirá. Y, además, hubo tantas dudas sobre esa muestra de semen al final del juicio, que, ahora, nueve de cada diez jueces no la aceptarían. Si el ADN favorece a Rusty, cuenta. Pero si lo convierte en un asesino, no vale. Así que seguimos teniendo entre manos algo tan endeble como antes, incluso con el ADN, y tenemos que cruzar los dedos para que ahora no tengamos caso, porque no tenemos pruebas suficientes para demostrar que ha sido un homicidio.

–No. –Brand sacudió la cabeza sobre su grueso cuello–. Imposible. Estás poniendo un colchón, jefe. Todos lo hacemos.

–No, Jimmy. Tú ya lo dijiste una vez. Este tipo es listo, muy listo. La mala noticia es que, si la mató, lo planeó hasta el último detalle. Encontró la manera de hacerlo y salir bien librado otra vez. Y lo conseguirá.

Habían llegado a los juzgados.

–Eso sí que sería una malísima noticia –dijo Brand, mirando por fin a Tommy.

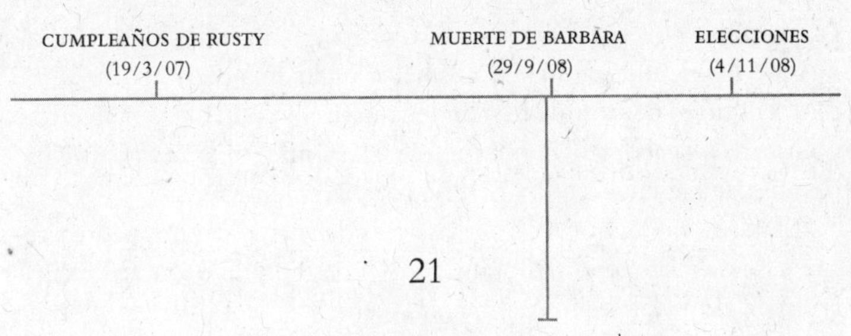

21

NAT, 28 DE SEPTIEMBRE DE 2008

Uno no está del todo implicado en una relación hasta que ve las manías del otro: la manera en que yo a veces me quedo callado una hora después de visitar a mis padres, o cómo ella se pone hecha una fiera solo con que mencione a Ray Horgan, el viejo chiflado con el que tuvo un lío. A veces, se tarda un tiempo en divisar los rinconcitos de locura que todos albergamos y tratamos de ocultar. Cuando llevaba casi un año saliendo con Kat, a menudo me preocupaba que fuese demasiado normal para mí, hasta que una mañana se levantó de la cama quejándose de la rodilla. Le pregunté cómo se había hecho daño y me miró, sin el menor asomo de humor, y dijo: «Me la golpearon con una maza en una de mis vidas anteriores, cuando fui cruzado». Llegados a ese punto, se trata solo de ver lo bien que encaja tu locura con la suya. ¿Os podéis seguir tomando en serio el uno al otro a pesar de eso y proseguir con la relación en buena sintonía?

Mi vida con Anna ha sido, no miento, casi el paraíso, y lo único que la ha sacado totalmente de quicio durante este mes han sido mis padres. Me parece que la forma en que mi madre me abruma le pasa la misma factura a Anna que a mí, y también se la ve insegura de su relación con mi padre, convencida, tal vez, de que él no la considerará nunca nada más que una pasante. Para mis adentros, me pregunto si su lío con Ray también tiene algo que ver. Creo que Anna supone que mi padre lo sabe y por eso la avergüenza estar en su presencia, ya que él hubiese esperado de ella más sentido común.

Seguramente, debido a todo ello, Anna reaccionó de una manera desproporcionada cuando le dije que tendría que sincerarme con mi madre, ya que esta no dejaba de preguntarme adónde iría a vivir a fin de mes. Y llegué a pensar que tendría que llamar a Emergencias cuando le dije que mi madre nos había invitado a cenar. Al final, mi madre, que es como una fuerza de la naturaleza, habló por teléfono con Anna y la acorraló como me acorrala a mí. Sin embargo, incluso después de haber accedido, parecía increíblemente tensa.

El jueves por la noche, tres días antes de la cita con mis padres, regresé a casa y la encontré llorando a oscuras, con un paquete de cigarrillos al lado y al menos ocho colillas en el cenicero. Vivimos en un edificio de no fumadores.

–¿Qué ocurre? –pregunté, pero no obtuve respuesta.

Estaba inmóvil junto a la mesa de la cocina. Me senté a su lado y ella me tomó las dos manos.

–Te quiero mucho –dijo entre sollozos.

–Yo también te quiero mucho –repliqué–. ¿Qué te pasa?

Me miró con incredulidad, estudiando mi rostro un buen rato mientras las lágrimas, como perlas, desbordaban sus ojos verde esmeralda.

–No quiero que esto se joda de ningún modo –añadió–. Haré cualquier cosa por evitar que eso ocurra.

–No ocurrirá –le dije, aunque eso no la tranquilizó demasiado.

Pareció que estaba mejor durante un par de días, pero hoy, mientras nos preparamos para ir a casa de mis padres, la he vuelto a ver más nerviosa.

De camino, mientras cruzamos el puente de Nearing, dice:

–Creo que estoy mareándome.

La estructura colgante se mueve de un lado a otro cuando sopla viento, pero hoy hace un tiempo espléndido, más de verano que de otoño, y el sol del atardecer parece haber lanzado una red dorada sobre el río. En cuanto llegamos al otro lado, Anna detiene su Prius nuevo en el bosque público y sale disparada del coche. La alcanzo justo a tiempo de sostenerle la cabeza mientras vomita en un oxidado bidón de gasolina convertido en contenedor de basura.

Aunque sé lo que le ocurre, le pregunto si se debe a algo que ha comido.

–Es toda esta historia, Nat, joder –responde.

–Podemos anular la cita –replico–. Llamar y decir que estás enferma.

Todavía agarrada al contenedor, niega con la cabeza con vehemencia.

–Acabemos con esto de una vez. Quitémonoslo de encima.

Cuando se siente lo bastante bien para dar unos pasos, nos acercamos a una decrépita mesa de picnic, con un banco chirriante decorado a base de lemas pintados con aerosol y cagadas de pájaro.

–¡Oh, qué mierda! –exclama.

–¿El qué?

–Me he ensuciado el pelo. –Se examina los rubios mechones con evidente malestar.

Voy al coche y vuelvo con una botella de agua medio vacía y un par de servilletas viejas de alguna comida rápida y Anna hace todo lo posible por limpiarse.

–Diles a tus padres que me encontraste debajo de un puente.

Le contesto que tiene muy buen aspecto. No es verdad. Está pálida y un grupo de roedores podría participar en un concurso de atletismo en su pelo. He renunciado a consolarla o a preguntarle por qué.

Me pide que conduzca, por lo que ella adopta mi papel de guardián de los pasteles. Anna se ha ofrecido a llevar los postres y ha preparado cuatro enormes tartas individuales, con los sabores favoritos de cada uno y su nombre escrito con azúcar glaseado. Mi padre recibirá la de zanahoria que tanto le gusta y mi madre una de arándanos, hecha con harina de soja. Para ella y para mí, ha preparado algo mucho más decadente, esas bolas gigantes de dos chocolates. Se pone la bandeja en el regazo, la agarra con las dos manos y se coloca entre los pies el cubo de helado que ha comprado para acompañar.

–¿Puedo pedirte una cosa? –dice mientras arranco el coche–. No me dejes sola con ninguno de los dos, ¿vale? No estoy de humor para confidencias. Dime que vaya al piso de arriba y eche un vistazo a tu cuarto o algo así para quitarme de en medio, ¿de acuerdo?

–De acuerdo.

No es la primera vez que me hace esa petición.

Al cabo de unos minutos, llegamos a la casa donde me crié. Ahora, cada vez que vuelvo, se me antoja distinta: más pequeña, más extraña, como algo sacado de un cuento de hadas. Para empezar, es una construcción rara, de las que le gustan a mi madre, con ese horrible aire industrial de los años sesenta y un tejado inclinado; un estilo que no encaja demasiado bien con las abundantes flores que siguen espléndidas en las macetas de la parte delantera. De pequeño, mi madre no dejaba de decir que quería volver a vivir en una gran ciudad pero, cuando mi padre se lo propuso hace un par de años, ella ya había cambiado de idea. El hecho de que sigan ahí refleja el prolongado estancamiento que existe entre ellos. Mi madre gana, mi padre se ofende.

Mi madre abre la puerta antes siquiera de que pongamos el pie en el porche. Lleva muy poco maquillaje y uno de esos vestidos vaporosos, que es lo más de vestir que usa cuando está en casa. Me abraza y luego alaba los postres, cuya bandeja Anna le tiende, al tiempo que le da un fugaz beso en la mejilla. En cuanto cruzamos la puerta, nos pide disculpas. Papá y ella han estado trabajando en el jardín todo el día y llevan un poco de retraso.

–He mandado a tu padre a la tienda, Nat. Enseguida estará aquí. Pasad. Anna, ¿quieres tomar algo?

Le he dicho a Anna que a mi madre le gusta el vino tinto y ella ha comprado una costosa botella, pero mi madre decide guardarla para la cena. De momento, Anna y yo cogemos una cerveza del frigorífico.

Los cambios de humor de mi madre son tan imprevisibles que, a menudo, cuando voy a verla, antes llamo a mi padre al móvil para que me diga cómo está. «Hoy tiene un mal día», me advierte. «Realmente deprimida.» Pero rara vez la he visto tan excitada como hoy, trajinando en la cocina. La hiperactividad no forma parte de su cuadro emocional.

Anna no ha estado nunca aquí. Mi madre solo recibe en casa a la familia y le enseño la sala y las habitaciones familiares, mostrándole las fotos de mis abuelos, todos ya fallecidos, y mis primos. Luego dejo que me pregunte sobre las fotos de cuando yo era pequeño. Finalmente, nos reunimos con mi madre en la cocina.

–Será algo sencillo –dice, respecto a la cena–, tal como prometí. Carne, maíz, ensalada. Las tartas de Anna. Quizá un poco de helado. –Sonríe con la picardía del que sabe que tiene colesterol y va a portarse mal.

Anna y yo nos encargamos de la ensalada. Ella, que es una cocinera estupenda, ha empezado a preparar un aliño con aceite de oliva y limón cuando llega mi padre, cargado con varias bolsas de plástico con el logotipo naranja de MegaDrugs. Las deja en la encimera, le estrecha la mano a Anna y luego me da a mí un breve abrazo.

–Nunca habría pronosticado esto –dice, señalándonos a los dos–. Es demasiado sensato.

Todos nos reímos y luego mi madre le pide que mire las tartas que ha preparado Anna. Él arranca un pedacito del azúcar con el nombre de mi madre y las dos protestan al unísono.

–Eh, esa es la mía –dice mi madre.

–Pero eres la que tienes el nombre más largo –señala mi padre.

Lo veo moverse por la cocina con una ligera cojera y le pregunto por su espalda.

–En este momento la tengo machacada. Tu madre me ha hecho cavar toda la tarde para plantar unos rododendros nuevos.

–Toma –dice ella–. Aquí tienes tu Advil, a ver si dejas de quejarte. El ejercicio te sienta bien. Entre la campaña y la lesión de hombro de George Mason, me parece que no has hecho nada de ejercicio en todo el mes.

Mi padre normalmente juega a balonmano dos veces por semana con el juez Mason, y es verdad que se lo ve algo más fofo de lo habitual. Deja en la mesa las pastillas que mi madre le ofrece, va a la sala y regresa con un vaso de vino para ella.

–¿Te has acordado de los entrantes? –le pregunta mi madre mientras él coge una cerveza de la nevera.

–Sí –responde.

Ha traído queso curado y salami de Génova, dos de los alimentos favoritos de la familia, aunque mi madre apenas lo probará. Le encantan los arenques en escabeche que mi padre ha comprado también, pero solo comerá uno o dos, porque la sal es mala para su hipertensión; además ha traído yogur, que mezcla con sopa de cebolla para hacer una salsa en la que mojar las zanahorias y el apio que Anna y yo hemos sacado del frigorífico.

Mientras todos nos afanamos preparando la cena, mi madre interroga a Anna sobre su trabajo y luego, sin solución de continuidad, le pregunta por su familia.

–Soy hija única –explica ella.

–Como Nat. Probablemente es una cosa importante para tener en común.

A Anna, que está cortando cebolla para la ensalada, le lloran los ojos, cosa que aprovecha para bromear.

–Pero no fue una infancia tan mala –dice.

Los tres nos reímos con ganas del comentario. Ahora que ya estamos aquí, Anna parece llevarlo bien. Lo comprendo. Cada primavera, hasta donde alcanza mi memoria, estaba convencido de que no recordaría cómo se golpea una pelota de béisbol y luego yo mismo me asombraba cada vez que notaba el zumbido del contacto sólido y oía el resonar del bate.

Anna evita más preguntas interesándose por la campaña de mi padre.

–Estoy harto de oír hablar de John Harnason –responde este, sin dejar de cortar salami.

–Nunca tendríamos que habernos sometido a esto –interviene mi madre, lanzándole a mi padre una dura mirada–. Nunca.

Intento avisar a Anna con una seña de que no es un buen tema de conversación. Tendría que habérselo dicho antes.

–Todo terminará pronto, Barbara –dice mi padre.

–No lo bastante pronto –replica ella–. Tu padre hace un mes que no duerme.

Le gusta desempeñar ese papel de regañar a mi padre, pero él se da media vuelta, pues sabe que es mejor no hacer ningún comentario más. Yo creía que su insomnio había quedado atrás hacía mucho tiempo. Cuando era pequeño, había temporadas en que se pasaba las noches deambulando por la casa. A veces, lo oía y me reconfortaba saber que estaba despierto y podía ahuyentar a los monstruos y demonios nocturnos que me acechaban. Ahora, al verlos y escucharlos, siento que el ambiente de la vida hogareña ha cambiado en cierta medida. La campaña parece haber sacado a la superficie los conflictos habitualmente silenciosos entre los dos.

Acostumbrado a las críticas de mi madre, mi padre le pasa el plato de los entrantes, que Anna, él y yo estamos devorando con ganas. Luego, saca la carne de la nevera y empieza a salpimentarla. Dice que necesita más ajo en polvo y baja al sótano a buscar un frasco nuevo.

–¿Cocinamos los chicos? –pregunta, ya preparado para salir a la barbacoa del patio.

–Mamá, ¿te importa que Anna suba a echar un vistazo al piso de arriba mientras estamos ahí fuera?

–Si encuentras algo que te guste, Anna, quédatelo. Nat no me deja tirar nada. ¿No crees que un estante lleno de trofeos de béisbol es precisamente lo que tu nuevo hogar necesita?

Nos reímos otra vez. Resulta difícil saber si la alegría se debe a los nervios o es auténtica, pero resulta insólita en la casa donde me he criado. Desde la escalera, sin que nadie la vea, Anna me pone los ojos en blanco y yo sigo a mi padre hasta el porche. El sol se oculta, hundiéndose en el río en una vívida exhibición de colores, y en el aire se nota el fresco del otoño.

Mi padre y yo jugueteamos con las mazorcas hasta que la barbacoa está lista y nos quedamos contemplando las llamas que se extienden entre los quemadores como si fuera un rito religioso. Cuando era pequeño, mi madre me monopolizaba de una manera que parecía no requerir palabras y quizá, como resultado, nunca me acostumbré a hablar con mi padre. Claro que, antes de conocer a Anna, apenas hablaba con nadie, lo que supongo que significa alguna cosa. Mi padre y yo mantenemos conversaciones, por supuesto, pero suelen ser parcas, a menos que hablemos de derecho o de los Trappers, dos temas con los que es fácil que juntos nos animemos. Por lo general, la comunión básica con él, como ahora, se deriva de la coexistencia, de respirar el mismo aire al tiempo que hacemos comentarios ocasionales sobre las llamas o sobre cómo chisporrotea la carne.

En mi último año en el instituto advertí que el béisbol, como deporte, no me gustaba especialmente. A la sazón, yo tenía puesto de titular en el equipo de Nearing, aunque estaba seguro de que iba a tener que cederle el paso a un recién llegado, Josey Higgins, que, a diferencia de mí, no tenía problema en batear de manera demoledora y que era incluso más rápido en el campo. Luego siguió jugando en la Universidad Estatal de Wisconsin y llegó a la selección universitaria. Una vez, mientras me concentraba en recoger una pelota alta que descendía hacia mí trazando un arco, durante un fugaz instante pensé que había visto béisbol en televisión y corrido por el campo todos los veranos desde que tenía seis años solo para poder hablar de ello con mi padre. No experimenté un resentimiento especial pero, en cuanto lo comprendí, se me pasaron las ganas de seguir jugando. Cuando lo dejé, oí pocas quejas del entrenador, el cual, evidentemente, se sintió muy aliviado de no tener que pronunciar el consabido discurso sobre el bien del equipo. Todo el mundo, mi padre incluido, siempre pensó que lo había dejado porque, con la llegada de Higgins, yo no quería calentar banquillo, y a mí me pareció bien que pensaran eso.

Cuando llevamos un rato allí plantados, me pregunta qué voy a hacer la semana que viene, cuando termine la pasantía. He decidido volver a dar clases como suplente en un instituto, mientras trabajo en mi artículo para la revista jurídica, en el que últimamente he avanzado mucho. Asiente, dando a entender que es un plan sensato.

–¿Y en general? –pregunta, moviéndose a derecha e izquierda para esquivar el humo.

–Soy realmente feliz, papá.

Cuando me vuelvo, lo veo mirándome fijamente, con una expresión indescifrable, mientras el humo se eleva a su alrededor. Me doy cuenta de que hace muchísimo tiempo que no respondía a mis padres de esa manera. En estos años, lo que he hecho con más frecuencia ha sido esquivar sus preguntas sobre mi estado diciendo simplemente que me encontraba «bien».

Para eludir la atención de mi padre, bebo un largo sorbo de cerveza y me vuelvo hacia el pequeño patio donde jugaba de niño. Entonces me parecía grande como una pradera. Ahora, en el diminuto espacio está el nuevo rododendro, de un metro de alto, con sus hojas brillantes y la tierra recién removida que lo rodea y que hoy ha cavado mi padre. Las cosas cambian y, a veces, para mejor. Me siento orgulloso de que Anna esté hoy aquí conmigo, satisfecho de haberme dado cuenta de lo beneficiosa que es para mí, de haberla amado y que me ame, y soy feliz por haberla traído hoy aquí, con esas otras personas a las que amo. Es uno de los momentos que espero recordar siempre: ese día en que era tan feliz.

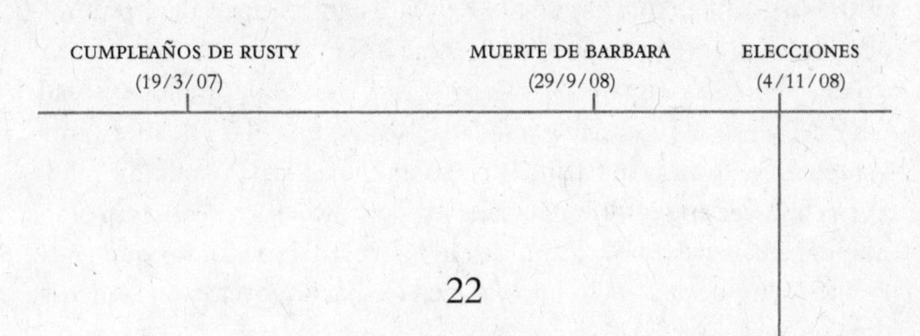

22

TOMMY, 4 DE NOVIEMBRE DE 2008

Con los años, la fiscalía, como cualquier otra institución, había desarrollado su propio protocolo. El jefe no se movía de allí. El fiscal entraba en su oficina por la mañana con la cartera bajo el brazo y ya no salía, salvo para ir a almorzar o a la sala del tribunal. En teoría, era un signo de respeto. Todos los que tenían que hablar con él iban a la montaña. Pero, en realidad, esa práctica propiciaba el comportamiento relajado dentro de la oficina. Los secretarios podían ponerse uno en cada punta de un pasillo y hablar de un caso mientras se lanzaban una pelota de softball. La gente decía «joder» tan alto como quería. Los ayudantes del fiscal podían criticar con saña a los jueces, y los polis podían hablar sin parar y ruidosamente. Dentro de su sanctasanctórum, el fiscal se comportaba con una dignidad que nunca se reflejaría en la vida cotidiana de su oficina.

De resultas de ello, Tommy se sentía a menudo como si estuviera en una cárcel. Tenía que llamar a todo el mundo por teléfono o por el intercomunicador. Durante más de treinta años, había recorrido los pasillos entrando y saliendo de los despachos para cotillear sobre los casos, los niños o la casa. Y en aquellos momentos estaba harto de esperar. Por la mañana, a primera hora, Brand había ido al laboratorio de criminología, donde iban a informarle de los resultados del ADN practicados en la muestra de semen del primer juicio de Sabich, celebrado hacía más de veinte años. Tommy había salido ya seis veces de su despacho para ver si había regresado.

En ese preciso instante, el hecho de que esos resultados lo obligarían a tomar un camino u otro, que lo dejarían atrapado entre las malas noticias y las peores, parecía importarle menos. Como tampoco le importaba la idea que Brand, de repente, había empezado a promover: al año siguiente de que condenaran a Rusty Sabich, Tommy podría presentarse a fiscal jefe, y dejar de serlo en funciones. La verdad era que, si eso se producía y quedaba vacante una plaza de juez, probablemente Tommy le pasaría la responsabilidad de la fiscalía a Brand. Pero cada vez que este especulaba en voz alta sobre el asunto, él lo mandaba callar. La política nunca le había apasionado. Lo que realmente le importaba era lo mismo que le había importado en las décadas que llevaba en la fiscalía: la justicia. Si algo estaba bien o estaba mal.

Por lo tanto, si veinte años atrás habían acusado a un inocente, él sería el primero en decirle a Rusty que lo lamentaba. Y si era al revés, si había sido Rusty quien se había cargado a Carolyn, entonces, ¿qué? Supo la respuesta al instante. Sería como su matrimonio. Sería como haber conocido a Dominga y enamorarse de ella. Y haber tenido a Tomaso. La única mancha de su carrera desaparecería. Y lo que era aún más importante: sabría qué había ocurrido realmente. La culpa que todavía lo carcomía por haberle pasado información confidencial a Nico se disolvería. Habría tenido razón, ante sus propios ojos más que ante los de los demás. Tendría cincuenta y nueve años y se sentiría por completo renacido. Solo Dios podía rehacer una vida de una manera tan completa. Eso Tommy lo sabía perfectamente y dedicó unos instantes a elevar una plegaria de agradecimiento por anticipado.

Entonces oyó que Brand irrumpía en su despacho, en la habitación contigua, y salió de inmediato a su encuentro. Jim todavía llevaba el portafolios en la mano y no se había quitado del todo el gabán. Ver a Tommy en el umbral lo sorprendió. El amo en los aposentos del sirviente. Lo miró boquiabierto un instante y luego sonrió. Dijo lo que Tommy siempre había sabido que algún día alguien diría:

–Es él.

SEGUNDA PARTE

III

23

NAT, 22 DE JUNIO DE 2009

–Haga el favor de decir su nombre completo y deletree el apellido para que conste.

Desde su asiento tras la mesa de nogal de la defensa, Sandy Stern se aclara la garganta. Últimamente, lo hace como por reflejo antes y después de tomar la palabra, con un carraspeo flemoso que nunca suena del todo normal.

–Rozat K. Sabich. S, A, B, I, C, H.

–¿Se lo conoce por algún otro nombre?

–Sí. Rusty.

En el estrado de los testigos, mi padre mantiene una postura perfecta y un semblante impertérrito. Yo, en su lugar, estaría hecho un manojo de nervios, pero en los últimos meses él ha adoptado el aire distante de un místico. En general, parece haber dejado de creer en la relación causa efecto. Las cosas suceden. Punto.

–¿Y podemos llamarlo Rusty? –pregunta Stern, levantando el dorso de la mano galantemente, como si no quisiera forzarlo. Cuando mi padre asiente, Stern le pide que cuente al jurado a qué se dedica.

–El pasado noviembre fui elegido juez del Tribunal Supremo del Estado, pero todavía no he jurado el cargo.

–Y eso, ¿por qué, señor?

–Porque estaba acusado de estos cargos y consideré más justo para todos los afectados esperar al resultado de este juicio. Entretanto, sigo siendo juez principal del Tribunal Estatal de Apelaciones del Distrito Tercero, aquí, en el condado de Kindle, aunque me encuentro en situación de permiso administrativo.

Stern apunta que tanto el Tribunal Supremo como el de apelaciones son lo que los jueces llaman tribunales de revisión, refiriéndose a que, ante todo, se ocupan de recursos contra sentencias.

–Díganos, por favor, qué significa ser juez de un tribunal de revisión.

Mi padre detalla sus competencias. Al otro lado de la sala, Tommy Molto se pone en pie para protestar cuando empieza a explicar que, por lo general, la apelación en un caso criminal no da a los jueces derecho a revocar la decisión del jurado basada en los hechos.

El juez Basil Yi sopesa visiblemente la cuestión, meneando su cabeza canosa de un lado a otro. El juez Yi, procedente de Ware, en el sur del estado, ha sido designado especialmente por el Tribunal Supremo del Estado para presidir el juicio, después de que los jueces del Tribunal Supremo del Condado de Kindle, cuyas decisiones ha revisado mi padre desde su cargo durante más de una década, se inhibieran del caso en bloque. Yi es un inmigrante de Taiwán que llegó a Ware, una población de no más de diez mil habitantes, a los once años, cuando sus padres adquirieron el restaurante chino local. El juez Yi escribe en un inglés impecable, pero todavía habla ese idioma como una segunda lengua, con un marcado acento que incluye altos tonos asiáticos, y en ocasiones omite parte del tejido conectivo del idioma: artículos, preposiciones, tiempos verbales. Su secretario habitual no lo acompaña en esta comisión de servicio y la irritante manera en que Jenny Tilden, la estenógrafa, interrumpe constantemente para pedirle que deletree lo que acaba de decir, lo ha convertido en un hombre de aún menos palabras.

El juez Yi rechaza la protesta y mi padre, como Molto temía, se explica muy claro para asegurarse de que el jurado asimila que ellos tendrán la última palabra respecto a su inocencia o culpabilidad.

–Muy bien –dice Stern.

Tose y se agarra a la mesa para ponerse en pie con esfuerzo. Ha recibido permiso del juez para interrogar sentado a los testigos cuando lo necesite. En una de esas consecuencias insólitas que la medicina puede tardar siglos en entender, su tipo de cáncer de pulmón le provoca artritis en una rodilla, lo cual hace que cojee.

A su lado, Marta, su hija y socia de bufete, lleva por puro reflejo la mano izquierda, con su brillante manicura, al codo de su padre para darle un sutil estímulo. Desde que era niño, he oído hablar del magnetismo de Sandy Stern en un tribunal. Como tantas cosas en la vida, no hay palabras capaces de describirlo. Sandy es bajo, mide menos de metro setenta, y, para ser sincero, ha sido bastante rechoncho. En la calle, pasarías mil veces a su lado sin reparar en él, pero cuando se pone en pie ante el tribunal es como si se encendiera un faro. Aun consumido por el cáncer, cada palabra que pronuncia y cada movimiento que ejecuta tienen una precisión que impide apartar la vista.

–Ahora, Rusty, si tiene la bondad, háblenos un poco de sus antecedentes.

Stern escucha el resumen que hace mi padre. Hijo de inmigrantes. Fue a la universidad con una beca. Estudió la carrera de Derecho mientras trabajaba en dos empleos.

–¿Y después de la facultad? –pregunta Stern.

–Me contrataron como ayudante en la fiscalía del condado de Kindle.

–¿Se trata de la misma fiscalía que hoy dirige el señor Molto?

–Exacto. El señor Molto y yo empezamos ahí con un par de años de diferencia.

–Protesto –interviene Tommy con calma.

No ha levantado la vista del cuaderno de notas en el que escribe, pero se le nota la tensión en la barbilla. Ve lo que se proponen mi padre y Stern, el intento de recordarle al jurado que el acusado y él tienen una historia, algo que ya deben de saber por los periódicos, que cada día recuerdan los detalles del primer juicio. Los jurados juran cada mañana que no han accedido a las crónicas periodísticas, pero, según Marta y su padre, en la sala del jurado casi siempre se filtran noticias.

–Ya es suficiente –dice el juez Yi.

Tommy, con la vista todavía fija en el papel, asiente con satisfacción. Estoy tolerando mejor de lo que esperaba a Tommy Molto, con su cara marchita y su aire desdichado. En cambio, quien me saca de mis casillas es su ayudante, Jim Brand. Siempre tiene un aire como de matón, salvo cuando se pone aún peor y se muestra demasiado insolente para el gusto de la sala.

Stern conduce a mi padre a través de su progreso en la misma fiscalía que ahora lo acusa y su posterior acceso a la judicatura. Por orden del juez, en su relato no se hace mención de la primera acusación y juicio. Esta es la crónica descafeinada del tribunal, donde se rebajan los pasos elevados de la calzada de la historia.

–¿Está usted casado, Rusty?

–Lo estuve. Me casé con Barbara hace más de treinta y ocho años.

–¿Hijos?

–Mi hijo, Nat, está sentado ahí, en la primera fila.

Stern vuelve la mirada hacia mí con fingida curiosidad, como si no me hubiera indicado él mismo dónde debía sentarme. Es un actor tan sutil en la sala de tribunal, que me descubro de vez en cuando deseando que su frágil salud sea solo otro truco, pero sé que no es así.

En el entorno de los juzgados, la gente suele llevarme aparte para preguntarme con tono grave cómo está Stern. Todos dan por sentado que alguien que ha defendido a mi padre de la acusación de homicidio en dos ocasiones tiene que ser un amigo de la familia más cercano de lo que es en realidad. Yo le digo prácticamente lo mismo a todo el mundo. Stern exhibe el arrojo de un saltador de trampolín, pero sé muy poco de su verdadero estado de salud. Es muy reservado respecto a su enfermedad. Marta se lo toma con filosofía pero tampoco suelta prenda, aunque entre nosotros siempre ha habido un vínculo casi instantáneo por ser hijos abogados de dos destacados juristas locales. Los dos Stern son enormemente profesionales.Ahora mismo, nuestra relación se centra en los problemas de mi padre, no en los del suyo.

Pero no se necesita haber estudiado medicina para ver que el estado de salud de Sandy es muy precario. El año pasado le extirparon una parte del lóbulo izquierdo del pulmón, lo que en su momento pareció una buena señal de que la enfermedad no se había extendido. Sin embargo, durante los últimos cuatro o cinco meses, ha soportado por lo menos dos tandas de quimio y radioterapia. Hal Marko, un compañero de instituto que ahora es cirujano residente, especulaba sobre que Stern debía de haber sufrido una recaída y añadía, con ese tono de increíble frialdad que también percibo en mis amigos de la facultad y que tiene por objeto mostrar que han pasado de seres humanos a profesionales, que la esperanza media de vida en casos como el suyo no llega a un año. No tengo idea de si es así, solo sé que los tratamientos han dejado a Stern hecho una piltrafa. Tiene una tos persistente y le falta el aliento, no debido al cáncer, sino como efecto secundario de la radiación. Dice que está recuperando el apetito, pero apenas ha comido nada durante el período que ha precedido al juicio; el hombre al que siempre conocí rollizo, incluso en las épocas en que se lo veía más delgado, está ahora decididamente flaco. No se ha comprado ropa nueva y los trajes le quedan como caftanes. Cada vez que se pone en pie, lo hace con visible dolor. Y, para rematar, el último medicamento que tomó, un elemento de quimioterapia de segunda línea, le produjo una llamativa erupción en todo el cuerpo, incluida la cara. Desde el estrado del jurado, debe de parecer que tiene tatuada una gran fucsia en cada mejilla. El sarpullido le sube por la cara, le rodea el ojo y se extiende hasta más arriba de la sien como un dedo que señalara cruelmente hacia su calva. El juez Yi ha ofrecido un aplazamiento, pero mi padre y Sandy han decidido no pedirlo, a pesar del mal aspecto del abogado. Sigue teniendo la cabeza despejada y, si administra sus fuerzas, puede soportar los rigores físicos del juicio. Sin embargo, resulta evidente el objetivo último de la decisión de Sandy de proseguir: es ahora o nunca.

–Bien, Rusty, ha sido usted citado como primer testigo de la defensa en este caso.

–Sí.

–¿Sabe usted que la Constitución de Estados Unidos le protege de ser obligado a declarar en su propio juicio?

–Lo sé.

–Y a pesar de ello ha decidido testificar.

–Sí.

–¿Y ha estado aquí en todo momento, mientras declaraban los testigos de la acusación?

–Sí.

–¿Y los ha oído a todos? ¿Al señor Harnason? ¿A la doctora Strack, la toxicóloga? ¿Al doctor Gorvetich, el perito en ordenadores? ¿A las catorce personas que el señor fiscal ha llamado al estrado?

–Los he oído a todos y cada uno de ellos.

–Por lo tanto, Rusty, ¿entiende usted que está aquí acusado de matar a su esposa, Barbara Bernstein Sabich?

–Sí.

–¿Lo hizo usted, Rusty? ¿Asesinó a la señora Sabich?

–No.

–¿Contribuyó de alguna manera a causarle la muerte?

–No.

Lo insólito del hecho de que un juez electo del Tribunal Supremo haya sido acusado de homicidio por segunda vez, y por el mismo fiscal, ha llamado la atención de la prensa del mundo entero. Cada día, la gente hace cola a la puerta del juzgado para conseguir un asiento, y un par de filas de la tribuna del público están ocupadas por dibujantes y periodistas. A menudo, esa atención acumulada parece contagiarse a la sala, donde se nota una atmósfera tensa, debido a la presencia de tanta gente que examina con lupa cada palabra.

Ahora, el último «No» de mi padre flota en el aire, sostenido por la magnitud de la declaración. Con todas las miradas fijas en él, Stern contempla la gran sala rococó y se echa ligeramente hacia atrás, como si en ese instante descubriera algo que quienes lo conocen mejor saben que tiene planeado desde el principio.

–No haré más preguntas –dice, y vuelve a hundirse en su asiento con una fatiga mortal.

El de mi padre es el primer juicio al que asisto de principio a fin. El proceso judicial ha absorbido tanto de su vida, como fiscal y como juez, que, a pesar del indescriptible desánimo que me causa este asunto, estar presente me ha resultado aleccionador en todo instante. Por fin tengo una pista de lo que hacía las muchas horas que pasaba fuera de casa y cierta idea de lo que le resultaba tan seductor. Y aunque la sala de un tribunal no será nunca mi sitio, me fascinan los pequeños rituales y dramas, en especial los momentos demasiado banales para ser recogidos por la televisión o el cine. El momento presente, cuando cambia el turno de preguntas y un abogado se sienta mientras el otro se pone en pie, es el equivalente en lo judicial al período entre entradas de un partido de béisbol, un momento de animación suspendida. La secretaria deja de teclear en el ordenador. Los miembros del jurado se remueven en sus asientos y se rascan los picores y los espectadores carraspean. Los abogados recogen las notas esparcidas sobre las mesas y se oye el roce de los papeles.

Por una de esas ironías del destino, la vista del caso de mi padre se celebra en una de las cuatro salas más antiguas del edificio, el Palacio de Justicia del Distrito Centro, que alberga el Tribunal de Apelaciones en la planta superior. Así pues, mi padre acude cada día para ser juzgado por asesinato, a un lugar en el que sigue siendo el funcionario judicial de mayor rango, al menos nominalmente, y que está contiguo a la sala en la que fue declarado inocente hace más de veinte años. Todas estas salas antiguas, en las que se juzgan graves delitos desde hace ya setenta años, son joyas llenas de detalles arquitectónicos: los escaños del jurado están embellecidos con remates de pequeñas esferas de nogal, una barandilla con idénticos motivos adorna el frente del estrado de los testigos y del enorme asiento desde el cual el juez Yi se cierne sobre la sala, y los espacios para los testigos y el juez están delimitados además por unos pilares de mármol rojo que sostienen un baldaquín de nogal, decorado con más ristras de esas bolas de madera.

Debajo del baldaquín, mi padre espera sentado, impasible, a que Tommy inicie el contrainterrogatorio. Por primera vez, dirige hacia mí sus ojos azules y, durante un brevísimo instante, los cierra con fuerza. «Allá vamos», parece estar diciendo. El alocado viaje en nave espacial que ha sido la vida de los dos desde que murió mi madre, hace nueve meses, terminará pronto y podremos volver en paracaídas a la Tierra, donde llevaremos una versión reducida de la existencia que teníamos antes o bien habitaremos un nuevo territorio de pesadilla en el que las conversaciones semanales con él se desarrollarán el resto de mi vida a través de un cristal a prueba de balas.

Cuando muere un progenitor –todo el mundo lo dice, de modo que no soy nada original, lo sé–, cuando uno pierde al padre o a la madre, la vida cambia de una manera fundamental. Uno de los polos, el norte o el sur, ha quedado borrado del mapa y ya nunca volverá a materializarse.

Pero mi vida ha cambiado de verdad. Había sido una especie de adolescente demasiado tiempo y entonces, de pronto, estaba donde estaba. Me había enamorado de Anna. Mi madre había muerto. Y a mi padre lo estaban juzgando por matarla.

Como lo que les ha sucedido a mis padres es, en ambos casos, mucho peor que lo que me ha pasado a mí, suena a debilidad decir que he sufrido una verdadera ordalía, pero así ha sido. Desde luego, perder a mi madre tan de repente fue el golpe definitivo, pero las acusaciones contra mi padre me han puesto en una situación que pocos pueden siquiera empezar a entender. Él ha sido una figura pública la mayor parte de su vida, lo que significa que su sombra ha caído sobre mí con frecuencia. Cuando entré en la facultad de Derecho, sabía que solo estaba empeorando las cosas, que siempre iba a ser conocido como el hijo de Rusty y que arrastraría su fama y sus logros tras de mí como una novia que intenta encontrar la manera de pasar con la cola del traje por unas puertas giratorias. Pero ahora es infame, no famoso, y objeto de odio y de ridículo. Cuando veo su imagen en internet o en la tele –o incluso en la portada de una revista de tirada nacional–, siento como si, en cierto modo, no tuviera nada que ver conmigo. Y, naturalmente, nadie sabe cómo tratarme ni qué decirme. Esto debe de parecerse, en parte, a que te marginen por ser seropositivo: la gente sabe que, en realidad, no has hecho nada malo, pero no puede evitar del todo el impulso de apartarse.

Pero lo peor es lo que sucede dentro de mí, porque de un momento al siguiente no tengo idea de qué siento, o de qué debería sentir. Supongo que los padres son siempre figuras que nos afectan. Crecemos y nuestras perspectivas evolucionan constantemente. En este tribunal solo existe una pregunta: ¿lo hizo él, o no lo hizo? Pero, para mí, desde hace ya meses, el asunto ha sido mucho más complicado: determinar lo que a la mayoría de los chicos les cuesta una vida averiguar: quién es mi padre, realmente. Desde luego, no es quien yo creía, de eso ya me he dado cuenta.

Todo empezó el día de las elecciones, con una airada llamada a la puerta del piso de Anna. Una mujer menuda me enseñó su placa.

–FPUCK. –Fuerza Policial Unificada del Condado de Kindle–. ¿Tiene un segundo?

Era como en la tele y supe que esperaba que respondiese, «¿De qué se trata?», pero ¿para qué molestarme? La agente entró en el piso. En realidad entró a la fuerza, sin invitación: una mujer baja y regordeta, con la gorra bajo el brazo y el cabello crespo, de color cobrizo, recogido en una cola de caballo.

–Debbie Díaz. –«Daias», pronunció. Me tendió una mano pequeña y áspera y se sentó en un cojín forrado de pelo azul retro, que Anna había comprado hacía un par de semanas, más que nada como una broma–. Conozco a tu padre desde siempre. Yo era alguacil cuando él empezó en el tribunal superior. En realidad, también me acuerdo de ti.

–¿De mí?

–Sí. Estaba destinada en ese tribunal y viniste de visita un par de veces. Te sentabas en su asiento durante los descansos. Desde la sala no se alcanzaba a verte, pero nadie te lo decía. ¡Y vaya si aporreabas fuerte con el mazo! No lo rompiste porque Dios no quiso. –La mujer estaba encantada con el recuerdo y, de pronto, reviví lo que me describía, incluido el eco musical de cuando descargaba el mazo sobre el bloque de madera de roble–. Entonces, yo era joven y delgada –añadió–. Aspiraba a entrar en el cuerpo.

–Supongo que lo consiguió.

Hice ese comentario porque no se me ocurría otra cosa, pero ella lo tomó por una broma y sonrió un poco.

–Era lo que quería. Lo que creía que quería. –Negó con la cabeza un momento, pensando en las insensateces de la juventud. Luego, se concentró en mí con una intensidad tan repentina que resultaba perturbadora–. Estamos tratando de aclarar la muerte de tu madre.

–¿Aclarar?

–Encontrar respuesta a ciertas preguntas. Ya sabes cómo van estas cosas. No sucede nada durante un mes y, de pronto, en una semana todo se acelera. Cuando se produjo el fallecimiento, tu padre hizo una extensa declaración, pero nadie pensó en hablar contigo. Cuando oí mencionar tu nombre, se me ocurrió presentarme y hacerlo yo misma.

En ocasiones, conoces a personas que sabes que no están diciéndote lo que de verdad piensan, y la detective Díaz era sin duda una de ellas. Por un instante, me pregunté cómo había dado conmigo, pero recordé que, al finalizar mi pasantía en el tribunal, había dejado aquella dirección para ser localizado. Bien mirado, prefería hablar con ella en casa, el día de las elecciones, a que se hubiera presentado en la escuela. En la facultad todavía hay mucha gente que recuerda mi paso por el instituto de Nearing y a la que le cuesta creer que pueda ser un ejemplo en nada.

–Todavía no entiendo qué es lo que quiere preguntarme –comenté, y ella hizo un gesto como si se tratase de algo demasiado vago, demasiado policial, demasiado burocrático para explicarlo.

–Siéntate y lo sabrás –dijo ella.

Sin moverse del almohadón, me invitó a tomar asiento en mi propia casa.

Me di cuenta de que lo que debía hacer, en realidad, era llamar a mi padre. O, por lo menos, a Anna. Sin embargo, ese pensamiento parecía bastante inútil frente a la realidad de la presencia de la detective Díaz, allí sentada. Por menuda que fuese, tenía aquel tono, aquel aire policial, como si dijera: «Aquí mando yo, no hagas tonterías».

–Mi madre murió de un fallo cardíaco –le dije.

–Es verdad.

–¿Entonces? ¿Qué hay que aclarar?

–Nat... –empezó ella–. Por cierto, no te importa que te tutee, ¿verdad? Alguien ha decidido que debíamos hablar con el hijo para cerrar esto, de modo que aquí estoy yo para hacerte unas preguntas. Eso es todo. –Cogió una revista del corazón que Anna había dejado allí y hojeó unas páginas–. Lo que hagan Brad Pitt y Angie realmente me importa un pito –comentó antes de volver a dejarla en la mesilla–. ¿Iban bien las cosas entre tu madre y tu padre en la época en que murió? ¿Iban como siempre?

«Bien» no era, precisamente, la palabra que yo escogería para definir cómo andaban las cosas entre mis padres. En general, la relación entre ellos era fría y distante. Pero, eso sí, no habían cambiado últimamente. Eran así desde que yo tenía memoria.

–Como siempre –respondí.

–¿No se recriminaban cosas entre ellos, o se quejaban del otro contigo?

–No más que en otras épocas.

–¿Y cómo está tu padre ahora? Bastante destrozado, ¿verdad?

La agente había sacado una pequeña libreta de espiral y estaba escribiendo algo.

–Verá, mi padre... En realidad, no sé nunca qué le pasa. Es bastante estoico. Pero creo que los dos estamos muy conmocionados. Ha suspendido la mayor parte de su campaña. Si me hubiera pedido consejo, le habría dicho que hiciera lo posible por quitarse de la cabeza ciertas cosas.

–¿Se veía con alguien?

–¿Qué? ¡No!

Imaginar a mi padre con otra, como ciertos tarados habían comentado durante las semanas siguientes a la muerte de mi madre, inevitablemente me sacaba de mis casillas.

–¿Te llevas bien con tu padre? –preguntó ella.

–Claro –respondí–. ¿Se trata de eso? ¿De mi padre? ¿Alguien le está buscando problemas?

Cuando estaba en segundo de primaria, a mi padre lo juzgaron por homicidio. Cuando pienso en ello, siempre me asombra cuánto tardé en comprender esa simple frase en toda su dimensión. En esa época, mis padres me dijeron que él se había peleado con sus compañeros del trabajo, igual que yo reñía con mis amigos del colegio, y que esos compañeros estaban muy enfadados y le hacían cosas malas e injustas. Yo, por supuesto, daba por buena la explicación; de hecho, todavía la acepto. Pero me di cuenta de que había algo más, aunque solo fuera porque todos los adultos que conocía pensaron en tratarme con más cautela, como si también yo fuera sospechoso de algo: los padres de mis amigos, los maestros y tutores de la escuela y, sobre todo, mis padres, que revoloteaban a mi alrededor con un aire de lo más protector, como si temieran que estuviera cayendo enfermo de algo terrible. Mi padre venía a casa directamente del trabajo. Un día, un puñado de policías invadió la casa. Y, al fin, a base de preguntar y de oír conversaciones, comprendí que a mi padre podía sucederle algo muy malo, que quizá se marcharía y estaría fuera muchos años y que tal vez no pudiera volver a vivir con nosotros nunca más. Él estaba petrificado de miedo, lo noté. Y también mi madre. Por tanto, yo también me sentí aterrorizado. Me mandaron a un campamento de verano, donde me sentí más espantado todavía, porque estaba lejos. Allí jugaba a la pelota y corría con mis amigos, pero pensaba continuamente que en casa podía estar sucediendo algo terrible. Todas las noches lloraba como un poseso, hasta que decidieron mandarme de vuelta. Cuando llegué, lo que llamaban el juicio había terminado. Todo el mundo supo que mi padre no había hecho nada malo, que las cosas malas las habían hecho sus antiguos amigos, como mis padres habían dicho desde el principio. Pero las cosas no volvieron a ser como antes. Mi padre no iba a trabajar. Y él y mi madre parecían incapaces de recuperar su trato normal. Cuando mi madre me dijo que nos íbamos a mudar los dos, solo ella y yo, no me sorprendió. Ya me había dado cuenta de que algo catastrófico había sucedido entre ellos.

–¿Crees que tu padre merece tener problemas? –preguntó la detective Díaz.

–Claro que no.

–Nosotros no nos inventamos las cosas –dijo. No me había sentado todavía y volvió a señalarme la silla, esta vez con un bolígrafo–. Un tipo como tu padre, que lleva aquí desde el principio de los tiempos... Todo el mundo tiene una opinión de él. Y algunos, aquí y allá, afilan el hacha. Pero así son las cosas, ¿no? Jueces, fiscales, policías, siempre le buscan las cosquillas a alguien. Pero tu padre se presenta a un cargo. Eso es lo principal. Alguien ha revisado su expediente y ha dicho: tenemos que aclarar esto, responder a todas las preguntas antes de que preste juramento.

La detective me pidió que le contara lo que había sucedido el día que murió mi madre. O, mejor dicho, el día después.

–¿Se trata de eso? –pregunté–. ¿Pareció extraño eso de que se quedara junto al cadáver un día entero?

Ella levantó una mano. De nuevo, aquel gesto de «solo estoy haciendo mi trabajo».

–No lo sé –contestó ella–. Mi madre descendía de irlandeses y su familia colocaba al muerto en el salón y lo velaba toda la noche a la luz de unos cirios. O sea, que a mí no me extraña. Cuando se pierde a un ser querido, no hay un manual de cómo tomárselo. Cada cual lo hace a su manera. Pero, ya sabes, si alguien quiere buscar problemas, puede decir: «Qué extraño. Estará escondiendo algo». Ya sabes cómo es la gente: ¿Qué está disimulando? ¿Qué oculta?

Asentí. Lo que decía tenía sentido, aunque a mí nunca se me habían pasado por la cabeza tales preguntas.

–Uno de los agentes anotó que dijiste que el juez no quiso llamar a la policía.

–Mi padre estaba confuso, eso es todo. Es decir, lleva suficiente en el oficio para saber que alguien tiene que llamarla, ¿no?

–Eso creo.

–Sí, pero en esa situación… –continué–. Toda la familia de mi madre tenía esos problemas de corazón, pero ella estaba en buena forma, hacía ejercicio y cuidaba su estado físico. ¿No ha perdido nunca a algún ser querido de forma inesperada? Es como si de pronto no hubiera gravedad, como si todo flotara alrededor de uno. No sabes si deberías sentarte o ponerte de pie. En realidad, no piensas en hacer nada. Solo necesitas agarrarte a algo.

–Cuando entraste allí, ¿te pareció que algo estaba fuera de lugar?

Pues claro que había algo fuera de lugar: mi madre yacía muerta en la cama de mis padres. ¿Cómo podía pensar la detective que yo recordaría otra cosa? Mi padre le había colocado las manos sobre la colcha y su tez había adquirido un tono pálido, cerúleo, que por sí solo dejaba muy claro que había fallecido. No sé a qué edad comprende un crío que sus padres desaparecerán del mundo antes que él, pero el paso del tiempo no parecía haber afectado nunca a mi madre. Yo siempre habría dicho que si uno de los dos había de morir antes que el otro, el primero sería mi padre, que parece un poco debilitado por la edad y se queja mucho de la espalda y del colesterol.

–¿Y cuándo fue la última vez que estuviste con tu madre?

–La noche anterior. Cenamos en su casa. Mi novia y yo.

–¿Y qué tal fue?

–Era la primera vez que los cuatro nos sentábamos juntos a una mesa. Había un cierto nerviosismo general, lo cual era extraño, porque mi novia conoce a mis padres desde antes de que empezáramos a salir. Sin embargo, a veces, eso de cambiar de contexto con alguien pone las cosas más difíciles, ¿entiende? Y creo que a mis padres siempre les ha preocupado que terminara solo, porque me consideran demasiado huraño y eso, de modo que se trataba de una gran ocasión. ¿Usted tiene hijos?

–Oh, sí. Son adultos, como tú. –La manera en que lo dijo me sonó extraña. No creo que mis padres me hubieran calificado de adulto. A decir verdad, ni yo mismo habría utilizado esa palabra–. Mi hijo trabaja en la Ford y tiene dos críos, pero mi hija no se ha casado, ni creo que lo haga. Quiere hacer su voluntad. Como su madre, supongo. ¿El padre? Ese hombre era un completo canalla, pero ahora, a veces, desearía no habérselo repetido a ella tantas veces. Trabaja también en el cuerpo. Intenté quitarle la idea de la cabeza, pero ella se empeñó...

Su manera de ladear la cabeza con resignación nos hizo reír a los dos, pero la detective volvió a centrarse enseguida en las preguntas sobre la noche anterior a la muerte de mi madre.

–¿Cómo encontraste a tu madre? ¿Estaba contenta? ¿Se sentía desdichada? ¿Recuerdas algo destacable?

–Verá... Mi madre llevaba varios años en tratamiento por un trastorno bipolar. A veces, se la ve debatirse. Se la veía... –Rectifiqué el tiempo verbal con una mueca–. Supongo que todo me pareció bastante normal. Yo diría que estaba un poco tensa, y mi padre más callado de lo habitual. Y mi novia nerviosa.

–Dices que os reunisteis para cenar –dijo la detective Díaz–. ¿Recuerdas lo que comisteis?

–¿Lo que comimos?

Ella consultó su libreta:

–Sí, alguien quiere saber qué cenasteis –insistió y se encogió de hombros, como diciendo: «No me preguntes, solo soy una mandada».

Esa fue la última vez que vi a mi madre con vida, de modo que reviví esa noche durante semanas y seguía conservando increíblemente frescos todos los detalles. No tenía el menor problema en responder a las preguntas de la detective sobre quién cocinó y qué cenamos, pero no entendía a qué venía su interés y, en algún momento, empecé a darme cuenta de que tal vez debía cerrar la boca.

–¿Y quién le sirvió el vino a tu madre durante la cena? ¿Tu padre, también? –La miré fijamente y ella se explicó–: Intento pensar en todas las preguntas que se le puedan ocurrir a alguien. No quiero tener que molestarte más.

–¿Que quién sirvió el vino? –repetí la pregunta en voz alta, como si realmente no me acordara–. Mi padre, tal vez. Tiene un sacacorchos de esos «de conejo» que mi madre no sabía usar. Pero no estoy del todo seguro. Puede que lo hiciese yo, incluso.

La detective Díaz hizo un par de preguntas más, a las que di respuestas igual de imprecisas. Probablemente, a esas alturas ya se había dado cuenta de lo que yo estaba haciendo, pero no me importó. Por último, se dio unas sonoras palmadas en los muslos y se encaminó hacia la puerta. Cuando ya la había abierto, se volvió y chasqueó los dedos.

–Por cierto, ¿cómo se llama tu novia? Puede que tenga que hablar con ella.

Tuve que contener la risa. Vaya detective, que no sabía a qué puerta estaba llamando, pero negué con la cabeza como si no conociera la respuesta. Esta vez, me dirigió una mirada realmente dura. Los dos habíamos dejado de disimular.

–Bien, no puede ser un secreto –dijo–. No me obligues a tener que buscarla.

Le dije que me dejara su tarjeta y que se la daría a mi novia.

Antes de que ella llegara al vestíbulo de la planta baja, yo ya me había puesto en contacto con mi padre por su línea telefónica interna. Él había votado en cuanto se abrieron las urnas y luego había ido al trabajo, como si fuera un día normal, aunque por entonces no había días normales para ninguno de los dos.

Cuando reconoció mi voz, se puso muy contento, como siempre que lo llamo. Sin embargo, durante un segundo, fui incapaz de hablar. Hasta aquel momento, no me había dado plena cuenta de lo que iba a decir.

–Papá –dije–. Papá, me temo que puedes estar metido en un problema serio.

24

TOMMY, 22 DE JUNIO DE 2009

Tommy Molto siempre había tenido sentimientos contradictorios acerca de Sandy Stern. El abogado era bueno en su trabajo, de eso no cabía duda. Si uno era zapatero y se enorgullecía de su oficio, debía sentir admiración por alguien capaz de encontrar un cuero impecable y confeccionar unos zapatos resistentes como el hierro y suaves como terciopelo para los pies. Sandy era considerado un maestro en la judicatura. Argentino de nacimiento, había llegado al país a finales de la década de 1940, durante el período de agitación que siguió al acceso de Perón al poder, y sesenta años después seguía representando el papel de refinado caballero latino, con un resto de acento en la voz que realzaba su discurso como un refinado condimento –aceite a la trufa, o sal marina– y los modales del director de un hotel de categoría. Últimamente su puesta en escena resultaba mejor que nunca, cuando un ocasional aparte en español podía ser traducido a los demás miembros del jurado por al menos dos o tres de ellos.

Pero el número de Sandy siempre era digno de verse. Gracias a su aspecto tan elegante, tan digno, se le perdonaban más deslices que a nadie. Tommy sabía que toda la basura que le había llovido encima durante el primer juicio a Rusty Sabich –las sutiles acusaciones de haber montado un complot contra este–, había sido preparada por Sandy, quien, en los años transcurridos desde entonces, siempre se había portado con Tommy como si no hubiese sucedido nada de importancia cuando, por el contrario, para este había supuesto un hito en su vida que aún estaba vigente.

Ahora, Sandy estaba enfrentándose al cáncer y las cosas, al parecer, no le iban bien. Se había quedado completamente calvo, había perdido casi treinta kilos y los fármacos le habían producido una erupción que parecía estar quemándole la cara literalmente. Hacía unos minutos, antes de que se reanudase la vista, Tommy le había preguntado cómo se encontraba.

–Estable –había contestado él–. Me mantengo. Sabremos más dentro de unas semanas. Después del último tratamiento han aparecido algunos buenos indicios. A costa de convertirme en la Pimpinela Escarlata. –Se señaló la mejilla.

–Te tendré en mis oraciones –dijó Tommy.

Y cuando le decía eso a alguien, nunca dejaba de cumplirlo.

Pero así eran las cosas con Sandy Stern. Tú rogabas por su alma y él te apuñalaba por la espalda. El procesado nunca declaraba en primer lugar. La declaración del encausado siempre era el número final del juicio, la atracción estelar, lo que se reservaba hasta el último momento posible, para así valorar la conveniencia de declarar a la luz de todos los demás testimonios y para que el acusado causara la máxima impresión al jurado en sus deliberaciones. No es que la táctica de Sandy sorprendiera del todo a Tommy, quien ya se imaginaba que Rusty subiría a declarar. Daba por seguro que lo haría desde que el juez Yi había decretado en privado, lejos de la prensa, que durante las sesiones del juicio no se haría la menor mención del primer proceso –de los nuevos resultados de ADN, del homicidio de Carolyn Polhemus o de nada relacionado con los procedimientos legales de ese juicio–, y tenía previsto pasar las noches siguientes preparándose, organizando la secuencia del interrogatorio de Rusty y repasándola con Brand. Ahora tendría que ser como en los tiempos de Tommy en el juzgado de estupefacientes, hacía treinta años, cuando había tantos casos que no podía prepararse completamente para ninguno y tenía que interrogar sobre la marcha. En esa época, cuando en alguna ocasión excepcional el acusado decidía testificar, lo primero que debía pedirle Tommy en el estrado era que le recordara cómo se llamaba.

De pie detrás de la mesa de la acusación, mientras fingía examinar sus notas como si realmente hubiera algún orden en lo que había garabateado, se sintió embargado por una calma que lo había acompañado durante todo el juicio. Nadie calificaría a Tommy Molto de laxo en su actuación ante un tribunal, en aquel proceso o en ningún otro, pero, mientras que los juicios lo dejaban casi siempre hecho un manojo de nervios al terminar el día, en esta ocasión se había sentido más o menos tranquilo, capaz de dormir toda la noche al lado de Dominga en lugar de levantarse varias veces, como había tenido por costumbre durante años. El impacto del veredicto de ese proceso sobre su futuro y el de su familia, sobre cómo sería visto el resto de su vida, era tan enorme, que sabía que, sencillamente, debía aceptar la voluntad de Dios. De ordinario, no le gustaba creer que Dios malgastaba Su tiempo preocupándose de una criatura tan insignificante como él, pero ¿cómo era posible que, contra todo pronóstico, apareciese otra vez Rusty, si la sentencia en el primer caso no hubiese contravenido alguna norma de la justicia divina?

También había fortalecido su ánimo el hecho de que las pruebas de la acusación eran más sólidas de lo que había previsto. Después de treinta años de juicios, Tommy sabía que, a esas alturas, todo dependía de él. Uno debía creer que iba a ganar si quería tener alguna posibilidad de convencer al jurado, aunque entretanto tuviera que vivir atenazado por la angustia. Pero se andaba con cautela. Todavía no había pistas de qué se proponía Stern, sin embargo, conocía lo suficiente al abogado como para esperar de él lo inesperado.

La exposición inicial que este había realizado al comienzo del juicio, hacía dos semanas, era un insulso mantra de la «duda razonable», en el que Sandy invocó el término «prueba circunstancial» no menos de dieciocho veces: «La acusación no presentará una confesión, un testigo –había dicho–. La acusación se basará casi por entero en las conjeturas de varios peritos sobre lo que pudo suceder. Ustedes escucharán a varios expertos de la acusación y luego a otros de la defensa, igual o más cualificados que los anteriores, que les dirán que los de la acusación, muy probablemente, están equivocados. Y ni siquiera esos peritos de la acusación, señoras y señores, serán capaces de decirles con certeza que la señora Sabich fue asesinada, y mucho menos por quién». Allí plantado delante del jurado, Stern había hecho una pausa con una mueca de preocupación, como si de pronto cayera en la cuenta de lo inapropiado que resultaba acusar a alguien de homicidio sobre una base tan débil. En ese momento, se agarró a la barandilla del estrado del jurado, un par de pasos más cerca de sus miembros de lo que cualquier juez del condado permitía normalmente. A pesar del calor estival que hacía fuera, Stern llevaba un traje con chaleco, sin duda de la época en que estaba más orondo, que le colgaba –no por casualidad– como una bata de hospital. No había nada en la vida que Sandy Stern que este no estuviera dispuesto a usar en su provecho ante un tribunal. Todo su ser lo empujaba a ello, sin poder evitarlo, igual que algunos tipos no pueden dejar de pensar en el sexo o en el dinero. Incluso había encontrado el modo de utilizar su aspecto, repulsivo como el de un personaje de las películas de *Viernes 13*, en beneficio de su cliente, pues su mera presencia parecía sugerir que se había levantado de su lecho de muerte para impedir una flagrante injusticia. Dejen libre a Rusty, parecía decir, y podré morir en paz.

No había manera de saber si el jurado se lo tragaba pero, si sus miembros prestaban un ápice de atención a la fiscalía, tendrían que reconocer que la acusación estaba bien fundamentada. Después de cierto debate, Tommy y sus ayudantes habían decidido llamar a declarar al hijo de Rusty, Nat, para abrir el caso. Era una jugada arriesgada, sobre todo porque el juez Yi había determinado que, cuando bajara del estrado de los testigos, Nat podría quedarse en la sala para dar apoyo a su padre, aunque más adelante testificaría también para la defensa. No obstante, siempre era un buen tanto sonsacar algo de la otra parte y Nat era un chico recto y honrado que, allí sentado día tras día, a menudo parecía tener también sus dudas. En el estrado, el joven Sabich declaró todo lo que sabía: que su padre no había querido llamar a la policía tras la muerte de Barbara y que, la noche antes del fallecimiento, Rusty había preparado la carne en la barbacoa y había servido el vino, lo cual le habría proporcionado una buena oportunidad de administrarle a su esposa una dosis letal de fenelzina.

A continuación, la fiscalía llamó a declarar a Nenny Strack, que estuvo mejor de lo que lo había estado en el despacho de Tommy, pero aun así se desdijo de casi todo en el turno de repreguntas. Con todo, no podían dejar de presentarla. Si hubieran llamado a otro toxicólogo, la doctora Strack habría declarado como testigo de la defensa, minando la credibilidad del otro perito y diciendo que ya había expresado sus dudas a los fiscales. Brand llamó también al forense, que opinaba que Barbara había muerto por envenenamiento con fenelzina. El doctor Russell tuvo mucho que tragarse en el contrainterrogatorio y Marta Stern fue desmontándolo pieza a pieza, subrayando que Russell había creído inicialmente que Barbara había muerto por causas naturales y que, dada la distribución postmortem, aún no podía descartar definitivamente tal posibilidad.

Ese fue el peor momento para la acusación. A partir de ahí, el fiscal remontó la situación de forma firme y constante. El propio farmacéutico de Barbara subió al estrado brevemente para declarar que había advertido repetidas veces a la difunta sobre los riesgos de la fenelzina y los alimentos que debía evitar mientras la tomara. Harnason fue Harnason, con su aire furtivo y extraño, pero se ciñó al guión. Su sentencia iba a reducirse de cien años a cincuenta a cambio de su testimonio, pero parecía la única persona en la sala que no se daba cuenta de que aun así iba a morir en prisión. Fue el primer testigo al que repreguntó Stern, en vez de su hija, pero la suya fue una actuación extrañamente sobria. Sandy apenas se molestó en atacar la reputación de Harnason refiriendo lo que este había reconocido durante el interrogatorio directo de Brand: que era un mentiroso inveterado y un timador, un fugitivo que había quebrantado su juramento al tribunal con su huida y un asesino que había dormido noche tras noche al lado de su amante sabiendo que lo estaba envenenando. En lugar de ello, el abogado dedicó la mayor parte del tiempo a hablar de la primera acusación formulada contra Harnason, hacía treinta años, y a incitar al hombre a quejarse de lo injustificado de su condena a prisión y de cómo la decisión de Rusty le había arruinado la vida. Pero en cambio no hizo referencia directa al testimonio de Harnason de que Rusty le había informado bajo cuerda de la decisión del Tribunal de Apelación, o de que le había preguntado qué se sentía al envenenar a alguien.

George Mason, el presidente en funciones del Tribunal de Apelaciones, había declarado después de Harnason, haciendo una prolija disección de los cánones judiciales, muy perjudicial para Rusty, si bien, en el turno de repreguntas, el juez Mason, reconocido amigo de toda la vida del acusado, reiteró que tenía en muy alta consideración la integridad y la credibilidad de este.

Astuto, pero visiblemente nervioso en su papel de testigo, Dana Mann declaró que su trabajo se limitaba a asuntos matrimoniales y reconoció que Rusty le había consultado dos veces, la segunda solo tres semanas antes de la muerte de Barbara.

Después, la sesión había terminado con el mejor material de que disponía la acusación: Rusty recogiendo la fenelzina en la farmacia, los resultados de las huellas dactilares del botiquín de Barbara, las compras de Rusty el día anterior a la muerte de su esposa y, finalmente, la declaración de Milo Gorvetich, el perito informático, en referencia a todo el material incriminatorio que habían recuperado del ordenador de Rusty después del registro de su domicilio.

Una vez que la fiscalía hubo concluido, Marta pronunció una apasionada alocución en la que argumentó que la acusación no había podido establecer el delito, por cuanto no había presentado pruebas por las que el jurado pudiese determinar, más allá de cualquier duda razonable, que se había cometido un asesinato. El juez Yi se había reservado el dictamen. Normalmente, esto era señal de que el juez consideraba la posibilidad de desestimar el caso si no lo hacia el jurado, pero Tommy se inclinó a pensar que Basil Yi solo estaba actuando como era propio de él, con reserva y cautela, como ciertos gatos caseros.

Ahora, mientras Tommy pasaba hojas de su libreta, de pie en la esquina de la mesa de la acusación, Jim Brand acercó su silla y se inclinó hacia él, oliendo todavía a la loción del afeitado matinal.

–¿Vas a preguntar por la chica?

Tommy no tenía muchas esperanzas sobre ese punto, pero consideró que Yi se estaba equivocando de buen principio. Avanzó hacia el estrado. El juez permaneció enfrascado en otros papeles hasta que, por fin, bajó la vista hacia Molto, que aguardaba ante él.

–Señoría, ¿podríamos ser escuchados antes de que empiece mi alocución?

El jurado, que ya llevaba tres semanas de juicio, había aprendido lo que significaba aquella fórmula y se removió en su asiento. Por deferencia a Stern, que no podía aguantar mucho rato de pie aquellos diálogos cuchicheados junto al estrado, el juez ordenaba que abandonasen la sala. A los miembros del jurado les desagradaba ese entrar y salir, sobre todo porque significaba que los trataban como a niños pequeños que no debían oír lo que hablaban los adultos.

Cuando se hubieron marchado, Molto se acercó un paso más al estrado.

–Señoría, ya que el acusado ha decidido declarar, pido permiso para interrogarlo sobre el asunto amoroso que tuvo el año pasado.

Marta se apresuró a protestar. El juez Yi, en una decisión que Tommy no había previsto, había accedido a la moción de la defensa de impedir que la acusación expusiera que Rusty había estado viendo a otra mujer en la primavera de 2007. Marta Stern había argumentado que, incluso aceptando los débiles indicios de la fiscalía sobre la infidelidad de Sabich –que se le viera en cierto hotel y los análisis de ETS–, la conducta de este, en especial el presunto desvío de fondos de su paga para financiar tal relación, había cesado quince meses antes de la muerte de Barbara. En ausencia de cualquier cosa que demostrara que estaba viéndose con esa mujer cuando la señora Sabich había fallecido, la prueba era irrelevante.

–Señoría, la relación pone de manifiesto un motivo –había protestado Tommy.

–¿Cuál? –inquirió Yi.

–El acusado quizá deseaba estar con esa mujer, señoría.

–¿Quizá? –El juez Yi negó con la cabeza a un lado y a otro–. Juez Sabich tiene una relación tiempo atrás... Eso no prueba es un asesino, señor Molto. Si es uno –añadió en su jerga macarrónica–, muchos hombres son asesinos.

La prensa, que ocupaba la primera fila para cubrir los procedimientos previos al juicio, soltó una carcajada, como si el taciturno juez de pueblo estuviera recitando un monólogo cómico.

A continuación, Marta, con sus rizos pelirrojos a lo Shirley Temple y una chaqueta de brocado, intervino para oponerse a los esfuerzos de Tommy por hacer las mismas preguntas que el juez había desautorizado antes del juicio.

–Señoría, es evidente que la propuesta del fiscal establece un prejuicio inaceptable. Introduce la especulación de que el juez Sabich tuviera una relación extramatrimonial, algo que el tribunal ya ha determinado que es irrelevante para este caso. Y no es justo para el detenido, que tomó la decisión de declarar basándose en lo estipulado previamente en el tribunal.

–Señor juez –intervino Tommy–, la decisión de su señoría se basó por completo en que no había ninguna prueba de que el acusado estuviese viendo a esa mujer, quienquiera que fuese, cuando se produjo el asesinato. Ya que ahora va a subir al estrado, ¿no tenemos derecho al menos a interrogarlo al respecto?

El juez Yi levantó la vista al techo y se acarició el mentón.

–Ahora –decretó.

–¿Disculpe? –dijo Tommy.

El juez parecía a veces el oráculo de Delfos, con su parquedad de palabras.

–Pregunte ahora. No con jurado presente.

–¿Ahora? –repitió Tommy y su mirada se cruzó casualmente con la de Rusty, que parecía tan desconcertado como él.

–Si quiere preguntar –dijo el juez–, pregunte.

Tommy, que no esperaba obtener nada de la conversación, se encontró por un instante falto de palabras.

–Juez Sabich –dijo finalmente–, ¿tenía usted una relación extramatrimonial en la primavera de 2007?

–No, no, no –intervino el juez meneando la cabeza con el aire de maestra de escuela que adoptaba en ocasiones.

El hombre andaba algo sobrado de peso y tenía una cara de luna, con unas gruesas gafas y un pelo cano y ralo pegado al cráneo. Como Rusty, Tommy conocía a Yi desde hacía décadas. Bien, conocerlo tal vez era decir demasiado, porque el juez se mostraba siempre muy reservado. Había crecido en Ware como un bicho raro al que casi todo el mundo rehuía, no solo por su aspecto y su modo de hablar, tan ajenos a lo habitual en la región, sino también porque había sido uno de esos cerebritos de la clase al que nadie habría entendido aunque hablara en un inglés perfecto. Por qué había decidido hacerse abogado litigante, era un misterio, pues tal vez era la única profesión del mundo a la que cualquiera con dos dedos de frente le habría recomendado que no se dedicase, pero Yi tenía aspiraciones; como todo el mundo. En cualquier caso, no había modo de que la oficina del fiscal del condado de Morgan pudiera negarse a contratar a un chico de la localidad cuyas notas en la facultad de Derecho –primero de la clase en la universidad estatal– superaban a las de cualquier solicitante desde hacia veinte años por lo menos. Contra todo pronóstico, Yi había sido un buen ayudante del fiscal, aunque su mejor papel lo había desempeñado como abogado en el Tribunal de Apelaciones. Finalmente, el fiscal del condado movió cielo y tierra para promoverlo a la judicatura, donde Basil Yi brilló especialmente. Tenía fama de desmelenarse en los congresos judiciales, donde se excedía un poco con la bebida, pasaba noches en vela jugando a póquer y en general era un tipo de esos que apenas se separaban de su mujer y que, cuando lo hacían, aprovechaban la oportunidad.

Cuando el Tribunal Supremo lo designó para juzgar el caso, Brand se había puesto muy contento. Sus sentencias en juicios sin jurado, donde decidía la inocencia o culpabilidad él solo, se decantaban claramente a favor de la acusación, por lo que Brand y Molto sabían que Stern no podría jugar la carta de permitir que fuese el juez, y no el jurado, quien decidiera. Sin embargo, con los años, Tommy había aprendido que en todo juicio había en juego los intereses de tres partes: la de la acusación, la de la defensa y la del juez. Y la de este, con frecuencia no tenía nada que ver con los asuntos relativos al caso. Casi con toda seguridad, Yi había sido elegido para presidir aquel juicio a partir de la estadística, puesto que era el juez del estado al que le revocaban menos sentencias, una distinción de la que estaba enormemente orgulloso. Sin embargo, no había alcanzado ese récord por casualidad. Significaba que no corría riesgos. En el mundo penal, el acusado es el único que tiene derecho a apelar y, por lo tanto, el juez Yi solo fallaría contra Sabich en cuestiones relacionadas con las pruebas si los precedentes estaban a favor de Tommy de forma inequívoca. Yi seguía siendo, en el fondo, un fiscal. Si Rusty era condenado, le caería cadena perpetua. Pero hasta entonces, el juez Yi iba a concederle todas las garantías.

–Mejor pregunto yo, señor Molto –dijo con una sonrisa. Era de natural amable–. Será más rápido –añadió–. Juez Sabich, cuando su esposa falleció, ¿tenía usted una relación extraconyugal, una aventura o como se diga? –Yi movió las manos para hacerse entender–. ¿Alguna vinculación con otra mujer?

Rusty, sentado en el escaño de los testigos, se había vuelto para mirar abiertamente a Yi.

–No, señoría.

–¿Y antes? ¿Pongamos tres meses antes? ¿Algún romance, alguna aventura…?

–No, señoría.

El juez asintió, moviendo todo el tronco desde la cintura, y dirigió un gesto con la mano a Molto, invitándolo a hacer más preguntas.

Tommy había retrocedido hasta la mesa de la acusación y estaba de pie al lado de Brand, quien le susurró:

–Pregunta si esperaba tener un encuentro romántico con alguna mujer.

Cuando Tommy hizo la pregunta, Yi reaccionó como lo había hecho antes, con una enérgica negativa con la cabeza.

–No, no, señor Molto. En Norteamérica, no –dijo–. No cárcel para lo que un hombre tiene en cabeza –continuó en su jerga. Se volvió a Rusty y añadió–: ¿Alguna conversación con otra mujer sobre romance? ¿En algún momento de, pongamos, los tres meses anteriores a muerte de su esposa?

Rusty no tardó un segundo en repetir:

–No, señoría.

–Mi decisión se mantiene, señor Molto –indicó el juez.

Tommy se encogió de hombros y volvió a mirar a Brand, quien tenía una expresión como si Yi lo hubiera atravesado con una espada. Todo aquello hizo que Tommy tuviera ciertos recelos de Yi. Por muy conservador que este pareciese, con sus camisas de rayón y sus gafas de pasta pasadas de moda, podía haberse descarriado. Las apariencias engañan y con el sexo, nunca se podía estar seguro.

–Que entre el jurado –indicó el juez al alguacil de la sala.

A punto de empezar, Tommy se sintió perdido de pronto.

–¿Cómo me dirijo a él? –le susurró a Brand–. Stern dijo que lo llamáramos «Rusty».

–Llámalo juez –contestó Brand lacónicamente.

Tenía razón, por supuesto. Llamarlo por su nombre sería interpretado como un acto de venganza.

Tommy se abotonó la chaqueta. Como siempre, le estaba demasiado estrecha para que le quedase realmente bien.

–Juez Sabich… –empezó.

–Señor Molto…

Desde el estrado de los testigos, Rusty le hizo un gesto de asentimiento y esbozó una sonrisa de Mona Lisa que, de algún modo, daba a entender que entre ellos había décadas de relación. Fue un gesto sutil, pero lleno de intención, una de esas pequeñas cosas que los jurados nunca pasan por alto. Tommy recordó de pronto lo que había borrado de su cabeza durante meses. Él había llegado a la oficina del fiscal un par de años después que Rusty, un plazo lo bastante corto como para que, con el tiempo, hubieran competido por los mismos juicios, por los mismos ascensos, cosa que, sin embargo, no habían hecho nunca. El principal rival de Sabich era el mejor amigo de Tommy, Nico Della Guardia. Tommy no daba la talla. Era evidente que le faltaba la agudeza de Rusty, su inteligencia. Todo el mundo lo sabía, recordó. Incluso él mismo.

25

NAT, 22 DE JUNIO DE 2009

Tan pronto como oigo lo que Tommy Molto quiere plantearle al juez Yi, me acerco a la mesa de la defensa y, agachándome, le susurro a Stern que me tomo un descanso. Atento al estrado, Sandy asiente con gesto sobrio. Me dirijo a las puertas antes de que Molto pueda llegar demasiado lejos.

Pocas horas después de la visita de la detective Díaz, el día de las elecciones, mi padre supo que se le iba a abrir un proceso. Las semanas siguientes a la muerte de mi madre, prácticamente había suspendido la campaña. Koll hizo lo mismo brevemente pero, a mediados de octubre, lanzó sus anuncios atacándolo. Mi padre respondió con su propia campaña de publicidad agresiva, pero el único acto real en que participó fue un debate ante la Liga de Mujeres Votantes, retrasmitido por los medios.

Sin embargo, la noche de las elecciones exigía una fiesta, no por él, sino por los trabajadores de la campaña que habían ido puerta por puerta durante semanas pidiendo el voto. Yo aparecí poco antes de las diez, porque Ray Horgan me había pedido que fuera a posar para las cámaras con mi padre. Consciente de que Ray estaría allí, no insistí cuando Anna me pidió que fuese yo solo.

Ray había alquilado una gran suite en el Dulcimer y, cuando llegué, había unas veinte personas pendientes de la televisión mientras revoloteaban en torno a las bandejas de los canapés. No vi a mi padre por ninguna parte y, finalmente, me dirigieron a una habitación contigua, donde lo encontré manteniendo una sobria conversación con Ray. Estaban solos en la habitación y, como era de prever, Ray se marchó apresuradamente tan pronto como yo aparecí. Mi padre se había aflojado el nudo de la corbata y parecía más ausente y abatido incluso que durante las semanas transcurridas desde la muerte de mi madre. Mis padres no estuvieron nunca a gusto el uno con el otro, pero su fallecimiento parecía haberlo dejado completamente vacío. Mostraba una tristeza como yo no había podido prever.

Lo abracé y lo felicité, pero la conversación con Debbie Díaz me había puesto demasiado nervioso como para no sacar el tema a colación de inmediato.

Cuando le pregunté si había averiguado a qué venía todo aquello, respondió que sí y me indicó que me sentara. Cogí un pedazo de queso de la fuente que habían dejado en la mesilla auxiliar situada entre los dos.

–Tommy Molto se propone procesarme por la muerte de tu madre –me dijo, mirándome fijamente a los ojos mientras el disco duro giraba inútilmente en mi cerebro durante un buen rato más.

–Está chiflado, ¿verdad?

–Sí, está chiflado –respondió–. Pero supongo que terminarán llamándote a declarar. Sandy ha estado allí hace un rato y ha conseguido un poco de información sobre los testigos que llamarán al estrado.

–¿A mí? ¿Por qué he de declarar?

–No has hecho nada malo, Nat, pero dejaré que Sandy lo explique. No debería estar hablando contigo de las pruebas, pero hay algunas cosas que quiero que escuches de mi boca.

Se levantó y apagó el televisor. Después, volvió a tomar asiento en el mismo mullido sillón. Tenía la expresión de la gente mayor cuando lucha por no perder el hilo de la conversación, con un aire de vacilación en el rostro y un temblor en el mentón. Yo no me sentía mucho mejor y sabía que se me saltarían las lágrimas en cualquier instante. En cierto modo, siempre me ha avergonzado llorar delante de mi padre, porque sé que es algo que él no haría nunca.

–Estoy seguro de que aparecerá en los noticiarios de esta noche y en la prensa de mañana –dijo–. Han registrado la casa en torno a las seis, en cuanto cerraron las urnas. Sandy todavía está en la oficina de la fiscalía. Buen tanto... –comentó, negando con la cabeza.

–¿Qué buscaban?

–No lo sé, exactamente. Se han llevado el ordenador, lo cual es un problema, porque guardo en él mucha información confidencial del tribunal. Sandy ya ha tenido varias conversaciones con George Mason. –Mi padre volvió la mirada hacia las pesadas cortinas, unas colgaduras espantosas de una especie de brocado con estampado de cachemira que alguien debía de considerar que eran una muestra de lujo, y ladeó ligeramente la cabeza, pues sabía que se había desviado un poco del tema–. Nat, cuando hables del caso con Sandy, te enterarás de cosas que sé que te decepcionarán.

–¿Qué cosas?

Él cruzó las manos en el regazo. Siempre me han gustado sus manos, grandes y firmes, ásperas en toda época del año.

–El año pasado estuve viéndome con alguien.

Al principio, sus palabras no calaron en mí.

–¿Te refieres a otra mujer? –pregunté al fin. «Verse con alguien» hacía que sonara casi inocuo–. ¿Te veías con otra mujer?

–Exacto –asintió.

Vi que intentaba mantener el tipo y se resistía a desviar la mirada.

–¿Lo supo mamá?

–No se lo dije nunca.

–¡Por Dios, papá!

–Lo siento, Nat. Ni siquiera intentaré explicarlo.

–No, no lo hagas –dije, mientras, sonrojado y con el corazón desbocado, me preguntaba por qué demonios me sentía tan turbado–. Por Dios, papá –repetí–. ¿Quién era?

–En realidad, eso no importa, ¿no crees? Era bastante más joven. Seguro que un psiquiatra diría que estaba persiguiendo mi juventud. El asunto terminó mucho tiempo antes de que tu madre muriera.

–¿Es alguien que yo conozca?

Él negó enérgicamente con la cabeza.

–¡Dios! –exclamé una vez más. Nunca he sido muy rápido de reflejos. Solo extraigo mis conclusiones, sean cuales sean, después de procesar las cosas largo rato y me di cuenta de que me llevaría mucho tiempo digerir esa–. Papá, por todos los santos, ¿por qué no te contentaste con comprarte un maldito coche deportivo?

Levantó la mirada hacia mí y volvió a bajarla. Me di cuenta de que estaba contando hasta diez. Mi padre y yo siempre hemos tenido problemas con su desaprobación. Él se cree estoico e inescrutable, pero nunca se me escapa cómo frunce el entrecejo, aunque solo sea un milímetro, y cómo se ensombrecen sus pupilas.

Y el efecto que produce en mí es siempre el de un latigazo. Incluso esa vez, sabiendo que tenía todo el derecho del mundo a estar furioso, me sentí avergonzado por lo que acababa de contarme.

Por fin, respondió con calma:

–Porque no quería un puñetero coche deportivo, supongo...

Hice una pelota con una servilleta de papel y la arrojé sobre la mesa.

–Una cosa más, Nat.

En ese momento me sentía demasiado alterado para decir nada.

–No maté a tu madre. Tendrás que esperar para entender lo que está sucediendo, pero este caso es vino viejo en bota nueva. No es más que un montón de mierda rancia que me arroja un tipo compulsivo que no ha sabido darse por vencido. –Mi padre, normalmente el epítome de la moderación, parecía desconcertado por haberse permitido ese exabrupto contra el fiscal–. Pero te lo aseguro, nunca he matado a nadie. Y menos aún, Dios lo sabe, a tu madre. Yo no la maté, Nat.

Sus ojos azules volvían a mirarme a la cara. Me puse en pie sin más deseo que el de marcharme de allí, de modo que me limité a murmurar «Ya lo sé» antes de abandonar la habitación.

Marta Stern asoma la cabeza por la puerta de la sala de juicio. Lleva unos alborotados rizos pelirrojos, unos ostentosos pendientes largos de cristales de colores y tiene el aspecto ligeramente amojamado de una persona que ha sido gorda y ha adelgazado a base de hacer ejercicio como una loca. Marta me ha tomado a su cargo, por así decirlo, durante todo el proceso; algo entre ángel de la guarda y celestina.

–Ya están preparados. –Al entrar en la sala a su lado, me agarra del brazo y susurra–: Yi no ha cambiado su resolución.

Me encojo de hombros. Como en tantas otras cosas, no sé muy bien si me alivia no tener que sentarme ahí fingiendo que no me afecta escuchar en público los detalles de la aventura de mi padre, o si, por el contrario, habría preferido hacer el contrainterrogatorio yo mismo. Finalmente, digo lo que he pensado muchas veces desde que empezó todo este absurdo:

–Acabemos de una vez con esto.

Ocupo mi asiento en la primera fila al tiempo que regresa el jurado. Tommy Molto ya se encuentra delante de mi padre, un poco como un boxeador que acaba de levantarse de su taburete y espera a que suene la campana. Han vuelto a instalar la pequeña pantalla de proyección que la fiscalía ha estado usando para mostrar al jurado diapositivas de diversos documentos admitidos como pruebas.

–Proceda, señor Molto –dice el juez cuando los dieciséis miembros del jurado, cuatro de ellos suplentes, vuelven a ocupar sus ornamentados escaños de madera.

–Juez Sabich –dice el fiscal.

–Señor Molto… –Mi padre le dirige un leve gesto de cabeza, como si hubiera sabido desde siempre que los dos volverían a encontrarse aquí.

–El señor Stern le preguntó en su turno de interrogatorio si había oído usted la declaración de los testigos de la acusación.

–Lo recuerdo.

–Y yo quiero preguntarle algo más acerca de esa declaración y de cómo la entendió.

–Desde luego –asiente mi padre.

Al ser testigo en el juicio, no puedo formar parte de su equipo de abogados, pero ayudo a llevar las cosas de vuelta al despacho de los Stern después de las sesiones. Ahora que ya he declarado para la acusación, suelo quedarme rondando hasta que Anna puede reunirse conmigo después del trabajo. Las tres últimas noches, el equipo legal de mi padre ha ensayado su interrogatorio en un tribunal ficticio en el despacho. Ray Horgan ha estado allí para poner en apuros a mi padre, y Stern, Marta, Ray y la consultora de jurados que han contratado, Mina Oberlander, después han mirado un vídeo y le han dado consejos. Sobre todo la consultora, que le ha indicado que dé respuestas cortas y directas y que, cuando muestre su desacuerdo, lo haga sin parecer poco colaborador. En un interrogatorio, sobre todo el del acusado, de lo que se trata es, sobre todo, de dar la impresión de que no se tiene nada que esconder.

–¿Escuchó la declaración de John Harnason? –pregunta Tommy Molto

–Sí.

–¿Y es cierto, juez, que en una conversación privada le indicó al señor Harnason que iba a perder la apelación?

–Es cierto –contesta mi padre con una de esas respuestas cortas y rotundas que ha estado ensayando.

Yo lo sé desde noviembre pasado, pero la confirmación de mi padre es una novedad para el tribunal y se produce un revuelo, incluso en el estrado del jurado, donde estoy seguro que muchos miembros habían considerado que John Harnason era demasiado estrafalario para resultar creíble. Observo a Tommy Molto, que aprieta sus finos labios con visible sorpresa. Contando con Mel Tooley como testigo en reserva, debía de tener la esperanza de echar por tierra la versión de mi padre cuando este negara haberle revelado nada a Harnason.

–¿Oyó usted la declaración del juez Mason, según la cual esta revelación viola varias normas de conducta judicial?

–Oí su declaración.

–¿Está en desacuerdo con ella?

–No.

–Es impropio mantener una conversación privada con un acusado acerca de su caso mientras este está pendiente de decisión, ¿verdad?

–En efecto.

–Hacerlo viola una norma que prohíbe lo que llamamos contacto *ex parte*, es decir, sin la presencia de la otra parte, ¿no es cierto?

–Sí.

–Debería haber estado presente alguien de la fiscalía, ¿no?

–En efecto.

–Y, en su calidad de juez del Tribunal de Apelaciones, ¿estaba usted autorizado a revelar las decisiones del tribunal antes de que se hicieran públicas?

–No existe ninguna norma explícita que lo prohíba, señor Molto, pero me habría disgustado que cualquier otro miembro de la sala lo hubiese hecho, y considero que fue un grave error de juicio por mi parte.

Como respuesta a la descripción que ha hecho de su indiscreción como un «error de juicio», Molto fuerza a mi padre a reconocer que en el Tribunal de Apelaciones existen complejos procedimientos de seguridad para evitar que se filtren anticipadamente las decisiones, y que a los funcionarios judiciales y demás empleados se les advierte, cuando son contratados, que no deben revelar nunca una decisión por adelantado.

–¿Cuántos años lleva usted en la carrera judicial, juez Sabich?

–¿Contando los que he pasado como juez de instrucción del Tribunal Superior?

–Sí.
–Más de veinte.
–Y durante las dos décadas que lleva trabajando en la judicatura, ¿cuántas veces ha revelado a una de las partes una decisión que todavía no era pública?
–No lo he hecho nunca, señor Molto.
–Entonces, esto no solo fue una grave violación de las normas, sino también de la manera en que usted ha conducido siempre los asuntos...
–Fue un terrible error de juicio.
–Fue más que eso, ¿verdad, juez? Fue un acto improcedente.
–Como he dicho, señor Molto, no existe una norma específica al respecto, pero estoy de acuerdo con el juez Mason en que fue un claro error informar de la sentencia al señor Harnason. En ese momento me pareció una mera formalidad, puesto que sabía que la condena estaba completamente ratificada. No se me ocurrió que el señor Harnason pudiera huir al saberlo.
–¿Sabía usted que estaba en libertad condicional?
–Por supuesto. Yo mismo se la había concedido.
–Ahí es, precisamente, adonde quería llegar –dice Molto. Tenso, con su aire contenido y su rostro avejentado, sonríe ligeramente mientras se vuelve al jurado–. ¿Estaba usted al tanto de que Harnason pasaría el resto de su vida en la cárcel una vez se confirmara la sentencia?
–Naturalmente.
–Pero ¿no se le ocurrió que pudiera huir?
–Todavía no lo había hecho, señor Molto.
–Pero la decisión de su tribunal agotaba las posibilidades de presentar más recursos, ¿no? Por lo menos, con una perspectiva realista. Usted estaba convencido de que el Tribunal Supremo del Estado no aceptaría revisar el caso, ¿no es así? Le dijo al señor Harnason que había llegado al final del camino.
–Es cierto.
–Y eso nos lo dice después de haber sido fiscal durante cuánto tiempo... ¿quince años?
–Sí, quince años.
–¿Quince de fiscal y más de veinte como juez y no se le ocurrió que aquel hombre quería conocer la decisión para poder escapar antes de que se hiciera pública?

–Parecía muy trastornado, señor Molto. Como reconoció al declarar, me dijo que estaba abrumado de ansiedad.

–¿Lo engañó?

–Creo que el señor Harnason ha declarado que decidió huir después de saber lo que le esperaba. No niego que no debería habérselo contado, ni que una de las muchas razones por las que me equivoqué al hacerlo fue que existía el riesgo de que se fugara. Pero no, en aquel momento no se me ocurrió que fuese a hacerlo.

–¿Porque estaba usted pensando en otra cosa?

–Probablemente.

–Y en lo que estaba pensando, juez, era en envenenar a su esposa, ¿no es eso?

La pregunta es una treta de tribunal. Molto sabe que a mi padre, probablemente, le preocupaba que lo sorprendieran con la chica con la que se acostaba, pero que eso no puede contarlo. Así que tiene que conformarse con responder simplemente:

–No.

–¿Diría usted, juez, que le estaba haciendo un favor al señor Harnason?

–No sé cómo lo llamaría.

–Bien, él le pidió que cometiera una irregularidad y usted consintió. ¿Tengo razón?

–La tiene.

–Y a cambio, juez... a cambio, usted le preguntó qué se sentía envenenando a alguien, ¿no?

En un contrainterrogatorio, la estrategia consagrada por la práctica consiste en no hacer nunca una pregunta de la que no se conoce la respuesta. Sin embargo, como me ha explicado mi padre muchas veces, esta no es una regla de aplicación ilimitada. Expresada con más precisión, lo que viene a decir es que nunca debe hacerse una pregunta de la que no se sepa la respuesta... siempre que esa respuesta nos importe. En este caso, Molto debe de sentir que no puede perder. Si mi padre niega haber preguntado qué se sentía envenenando a alguien, Tommy verificará la declaración de Harnason repasando las muchas otras partes de la conversación que mi padre ya ha reconocido.

–No hubo ningún «a cambio», señor Molto.

–¿De veras? ¿Nos está diciendo que se saltó todas esas normas para darle al señor Harnason una información que él estaba desesperado por conocer y que lo hizo sin pensar que el señor Harnason fuese a hacer algo por usted?

–Lo hice porque tuve lástima del señor Harnason y porque me sentí culpable de haberlo enviado a la cárcel cuando usted y yo éramos dos jóvenes fiscales, por un delito que hoy veo que no merecía tal castigo.

Sorprendido, Tommy Molto observa a mi padre. Igual que el resto de los presentes, sabe que el acusado está intentando recordarle al jurado no solo su relación pasada con él, sino que los fiscales van, en ocasiones, demasiado lejos.

–Bien, ¿escuchó usted la declaración del señor Harnason?

–Ya hemos quedado en que sí.

La respuesta suena un poco impertinente. Es la primera vez que mi padre parece perder un ápice de control. Stern se echa atrás en su asiento y lo mira fijamente, una indicación para que tenga cuidado.

–¿Nos está diciendo, pues, que el señor Harnason mintió al decir que, después de revelarle la decisión sobre su caso, usted le preguntó qué se sentía envenenando a alguien?

–No recuerdo la conversación con tanta exactitud como el señor Harnason, pero sí recuerdo que la pregunta se formuló.

–¿La formuló usted?

–Sí, le hice la pregunta. Me proponía...

–Disculpe, juez, pero no le he preguntado qué se proponía. ¿En cuántos juicios ha sido usted partícipe u observador en calidad de fiscal, instructor o juez de apelación?

Desde el estrado, mi padre sonríe con tristeza al hacer recuento del mucho tiempo transcurrido.

–Sabe Dios. Miles.

–Y después de miles de juicios, ¿entiende usted que debe limitarse a responder a las preguntas que yo le hago, y no a las que usted querría responder?

–Protesto –interviene Stern.

–Denegada –dice Yi.

Tommy quizá estaría excediéndose si el interrogado fuese un testigo corriente pero, tratándose de un juez, el magistrado es más permisivo con el fiscal.

–Lo entiendo, señor Molto.

–Pues la cuestión que le planteo es esta: ¿Le preguntó al señor Harnason qué se sentía envenenando a alguien?

Mi padre no vacila. Contesta que sí en un tono forzado que sugiere que hay mucho más que decir, pero, a pesar de todo, la respuesta provoca en la sala uno de esos murmullos que yo siempre he pensado que eran añadidos efectistas de las series como *Ley y orden*, que solía ver de niño, lo mejor después de los vídeos de mi padre juzgando casos. Tommy Molto se ha apuntado un tanto.

Entretanto, Brand le hace una señal a Molto para que se acerque a la mesa de la acusación. Una vez allí, le cuchichea algo y Tommy asiente.

–Sí, el señor Brand acaba de recordármelo. Para ser precisos, juez Sabich, el señor Harnason no había sido capturado de nuevo cuando murió su esposa, ¿verdad?

–Creo que no.

–¿Llevaba huido más de un año?

–Sí.

–De modo que, cuando murió su esposa, juez, no tenía usted ningún motivo para preocuparse seriamente de que el señor Harnason fuese a contarle a la policía que usted le había preguntado qué se sentía envenenando a alguien, ¿tengo razón?

–Con franqueza, señor Molto, no había pensado demasiado en esa parte de nuestra conversación. Me preocupaba mucho más haberle dado, sin proponérmelo, un motivo para huir. –Al cabo de un instante, añade–: Mi conversación con el señor Harnason se produjo más de quince meses antes de la muerte de mi mujer, señor Molto.

–Antes de que la envenenara.

–No la envenené, señor Molto.

–Bien, hablemos de eso, juez. Díganos, ¿leyó usted la transcripción del proceso del señor Harnason para decidir sobre su apelación?

–Por supuesto.

–¿Sería acertado decir que leyó la transcripción detenidamente?

–Siempre confío en haber leído detenidamente todas las transcripciones de los juicios antes de decidir sobre una apelación.

–Y lo que había hecho el señor Harnason, juez, era envenenar a su amante con arsénico, ¿me equivoco?

–Eso fue lo que argumentó la fiscalía.

–¿Y lo que el propio señor Harnason le confesó que había hecho?

–Muy cierto, señor Molto. Pero tenía entendido que estábamos hablando de lo que aparece en la transcripción.

–Acepto la corrección, juez –asiente Molto.

–Por eso le pregunté al señor Harnason qué se sentía envenenando a alguien: porque él acababa de reconocer que lo había hecho.

Molto levanta la vista y Stern también deja su estilográfica. Del resto de la conversación entre Harnason y mi padre, que tiene que ver con el primer juicio, no puede mencionarse nada por orden del juez Yi. Mi padre ha recuperado un poco del terreno que había perdido antes, pero advierto que a Sandy le preocupa que se acerque demasiado al límite y abra la puerta a un asunto mucho más peligroso. Tommy parece pensárselo, pero decide continuar por donde iba.

–Bien, una cosa que sí estaba en la transcripción, juez, era una descripción muy detallada de los fármacos que el Servicio Médico Americano, el laboratorio de referencia contratado por el forense del condado de Kindle, cubre en un análisis toxicológico rutinario de muestras de sangre de una autopsia. ¿Recuerda haber leído esa parte?

–Doy por supuesto que la he leído, señor Molto.

–Y resulta, juez, que el arsénico es un producto que no se incluye en ese análisis de rutina, ¿no es cierto?

–Sí, lo recuerdo.

–Gracias a lo cual, el señor Harnason estuvo a punto de salir impune de un asesinato, ¿verdad?

–Según creo recordar, el forense estableció en un principio que la muerte del señor Millan se debía a causas naturales.

–Igual que hizo en un primer momento con la de la señora Sabich, ¿no es cierto?

–Sí.

–Bien, juez, ¿conoce usted una clase de fármacos llamados «inhibidores de la MAO»?

–Anteriormente no conocía bien el término, pero ahora, desde luego, estoy familiarizado con él, señor Molto.

–¿Y qué me dice de un medicamento llamado fenelzina? ¿Está familiarizado con él, también?

–Sí, desde luego.

–¿Y cómo es que lo conoce?

–Es una especie de antidepresivo que mi esposa tomaba de vez en cuando. Se lo recetaron durante varios años.

–Y es un inhibidor de la MAO, ¿verdad, juez?

–Eso lo he sabido ahora, señor Molto.

–Hace algún tiempo que lo sabe, ¿no es así, juez Sabich?

–En realidad no puedo decir tal cosa.

–Bien, juez, escuchó usted la declaración del doctor Gorvetich, ¿verdad?

–Sí.

–Y estoy seguro que recordará que comentó haber hecho un examen forense de su ordenador personal después de que fuese retirado de su casa. ¿Se acuerda?

–Me acuerdo de su declaración y de que mi casa fue registrada por orden suya y que me confiscaron el ordenador.

Mi padre hace cuanto puede por no parecer demasiado cortante, pero ha hecho hincapié en la intrusión.

–Y recordará que el doctor Gorvetich declaró que la caché de su navegador muestra que en algún momento, que él concretó hacia finales de septiembre de 2008, se hicieron búsquedas en su ordenador doméstico de dos sitios sobre la fenelzina.

–Recuerdo la declaración.

–Y mirando en las páginas visitadas, juez... –Tommy se vuelve a un asistente situado en la mesa del fiscal y le indica un número. La pantalla situada junto a mi padre se ilumina y Tommy utiliza un puntero láser para señalar mientras lee–: «La fenelzina es un inhibidor de la monoamina oxidasa (MAO)». ¿Lo ve usted, juez?

–Desde luego.

–¿Recuerda haber leído eso a finales de septiembre de 2008?

–No lo recuerdo, señor Molto, pero entiendo a qué se refiere.

–Y en la página 463 de la transcripción de Harnason, presentada como prueba número 47 de la acusación y que creo que usted acaba de reconocer que ha leído... se explica que los inhibidores de la MAO no se buscan en los análisis toxicológicos habituales que se realizan en el examen posmortem de alguien fallecido de repente.

–Sí, eso dice.

A continuación, el fiscal hace proyectar en la pantalla el dictamen de la jueza Hamlin firmado por ella misma y el juez Mason en el caso Harnason, en el que también se dice que el arsénico y muchos otros compuestos, entre ellos los inhibidores de la MAO, no se buscan en los análisis de tóxicos relacionados con autopsias.

–¿Y leyó usted el dictamen de la juez Hamlin?

–Sí, señor. Y varios borradores.

–Así pues, sabe que una sobredosis de fenelzina no sería detectada en un análisis de tóxicos corriente, ¿no? Como el arsénico utilizado para matar al amante del señor Harnason.

–El fiscal argumenta en lugar de preguntar –señala Stern a modo de protesta.

El juez Yi mueve la cabeza como indicando que no es para tanto, pero dice:

–Protesta aceptada.

–Bien, se lo plantearé así, juez Sabich: ¿Envenenó usted a su esposa con fenelzina, sabiendo que no sería detectada por un análisis toxicológico corriente y esperando hacer pasar su fallecimiento como debido a causas naturales?

–No, señor Molto, no lo hice.

Aquí, Tommy hace una pausa y da unos pasos por la sala. Como se solía decir en los tribunales de antaño, «La litis ha quedado trabada».

–Bien, juez, ¿ha escuchado usted la declaración del agente Krilic respecto al decomiso, en su casa, del contenido del botiquín de su esposa, el día de la muerte de esta?

–Recuerdo que el agente Krilic me preguntó si podía llevarse los medicamentos en lugar de efectuar un inventario de estos mientras estaba allí, y me acuerdo de que le di permiso, señor Molto.

–Habría resultado bastante sospechoso que se negara, ¿no cree?

–Le dije que hiciera lo que tuviese que hacer, señor Molto. Si hubiese querido evitar que alguien examinara esos frascos, estoy seguro de que habría encontrado un motivo para pedirle que anotara el nombre de los fármacos allí mismo.

En la mesa de la acusación, Jim Brand finge que se toca la barbilla mientras mueve los dedos hacia Molto. Le está indicando que siga adelante. Mi padre acaba de apuntarse un tanto.

–Vayamos al asunto, juez. Las huellas dactilares que aparecen en el frasco de fenelzina del botiquín de su esposa son de usted, ¿verdad?

Tommy indica un número y el asistente de la fiscalía pasa una serie de diapositivas de diversas huellas doradas sobre un fondo azul iridiscente.Fijadas en oro, parecen salidas del Arca de la Alianza.

–Escuché la declaración del doctor Dickerman.

–Todos le escuchamos declarar que estas huellas son de usted, juez, pero ahora le pregunto delante del jurado –Tommy mueve la mano para señalar a las dieciséis personas situadas a su espalda– si admite que las huellas encontradas en el frasco de fenelzina de su esposa son suyas.

–Generalmente, yo era quien me encargaba de ir a buscar las pastillas de Barbara a la farmacia y de colocarlas en los estantes de su botiquín. No veo motivos para dudar de que sean mías. Sí recuerdo, señor Molto, que una tarde, la semana antes de su muerte, Barbara estaba en el huerto cuando llegué a casa y, como tenía las manos sucias de tierra, me pidió que le enseñara uno de los frascos que había ido a recoger y que lo colocara con el resto de las medicinas, pero no estoy seguro de que fuera la fenelzina.

Molto lo mira un instante con una ligerísima sonrisa presuntuosa, disfrutando de la absoluta conveniencia de la explicación.

–¿Así pues, está diciendo que esas huellas proceden de haberle enseñado a su esposa el frasco que había recogido en la farmacia?

–Le estoy diciendo que es posible.

–Bien, estudiemos esto con más detenimiento, juez. –Tommy vuelve a la mesa de la acusación y regresa con el frasco, ahora sellado en una bolsa de plástico–. Con referencia a la prueba material número 1 de la acusación, el frasco de la fenelzina que usted recogió de la farmacia cuatro días antes de la muerte de su esposa, dice que se lo enseñó, pongamos así, ¿no?

Y, cogiendo el botecito a través del plástico, lo acerca a mi padre.

–Repito que sí, si era la fenelzina lo que le enseñé.

–¿Y estoy sujetando el frasco entre el pulgar derecho y el costado del índice, no es eso?

–Eso es.

–Y mi pulgar derecho apunta hacia abajo, a la etiqueta del bote, ¿no, juez?

–Sí.

–Ahora llamo de nuevo su atención sobre la prueba material número 1 de la acusación, la diapositiva de las huellas realizada por el doctor Dickerman. Tres de las cuatro huellas, la de su pulgar derecho, el índice y el corazón de la misma mano, están apuntando hacia arriba de la etiqueta, juez. ¿No es verdad?

Mi padre dedica un segundo a observar la diapositiva y asiente. El juez Yi le recuerda que debe hablar para que quede registrada su respuesta.

–Tuve que meter la mano en la bolsa para sacar el frasco, señor Molto.

–Pero las huellas están en la parte de abajo…

–Quizá estaba del revés en la bolsa, señor fiscal.

–De hecho, juez, el doctor Dickerman declaró que la longitud y la anchura de todas estas huellas sugiere que usted asía el frasco con fuerza para abrir la tapa de seguridad a prueba de niños. ¿Escuchó esa declaración?

–Sí, pero también podría haberlo asido con fuerza para sacarlo de la bolsa.

Molto lo mira fijamente con otro asomo de sonrisa. Mi padre ha manejado todo esto bastante bien, ignorando el hecho de que en el frasco no aparece ninguna huella de mi madre.

–Bien, hablemos de la farmacia, juez Sabich. El 25 de septiembre de 2008, cuatro días antes de la muerte de su esposa, su farmacia registra la venta de diez tabletas de fenelzina.

–Así consta en la declaración.

–Y la firma del recibo de compra con tarjeta de crédito, prueba material número 42 de la acusación, ¿es la suya, verdad?

La diapositiva del recibo que pasó por las manos de los miembros del jurado en otro sobre transparente cuando fue admitido como prueba, aparece a continuación en la pantalla situada junto al estrado de los testigos. Mi padre no se molesta en volver la cabeza.

–Sí.

–Usted compró la fenelzina, ¿no es así, juez?

–No recuerdo que lo hiciera, señor Molto. Solo puedo confirmar que sin duda es mi rúbrica, y repetirle que a menudo pasaba a recoger las medicinas camino de casa, si Barbara me lo pedía. La farmacia queda enfrente de la parada del autobús que cojo para volver cada día del trabajo.

Molto repasa su lista de pruebas y cuchichea unas instrucciones para la siguiente diapositiva.

–Con referencia a la prueba material 1B, una fotografía, ya oyó usted al agente Krilic declarar que el frasco de fenelzina presentado aquí se encuentra en las mismas condiciones que cuando él lo recogió en la casa.

–Sí.

–Ahora, quiero llamar pues su atención sobre esta misma prueba 1B. Creo que se aprecia que en el frasco solo hay seis pastillas, ¿me equivoco?

En la foto, que enfoca el interior del bote de plástico, las seis tabletas, exactas a las del ibuprofeno naranja mate que tomo de vez en cuando para la jaqueca, descansan en el fondo. Cuesta creer que unas píldoras de aspecto tan corriente puedan matar a nadie.

–No.

–¿Y sabe usted qué ha sido de las cuatro que faltan?

–Si lo que pregunta es si tuve algo que ver con la desaparición de esas pastillas, la respuesta es no.

–Pero usted escuchó la declaración de la doctora Strack de que esas cuatro pastillas de fenelzina tomadas a la vez constituían una dosis mortal...

–Sí, le oí decirlo.

–¿Tiene alguna razón para disentir de su opinión?

–Entiendo que, tomadas a la vez, cuatro tabletas podrían constituir una dosis letal. Sin embargo, ha señalado usted que recogí el frasco de la farmacia el 25 de septiembre. Y la dosis diaria recomendada es de una única pastilla. Veinticinco, veintiséis, veintisiete, veintiocho... –Mi padre cuenta con los dedos de la mano izquierda.

–¿Sostiene usted, pues, que su esposa tomó la fenelzina durante los días anteriores a su fallecimiento?

–No estoy aquí para sostener nada, señor Molto. Sé que la doctora Strack, su experta, dijo que es posible que la ingestión de una única pastilla de fenelzina, en combinación con ciertos alimentos o bebidas, induzca una reacción letal.

–¿Así que la muerte de su esposa fue un accidente?

–Señor Molto, mi mujer estaba viva cuando me dormí y muerta cuando me desperté. Como usted sabe, ninguno de los peritos puede asegurar siquiera que fuese la fenelzina lo que mató a Barbara. Ninguno puede asegurar que no muriese de una reacción hipertensiva, como su padre.

–Bien, consideremos la posibilidad de que fuese un accidente, ¿le parece?

–Como usted guste, señor Molto. Estoy aquí para responder a sus preguntas.

De nuevo, se advierte un ligero exceso de acritud en la respuesta de mi padre. Tommy y yo –y, ahora, el jurado también– sabemos una cosa de él: que, después de veinte años en la judicatura y de una docena de ellos presidiendo tribunales, no está acostumbrado a responder a preguntas de nadie. Ese leve asomo de arrogancia beneficia a Molto, porque implica que, en el fondo, mi padre se cree por encima de las leyes.

–Ha mencionado usted que cuando la fenelzina se consume con ciertos alimentos, se produce una grave reacción tóxica, ¿no?

–Eso he descubierto.

–Hablando de lo que ha descubierto, cuando el doctor Gorvetich declaró, ¿le sorprendió saber que en internet se puede acceder libremente a información sobre el peligro de que la fenelzina se ingiera con ciertos alimentos ricos en tiramina, como el vino tinto, el arenque, el queso y los embutidos curados?

–Sabía que una de las medicinas que Barbara tomaba de vez en cuando podía interactuar con ciertos alimentos, señor Molto. Eso lo sabía.

–Exactamente lo que he dicho. Y también sabemos, por la declaración del doctor Gorvetich, que en las dos páginas web que visitó a finales de septiembre se detallan estas interacciones, ¿verdad?

Molto asiente y las dos páginas de la red, con marcas fluorescentes que destacan diversas cosas en la diapositiva, aparecen al lado de mi padre.

–Puedo ver lo que contienen esas páginas, señor Molto.

–¿Niega usted que visitara esos sitios de internet a finales de septiembre del año pasado?

–No sé lo que sucedió, exactamente. Mi esposa tomaba unos veinte medicamentos distintos y algunos eran más peligrosos que otros. No era del todo inhabitual que yo buscase en internet después de recoger los medicamentos de Barbara, con el objeto de recordar para qué servía cada uno y así ayudarla a llevar el control. Pero si lo que pregunta es si visité esas páginas web en mi ordenador de casa los días previos a la muerte de Barbara...

–Eso es exactamente lo que pregunto, juez.

–Por lo que recuerdo, no lo hice.

–¿No lo hizo?

Tommy está sorprendido, y yo también. Mi padre ha dado ya una explicación verosímil para haber visitado esas páginas y parece innecesario que ahora niegue haberlo hecho. Stern no ha dejado de escribir, pero por el modo en que frunce los labios, puedo ver que no está contento.

–Bien –dice el fiscal. Y da unos pasos, pasando la mano por la mesa de la acusación, antes de volver a plantarse ante mi padre–. Pero no dudo que sí recordará que la noche antes de la muerte de su esposa salió usted a comprar vino tinto, queso cheddar curado, arenques en escabeche, yogurt y salami de Génova. ¿Correcto?

–Eso lo recuerdo, sí.

–Eso sí lo recuerda… –repite Tommy, en uno de esos trucos de los tribunales con el que pretende subrayar las inconsistencias de la memoria de mi padre.

–Sí. Mi esposa tenía otro medicamento para recoger y me pidió que, ya que iba a la tienda, comprara todo eso.

–No tendrá usted la lista de la compra que ella le hizo, ¿verdad, juez?

–Protesto –interviene Stern, pero mi padre se apresura a responder.

–No he dicho que hubiera ninguna lista, señor Molto –puntualiza–. Mi esposa me pidió que comprara una botella de vino tinto bueno, queso curado, salami de Génova y galletas de multicereales, porque a nuestro hijo, que venía a cenar, le gusta todo eso, y unos arenques y yogurt para hacer un aliño para las verduras que ya teníamos.

Es cierto que me encanta el queso y el salami desde que era pequeño. La familia siempre cuenta que, a los cuatro o cinco años, apenas comía nada más, y pienso decirlo así cuando vuelvan a llamarme a declarar, dentro de unos días. Después de la primera visita de la detective Díaz, recordé con claridad a mi madre esa noche, sacando de las bolsas de plástico los productos recién comprados e inspeccionándolos. Aunque en ocasiones me admiro de la desesperada capacidad de sugestión de mi memoria y de cuánto influye en ella la esperanza de que mi padre sea inocente, estoy casi seguro de recordarlo preguntándole a mi madre: «¿Es eso lo que querías?». Esto también lo diré cuando suba de nuevo al estrado. Pero lo que no sé es si ella pidió esos productos en concreto o si solo le dijo que trajera vino y unos entrantes, o si fue él quien propuso comprarlos. Todas las alternativas son posibles, aunque la verdad es que mi madre, siendo como era, muy probablemente debió de enumerar lo que quería exactamente, e incluso le habría indicado a mi padre la marca y el estante donde encontraría cada cosa.

–Ahora, juez, dígame, ¿quién se encargaba de las pautas de medicación para el trastono maníaco-depresivo de su esposa? ¿Quién decidía los fármacos que debía tomar cada día?

–Ella. Si tenía dudas, llamaba al doctor Vollman.

–¿Era una mujer inteligente?

–En mi opinión, era brillante.

–¿Y escuchó usted la declaración del doctor Vollman respecto a que le había advertido repetidas veces que, cuando tomara fenelzina, tenía que prestar mucha atención a lo que comía?

–Sí, la escuché.

–De hecho, el doctor Vollman declaró que, según su protocolo de actuación, debió de prevenirlo también a usted. ¿Recuerda que le advirtiera acerca de la peligrosidad de la fenelzina?

Mi padre eleva la vista al artesonado del techo de la sala, con sus vigas de nogal decoradas.

–Vagamente, señor Molto, pero sí, lo recuerdo.

Ese es otro hecho que mi padre no tiene necesidad de admitir. Me pregunto si los miembros del jurado le tendrán en cuenta esa ingenuidad o si, por el contrario, la tomarán por el astuto ardid de una persona que ha pasado la mayor parte de su vida adulta en los tribunales.

–Así pues, juez, ¿quiere hacernos creer que su esposa le pidió que comprara vino, queso, embutido y arenque, sabiendo que estaba tomando fenelzina? Y, más aún, ¿quiere que creamos que tomó vino y que comió queso y salami?

–Disculpe, señor Molto, pero me parece que nadie ha declarado que mi esposa tomara vino o comiera queso. Yo, desde luego, no, porque no recuerdo que lo hiciera.

–Su hijo, juez Sabich, testificó que su esposa bebió vino...

–Mi hijo ha declarado que le serví una copa de vino, pero no vi que Barbara se lo bebiera. De todos modos, Nat y yo salimos fuera a cocinar la carne en la barbacoa, así que no sé qué comió y bebió cada cual.

Tommy hace un alto. Es la primera vez que mi padre lo deja sin réplica. Además, todo lo que ha dicho es verdad. Sin embargo, cuando hurgo en mis recuerdos de esa noche, me parece recordar a mi madre con una copa de vino en la mano; en la cena, seguro.

–Seamos claros, juez. Digamos que su esposa tomaba fenelzina una vez al día, como usted ha sugerido. ¿Le parece coherente su declaración de que ella lo envió a la tienda con una lista de la compra llena de cosas que podían matarla? ¿Que encargase arenque, por ejemplo, o yogur, que usted nos ha dicho que quería para preparar la cena?

–Me pide usted que haga suposiciones, señor Molto, pero yo diría que Barbara sabía hasta qué punto podía saltarse las restricciones sin tener una reacción adversa. Probablemente, empezaría por un sorbo de vino, o medio arenque, y con los años averiguó cuánto era capaz de tolerar. Hacía bastante tiempo que tomaba esa medicación alguna que otra vez.

–Gracias, juez. –De repente, la voz de Molto adquiere un tono triunfal mientras, plantado ante mi padre, lo contempla fijamente–: Pero si su esposa no tomó vino, ni probó el salami, ni comió queso, arenque o yogur, no pudo de ningún modo morir accidentalmente, ¿no es así, juez Sabich?

Transcurre un segundo antes de que mi padre responda. Él y yo nos damos cuenta de que acaba de suceder algo significativo.

–Señor Molto, me está pidiendo que especule sobre cosas que sucedieron cuando yo había salido de la estancia. Habría sido raro que Barbara probara la menor cantidad de esas cosas y no recuerdo que lo hiciera. Pero estaba muy emocionada por tener en casa a nuestro hijo y a su novia. Consideraba que hacían muy buena pareja. Por ello, no puedo asegurar que no olvidara sus precauciones. Por eso se los llama accidentes.

–No, juez, no le pido que especule. Intento enfrentarlo a la lógica de su propia declaración.

–Protesto –dice Stern–. El fiscal argumenta.

–Denegada –contesta el juez Yi, con lo que está indicando claramente que ha sido mi padre quien se ha metido solo en este berenjenal.

–Nos ha dicho usted que su esposa pudo morir accidentalmente mientras tomaba una dosis regular de fenelzina, ¿no es eso?

–He dicho que era una posibilidad que se deduce de los testimonios.

–Nos ha dicho también que fue decisión de su esposa poner en la mesa todos esos productos que eran peligrosos para ella puesto que estaba tomando fenelzina. ¿Es así?

–Sí.

–Y luego nos ha dicho que tal vez lo hizo porque no iba a probar nada, o cantidades minúsculas que sabía que no la perjudicarían. ¿Es así?

–Estaba especulando, señor Molto. Solo es una posibilidad.

–Y nos ha dicho que no la vio comer ni beber nada de todo eso. ¿Es así?

–Que yo recuerde, no.

–Pero si su esposa no comió ni bebió nada que contuviera tiramina, juez, no pudo morir accidentalmente de una reacción a la fenelzina, ¿me equivoco?

–Protesto –dice Stern desde su asiento–. El fiscal le pide al testigo una opinión de experto.

El juez Yi levanta los ojos, reflexiona y admite la protesta. Sin embargo, ya no importa. Mi padre se ha arrinconado solo y, como resultado, se ha llevado una buena tunda. Molto está siendo muy hábil con su insistencia en esos pequeños detalles que me han venido incomodando desde el principio. Revuelve sus notas en la mesa mientras deja que la sala digiera lo que acaba de decir.

–Sigamos, juez. Una de las razones de que estemos teniendo esta conversación sobre lo que su esposa pudo haber comido o bebido es que la autopsia del contenido de su estómago no dio respuesta a ese interrogante. ¿Está de acuerdo?

–Estoy de acuerdo, señor Molto. El contenido gástrico no resultó revelador.

–No se pudo determinar si había comido queso o carne, ¿verdad?

–Verdad.

–Pero normalmente, si la autopsia se realiza antes de que transcurran veinticuatro horas de la muerte, se puede tener una idea más precisa de lo que se ha comido la noche anterior, ¿no es así, juez Sabich?

–Escuché la declaración del forense, señor fiscal, y no estoy descubriendo nada si digo que, como usted sabe, nuestro experto, el doctor Weicker, de Los Ángeles, está en desacuerdo con él, sobre todo en cuanto a la rapidez con que el embutido curado o el arenque se descompondrían por la acción de los jugos gástricos.

–Pero usted, yo y los peritos sí estamos de acuerdo en esto, ¿no, juez? Las veinticuatro horas que pasó al lado del cuerpo de su esposa sin notificarle a nadie su muerte... que ese retraso no podía sino dificultar la identificación de lo que había comido.

Mi padre espera. Por su manera de mover los ojos, se aprecia que está intentando encontrar una salida.

–Lo dificultó, sí.

El jurado toma nota de este punto. Molto lo está haciendo bien.

–Ahora, volvamos a lo que nos ha dicho hace apenas un momento. Que esa noche, su esposa estaba emocionada con la visita de su hijo y de la novia de este.

–Sí, lo he dicho.

–¿Parecía feliz?

–«Feliz» es un término relativo cuando se refiere a Barbara, señor Molto. Parecía muy complacida.

–Pero usted le dijo a la policía que su esposa no parecía clínicamente deprimida en la cena, ni los días anteriores. ¿No es eso lo que dijo?

–Sí.

–¿Y era cierto?

–Era la impresión que me dio entonces.

–Entonces, juez, ¿qué hay de la fenelzina? Ya ha oído al doctor Vollman declarar que su esposa se refería a esa medicación como «la bomba atómica», que solo empleaba en sus momentos más negros.

–Sí, lo oí.

–Y después de más de treinta y cinco años con su esposa, juez, ¿no se diría que usted era experto en interpretar sus estados de ánimo?

–Muy a menudo, sus depresiones graves eran evidentes, pero recuerdo ocasiones en que malinterpreté por completo su estado mental.

–Insisto, juez Sabich. Aceptando el hecho de que la fenelzina estaba reservada para sus días más negros, esa noche, mientras cenaban los cuatro, no vio usted ningún signo de que se hallara en tal estado, ¿verdad?

–No lo vi.

–¿Ni los días anteriores?

–No.

Yo ya he declarado en el mismo sentido. Pensando otra vez en esa noche, yo habría dicho que mi madre estaba francamente, «animada». Parecían interesarle las cosas.

–Así pues, juez, basándonos en lo que usted observó y dijo a la policía..., basándonos en eso, no habría motivo para que su esposa estuviera tomando una dosis diaria de fenelzina.

–Le repito, señor Molto, que nunca he creído que mi valoración de sus estados emocionales fuera perfecta.

–Pero cuando recogió la medicación en la farmacia, tres días antes, ¿no le preguntó si se sentía deprimida?

–No recuerdo tal conversación.

–¿Aunque le había llevado a casa el frasco de las bombas atómicas?

–No recuerdo haberme fijado especialmente en lo que recogía.

–¿Aunque el frasco tiene sus huellas?

–Fue algo maquinal, señor Molto. Llevé las medicinas a casa y las guardé en el botiquín.

–¿Y aunque visitó páginas web y buscó información sobre el fármaco a finales de septiembre, dice que no se fijó en lo que recogía?

–Protesto –interviene Stern–. El fiscal pregunta y responde. El juez Sabich ya ha declarado sobre lo que recuerda de esas búsquedas.

La interrupción perturba el ritmo de Molto. Para eso es para lo que Stern se ha puesto en pie trabajosamente. Sin embargo, todos los presentes saben que Tommy Molto le está dando una buena paliza a mi padre. Las búsquedas no encajan. Ese es el quid de la cuestión. Mi padre puede salir bien librado de lo demás. Tal vez no supo ver su estado de ánimo. Había ocasiones, sobre todo cuando se ponía furiosa, en que no nos dábamos cuenta hasta que estallaba. Y como yo también he hecho esos viajes a la farmacia cuando vivía en casa, puedo ratificar lo de no saber bien cuál de las decenas de medicamentos que tomaba estaba recogiendo. Pero las búsquedas en la red... Eso es devastador. Lo mejor que se puede argüir, y estoy seguro de que Stern lo hará en su último turno de palabra, es que sería muy raro que un juez y ex fiscal que planeara con tanta minuciosidad un homicidio utilizara su propio ordenador de ese modo. A lo que Molto responderá argumentando lo evidente: que no pensaba que lo descubrirían, que su intención era hacer que la muerte pasara por natural.

Pero todo esto depende de la absurda epistemología de lo que es un tribunal, donde el millón de detalles cotidianos de una vida se ven elevados de repente a la categoría de pruebas del delito. La verdad es que mi padre, y prácticamente cualquiera, podía haber reparado en la fenelzina, haberse dado una vuelta por esas páginas de internet tres días antes para confirmar que era, en efecto, la bomba atómica, y luego dejarlo estar, sobre todo en un matrimonio como el suyo. En casa de mis padres había océanos de temas de los que no se hablaba; la atmósfera siempre parecía cargada de cosas que pugnaban por no decirse. Y a mi madre nunca le gustó ser cuestionada respecto a su medicación. Le había oído decir un millón de veces que sabía cuidar de sí misma.

El juez Yi deniega la protesta y mi padre repite plácidamente que ha hurgado en su memoria y no recuerda haber visitado esos sitios. La respuesta irrita a Tommy.

–¿Quién más vivía en su casa a finales de septiembre de 2008?

–Solo mi esposa y yo.

–¿Está diciendo que fue ella quien buscó «fenelzina» en el ordenador de usted?

–Es una posibilidad, si es que le surgió alguna duda.

–¿Su esposa tenía un ordenador propio?

–Sí.

–¿Utilizaba habitualmente el de usted?

–Habitualmente, no. Y cuando lo hacía, no era durante mucho rato. Pero el mío estaba justo al lado del dormitorio, así que, en ocasiones, me avisaba y lo utilizaba un momento.

Yo no tengo constancia de que lo hiciera nunca pero, tratándose de mi madre, es posible. Si por ella fuese, habría vivido pegada a un ordenador. Lo que realmente le habría gustado hubiera sido llevar siempre uno colgado de la cintura.

Molto ha demostrado la vigencia de ese dicho de los tribunales que dice que no hay que marear la perdiz. La última serie de preguntas parece haber ayudado a mi padre y el fiscal, que no es especialmente hábil en poner cara de póquer, parece saberlo, puesto que frunce el entrecejo mientras deambula ante el estrado. Es fácil ver por qué Tommy ha triunfado como abogado penal. Es sincero. Tal vez va descaminado, pero da la impresión de ser una persona que no esconde nada en la manga.

–Para ser claros, juez Sabich, ¿está usted de acuerdo en que su esposa no murió accidentalmente?

Como mi padre ha dado instrucciones a Sandy para que sea franco conmigo respecto a la declaración, conozco de antemano casi todo lo que se cuenta en el juicio. Mi padre no ha querido que me llevara sorpresas. Y yo le he dado vueltas al asunto, lo he comentado con Anna cuando ha querido escucharme, incluso he tomado notas de vez en cuando. Pero pensar que tu padre ha matado a tu madre es peor incluso que pensar en tus padres haciendo el amor. Una parte de tu cerebro te grita, «Imposible, tío». De modo que no he visto nunca con tanta claridad cómo estas cosas retroceden en cascada en el tiempo. Si mi madre no murió accidentalmente, entonces es probable también que no estuviera tomando dosis diarias de fenelzina. Y si no tomaba fenelzina, no tenía motivos para mandar a buscar más a la farmacia. Eso significa –o parece significar– que era mi padre quien quería tener las pastillas. Y solo hay una razón concebible para ello.

–Señor Molto, le repito que no soy patólogo ni toxicólogo. Usted tiene sus teorías y yo las mías. Lo único que sé con certeza es que las suyas están equivocadas. Yo no la maté.

–Así pues, ¿sigue diciendo que podría haber sido un accidente?

–Los peritos dicen que es posible.

–Entonces, si cabe la posibilidad de que su esposa estuviera tomando esa pastilla a diario, eso significaría que tuvo que manipular el frasco en cuatro ocasiones distintas, ¿no?

–En efecto.

–Y, sin embargo, no dejó ninguna huella en el mismo, ¿no es cierto?

–Así lo declaró el doctor Dickerman.

–Bien, juez, el agente Krilic hizo inventario del botiquín de su esposa y había un total de veintiún frascos de pastillas.

–Eso ha declarado.

–Y, según el doctor Dickerman, las huellas de su esposa aparecen en diecisiete de los veintiún frascos. Y en dos más hay marcas borrosas que no pueden identificarse positivamente, aunque se han hallado en ambas puntos de comparación coincidentes con los de su esposa. ¿Es cierto todo esto?

–Recuerdo que eso es lo que dijo en su declaración.

–Juez, ¿cuántas veces ha participado como fiscal, juez de primera instancia o magistrado del Tribunal de Apelación en casos en los que se presentaron como prueba unas huellas dactilares?

–Cientos, a buen seguro. Probablemente, más.

–Así que se podría decir, señor, que a lo largo de los años ha aprendido mucho sobre huellas dactilares.

–Podríamos discutir cuánto, pero sí, he aprendido.

–Desde hace treinta y cinco años en el desempeño de un cargo u otro, le ha correspondido tomar decisiones sobre la calidad de una huella dactilar y su validez como prueba material, ¿no es así?

–En efecto.

–¿Podríamos considerarlo un experto?

–No tanto como el doctor Dickerman.

–Nadie lo es –asiente Molto.

–Dígaselo a él –replica mi padre.

El comentario podría entenderse como un exabrupto, pero los miembros del jurado han visto a Dickerman en el estrado de los testigos y varios de ellos se echan a reír. De hecho, la risa se extiende por la sala. Incluso el juez Yi se permite una breve risilla. Molto también se regocija con la broma y señala a mi padre, moviendo el dedo con admiración.

–Pero usted sí sabe, juez –continúa–, que cualquier persona dejaría sus huellas dactilares en una superficie receptiva, como son esos frascos de pastillas, ¿verdad?

–Lo que sé, señor Molto, es que todo se reduce, básicamente, a cuánto le sudan a uno las manos. Hay gente que suda más que otra. Pero incluso en una misma persona eso puede variar.

–Bien, ¿y no cree usted que alguien que deja huellas en diecinueve frascos, o aunque solo sean diecisiete..., no cree usted que sería muy raro que esa misma persona manipulara este frasco de fenelzina cuatro veces –y ahora Molto levanta el frasco en la bolsa de plástico sellada con cinta adhesiva oficial– sin dejar ninguna?

–No puedo decirlo con certeza, señor Molto. Y, francamente, no recuerdo que el doctor Dickerman lo dijera tampoco.

En su declaración, Dickerman le había dado a Jim Brand, que se había encargado de interrogarlo, claramente menos de lo que este esperaba obtener de él. Ese día, al regresar al despacho de Stern después de la sesión, Sandy y mi padre comentaron que así solía suceder con Dickerman, quien consideraba una demostración de su eminencia el hecho de resultar impredecible.

–Por cierto, ¿el doctor Dickerman es amigo suyo? –pregunta Molto.

–Yo diría que sí. Igual que lo es de usted. Los dos lo conocemos desde hace mucho tiempo.

El fiscal, en su intento de insinuar que Dickerman podría haber inclinado su declaración a favor de mi padre, ha salido malparado del diálogo.

–Bien, seamos claros, juez. En el botiquín de su esposa solo había dos frascos en los que podemos afirmar sin lugar a dudas que no aparecen sus huellas, ¿verdad?

–Eso parece.

–Y uno de ellos es el frasco de somníferos para dormir que usted recogió en la farmacia el día antes de que muriese, ¿no es así?

–Sí.

–Así pues, aparte de ese tubo de pastillas, que estaba sin abrir, el único frasco del botiquín en el que los expertos pueden decir rotundamente que no hay huellas de su esposa, juez..., el único es el frasco de fenelzina, ¿digo bien?

–No hay huellas identificables de Barbara en el frasco de fenelzina y, como ha señalado usted, en tres más.

–El testigo no responde a la pregunta –protesta Molto.

El juez Yi pide que se lea la pregunta y la respuesta.

–Se acepta respuesta –dice a continuación y luego, dirigiéndose a mi padre–: Pero, juez, solo un frasco abierto donde expertos pueden decir seguro ni rastro de huellas de su esposa, ¿sí?

–Así es, señoría.

–Bien. –Con un gesto de la cabeza, Yi le indica a Molto que prosiga.

–En cambio, en el frasco de fenelzina..., en ese frasco, las únicas huellas que aparecen son las suyas, juez, ¿no es cierto?

–Mis huellas están en ese y en siete frascos más, incluido el de los somníferos, que estaba sin abrir.

–El testigo no responde a la pregunta –protesta Molto otra vez.

–Se admite –dice Yi, un tanto hosco.

Le ha dado a mi padre la oportunidad de no incordiar y él no la ha aprovechado.

–Por lo que se puede deducir de las huellas, usted es la única persona que tocó la fenelzina –prosigue Molto.

Advertido por el juez, mi padre responde con más cuidado.

–Si solo se tienen en cuenta las huellas, así es.

–Muy bien –asiente Molto.

En cuanto termina de decirlo, parece darse cuenta de que ha sonado como si estuviese imitando a Stern. Uno de los miembros del jurado, un negro de mediana edad, se da cuenta y sonríe. Parece encantado con lo que está haciendo el fiscal. Molto regresa a la mesa de la acusación y hojea su libreta de notas, señal de que va a cambiar de tema otra vez.

–¿Es buen momento para un descanso? –pregunta el juez Yi.

Molto asiente. El juez da un golpe con el mazo y anuncia un descanso de cinco minutos. Los espectadores se levantan y empiezan a comentar de inmediato. Mi padre ha sido una gran figura en el condado de Kindle durante décadas, sobre todo entre la clase de gente que tiene interés en acudir a un juicio. Llámese como se quiera, sed de sangre o curiosidad morbosa, pero muchos han venido para ver caer al poderoso, para confirmar una vez más que el poder corrompe y que, en definitiva, se está mejor no teniéndolo. No estoy seguro de que haya nadie en estos asientos, aparte de mí, que todavía confíe en que mi padre sea inocente.

26

NAT, 22 DE JUNIO DE 2009

Mientras un testigo está en el estrado, nadie puede hablar con él sobre su testimonio, ni siquiera sus abogados. Stern y Marta le hacen una seña con la cabeza a mi padre desde la mesa de la acusación y Sandy levanta el puño para indicarle que resista, pero ninguno de los dos se le acerca y eso me hace sentir mal. Parece que todo el mundo en la sala lo esté rehuyendo, por lo que me levanto para preguntarle si necesita otro vaso de agua. Responde encogiéndose de hombros con indiferencia.

–¿Estás bien? –le pregunto.

–Sangro por todas partes, pero todavía me sostengo en pie. Me está dando una paliza brutal.

Se supone que no debo responder a eso y, en cualquier caso, ¿cómo podría hacerlo? Le digo lo mismo que él me gritaba desde las gradas cuando mi equipo de la liga infantil perdía por doce a cero en la segunda entrada.

–Todavía queda mucho partido por delante.

–Si tú lo dices –responde, y esboza una leve sonrisa.

En los últimos meses, se ha vuelto tan adusto y fatalista que a menudo da miedo. Fuera quien fuese antes, ya nunca volverá a ser el mismo, aunque Zeus enviara en este momento un rayo que lo liberara. Nunca podrá volver a conectarse con la vida. Posa una mano en mi hombro un instante y anuncia:

–Voy a orinar.

Nuestra conversación se parece mucho a las de nuestro reciente pasado. No es que haya dejado de hablar con mi padre, exactamente, pero no le digo casi nada de importancia, incluso en comparación con las formales conversaciones de antaño. Estoy seguro de que él lo ha notado, pero la ley no nos permite otra cosa. Soy testigo del caso y no puedo hablar con él de las declaraciones o de cómo va el juicio y, a estas alturas, él no parece pensar en otra cosa, lo mismo que yo. El silencio me conviene. No sé si mi padre es culpable o no. Hay una gran parte de mí que, en caso de que sea culpable, lo negará. Pero he percibido, con una intuición sólida como una roca, que la muerte de mi madre tuvo alguna relación con el lío de faldas de él. Anna, a quien no le apetecen las largas charlas sobre el asunto, porque no le gusta inmiscuirse entre mi padre y yo, me ha preguntado más de una vez qué razones tengo para pensar eso. La respuesta corta es que conocía a mi madre. Sea como sea, creo que lo que realmente mi padre desea saber es lo que pienso de él y, más en concreto, si todavía lo quiero. A veces pienso que debería pasarle una nota que dijera: «Te responderé cuando lo sepa».

Comprender a mi padre ha sido siempre una tarea ardua. Creo que le gustaba ser un hombre misterioso conmigo, una actitud que, a medida que he madurado, cada vez me ha importado menos. Lo conozco, por supuesto, de la manera despiadada en que los hijos conocen a sus padres, que es como conocer un huracán cuando estás en el ojo del mismo. Conozco todas sus costumbres exasperantes, su forma de abstraerse en medio de una conversación, como si lo que le ha venido a la cabeza fuera más importante que cualquier persona que esté con él en esos momentos, y su manera de callar cuando la gente habla de algo un poco personal, aunque sea del picor que les producen en los pies los calcetines de lana; también conozco el aire solemne que siempre ha adoptado conmigo, como si ser mi padre fuera una responsabilidad equivalente a guardar los códigos de todas las armas nucleares del país. Pero el juicio, las acusaciones, su aventura amorosa han puesto de relieve el hecho de que, en realidad, no lo conozco a fondo.

Mientras intento encajar todo esto, oscilo entre los extremos. A veces me aterroriza que esta ansiedad, que ha convertido a mi padre en una especie de zombie devastado, lo mate y que vaya a perderlo el mismo año en que he perdido a mi madre. En otros momentos, me siento tan indignado que creo que está recibiendo su merecido. Pero, sobre todo, me irrito por los muchos momentos en que no sé si un pie se pondrá delante del otro, o si los coches que circulan por la calle se mantendrán pegados al suelo, porque son tantas las cosas que han cambiado de repente, que ya no sé en qué creer.

–Solo un par de preguntas más, juez –dice el fiscal cuando se reanuda la sesión.

–Como quiera, señor Molto. –Mi padre finge, mejor que antes, que le parece bien.

–Bien, dígame una cosa, juez. ¿Era usted feliz en su matrimonio con la señora Sabich?

–Éramos como muchos matrimonios, señor Molto. Teníamos nuestros altibajos.

–Y cuando su esposa murió, ¿estaban en un momento alto o en un momento bajo?

–Nos llevábamos bien, señor Molto, pero yo no era especialmente feliz.

–Y por llevarse bien, ¿debo entender que no tenían desavenencias matrimoniales?

–No podría decir que no sugiera alguna, pero esa semana no hubo ninguna trifulca importante.

–Dice que no era feliz. ¿Qué razones tenía para no serlo, juez?

Mi padre tarda un poco en responder. Sé que sopesa el hecho de que yo esté sentado a diez metros de distancia.

–Era toda una serie de cosas, señor Molto.

–¿Como cuáles?

–Bueno, una era que ella no soportaba mi campaña. Creía que esta la volvía vulnerable de un modo que a mí no me parecía realista.

–¿Estaba desquiciada?

–En sentido coloquial, sí.

–¿Y usted estaba harto de ello?

–Sí, lo estaba.

–¿Y ese fue uno de los motivos que lo llevó a consultar con Dana Mann tres semanas antes de la muerte de su esposa?

–Supongo.

–¿Es cierto, juez, que usted pensaba poner fin a su matrimonio?

–Sí.

–Y no era la primera vez, ¿verdad?

–No.

–¿Consultó con el señor Mann en julio de 2007?

Se produce aquí una situación delicada por ambas partes. Las conversaciones de mi padre con Mann están protegidas por la confidencialidad entre abogado y cliente. Siempre y cuando mi padre no hable de lo que le dijo a Dana, Molto no puede preguntar, porque si obliga a mi padre o a Stern a mencionar ese privilegio de confidencialidad delante del jurado, corre el riesgo de que el juicio se declare nulo. Pero mi padre también tiene que ir con cuidado. Si mintiera sobre lo que le dijo a Mann, o diese deliberadamente una impresión falsa en este asunto, la ley podría obligar a Dana a presentarse ante el tribunal para desmentirlo. Aunque no estuvo más de cinco minutos en el estrado, cuando Dana testificó, durante el turno del fiscal, quedó claro que tanto Molto, como Jim Brand, como toda esta situación lo tienen aterrorizado. Reconoció haberse reunido con mi padre un par de veces e identificó las facturas que le mandó en septiembre pasado y en julio del año anterior y los talones de ventanilla con que él le pagó.

–De hecho, juez, su conversación con el señor Mann del verano de 2007 tuvo lugar poco después de que usted le preguntara a Harnason qué se sentía envenenando a alguien, ¿verdad?

–Unos dos meses después, más o menos.

–¿Y qué ocurrió, juez? ¿Por qué no siguió adelante con la idea de poner fin a su matrimonio?

–Lo medité, señor Molto. El señor Mann me aconsejó y decidí no pedir el divorcio.

Lo que ponen de manifiesto todas las declaraciones y pruebas que el jurado no oirá ni verá, el material que Sandy y Marta me han mostrado –los análisis de ETS y los testimonios de los testigos que vieron a mi padre rondando por varios hoteles– es que, en vez de iniciar los trámites de divorcio, recuperó la sensatez, puso fin a su aventura y se quedó con mi madre. Nunca me he atrevido a preguntarle si lo he entendido bien. La única conversación que hemos mantenido al respecto ha sido demasiado para mí. Lo más extraño de todo es que nunca creí que mis padres tuviesen un matrimonio maravilloso o que fuesen especialmente felices el uno con el otro y, al menos una vez al año, pensaba que uno de ellos decidiría terminar con la relación. Pero esto... ¿Mi padre viéndose clandestinamente con una treintañera por las tardes? Me pone enfermo.

–De acuerdo, y consultó de nuevo con el señor Mann la primera semana de septiembre de 2008, ¿no es así?

–Así es.

–¿Y envenenar a su esposa era una de las alternativas que barajaba en esa ocasión, como lo era cuando habló con el señor Harnason, poco antes de su primera consulta a Mann?

Veo que Marta le da un codazo a su padre, pero Stern no se mueve. Supongo que queda tan claro que la pregunta es ridículamente argumentativa que no merece la pena que proteste. Cuando me preparaba para ver a mi padre ahí arriba, Marta me explicó que, como es juez, causará mejor impresión que se defienda por sí mismo, sin que su abogado intente protegerlo demasiado. Y eso es lo que mi padre hace ahora. Tuerce el gesto con una pequeña mueca y le dice a Tommy:

–Por supuesto que no.

–Cuando consultó al señor Mann en septiembre de 2008, ¿estaba más decidido que la vez anterior a poner fin a su matrimonio?

–No lo sé, señor Molto. Estaba confundido. Barbara y yo llevábamos mucho tiempo juntos.

–Pero ¿reconoce que ya había consultado a Mann el mes de julio de 2007?

–Sí.

–Entonces, juez, resulta lógico concluir que fue a verlo de nuevo porque volvía a estar dispuesto a poner fin a su matrimonio.

Molto se mueve con la cautela de un patinador sobre el hielo, evitando preguntar exactamente lo que mi padre le pidió a Dana.

–Supongo, señor Molto, que durante un breve período tuve otra vez ganas de divorciarme, pero luego dejé reposar la idea y volví a sopesarla.

–¿No es verdad que lo que lo hizo dudar fue el hecho de que estaba en el momento culminante de su campaña?

–Antes del 4 de noviembre, no habría pedido nunca el divorcio.

–No habría sido bueno para su imagen, ¿no es así?

–Lo que me preocupaba era que, si lo hacía entonces, habría salido en los periódicos, mientras que si pedía el divorcio después de las elecciones, el asunto solo le importaría a mi familia.

–Pero admitirá, juez, que a algunos votantes no les gustaría saber que quería divorciarse, ¿no es verdad?

–Supongo que sí es verdad.

–Y, en cambio, como viudo, podía despertar compasión, ¿no es así?
Mi padre no responde. Se limita a encogerse de hombros.
–Juez, ¿le dijo a su esposa que pensaba divorciarse de ella?
–No, no lo hice.
–¿Por que?
–Porque no estaba decidido del todo, y porque después de ver al señor Mann cambié de idea. Y porque mi mujer era inestable. Podía haberse enfadado muchísimo. No tenía ningún sentido hablar de ello hasta que hubiese tomado una decisión definitiva.
–Así pues, no le apetecía hablar de eso con ella, ¿verdad?
–No me apetecía en absoluto. Habría sido sumamente desagradable.
–Entonces, juez, ¿podemos decir que el hecho de que su esposa muriera cuando lo hizo le ahorraba tener que enfrentarse a ella o dar la cara ante sus votantes?
Mi padre repite su mueca, a medio camino entre el mal humor y la incomodidad, como si todo aquello fuese demasiado estúpido, intentando fingir indiferencia ante la trampa que le tiende el fiscal.
–Puede decir eso si quiere, señor Molto.
–En conjunto, juez, el momento de la muerte de la señora Sabich fue muy oportuno, ¿no cree?
–Protesto –interviene Stern con vigor.
–Ahora basta –dice en voz baja el juez Yi–. Hora de otro asunto.
–Muy bien –repite Tommy, con más firmeza esta vez, y revisa sus notas. Se lo ve pagado de sí mismo. Sabe que está logrando lo que desea–. Hablemos un poco más de su ordenador.
La noche en que mi padre supo que iban a incriminarlo –el 4 de noviembre de 2008, una fecha que no olvidaré nunca, el día en que su carrera en la judicatura tenía que haber llegado a su cumbre absoluta–, la Fuerza Policial Unificada del Condado de Kindle registró nuestra casa de Nearing. Requisaron los dos ordenadores y, en una clara muestra de que buscaban rastros de fenelzina, se llevaron también la ropa de mi padre y todos los utensilios de la cocina –platos, vasos, envases y las botellas abiertas de los armarios y del frigorífico–, así como las herramientas del jardín. Y la cosa no terminó ahí. Durante el registro inicial, descubrieron una reparación que mi padre había hecho unos meses antes en el sótano –mis padres tenían siempre problemas de filtraciones– y reventaron las paredes con martillos neu-

máticos. Luego, volvieron con otra orden y levantaron el césped porque uno de los vecinos había dicho que estaba seguro de que mi padre había estado cavando en el jardín por las fechas en que había muerto mi madre. Y, en efecto lo hizo; había plantado aquel rododendro para ella el día que cenamos los cuatro. Pero los fiscales no se conformaron con desvalijar nuestra casa, sino que, además, se negaron a devolver nada de lo que habían confiscado, por lo que mi padre se quedó sin vestuario, ordenador personal ni cacharros para calentar agua en la cocina durante meses.

El ordenador en particular fue un punto conflictivo, porque mi padre, que trabajaba mucho de noche, descargaba con frecuencia documentos del tribunal en su ordenador doméstico. Guardaba en él decenas y decenas de borradores de dictámenes, muchos de los cuales se referían a apelaciones en las que la fiscalía del condado de Kindle era parte implicada, así como muchos informes que reflejaban el funcionamiento interno del Tribunal de Apelaciones, en los que los jueces se quitaban la careta y compartían opiniones sinceras sobre los abogados y los casos y, a veces, unos de otros. Los jueces de apelación se enfurecieron de veras cuando supieron que todo aquello había caído en manos de los fiscales.

George Mason, que era el presidente en funciones, no quería que pareciese que el Tribunal de Apelaciones protegía a mi padre, pero no le habría quedado más remedio que calmar a sus colegas de no ser por una jugarreta del destino que me pareció divertida: nadie quería ser el juez del caso. Todos los miembros del tribunal superior habían declinado ocuparse del mismo y, aunque se designara a un juez, al perdedor no le serviría de nada presentar recurso al Tribunal de Apelaciones, ya que este era una de las partes. Al final, Molto llegó a un acuerdo con George según el cual la fiscalía haría una copia completa del disco duro y luego la examinaría bajo la supervisión de George o de alguien nombrado por este, de forma que no se filtrase ningún documento interno del tribunal. Y llegaron al mismo acuerdo con respecto al ordenador que mi padre tenía en su despacho de los juzgados.

Después de que analizaran el ordenador portátil de mi padre, el de sobremesa que tenía en casa fue entregado al juez Mason y los dos, el de casa y el del juzgado, quedaron guardados juntos en el despacho de Mason durante el mes que tardaron en nombrar al juez Yi. Mientras se producía el nombramiento, a mi padre se le permitió acceder a lo que necesitaba de los discos duros a fin de terminar sus dictámenes pendientes o de mantener al día su agenda de trabajo, pero solo cuando George o su delegado estuviesen presentes e hicieran un informe exacto de cada tecla que había tocado. Mi padre acudió allí una vez, pero el regreso al reino que había gobernado le resultó tan humillante, que no quiso repetirlo en esas condiciones. Después de eso, los fiscales accedieron a que las sucesivas copias de los ordenadores las hicieran intermediarios aprobados por Mason y por la fiscalía, y esos intermediarios resultamos ser yo o –a sugerencia del juez Mason– Anna, a la que conocía y en quien confiaba, pues había sido pasante de mi padre y era algo experta en informática. Una vez nombrado Yi, este se puso de parte de los fiscales en ese asunto, y ordenó que les fueran entregados los ordenadores. En el del despacho de mi padre en el tribunal no encontraron nada, como tampoco en el doméstico de mi madre. Sin embargo, el de mi padre resultó una especie de mina de oro para la fiscalía y lo llevaban a los juzgados todos los días, con el mismo retractilado plástico de color rosa en que estaba envuelto desde que el perito de la acusación, el doctor Govetich, había ido a buscarlo al Tribunal de Apelación, en diciembre.

–Prosigamos, juez. El día antes de que muriera su esposa, usted borró algunos correos del ordenador de su casa, ¿verdad?

–Yo no hice eso, señor Molto.

–Bien –dice Tommy. Asiente, como si hubiese esperado esa negativa y deambula por la sala con el aire sombrío de un padre a punto de dar una azotaina–. Su proveedor de internet es ClearCast, ¿verdad?

–Sí.

–De acuerdo. Solo para que todos sepamos de qué hablamos, cuando alguien le manda un correo, este va al servidor de ClearCast y usted lo baja a su ordenador doméstico mediante su programa de correo, ¿no es así?

–No entiendo de ordenadores, señor Molto, pero lo que dice parece correcto.

–Voy a referirme de nuevo a la declaración del profesor Grovetich. Usted tenía configurado el programa de modo que los mensajes se borraran del servidor de ClearCast al cabo de un mes, ¿correcto?

–No pretendo complicarle las cosas, señor Molto, pero era mi esposa quien se encargaba de ese tipo de cosas. Ella era licenciada en matemáticas y sabía de ordenadores muchísimo más que yo.

–Pero estaremos de acuerdo en que, a diferencia de lo que hacía en su ordenador del Tribunal de Apelaciones, usted descargó mensajes de su servidor ClearCast en el gestor de correo de su casa.

–Si entiendo lo que está diciendo, se refiere a que, cuando estaba en el trabajo, iba al sitio web de ClearCast para leer mi correo, mientras que, cuando estaba en casa, los mensajes llegaban al programa de correo de mi ordenador y quedaban almacenados allí.

–A eso me refiero exactamente. Y, transcurrido un mes, ese era el único sitio donde esos mensajes se conservaban.

–Tendré que fiarme de lo que dice, pero sí, suena correcto.

–Y, dígame, ¿usted borraba habitualmente los mensajes de su ordenador doméstico?

–No. A veces enviaba documentos del tribunal a mi cuenta personal y, como no sabía nunca lo que iba a necesitar, casi siempre dejaba que el correo se acumulara en la bandeja de entrada.

–Por cierto, juez, antes nos ha dicho que su mujer a veces utilizaba su ordenador.

–He dicho que a veces lo utilizaba para hacer breves búsquedas en la red, porque lo tenía al lado mismo de nuestro dormitorio.

–El señor Brand me lo ha recordado durante la pausa. Usted guardaba mucha información confidencial del Tribunal de Apelaciones en su ordenador doméstico, ¿verdad?

–Sí. Y precisamente por eso teníamos dos aparatos en casa, señor Molto. Barbara sabía que no debía abrir mis documentos o mis correos. Pero si solo iba a hacer una búsqueda rápida en internet, no tenía por qué verlos.

–Comprendo –dice Molto, y esboza la misma sonrisita engreída que ha mostrado cada vez que alguna explicación de mi padre le ha parecido demasiado elaborada–. Bien, ya oyó el testimonio del doctor Gorvetich tras el examen forense de su ordenador. El perito llegó a la conclusión de que varios mensajes habían sido borrados de su cuenta de correo personal y de que, basándose en los datos del registro, eso se hizo el día antes de que su esposa muriera. Lo oyó usted, ¿verdad?

–Sí.

–Y, de hecho, afirmó también que no solo fueron borrados, sino que para ello se descargó un programa específico llamado Evidence

Eraser con el propósito de que no pudiera realizarse una reconstrucción forense de lo que había en el ordenador. ¿Lo oyó decirlo?

–Sí.

–¿Y niega haberlo hecho?

–Lo niego.

–¿Y quién más vivía en casa con usted, juez?

–Mi esposa.

–Y ha dicho que ella sabía que no debía acceder al correo electrónico de usted.

–Exacto.

–Su testimonio no tiene mucho sentido, ¿no lo cree así, juez?

–Señor Molto, francamente, nada de esto tiene mucho sentido. Dice que borré el correo de mi ordenador con un programa especial para que no pudiera ser reconstruido y que, al mismo tiempo, no me molesté en borrar mis búsquedas sobre la fenelzina, por no hablar del descuido de haber dejado mis huellas en el frasco del medicamento. Pues sí, señor Molto, todo esto suena ridículo.

La parrafada de mi padre no puede considerarse un estallido, pues lo ha soltado todo en un tono muy calmado. Y tiene razón. Las contradicciones en las teorías de la acusación son alentadoras. Es la primera vez que ha puesto a Molto en una situación difícil. Tommy lo mira y, volviéndose al juez Yi, anuncia:

–Solicito que se anule la respuesta, señoría. El acusado tendrá su oportunidad de hacer un alegato final.

–Vuelva a leerla, por favor –le dice Yi a la estenógrafa.

La lectura no hace sino empeorar las cosas para la acusación, ya que el jurado vuelve a escuchar de nuevo la pequeña soflama de mi padre. Al final, el juez niega con la cabeza.

–Acusado estaba respondiendo, señor Molto. Mejor no preguntar qué tiene sentido. Y juez –se dirige a mi padre con la misma paciencia y cortesía que ha demostrado hasta ahora–, por favor, nada de argumentaciones.

–Lo siento, señoría.

Yi niega de nuevo con la cabeza para desestimar las disculpas.

–Respuesta bien, mala pregunta. Muchas preguntas buenas, pero no esta.

–Estoy de acuerdo, señoría –dice Molto.

–Bien –dice el juez–. Todos felices.

Esa frase, en medio de un juicio por asesinato, provoca en los presentes en la sala una risa histérica, y el juez, del que se dice que en privado es una persona chistosa, se ríe más que nadie.

–Prosiga –dice Yi cuando se apagan las carcajadas.

–Juez, ¿había en su ordenador mensajes electrónicos que no quería que nadie viese?

–Como ya he dicho, había muchos informes confidenciales del tribunal.

–Me refiero a mensajes personales.

–Algunos –responde mi padre.

–¿Cuáles, exactamente?

Lo primero que se me ocurre son sus mensajes a la chica con la que se acostaba. Probablemente estaban allí, pero hay pruebas más claras de esos procedentes de otra fuente.

–Por un lado, tal como el señor Mann ha declarado, confirmó mis citas con él por correo electrónico.

–Y, por lo que usted sabe, los correos del señor Mann, ¿estaban en su ordenador de casa cuando este fue requisado?

–Sé que consta que no estaban.

–En realidad, el doctor Gorvetich pudo determinar que se había utilizado el programa Evidence Eraser para borrarlos al poder situar la fecha de esos mensajes.

–Eso fue lo que declaró.

–¿Y duda de él?

–Creo que nuestro perito cuestionará sus conclusiones de que se utilizó un software especial. Obviamente, los mensajes no estaban.

–¿Y niega haberlos borrado?

–No recuerdo haber borrado los mensajes del señor Mann, pero es evidente que tenía razones para hacerlo. Lo que sé es que no bajé ningún programa especial para destruirlos ni lo usé nunca en mi ordenador.

–¿Así que, sin el uso del Evidence Eraser, un investigador que examinara su ordenador podría advertir que usted había estado pensando en divorciarse de su esposa?

Veo adónde quiere ir a parar. Argumentará que mi padre había tomado precauciones y que había limpiado su ordenador por si las autoridades reconocían el envenenamiento por fenelzina. Pero si las cosas llegaban a ese punto, me parece que mi padre ya estaría metido en un montón de problemas.

–Posiblemente.

–Posiblemente –repite Molto, y hace una leve mueca–. Bien, juez, según lo que usted le dijo a la policía, el 29 de septiembre se despertó y encontró muerta a su esposa. ¿Es eso cierto?

–Sí.

–Y durante todo ese día, durante casi veinticuatro horas, para ser más exactos, no llamó a nadie. ¿No es verdad?

–Sí.

–¿No llamó a Emergencias para ver si podían reanimarla?

–Estaba fría al tacto, señor Molto. No tenía pulso.

–Hizo el dictamen médico por su cuenta y no llamó a Emergencias, ¿no es así?

–Exacto.

–¿Y no comunicó a su hijo ni a los amigos y familiares de su esposa que esta había muerto?

–No entonces.

–Y, según lo que dijo a la policía, se pasó todo un día allí sentado, pensando en su mujer y en su matrimonio. ¿Es eso cierto?

–También puse algo de orden y la arreglé un poco para que mi hijo la viese mejor cuando llegara. Pero sí, casi todo el tiempo me lo pasé sentado, pensando.

–¿Y entonces, casi un día entero después, llamó a su hijo?

–Sí.

–Y, según lo que él ha declarado, cuando usted habló con Nathaniel –me estremezco un poco al oír mi nombre en boca de Molto–, discutieron acerca de la conveniencia de llamar a la policía.

–Él no ha dicho que fuera una discusión y yo tampoco lo llamaría así. No se me ocurrió que tenía que llamar a la policía y, francamente, en aquel momento no quería que se presentaran desconocidos en casa.

–¿Cuántos años fue fiscal, juez?

–Quince.

–¿Y está diciendo que no se le ocurrió pensar que, en caso de una muerte sospechosa, había que llamar a la policía?

–Para mí no era sospechosa, señor Molto. Barbara tenía hipertensión y problemas cardíacos. Su padre murió del mismo modo.

–Pero ¿no quería llamar a la policía?

–Estaba confuso sobre lo que había que hacer, señor Molto. No se me había muerto ninguna esposa antes.

El jurado suelta unas risillas, lo que es una pequeña sorpresa. Stern frunce el entrecejo. No quiere que mi padre se haga el gracioso.

–Bien. Ha dicho que sabía que su esposa tenía problemas de salud. Sin embargo, ella estaba en muy buena forma, ¿no es verdad?

–Sí, estaba en muy buena forma, pero hacía tanto ejercicio porque sabía que genéticamente corría un riesgo. Su padre apenas llegó a los cincuenta años.

–Así pues, usted no solo dictaminó que estaba muerta, sin ayuda cualificada de nadie, sino que además decidió la causa de la muerte.

–Le estoy diciendo lo que pensé. Le estoy explicando por qué no consideré la idea de llamar a la policía.

–No lo haría para retrasar la autopsia, ¿verdad, juez?

–No, no fue por eso.

–Como ha dicho usted, juez, puso un poco de orden. En ese orden, ¿se incluía lavar el vaso en que la noche anterior había disuelto la fenelzina?

–No.

–¿Qué seguridad tenemos, aparte de lo que usted dice, de que no lavó el vaso que contenía restos del veneno que le dio a su esposa?

–¿Quiere poner de relieve que solo está mi declaración, señor Molto?

–¿Qué seguridad tenemos, juez, de que no fregó la encimera donde aplastó la fenelzina, o lavó los utensilios que utilizó para ello?

Mi padre no se molesta en contestar.

–¿Qué seguridad tenemos, juez, de que usted no dedicó esas veinticuatro horas a hacer todo cuanto pudo para borrar cualquier rastro que indicase que había envenenado a su esposa? ¿Qué tenemos, excepto su declaración?

Tommy se ha acercado a mi padre y ahora está a pocos palmos del estrado de los testigos, mirándolo fijamente.

–Lo comprendo, señor Molto. Solo la mía.

–Solo la suya –confirma Tommy Molto, y sigue mirándolo unos instantes.

Luego regresa a la mesa de la acusación y, antes de sentarse, ordena sus notas.

27

TOMMY, 22 DE JUNIO DE 2009

En la penumbra de las oficinas del fiscal, donde solo parecía haber dos momentos del día, el atardecer y la oscuridad, varios miembros del equipo de Tommy lo esperaban para ser los primeros en estrechar la mano del jefe. Cuando se abrieron las puertas metálicas del ascensor, Jim Brand salió del mismo empujando el carrito del juicio. Este, de acero inoxidable, descubierto y con ruedas, parecía un carro de supermercado y se empleaba para llevar todos los días los documentos del proceso, así como el ordenador doméstico de Rusty a los juzgados del otro lado de la calle. Detrás de Brand salieron las dos mujeres que asistían al proceso con los fiscales, la detective Rory Gissling y la secretaria, Ruta Wisz. Una vez estuvieron todos fuera del ascensor, los empleados, muchos de los cuales habían ido al tribunal para asistir al interrogatorio de la acusación, prorrumpieron en aplausos. Tommy aceptó los saludos y las palmaditas y cruzó el oscuro vestíbulo detrás del carrito en dirección a su despacho. Parecía una escena de una de esas viejas películas de romanos, en las que los conquistadores entran en una ciudad amurallada detrás de un carro que lleva los restos del anterior gobernante.

Los ayudantes hicieron comentarios jocosos respecto a Rusty.

–Daba vueltas como un pollo en un espetón, jefe –dijo alguien.

–Bienvenidos al restaurante Benihana. El chef Tommy les espera.

Antes de levantar la sesión, incluso el juez Yi había mirado a Tommy un segundo y había asentido en señal de respeto. A decir verdad, el fiscal estaba un poco abrumado con tantas aclamaciones. Hacía tiempo que había advertido que era de esas personas que no se sienten realmente bien cuando triunfan. Ese era otro de sus embarazosos secretitos, atemperado en los últimos años por la conciencia de que había mucha más gente como él de lo que creía. Sin embargo, cuando las cosas le iban de verdad bien, a menudo se sentía culpable, porque, en el fondo, estaba convencido de que no lo merecía. A veces, incluso pensaba que no era digno del amor que Dominga le profesaba. Por eso, era del todo normal que, por mucho que supiera que le estaba haciendo verdadero daño a Sabich, sintiera que la preocupación empezaba a carcomerlo.

Con todo y con eso, no se podía obviar que había estado realmente bien en la sala. Aunque sabía que no debía atribuirse demasiados méritos. Uno podía prepararse y prepararse, pero el turno de repreguntas eran como el paso de la maroma, a veces se caía de pie y otras de cabeza, y eso dependía en gran medida del destino. Hasta que Rusty había intentado apuntarse un tanto diciendo que no había visto a Barbara ingerir los alimentos que, obviamente, la habían matado, Tommy no se había dado cuenta del todo de lo absurdo que era pensar que la mujer había fallecido de manera accidental. Ese había sido un gran momento para él y luego había habido unos cuantos más... Pero también había cometido algunos errores, había abierto demasiado la puerta un par de veces, cosa que siempre sucedía. Sin embargo, en general, el alegato de la acusación había resonado en la sala con la nitidez de una trompeta.

Incluso las decenas de periodistas que se apiñaban a la puerta de los juzgados parecían impresionados. Tommy tenía pocos fans en los medios. Se ponía tenso ante las cámaras y la personalidad implacable que mostraba en la sala no sentaba bien a los periodistas, a quienes no les gustaba que los tratasen como los adversarios que a menudo eran. Y en ese caso, Tommy se enfrentaba a ellos con una mano atada a la espalda. En cuanto se había designado al juez, Stern había presentado un recurso sobre los resultados de ADN del primer juicio. En una decisión tomada en privado, fuera del conocimiento público, Yi no solo había requisado los resultados del ADN, como Tommy había pronosticado que haría, sino que, además, había requerido a la acusación para que se pusieran en contacto todas las personas que conocían el resultado y les comunicaran que, por orden judicial, se les prohibía hablar del mismo hasta después del veredicto, lo que equivalía a una advertencia por parte del juez de que abriría procedimientos por desacato si se filtraban los resultados del análisis. Mientras tanto, los periódicos –alentados sin duda por Stern–, cada día sacaban a relucir la teoría de la venganza, recordando con todo lujo de detalles el primer juicio y haciendo hincapié en cómo se había desmoronado el caso. Con frecuencia mencionaban también que, después de aquel proceso, Tommy había sido sometido a investigaciones durante un año antes de poder volver a su trabajo. Él, que hacía tiempo que había dejado de esperar justicia de la prensa, no podía replicar nada a esos comentarios fuera de que todo quedaría aclarado cuando el juicio terminara. Sin embargo, después de su actuación de aquel día, y sobre todo cuando se hicieran públicos los resultados del ADN, Tommy sabía que ningún abogado ni periodista podría decir nada, excepto que Jim Brand y él habían hecho muy bien en presentar a juicio aquel caso.

Varios ayudantes más los abordaron para felicitarlos mientras recorrían el pasillo. Sin embargo, cuando Tommy llegó a su despacho, se quedó ante la puerta como un anfitrión reacio. Solo permitió que entrara su equipo del tribunal. Estrechó manos y animó a todo el mundo a volver al trabajo con unas palmaditas en la espalda. Los empleados de la fiscalía sabían que no debía cantarse victoria a medio proceso, y el hecho de que tantos de ellos ya quisieran celebrarla, en realidad traicionaba sus dudas sobre el caso, el pensamiento de que todo estaba saliendo mejor de lo que esperaban. Muchos de los abogados más veteranos sabían que todavía cabía la posibilidad de que, cuando saliera el veredicto, no tuvieran motivos para reunirse allí a beber champán, precisamente.

–Un diez perfecto –le dijo Rory Gissling cuando Tommy volvió de hacer una llamada rápida a Dominga.

Tommy había podido hablar con su esposa solo unos segundos, pues Tomaso, que ya hablaba y a veces era muy insolente, ponía a prueba a su madre.

–Ya ves –replicó Tommy, pero no añadió nada más durante unos segundos.

Los cuatro se hallaban alrededor del gran escritorio del fiscal. Jim y él se habían quitado el gabán y habían puesto los pies sobre el mueble propiedad del Estado.

–Creo que Yi tendría que haberte dejado buscar a la chica.

–Yi no va a permitirnos hablar con ella –contestó Tommy–. Y creo que ya sé por qué.

–Porque no quiere que le revoquen la sentencia –dijo Brand, que hacía el mismo comentario cada vez que hablaban del juez Yi.

–No, porque sabe que no la necesitamos. En la sala de deliberación del jurado habrá doce personas. Entre todas ellas habrán vivido unos quinientos años. ¿Y qué es lo primero que piensa todo el mundo cuando le cuentan que un tipo de mediana edad va a dejar a su amor de la universidad?

–Que debe de tener un lío –se rió Rory.

–Eso es exactamente lo que van a decir la mitad de personas de esa sala. Y, en realidad, cualquier cosa que ese grupo imagine será, probablemente, mucho mejor que todo lo que nosotros podamos demostrar.

–Entonces, ¿por qué estamos preocupados? –inquirió Brand al tiempo que bajaba los pies del escritorio y se inclinaba hacia delante.

Jim era la única persona de las allí reunidas que conocía a Tommy lo suficiente como para haberlo notado. Él se tomó unos segundos para responder.

–Porque Sandy Stern sabe contragolpear –dijo finalmente–. Por eso.

Stern sabía bien que un juicio es una guerra de expectativas, en la que nadie podía controlar siempre el estado de ánimo de la sala. Era consciente de que podía sobrevivir a un buen día de los fiscales, a una buena semana incluso, siempre que pudiera darles réplica. En realidad, ahora estaba claro por qué había llamado a declarar primero a su cliente. Porque, a partir de ahí, iba a reconstruir la credibilidad de este. Tommy sospechaba incluso que Stern deseaba que Rusty causara mala impresión en algunos momentos, para que así los miembros del jurado terminaran avergonzados de sus dudas cuando se despejaran algunas de ellas. Hacía tiempo que Tommy había dejado de realizar movimientos de ajedrez con Stern en un juicio. Siguiendo su juego no lo ganaría nunca. Así pues, jugaba al suyo. Siempre de frente.

–Ya lo veréis –añadió–. Stern es de los que nunca se rinden.

–Ya lo frenaremos –dijo Brand.

–Sí –asintió Tommy–, pero ya verás como dentro de dos semanas, lo único que el jurado recordará del día de hoy es que Rusty ha dicho que él no la mató. Y también recordará que no les causó mala impresión. Que estuvo casi siempre tranquilo y no se mostró evasivo en casi nada.

–Ha argumentado demasiado –opinó Rory.

Ruta, la secretaria, los observaba pero no dijo nada. Era una rubia regordeta, de veintinueve años, a punto de empezar los estudios en la facultad de Derecho, y estaba emocionada por hallarse en el despacho del fiscal oyendo aquellas conversaciones.

–Se ha excedido un poco en eso –convino Tommy–, pero ha hecho un buen trabajo. Un trabajo realmente bueno, habida cuenta de las preguntas a las que ha tenido que responder. Pero...

Se interrumpió. De repente supo lo que lo había estado preocupando. Había golpeado a Sabich, pero no lo había derrotado. Ni por un momento había dado la impresión de que hubiese matado a alguien. Ni de que fuera capaz de hacerlo. Tommy no había dedicado nunca mucho tiempo a pensar qué sucedía con Rusty, pero era algo profundo y complejo, algo tipo doctor Jekyll y Mr. Hyde. Pero Sabich había actuado con toda frialdad. Sostenía la mirada. Nada de pedir disculpas. La razón estaba de parte de los fiscales, pero el ambiente emocional de la sala había sido más complejo. A decir verdad, Rusty había tenido que aceptar como coincidencias una larga lista de hechos muy perjudicial: Harnason, las huellas, ir a recoger la fenelzina a la farmacia, comprar vino y queso, las búsquedas sobre ese fármaco en internet... Pero, contra su voluntad, Tommy había experimentado un par de segundos de intensa frustración ante la placidez con que Rusty lo explicaba todo. Sabich merecía seguramente su propio capítulo en un manual de psiquiatría, pero, después de treinta años como fiscal, Tommy tenía un detector de mentiras en las entrañas y confiaba más en él que en cualquier técnico que interpretara las agujas que se movían en un polígrafo. Y algún miembro del jurado, tal vez la mayoría, debía de haber visto lo mismo que él. Incluso aunque Rusty fuera la única persona en la sala que, de un modo u otro, se había convencido de que no era culpable.

–¿Y qué te ha parecido que culpara a su mujer de haber usado su ordenador para buscar información sobre la fenelzina? –preguntó Brand–. Eso no tiene sentido. ¿Cómo iba ella a llevar doce años tomando ese medicamento sin saber nada de él?

–Tenía que decirlo –apuntó Rory.

–Sí, tenía que decirlo –convino Tommy–. De otro modo, ¿cómo explicaba que hubiese ido a la tienda y hubiese comprado todo lo que encontró que podía matarla? Si él había visitado esos sitios web, debería haberle dicho: «No, no, cariño, tomaremos tortillas de maíz con guacamole». Al menos, se lo habría comentado.

–Pero también la culpó de eliminar los mensajes de su correo electrónico –comentó Brand.

–Ese ha sido su único argumento sensato. –Rory negó con la cabeza–. ¿Por qué borrar los mensajes pero no limpiar el caché de su navegador?

–Porque se olvidó –respondió Brand–. Porque se disponía a matar a su mujer, y eso pone nervioso y despista a cualquiera. Es el mismo argumento de mierda que oyes en todos los casos. «Si soy un delincuente tan listo, ¿por qué me han pillado?» Quiero decir que lo hizo. Y, además, quizá se le acabó el tiempo.

–¿Antes de qué?

–De que a ella le llegara la fecha de caducidad. Es un cabrón y un enfermo –contestó Brand–. Por supuesto, quiso que mamá viera a su hijo por última vez antes de mandarla al otro barrio. Es lo que un cabrón y un enfermo entiende por tener buen corazón.

Al escucharlos, Tommy se ensimismó aún más. Había algo preocupante en el hecho de que Brand calificara a Rusty de cabrón y enfermo. No se trataba de que el juez no mereciera esos calificativos pues, ¿qué otra cosa podía decirse de un tipo que había elaborado cuidadosamente un plan para matar a una segunda mujer después de haber salido impune del asesinato de la primera? Pero la verdad era que nadie, en toda la sala, conocía a Rusty Sabich tanto como el propio Tommy. Ni siquiera su abogado o su hijo. Tommy lo había conocido hacía treinta y cinco años, cuando él todavía estudiaba derecho y trabajaba en el caso Matuzek, un juicio por cohecho contra un miembro de la junta municipal del condado, en el que Rusty era el tercer ayudante de Ray Horgan. Desde entonces, Tommy había observado al hombre desde todos los ángulos, pues había trabajado en una oficina contigua a la suya, había participado en casos a su lado, había sido supervisado y mandado por él, lo había visto como acusado en una sala y luego como juez en el tribunal. En los primeros tiempos, sobre todo antes de que Nat naciera, la verdad es que habían tenido mucha relación. Cuando contrataron a Tommy, Rusty y Nico Della Guardia, compañero de instituto de Tommy, solían salir juntos los fines de semana y, a veces, él también se apuntaba. Iban a ver partidos de los Trappers y se habían emborrachado en más de una ocasión. El día en que Rusty entró en la oficina anunciando el nacimiento de Nathaniel, fumaron unos habanos que ofreció Nico. Con el paso del tiempo, Tommy había ido apreciándolo menos. Sabich había ido ganando poder en la oficina, por lo general a costa de Nico, y se había vuelto reservado y engreído. Y después del juicio por la muerte de Carolyn, cuando Tommy regresó después de haber estado un año apartado y sometido a investigación, cada vez que los dos se encontraban, el rostro de Rusty parecía una máscara mal hecha que fingía una cordialidad poco convincente.

Y sin embargo... Sin embargo, con su profesión, Tommy no solía preguntarse cómo o por qué. Uno veía corromperse a gente de todo tipo: sacerdotes queridos por la comunidad, que habían ayudado a acercar a Dios a las vidas de miles de personas y que terminaban grabando en vídeo a niños desnudos de seis años; multimillonarios que poseían clubes de fútbol y grandes almacenes y que estafaban quince mil dólares a alguien solo porque siempre tenían que ganar; políticos votados porque se las daban de reformistas y que en cuanto juraban el cargo tendían las manos para recibir sobornos. Tommy no trataba de entender por qué había gente que necesitaba ese tipo de retos. No le correspondía a él averiguarlo. Su deber era reunir las pruebas y los testimonios, presentarlos a doce personas buenas y pasar al caso siguiente. No obstante, después de tres décadas y media, una cosa sabía sobre Rusty Sabich: no era un cabrón y un enfermo. ¿Hermético? Mucho. ¿Capaz de obsesionarse con una mujer como Carolyn de modo que ella se convirtiera en lo único que quería o le importaba? Eso también era posible. Quizá lo había cegado la rabia, la había estrangulado y luego había encubierto el crimen. Pero si había algo que Tommy se había exigido a sí mismo en las dos décadas que llevaba ocupando el sillón de fiscal, era la honestidad. Y enfrentarse a Rusty en la sala había terminado por obligarlo a afrontar una serie de cuestiones que llevaba casi un año intentando evitar. Y una de ellas lo inquietaba especialmente: un crimen tan calculado como aquel, planificado durante meses y ejecutado durante una semana, no parecía propio del hombre al que Tommy conocía desde hacía tanto tiempo.

Tommy era consciente de que nadie era tan despiadado con él como él mismo, Tomassino Molto III. Le gustaba hacerse sufrir y eso era lo que estaba haciendo en aquellos instantes. Esa cosa católica del martirio. Al cabo de un minuto, de una hora, se recuperaría. Pero en aquel momento, no tenía sentido seguirse resistiendo. Era uno de esos pensamientos que uno no quería tener, pero de todas formas lo asaltaban, como pensar en el momento de la muerte o en cómo sería la vida si le ocurriera algo a Tomaso. Mientras Brand y Rory bromeaban, se demoró un instante en una idea que no se le había pasado por la cabeza desde hacía meses. Iba contra todas las probabilidades, contra las pruebas e incluso la razón, pero de todos modos se formuló la pregunta: ¿y si Rusty era inocente?

28

NAT, 22 DE JUNIO DE 2009

Como cada noche, volvemos a las elegantes y elitistas oficinas de Stern & Stern. Sandy es uno de esos tipos que empezó de cero y a los que les gusta exhibir los signos externos de su éxito, y Marta, cuya informalidad parece subrayar un deliberado contraste con su padre, bromea a su espalda diciendo que a ella el bufete le parece un asador de lujo, con mucha madera noble, lámparas de cristal emplomado y luz tenue, sofás de cuero y jarrones de cristal en las mesas de las salas de reunión. Comparado con otros despachos de abogados que he visitado, aquí además reina un silencio de buen tono, como si Sandy estuviera por encima de las molestias de la vida cotidiana. Los teléfonos no suenan, sino que parpadean, y los teclados de los ordenadores son mudos.

Sin embargo, esta vez, desde que hemos recogido nuestras cosas para marcharnos del juzgado, hay otro tipo de silencio.

Stern es muy estricto y nunca quiere que comentemos nada que pudiera oír un aliado insospechado de Molto o un pariente de un miembro del jurado, por lo que, mientras estamos en el edificio, las charlas de ascensor deben limitarse a temas del momento, preferiblemente que no susciten controversia, como por ejemplo deportes. Pero esta noche hemos bajado sin hablar, sin comentar, como es habitual, cuestiones inocuas de la actualidad. Aunque estamos a apenas unas manzanas del edificio LeSueur, ahora Sandy tiene que desplazarse en coche y me ha pedido que subiera a su Cadillac con él y mi padre, porque quiere discutir mi declaración para la defensa, que espera que empiece mañana. A veces, a la salida del Palacio de Justicia, explica algo a la horda de reporteros que espera a la puerta, pero hoy, mientras nos abríamos paso, un Stern renqueante ha dicho: «Sin comentarios».

Continuamos todos callados, incluso en la intimidad del coche. Está claro que necesitamos un rato para cargar las pilas y valorar cuánto daño ha causado Molto. Mi padre ha mirado por la ventanilla todo el rato y no he podido por menos de pensar que se sentía como alguien que viaja en el autobús de la prisión, contemplando unas calles por las que no volverá a pasear.

Una vez en la oficina, se invierte el procedimiento habitual que seguimos después de las sesiones del proceso. Mi padre se marcha con Marta, mientras que Stern me lleva a su inmenso despacho y cierra la puerta. Pide refrescos para los dos a una de sus ayudantes y nos sentamos, uno al lado del otro, en unas sillas de cuero marrón de respaldo alto. El despacho posee la atmósfera refinada de un museo: las paredes están llenas de bosquejos al pastel de Stern ante el tribunal y, encima de las mesas, en pequeñas urnas de plástico, se exhiben varias pruebas documentales de sus juicios más famosos. Temo incluso dejar el vaso, hasta que me señala un posavasos con base de corcho.

Mis reuniones con Sandy son básicamente diplomáticas. Mis entrevistas iniciales sobre el caso, en las que me enteré de cuál era la acusación, fueron con Sandy, que hizo cuanto pudo para mostrarme la cara favorable del asunto, es decir, que Tommy no había hecho ninguna mención a la pena de muerte y que también había aceptado que se concediese a mi padre la libertad bajo fianza. Pero casi siempre que estoy en el bufete, a lo que me dedico es a ayudar a Marta. De resultas de ello, los dos hemos decidido que sea ella la que presente mi testimonio. Pero ahora Stern quiere asegurarse de que ya no tengo objeciones.

–Me llevo muy bien con Marta.

–Sí, y se te ve simpático. Estoy seguro de que causarás muy buena impresión a los miembros del jurado. –Bebe un sorbo de refresco–. Dime, ¿cuál ha sido la valoración desde los asientos del público? ¿Qué te ha parecido la sesión de hoy?

Entre los muchos puntos fuertes de Stern que he observado durante el último mes, se cuenta su absoluta valentía para escuchar comentarios. Estoy seguro de que también quiere palpar el estado emocional en que voy a declarar.

–Me ha parecido que Molto hacía un trabajo muy bueno.

–Sí, a mí también. –Entonces, como sucede a menudo, le vuelve la tos seca como para recalcar sus palabras–. Con los años, Tommy ha mejorado como abogado, se ha apaciguado. Pero su intervención de hoy es lo mejor que le he visto.

Me intriga por qué Marta y él han decidido que mi padre declare al principio y se lo pregunto.

–Anna dice que los acusados casi siempre testifican los últimos –comento.

–Es verdad, pero nos pareció mejor alterar el curso habitual.

–¿Para fastidiar a Tommy? –Eso era lo que Anna suponía.

–Debo admitir que quería pillarlo desprevenido, pero ese no era el objetivo principal. –Stern mira unos instantes al vacío, intentando calibrar cuánto puede decir, teniendo en cuenta que mañana me toca declarar. A la luz de la lámpara de mesa que hay a nuestro lado, el sarpullido del lado derecho de su cara parece estar hoy algo mejor–. La verdad, Nat, quería asegurarme de que teníamos tiempo para recuperarnos si el testimonio de tu padre terminaba en catástrofe.

En esa única frase hay mucho contenido.

–¿Significa eso que en realidad usted no quería verlo hoy ahí arriba?

Antes, en los intervalos que Stern se tomaba para pensar, daba una calada a su cigarro. Ahora se pone un dedo sobre los labios.

–Hablando en términos generales, a un acusado le va mejor si testifica. Un setenta por ciento de las absoluciones se dan cuando es el acusado el que aparece en el estrado para hacerse cargo de su propia defensa. El jurado quiere oír lo que tiene que decir acerca de todo, Nat, y eso es especialmente cierto en un caso como este, en el que el acusado es un profesional de la ley, familiarizado con los tribunales y acostumbrado a hablar en público.

–Me ha parecido oír un «pero».

Sandy sonríe. Tengo la impresión de que los dos Stern me aprecian. Sé que se compadecen de mí, lo cual, en estos días, le ocurre a mucha gente. Mamá, muerta. Papá, acusado. Son innumerables las personas que me dicen que recordaré este período el resto de mi vida, cosa que no me ofrece ninguna clave acerca de cómo superarlo.

–En un caso circunstancial como este, en el que las pruebas son tan difusas, corremos el riesgo de permitir que el fiscal haga su alegato final en su contrainterrogatorio. Para el jurado, es difícil ver cómo encajan todas las piezas y lo mejor es no permitir que el fiscal lo demuestre dos veces. Era una decisión difícil de tomar pero, en definitiva, me parecía más conveniente que tu padre no declarara. Cuando menos, no era tan arriesgado. Pero él quiso hacerlo.

–Así que ¿ahora está usted disgustado?

–Difícilmente podría estarlo. No, no. Tommy estaba mejor preparado de lo que yo creía y, casi nunca ha permitido que lo distrajeran, ni siquiera cuando tu padre lo ha provocado un poco. La química que hay entre los dos es un poco mística, ¿no te parece? Han sido antagonistas durante décadas, pero parecen albergar el uno por el otro unos sentimientos demasiado complejos para ser catalogados de puro odio. Sin embargo, en términos generales, lo que ha ocurrido hoy está dentro de lo que cabía esperar. Tu padre se ha ganado un sobresaliente y Tommy matrícula de honor, pero eso podemos tolerarlo. Si hubiese sabido de antemano que las cosas acabarían en una derrota tan marginal, me habría mostrado de acuerdo en que tu padre testificase. El jurado le ha oído decir que es inocente. Y no ha perdido la compostura ni un solo instante.

–Entonces, ¿qué le preocupaba?

Entra una llamada telefónica y Stern se pone en pie con dificultad. Habla por teléfono solo un minuto, pero aprovecha para colgar la chaqueta detrás de la puerta. Estremece verlo tan delgado, la mitad del hombre que recuerdo. Utiliza tirantes para sostenerse el pantalón, que le queda tan ancho que parece un payaso de circo. Tiene la rodilla prácticamente paralizada por la artritis y, al sentarse de nuevo, se desploma hacia atrás. Con todo, a pesar de su malestar, todavía tiene presente mi pregunta.

–Las cosas que pueden ir mal para un acusado son innumerables. Una de las posibilidades que más me preocupaba era que Tommy le presentara al juez Yi la moción que presentó al empezar el proceso. –Se refiere al intento del fiscal de interrogar a mi padre sobre su aventura amorosa delante del jurado–. Yo confiaba en que el juez Yi no cambiase de idea, pero el asunto distaba mucho de estar claro. Muchos jueces habrían cedido a los argumentos de la acusación, que considera esos acontecimientos parte del caso.

Al pensar en esa perspectiva, suelto un gruñido. Stern me ha dicho que es fundamental que el jurado vea que apoyo a mi padre, pero para mí sería horrible asistir a algo así. Cuando lo comento con Sandy, este frunce el entrecejo levemente.

–Creo que tu padre no habría permitido que eso ocurriera, Nat. No he insistido nunca en ese punto, pero me parece que estaba decidido a no responder a ninguna pregunta sobre esa joven, sea quien sea, aunque el juez Yi lo declarase en desacato ante el jurado o decretase que su testimonio no fuera tenido en cuenta. No hace falta decir que cualquiera de las dos posibilidades habría sido desastrosa.

Intento asimilar las novedades mientras Stern me observa.

–Estás inquieto –dice.

–Estoy cabreado porque ha jodido sus posibilidades de salir libre por proteger a esa chica. A ella no le debe eso.

–Exacto –replica–. Y precisamente por eso sospecho que era a ti, más que a ella, a quien quería evitarle ese daño.

He aquí el abogado como artista. Un juicio es a veces una representación teatral en la que la atmósfera de todo el patio de butacas se llena con corrientes de emoción y en la que cada intervención resuena en tiempo presente desde cien ángulos distintos. Y Stern es como uno de esos actores extraordinarios que parecen tomar de la mano a cada uno de los espectadores. Las tácitas simpatías que despierta son pura magia, pero ahora mismo no le creo.

–No entiendo qué hacía mi padre en el estrado si estaba tan dispuesto a estropearlo todo. ¿Pensaba que si no testificaba no tenía ninguna oportunidad?

–Tu padre no me ha explicado nunca sus razones. Escuchó mi consejo y tomó una decisión, pero no parecía una decisión táctica.

–Entonces, ¿qué era?

Stern adopta una de sus complejas expresiones, como si quisiera sugerir que el lenguaje no puede expresar del todo lo que siente.

–Si tuviera que elegir una palabra, diría que era una decisión solitaria.

Su respuesta me asombra, por supuesto.

–Conozco a tu padre desde hace treinta y cinco años y diría que nuestra relación es íntima, pero solo en un sentido profesional. Siempre habla muy poco de sí mismo.

–Bienvenido al club.

–Lo que quiero decir es que me baso solo en mis propias estimaciones y no en lo que él me haya dicho. Pero tu padre y yo hemos pasado juntos algunas veladas muy interesantes. Yo diría que sus probabilidades de sobrevivir son mayores que las mías. –Su sonrisa es triste, y sus manos se mueven unos centímetros en busca del cigarro que echa de menos. Una de las cosas que mi padre y yo hemos comentado es que no hace falta preguntar sobre las probabilidades de recuperación de Sandy. Los dos sabemos que no hay esperanza–. Pero yo me siento más implicado en este mundo que él.

–Sí –asiento–. A veces parece que está fuera de su cuerpo, contemplando cómo todo esto le ocurre a otra persona.

–Exacto –replica Stern–. Y muy pertinente. Le importaba muy poco si su testimonio iba a ayudar o a perjudicar a su caso. Lo que quería era explicar lo que realmente ocurrió. La parte que él conoce.

Mi reacción a esas palabras me sorprende a mí mismo:

–Nunca se lo contará todo a nadie.

Sandy sonríe de nuevo, nostálgico y prudente. Una cosa está clara: está disfrutando con esta conversación. Es evidente que ha pasado tantas noches sin dormir como yo, preocupado por los muchos enigmas de mi padre.

–Pero a ti quería contarte lo máximo posible.

–¿A mí?

–Estoy seguro de que ha declarado casi exclusivamente para que aumentara tu confianza.

–A mí no me falta confianza.

En cierto modo, esto es mentira. Incluso para mí, la lógica del caso de mi padre en realidad está contra él; sin embargo, pensar que es un asesino es tan contrario a mi ser, que no cruzaré nunca ese río de credulidad. Si no hubiese pasado tantísimos años hablando con psiquiatras, es probable que acudiera a uno ahora, pero nadie puede ayudarme a responder las preguntas a las que me enfrento. Si mi padre fuese culpable, eso no me quitaría ni un instante del amor y la atención que me ha dedicado. Pero la mayoría de las demás lecciones sobre la vida que he recibido de él quedarían reducidas a nada. Significaría que me ha criado alguien que iba disfrazado y que yo amaba ese disfraz, no a él.

–Él cree que sí te falta.

–Hay cosas que pintan mal. –Me encojo de hombros.

–Pues claro que sí –replica Stern, y los dos callamos unos instantes.

–¿Cree usted que es culpable, señor Stern?

Me ha dicho repetidas veces que lo tutee, que lo llame Sandy, pero, después de trabajar un año en el Tribunal Supremo, donde todos los abogados son el señor Tal o la señora Cual, y todos los jefes son jueces, no me sale. Veo que se debate con mi pregunta. Sé que no es justo ni apropiado que le pregunte eso a un abogado que está tratando de dirigir una defensa. Espero que se salga por la tangente, pero, a estas alturas, hemos traspasado hace mucho los límites de lo jurídico. Sandy es un padre hablando con el hijo de un buen amigo.

–En esta profesión, uno aprende a no suponer nunca demasiado, pero estaba absolutamente convencido de que tu padre era inocente en su primer juicio. Los resultados recientes de ADN me han causado una terrible conmoción, lo reconozco, pero aun así continúa habiendo convincentes hipótesis de su inocencia en aquel caso.

–¿Como cuáles?

–Con franqueza, Nat, la muestra fue objeto de una seria polémica en el primer juicio de tu padre, y hoy en día no hay mejores respuestas.

Anna me dijo lo mismo, que todo era muy duduso.

–Pero aunque la muestra fuera auténtica –prosigue Stern–, eso solo demostraría que tu padre era amante de la mujer a la que asesinaron. Disculpa que sea tan directo en esto, pero en el juicio quedó muy claro que él no era el único hombre en su vida cuando se cometió el crimen. Una suposición muy verosímil sería que alguien hubiese visto a tu padre con ella esa noche y luego, cuando él se marchó, la matara en un ataque de celos.

Anna dice que siente una gran fascinación por el primer caso de mi padre, que le ha venido interesando desde que era una niña. Hace poco, leyó la copia de Stern de la transcripción porque yo no tenía coraje para hacerlo. Después, me ofreció la misma teoría que Sandy. La hipótesis me pareció entonces absolutamente posible, pero ahora, de boca de este, todavía me suena más convincente.

–De modo que, si bien debería dudar, mi corazón sigue estando de parte de tu padre, Nat. A decir verdad, las pruebas del caso presente no me parecen de mucho peso. Por lo que he visto, la fiscalía no puede demostrar más allá de toda duda razonable que tu madre muriese envenenada. Si el juez Yi no se ha contaminado con esos resultados del ADN del primer juicio, creo que tenemos posibilidades de que acepte nuestra petición de que se retiren los cargos contra tu padre cuando acabe la intervención de la fiscalía. Y muchos de los otros detalles tampoco concuerdan con lo que sostienen Molto y Brand.

–Tommy ha hecho un buen trabajo tejiéndolo todo junto.

–Sí, pero esa metáfora del tejido se emplea con frecuencia en casos circunstanciales y puede servir para las dos partes, porque si tiras de un hilo, toda la tela se deshace. Y tendremos que tirar mucho de él.

–¿Puedo preguntar cómo?

Sonríe de nuevo. Es un hombre que siempre ha disfrutado de sus secretos.

–Te contaré más cuando hayas declarado –asegura.

–¿Podrá usted contrarrestar todo eso del ordenador? Ha sido muy perjudicial.

–Aprovechando que has sacado a relucir la cuestión –Stern levanta un dedo–, Marta hablará contigo de esto, pues albergamos la esperanza de que puedas ayudar un poco en el asunto.

–¿Yo?

–Tenemos pensado hacerte algunas preguntas sobre ordenadores. ¿Sabes de informática?

–Lo normal. No soy como Anna o muchas otras personas que conozco.

–¿Y tu padre? ¿Domina el tema?

–Si encender un ordenador es dominar el tema, sí. Está a mitad de camino entre un inútil y un ignorante completo.

Stern suelta una sonora carcajada.

–Entonces, ¿tú no crees que descargara un programa para eliminar el rastro de los mensajes borrados?

La idea me hace sonreír. Es evidente que quiero creer que mi padre es inocente, pero sé, con esa especie de fe sobrenatural que tengo en cosas como la gravedad, que él solo no podría hacer nada de eso.

–Hemos pensado que deberíamos hacer unas cuantas demostraciones con el ordenador de tu padre para enseñarles a los miembros del jurado lo improbable que es la teoría de la acusación. Tú serías el testigo ideal por varias razones.

–Lo que usted diga –contesto.

Stern consulta su reloj, un Cartier de oro que parece reflejar toda la elegante precisión del abogado. Marta está esperando.

–Gracias por hablar conmigo, señor Stern –digo desde la puerta.

–Llámame Sandy –replica.

29

NAT, 22 DE JUNIO DE 2009

Cuando termino mi reunión con Marta, mi padre me está esperando. Se ha arremangado la camisa blanca y se ha aflojado el nudo de la corbata. Dice que no consigue dormir demasiado y, después de pasarse todo el día declarando, se le ve exhausto. Tiene arrugas alrededor de los ojos y su tez ha palidecido. Supongo que la desesperación y el miedo constituyen la peor combinación emocional posible.

–Una tarde difícil –le digo.

Se encoge de hombros. En estos tiempos, mi padre adopta con frecuencia el aire turbio de un mafioso.

–Mañana cambiarán las tornas, Nat –responde. Espero que diga algo más, pero calla y se limita a fruncir el entrecejo–. Todavía no puedo hablar de ello. Lo siento.

Se queda allí de pie, impotente, sabiendo que las normas le impiden decir o hacer nada más que aceptar el hecho. Estoy seguro de que su cerebro permanece trabado en ese punto desde hace meses, buscando los hilos que desenredarán la madeja.

–¿Necesitas algo, papá? ¿Alguna cosa de casa?

–Me gustaría disponer de otra corbata –responde, tras reflexionar unos instantes. Lo dice con el tono de un niño que pide un helado, como si fuera un capricho inconsciente–. Hace tres semanas que alterno las dos que tengo. ¿Te importaría ir? Tráeme cuatro o cinco, por favor, Nat. Me gustaría ponerme esa que mamá me regaló hace dos navidades, la de color violeta.

Recuerdo que mi madre dijo que mejoraría su habitual aspecto descuidado.

Uno de los pocos servicios útiles que le he prestado a mi padre, dada la situación, ha sido ir a su casa a buscar los enseres personales que necesita. Un mes antes de que empezara el juicio, se trasladó a un hotel del centro de la ciudad, con idea de quedarse allí mientras durase el proceso. Después de las largas jornadas en el juzgado, no quería tener que hacer el trayecto hasta casa. Y más concretamente, estaba ya harto de tantos gilipollas con cámaras que aparecían de entre las matas cada vez que entraba o salía.

El Miramar, que es donde se aloja, pese a su nombre no tiene vistas al mar, y es uno de esos sitios que prefirió cambiar su categoría y su clientela en vez de emprender una remodelación a fondo. Da la impresión de que los muebles coloniales del vestíbulo ya estuvieran allí cuando George Washington se alojó en el establecimiento, y el empapelado de la pared del cuarto de mi padre se levanta como la lengua de un perro babeante en dos esquinas de la estancia. Nada de eso parece importarle a él, que regresa a la habitación solo para dormir, cuando junto con Stern ha terminado de prepararse para el día siguiente. De vez en cuando, suelta en broma comentarios estúpidos acerca de que así va acostumbrándose a los espacios reducidos.

A decir verdad, ahora solo vive en su cabeza, y esta está ocupada casi exclusivamente con los detalles del caso. Cuando no está en el tribunal, se dedica a investigar hechos y consultar la legislación en el bufete de Stern. Resulta desconcertante, porque, por otra parte, no parece tener ninguna esperanza en el resultado, pero supongo que es la única manera de seguir adelante. Sería mejor que tuviera alrededor algunos amigos que lo distrajeran, pero mi padre se ha encontrado terriblemente solo. Las acusaciones de este tipo, y más si es la segunda vez, no te procuran invitaciones a fiestas y, en cualquier caso, no ha tenido nunca mucha vida social, debido sobre todo a la fobia a salir de casa que sufría mi madre. Tampoco ha mantenido siquiera contacto con sus antiguos colegas. En el tribunal era una figura muy remota y su único buen amigo allí, George Mason, es, como yo, un testigo del que ahora debe permanecer a distancia. La idea que hace unos meses me enervó –mi padre con una amante–, probablemente ahora me parecería mejor, aunque solo fuera para que saliera a cenar o al cine acompañado; pero no parece interesarle nada aparte de su caso y prefiere pasar solo los pocos ratos que le quedan libres.

Tampoco le apetece estar con Anna y conmigo. Lo hemos probado un par de noches pero, en cierto modo, ha resultado todo un poco formal y rígido. Pese a lo mucho que apreciaba a Anna como pasante, no se siente cómodo hablando delante de ella en estos momentos de congoja, por lo que, a menudo, los tres nos sumimos en el silencio. Algunas veces, cuando Anna se queda en el trabajo hasta tarde o está fuera de la ciudad, tomo una cena rápida con él, lo cual está permitido si no hablamos del caso. Me recuerda mucho a mi compañero de la facultad de Derecho, Mike Pepi, cuya esposa lo ha dejado por su jefe y que habla obsesivamente de su divorcio. Después de una perorata de media hora sobre LeeAnn y los abogados, Pepi dice de repente, «hablemos de otra cosa», para volver al asunto inmediatamente, pues, para él, todo tiene un nexo con su divorcio aunque se trate de una exposición de tapices o la última categorización del ex planeta Plutón.

Mi padre actúa del mismo modo. Probablemente le gustaría diseccionar todas las preguntas y respuestas del juicio pero, como no puede hablar de eso conmigo, divaga sobre lo que ocupa su mente. Una y otra vez, dice que esta experiencia no tiene nada que ver con la primera, ocurrida hace veintitantos años. Entonces, añade, no podía creer lo que había sucedido y deseaba que su vida volviera a ser como antes. Ahora da por seguro que su existencia va a sufrir un cambio tectónico. De improviso, habla de ir a la cárcel. Pero, aunque lo absolvieran, los resultados del ADN del primer juicio serán entregados a la prensa una vez el jurado emita el veredicto. Los entendidos comprenderán los argumentos sobre la contaminación de la muestra, o los otros amantes que tenía la víctima, pero esos matices no aparecerán en los titulares. Aunque mi padre sea absuelto otra vez, todos sus conocidos lo evitarán.

En la puerta del despacho de Marta, abrazo a mi padre, algo que hago cada noche antes de marcharme, y le digo que le llevaré las corbatas por la mañana. El pequeño Prius azul que Anna se compró el año pasado está aparcado delante del edificio.

–¿No te importa que vayamos a Nearing? –le pregunto después de besarla–. Quiere que le recoja unas corbatas.

¿Se pondría alguien una corbata que le regaló la mujer a la que ha matado? ¿O es mi padre tan sutil y siniestro que prevé que me formularé esa pregunta? Desde hace meses, vivo en esta especie de cámara de niebla en la que las preguntas rebotan en todas direcciones dejando tenues estelas de vapor. Durante la última hora, he pensado mucho en el comentario de Stern de que mi padre quiso subir al estrado para que aumentara mi confianza en él. Sé que está desesperado por no perderme. Tanto mi madre como él anhelaban tanto mi amor que al final aquello nos resultaba doloroso a todos. Pero desconectarse ahora de mí llevaría a mi padre a un final parecido al de mi abuelo, que murió solo en el Oeste, en uno de esos remolques de hojalata.

–¿Cómo le ha ido? –pregunta Anna, cuando ya llevamos un rato circulando callados.

Está acostumbrada a mis largos silencios, en especial después de pasarme el día en el juzgado.

–Dios –respondo, y sigo dándole vueltas a todo lo sucedido mientras avanzamos despacio por el tráfico del centro, en dirección al puente de Nearing. Vemos un mensajero que se desplaza montado en una bicicleta vestido de conejo y las orejas se le mueven mientras pedalea. Supongo que se refieren a eso cuando dicen que «todo el mundo es un escenario»–. ¿Has leído algo sobre el juicio? –le pregunto a Anna.

–Lo de Frain –responde–. Ya lo ha colgado.

Michael Frain escribe una columna digital de ámbito nacional, con extravagantes observaciones sobre cultura y acontecimientos públicos, llamada «La guía del superviviente». Está casado con una jueza federal de aquí y, para no tener que viajar, se dedica a noticias locales que puedan entretener a la gente de un lado a otro del país. Lleva tiempo escribiendo sobre el caso de mi padre y parece creer que salió impune de un asesinato.

–¿Malo? –pregunto.

–Como un bombardeo en un poblado.

–No estoy seguro de que haya sido tan horrible. Mi padre solo ha recibido unos cuantos golpes. Y Sandy tiene algo escondido en la manga de lo que no quiere hablar hasta que yo haya subido al estrado otra vez.

Sin embargo, sus palabras resuenan en mi cabeza. «Un bombardeo en un poblado.» Pienso en lo que he oído esta tarde. La situación parecía empeorar para él por momentos, en vista de cómo recibía picotazos cual Prometeo atado a su roca, pero, después de hablar con Sandy, da la impresión de que mi padre haya tenido solo un viaje aéreo con muchas turbulencias del que, no se sabe cómo, ha aterrizado más asustado que herido.

–¿Recuerdas si mi madre bebió vino aquella noche? –le pregunto a Anna mientras repaso mentalmente el testimonio de mi padre.

Hace tiempo que violé las normas que me impiden hablar con ella del caso. Tengo que hablar con alguien y hay muy pocas probabilidades de que a Anna la llamen a declarar.

Debby Diaz la localizó dos días después de pasar por casa a verme, pero yo la había avisado y sabe las reglas del juego mucho mejor que yo. Le pidió a Diaz que fuera a verla a su oficina y uno de los socios del bufete estuvo presente como abogado de Anna. Cuando la detective le preguntó quién había hecho qué la noche antes de que mi madre muriera, contestó que estaba tan nerviosa por su primera visita a mis padres como mi novia que no recordaba nada. Añadió, «no estoy segura», y, «pudo haber sido todo lo contrario», y, «de veras que no me acuerdo», a cada pregunta que Díaz le hacía y esta se rindió a medio interrogatorio. De todos modos, la fiscalía puso el nombre de Anna en la lista de testigos, junto al de todas las demás personas con las que habló la policía durante la investigación, incluido el tintorero de mi padre. Es un viejo truco para ocultar a quién llamarán realmente. Como resultado, a ella no se le permite entrar en la sala, pero siempre quiere saber lo que ha sucedido allí.

Ahora, en respuesta a mi pregunta sobre el vino, Anna me recuerda que, cuando nos sentamos a cenar, mi madre insistió en que mi padre abriera la espléndida botella que ella había llevado y que nos sirvió a todos. Ninguno de los dos recuerda con claridad si mi madre bebió de ese vino o del que le habían servido en la cocina.

–¿Y los entrantes? ¿Los probó?

–Nat, por Dios, no lo sé. Creo que comió verduras con la salsa, probablemente. Recuerdo que tu padre le pasó la bandeja, pero creo que luego se la llevó al patio cuando salisteis a asar la carne. Quién sabe... –Arruga la nariz ante la incertidumbre de todo ello–. Y tú, ¿cómo te sientes, después de la sesión?

Levanto las manos con gesto impotente. He notado lo aplastado y apático que me siento cuando dejo a mi padre. Estar junto a él me obliga a mostrarme fuerte.

–Mira –respondo–, he oído cómo lo explicaban todo y no puedo decir que esos tipos, Molto y Brand, hayan perdido la chaveta, porque lo que dicen tiene sentido. Pero sigo sin creérmelo.

–No deberías creértelo. –Anna, que siempre ha sido la admiradora número uno de mi padre, se muestra muy firme defendiéndolo–. Es imposible.

–¿Imposible? Bueno, en todo caso no desobedece ninguna ley del mundo físico.

Anna posa sus ojos verdes en mí. Nunca gano puntos con ella cuando me pongo en plan filósofo.

–Eso no es propio de tu padre.

–Ya sé que trabajaste para él –digo tras una pausa para sopesar sus palabras–, pero, en el plano íntimo y personal, mi padre es de lo más reservado. –Anna y yo solemos tener momentos como este, en los que yo expreso mis dudas y ella me ayuda a despejarlas–. Mira, una vez, cuando era pequeño, debía de tener unos doce años, porque acabábamos de regresar de Detroit y mi padre todavía era juez de primera instancia, él y yo fuimos en coche a algún sitio. En aquel momento se juzgaba un caso que tenía una gran repercusión en los medios. La esposa de un predicador local de una de esas megaiglesias había matado a su marido, que resultó que era gay. Ella no lo sabía y, cuando lo descubrió, lo mató cortándole lo que tú ya sabes mientras dormía. El tipo murió desangrado.

–Supongo que eso lo dejó todo claro –dice Anna, y suelta una risita.

A las chicas, esas cosas siempre les parecen más divertidas que a los chicos.

–O no –respondo–. En cualquier caso, la defensa no podía hacer más que alegar demencia. Llamaron a muchísimos testigos que dijeron que su reacción no era propia de ella. Yo le pregunté a mi padre qué pensaba al respecto. Aquello siempre era agradable, porque yo sabía que él nunca respondería a esas preguntas si se las formulaba otra persona, y le dije: «¿Crees que está loca?». Él me miró y contestó: «Nunca se sabe lo que puede llegar a ocurrir en la vida, lo que la gente puede llegar a hacer». Y no me preguntes por qué, pero supe que estaba hablando de lo que le había ocurrido a él dos años antes.

–No te estaba diciendo que fuera un asesino.

–No sé lo que me estaba diciendo. Fue muy extraño. Parecía avisarme de algo.

Nos detenemos justo antes del puente de Nearing, donde los tres carriles se convierten en dos y siempre hay atasco en hora punta. Hace años, tuve un amigo que afirmaba conocer la Teoría de la Relatividad y que decía que todo ser vivo proyecta constantemente una imagen. Si fuéramos capaces de superar la velocidad de la luz, podríamos rebobinar el tiempo y presenciar cualquier momento del pasado, como si estuviésemos viendo una película muda tridimensional. A menudo he pensado en lo que daría yo para conseguir eso y ver lo que ocurrió en casa de mis padres durante las treinta y seis horas siguientes a que Anna y yo nos marcháramos. De vez en cuando, intento imaginarlo, pero la única escena que me viene a la cabeza es la de mi padre sentado en aquella cama.

–Sandy todavía cree que papá es inocente –digo.

–Eso es bueno. ¿Cómo lo sabes?

–Se lo he preguntado. Estábamos preparando mi testimonio y le he preguntado cómo veía el caso. De todas formas, ¿qué otra cosa vas a decirle al hijo de un cliente?

–Si no lo crees, no lo dices –replica ella–. Murmuras por lo bajo y esquivas la pregunta. –Anna no lleva más de dos años practicando la abogacía, pero en estas cuestiones acepto su absoluta autoridad–. Para ti debe de ser importante que las personas que mejor conocen las pruebas y los testimonios todavía confíen en tu padre, ¿no?

–Sandy opina lo mismo que tú sobre el ADN del primer caso –digo, encogiéndome de hombros.

Por lo que he oído previamente, sé que Ray Horgan, que era soltero en esa época, salía con la víctima. Si mi padre no la mató, es el sospechoso lógico, sobre todo teniendo en cuenta que, en aquel juicio, se volvió contra él y testificó para Molto. Pero cabría pensar que mi padre se habría dado cuenta de ello. En cambio, se reconcilió con Ray, que desde entonces ha sido una especie de esclavo de mi padre, intentando subsanar lo que hizo en el pasado.

Sin embargo, no comento nada de eso. Las cosas nunca van bien cuando menciono a Ray o lo que hubo entre Anna y él. De tanto en tanto, sopeso el hecho de que mi padre también tenía su lío en la misma época. Junto con toda la demás mierda que flota en mi cerebro, esa coincidencia en el tiempo me ha llevado a preguntarme un par de veces si no habré estado del todo equivocado y Anna era la mujer a quien veía mi padre pero, de repente, me freno y decido que, de haber sido así, ella y yo no estaríamos juntos ni nos dispondríamos a cruzar ahora el puente ni a ir a ningún otro sitio. Entonces cambio de tema y me dedico a intentar descifrar lo que les ocurre a los hombres de mediana edad. Al parecer, el cerebro les falla al mismo tiempo que la espalda o la próstata.

–Gracias por hacer esto –le digo a Anna cuando llegamos a la puerta de la casa de mis padres.

Me da un abrazo como respuesta. Me ha acompañado varias veces en este tipo de visitas. Estar aquí me deprime enormemente: es el escenario del presunto crimen, cuya verdad está en cierto modo enterrada entre sus paredes. Las cortinas están corridas para evitar el acoso de las cámaras y, una vez dentro, el aire huele como si allí se hubiese frito algo en las últimas horas.

Para Anna y para mí, el juicio está siendo duro. En realidad, todo está siendo duro desde hace nueve meses y a veces me asombra un poco que todavía sigamos juntos. Yo me pierdo a menudo en la tierra de Nunca Jamás y hay noches en las que no puedo ni quiero hablar y, a menudo, nuestras frecuentes conversaciones sobre mi padre y el juicio nos irritan. Anna sale enseguida en su defensa, lo que supone que a veces termine cabreado con ella.

Eso por no mencionar las dificultades corrientes de la vida cotidiana. El negocio en el bufete de abogados sigue muy parado, pero los socios continúan disputándose a Anna para lo que les llega de trabajo. Hay ocasiones en que no nos vemos en todo el día y solo sé que ha estado en casa por la huella que su cuerpo ha dejado en la cama y el recuerdo de haberla rozado durante la noche. Pero a ella le gusta todo eso y no deja de decirme que, gracias a mí, ahora tiene incluso más claro que está haciendo lo que desea. Disfruto de los momentos que pasamos juntos y, a menudo, la veo antes de que ella me vea a mí. Camina por las calles del centro de la ciudad con mucha determinación y se la ve hermosa, inteligente y con un completo dominio de sí misma.

Yo, en cambio, me siento absolutamente perdido. No sé en qué quiero trabajar y, de un día para otro, cambio de idea. Todavía hago suplencias en el instituto de enseñaza media de Nearing, pero no he hecho ninguna desde que ha empezado el juicio. Por otra parte, he podido retrasar unas cuantas decisiones sobre mi futura profesión, ya que ahora soy mucho más rico de lo que pensaba que sería nunca, pues tras la muerte de mi madre he heredado la pasta que le dejaron los abuelos Bernstein.

Subimos la escalera y nos quedamos ante la habitación de mis padres, a la puerta del pequeño estudio donde estaba el ordenador de él antes de que Tommy Molton lo confiscara.

–Hoy, eso ha sonado realmente mal –le digo a Anna señalando hacia dentro.

Como ocurre a menudo, he sido demasiado críptico y ella no me ha entendido, así que tengo que explicar cómo se han visto en el juzgado las búsquedas sobre la fenelzina en el navegador y los mensajes borrados.

–Pensaba que Hans y Franz iban a testificar que tal vez no había ningún mensaje borrado –comenta Anna.

«Hans y Franz» es el apodo que les hemos puesto a los dos expertos en ordenadores que Stern ha contratado para replicar al doctor Gorvetich, el profesor de ciencias informáticas que trabaja para la acusación. Hans y Franz son unos polacos de unos treinta años, uno bajo y el otro alto, y ambos llevan el pelo de punta, como un erizo. Hablan increíblemente deprisa, con un marcado acento, y a veces me recuerdan a esos gemelos que solo se entienden entre sí. Opinan que el doctor Gorvetich, que fue profesor suyo, es un completo gilipollas y se complacen en mofarse de sus conclusiones, lo cual, al parecer, no resulta difícil. Sin embargo, de sus comentarios descorteses deduzco que Gorvetich probablemente esté en lo cierto cuando afirma que en el ordenador de mi padre se había descargado algún tipo de programa para borrar los mensajes sin dejar rastro.

Mientras se lo explico, Anna niega con la cabeza.

–No me creo nada que provenga de la oficina de Molto –dice–. En el primer juicio quedó bastante claro que hizo un mal uso de las pruebas.

–No puedo creer que esté haciendo eso ahora.

–Una de las pocas cosas valiosas que me dijo mi suegra fue que no me sorprendiera cuando viese que la gente no cambia –se ríe Anna.

Una vez en el dormitorio, al echar un vistazo a las corbatas de mi padre, soltamos unas cuantas risas. Debe de haber unas cincuenta, todas casi iguales, rojas o azules, con motivos pequeños o rayas. La violeta que me ha pedido destaca inmediatamente. En el piso de abajo encuentro papel de seda y una bolsa y empaquetamos las corbatas encima de la cama de mis padres.

–¿Quieres que te cuente una cosa que te dejará absolutamente pasmada? –le pregunto a Anna. Es imposible que diga que no a una propuesta de este tipo–. Cuando Paloma y yo estudiábamos en el instituto, a veces íbamos a su casa a enrollarnos mientras sus padres estaban trabajando y, no sé por qué, a ella le parecía muy excitante que lo hiciéramos en la cama de sus padres.

Anna sonríe un poco y me mira ladeando la cabeza. Me parece que no la sorprende tanto.

–Bueno, ahora, cuando pienso en ello, lo veo raro –añado–, pero ya sabes lo que pasa a los diecisiete años: quieres hacerlo donde sea. Pero un día terminamos en esta habitación y a ella se le ocurrió que lo hiciéramos aquí, en esta cama. A mí me pareció demasiado y no pude. No se me empinó ni un momento.

–¿Es un reto? –pregunta Anna, que se acerca y me pone la mano en la entrepierna.

Noto que mi miniyó se mueve de inmediato, pero la aparto.

–Eres una gamberra –le digo.

Ella se ríe, pero vuelve a acercarse.

–¿Y si yo te reto a ti?

La muerte de mi madre puso fin a la bendita etapa en que follábamos constantemente y dio paso a la bendita etapa en la que follamos casi constantemente, a pesar de todo lo demás. En el acto sexual hay una sintonía y un abandono que nos ha dado fuerzas. En enero, los dos pasamos la gripe a la vez y estuvimos en casa tres días sin ir al trabajo. Estábamos realmente hechos polvo, con fiebre alta y muchos síntomas molestos, pero, cada pocas horas, nos encontrábamos y hacíamos el amor. Nuestros cuerpos, sobrecalentados, se pegaban el uno al otro como papel film y la intensidad y el placer parecían formar parte del delirio de la fiebre. En cierto modo, ese estado similar a un trance nunca nos ha abandonado del todo.

Sean cuales sean los retorcidos deseos de Anna, hacer el amor en la cama donde ha muerto mi madre es más de lo que me veo capaz de soportar. En cambio, tiro de ella hacia el pasillo y entramos en la habitación en la que he dormido durante veinticinco años. En lo que al sexo se refiere, esa cama es para mí como jugar en casa, pues es el lugar donde tuve mi primer orgasmo, yo solo, a la edad de trece años, y donde me acosté por primera vez con una chica, la hermana mayor de Mike Pepi, que casi tenía veinte. Y allí, con Anna, lo pasamos de maravilla. Estoy pensando en repetir cuando se pone en pie de repente.

–Dios, qué hambre tengo –dice–. Vámonos.

Decidimos tomar sushi de camino a la ciudad, en un restaurante donde lo sirven decente. Cogemos las corbatas y nos marchamos enseguida. En el coche, vuelvo a notar que cae sobre mí el peso de toda la situación. Es lo que ocurre cuando haces el amor: por más que dure, siempre hay un después.

–Me gustaría que asistieras a mi declaración –le digo–. Stern podría pedírselo a los fiscales, ¿no te parece?

Reflexiona solo un segundo y niega con la cabeza:

–No es una buena idea. Si yo estoy presente y terminas hablando de lo que ocurrió esa noche, es posible que la acusación quiera saber qué recuerdo yo al respecto.

Desde el principio, Anna ha temido decir algo que dificulte las cosas a mi padre, y la verdad es que eso podría ocurrir con cualquier cosa que dijera. Solo con que contara lo que le ha venido a la mente esta noche acerca de mi padre sirviéndole vino a mi madre o pasándole la bandeja de los entrantes, Brand y Molto recibirían su declaración con gritos de alegría. Todos –Stern, Marta, mi padre, ella y yo– hemos convenido que será mejor que siga siendo uno de esos testigos a quien las dos partes temen llamar porque es imposible saber cuál saldrá peor parada.

–Una de las cosas que Sandy me ha dicho esta noche es que no quería que mi padre testificase.

–¿En serio?

–Temía que eso ayudara a Molto a encajar las piezas del rompecabezas delante del jurado. Y pensó que cabía la posibilidad de que Yi cambiara su decisión sobre su lío de faldas y permitiese a Molto referirse a ello. Cosa que por cierto este intentó hacer.

–¿Me tomas el pelo?

–Yo no habría podido quedarme allí a escucharlo. Cuando sale a relucir su aventura amorosa, todavía me cuesta creérmelo porque, si me lo creo, lo desprecio.

Anna se toma tiempo para contestar. Este asunto lo vemos de manera muy diferente porque, para decirlo con pocas palabras, no se trata de su padre.

–No es cosa mía –dice–. Y ya sé que te lo he dicho antes, pero tarde o temprano tendrás que empezar a superarlo.

Esta se ha convertido ya en la eterna discusión. Luego, siempre vuelvo a la obstinada convicción de que ese asunto tuvo algo que ver con la muerte de mi madre.

–Joder, fue tan estúpido –digo–, y tan puñeteramente egoísta… ¿No te parece?

–Sí –responde–, pero te voy a decir lo que pienso de verdad. Ese tipo que conocí y del que me enamoré, ¿sabes a quién me refiero?

–El tipo absolutamente extraordinario –comento.

–Sí –dice ella–. Bien, pues ese tipo absolutamente extraordinario era un pasante del Tribunal Supremo y resulta que su padre se presentaba a las elecciones para juez de ese tribunal. Y ese tipo absolutamente extraordinario iba a trabajar al Tribunal Supremo con marihuana en el bolsillo. Y eso que, si lo pillaban, sería noticia de portada. Habría perdido el empleo e incluso le habrían retirado por un tiempo la licencia de abogado. E incluso podría haberle costado las elecciones a su padre.

–De acuerdo, pero en esa época yo estaba de lo más jodido.

–Lo mismo que tu padre, probablemente. Y que la chica, supongo. Y comprendo que en eso él te haya decepcionado. Pero todos hacemos cosas extrañas e inconcebibles de vez en cuando y herimos a nuestros seres queridos. Si alguien se comportara de ese modo siempre, tendrías todo el derecho a maldecir sus entrañas, pero cada cual tiene sus malos momentos. No te gustaría saber todas las estupideces que he hecho en materia sexual.

–Seguro que no. –Me basta con un par de historias que me ha contado. Ha pasado mucho tiempo buscando el amor en lugares y personas inadecuados–. Sin embargo, hay una diferencia entre las estupideces de cuando eres joven y las que cometes cuando ya tienes experiencia.

–¿No crees que eso es muy cómodo?

–No sé lo que creo –respondo. Por el momento, tengo suficiente. Veo borrosas las luces del puente de Nearing. Estoy a punto de llorar. Últimamente me pasa a menudo cuando la situación me agobia y daría lo que fuese por pulsar el avance rápido de la película y tratar con un futuro cierto–. No soporto esto. No soporto más esta jodida situación.

–Lo sé, cariño.

–No lo soporto.

–Lo sé.

–Volvamos a casa –digo entonces–. Quiero ir a casa.

30

TOMMY, 23 DE JUNIO DE 2009

Otro día en el tribunal. Era evidente que la defensa se había movilizado. Pese a la paliza que Rusty había recibido el día anterior, llegó compuesto y tranquilo, luciendo incluso una corbata nueva, una elegante corbata violeta que parecía indicar que su buen ánimo se mantenía intacto. Como si estuviese en un trono, Sandy daba instrucciones desde su silla, y Marta y el resto de personal de su bufete iban de un lado a otro.

Marta se detuvo junto a la mesa de la defensa. La edad beneficia a algunas personas y era evidente que a ella le sentaba bien. Cuando empezó a trabajar como abogada para su padre era como una tetera hirviendo, estridente y siempre nerviosa, pero después de casarse y de ser madre, se había tranquilizado. Todavía se sulfuraba, pero ahora lo hacía cuando tenía motivo. Después de dar a luz a su último hijo, había perdido unos quince kilos y no había vuelto a ganarlos. Aunque era el vivo retrato de un padre más bien feo, tenía cierto atractivo. Y era una abogada magnífica. No resultaba tan espectacular como Stern, pero era lista y constante y poseía gran parte del juicio intuitivo de Sandy.

–Pediremos utilizar el ordenador de Rusty –le dijo a Tommy–. Esta tarde, probablemente.

El fiscal movió la mano con un gesto aristocrático, como si eso no significara nada para él, como si la defensa y sus artificios fueran una molestia, pero no más de la que significaba un mosquito. Sin embargo, cuando Marta se alejó, anotó «¿¿¿Ordenador???» en su libreta y lo subrayó varias veces. Dadas las devastadoras pruebas de los mensajes borrados y las búsquedas en internet, la acusación insistía en llevar el ordenador de Rusty cada día al juzgado retractilado con el plástico rosa en el que lo habían envuelto desde que el juez Mason lo recuperó en diciembre del año anterior. Y lo tenían todo el día expuesto en la mesa de la acusación, exactamente delante del jurado.

Brand llegó con el carrito de pruebas, que traqueteaba como un tren, seguido de Rory y Ruta, la secretaria.

–¿Quién cojones es esa mujer? –le susurró Brand al llegar a la mesa de la defensa. Tommy no sabía a quién se refería–. En el vestíbulo hay una latina regordeta. He pensado que quizá la habías visto.

Brand le indicó a Rory que fuera hacia allí y que averiguara todo lo que pudiera. Mientras la agente se alejaba, Tommy mencionó lo del ordenador.

–¿Quieren ponerlo en marcha? –preguntó Brand.

–Ha dicho que lo van a «utilizar».

–Tenemos que hablar con Gorvetich. Creo que si lo ponen en marcha pueden joderlo todo.

Tommy mostró su desacuerdo con su ayudante negando con la cabeza. Jim no desistió.

–Mira, jefe, no puede hacerse de ese modo. Cada vez que le das al interruptor, se producen cambios en el disco duro.

–Eso no importa, Jimmy. El ordenador es de Rusty. Y nosotros lo hemos aportado como prueba. Yi no nos escuchará si decimos que tendrán que conformarse con una simulación. Si quieren enseñarle al jurado algo que está en el apartado, no podemos impedir que lo hagan con la prueba auténtica.

–¿Qué quieren demostrar?

–Eso no me lo han comunicado –respondió Tommy.

Gissling regresó con una tarjeta y los cuatro se arracimaron a su alrededor. Rosa Belanquez era la jefa del departamento de atención al cliente de la sucursal del banco First Kindle, en Nearing.

–¿Y qué va a decir?

–Dice que solo ha venido para testificar sobre los registros bancarios –respondió Rory.

Ninguno entendió a qué se refería. Casi todos los registros del banco, que Rory había localizado el otoño anterior, habían quedado excluidos de las pruebas porque estaban relacionados con la aventura extramatrimonial de Rusty. Los talones de ventanilla que este había enviado a Prima Dana eran la única excepción. Brand miró a Tommy.

Era lo que su jefe había dicho la noche anterior: Stern se llevaba algo entre manos.

–¿Y si tratamos de asustarla? –preguntó Brand–. ¿Y si le decimos que su declaración contraviene la carta de los noventa días?

–¡Jimmy!

Tommy no bajó lo suficiente el tono de voz, y Stern, Marta y el hijo de Rusty lo miraron desde el otro lado de la sala.

La idea de Brand era peligrosa y estúpida. Lo primero que haría Rosa sería comentárselo a Stern, que entonces podía acudir al juez y acusar a los fiscales de obstrucción. Con cierta razón. Declarar no tenía nada que ver con la carta de los noventa días.

A medida que el juicio avanzaba, la intensidad de Brand había aumentado. Tenían la victoria al alcance de la mano y el hecho de que pudieran ganar un caso que, al principio, parecía una mala apuesta, había estimulado a Jim de una manera malsana. Era el futuro de Tommy, su legado, lo que estaba en juego. Pero Brand era un samurái que consideraba los intereses de Tommy más importantes que los propios. Eso resultaba conmovedor. Sin embargo, su punto flaco como abogado era su temperamento. Tommy esperó a que, como siempre, recuperase el dominio de sí mismo.

–Lo siento –murmuró entonces Jim, y lo repitió un par de veces–. Ignoro qué se trae Stern entre manos.

El alguacil voceó «¡Todos en pie!», y Yi entró en la sala por la puerta que había detrás de su mesa.

–Estás a punto de saberlo –le contestó Tommy dándole unas palmaditas en la mano.

31

NAT, 23 DE JUNIO DE 2009

Mi padre coge la corbata violeta y se la anuda mirándose al espejo del lavabo de hombres, y luego se vuelve hacia mí buscando mi aprobación.

–Perfecto –le digo.

–Gracias de nuevo por haber ido a buscarlas. –Nos miramos fijamente y su rostro se contrae en una expresión desolada–. ¡Qué situación más jodida! –dice.

–¿Viste a los Trappers, anoche?

–¿Cuándo van a fichar un lanzador para cerrar los partidos? –se lamenta. Esa es la eterna cuestión. Se mira al espejo una vez más–. Ha llegado la hora del rock and roll –añade.

Siempre formalista, mi padre espera hasta que el juez Yi le pide que vuelva al estrado y solo entonces se sienta bajo el dosel de nogal para que los miembros del jurado lo vean hacerlo. Stern, Marta y Mina, la consultora de jurados, creen que han conseguido un buen grupo. Querían hombres negros de la ciudad y hombres de clase media de la periferia que pudieran identificarse con mi padre, y nueve de los doce primeros asientos están ocupados por varones de esas dos categorías. Estoy pendiente de si alguno de ellos está dispuesto a mirar a mi padre después de la paliza que recibió ayer. Eso sería una indicación de su solidaridad y me anima ver que dos afroamericanos, que viven a una manzana el uno del otro, en el North End, sonríen y lo saludan levemente con la cabeza mientras él se sienta.

Mientras, Sandy se pone en pie despacio apoyado en la mesa y ayudado por Marta. Hoy, el sarpullido no se le ve tan rojo.

–Bien, Rusty, cuando ayer respondía a las preguntas del señor Molto, usted le hizo notar repetidas veces que le pedía que especulara sobre los hechos, en especial sobre la causa de muerte de su esposa. ¿Recuerda esas preguntas?

–Protesto –dice Molto.

No le gusta ese resumen, pero el juez Yi deniega la protesta.

–Rusty, ¿sabe con certeza cómo murió su esposa?

–Lo que sé es que yo no la maté. Eso es todo.

–¿Ha escuchado los testimonios?

–Por supuesto.

–Sabe que el forense primero determinó que murió por causas naturales.

–Sí, lo sé.

–Usted y el señor Molto trataron la posibilidad de que, debido a la emoción de tener en casa a su hijo y a la nueva novia de este, su esposa tomara accidentalmente una sobredosis de fenelzina.

–Lo recuerdo.

–Y también hablaron de la posibilidad de que tomara la dosis normal de ese fármaco y muriese accidentalmente debido a la interacción fatal con algo que comió o bebió.

–Lo recuerdo.

–Y, ya que Molto lo preguntó, dígame, Rusty, ¿alguna de esas teorías sobre la muerte de su esposa, causas naturales, sobredosis accidental o interacción con el medicamento, le parece incompatible con las pruebas?

–En realidad, no. Todas suenan plausibles.

–Pero ¿tiene usted alguna suposición basada en las evidencias sobre cómo murió su esposa, una teoría que, dadas todas las pruebas, le parezca la más probable?

–Protesto –dice Molton–. Esa pregunta exige una opinión que el testigo no está cualificado para dar.

El juez da unos golpecitos en su mesa con un lápiz mientras reflexiona.

–¿Esta es teoría de defensa? –pregunta.

–Como marco básico, sí, señoría –responde Stern–. Sin excluir otras posibilidades, esta es la teoría de la defensa sobre cómo murió la señora Sabich.

A los acusados se les concede especial manga ancha a la hora de ofrecer hipótesis sobre su inocencia, maneras de explicar las pruebas que los presenten como inocentes.

–Muy bien –dice Yi–. Protesta denegada. Proceda.

–¿Recuerda la pregunta, Rusty? –inquiere Stern.

–Pues claro –responde mi padre. Se toma unos instantes más para acomodarse en su asiento y mira directamente al jurado, algo que, hasta ahora, solo ha hecho en contadas ocasiones–. Creo que mi mujer se suicidó tomando una sobredosis de fenelzina.

He notado que, en un juicio, mediante el sonido se puede valorar la conmoción que produce una respuesta. Algunas provocan el zumbido típico de un panal de abejas. En otros casos, como ahora, el impacto se refleja en el silencio que sigue a la respuesta. Todos los presentes deben pensar. Pero en mí, esas palabras sacan a la superficie un miedo que lleva mucho tiempo enterrado en el rincón más recóndito de mi corazón. El efecto avanza hacia fuera y pasa de mi pecho a mis pulmones y de allí a mis extremidades. Y sé, con una sensación de alivio inexplicable, que es la pura verdad.

–Pero eso no se lo dijo a la policía –apunta Sandy.

–Por aquel entonces, señor Stern, solo conocía una parte de lo que hoy sé.

–Bien –replica el abogado mientras se agarra con una mano a la esquina de la mesa de la defensa y da uno o dos pasos–. Pero no había nota de despedida, Rusty.

–No –conviene–. Creo que Barbara esperaba que su muerte pareciese debida a causas naturales.

–Exactamente lo que primero dictaminó el forense –dice Stern.

–Protesto –interviene Molto.

Yi acepta la protesta, pero sonríe para sí ante la habilidad de Sandy.

–Y, en su opinión, ¿por qué quería la señora Sabich ocultar el hecho de que se había quitado la vida?

–Por mi hijo, creo.

–Cuando dice su hijo, ¿se refiere a ese guapo muchacho sentado en la primera fila?

–Sí. –Mi padre me sonríe para que el jurado lo vea.

Me siento expuesto y me cuesta incluso devolverle la sonrisa.

–¿Y por qué iba a querer su esposa que su hijo no supiera que se había suicidado?

–Nat es hijo único. Creo que él sería el primero en reconocer que su infancia no fue fácil. Es un buen chico y ahora disfruta de una buena vida, pero su madre fue siempre excesivamente protectora con él. Estoy seguro de que Barbara quería ahorrarle la angustia y el dolor que sufriría si supiese que se había quitado la vida.

Stern calla, pero asiente levemente con la cabeza, como si todo aquello le pareciese sensato. A mí también me lo parece. Que yo haya heredado las depresiones de mi madre es algo que en nuestra familia se da por hecho, aunque no se haya comentado nunca. Debido a ello, es lógico que mi madre no quisiera que yo supiese que había sido incapaz de domar a la bestia. Habría sido una profecía demasiado siniestra para mí.

–Y dígame, Rusty, por lo que usted sabe, ¿en el historial de su mujer había intentos de suicidio?

–Puesto que las depresiones de Barbara eran muy profundas, el doctor Vollman siempre me había advertido que mantuviera los ojos bien abiertos. Y sí, sé que intentó quitarse la vida una vez a finales de los ochenta, mientras estábamos separados.

–Pido que no se tome en cuenta la respuesta –dice Molto–. Si sucedió mientras estaban separados, el juez Sabich no puede declararlo con conocimiento personal.

–Se admite –contesta Yi.

–En ese caso tendremos que llamar a otro testigo –replica Stern, asintiendo amablemente con la cabeza.

–Repito la objeción, señoría. No se formula una pregunta, sino que se apunta una respuesta –dice Molto volviendo a ponerse en pie.

–¿Eso ha sido una protesta, señoría, o una opinión? –inquiere Stern.

Yi, que tiene un gran sentido del humor, esboza una amplia sonrisa, mostrando sus pequeños dientes.

–Chicos, chicos… –murmura.

–Retiro la pregunta –anuncia Stern.

Durante este intercambio, mi padre cruza otra mirada conmigo, Ahora sé por qué ayer pedía disculpas. El traslado a Detroit, cuando yo tenía diez años, no hizo a mi madre más feliz, fueran cuales fueran sus expectativas al respecto. Como les ocurre siempre a los niños, yo sabía que las cosas iban fatal. Sufría pesadillas y me despertaba con la ropa de la cama revuelta, gritando a pleno pulmón para llamar a mi madre. A veces acudía, a veces tenía que levantarme para ir a buscarla. Casi siempre la encontraba sentada a oscuras en su alcoba, tan absorta en sí misma que tardaba varios segundos en advertir que yo estaba delante de ella. Cada vez con más frecuencia, me levantaba únicamente para ver qué hacía. Una noche no la encontré y fui de habitación en habitación, llamándola a gritos, hasta que se me ocurrió mirar en el cuarto de baño. Allí estaba, dentro de la bañera llena. Fue un momento asombroso. Yo ya no estaba acostumbrado a ver desnuda a mi madre, pero eso importó mucho menos que el hecho de que tuviera una lámpara en la mano, enchufada con un alargador al otro lado de la estancia.

Diría que estuve allí casi un minuto. Sé que fue menos de eso, apenas unos segundos, pero ella esperó demasiado a volverse hacia mí y a la vida.

–No sucede nada –dijo entonces–. Iba a leer.

–Sí sucede –repliqué.

–No sucede nada –repitió–. Iba a leer, Nat.

Yo me eché a llorar, frenético y desesperado. Ella se puso en pie, desnuda, y quiso abrazarme, pero yo tuve la sensatez de correr a telefonear a mi padre. Al cabo de pocos días, a mi madre le diagnosticaron un trastorno bipolar. Entonces empezó el camino de regreso a mi padre, a nuestra familia, a nuestra vida de antes. Pero ese momento, como un espectro, nunca se desvaneció del todo, y siguió presente cada vez que mi madre y yo estábamos juntos.

–¿Habló alguna vez con su esposa de su intento de suicidio?

–Protesto –dice Molto–. Testimonio indirecto.

–¿Habían hablado su esposa y usted alguna vez de si ella contemplaba la posibilidad del suicidio?

Al otro lado de la sala, Tommy frunce el entrecejo, pero finalmente tiene que tragar. Por razones que en la facultad de Derecho nunca comprendí, lo que mi madre dijera sobre el pasado era un testimonio indirecto, pero lo que dijera sobre el futuro no.

–Cuando reanudamos la convivencia, a finales de los ochenta, me aseguró repetidas veces que no volvería a hacerle eso a Nat nunca más, que él no tendría que entrar nunca más en una habitación y afrontar una escena como aquella.

Sé que es cierto, porque a mí me hizo la misma promesa cientos de veces.

–¿Vivía Nat en casa el año pasado, cuando ella murió?

–No.

–Y la promesa que le hizo su esposa sobre Nat, ¿lo lleva a creer que ella prefería que su suicidio pareciera una muerte por causas naturales?

–Sí.

–Por lo que usted sabe, Rusty, ¿tuvo Barbara algún intento de suicidio mientras vivían juntos?

–No.

–Entonces, ¿usted no tenía experiencia sobre el tipo de conducta que podía adoptar su esposa si decidía quitarse la vida?

–No.

–Pero si ella hubiese puesto de manifiesto que esas eran sus intenciones, ¿qué habría hecho usted?

–Protesto. Le pide al testigo que especule –dice Molto.

–¿Habría tratado de impedírselo?

–Por supuesto.

La segunda pregunta y su respuesta se han intercalado muy deprisa, antes de que el juez Yi pueda atender la protesta inicial.

–Aceptada, aceptada –dice Yi.

–Así pues, Rusty, si Barbara había decidido suicidarse, ¿habría tenido que ocultarle ese hecho a su hijo y a usted?

–¡Juez! –exclama Molto incisivamente.

En el estrado, mi padre vuelve bruscamente la cabeza hacia el fiscal y sin darse cuenta responde:

–¿Sí? –Calla enseguida, desconcertado por su propio error–. Oh, Dios mío… –murmura.

A Yi, que es un hombre alegre, le parece terriblemente divertido y toda la sala estalla en carcajadas con él. Es una pausa cómica en una conversación sombría y las risas se prolongan unos instantes. Al final, el juez mueve un dedo ante Sandy.

–Ya basta, señor Stern. Todos tenemos un límite.

Este responde agachando la cabeza en un esfuerzo fallido de humilde reverencia, antes de proseguir.

–¿Sabe si su esposa conocía el caso de John Harnason?

–Hablamos de eso cuando me ocupé del mismo y también después. A ella le interesaba porque había leído sobre él en la prensa y también porque yo le conté cómo el señor Harnason me había abordado después de la vista. Y, además, las semanas antes de que Barbara muriera, el caso del señor Harnason fue el tema de un anuncio televisivo pagado por mi contrincante en las elecciones al Tribunal Supremo del Estado. Mi mujer se quejó repetidas veces de ese anuncio y por eso sé que lo vio.

–¿Leyó la señora Sabich la decisión del tribunal en el caso Harnason?

–Sí. Yo muy rara vez discrepaba del resto de mis colegas. A Barbara no le interesaba demasiado mi trabajo, pero, como he dicho, había seguido el caso y me pidió que llevara a casa una copia del dictamen.

–Y, volviendo sobre algo que ya ha salido en las declaraciones, ¿en ese dictamen se habla de que ciertos medicamentos, incluidos los inhibidores de la MAO, no se buscan en un análisis toxicológico rutinario?

–Sí, así es.

Stern pasa entonces a otras cuestiones. Mi padre explica largo y tendido que él y mi madre reanudaron la convivencia en 1988, con el acuerdo de que ella tomaría sus medicamentos para el trastorno bipolar, y que precisamente por eso él se encargaba de ir a recoger los fármacos e incluso de guardarlos en el botiquín. Todo esto tiene por objetivo explicar por qué están sus huellas en el frasco de fenelzina. Stern entonces le susurra algo a Marta, que cruza la sala para hablar con Jim Brand y regresa con una prueba material en su funda de plástico transparente.

–Bien, Rusty, el señor Molto le preguntó por sus visitas a Dana Mann. ¿Lo recuerda?

–Desde luego.

–¿Conocía su esposa al señor Mann?

–Sí. Dana y su mujer, Paula Kerr, fueron compañeros míos en la facultad. Nos habíamos relacionado bastante con ellos, sobre todo en aquella época.

–¿Y Barbara sabía en qué está especializado el señor Mann?

–Claro. Solo es un ejemplo, pero, hace cinco o seis años, cuando Dana era el presidente de la Asociación de Abogados Matrimonialistas, me pidió que diera una conferencia para los miembros de la asociación. Paula asistió, y Barbara también estuvo en la cena.

–Bien, en su turno, el señor Molto le preguntó sobre sus dos visitas al señor Mann. Y me parece que usted indicó que la segunda vez que lo vio, el 4 de septiembre de 2008, había pensado durante un breve período que quería solicitar el divorcio. ¿Es eso correcto?

–Sí.
–Y el señor Mann le envió la minuta por sus servicios.
–A petición mía. No quería que me regalara su trabajo, por muchas razones.
–¿Recibió aquello por lo que había pagado? –pregunta Sandy.
Mi padre sonríe y asiente. El juez le recuerda que debe responder en voz alta y entonces dice que sí.
–Y, ahora, llamo su atención sobre la prueba material número 22 de la acusación. ¿Es ese el recibo que Dana le envió en septiembre de 2008? –En ese momento el mismo aparece en la pantalla.
–Sí.
–Y está a su nombre y con su dirección de Nearing, ¿cierto?
–Cierto.
–¿Así fue como recibió la minuta? ¿En casa?
–No, lo que recibí fue una copia de la misma por correo electrónico. Le había pedido a Dana que toda nuestra correspondencia llegara por correo electrónico a mi cuenta de correo personal.
–Sí, pero usted pagó esta factura, la prueba material número 22 de la acusación, ¿verdad?
–Sí. Saqué dos veces efectivo del cajero automático y lo cambié por un talón de ventanilla en el banco.
–¿En qué banco fue eso?
–En el First Kindle de Nearing.
–¿Y este es el talón de ventanilla que envió? ¿La prueba material de la defensa número 23?
El talón aparece en la pantalla. En la sección «concepto» está el número de factura y las palabras «4/9/08 Consulta».
–Exacto.
–Bien, Rusty. Usted mandó un talón de ventanilla en lugar de un cheque personal. ¿Por algún motivo especial?
–Para no tener que decirle a Barbara que había visto a Dana, ni por qué.
–Muy bien –dice Stern y dirige una rápida mirada hacia Tommy para darle a entender que ha registrado su invitación del día anterior–. Finalmente, llamo su atención sobre la prueba material número 24 de la acusación, que también fue admitida durante el testimonio del señor Mann. ¿Qué es eso?
–El recibo por mi pago.

–Y también lleva la dirección de su casa de Nearing. ¿Fue allí adonde le llegó?

–No, lo recibí por correo electrónico.

–Bien, Rusty, todos estos documentos que recibió por correo electrónico, las pruebas materiales de la acusación números 22, 23, 24 y dos confirmaciones de sus citas con Mann, todo eso fue borrado de su ordenador doméstico. ¿Es eso cierto?

–He escuchado el testimonio del doctor Gorvetich al respecto.

–¿Borró usted esos mensajes electrónicos?

–Sería lógico que lo hubiese hecho porque, como he declarado, no quería que Barbara supiera nada de mis consultas con Dana hasta que estuviese seguro de que realmente iba a pedir el divorcio. Pero no recuerdo haberlo hecho en absoluto, señor Stern. Y estoy seguro de que nunca descargué un programa para eliminar archivos en mi ordenador.

–¿Y no habló nunca con la señora Sabich de sus consultas con el señor Mann o de que estaba pensando en divorciarse?

–No.

Stern se inclina para hablar con Marta. Luego le dice al juez:

–No haré más preguntas.

Yi le hace una seña a Molto con la cabeza y este se pone en pie como movido por un resorte.

–Juez, respecto a su teoría de que su mujer se suicidó con una sobredosis de fenelzina. ¿Hay alguna huella de ella en el frasco de fenelzina que estaba en su botiquín? –pregunta el fiscal.

–No.

–¿De quién son las huellas que hay en el frasco, juez?

–Mías –responde mi padre.

–Solo suyas, ¿cierto?

–Cierto.

–Y las visitas a los sitios web sobre la fenelzina, a finales de septiembre de 2008, ¿desde qué ordenador se hicieron?

–Desde el mío.

–El ordenador de su esposa, ¿también fue sometido a un examen forense?

–Así lo ha testificado el doctor Gorvetich.

–Y desde el ordenador de la señora Sabich, ¿también se hicieron búsquedas sobre la fenelzina?

–No identificaron ninguna.

–Y ahora, juez, sobre esa teoría suya de que su mujer se quitó la vida. Durante veinte años, entre 1988 y 2008 no tuvo ningún intento de suicidio, ¿verdad?

–Que yo sepa, no.

–Y a finales de septiembre de 2008, ¿cambió algo en la vida de la señora Sabich, que usted sepa?

Mi padre mira intensamente a Tommy Molto. No sé exactamente lo que ha sucedido, pero es evidente que este es el instante que mi padre esperaba.

–Sí, señor Molto –contesta–. Hubo un cambio significativo.

Es como si a Tommy lo hubieran abofeteado. Ha hecho una pregunta que consideraba segura y, de repente, se ha encontrado con un abismo delante. Molto mira a Brand, que abre la mano debajo de la mesa de la acusación y la baja un poco. Siéntate, le está diciendo. No empeores las cosas.

Y eso es lo que hace el fiscal.

–No haré más preguntas –le dice a Yi, y este le indica a mi padre que ha acabado su declaración.

Mi padre se abrocha la chaqueta y baja despacio los tres escalones. Parece un soldado orgulloso, con la espalda erguida, la cabeza muy alta y mirando al frente. Por imposible que pareciera ayer a última hora, de repente se me antoja que ha ganado.

32

NAT, 23 DE JUNIO DE 2009

El juez Yi le dice a Sandy que llame a su siguiente testigo y Marta se pone en pie como movida por un resorte para ir en busca de Rosa Belanquez, que resulta ser la jefa de atención al cliente del banco de mis padres.

La señora Belanquez es una mujer bonita, de unos treinta años, un poco regordeta y que va muy bien arreglada para sus cinco minutos de fama. Lleva colgada una pequeña cruz de oro en el pecho y luce un pequeño diamante en el dedo anular. Ella es América, la América buena, una mujer que probablemente emigró a este país, o lo hicieron sus padres, que ha trabajado duro y ha salido adelante. Tiene un empleo estable en el banco, un poco de éxito y dinero, el suficiente para su familia, a la que educa en los mismos valores que le inculcaron a ella: trabajar duro, hacer lo debido y amar a Dios y a tus semejantes. Es una mujer realmente agradable. Se nota en su forma de acomodarse en el estrado y de mirar a Marta.

–Llamo su atención sobre el 23 de septiembre de 2008. ¿Tuvo ese día ocasión de mantener una conversación con una mujer que se identificó como Barbara Sabich?

Hago cuentas. El 23 de septiembre de 2008 era el martes anterior a que mi madre muriese.

–Sí.

–¿Y qué le dijo la señora Sabich y qué le dijo usted?

Jim Brand, alto y sólido, vestido con un grueso traje de lana en plena canícula estival, se pone en pie y protesta.

–Es un testimonio indirecto.

–Señoría –dice Marta–, nada de esto será para demostrar la verdad, solo para aportar conocimiento.

El juez Yi asiente. Lo que Marta está diciendo es que la defensa no pretende tomar las palabras que dijera mi madre como realmente verdad, sino para demostrar que las dijo.

–Una respuesta a la vez –dice Yi.

Eso significa que decidirá sobre la protesta de que se trata de testimonio indirecto según cada respuesta, lo cual es una ventaja para la defensa, que podrá sacar todo eso a la luz para conocimiento del jurado, aun cuando el juez finalmente decida que no deberán tomarlo en consideración.

–En primer lugar –prosigue Marta–, ¿llevaba algo consigo la señora Sabich?

–La señora Sabich llevaba una factura de un bufete de abogados.

–Llamo su atención a la que ha sido clasificada y admitida como prueba material número 24 de la acusación. ¿Reconoce usted este documento?

Aparece de nuevo en pantalla el recibo del bufete de Dana Mann que hemos visto unos minutos antes, al final del testimonio de mi padre.

–Ese es el recibo que tenía la señora Sabich.

–La señora Sabich, ¿le dijo cómo lo había recibido?

–Protesto. Testimonio indirecto –interviene Brand.

Marta lo mira con una sonrisa tonta y retira la pregunta.

–Bien –dice–. ¿Recuerda cómo le mostró el recibo la señora Sabich?

–Lo llevaba en un sobre.

–¿Qué tipo de sobre?

–Un sobre comercial con ventana transparente para la dirección.

–¿Recuerda si llevaba sello?

–Era un sobre de la empresa Pitney Bowes, me parece.

–¿Vio el remite del reverso?

–Ella me entregó el sobre y yo saqué el recibo –explicó la señora Belanquez–. Le había llegado por correo, eso estaba claro.

Brand se levanta para protestar, pero Molto le pone la mano en la manga de la chaqueta y Jim se sienta sin decir nada. Tommy no quiere que dé la impresión de que los fiscales ocultan algo, pero Brand está más dispuesto que su jefe a cuestionar incluso los hechos obvios.

La oficina de Prima Dana la jodió enviando por correo a casa de mis padres un recibo de la factura que había pagado mi padre, y mi madre, que normalmente se encargaba de los recibos, abrió el sobre y fue al banco para intentar averiguar lo que ocurría.

–Ahora háblenos, por favor, de la conversación que mantuvo con la señora Sabich.

–En el recibo consta el número del talón de ventanilla. –La señora Belanquez se vuelve en la silla y señala la pantalla–. Quería saber si era nuestro número. Le dije que creía que sí, pero que tenía que comprobarlo. Busqué el registro y le dije que tenía que hablar con el director.

Marta coge un sobre de plástico de la mesa de la defensa y se acerca a Brand, quien lo examina y se pone en pie.

–Juez, esto no lo habíamos visto.

–Señoría, este documento fue entregado por la acusación a la defensa en noviembre del año pasado, durante la investigación inicial.

Debe de ser verdad, porque la detective Gissling le hace una seña a Brand y asiente. Marta le susurra algo a Brand, este extiende la mano y el papel es aceptado como prueba mientras la secretaria de Sandy proyecta el documento en la pantalla para que el jurado lo vea. Es la petición del talón de ventanilla. En otoño yo mismo vi el documento, pero comparado con el talón para la empresa donde mi padre se hizo las pruebas de ETS, no se le dio importancia.

–Llamo su atención sobre la prueba material número 1 de la defensa. ¿Qué es eso?

–Es el registro que yo comprobé. El resguardo de nuestro talón de ventanilla.

–Dice que habló con el director.

–Sí.

–Y, después de hablar con el director, ¿volvió a hablar con la señora Sabich?

–Sí, claro.

–¿Y qué le dijo?

–Le dije… –La señora Belanquez sonríe, se muerde los labios y pide disculpas por estar nerviosa–. Le dije lo que había dicho el director.

–Y eso, ¿qué fue?

–Protesto –dice Brand–. Testimonio indirecto.

–Lo escucharé –contesta el juez Yi.

–Bueno. El juez compró el talón de ventanilla con dinero en efectivo que llevaba, más trescientos dólares que acababa de sacar del cajero automático. Eso lo sabemos por el registro del mismo. O sea, que se trataba básicamente de una retirada de fondos de su cuenta. Y no le cobramos por extenderle un talón de ventanilla porque tenía cuenta en nuestra entidad. O sea, que la cuestión era si el recibo se refería o no a los movimientos de una cuenta y si ella podía verlo o no, porque ella, la señora Sabich, también era titular de esa cuenta. El director dijo: Si a él le dimos un talón de ventanilla sin cobrarle comisión porque tiene una cuenta y ella es cotitular de esa cuenta, entonces lo que pide es el extracto y debemos enseñarle lo que quiera ver.

»Y eso fue lo que le dije a ella. Le mostré el recibo de la adquisición del talón de ventanilla y el propio talón.

–Ahora, llamo su atención sobre la prueba material número 23 de la acusación. ¿Es este el talón de ventanilla que le mostró a la señora Sabich?

«Pagadero a Mann y Rapini –reza el resguardo en la parte donde se anota el concepto por el que se extiende el cheque–. Pago factura 645332.»

–Sí –responde la señora Belanquez, y Marta dice que no hará más preguntas.

La sala se queda en silencio. Todo el mundo sabe que acaba de ocurrir algo, algo gordo. Mi padre ha dicho que mi madre se había suicidado y ahora hay una razón que explica por qué habría podido hacerlo. Porque se enteró de que él había ido a ver a Dana, un abogado especializado en divorcios, y que quería dejarla.

Al otro lado de la sala, Jim Brand no parece contento. Los fiscales nunca lo están cuando la defensa sabe algo que ellos ignoran. Está sentado con las piernas estiradas, lanza el bolígrafo al aire y lo coge antes de abandonar su asiento con el porte de un vaquero dispuesto a perseguir al ganado desmandado.

–¿Ese es el contenido completo de su conversación con la señora Sabich? –inquiere.

–No, en absoluto.

–Entonces, cuéntenos qué más ocurrió –dice Brand, como si fuera la cosa más natural del mundo, como si no entendiera por qué no se lo había preguntado Marta.

Continúa impresionándome la teatralidad de una sala de tribunal, las improvisaciones escénicas y las tortuosas maneras de comunicarse con los miembros del jurado.

Con su chaqueta de seda estampada, Marta se pone en pie, pero guarda silencio mientras la señora Belanquez responde.

–Bueno, después de ver el talón de ventanilla, quiso saber si había otros y para qué se utilizaron, etcétera. Así que tuvimos que comprobar los otros cheques, extractos, ingresos y reintegros. Estuvimos casi todo el día.

–Juez –dice Marta–, me parece que hemos llegado mucho más allá del ámbito de lo que guarda relación directa con el caso. Ahora estamos hablando de documentos que su señoría ha declarado varias veces que no tienen que ver con este juicio.

–¿Algo más, señor Brand? –pregunta el juez Yi.

–Creo que no –responde Jim, pero ha recuperado un poco de terreno, pues le ha hecho saber al jurado que allí había algo más.

La señora Belanquez recibe permiso para abandonar la sala. Lleva tacones altos, le dedica una sonrisa a Marta, que debe de caerle bien, y su intenso perfume persiste en su estela cuando pasa ante mí, que estoy sentado en primera fila.

No sé si los demás espectadores que me rodean, incluidos los miembros del jurado, han captado por completo el impacto del testimonio de la señora Belanquez. No obstante, tengo de nuevo la sensación de que mi corazón bombea plomo derretido. No debería sorprenderme, pues siempre he pensado que mi madre lo sabía. Y, sin embargo, resulta insoportable, sobre todo si añado el contenido de esos documentos que el jurado no conocerá nunca. Lo veo todo, el despacho de la señora Belanquez en el banco, con los habituales muebles coloniales de imitación, los clientes y empleados, y mi madre, que a veces necesitaba tomar medio Xanax para ir a lugares públicos, que no soportaba sentirse observada o expuesta. Pero permaneció sentada delante de la amable señora Belanquez mientras se enteraba, primero, de que hacía unas semanas mi padre había ido a ver a Dana Mann, abogado especializado en divorcios, para pedirle consejo profesional y, segundo, que quince meses antes había escaqueado astutamente dinero de su sueldo y lo había gastado en cosas como el pago a una clínica que realiza análisis de enfermedades de transmisión sexual. En ese instante, descubrió que él le había sido infiel, que le había mentido sin parar en cuestiones diversas, incluida la peor de todas, que iba a seguir siendo su esposo, y tuvo que asimilarlo todo con rostro pétreo y el corazón destrozado, sentada delante de la señora Belanquez, consciente de que esta podía ver su alianza en su dedo y comprendía, por tanto, la magnitud de su humillación.

Salgo al pasillo y lloro. A estas alturas, está claro que mi madre regresó a casa aquel martes y, tarde o temprano, entró en la cuenta de correo electrónico y se enteró lo que le quedaba por saber, es decir, con quién había estado acostándose mi padre el año anterior. ¿Se pelearon la semana antes de su muerte? ¿Gritaron y chillaron y rompieron cosas y pusieron buena cara la noche en que Anna y yo fuimos a cenar? ¿O bien mi madre se lo guardó todo para sí? Tuvo que ser lo segundo, creo. Cuando nosotros fuimos a cenar, hacía una semana que lo sabía y, evidentemente, no lo había hablado con mi padre. Había sonreído y tramado, sopesando sus alternativas, y –ahora estoy seguro de ello– planeó su propia muerte. Mi padre recogió su fenelzina en la farmacia dos días después de que ella fuera al banco.

Marta Stern ha salido al pasillo a buscarme. Como le saco quince centímetros, tiene que ponerse de puntillas para tocarme el hombro. Lleva un grueso collar de oro mate en el que no me había fijado antes.

–Esto es fatal –le digo a Marta, aunque dudo que sepa a qué me refiero exactamente, porque, hasta que lo digo, yo también lo ignoro.

Mi padre no mató a mi madre en sentido estricto, pero eso no cambia lo que sucedió. Merece salir libre del juicio, pero cuando lo haga, en algún lugar de mi corazón, siempre será el culpable.

33

TOMMY, 23 DE JUNIO DE 2009

Marta quería una pausa a fin de preparar el ordenador de Rusty para el siguiente testigo y a Yi no pareció gustarle. Durante los dos últimos días había quedado claro que al juez se le estaba agotando la paciencia. Vivía en un hotel, con una maleta, a varios cientos de kilómetros de casa y todavía intentaba ponerse al día por teléfono de los casos que tenía pendientes en Ware. Cuando regresara, tendría trabajo acumulado para varios meses. En vez de conceder una hora para quitar el retractilado plástico y los precintos, Yi les dijo a los abogados que tuvieran listo el ordenador para la mañana siguiente. Mandaría a casa a los miembros del jurado, hablaría por teléfono con su juzgado e intentaría hacerse cargo de dos mociones urgentes en Ware.

Todos respiraron. Tommy y su equipo necesitaban un descanso. Brand y Marta llegaron al acuerdo de que los técnicos de la acusación quitarían el plástico retractilado y los peritos de las dos partes cortarían los últimos precintos y pondrían el ordenador en marcha en la sala a la mañana siguiente. Después, el equipo de la acusación con su ruidoso carrito de las pruebas cruzaron la calle para dirigirse a su oficina. Una vez estuvieron a solas en el ascensor del edificio del condado, Rory Gissling empezó a pedir disculpas.

–Debería haberlo sabido, joder –exclamó.

–Tonterías –contestó Tommy.

–Tendría que habérmelo olido y haber preguntado –prosiguió ella–. Cuando el banco reunió todos esos documentos en un nanosegundo, debería haber supuesto que ya lo habían hecho para alguien más.

–Eres detective, no vidente –le dijo Tommy.

Lo que los Stern habían demostrado, el hecho de que Barbara sabía que su marido pensaba dejarla, por no mencionar que este tenía una aventura, algo que el jurado no oiría nunca, no era malo en sí mismo. En realidad, podía ser incluso beneficioso. Así que su mujer lo sabía. Eso abría la puerta a un millón de posibilidades que le servirían a la acusación. Rusty y Barbara podían haberse peleado como fieras y él se la había cargado. Ella habría amenazado con contárselo al chico. O a los periódicos. Solo Dios lo sabía. Aquello era un juicio; si pensaban en el asunto un par de días, encontrarían una teoría que encajase con los hechos.

La defensa, sin embargo, había demostrado algo que tenía mucha más importancia: la acusación no lo sabía todo. Aquellos simpáticos tipos de la fiscalía que estaban al otro lado de la sala desconocían una prueba importante en un caso circunstancial. Era como si hubiesen dibujado un mapa del mundo y se hubieran dejado casi toda Norteamérica. La acusación decía que Rusty había matado a Barbara y la defensa demostraba que la acusación no había captado la escena completa. Barbara había recibido unas noticias tristes y, calladamente, se había quitado la vida.

Los cuatro, Brand, Tommy, Rory y Ruta, se sentaron en el despacho de Molto y cerraron la puerta. Este echó un vistazo a las notas con mensajes que tenía en su escritorio para fingir que no estaba tan preocupado como lo estaba, pero lo único que quería era pensar en el caso y tratar de calibrar la importancia de los daños.

Brand salió a buscar un refresco y volvió.

–¿Cómo puede ser que en esa máquina una lata cueste ochenta y cinco centavos? ¿No podemos hablar con Servicios Centrales? Jody las compra en un Safeway por veinte céntimos. Vaya negocio. Esta gente son unos ladrones.

Tommy metió la mano en el bolsillo y le tendió a Brand una moneda de un cuarto de dólar.

–Pues dile a Jody que quiero una Coca-Cola sin calorías, hielo extra y que se quede con el cambio.

–Si Brand le dice eso a su mujer, Tommy –intervino Rory–, terminarás teniendo que prescindir de él.

Jody era ayudante del fiscal cuando Brand la conoció. Y puso su foto en el diccionario junto a la frase: «Dura de pelar».

–De Servicios Centrales no puedo conseguir nada –dijo Tommy, y los cuatro se echaron a reír.

Luego, el grupo volvió a hundirse en el silencio.

–Así, ¿lo de Harnason es una coincidencia? –preguntó Brand finalmente.

Intentaba imaginar qué argumentaría Sandy ante el jurado en su intervención final.

–Eso ya se ha dicho –replicó Rory–. Barbara estaba al corriente del caso.

–Exacto –intervino Tommy–. Eso ya se ha dicho. El caso de Harnason fue lo que le dio a ella la idea de que podía suicidarse con un medicamento y hacerlo pasar por una muerte por causas naturales, ya que el fármaco no aparecería en el análisis toxicológico. De ese modo, se quitaría de en medio sin conmocionar todavía más a su hijo. Y eso será lo que este diga cuando testifique. Hablará de lo protectora que era su madre. Apoyará toda la historia.

Tommy se dio cuenta de que las cosas pintaban mal. El suicidio dejaría a Rusty en libertad.

–¿Y qué hacen sus huellas en la fenelzina? –inquirió Brand.

–Bueno, ahora solo tiene que explicar un hecho, en vez de seis. Todo lo demás encaja. Van a decir que fue ella la que trasteó en su ordenador, eso ya te lo imaginas, ¿no? Por eso quieren utilizarlo delante del jurado. Van a demostrar que Barbara entró en la cuenta de correo de Rusty. En pocas palabras, cómo vas a pedirle al jurado que señale un culpable, cuando nuestro propio perito admite que ella pudo manejar el frasco de medicamento sin dejar huellas y Rusty siempre le recogía las medicinas en la farmacia.

Brand miró la pared. Tommy no había acabado nunca de amueblar el despacho. Era el fiscal en funciones y le parecía pretencioso llenar las paredes con sus placas y fotos. Había colgado algunas instantáneas bonitas de Dominga y Tomaso y una foto antigua en la que estaba con sus padres el día de su graduación en la facultad de Derecho, pero había zonas con la pintura desconchada y el yeso arrancado de cuando Muriel Wynn había desocupado la estancia, hacía cuatro años y, a pesar de sus constantes llamadas a Servicios Centrales, no había conseguido que lo arreglaran. Brand parecía contemplar una de esas zonas.

–No vamos a perder este caso, joder –dijo de repente.

–Ha sido una empresa difícil desde el principio –replicó Tommy.

–Ha ido de maravilla. No vamos a perder.

–Vamos, Jimmy. Tomémonos la noche libre y volvamos a revisarlo todo mañana.

–Hay un fallo –insistió Brand, refiriéndose a la nueva teoría de la defensa.

–O más de uno, si quieres que te lo diga –replicó Tommy.

–¿Por qué vacía el ordenador de Rusty? –preguntó Brand–. De acuerdo, lee lo que tiene en él, pero ¿por qué elimina los mensajes?

–Buena pregunta –asintió Tommy.

Al día siguiente tendrían que pensar en muchas cuestiones como esa. Necesitaban tiempo para adaptarse. Y, si habían de ser sinceros, para ponerse al día. Porque Sandy y Marta ya habían pensado en esas preguntas y les habían dado respuesta desde hacía meses.

Jimmy siguió presionando.

–Si Barbara planea suicidarse en secreto –dijo–, sin nota de despedida ni ninguna de esas cosas, ¿por qué deja un rastro borrando los mensajes de su marido?

Rory fue la primera que advirtió lo que iba a decir la defensa.

–Para que Rusty lo supiera –respondió–. Los mensajes que él conservaba, los guardaba por una razón. Tal vez le gustaba releer las misivas de amor que le enviaba su amiguita. Fuera como fuese, cuando él volviera a buscarlos, vería que habían desaparecido. Y sabría que Barbara los había eliminado uno a uno. Y así sabría que su señora lo había descubierto todo y que por eso se había matado. Quizá por esa razón hizo búsquedas sobre la fenelzina en el ordenador del marido, para que él supiera cómo lo había hecho. Pero Rusty sería el único. El hijo y el resto del mundo pensarían que había muerto porque su corazón daba saltos indebidos. Pero a Sabich se lo comería la culpa.

Brand se quedó mirándola fijamente, con la boca entreabierta y expresión de asombro.

–Mierda –dijo entonces, y estampó la lata vacía de refresco contra la pared.

No era la primera vez que lo hacía. De hecho, había toda una serie de marcas en el yeso que Tommy y sus ayudantes habían ido haciendo con los años cuando se desfogaban pegándole puñetazos o lanzándole objetos. Pero Brand tenía mejor puntería. La lata golpeó en el centro y cayó en la papelera situada debajo para recoger lo que se allí se lanzaba de vez en cuando.

Todos miraron en silencio. Por la mañana, se dijo Tommy, tendría que echar un vistazo a la basura para ver si allí había algo más. Por ejemplo, su caso.

34

NAT, 24 DE JUNIO DE 2009

Son las siete y media de la mañana y las calles del centro empiezan a llenarse de peatones y coches que se apresuran camino del trabajo. Anna acerca el silencioso Prius al bordillo y me deja delante del edificio LeSueur.

–Espero que vaya bien. –Alarga la mano y aprieta la mía–. Mándame un mensaje en cuanto acabes.

Me inclino para recibir un abrazo rápido y salgo. Todavía no he conseguido quitarme el aire de estudiante, y arrugo mi bonito traje bajo las bandas de la mochila que me cuelgo a la espalda antes de dirigirme a la entrada.

Ha sido una mala noche. Anna se sintió mortificada al enterarse de la declaración de la mujer del banco, que pareció afectarla casi tanto como a mí. No dejaba de decir cuánto la apenaba, lo que terminó por irritarme, porque sentía como si esperase que yo la consolara. Quizá está atrapada en el mismo punto que yo, pensando en esa noche, en mi madre poniendo la mesa para los cuatro en el porche, sabiendo como sabemos ahora que su vida estaba a punto de terminar.

Ayer, con todo el drama, no estaba en condiciones de repasar con Marta mi prevista declaración, de modo que esta mañana ha venido al bufete temprano. Con tres niños en casa, no les habrá sido fácil ni a ella ni a su marido, Salomon, pero rechaza mi agradecimiento mientras me conduce hacia el rincón de la cafetera, cruzando la oficina.

Observando a Marta en el tribunal semana tras semana, me he dado cuenta de que nunca hará una carrera como la de su padre. Posee la misma inteligencia que él, pero no su magia. Ella es cálida y accesible, mientras que Sandy tiene fama de formal y distante, pero eso no parece importarle a la hija. Marta es una de esas personas que están contentas de ser como son y de lo que han hecho en la vida. No dejo de repetirle que es mi modelo a seguir.

–¿No se te hizo raro cuando decidiste ejercer con tu padre? –le pregunto, mientras miramos cómo se llena la jarra.

Hace un par de semanas que me rondaba por la cabeza preguntárselo, pero, con el revuelo del juicio, no he encontrado un momento para hacerlo.

Se ríe y reconoce que, en realidad, no llegó a tomar tal decisión. Hace años, su padre y ella pasaron una crisis familiar a consecuencia de la muerte de su madre. No habla nunca de ello, pero estoy bastante seguro de que Clara, la primera esposa de Stern, se suicidó. Un pensamiento que se me hace extraño esta mañana. Según Marta, en esos momentos Sandy «había perdido el norte» y ella pasó a desempeñar el papel de ayudante de su padre sin apenas proponérselo.

–Pero, como se suele decir, no hay mal que por bien no venga –añade–. Me ha encantado ejercer con él y la verdad es que si mi madre no hubiera muerto, quizá no lo habría hecho. Es el mejor abogado que conozco y en el despacho tenemos una armonía que no encontraríamos en otra parte. No creo que aquí nos hayamos levantado nunca la voz. Pero si viene a cenar a casa cuando Helen está de viaje, en cuanto cruza la puerta ya estoy gritándole. Se salta todas las normas que tengo con los niños. Adoro a mi padre –añade entonces, repentinamente, y se sonroja tan deprisa que al principio no sé qué ha pasado. Es la declaración más clara que ha hecho nadie de que Sandy Stern está muriéndose. Clava la vista en el café y continúa–: Todavía no me he recuperado de lo de mi madre... y hace casi veinte años.

–¿De veras? Yo que confiaba en volver a sentirme normal pronto.

–Es una nueva normalidad –apunta ella.

Cualquier distancia profesional que se supone que debiera existir entre Marta y yo prácticamente ha desaparecido. Tenemos demasiado en común. Los dos somos abogados, con madres que han muerto prematuramente y con esos padres también abogados que parecen tan grandes como para tapar el sol, pero los dos en peligro en este momento. Figuradamente, hemos avanzado en el juicio cogidos de la mano, e incluso ahora llego a rodearle los hombros con el brazo por un instante mientras volvemos a su despacho. Marta será una de esas personas a las que seguiré pidiendo consejo el resto de mi vida.

Repasamos rápidamente mi declaración. Después de lo de ayer, buena parte de ella es material sensible, pero la necesidad de hacerlo es incuestionable.

–¿Qué pasa con el ordenador? –le pregunto.

–Vamos a seguir una idea un poco descabellada de tu padre. Dice que no hay riesgo. Veremos. Pero quiero que seas capaz de decir delante del jurado que no hemos hablado de eso. No será complicado.

Sea como sea, el propósito es evidente: demostrar lo fácil que habría sido para mi madre acceder al ordenador de mi padre.

Cuando me dirijo al servicio, antes de salir hacia el tribunal, tropiezo con mi padre. Ayer me evitó e incluso ahora, como de costumbre, no tenemos gran cosa que decirnos.

–Lo siento, Nat.

Mi madre era bastante baja, así que fue una sorpresa para todos, especialmente para mí, que yo terminara creciendo hasta ser cinco centímetros más alto que mi padre. Durante mucho tiempo, me resultaba extrañísimo el hecho de tener que mirarlo desde arriba, aunque fuese solo un poco. Ahora, me agarra por los hombros y me da una especie de abrazo; luego, retoma su camino y yo el mío.

En mi primera declaración, estaba hecho un verdadero lío. Nunca había asistido a un juicio y allí estaba, el primer testigo del caso presentado por la acusación para declarar contra mi padre por el asesinato de mi madre. Permanecí allí como un fardo y respondí lo mejor que pude. El juez Yi no dejaba de decirme que hablase más alto. Cuando Brand hubo terminado, Marta me hizo un par de preguntas destinadas a mostrar que mi padre parecía estar en estado de shock cuando discutió conmigo respecto a la conveniencia de llamar a la policía. Luego, Marta le dijo al magistrado que se reservaba el resto de preguntas para cuando me llamaran como testigo de la defensa.

Esta vez, cuando subo al estrado y ocupo el asiento bajo el dosel de nogal, me resulta más fácil. Estaré viendo esta sala en mis pesadillas el resto de la vida pero, de un modo muy extraño, me siento cómodo.

–Por favor, diga su nombre y deletree el apellido para que conste.

–Nathaniel Sabich, S, A, B, I, C, H.

–¿Es usted el mismo Nathaniel Sabich que fue presentado como testigo por la acusación en este caso?

–El mismo.

Una joven latina de la primera fila del jurado sonríe. Al parecer, piensa que estuve bien la primera vez que subí al estrado.

–Y, desde que declaró, ha estado presente en esta sala cada día, ¿tengo razón?

–Sí. Soy el único familiar de mi padre y el juez Yi autorizó que me quedara para darle apoyo.

–Dígame la verdad, Nat, ¿ha hablado usted con su padre de lo tratado en este caso, o de su declaración de hoy?

–No. Bueno, él me dijo que no la mató y yo le dije que le creo, pero no, no hemos hablado de lo que han dicho los testigos, ni de lo que voy a decir hoy.

Estas últimas respuestas, que van más allá de los estrictos límites de las reglas del procedimiento, las he preparado con Marta. A ella le habría encantado que Brand protestara cuando he dicho que creía a mi padre, aunque solo fuese para subrayar este hecho ante los miembros del jurado, pero he visto a Molto tocarle la muñeca a su ayudante cuando este ya iba a saltar. Según se cuenta, el fiscal era también muy fogoso de joven, pero el tiempo y la responsabilidad, al parecer, lo han serenado. Es consciente de que los miembros del jurado me han visto aquí día tras día y que se habrán dado cuenta de parte de quién estoy. Al fin y al cabo es mi padre. ¿Qué otra cosa voy a creer?

–¿Y es usted abogado en ejercicio?

–En efecto.

–Por lo tanto, entiende las consecuencias de estar bajo juramento.

–Desde luego.

–Nat, permítame preguntarle primero por el caso de John Harnason. ¿Habló alguna vez del asunto con su madre?

–¿Con mi madre?

–Bueno, ¿estaba usted presente en alguna ocasión en que su madre, o ella y su padre, hablaran del caso?

Entonces cuento lo sucedido durante la cena del sesenta aniversario de mi padre, cuando quedó claro que mi madre se había informado del caso por su cuenta. Después, pasamos a las compras de mi padre la noche en que ella murió. Explico que el salami y el queso curado me gustan con deleite desde que era niño y digo que sí, que mi madre era como todas las madres y solía darme de comer las cosas que más me gustaban, y confirmo que siempre mandaba a mi padre –o a mí, hace años– a esa clase de recados porque no le gustaba salir de casa, y que incluso hacía la compra semanal por internet. Después, declaro al jurado que es cierto que mi padre recogía siempre la medicación de mi madre y que la llevaba al cuarto de baño del dormitorio cuando subía a cambiarse de ropa y que muchas veces colocaba él mismo los frascos en el estante. Tap, tap, tap. Mi padre suele decir que Sandy trabaja como un orfebre con su pequeño martillo. Y así lo está haciendo ahora. Yo respaldo la versión de mi padre punto por punto.

Las cosas transcurren plácidamente hasta que llegamos al intento de suicidio de mi madre, cuando yo tenía diez años. Los fiscales montan un escándalo antes de que pueda empezar a contar nada y el jurado debe retirarse, lo cual es bastante ridículo, porque lo que voy a hacer es corroborar lo que mi padre expuso ayer. Pero cuando el jurado vuelve, no hemos avanzado mucho de donde estábamos antes de que se fueran. Hasta hoy, solo le había contado esta historia a cuatro personas en el mundo –incluso Anna no la supo hasta anoche– y ahora me encuentro aquí sentado, con la primera fila de la inmensa sala llena de periodistas y dibujantes, reconociendo para el noticiario de la tarde que mi madre estaba totalmente fuera de control.

–Y entré en el cuarto de baño –digo, cuando creo que he conseguido recuperar la compostura.

E inmediatamente empiezo a sollozar otra vez.

Hago dos o tres intentos más, pero no logro continuar.

–¿Y la encontró tratando de electrocutarse? –pregunta por fin Marta.

Me limito a asentir. En ese momento, interviene el juez Yi:

–Anotar que testigo ha dicho sí con cabeza. Creo que todos entendido, señora Stern –dice.

Ordena que no se siga con el tema y decreta un descanso de diez minutos para darme la oportunidad de recuperarme.

–Lo siento –les digo a él y a los miembros del jurado antes de la pausa.

–No necesario «lo siento» –contesta el juez Yi.

Salgo de la sala y me quedo a solas al fondo del pasillo, contemplando la autovía por la ventana. La verdad es que nunca me ha resultado fácil hablar de mi madre. Yo la quería, la quiero y siempre la querré. Mi padre flotaba siempre a cierta distancia, entrando y saliendo, grande y brillante, un poco parecido a la luna, pero la fuerza de la gravedad que me retenía en la Tierra era mi madre, aunque pienso que he tenido que defenderme de su amor toda la vida. Yo sabía que, de algún modo, ella me quería en exceso –de una manera que no era buena para mí, que me abrumaba– y, en consecuencia, continuamente intentaba escapar de la carga que representaban sus atenciones. Cuando era pequeño, ella siempre andaba susurrándome: nunca dejaré de sentir su aliento en mi cogote cuando me hablaba, ni olvidaré cómo se me erizaba el vello de la nuca. Nunca quería que nadie más oyera lo que me decía. Y aquello llevaba un mensaje implícito: solo nosotros. Solo contábamos nosotros. Llegó a decírmelo abiertamente: «Tú eres el mundo para mí, eres el mundo entero para mí, pequeño».

Yo estaba encantado de oírlo, por supuesto, pero esas palabras también transmitían algo denso y oscuro. Desde que era un crío, sentí una especie de responsabilidad hacia ella. Tal vez todos los hijos tienen tal sentimiento, pero yo no podía saberlo, puesto que era hijo único. Pero también me daba cuenta de que yo era más que importante para ella. Era su salvavidas. Advertía que los únicos momentos en que se sentía completamente bien era cuando estaba conmigo, cuidándome, hablándome, pensando en mí. El único momento en que estaba equilibrada en el mundo era entonces.

Cuando pienso en ello con la perspectiva del tiempo, me parece evidente que mi mayor preocupación cuando alcancé la adolescencia eran las consecuencias de dejarla. Ahora, mientras veo circular los coches por la autovía 843, de pronto caigo en la cuenta de algo a lo que no me he enfrentado antes. Culpo a mi padre de su muerte porque no quiero culparme a mí mismo, pero siempre supe que algo así podía suceder cuando yo me marchara de casa. Lo sabía y de todos modos me marché. Tenía que hacerlo. Nadie, y aún menos mi madre, quería que renunciara a mi vida por ella, pero incluso así... Mi padre se ha portado como un cretino. Aunque también necesito perdonarme a mí mismo. Cuando lo haga, tal vez sea capaz de empezar a perdonarlo a él.

–Ahora, pasemos al tema de los ordenadores –dice Marta cuando se reanuda el juicio. Han colocado el de mi padre en una mesa, en el centro de la sala, y Marta lo señala–. A lo largo de los años, ¿ha visto usted a su padre utilizar un ordenador, Nat?

–Desde luego.

–¿Dónde?

–En casa. O cuando lo he visitado en su despacho.

–¿Con qué frecuencia?

–Incontables veces.

–¿Y ha hablado con él sobre su ordenador?

–A menudo.

–¿Lo ha ayudado usted a usarlo?

–Naturalmente. Para la gente de mi edad, es la situación inversa a cuando tus padres te ayudan a aprender a montar en bicicleta. Todos los ayudamos con los ordenadores.

A los miembros del jurado les encanta oír eso. También al juez Yi, que cada vez me cae mejor.

–¿Y su padre sabe de ordenadores?

–Si conocer la diferencia entre «on» y «off» es saber algo de ordenadores, sí. Aparte de eso, no mucho.

Se oye una carcajada de los asientos del jurado. Toda la sala me tiene lástima, así que soy un chico popular.

–¿Y qué me dice de usted? ¿Sabe de ordenadores?

–¿En comparación con mi padre? Sí, sé muchísimo más que él.

–¿Y qué hay de su madre?

–Ella era una especie de genio. Era licenciada en matemáticas. Hasta que algunos de mis amigos empezaron la carrera de informática, yo no conocía a nadie que supiera más de ordenadores que mi madre. Incluso ellos la llamaban a veces para consultarle cosas. Casi vivía metida en su aparato.

–¿Conocía usted la contraseña del ordenador de su padre?

–Creo que sí. Mi padre usaba la misma contraseña para todo.

–¿Y cuál era?

–Se lo explico. Su nombre de pila, Rozat, lleva una pequeña tilde sobre la «z» cuando lo escribe correctamente, por lo que a veces en inglés se escribe «Rozhat». Esta era la contraseña de nuestro buzón de voz en casa, del sistema de alarma antirrobo, del cajero automático y de las cuentas bancarias. Siempre «Rozhat». Hacía como todo el mundo. ¿Cómo se pueden tener dieciséis contraseñas distintas y recordar cuál es cada una?

–¿Y comentó alguna vez con su madre este hecho, que su padre utilizaba una única contraseña para todo?

–Un millón de veces.

–¿Recuerda concretamente alguna ocasión?

–Recuerdo que, hace dos años, estaba de visita en su casa y mi padre recibió por correo una tarjeta de crédito nueva y llamó para activarla. Le pidieron la contraseña de su cuenta y él, volviéndose, tapó el auricular con la mano y le preguntó a mi madre: «¿Cuál es mi contraseña?». Ella puso los ojos en blanco, murmuró un «¡Oh, por el amor de Dios!», y me dirigió una de aquellas expresiones suyas de desamparo que casi me hizo morir de risa. Mientras, mi padre seguía esperando y entonces los dos le dijimos al unísono «Rozhat», y él exclamó: «¡Oh, mierda!». Cuando colgó el teléfono, empezó a negar con la cabeza y a hacerse recriminaciones mientras nos reíamos a carcajadas.

Al otro lado de la sala, mi padre se ríe abiertamente. De vez en cuando, sonríe, pero esta debe de ser la primera risa auténtica que le he visto desde el comienzo del proceso. Al jurado también le gusta la historia, así que me vuelvo hacia ellos y digo:

–Discúlpenme por usar, ya saben, esa palabra…

–Bueno, Nat –dice Marta–, ¿entiende usted que voy a pedirle que haga una demostración con el ordenador de su padre?

–Sí.

–¿Y sabe qué voy a pedirle que demuestre?

–No.

–Bueno, ya ha oído usted alguna declaración respecto a los programas de eliminación de archivos, ¿no es así?

–En efecto.

–¿Ha descargado alguna vez un programa de esos?

–No.

–¿Sabe si su padre los ha descargado en alguna ocasión?

–Eso es imposible.

Brand protesta y mi respuesta no se tendrá en cuenta.

–Lo siento –le digo al juez, y él levanta una mano cortésmente.

–Solo responda pregunta –dice.

–Muy bien, Nat –continúa Marta–, voy a pedirle que baje del estrado y ponga en marcha el ordenador de su padre. Le pediré que luego introduzca la contraseña, Rozhat, y, si funciona, que descargue el programa de eliminación de archivos mencionado por la acusación para ver si sabe usarlo.

–Protesto –interviene Brand.

El jurado tiene que salir otra vez de la sala. El ayudante del fiscal argumenta que el hecho de que yo conozca la contraseña no significa que mi madre la conociera también, y que, aun si yo tuviera dificultades para utilizar ese programa, eso no significaría que mi padre no hubiese podido aprender.

El juez Yi se inclina a favor de Marta:

–Primero veamos si contraseña es buena contraseña, porque la señora Sabich conocía esa contraseña. Y como acusación dice que el juez usa ese programa de borrar, defensa tiene derecho a demostrar si cuesta usarlo. Si joven señor Sabich tiene problemas para hacer eso, defensa no puede argumentar que eso demuestra que juez tendría problemas. Pero defensa puede argumentar que es demasiado difícil para juez. Acusación puede argumentar lo contrario. Bien, que entre jurado.

Cuando todos los miembros del mismo vuelven a ocupar sus asientos, yo ya estoy delante del ordenador. El juez Yi ha bajado del estrado para observar y también me rodea el equipo de la fiscalía al completo. Marta le pregunta al juez si puede volver el monitor hacia el jurado y Yi lo permite, aunque la imagen también se proyecta en la pantalla grande situada junto al estrado de los testigos. Entonces, pulso el interruptor de la torre, la máquina cobra vida con un ronroneo y empieza a cargar el sistema operativo. La pantalla se ilumina y el ordenador pide la contraseña. En ese momento, Marta dice:

–Con la venia, señor juez, voy a pedirle al señor Sabich que escriba las letras R, O, Z, H, A, T, como contraseña.

–Proceda –dice Yi.

Funciona, por supuesto. Suena el tono musical enlatado y luego, para mi asombro, aparece una tarjeta de Navidad dirigida a mi padre. Me doy cuenta de lo silenciosa que se ha quedado la sala de repente.

En la tarjeta pone «Felices Fiestas 2008» y dentro de los bordes aparece línea a línea un escrito animado, mientras un murmullo crece entre los espectadores con cada palabra.

Las rosas son rojas
y amarillo el limón.
Vuelves a tener problemas
y lo he conseguido yo.
Te quiere, ya sabes quién.

35

TOMMY, 24 DE JUNIO DE 2009

En ese momento, la primera sensación de Tommy fue como darse cuenta de que había reventado una cañería dentro de la pared, o de que el tipo con quien estaba hablando por teléfono había tenido un ataque cardíaco. Algo no iba bien, eso fue lo único que supo durante un segundo. La vida se había detenido en seco.

Mientras leía el mensaje de la pantalla, notó un revuelo a su lado. Los miembros del jurado, que ya estaban inclinados hacia delante en sus asientos para mirar el ordenador, se habían levantado para acercarse más y, después de ellos, varios periodistas cruzaron también la frontera imaginaria del estrado para verlo también. Eso, a su vez, llevó a un puñado de espectadores a acercarse para ver qué había sucedido. Los alguaciles corrieron hacia el grupo, gritando que retrocedieran. Solo cuando el sonido del mazo resonó en la sala, Tommy se dio cuenta de que el juez Yi, que había bajado a presenciar la demostración, volvía a ocupar su sitio.

–Todos sentados –proclamó–. Todos en asientos.

Volvió a golpear con el mazo y repitió la orden.

Todos se retiraron menos el hijo de Rusty, que se quedó plantado en medio de la sala, solo y desconcertado, y más inútil que un maniquí desnudo en un escaparate. Marta, oportunamente, le indicó que volviera al estrado de los testigos. El juez pidió orden una vez más a golpe de mazo.

–Silencio, por favor. Silencio. –El alboroto continuó y el juez Yi, que rara vez se ponía enérgico, golpeó más fuerte y anunció–: Silencio o pido alguacil echarlos. ¡Silencio!

Como una clase de primaria, la sala se calmó por fin.

–Bien –dijo el juez–. Ahora, señor Sabich, quiero baje otra vez y lea lo que hay en ordenador para que la secretaria anote. ¿De acuerdo?

Nat bajó y describió con voz monocorde lo que había en la pantalla:

–Se ve una felicitación de Navidad con un borde negro y varias guirnaldas negras, como de Halloween. Pone «Felices Fiestas 2008», y debajo hay unas palabras...

Leyó el breve poema.

–Bien –dijo el juez–. Bien. Señora Stern, ¿cómo quiere proceder?

Después de consultar con su padre, la abogada sugirió un pequeño descanso.

–Buena idea –dijo el juez–. Abogados, por favor, conmigo.

Los cuatro abogados salieron detrás de Yi por la puerta situada junto al estrado del juez y recorrieron el pasillo interior que separaba las salas de tribunal de los despachos que ocupaban los magistrados. Stern avanzaba con dificultades y Tommy y Brand terminaron diez pasos por delante de él y su hija. «Esto es una absoluta tontería», mascullaba Brand, colérico, mientras caminaban.

Durante el proceso, el juez Yi utilizaba el despacho de Malcolm Marsh, que estaba en Australia para enseñar práctica jurídica durante un año. El juez Marsh era un consumado violinista, que había tocado con la orquesta sinfónica para celebrar su sesenta y cinco cumpleaños y decoraba su despacho con discos enmarcados y partituras firmadas. El juez Yi se quitó la toga e indicó a los abogados que se sentaran, mientras él permanecía de pie detrás de la mesa.

–Bien –dijo entonces–, ¿alguien aquí puede decirme qué ha sucedido?

Se produjo un prolongado silencio que Marta rompió.

–Señoría, al parecer, alguien colocó un mensaje en el ordenador del juez Sabich antes de que el aparato fuese intervenido, e insinúa que quien lo escribió le ha tendido una trampa al juez con estas acusaciones.

–Esto es una mierda –dijo Brand.

El juez Yi levantó el índice con gesto severo.

–Por favor, Brand –dijo, y Jim se disculpó repetidamente.

–Ha sido una solemne estupidez por mi parte –dijo varias veces.

–¿Qué hacemos? –preguntó el juez.

Finalmente, Marta tomó de nuevo la palabra.

–Creo que deberíamos examinar el ordenador. Deberíamos permitir que peritos de ambas partes, en presencia unos de otros, hagan todas las pruebas diagnósticas posibles sin alterar datos, con el fin de saber cuándo se introdujo el mensaje y si parece legítimo o no.

–Bien –dijo Yi. El plan le gustó.

Los Stern llamarían enseguida a sus dos chicos prodigio, mientras que la fiscalía haría lo propio con el profesor Gorvetich. Brand y Marta se levantaron para hacer las llamadas. Marta habló con sus expertos por el móvil, pero Brand tenía el número de Gorvetich en el despacho del otro lado de la calle, de modo que se marchó a buscarlo. Mientras, Yi le pidió al alguacil que enviara a casa a los miembros del jurado y los abogados acordaron volver a sus despachos a esperar la conclusión de los peritos. El ordenador permanecería en el tribunal, bajo vigilancia de los agentes de seguridad del juzgado.

Cuando salían, Stern le dedicó una de sus misteriosas sonrisitas a Tommy. Sandy empezaba a tener mejor aspecto, su rostro reflejaba más vitalidad y el sarpullido empezaba claramente a desaparecer. Muy oportuno, pensó Tommy. Justo a tiempo para que pudiera sonreír a las cámaras cuando ganara.

–Un caso interesante –comentó Stern.

Fuera de la sala del tribunal, Tommy volvió a ordenar el material del carrito de pruebas con la ayuda de Rory y Ruta. Brand era muy puntilloso en cuanto al orden en que guardaba las cosas y todos intentaron recordar cómo lo quería, pues ninguno de los ellos deseaba ver estallar a Brand en aquel momento, como sucedería si no estaba todo a su gusto.

Milo Gorvetich llegó cuando Tommy ya se disponía a regresar al despacho del otro lado de la calle. Era un tipo menudo, más bajo que Tommy y que Stern, con un pelo canoso y alborotado y una barbita de chivo teñida de amarillo a causa de la pipa. Contratarlo había sido idea de Brand, que lo tuvo como profesor en un curso de programación, hacía dos décadas. Por ser el primer miembro del equipo de fútbol de la universidad que aparecía por el aula de Gorvetich, Brand había gozado de suficiente atención por parte del profesor como para sacar un aprobado por los pelos en la asignatura. Sin embargo, ahora, Gorvetich era un anciano. Divagaba y había perdido su agudeza. Los jóvenes genios de Sandy le daban cien vueltas y, a esas alturas, Tommy ya no sabía si confiaba plenamente en él. Le contó lo que había sucedido y el anciano abrió unos ojos como platos. Tommy temió que el hombre no tuviera la menor idea de lo que le hablaba.

Acompañado de las dos mujeres, Tommy cruzó la calle. Encontró a Brand en su despacho, ansioso, con los pies sobre la mesa mientras mordía una pajita. Su ayudante poseía muchos de los atributos físicos que Tommy había envidiado en otros abogados durante años. Era grande, fuerte y atractivo, y tenía ese halo de acerada firmeza que tanto gusta a los miembros del jurado, sobre todo en un fiscal. Sin embargo, Tommy lo superaba en un aspecto que resultaba casi fundamental en los juicios difíciles: la capacidad de estar al cien por cien sin haber dormido lo suficiente. Jim en cambio necesitaba ocho horas y, cuando no las dormía, se ponía irritable como un niño pequeño. Era evidente que la noche anterior se había acostado muy tarde, trabajando en las cuestiones técnicas e intentando planear su argumentación ante la nueva teoría del suicidio que planteaba la defensa. Los envoltorios de celofán de la cena, sacada de la máquina dispensadora, se mezclaban en la papelera con los filamentos color rosa del retractilado plástico que habían retirado del ordenador de Sabich por la mañana, en el tribunal, antes de romper los precintos.

—¿No te parece que todo esto es demasiado oportuno, maldita sea? —tronó en cuanto vio a Tommy—. La víctima vuelve de entre los muertos para anunciar que le tendió una trampa al acusado. Esto es increíble, joder. Es pura basura. Un día apuntan que fue un suicidio, y al día siguiente la muerta dice: «Sí, y lo hice para joderlo».

Tommy se sentó en una silla de madera, junto al escritorio de Brand. Jim tenía allí una foto nueva de Jody y las chicas y él las contempló un momento.

—Unas mujeres muy guapas —comentó.

Brand sonrió. Tommy le dijo que Gorvetich había llegado.

—¿Qué ha dicho?

—Ha dicho que seguramente podrán ver el programa calendario y determinar cuándo se creó el «objeto». No he acabado de entenderlo, pero he pensado que tú sabrías a qué se refiere. ¿El «objeto» es la tarjeta navideña?

–Sí. –Jim se quedó pensando un segundo mientras seguía mordiendo la pajita–. Creo que el programa calendario almacena, como parte del objeto, la fecha en que este fue creado. Me lo ha dicho por teléfono cuando lo he llamado.

–Pero hemos tenido ese ordenador bajo custodia desde noviembre, ¿no?

–Casi. Desde principios de diciembre, en realidad. George Mason lo tuvo durante un mes en el Tribunal de Apelaciones mientras debatíamos qué podíamos mirar, ¿recuerdas?

Tommy se acordaba. Estaba convencido de que todos los jueces del Tribunal de Apelaciones iban a cruzar la calle y a montar una manifestación delante del edificio del condado. Cuando se empezaba a hurgar en sus asuntos, los jueces se creían con más derechos que un sultán.

–Bien, pero si la felicitación de Navidad es auténtica...

–No lo es –lo interrumpió Brand.

–De acuerdo –asintió Tommy–. De acuerdo. Pero suponiéndolo solo por un segundo...

–No es auténtica –repitió Jim, con las aletas de la nariz ensanchadas como los ollares de un toro.

No podía soportar que su jefe se dignara considerar siquiera tal posibilidad. Pero su actitud era muy reveladora. O la tarjeta navideña resultaba ser una pista falsa, en cuyo caso Sabich había cavado su propia tumba, o era auténtica y no les quedaría más remedio que declarar el caso sin efecto.

Tommy y Brand se quedaron un rato en silencio. Malvern, la secretaria de Tommy, lo había visto entrar y llamó a la puerta para decirle que Dominga estaba al teléfono. Probablemente, había oído que se había producido un «golpe de efecto» en el caso Sabich.

–Avísame cuando aparezca Gorvetich –dijo Tommy mientras se levantaba de la silla.

Sonó el teléfono de Brand y este lo descolgó. Tommy no llegó a la puerta.

–Gorvetich –dijo Brand a su espalda.

Cuando Molto se volvió Jim tenía el índice levantado. Tommy vio que escuchaba atentamente. Tenía la mirada fija y una expresión solemne y ceñuda. No parecía que respirase siquiera. «Muy bien», dijo Brand. Luego, repitió varias veces, «lo entiendo». Al final, colgó y se quedó sentado, con los ojos cerrados.

–¿Qué? –preguntó Molto.

–Han terminado el examen inicial.

–¿Y?

–El objeto fue creado el día antes de la muerte de Barbara Sabich. –Brand dedicó un segundo a pensar–. Es auténtico –añadió. Dio una patada a la papelera y el contenido salió volando–. Es auténtico, joder.

36

NAT, 24 DE JUNIO DE 2009

Cuando el juez Yi da permiso a los abogados para abandonar el despacho, Marta, mi padre, Sandy y yo regresamos al edificio LeSueur y nos reunimos en la gran oficina de Stern. Después de parecer durante semanas un muerto andante, Sandy intenta ahora contener su alegría por el bien de mi padre, pero hay algo en él que sugiere que vuelve a ser el de antes. Su teléfono no para de recibir llamadas de periodistas, a los que contesta que la defensa no hará comentarios de momento. Finalmente, le ordena a su secretaria que no le pase más llamadas.

–Todos preguntan lo mismo –dice–. Si creemos que Molto arrojará la toalla.

–¿Lo hará? –le pregunto.

–Con Tommy nunca se sabe. Brand sería capaz de atarlo a la silla antes que permitirlo.

–Molto no se va a dar por vencido –apunta Marta–. Si no queda más remedio, se agarrarán a alguna débil teoría que diga que fue Rusty quien lo preparó.

–Rusty no ha tocado el ordenador desde antes de su procesamiento –recuerda Stern.

Mira a mi padre, que está sentado en un sillón, escuchando pero con poco que decir. Durante una hora y media ha sido el más impresionado y reservado de todos nosotros. En una clase de psiquiatría, hace años, visité un hospital mental y vi a varias personas que habían sido lobotomizadas en los años cincuenta. Sin una parte del cerebro, los ojos se les habían hundido en las cuencas. Mi padre tiene un poco ese aspecto.

–Esa teoría sería una vergüenza para ellos –añade Stern.

–Yo solo lo comento –dice Marta–. ¿Y los periodistas dan por hecho que lo hizo Barbara?

–¿Quién si no? –pregunta Sandy.

Durante los últimos noventa minutos, yo también me he estado haciendo esa misma pregunta. Hace mucho que dejé de pensar que entendía a mis padres, a ninguno de los dos. Quién era cada uno para el otro, o en las partes de su vida que no afectaban en nada a la mía, es algo que no llegaré a entender nunca por completo. Se parece un poco a intentar imaginar quiénes son realmente los actores más allá de los papeles que interpretan en la pantalla. ¿Cuánto se identifican con el personaje? ¿Cuánto es ficción? Anna dice que con su madre le sucede más o menos lo mismo.

Pero cuando me pregunto si realmente creo que mi madre se mató y tramó un plan para que mi padre cargara con su muerte..., el hecho brutal es que, en lo más profundo de mí, hay algo que registra tal perspectiva como enteramente verosímil. La furia de mi madre era letal y la llevaba a un estado en que resultaba prácticamente irreconocible.

Y además todo encaja. Por eso aparecen solo las huellas de mi padre en el frasco de fenelzina. Por eso lo mandó a comprar vino y queso. Por eso las búsquedas de fenelzina no se borraron del ordenador.

–Pero ¿por qué envenenarse de un modo que podría haberse confundido con una muerte por causas naturales? –pregunta mi padre.

Es la primera vez que habla.

–Bueno, yo creo... –dice Sandy y su tos seca lo obliga a hacer un alto–, creo que así resulta más incriminatorio. Y, por supuesto, implica el caso Harnason en el asunto, del que tú te ocupabas y del que Barbara sabía mucho.

–Solo es incriminatorio si se descubre –replica mi padre.

–Ahí es donde entra Tommy Molto –insiste Stern–. Habida cuenta de su historial, ¿cómo iba él a dejar pasar la muerte prematura de otra mujer tan cercana a ti sin realizar una investigación completa? Sin duda, Barbara lo tenía por tu enemigo jurado.

Mi padre mueve la cabeza con un gesto rotundo de negativa. A diferencia de sus abogados, no está convencido del todo.

–¿Por qué no firma? –pregunta.

–El texto resulta muy evidente, ¿no?

–Y si se proponía incriminarme, ¿por qué molestarse en sacarme del apuro ahora?

En ese momento, Sandy me mira, no para ver cómo reacciono, sino para que atienda.

–Volver a sentarte en el banquillo era una buena represalia por tu infidelidad, Rusty. Pero dejarte en la cárcel el resto de tu vida era ir demasiado lejos, sobre todo teniendo en cuenta que está Nat.

Mi padre reflexiona. Evidentemente, su cabeza funciona más despacio de lo habitual.

–Es un truco –replica al fin–. Si lo ha hecho Barbara, es un truco. Va a ser como la tinta invisible. Tan pronto como lo demos por bueno, aparecerá algo que no vemos.

–Bueno, Matteus y Ryzard –dice Sandy, que se niega a referirse a los dos expertos como Hans y Franz– deberían encontrarlo.

–No son más inteligentes que ella –afirma mi padre rotundamente.

Él apaciguaba a mi madre dedicándole infinitos elogios. A su cocina. A su aspecto. Yo creo que lo decía todo en serio, aunque probablemente lamentaba verse forzado a hacerlo. Pero algo que siempre decía con absoluta sinceridad era que «Barbara Bernstein es la persona más inteligente que conozco». Ahora está seguro de que ella demostrará haber sido la más lista de todos. A mí, eso me parecería conmovedor, si con ello mi padre no viniera a decir que, en el fondo, la intención final de mi madre no era, ni mucho menos, tan benigna como Stern acaba de sugerir. Lo que está diciendo mi padre es que ella no pretendía simplemente asustarlo. Lo que está haciendo es joderlo de lo lindo desde la tumba.

Diez minutos después, la secretaria de Sandy anuncia que Hans está al teléfono. Los peritos han terminado de examinar el ordenador. Incluso Gorvetich corrobora que la tarjeta navideña parece auténtica. Se programó la tarde antes de que muriera mi madre, al parecer unos minutos antes de que Anna y yo llegáramos para la cena. Stern informa al despacho del juez y recibe indicaciones de que todos los abogados regresen a la sala para que los peritos informáticos puedan exponer sus conclusiones ante el juez Yi. Bajamos al garaje y nos amontonamos en el Cadillac de Sandy para el corto trayecto de vuelta.

–Mal día para Tommy –comenta Marta–. Me gustaría haber visto su cara cuando Gorvetich le ha dicho que la felicitación navideña era auténtica.

En el despacho de Stern, todos dan por hecho que esa será la conclusión. Somos conscientes de que mi padre no tuvo ni la oportunidad ni la capacidad técnica para llevar a cabo algo así.

Cuando llegamos, el tribunal parece un pueblo fantasma. Durante semanas, la sala ha estado abarrotada, sin un asiento libre en las gradas del público, pero por lo que parece, ahora, ni los periodistas ni los aficionados a los juicios, que recorren las salas de audiencias en busca de entretenimiento gratis, han tenido noticia de este trámite. Marta y Sandy se disponen a reunirse un momento con Hans y Franz, pero los interrumpe el regreso del juez Yi al estrado.

El profesor Gorvetich, con sus mechones blancos como la espuma que se levantan en varios lugares de su cabeza, su barba de chivo manchada de nicotina y una tripa que no le cabe en su chaqueta sport barata, se ha presentado en zapatillas deportivas, un detalle disculpable por la urgencia con que se lo ha convocado, supongo. Hans y Franz también llevan ropa informal. Matteus es mayor y más alto, pero los dos están en forma y tienen un aire moderno, con la camisa por fuera de sus vaqueros de marca y ese pelo de punta. Los abogados han acordado que sea Gorvetich quien hable con el juez: su parte es la perjudicada por el peritaje. El profesor espera junto al ordenador, en el centro de la sala.

La tarjeta, explica, es un archivo gráfico estándar que se abre en asociación con un recordatorio que estaba programado para el día de Año Nuevo de 2009. La fecha explica por qué ninguno de los expertos la detectó cuando la acusación y la defensa llevaron a cabo todos los exámenes forenses del ordenador, a principios de diciembre.

El hecho de que el mensaje estuviese programado para aparecer en las fiestas navideñas es revelador, pues esa ha sido siempre una época rara en casa. Mi madre fue educada en el judaísmo y encendía velas por Hanukka todos los años, pero lo hacía en gran medida como un acto de autodefensa. A ella no le gustaban las festividades religiosas en general y, por la razón que fuera, detestaba especialmente la Navidad. En cambio, para mi padre, esa fecha era uno de los pocos momentos brillantes del año cuando era niño, y continuaba esperando su llegada con ilusión. Desde la perspectiva de mi madre, lo peor tal vez fuera que los serbios celebran la Navidad el 7 de enero, lo que significaba que, para ella, esa fiesta se prolongaba eternamente. En especial, detestaba las cenas navideñas tradicionales a las que eran invitados habitualmente por los chiflados primos serbios de mi padre, donde siempre servían cerdo asado. Yo solía tener clase al día siguiente y además todo el mundo se emborrachaba de aguardiente de ciruela. Normalmente, mi padre y ella no se hablaban de nuevo hasta entrado febrero.

–Hemos examinado los archivos del registro del ordenador prestando especial atención al que contiene los objetos calendario –expone Gorvetich–. La fecha de creación de un objeto está contenida en el propio objeto. Ese tipo de archivo también muestra la fecha de la última vez que se ha utilizado el programa calendario del modo que sea, aunque solo haya sido para abrirlo. El objeto en cuestión tiene como fecha de creación el 28 de septiembre de 2008, a las 5.37 de la tarde.

»Así pues, a estas alturas puedo confirmar al tribunal que este objeto tiene toda la apariencia de ser auténtico. Por desgracia, al abrir el archivo aquí esta mañana, cosa que yo habría desaconsejado, el archivo lleva ahora la fecha de hoy, pero todos hemos comprobado nuestras notas y, cuando las dos partes examinamos el ordenador el pasado otoño y se hicieron copias de su contenido, la fecha era 30 de octubre de 2008, varios días antes de qué se interviniera el aparato. Como indiqué en mi declaración, en el registro aparecen residuos que apuntan al uso de un programa de eliminación definitiva de archivos, pero tales residuos ya se identificaron cuando ambas partes examinamos la copia del disco duro del ordenador, el pasado diciembre.

Tommy Molto se pone en pie.

–Señoría, ¿puedo formular una pregunta?

Yi levanta la mano dándole permiso.

–¿Pudo alguien acceder al ordenador después de octubre, manipular el reloj para hacerlo retroceder y añadir entonces la tarjeta? –preguntó el fiscal.

Brand sabe perfectamente que eso no es posible, e intenta decírselo a su jefe. Hans y Franz también niegan con la cabeza. Gorvetich responde en el mismo sentido:

–No, el programa no funciona así. Para crear un calendario de tareas correcto, no se puede modificar el reloj del programa.

El juez Yi juega con un lápiz, dando golpecitos con él en el secante que tiene delante.

–Señor Molto –dice por fin–, ¿qué quiere hacer ahora?

Tommy se levanta.

–Con la venia, señoría, vamos a pensarlo unas horas.

–Bien –asiente el juez–. Mañana, a las nueve, para su decisión. El jurado está en espera.

Y con un golpe de mazo, cierra la sesión.

Me pongo en pie y espero para salir con mi padre. Aunque probablemente quedará libre mañana, mi padre, el eterno enigma, sigue sin sonreír.

37

TOMMY, 25 DE JUNIO DE 2009

«Estoy embarazada.» Mientras caminaba hacia la oficina desde el edificio del aparcamiento, el jueves por la mañana, las palabras de su esposa y el tímido orgullo con que las había dicho resonaban todavía en sus oídos. «Estoy embarazada», había anunciado Dominga cuando Tommy había contestado al móvil la tarde anterior, después de salir del despacho de Brand. Siempre había tenido períodos irregulares y ella y Tommy llevaban un tiempo intentándolo, con la idea de que Tomaso no fuese hijo único, pero parecía que no lo iban a conseguir. A él le parecía bien. Tommy consideraba que ya había sido bendecido más allá de lo imaginable. Pero ahora su mujer volvía a estar embarazada. De seis semanas.

Así era como Tommy había sabido siempre que existía un Dios. Se podría considerar una coincidencia que su esposa descubriese que estaba embarazada en el mismo momento en que él veía cómo su prolongada persecución de Rusty Sabich fracasaba de nuevo. Sin embargo, ¿podía creerse que aquello fuese casual, que las cosas llegasen de aquel modo inesperado para proporcionar suficiente alegría como para acallar cualquier pena?

La tarde anterior había vuelto a casa temprano, en relativa paz, y había celebrado la buena nueva disfrutando de la compañía de su esposa y de su hijo hasta la hora de acostarse. Luego, se había despertado a las tres de la madrugada y había empezado a pensar. Sentado en la penumbra de su casa, que ahora probablemente se les quedaría pequeña, lo corroyeron las dudas que había apartado de su mente cuando la perspectiva de un nuevo hijo todavía era remota. Realmente, ¿debía un hombre de su edad tener otro hijo –una niña, esperaba

Tommy por el bien de su esposa–, que probablemente enterraría a su padre siendo adolescente, o veinteañero como mucho? No estaba seguro. Amaba a Dominga, se había enamorado de ella profundamente y lo demás había venido a continuación, inevitablemente, aunque la vida que había terminado llevando tenía poco que ver con nada que hubiese imaginado en los casi sesenta años que ya tenía. Uno abre su corazón a la bondad y acepta lo que venga.

Con Rusty, también había hecho lo correcto. Tras casi un día de reflexión, Tommy se daba cuenta de que todo el mundo estaría conforme en cerrar el caso. El ministerio fiscal había sido engañado, nada menos que por la víctima, y nadie podría acusarlo de nada. Rusty quedaría libre, pero el trance por el que había pasado no sería consecuencia de la mala fe de Tommy, sino del condenado lío que había montado en la casa de aquel. Pensándolo bien, era Rusty quien debería disculparse. Aunque no lo haría, desde luego.

El problema iba a ser Brand, que había empezado a preparar una argumentación para el día siguiente. Aunque la tarjeta navideña fuese auténtica, decía, no había modo de demostrar que no era Rusty quien la había creado en septiembre. Al fin y al cabo, el ordenador era suyo. Había planeado matar a Barbara con la esperanza de que pasara por una muerte por causas naturales, pero si alguien investigaba y descubría algo, se sacaría de la manga por etapas todo aquello del suicidio y la trampa.

Siendo realista, incluso era posible que Jim tuviese razón. Al fin y al cabo, ¿quién se quitaba la vida para inculpar a otro? Pero hacía mucho que Tommy le había resumido a Brand el meollo del asunto: Rusty Sabich era demasiado listo y recelaba demasiado de Tommy como para matar a su esposa, excepto si lo hacía de un modo que prácticamente eliminara la posibilidad de ser condenado. Aunque lo hubiese orquestado todo, tenía la sartén por el mango. ¿Era posible que hubiese introducido la tarjeta navideña, dejado las huellas en el frasco de fenelzina o hecho las búsquedas en internet? Tommy y Brand estaban jodidos. Si intentaban proseguir pese a esa nueva prueba, se enredarían en un intento de añadir un tercer piso a su teoría, cuando ya habían construido la casa y habían llevado al jurado a visitarla. Seguramente, si a la fiscalía se le hubiese permitido demostrar que Rusty ya había salido bien librado del asesinato de otra mujer, los miembros del jurado tal vez darían crédito a que hubiera preparado un plan tan elaborado para asesinar a otra. Pero a estas alturas, el juez Yi no iba a volverse atrás. Por lo que constaba en acta, era Barbara, y no Rusty, el genio de los ordenadores y quien habría sabido sembrar aquella tarjeta en septiembre para que floreciera en Navidad.

Si la fiscalía persistía en mantener la acusación, el juez Yi probablemente la desestimaría. El día anterior ya se había vislumbrado en su expresión. Ahora, Jimmy podía intentar convencerlo de que permitiese proseguir con el argumento de que le correspondía al jurado, exclusivamente, decidir a qué declaraciones daba crédito. Sin embargo, Yi no lo aceptaría. Lo que se ponía en cuestión no era la credibilidad de los testimonios. Las pruebas de los fiscales no llevaban de ningún modo a la conclusión, más allá de cualquier duda razonable, de que aquello fuese un asesinato, y no un suicidio. Era un suceso nulo, como decían los matemáticos: la prueba no llevaba a nada.

Así pues, estaban donde estaban. Si abandonaban el caso ahora, serían unos buenos tipos que se limitaban a hacer su trabajo y que habían seguido los indicios hasta donde parecía que estos conducían. Si insistían en mantener los cargos, como quería Brand, serían unos fanáticos exaltados, incapaces de afrontar la verdad.

Después de repasar una vez más todo lo que había estado pensando por la noche, Tommy había llegado al vestíbulo de mármol del viejo edificio del condado e intercambiaba saludos con las caras conocidas que llegaban al trabajo. Nadie se acercó a charlar con él, lo cual era una señal de lo ampliamente que se había difundido la noticia de lo sucedido el día anterior. Goldy, el ascensorista, que ya parecía un viejo cuando Tommy empezó a trabajar allí hacía treinta años, lo llevó arriba y él cruzó la puerta de sus oficinas.

Al fondo del largo pasillo mal iluminado, vio que Brand lo estaba esperando. Iba a ser una conversación difícil y, conforme se acercaba a su ayudante, deseó haber dedicado un momento a pensar qué le diría a un hombre que no solo era el segundo de a bordo y su colaborador más leal, sino también su mejor amigo. Cuando Tommy estaba a unos quince pasos, Brand empezó a bailar.

Paralizado por la sorpresa, contempló cómo Jim bailaba esa especie de hip-hop que ejecutan los jugadores de la NFL cuando marcan un touch-down. Conocía lo suficiente a su amigo como para advertir que, siendo como era, un defensa que en su época había marcado algunos tras robarle el balón al contrario, había ensayado aquellos pasos delante del espejo del cuarto de baño, deseando haber nacido una generación más tarde.

Los giros de Brand lo iban acercando a Tommy y, cuando estuvo más próximo, este lo oyó cantar, aunque no se podía decir que entonase muy bien. Soltaba un par de palabras cada vez que pasaba de un pie a otro.

–Rus-ty ca-yó.

»Rus-ty ca-yó.

»Rus-ty se aca-bó.

»Rus-ty se aca-bó.

»Rus-ty al tale-go.

Desacompasado y sin rima, Jim cantó esa última estrofa como un actor de musicales de Broadway, con los brazos abiertos y a un volumen atronador. Varias secretarias, agentes y otros fiscales se detuvieron a presenciar la actuación.

–¡Eso es una animadora! –exclamó uno de ellos, provocando que las carcajadas llenaran el pasillo.

–¿Qué? –preguntó Molto.

Brand estaba tan exultante que no podía hablar. Con una sonrisa inmensa, llegó hasta Tommy y se inclinó para estrechar a su jefe, un palmo más bajo, en un efusivo abrazo. Después, condujo al fiscal en funciones a su despacho, donde esperaba alguien. Resultó ser Gorvetich, que parecía una versión reducida de Edward G. Robinson en sus últimos días.

–Cuénteselo –dijo Brand–. Anoche, Milo tuvo una idea asombrosa.

–En realidad, fue idea de Jim –apuntó el profesor, rascándose un instante la perilla amarillenta.

–Ni por asomo –insistió Brand.

–Tanto da –intervino Tommy–. Por mí, podéis repartiros el premio Nobel. ¿De qué se trata?

Gorvetich se encogió de hombros.

–¿Recuerda, Tom, que cuando nos conocimos tronaba usted contra los jueces de apelación?

Él asintió:

–No querían que rebuscásemos entre los documentos judiciales internos que había en el ordenador de Rusty.

–Exacto. De modo que hicimos un volcado del disco duro…

–Una copia –aclaró Brand.

–Una copia exacta. Y le entregamos el ordenador al juez…

–Al juez Mason –lo ayudó Tommy.

–Eso, al juez Mason. Bien, pues Jim y yo estuvimos hablando anoche y decidimos que, para estar seguros de lo de esa tarjeta de Navidad, debíamos volver atrás y estudiar la copia del disco duro de Sabich que sacamos en noviembre pasado, cuando se requisó el ordenador. Eso hicimos… y resulta que ese objeto, la felicitación navideña, no aparece allí. ¡No está!

Tommy tomó asiento tras su escritorio y los miró a ambos. Su primera reacción fue desconfiar de Gorvetich. El anciano no era rival para Brand: su antiguo alumno debía de haberlo empujado a cometer un error crítico.

–Creía que la tarjeta fue creada en septiembre, antes de la muerte de Barbara… –apuntó.

–Lo mismo pensaba yo –asintió Gorvetich–. Da toda la impresión de que así es. Pero no es verdad. Porque no está en la copia del disco duro. Fue colocada en el ordenador después de que se requisara este.

–¿Cuándo?

–Bueno, eso no lo sé, porque el archivo lleva ahora la fecha de ayer.

–Y la lleva porque los abogados de la defensa lo abrieron en la sala cuando conectaron el ordenador –dijo Brand.

Estaba tan contento que, en aquel momento, no quiso recordarle a Tommy que él ya le había advertido que no les permitiera hacerlo.

–Exactamente –confirmó Gorvetich–. Pero la tarjeta tuvo que añadirse durante el mes en que el ordenador estuvo en poder del juez Mason, porque el día en que el juez Yi ordenó que lo devolvieran a nuestra custodia, se precintó y retractiló con plástico.

Tommy reflexionó. Sin saber por qué, las palabras de Stern del día anterior le vinieron a la cabeza: «Un caso interesante».

–¿Dónde estaba la copia del disco duro?

–El volcado del ordenador se conservó en un disco duro externo de la sala de pruebas. Anoche, Jim lo sacó e hizo una copia para mí.

A Tommy eso no le gustó un ápice.

–¿No estaban con vosotros los chicos de Sandy?

–Si te preocupa que digan que manipulamos el ordenador –intervino Brand–, les entregamos una copia cuando hicimos el volcado. Ahí pueden ver que la tarjeta navideña no estaba.

Gorvetich explicó que la copia se había realizado con un programa llamado Evidence Tool Kit. Los algoritmos del mismo eran propietarios y la copia solo podía descifrarse con el mismo programa, diseñado como únicamente de lectura para así asegurarse de que no se pudiera alterar la copia una vez realizada.

–Se lo garantizo, Tommy –dijo Gorvetich–. Rusty encontró una manera de ponerla ahí.

Molto preguntó cómo habría podido hacerlo. Milo Gorvetich no estaba seguro, pero, después de darle vueltas toda la noche, había dado con una teoría factible, dijo. Existía un programa llamado Espía de Oficina, invento de un hacker que ahora se podía bajar de internet, y permitía al usuario entrar en un programa calendario y reformar los objetos allí almacenados. De ese modo, se podía retrasar la fecha de un recordatorio, borrar del calendario una anotación incriminadora u omitir –o añadir– nombres de personas que habían asistido a una reunión. Una vez insertado el nuevo objeto en el ordenador –la tarjeta de Navidad, en este caso–, había que eliminar el Espía de Oficina del disco duro con el programa de eliminación permanente de archivos y, a continuación, debía borrarse el propio programa de eliminación, para lo cual había que hacer cambios manuales en los archivos de registro. En la copia del pasado otoño, no solo faltaba el objeto –la tarjeta navideña–, sino que, ahora que Gorvetich había efectuado la comparación, había notado sutiles diferencias en los restos del programa de eliminación que habían quedado en diversas zonas vacías del disco. De ello se deducía que ese programa de eliminación había sido añadido y quitado del ordenador dos veces: una, antes de la muerte de Barbara, y otra, después de que el ordenador fuese intervenido.

–Pensaba que con Mason el ordenador estaría completamente seguro.

–Así era. O, por lo menos, eso pensaba él –dijo Gorvetich.

–¡Por todos los diablos, jefe! –exclamó Brand–. Rusty ha presidido ese tribunal durante trece años. ¿Crees que no tiene las llaves de todo? Habría sido mejor examinar el condenado disco duro otra vez cuando nos lo devolvieron, pero Mason dijo que había hecho una relación de todo lo que había mirado la gente de Rusty y Yi se limitó a ordenar el precintado del ordenador como condición para ponerlo otra vez bajo nuestra custodia. No íbamos a discutir con él.

Tommy volvió a explicárselo a sí mismo. Barbara no había creado la tarjeta navideña, pues estaba muerta cuando tal cosa había sucedido. Y la única persona que tenía algo que ganar introduciéndola en el calendario era Rusty Sabich. ¡Al diablo con la historia de que no sabía de ordenadores!

Finalmente, se echó a reír. Más que regocijo, lo que sentía era sorpresa.

–Vaya que sí, muchacho. ¡Cómo voy a disfrutar de mi conversación con ese pequeño argentino arrogante! –exclamó–. Vaya que sí... –repitió.

Al otro lado de la habitación, Brand, que no había llegado a sentarse, tendió las manos hacia él.

–¿Quieres bailar? –preguntó.

38

NAT, 25 DE JUNIO DE 2009

Como Marta pronosticó, la acusación llega al tribunal esta mañana con una nueva teoría de por qué mi padre es culpable. Jim Brand se levanta y anuncia al juez Yi que la fiscalía ha llegado a la conclusión de que la tarjeta navideña es una impostura.

–¡Señoría! –protesta Sandy desde su silla y agita los brazos como un personaje de dibujos animados en un esfuerzo por incorporarse. Finalmente, Marta lo ayuda a ponerse en pie–. El propio perito de la acusación reconoció ayer que el llamado «objeto» era auténtico.

–Eso fue antes de que lo examináramos a fondo –replica Brand y llama a declarar al pomposo profesor Gorvetich para que explique sus nuevas conclusiones.

Antes de que Gorvetich termine de hacerlo, Marta hurga en su bolso, saca el teléfono móvil y abandona la sala a toda prisa para llamar a Hans y Franz.

El juez Yi está perdiendo visiblemente la paciencia. Empieza a tamborilear con el lápiz sobre la mesa en plena declaración del profesor.

–A ver –dice por último–, ¿qué hacemos nosotros aquí? El joven Sabich tendría que estar en estrado testigos. Miembros del jurado están junto sus teléfonos. ¿Seguimos juicio o qué?

–Señoría –dice Stern–, esperaba que los fiscales concluirían hoy este proceso. Esto me resulta casi increíble. ¿Puedo preguntar si se proponen ofrecer pruebas que avalen su nueva teoría sobre la tarjeta navideña?

–No le quepa duda, abogado –responde Brand–. Este asunto ha sido un fraude al tribunal.

Stern niega con la cabeza, abatido.

–Evidentemente, señoría, la defensa no puede decir nada hasta que hayamos efectuado nuestra propia evaluación.

Nos encaminamos todos de vuelta al despacho de Stern a esperar noticias de Hans y Franz, que tienen guardada en su oficina su propia copia del volcado del disco duro. Entretanto, llamo a Anna para contarle lo sucedido. Ella siempre ha estado convencida de que, cuando se ve acorralado, Tommy Molto hace trampas para ganar, y ahora está segura de que ha vuelto a las andadas.

–Genio y figura hasta la sepultura –dice.

Anoche, hizo la misma predicción que Marta respecto a que Molto discurriría alguna excusa para evitar que se cerrara el caso.

Hans y Franz llegan a la oficina al cabo de una hora con el mismo aspecto que ayer: vaqueros de marca y el pelo engominado. Por lo visto los chicos van todas las noches a los clubes y, al parecer, Marta ha tenido que sacarlos de la cama.

–Hasta un reloj parado da la hora correcta dos veces al día –sentencia Hans, el más alto–. Gorvetich tiene razón.

–¿La tarjeta navideña no está en la copia? –pregunta Marta.

Se ha quitado los zapatos de tacón y tiene los pies enfundados en medias, apoyados en una mesilla auxiliar del despacho de su padre. Con la sorpresa, casi la derriba.

Yo suelto una exclamación. Estoy harto de no saber qué pensar. El último en reaccionar es mi padre, que se ríe de manera estridente.

–Ha sido Barbara –dice. Se lleva dos dedos al puente de la nariz y mueve la cabeza adelante y atrás con absoluto asombro. Parece una idea extraña, pero, aun así, de inmediato tengo la sensación de que está en lo cierto–. Encontró la manera de hacerlo sin que apareciera en la copia.

–¿Eso sería posible? –les pregunta Marta a los dos expertos–. ¿Podría haber empleado algo parecido a una tinta invisible y haber creado este objeto de modo que no se copiara?

Hans dice que no con la cabeza, pero mira a Franz buscando confirmación. Este rechaza también tal posibilidad enérgicamente.

–De ninguna manera –afirma Ryzard–. Este programa, el Evidence Tool Kit, es la bomba, colega. Es el estándar industrial. Realiza copias perfectas. Se ha usado miles de veces en miles de circunstancias sin que se haya informado de ninguna incidencia.

–No conocisteis a Barbara –dice mi padre.

–Juez –contesta Franz–. Yo tengo una ex mujer. A veces, también creo que tiene superpoderes. Sobre todo cuando consigo un dinero extra. Todavía no he hecho efectivo el talón y ella ya está en el juzgado, pidiendo que le aumente la pensión.

–No conocisteis a Barbara –repite mi padre.

–Juez, escúcheme –dice Franz–. Para eso, su mujer debería haber sabido qué programa exactamente se utilizaría...

–Acabas de decir que es el estándar de la industria.

–De un sesenta por ciento del mercado. Pero no del cien por cien. Luego, tendría que haber penetrado los algoritmos y crear otro programa completo que corriera contra el software que se ponía en marcha al arrancar. Luego, hacer que ese programa no apareciera en la copia, ni en el disco duro cuando lo examinamos ayer. Eso es algo que, aunque juntáramos todos los cerebros de Silicon Valley, no se conseguiría, juez. Está usted hablando de un imposible absoluto.

Mi padre estudia a Franz con esa mirada estupefacta, fija en el vacío, que últimamente le veo tan a menudo.

–Entonces, ¿cuándo pudo introducirse esa tarjeta? –pregunta Marta.

Franz mira a Hans y se encoge de hombros.

–Tuvo que ser mientras estaba bajo la custodia del otro juez.

–¿El juez Mason? ¿Por qué? ¿Por qué no pudo ser después?

–Mire, el ordenador estuvo precintado y retractilado en plástico hasta ayer, usted mismo lo vio. Gorvetich incluso nos hizo inspeccionar los precintos antes de quitarlos en el tribunal, para que confirmáramos que eran los originales. Y Matteus, Gorvetich y yo quitamos el último precinto oficial y conectamos el monitor y la CPU juntos en la sala del tribunal.

–¿No pudieron quitar el plástico y los precintos y volver a ponerlos?

Mientras Hans y Franz intentan explicar por qué no es posible tal cosa –cuando se quita la cinta adhesiva, aparece la palabra «violado» en azul en ella–, Sandy les interrumpe.

–No es habitual que los fiscales manipulen las pruebas para favorecer argumentos que apoyen la inocencia de un acusado. Si la tarjeta navideña es un fraude, no iremos muy lejos con el juez ni con el jurado argumentando que esto en un amaño de la fiscalía. O seguimos la teoría de Rusty acerca de Barbara, o encontramos otra manera de explicar por qué el volcado del disco duro no capturó lo que había allí realmente.

–Eso no sucedió –responde Hans con rotundidad.

–Entonces, convendría ver qué podemos replicar a lo que la fiscalía se dispone a decir.

Desde hace un par de días, Stern ha empezado a usar bastón; con él, se desplaza con bastante más agilidad que en el tribunal. Ahora, se apoya en este, se abre paso hasta el escritorio, descuelga el teléfono y marca.

–¿A quién llamas, papá? –pregunta Marta.

–A George –responde.

El juez Mason, que sigue siendo presidente en funciones del Tribunal de Apelaciones, está ocupado, pero devuelve la llamada al cabo de veinte minutos. Cuando lo hace, Stern y él mantienen un diálogo. Sin duda, hablan de la salud de Sandy, porque este no deja de responder, «Todo según lo previsto», y, «Mejor de lo esperado». Por último, Stern pregunta si puede pasar la llamada al altavoz para que el resto del equipo penal lo oiga. Probablemente, yo no debería estar presente, pero no tengo la menor intención de marcharme. Junto con Anna y mi padre, soy uno de los que utilizaron el ordenador mientras lo custodiaba el juez Mason.

–Esta mañana ya he tenido una conversación con Tommy Molto –dice el juez–. Como recordarás, Sandy, cuando recibimos el ordenador, acordamos que nadie tendría acceso a él a solas y que yo elaboraría un registro de visitas y tomaría nota de todos los documentos que se examinaran. Tommy me ha pedido una copia del registro y se la he mandado por correo electrónico. Con mucho gusto te mandaré otra a ti.

–Sí, por favor.

El juez Mason y Stern coinciden en que es más lógico hablar después de que hayamos visto ese registro. Mientras esperamos a que el documento cruce la red, Stern y Marta preguntan a Hans y Franz qué se requeriría para un montaje semejante. Los dos jóvenes llevan ya un rato enfrascados en raudas especulaciones, hablando de conceptos que zumban y silban como balas en una galería de tiro, y se muestran bastante de acuerdo con Gorvetich en que se empleó un programa llamado Espía de Oficina, que a continuación debió de ser borrado.

–¿Y cuánto tiempo se tardaría en hacer todo eso? –pregunta Sandy–. En instalar el programa, añadir el objeto, borrar el programa y limpiar el registro.

–¿Una hora? –responde Hans dubitativo mirando a Franz.

–Yo tal vez podría hacerlo en cuarenta y cinco minutos, si antes practico un poco –contesta este–. Pongamos que ya tengo el programa y el objeto en un lápiz de memoria, de manera que pueda ganar un poco de tiempo al no tener que descargarlo. Y que ya he hecho la operación con otro ordenador, de modo que sé exactamente dónde buscar para limpiar el rastro de que he eliminado el programa de borrado definitivo de archivos. Pero alguien que no tenga un conocimiento en profundidad... Alguien así debería tardar el doble. Por lo menos.

–Por lo menos –asiente Hans–. Varias horas más, probablemente.

Cuando llega el documento del juez Mason, vemos que registra cuatro entradas distintas. El 12 de noviembre, una semana después de las elecciones, mi padre visitó las dependencias donde George tenía guardado el ordenador. Fue una experiencia deprimente, que lo llevó a decidir que no repetiría. George en persona lo supervisó. Mi padre estuvo allí veintiocho minutos. Copió cuatro documentos en un lápiz de memoria, tres sentencias preliminares y un informe de uno de sus pasantes, y abrió la agenda para tomar nota de todas sus citas pendientes hasta final de año.

Yo acudí una semana después para copiar tres borradores de sentencia más y regresé al día siguiente a por otro, pues no había entendido bien las instrucciones de mi padre. En ambas ocasiones supervisó mi visita Riley, una de las pasantes del juez Mason. Estuve allí veintidós minutos la primera vez, y seis minutos al día siguiente.

Por último, inmediatamente antes de Acción de Gracias, Anna acudió también, sustituyéndome en el último momento. Mi padre estaba desesperado por echar una ojeada a un borrador anterior de una sentencia que corría prisa y en la que estaba trabajando en casa. Además, en sus momentos de optimismo, empezaba a concertar actividades para 2009 y quería revisar su agenda. A mí me habían llamado aquella mañana para hacer una sustitución y no quería decir que no, pero el trabajo iba a durar dos semanas, por lo menos. Anna se ofreció a hacer las copias para mi padre y el juez Mason dio su consentimiento entusiasta. El registro dice que estuvo allí casi una hora, debido sobre todo a que recibió una llamada de su oficina y estuvo hablando por el móvil la mayor parte del tiempo.

–¿Riley estuvo con ella durante toda la visita? –le pregunta Sandy al juez Mason.

Este llama entonces a su pasante. Riley Moran conoce a Anna desde hace dos años, puesto que su pasantía empezó antes de que terminara la de Anna. Lo que Riley recuerda es prácticamente lo mismo que Anna me contó en su momento. Peter Berglan, uno de los idiotas más exigentes con los que tiene que trabajar en el bufete, la había llamado al móvil y, en resumen, le dijo que tenía que participar en una reunión telefónica. Riley dice que Anna se levantó del ordenador y se sentó en una silla situada en el otro extremo de la estancia. Entonces la dejo a solas, puesto que iba a tratar de un asunto confidencial relativo a un cliente, cosa que, evidentemente, ella no debía escuchar, pero asomó la cabeza al menos tres veces durante los cuarenta minutos siguientes, para ver si había terminado. Finalmente, Anna salió a decirle que ya estaba y Riley estuvo presente cuando volvió al ordenador para acabar de descargar y de tomar nota de los siguientes compromisos de mi padre. El registro refleja que el calendario se abrió en la misma fecha en que Anna estuvo allí.

–¿Ya está? –pregunta George cuando Riley se marcha.

Sandy le da las gracias al juez Mason y, a continuación, se hace el silencio en la oficina.

–¿Qué dirá Molto? –pregunta Stern finalmente–. No parece posible que nadie manipulara el ordenador.

–Una hora –dice Marta. Se refiere a Anna.

–Una hora no es suficiente –afirma Sandy–. Por otra parte, Rusty, o incluso su hijo, podrían haber previsto una defensa y haber organizado algo así, pero Anna es la menos sospechosa, eso está claro. En el peor de los casos, podemos conseguir el registro de llamadas de su móvil y hablar con Peter Berglan.

Yo he llegado a las mismas conclusiones. Mi padre carece de los conocimientos técnicos para intentarlo siquiera. Lo mismo digo de mí, francamente, y además sé que yo no fui. Anna, como dice Stern, no habría tenido ningún motivo para hacerlo y poner en riesgo toda su carrera. Ninguno de nosotros resulta, en realidad, un sospechoso verosímil.

Stern mueve la mano hacia mi padre.

–Rusty, ¿tenías llaves del juzgado?

–De mi despacho, nada más –responde mi padre.

–¿Las tienes todavía?

–Nadie me ha pedido que las devuelva.

–Has acudido alguna vez fuera de horario?

–¿Antes o después de marcharme de allí?

–Después.

–Nunca.

–¿Y antes?

–Un par de veces en que me había olvidado algo que necesitaba para un fin de semana largo. Era un fastidio, francamente. Había un guarda de seguridad y tenías que quedarte allí, llamando a la puerta, hasta que conseguías que el tipo te hiciera caso. Una de las veces tardé veinte minutos en entrar.

–¿Y en qué despacho estaba el ordenador?

–En el de George.

–Como presidente del tribunal en funciones, ¿George no se había trasladado a tu despacho?

–Todavía no lo ha hecho, que yo sepa.

–¿Y qué hay del guarda de seguridad? ¿Tenía llaves de todos los despachos?

Mi padre piensa un instante.

–Bueno, llevaba un llavero enorme, eso es verdad –contesta–. Se le oía acercarse. Y, en alguna ocasión en que a alguien se le ha cerrado el despacho sin querer, ha habido que llamar a seguridad para que lo abriera. Lo que no sé es si los guardas del turno de noche tienen esas llaves.

–Esa es tu teoría, ¿no? –le pregunta Marta a Sandy–. Un trabajo desde dentro. Quizá Rusty entró ahí en plena noche con un genio de la informática…

–Hablad con el guarda –sugiere mi padre.

–Seguro que Tommy le está haciendo compañía ahora mismo –dice Marta–. Y ya sabes cómo irá esto, Rusty. Acusarán al pobre hombre de ser íntimo amigo tuyo, o averiguarán que tiene antecedentes y que no los mencionó cuando solicitó el trabajo y lo presionarán con amenazas de denunciarlo hasta que recuerde haberte dejado entrar. O bien descubrirán que un día el guarda de siempre estuvo de baja y Jim Brand forzará al sustituto a decir que uno de los jueces, no recuerda cuál, se presentó allí esa noche. Algo tramarán.

–*Res ipsa loquitur*–apunta Sandy. La cosa habla por sí misma–. Solo Rusty tenía motivos reales para hacerlo. En noviembre, nadie más podía saber lo que presentaría la acusación ni lo que podía preparar la defensa. Ni siquiera habíamos completado la investigación todavía. –Reflexiona. Se lleva la mano a la cara mecánicamente y se toca los bordes del sarpullido. Por lo que se ve, todavía le duele–. Todo eso es muy cierto –añade–. Pero, en general, no debemos engañarnos. Este asunto sigue siendo desfavorable para la defensa.

Después de ese comentario, todos nos volvemos hacia mi padre para ver su reacción. Hundido en una butaca, pálido, abatido y falto de sueño, ha dejado de seguir la conversación y, cuando por fin levanta la mirada, se sobresalta al verse convertido en el centro de atención. Me dedica una débil sonrisa, algo tímida, y vuelve a bajar la vista a las manos, que tiene cruzadas en el regazo.

A las cuatro de la tarde, nos convoca el juez Yi, que quiere que lo pongamos al corriente para fijar un calendario de sesiones. Varios periodistas se han enterado de esta reunión y Yi accede a que la sesión sea pública. Varios ayudantes del fiscal han seguido también a sus jefes desde el otro lado de la calle para saborear lo que todos ellos están seguros de que será un momento dulce. Yo me siento en la primera fila del público, plegado sobre mí mismo como una bolsa de viaje vacía.

–¿Qué hay? –se limita a preguntar Yi.

Stern se acerca al estrado. Por primera vez, ha traído el bastón a la sala.

–Señoría, nuestros peritos han revisado la copia del disco duro realizada a finales del pasado noviembre y están de acuerdo en que el objeto no aparece. Necesitarán veinticuatro horas por lo menos para determinar por qué.

Brand vuelve a levantarse para hablar en nombre de la acusación.

–¿Por qué? –repite con un tono de creciente sarcasmo–. Con el debido respeto para el señor Stern, señoría, hay una respuesta evidente a eso. Era un fraude. Un puro y simple fraude. Está claro que el objeto fue metido en el ordenador del juez Sabich después de que el aparato fuese intervenido, el pasado noviembre, y antes de que fuese devuelto a la custodia del ministerio fiscal tras el nombramiento de su señoría. No existe otra explicación.

–Señoría –interviene Sandy–, eso no está, ni mucho menos, tan claro como le gustaría al señor Brand. Ni el juez Sabich, ni ninguna de las personas enviadas por él tuvieron acceso a ese ordenador más de un hora y los expertos nos han asegurado que las alteraciones de las que estamos hablando no podrían haberse llevado a cabo en ese período, ni siquiera por profesionales, algo que ninguna de esas personas es.

–Eso no lo sabemos, señoría. Deberíamos comprobarlo –dice Brand. Su respuesta evasiva me hace pensar que Gorvetich ha calculado que se necesitaría un tiempo muy superior al que conjeturaban Hans y Franz. Necesitan otra teoría, pero tienen una, como había supuesto Stern–. Por otra parte, señoría –añade Brand–, ¿el juez Sabich llegó a entregar sus llaves al juzgado?

–El juez Sabich no tenía las llaves del despacho del juez Mason, donde se guardaba el ordenador –asegura Sandy.

–¿Estamos diciendo que el juez Sabich no ha entrado nunca en el tribunal fuera de horario? ¿Estamos diciendo que no conoce a los miembros del personal de seguridad que custodian las llaves de todos los despachos?

–Señoría –dice Stern–, la fiscalía se da mucha prisa en acusar al juez Sabich, pero lo hace sin pruebas concluyentes.

–¿Quién, si no, se beneficiaba de este fraude? –replica Brand.

–Señoría, reconozco que no deja de venirme a la cabeza el recuerdo de hace veinte años, cuando el señor Molto admitió haber hecho mal uso de pruebas deliberadamente y que la fiscalía lo sancionó por ello.

Estas palabras propician otro de esos momentos procesales en los que me siento absolutamente perdido. Sandy no ha comentado nada de esto en su despacho y el efecto que provoca en Brand es volcánico. El segundo de Molto, que ya tiene un carácter fuerte de natural, protesta a gritos, con el rostro encendido y las venas de las sienes hinchadas. En la mesa de la acusación, Tommy Molto también se ha puesto en pie.

–¡Señoría! –exclama, pero casi no se lo oye entre las voces de Brand.

«Ultraje», no deja de repetir este. Da la espalda al juez un segundo para lanzarle una palabra ofensiva a Stern y luego sigue vociferando.

Pero el juez Yi ya se ha hartado.

–Esperen, esperen, esperen –interviene–. Esperen. Bastante. Todos abogados, siéntense, por favor. Siéntense. –Deja pasar un segundo para que los ánimos se calmen y continúa–: Nada de hace veinte años en este juicio. Hace veinte años es hace veinte años. Eso, uno. Y, dos, este juicio... este juicio es sobre quien mató a señora Sabich, no sobre si alguien manipuló ordenador del juez. Diré ahora, señoras y señores, lo que pienso. Pienso nada de esto debe ser prueba. Claves y programas espía y cuántas horas para hacer esto y lo otro. Jurado recibirá instrucciones de no tener en cuenta mensaje que vieron. Y terminamos ya este proceso. Joven señor Sabich vuelve a declarar mañana por la mañana. Esto yo pienso que es mejor.

En la mesa de la acusación, Brand se pone en pie.

–Señoría –dice–. Señoría, ¿puede escucharnos? Se lo ruego.

Yi permite que el ayudante del fiscal vuelva a acercarse al estrado, lo cual solo hace después de escuchar a Molto, que lo ha agarrado de la manga al pasar. Estoy seguro de que le ha dicho que se contuviera, pero Brand está fuera de sí.

–Señoría, entiendo el deseo del tribunal de que no nos desviemos del asunto principal, pero le ruego que reconsidere su decisión. Piense en lo injusta que resulta para la acusación. El jurado ya ha visto ese mensaje. La defensa podrá argumentar que la señora Sabich se suicidó, argumentar que entró en el ordenador de su esposo e incluso insinuar que quizá intentó acusarlo falsamente. La defensa podrá exponer todo eso y, cuando lo haga, los miembros del jurado pensarán necesariamente en ese mensaje. Y, en cambio, ¿no nos permite aportar las pruebas que demuestran que la teoría entera es un fraude? Señoría, no puede negarnos esa oportunidad.

Yi vuelve a llevarse la mano a la boca. Incluso yo entiendo el razonamiento de Brand.

–Señoría, podría demostrarse rápidamente –insiste Brand–. Bastarán unos pocos testigos, como mucho.

Stern, siempre atento a aprovechar una ventaja, replica desde su silla:

–Unos pocos testigos... De la fiscalía, tal vez, señoría, pero la defensa no tendrá más remedio que dedicarse de lleno a refutar esa alegación. En resumidas cuentas, entraremos en un juicio por el delito de obstrucción a la justicia, del que no está acusado el procesado.

–¿Qué dice de esto? –le pregunta el juez Yi a Brand–. ¿Acusar al juez Sabich de obstrucción a la justicia y tener ese proceso más tarde?

Su señoría está visiblemente impaciente por volver a casa y desearía pasarle este problema a otro.

–Señor juez –insiste Brand–, nos pide usted que terminemos este juicio con las manos atadas a la espalda.

–De acuerdo –concede Yi–. Lo pienso hasta mañana. Por la mañana, declara joven Sabich. Después, discutimos otras pruebas. Pero mañana concluimos proceso. Todavía no decisión de quién puede demostrar qué. ¿Todos entendido?

Todos los abogados asienten. El juez da un golpe con el mazo para levantar la sesión.

39

TOMMY, 25 DE JUNIO DE 2009

El problema de Tommy, si se quería considerarlo así, era que siempre había sido demasiado sensible. Cuanto mayor se hacía, mejor sabía que casi todo el mundo tiene su punto flaco. Y, con el tiempo, había aprendido a encajar mejor los habituales golpes duros: editoriales desagradables en los periódicos, abogados defensores descorteses o grupos de vecinos que le echaban la culpa de cada mal policía. Sin embargo, tenía aquel punto flaco y, una vez la lanza atravesaba la armadura, penetraba muy hondo en él.

Cuando Stern se dirigió al juez Yi y recordó al mundo que Tommy había reconocido haber hecho un manejo incorrecto de las pruebas en el primer juicio de Rusty, el corazón le dio un vuelco. Tal reconocimiento nunca había sido secreto. La gente que sabía del caso también estaba al corriente de ello, pero todos entendían que Tommy había tenido que hacerlo para que le devolvieran el empleo y, en su momento, la noticia de la sanción no había llegado a la prensa. Y como, en general, los periodistas solo reproducían lo que ya se había publicado antes, en los numerosos artículos aparecidos recientemente sobre el primer juicio de Rusty, no había habido ninguna mención de que Tommy hubiese reconocido ningún error. Tommy había dedicado toda su carrera a proteger a la gente y lo que era correcto y no le importaba que pensaran que una vez había pisado terreno demasiado peligroso. La primera palabra que le vino a la cabeza cuando empezó a calmarse fue, «Dominga». Nunca le había explicado nada de aquello a su mujer.

Tan pronto el juez Yi levantó la sesión, cinco o seis periodistas rodearon a Tommy.

–Es una historia antigua que el juez Yi ha decretado que no tiene nada que ver con el presente caso –declaró–. No haré más comentarios hasta que este asunto haya concluido.

Tuvo que repetirlo cinco o seis veces y, cuando el grupo finalmente se dispersó para escribir sus artículos, les pidió a Ruta, la secretaria, y a Rory que llevaran el carro de las pruebas al otro lado de la calle. A continuación, se llevó a Brand a la esquina del estrado del jurado, a la sazón vacío, donde podían sentarse a hablar. No quería salir a la calle de momento, porque allí esperaban las cámaras y los reporteros montarían su numerito habitual, acercándole micrófonos a la cara para sacar unas imágenes de él negando que se hubiese saltado las reglas en el primer juicio a Rusty. Sandy Stern, que recogía sus cosas para marcharse, les lanzó una mirada un instante y se acercó cojeando con el bastón. Cuando estaba a diez pasos de ellos, Tommy negó con la cabeza.

–No deberías haberlo hecho –le dijo secamente.

–Tom, me ha salido sin pensar.

–Que te jodan, Sandy. Sabías bien lo que hacías, y yo también.

En sus treinta y tantos años de fiscal, Tommy solo le había hablado así a otro abogado contadísimas veces. Stern levantó las manos en señal de paz, pero Tommy continuó negando con la cabeza.

Cuando Stern se volvió por fin, Brand gritó a su espalda:

–¡No eres más que una rata bien vestida!

Molto agarró a Brand por la manga.

–Es lo más rastrero que he conocido –masculló este.

Pero nunca podía negarse una cosa de Stern: que siempre daba con algo para rescatar a su cliente. No quería que el jurado se enterara de que la tarjeta navideña era un fraude viéndolo en la portada del periódico del día siguiente, de modo que les proporcionó un titular aún mejor: MOLTO RECONOCE MALA CONDUCTA. Y Tommy sabía que la mitad de los miembros del jurado elaboraría alguna teoría sobre por qué el asunto de la tarjeta navideña era culpa del fiscal.

–Deberíamos filtrar lo del ADN –murmuró Jim.

Por un instante, Tommy tomó en cuenta tal posibilidad; luego dijo que no con la cabeza. Terminarían en un juicio nulo. Basil Yi estaba impaciente por regresar a su casa. Si le daban el menor motivo para dejar el caso, lo aprovecharía: recogería sus cosas y se marcharía.

Y Tommy no estaba dispuesto a mentir bajo juramento, ni a permitir que nadie lo hiciera, en la investigación que se derivaría de tal filtración. Sería una venganza adecuada contra Stern y Sabich, pero fuera como fuese, la noticia se olvidaría en un par de semanas, y soltarla solo fastidiaría más todo aquello.

–Si Yi insiste en dejar fuera todas esas pruebas de que se ha cometido fraude, tendremos que apelar –dijo Brand.

Una apelación tras la declaración de juicio nulo no era cosa habitual en un proceso criminal, pero resultaba factible para la acusación, pues la fiscalía no podía apelar después de una absolución. Jim estaba en lo cierto: deberían presentarla, pues con el jurado tenían pocas posibilidades. Y quizá el juez Yi cediera cuando lo enfrentaran a tal posibilidad. La mejor manera que tenía Yi de asegurarse de que seguiría manteniendo su preciado récord de sentencias no anuladas era evitar el Tribunal de Apelaciones. Además, el juez detestaría la idea de mantener a la espera al jurado –y a sí mismo– durante las dos o tres semanas que llevarían los trámites de la apelación.

–¿Cómo se ha podido fastidiar tanto todo en apenas un par de días? –preguntó Tommy.

–Si conseguimos que se acepte la prueba, nos irá bien. Rory tiene ahora mismo a dos detectives hablando con el personal de noche del juzgado. Alguien vería algo u oiría algo respecto a que Rusty se había colado en el edificio. Si damos con un testigo sólido, haremos que Yi cambie de idea.

Tal vez Jim tuviese razón, pero en Tommy se iba aposentando la vergüenza. Él no había manipulado nada, solo había filtrado cierta información. Sin embargo había estado mal. Había obrado mal. Y Sandy Stern quería recordárselo a todo el mundo.

–Necesito orinar –le dijo a Jim.

En el servicio se encontró con Rusty Sabich en uno de los urinarios. No había paneles de separación entre los gélidos receptáculos blancos y Tommy clavó la mirada en los azulejos que tenía delante. Podía oír el problema de Rusty, el chorro flojo y el inicio del goteo. En ese aspecto, él era todavía un jovencito y de algún modo, la ventaja lo envalentonó.

–Eso ha sido rastrero, Rusty –repitió las palabras de Brand.

Sabich no respondió. Moltó notó cómo movía los hombros mientras maniobraba antes de subirse la cremallera. Un segundo después, corría el agua. Cuando Tommy se volvió, Rusty seguía allí, secándose las manos con una toalla de papel marrón, una expresión inescrutable en su rostro cada vez más enjuto y una mirada fija en sus ojos claros.

–Ha sido rastrero, Tommy. Y también impropio de Sandy. Pero el hombre está enfermo. Lo siento. No tenía idea de que se propusiera usar eso. Si hubiera hablado antes conmigo, le habría dicho que no, te lo juro.

La disculpa, el reconocimiento de que Stern se había comportado incorrectamente, hizo que Tommy se sintiera aún peor. Sobre todo, le molestaba lo que iba a ver en la expresión de sus ayudantes y de los jueces. Tendría que hacer pública una declaración tan pronto como concluyera el proceso; probablemente, habría de hacer público el expediente. Y decir: «Sí, quebranté las reglas; fue una pequeña infracción, pero pagué el precio y no he olvidado nunca la lección». Sabich lo observó debatirse con todo aquello. Los juicios son así, pensó Tommy. Se abren heridas en ambas partes. Los médicos decían que es preferible ser el médico que el paciente y, desde luego, era mejor ser el fiscal que el acusado. Péro eso no significaba que solo este saliese malparado. Tommy debería haberlo aprendido la primera vez que se había enredado con aquel tipo. Perseguir a Rusty era como atravesar una alambrada arrastrándose.

–Tommy –dijo entonces–, ¿has considerado la posibilidad de que yo no sea tan mal tipo como tú piensas, y que tú no seas tan malo como creo yo?

–Si con eso quieres decirme que eres un ángel…

–No soy ningún ángel. Pero tampoco soy un asesino. Barbara se suicidó, Tommy.

–Eso lo dices tú. ¿Y Carolyn? ¿También se violó y estranguló ella misma?

–Tampoco lo hice yo. Tendrás que aclararlo con el que la mató.

–Es lamentable ver cómo siguen muriendo mujeres a tu alrededor, Rusty.

–No soy un asesino, Tommy. Y lo sabes. En el fondo de tu corazón, lo sabes.

Molto empezó a secarse las manos.

–Entonces, ¿qué eres, Rusty?

Este soltó un breve bufido y se rió un instante de sí mismo.

–Soy un estúpido. He cometido muchos errores y pasará mucho tiempo antes de que pueda dilucidar cuál de ellos ha sido el peor. La vanidad. La lujuria. El orgullo de pensar que podía cambiar lo que no podía cambiarse. No estoy diciendo que no me haya buscado yo mismo lo que me pasa, pero ella se suicidó.

–¿Y te incriminó en ello?

–De eso no estoy seguro –respondió, encogiéndose de hombros–. Quizá. Es posible que no.

–¿Y qué debo hacer? ¿Enviar al jurado una nota de agradecimiento y decirles que ya se pueden ir a casa?

Sabich lo miró un instante.

–¿Y quedar como unas nenas? –le preguntó.

–Qué importa.

Rusty procedió a mirar por debajo de la puerta de los retretes para asegurarse de que no había nadie, luego volvió junto a Molto.

–¿Y si nosotros ponemos fin a todo esto? Los dos sabemos que no hay modo de adivinar qué hará ese bastardo. Ahora, esto es un tren sin frenos. Yo me declaro culpable de obstrucción a la justicia por manipular el ordenador. Todos los demás cargos se retiran.

Sabich hablaba con su aire de tipo duro. Sin embargo, no bromeaba. En respuesta, a Tommy se le desbocó el corazón.

–¿Y te libras de pagar por un asesinato?

–Un asesinato que no cometí. Acepta lo que puedas coger, Tommy.

–¿Qué condena?

–Un año.

–Dos –replicó Tommy. Negociaba por puro instinto.

Sabich se encogió de hombros otra vez:

–Dos.

–Hablaré con Brand.

Tommy observó a Sabich un segundo más, intentado explicarse qué acababa de suceder. Se detuvo en la puerta. Era un momento extraño, pero terminaron estrechándose la mano.

–¿Estás preparado? –preguntó Tommy mientras volvía a sentarse al lado de Brand en la misma silla del fondo del estrado del jurado.

La sala aún no se había vaciado del todo. La gente de Stern ya estaba en el vestíbulo, pero el personal del juzgado todavía entraba y salía. En voz baja, le contó a Brand lo que Sabich le acababa de ofrecer. Jim se limitó a taladrarlo con una mirada de sus ojos oscuros, dura como el pedernal.

–¿Cómo has dicho?

Tommy repitió el trato.

–No puede hacer eso –dijo Brand.

–Puede, si le dejamos.

A Jim nunca se lo veía desconcertado. Cuando se encolerizaba, perdía el dominio de sí mismo, pero rara vez se quedaba sin palabras. En esta ocasión, sin embargo, parecía atónito.

–¿Y se libra del cargo de asesinato? –consiguió decir al fin.

–Sabich me ha dicho una cosa que es completamente cierta. Este proceso es un tren sin frenos. Nadie sabe adónde nos puede llevar.

–Será la segunda vez que se libra.

–De todos modos, tenía bastantes posibilidades de salir bien parado. La verdad es que más de las que tenemos nosotros de conseguir que lo condenen por lo que sea.

–No lo hagas, jefe. No puedes. El tipo es un doble asesino, joder.

–Salgamos a la calle. Probablemente, la puerta ya esté despejada.

Fuera hacía calor. El sol había caído con fuerza toda la semana y, como solía suceder en esa parte del país, el verano había llegado de repente, como si alguien hubiera pulsado un interruptor. Durante la primavera había hecho mal tiempo, con unas cantidades de lluvia sin precedentes. Era lo que tenía el calentamiento global, que de un día para otro uno ya no sabía dónde estaba viviendo. Durante un mes, el condado de Kindle se había convertido en la jungla amazónica.

Cruzaron la calle y, cuando llegaron a la oficina, dedicaron cinco minutos a escuchar los mensajes. Tommy tenía más de una decena de llamadas de periodistas. Por la tarde, habría de pasar un rato con Jan DeGrazia, el encargado de las relaciones con la prensa, para que lo aconsejara. Finalmente, acudió al despacho de Brand, contiguo al suyo y menos espacioso.

Se sentaron cada uno en un extremo. En el escritorio de Brand, sobre una peana, había un balón del fútbol americano –firmado por una antigua estrella de ese deporte– que era parte del mobiliario de la oficina del ayudante del fiscal. Estaba allí desde que Tommy tenía memoria, desde los tiempos de John White, que era fiscal jefe cuando él –y Rusty– habían empezado como fiscales novatos. Muchas veces, el balón volaba de uno a otro durante las conversaciones. Brand, en cuyas manos encajaba como si formasen parte de él, solía ser el primero en cogerlo y, si nadie más estaba de humor para jugar, lo lanzaba hacia el techo en una perfecta espiral y lo recogía al caer sin moverse siquiera. Cuando Tommy vio el balón sobre el escritorio, se lo lanzó a Jim con suavidad mientras tomaba asiento. Y, por primera y única vez que él recordara, a este se le cayó de las manos. Brand soltó un juramento.

–Sabes que esto solo tiene una explicación –dijo–. ¿Rusty, declarándose culpable?

–¿Qué quieres decir?

–Quiero decir que él únicamente se declararía culpable de obstrucción si hubiera matado a su mujer.

–¿Y si no la mató? ¿Y si solo manipuló el ordenador?

–Solo manipuló el ordenador si la mató –respondió Brand.

Esa era la tradicional lógica de la ley. Esta decía que si un hombre huía, mentía o encubría, demostraba que era culpable. A Tommy, sin embargo, ese razonamiento nunca lo había convencido. ¿Por qué habría de seguir las reglas alguien acusado falsamente? ¿Por qué alguien que viera chirriar la maquinaria legal no habría de decir: «No me fío de ese aparato»? Mentir para librarse de una acusación falsa estaba más justificado, probablemente, que hacerlo ante una verdadera. Así lo veía Tommy. Y siempre lo había considerado de ese modo.

Cuando le explicó su opinión a Brand, este pareció reflexionar unos instantes. Era extraño verlo tan pensativo, pero había mucho en juego y ninguno de los dos había previsto que se verían en aquella situación.

Brand recogió el balón caído a sus pies y lo lanzó al aire un par de veces. Estaba ocurriéndosele algo, Tommy lo percibía.

–Creo que deberíamos aceptar el trato –dijo por último.

Tommy no respondió. Se asustó un poco cuando Brand lo dijo, pero sabía que tenía razón.

–Creo que deberíamos aceptar el trato –repitió Jim–. Y te diré por qué.

–¿Por qué?

–Porque te lo mereces.

–¿Yo?

–Tú. Hoy Sandy te ha arrojado encima un montón de porquería, y esto es solo el principio. Si Rusty sale bien librado de este proceso, te caerá un cargamento de toda esa mierda de lo que reconociste entonces, con objeto de desacreditar la prueba del ADN del primer caso. Dirán: «Eso es solo porque Molto anduvo enredando con las pruebas».

Tommy asintió. Ya se había dado cuenta de ello. Dios sabía por qué no lo había visto desde el principio. Probablemente, porque no había manipulado las pruebas.

–Vale –prosiguió Jim–, pero si Sabich se declara culpable de obstrucción, un juez electo del Tribunal Supremo que declara en un juicio público y reconoce que ha manipulado las pruebas para intentar librarse…, si lo hace, la gente sabrá lo que es. Dirán que se ha librado de pagar por un asesinato. Que se ha librado dos veces. Puede que te critiquen por aceptar el trato, pero Yi se pondrá de tu parte, casi seguro. Ya sabes, pronunciará uno de esos discursos que siempre sueltan los jueces cuando se sienten aliviados por librarse de un caso: hablará de lo sensata que resulta tal resolución. En líneas generales, la gente sabrá que has perseguido a un mal pájaro durante muchísimo tiempo y que, finalmente, lo has puesto donde debe estar. Lo dejarás bien desplumado. Y te mereces eso.

–No puedo hacer este trabajo pensando en lo que merezco.

–Puedes hacerlo de modo que se mantenga la confianza del público en la administración de justicia. Desde luego que puedes, joder. Y debes.

Brand estaba envolviendo el ego de Tommy en papel de regalo y poniéndole un lazo.

–Te lo mereces –insistió–. Aceptas el trato y te quitas de encima el problema. Y el año que viene puedes presentarte a la elección de fiscal.

Otra vez aquello. Tommy reflexionó un segundo. En realidad, nunca había acariciado la idea de presentarse, excepto en alguna fantasía de esas que solo duran el tiempo de una ducha. Le dijo a Brand lo que ya le había dicho otras veces, que si pudiera postularse para algo, sería para juez.

–Tengo un hijo de veintiún meses –explicó–. Necesito un empleo que me pueda durar quince años.

–Y otro hijo en camino –apuntó Brand.

Tommy sonrió. Sintió que su corazón se ensanchaba. Tenía una buena vida. Había trabajado mucho y había actuado bien. No lo reconocería nunca en voz alta, pero lo que decía Brand era cierto. Se lo merecía. Merecía que se le conociera como alguien que había seguido los dictados de su conciencia.

–Y otro en camino –repitió.

40

NAT, 26 DE JUNIO DE 2009

Algo va mal.

Cuando llego a la oficina de los Stern el viernes por la mañana, mi padre está reunido con Marta y Sandy en el despacho de este y no se los puede molestar. Al cabo de tres cuartos de hora de espera en la recepción, entre la decoración de asador, asoma la cabeza la secretaria de Sandy para sugerirme que vaya a la sala del tribunal, donde el equipo de la defensa se reunirá conmigo en breve.

Cuando llego, los fiscales no han llegado tampoco. Desde mi asiento en primera fila, le mando un mensaje de texto a Anna: «Algo va mal. ¿¿¿Sandy más enfermo??? Muy misterioso».

Marta llega por fin, pero cruza la sala sin detenerse y se dirige al despacho del juez Yi. Cuando reaparece, se detiene un instante a mi lado.

–Estamos hablando con los fiscales en el pasillo –dice.

–¿Qué sucede?

Su expresión es tan confusa que no saco nada en claro.

Unos minutos después, el juez Yi asoma la cabeza a la sala para ver cómo están las cosas. Sin la toga, parece un chiquillo que espía por la puerta con la esperanza de que no lo vean y, cuando me reconoce, me hace una señal para que me acerque.

–¿Café? –pregunta cuando llego al pasillo de atrás.

–Sí –contesto.

Volvemos a su despacho, donde dedico unos instantes a contemplar las partituras enmarcadas de las paredes. Una de ellas, observo, lleva la firma de Vivaldi.

–Tenemos que esperar –me dice sin más explicaciones. Yo estoy aquí en calidad de testigo, por lo que no puedo hacer preguntas, y menos a un juez–. Bien, ¿qué piensa, joven Sabich? –pregunta cuando vuelve con los cafés. Abre el cajón inferior del escritorio y lo utiliza como reposapiés–. ¿Piensa ser abogado penal como padre?

–Me parece que no, señoría. No creo que mis nervios lo aguantaran.

–Ah, sí –dice él–. Malo para los nervios de cualquiera. Muchos bebedores. Trabajo en tribunales hace muchos bebedores.

–Supongo que eso debería preocuparme, pero me refería a que no tengo la personalidad que se requiere para esa labor. En realidad, no me gusta mucho que la gente me preste atención. No estoy hecho para ello.

–No puede decir –contesta él–. ¿Y yo, cómo hablo? Todo el mundo dice: ese no trabajo para ti. Todos ríen, incluso mi madre, y ella no habla dos palabras inglés.

–¿Cómo fue, pues?

–Tuve una idea, ¿sabe? Cuando chico. Viendo *Perry Mason* en televisión. Oh, adoraba *Perry Mason*. En instituto, trabajé en periódico. No reportero. Vendedor. Luego, trabajo en *Tribune*. El diario quiere más suscriptores en sur del estado y voy llamando puertas. Casi toda la gente muy amable, pero todos odian ciudad. No quieren periódico de ciudad. Todos amables conmigo: «No, Basil. Tú nos gustas, pero periódico no». Menos aquel grandullón. Un armario. Casi dos metros. Ciento treinta kilos. Pelo blanco. Ojos locos locos. Me ve y va a la puerta como para matarme. «Fuera de mi propiedad. Japos mataron tres de mis camaradas. Largo.» Yo intento explicar. Japoneses también mataron mi abuelo. Pero él no escucha. No quiere escuchar.

»Vuelvo a casa. Mi madre, mi padre, solo dicen: "Hombres así no quieren escuchar. Así es gente". Pero yo pienso, no, yo puedo hacer él entienda. Si obligado escuchar, puedo hacer que entienda. Entonces recuerdo *Perry Mason*. Y jurado. El jurado tiene que escuchar, es su trabajo. Y, vale, yo no hablo inglés bien. He intentado e intentado. Escribo como profesor. En escuela, sobresaliente en inglés todos cursos. Pero cuando hablo, no puedo pensar. Como máquina atascada. Pero yo digo mí mismo: gente puede entender. Si obligado escuchar. En mi ciudad, conozco fiscal, Morris Loomis, conozco desde escuela primaria. Su hijo, Mike, y yo buenos amigos. Así que, al terminar derecho, Morris dice: "Bien, Basil, te dejaré probar. Pero si pierdes caso, entonces a escribir informes". Y primer caso me levanto y digo: "No hablo inglés bien. Siento mucho. Hablo despacio para que entiendan. Pero yo no cuento caso. Cuentan testigos. Cuenta víctima. A ellos todos entienden". Y todos jurado asienten. De acuerdo. Y dos días, tres días, todos entienden. Cada palabra. Y yo gano. Gano el caso. Gano diez casos seguidos antes perder uno. A veces, en estrado jurado, uno murmura a otro "¿Qué dice?", pero yo siempre digo: "Cuentan testigos. No yo. No abogado defensor, aunque habla mucho mejor. Cuentan testigos. Cuentan pruebas. Escuchen ellos y decidir". Jurado siempre piensa: Este tipo no esconde nada. Siempre gano.

»Así pues, no puede decir. Juicios muy misteriosos, ¿sabe? Lo que jurado entiende, lo que no entiende.

Suelto una carcajada. Me encanta este juez Yi.

Charlamos un rato de música clásica. El juez es un entendido. Resulta que toca el oboe. Forma parte de la orquesta regional del sur del estado y suele dedicar la hora del almuerzo a ensayar. Tiene un oboe con sordina para que solo se oiga desde muy cerca y accede a interpretar para mí una pieza de Vivaldi, en honor de las partituras de las paredes. Yo soy bastante ignorante del tema, aunque me interesa la música como lenguaje. Sin embargo, como casi todos los niños, me machaqué los dedos con lecciones de piano durante años, hasta que mi madre me permitió abandonarlas. La música seria es una de esas cosas que tengo en la lista de «para cuando sea mayor».

Cuando el juez se dispone a atacar otra pieza, llaman a la puerta. Es Marta.

–Señoría –dice–, necesitamos unos minutos más. Mi padre quisiera hablar con Nat.

–¿Conmigo? –pregunto.

La sigo por el pasillo hasta lo que llaman «sala de abogados visitantes». No es mucho mayor que un cuarto de las escobas, carece de ventanas y contiene un escritorio desvencijado y un par de viejos sillones de madera. En uno de ellos está Sandy, que no tiene muy buen aspecto esta mañana. El sarpullido se le ve mejor, pero él parece más agotado.

–Nat –dice, pero ni siquiera hace ademán de querer levantarse para recibirme. Yo me acerco a estrecharle la mano y me indica que tome asiento–. Nat, tu padre me ha pedido que hable contigo. Hemos llegado a un acuerdo con la fiscalía.

A lo largo del caso, me he dicho muchas veces que nunca volveré a pasar por algo semejante. Sin embargo, ahora, vuelve a surgir algo que me deja anonadado.

–Sé que esto te sorprenderá –continúa Stern–. Se retirarán los cargos de asesinato contra tu padre y él se declarará culpable de obstrucción a la justicia cuando los fiscales presenten cierta información, dentro de unos minutos. Esta mañana, hemos tenido un buen tira y afloja con Molto y Brand. Yo quería que aceptaran un cargo de desacato al tribunal, lo que le habría permitido a tu padre conservar la pensión, pero ellos insistieron en que debía ser un delito mayor. La conclusión es la misma. Pasará dos años bajo custodia. Luego, podrá continuar su vida.

–¿Bajo custodia? –digo–. ¿En la cárcel, Sandy?

–Sí. Hemos acordado que será en el campo de trabajo penitenciario del estado. Nivel de mínima seguridad. No está lejos.

–¿Obstrucción a la justicia? ¿Qué ha hecho?

Stern sonríe:

–Bueno, este ha sido uno de los problemas de la mañana. Tu padre reconocerá que es culpable, que obstruyó de forma voluntaria y consciente la acción de la justicia en este caso. Pero no entrará en detalles. Me da la impresión de que hay alguien a quien no quiere implicar, pero, si he de serte sincero, no lo veo dispuesto a hablar de ello. Molto no ha quedado muy satisfecho aunque, en última instancia, sabe que esto es lo máximo que conseguirá. Así pues, hemos llegado a un acuerdo. Tu padre quería que te lo dijera.

Yo no vacilo:

–Necesito hablar con él.

–Nat...

–Necesito hablar con él.

–¿Sabes, Nat?, cuando empecé en este oficio me juré a mí mismo que no permitiría nunca que un inocente se declarara culpable. Esta resolución no me duró ni el primer año de prácticas. Una vez representé a un joven, un muchacho excelente. Era pobre, pero aun así había llegado a los veinte años sin una sola detención, y eso después de crecer en el peor barrio de Kehwahnee. Eso dice mucho de su carácter. Pero el muchacho estaba en un coche con unos amigos de la infancia, compartiendo unas botellas de cerveza, y uno de estos vio a un hombre que había estafado a su madre, y el chico llevaba una pistola en el bolsillo, la sacó y disparó contra el estafador por la ventanilla del coche sin pensárselo dos veces. Mi cliente no tenía nada que ver con el homicidio. Nada. Pero ya ves cómo son las cosas. El homicida declaró que sus amigos iban en el coche para ayudarlo a cazar al difunto. Contó esa falsedad para evitar la pena de muerte, que en esos tiempos se aplicaba muy a menudo en este condado. Así que mi cliente también fue acusado de asesinato. El buen sentido hizo comprender a los fiscales que él no estaba implicado. Sin embargo, tenían un testigo, y le ofrecieron a mi cliente la libertad condicional a cambio de admitir un delito menor. El muchacho quería ser policía y habría sido un agente excelente, pero se declaró culpable. Y su vida tomó otro rumbo. Y tomó la decisión acertada, está claro. Montó un negocio de instalación de azulejos y ha tenido tres hijos, todos universitarios ya. Uno de ellos, solo un poco mayor que tú, también es abogado.

–¿Qué intenta decirme, Sandy?

–Te digo que he aprendido a confiar en el buen juicio de mis clientes en estas cuestiones. Nadie está en mejor situación para decidir si merece la pena correr el riesgo.

–Entonces, ¿usted no cree que sea culpable?

–No lo sé, Nat. Él insiste en que este es el resultado justo.

–Tengo que hablar con él –insisto.

Doy por supuesto que está con Anna en la sala de testigos del fondo del pasillo y que Stern querrá hablar con él antes de que lo haga yo. Lo ayudo a ponerse de pie. Me quedo a solas unos pocos minutos, pero, cuando entra mi padre, ya he empezado a llorar. Lo sorprendente es que esta mañana tiene mejor aspecto del que ha tenido en muchos meses. Vuelve a tener un aire sereno, aplomado.

–Dime la verdad –le espeto tan pronto como lo veo.

Él sonríe al oírme. Se inclina para darme un abrazo y se sienta delante de mí, donde antes estaba sentado Stern.

–La verdad es que no maté a tu madre –responde–. No he matado nunca a nadie. Pero sí obstruí la justicia.

–¿Cómo? No puedo creer que hicieras eso con el ordenador. No me lo creo.

–Nat, soy mayor de edad. Sé lo que hice.

–Con esto lo pierdes todo –le digo.

–Espero que a mi hijo, no.

–¿Cómo te mantendrás, después? Vas a declararte culpable de un delito mayor, papá.

–Lo sé perfectamente.

–Renuncias a la judicatura y perderás la licencia para ejercer la abogacía. Ni siquiera te quedará la pensión.

–Procuraré no acabar llamando a tu puerta… –Acompaña el comentario con una sonrisa–. Nat, se trata de un compromiso. Me declaro culpable de algo y cumplo la sentencia, en lugar de arriesgarme a ser condenado por otra cosa de la que soy completamente inocente. ¿Es un mal trato? Cuando el juez Yi dictamine si pueden incorporarse las pruebas del ordenador, una de las partes tendrá ventaja y no será posible una resolución de este tipo. Es hora de acabar con esto y seguir la vida. Tienes que perdonarme todas las estupideces que he cometido durante los dos últimos años. Pero las he cometido y no está mal que pague este precio. Podré soportarlo y tú también deberías.

Nos levantamos a la vez y lo abrazo lloriqueando como un tonto. Cuando nos separamos, el hombre que nunca llora también está sollozando.

Al cabo de pocos minutos se abre la sesión. Por los juzgados ha corrido la voz de lo que va a ocurrir y los ayudantes del fiscal y el público entran a toda prisa en la sala, junto con por lo menos una docena de periodistas. Al principio, no tengo valor para entrar. Me quedo fuera y, por cortesía de los alguaciles, observo los trámites desde la ventanilla de la puerta. Hay tanto sufrimiento en este edificio, está tan lleno de la angustia de las víctimas y de los acusados y de sus seres queridos, que me parece que la gente que trabaja aquí se desvive por ser especialmente atenta con las personas como yo, que se ven atrapadas contra su voluntad en esa trilladora llamada justicia. Uno de esos trabajadores, un hispano de cierta edad, incluso posa la mano en mi hombro un instante cuando se inicia la sesión y mi padre se pone en pie entre Marta y Sandy para recibir al juez Yi. Brand y Molto están al otro lado. Mi padre asiente y habla. Los fiscales presentan papeles –probablemente el acuerdo formal con la defensa y las nuevas acusaciones– y el juez empieza a interrogar a mi padre, un proceso trabajoso que ya lleva varios minutos en marcha cuando, de pronto, veo a

Anna. Hace apenas unos minutos le he enviado un mensaje de texto: «Mi padre se declarará culpable de obstrucción a fin de que termine el caso». Se apresura por el pasillo, montada en unos tacones altos, con una mano en el pronunciado escote de la blusa, porque la ropa de ir al trabajo no está pensada para correr.

–No me lo creo –dice.

Le explico lo que puedo y luego entramos en la sala cogidos del brazo y vamos hasta los asientos de la primera fila, reservados a la menguante familia de mi padre. El juez Yi parpadea al verme y esboza una levísima sonrisa tranquilizadora. Curiosamente, lee el texto impreso sin ninguno de los errores gramaticales que comete cuando habla, aunque sigue teniendo el mismo marcado acento.

–Juez Sabich, se declara usted culpable de este cargo porque es usted realmente culpable del delito que se imputa, ¿correcto?

–Sí, señoría.

–Muy bien. Señores fiscales, hagan el favor de presentar los hechos que constituyen el fundamento de la resolución.

Jim Brand toma la palabra. Describe todos los detalles técnicos referentes al ordenador, al «objeto» presente en el disco duro de mi padre y que no estaba cuando fue copiado a principios de noviembre de 2008. Después, añade que un vigilante nocturno de los juzgados, Anthony Potts, está dispuesto a declarar que recuerda haber visto a mi padre por los pasillos del edificio una noche del pasado otoño y que le dio la impresión de que apresuraba el paso al verlo aparecer.

–Muy bien –dice el juez Yi y repasa sus papeles–. Señor Stern, ¿acepta la defensa que los hechos que se presentan como fundamento de la resolución constituyen una prueba suficiente para demostrar la culpabilidad del juez Sabich en caso de que el asunto llegara a juicio?

–Sí, señoría.

–Juez Sabich, ¿está usted de acuerdo con el señor Stern sobre este punto?

–Sí, señor juez.

–Muy bien –dice Yi, y cierra el libro. Entonces, retoma su particular manera de hablar–: Tribunal quiere felicitar todas partes por encontrar resolución buena para caso. Este caso muy, muy complejo. Este resultado que acuerdan defensa y fiscalía es justo para acusación pública y para acusado a juicio del tribunal. –Asiente varias veces como para imponer esta opinión a los periodistas situados delante de mí, al otro lado de la primera fila. Muy bien –dice luego–. Tribunal encuentra base suficiente para declaración de culpabilidad y acepta la del acusado Roz… –se encalla con el nombre, que pronuncia algo así como «Rosy»– Sabich respecto información 09/0872. Se declara proceso 08-2456 sin lugar y sin posibilidad recurso. Juez Sabich, queda usted en custodia sheriff del condado de Kindle por período dos años. Se levanta sesión –concluye y descarga el mazo.

Mi padre le estrecha la mano a Sandy y besa a Marta en la mejilla. Luego, se vuelve hacia mí. Cuando me mira, se sobresalta. Tardo un segundo en darme cuenta de que su reacción se debe a la presencia de Anna. Es la primera vez que acude al juicio y está claro que mi padre no esperaba verla aquí. Igual que yo, ha pasado los últimos diez minutos llorando en silencio y se le ha corrido el maquillaje. Mi padre le dedica una sonrisita forzada y luego me mira y asiente. A continuación, se vuelve y, sin decirle una palabra a nadie, se lleva las manos a la espalda. Está plenamente preparado para este momento. Se me ocurre que, en sueños, es probable que haya pasado por esto cientos de veces.

Manny, el ayudante del sheriff, cierra las esposas en torno a sus muñecas y le cuchichea algo, seguramente le pregunta si están demasiado apretadas; luego conduce a mi padre hacia la puerta auxiliar de la sala, donde hay un pequeño calabozo en el que permanecerá hasta que sea trasladado a la cárcel con el resto de acusados que han comparecido esta mañana ante los jueces.

Mi padre abandona la sala sin volver la vista atrás ni una sola vez.

IV

41

TOMMY, 3 DE AGOSTO DE 2009

El verano estaba en todo su esplendor. Eran las cinco de la tarde y Tommy era uno de los padres que seguían a sus hijos por el parque infantil, aliviando de trabajo a las atareadas madres durante la hora antes de la cena. El parque era, sin duda, el lugar del mundo favorito de Tomaso. Cuando el chiquillo llegaba allí, corría de un rincón a otro, tocando el pequeño tiovivo, subiéndose a la telaraña y en general no parando quieto. Un paso detrás de él, muy pendiente, Tommy percibía la angustia de su hijo de dos años por no poder hacerlo todo a la vez.

Dominga estaba teniendo peor embarazo esta vez. Sufría más náuseas matinales, estaba siempre fatigada y se quejaba de que se sentía hinchada por el calor, como un tomate madurando en la mata. Ahora que Tommy ya tenía fijada la fecha para dejar su cargo, le resultaba más sencillo marcharse de la oficina, y procuraba estar en casa antes de las cuatro y media, para así darle un respiro. Cuando Tomaso y él volvían del parque infantil, solían encontrarla dormida. El pequeño se encaramaba entonces al cuerpo recostado de su madre, intentando colarse entre sus brazos. Dominga sonreía y se movía para abrazar a su niño, sucio de jugar y tan querido.

La vida era buena. Tommy iba a cumplir muy pronto los sesenta y se sentía mejor que en cualquier otra época que pudiera recordar. Así como el primer juicio de Sabich y sus deprimentes secuelas habían nublado su existencia décadas antes, el segundo estaba resultando ser el inicio de su valoración pública. Tal como Brand había pronosticado la noche en que habían decidido aceptar la declaración de culpabilidad de Rusty, la percepción de su figura se había vuelto muy favorable. La condena de Sabich confirmaba a Tommy en todo. El ADN del primer juicio se había considerado polémico debido a las dudas sobre la muestra, pero era común la comparación con el caso de O. J. Simpson, quien también había sido declarado inocente de asesinato debido a un trabajo deficiente del laboratorio. Los editoriales de prensa estaban de acuerdo en que el fiscal Molto había sacado el máximo partido y había conseguido una condena para alguien que hacía mucho tiempo que se la merecía. De hecho, durante las últimas seis semanas, los periódicos habían abandonado la expresión «en funciones» cuando se referían a él como fiscal jefe. Y desde el ejecutivo del condado le habían hecho saber que se lo aceptaría favorablemente en el cartel electoral del año siguiente, si quería presentarse al cargo.

En realidad, hacía unos días que le daba vueltas a tal posibilidad. Pero era hora de aceptar las bendiciones. Era diez veces más afortunado que todos sus colegas de la fiscalía, que tenían que esforzarse por labrarse su carrera mientras sus hijos eran pequeños. Tommy en cambio podía pasar ahora a la judicatura, un trabajo respetable que le dejaría tiempo para disfrutar de sus hijos y para ser más que una figura de fondo en sus vidas. Hacía dos semanas, había anunciado su candidatura al puesto de juez del Tribunal Superior y había recomendado a Jim Brand para sucederle como fiscal. Ramon Beroja, ex fiscal ayudante que ahora ocupaba un puesto en el consejo del condado, se enfrentaría a Jim en las primarias, pero el partido prefería a Brand, sobre todo por las sospechas de que Ramon aspirara luego al ejecutivo del propio consejo del condado. Jim pasaría los seis meses siguientes metido en una dura pugna electoral, pero se esperaba que ganase.

Al otro lado del parque de juegos, un individuo observaba a Tommy. Era un hombre mayor, de aspecto asilvestrado, con unas piernas increíblemente blancas que quedaban a la vista entre las perneras de las bermudas y los calcetines hasta media pantorrilla. Que lo miraran no era nada extraño. Tommy solía salir por la televisión y la gente siempre trataba de ubicarlo, confundiéndolo a menudo con alguien a quien habían conocido en una época anterior. Pero aquel hombre lo observaba con más interés que los habituales vecinos curiosos, de miradas desconcertadas. Cuando las niñas a las que el individuo estaba cuidando se acercaron a Tomaso, él aprovechó para aproximarse a Tommy y llegó a estrecharle la mano antes de que, finalmente, Molto reconociese a Milo Gorvetich, el perito en ordenadores del juicio de Sabich.

–Los nietos son la mayor bendición de la vida, ¿no le parece? –preguntó, señalando con la cabeza a las dos niñas, ambas con gafas.

Las chiquillas subieron al tobogán mientras Tomaso las seguía hasta allí y se detenía al pie de la escalera, mirando hacia arriba anhelante pero temeroso de aventurarse más. Ese drama se representaba cada día. Al final, Tomaso se echaba a llorar y su padre lo aupaba a lo alto del tobogán. Allí, el pequeño volvía a demorarse hasta que, por fin, hacía acopio del valor necesario y se lanzaba por la rampa, al pie de la cual lo estaba esperando su padre.

–Es mi hijo –le corrigió Tommy–. He empezado tarde.

–Oh, vaya –respondió Gorvetich, pero Tommy se rió.

Siempre le decía a Dominga que encargaría una camiseta para Tomaso en la que pusiera: «Ese viejo de ahí en realidad es mi padre». Por lo general, cuando Tommy terminaba de explicarse ante los otros padres del parque, estos ya lo habían reconocido como el famoso fiscal. Por los comentarios que seguían, se adivinaba que muchos daban por sentado que era un hombre poderoso del condado que cuidaba del hijo nacido de su segundo o tercer matrimonio con una mujer joven y atractiva. En el fondo, nadie entendía nunca nada de la vida de los demás.

–Un niño muy hermoso –dijo Gorvetich.

–La luz de mi vida –respondió él.

Resultó que la hija menor de Gorvetich era vecina de Tommy, pues vivían en la calle siguiente, en dirección al río. Era profesora de física y estaba casada con un ingeniero. Gorvetich, que había enviudado, solía ir por allí a aquella hora, para cuidar de las niñas hasta que sus padres volvían del trabajo.

–¿Y qué, ya está preparándose para el siguiente gran juicio? –le preguntó a Tommy, por continuar la conversación.

–Todavía no –contestó él.

En realidad, la norma era que el fiscal jefe fuese solo un administrador. La mayoría de sus predecesores en el cargo nunca había pisado un tribunal y Tommy pensaba que el caso Sabich seguramente había sido el último juicio de su vida.

–Para usted debe de ser uno más –continuó diciendo Gorvetich–, pero yo tengo que decirle que le he estado dando vueltas a ese caso desde que terminó. Uno siempre se imagina que los juicios son rotundos y concluyentes, pero ese fue de todo menos eso.

A veces era así, quiso contestar Tommy. Unas pocas categorías estrictas –culpable o no culpable, de esto o de lo otro– para dar cabida a todo un universo de hechos complejos.

–Hacemos un poco de justicia, en lugar de no hacer ninguna –dijo en voz alta.

–Para alguien ajeno al mundo judicial resulta desconcertante, pero ustedes están bastante habituados a la sordidez de todo eso e incluso saben encontrarle un cierto humor negro, supongo.

–No creo que yo encontrase muchos motivos de risa en ese caso.

–Ahí está la diferencia entre Brand y usted, entonces –dijo Gorvetich.

Tommy estaba pendiente de Tomaso, que aún no se había movido del pie de la escalera del tobogán, aunque detrás de él ya se formaba una cola. Tommy intentó arrancarlo del primer peldaño, pero el niño protestó chillando y pronunció su palabra favorita: «No». Por fin, Tommy lo convenció de que dejara subir a los demás niños, pero, tan pronto como empezaron a hacerlo, volvió a agarrarse al primer peldaño como un halcón a una percha. Su padre se colocó de inmediato detrás de él, para soltarle las manos.

–Muy tenaz –comentó Gorvetich riéndose.

–Terco como su padre. Los genes son asombrosos. –Tommy volvió a la conversación que sostenían antes–: ¿Qué decía de Brand?

–Solo que me sorprendió un comentario que hizo cuando cenamos juntos, la semana siguiente. Fue una pequeña celebración. Creo que usted también estaba invitado.

Tommy lo recordó. Después de un mes de trabajar a todas horas en el juicio, no había querido pasar otra velada lejos de su familia. Le explicó a Gorvetich que por aquellas fechas su esposa acababa de saber que estaba embarazada. Recibió las felicitaciones del profesor antes de que este volviera a su historia.

–Fue al final de la noche. Estábamos en la acera delante del local y los dos habíamos tomado unas cuantas copas. Yo le comenté a Jim lo perturbador que debía de ser formar parte de un sistema que a veces conduce a un resultado tan insatisfactorio. Él se rió y dijo que, conforme pasaba el tiempo, encontraba un humor más y más perverso en el caso, en ver cómo alguien que había maquinado cometer el asesinato perfecto terminaba castigado por un delito en el que no había tenido ninguna participación.

–¿Qué quiso decir con eso? –preguntó Tommy.

–No lo sé. Se lo pregunté, pero no añadió nada más. Yo pensaba que usted lo entendería.

–En absoluto.

–Yo he estado cavilando. Cuando Sabich se declaró culpable, di por seguro que había tenido un colaborador que le había ayudado a manipular el ordenador. Para un hombre que demostraba un conocimiento tan limitado de informática, habría sido una proeza técnica excepcional hacerlo él solo. Recuerde que ni siquiera sabía que sus búsquedas en la red quedarían en la memoria del navegador.

–Exacto –dijo Tommy.

–Me he preguntado si Jim llegaría a la conclusión de que el cómplice no era tal, sino alguien que había actuado totalmente por su cuenta, sin ninguna indicación de Sabich.

Tommy se encogió de hombros. No tenía idea de a qué venía todo aquello. El día que habían descubierto que la tarjeta navideña no estaba en la copia del disco duro, intentaron tomar en cuenta todas las posibilidades. Temeroso de que la defensa los acusara de algo, habían repasado cuidadosamente la cadena de pruebas para asegurarse de que todo estaba en orden. En diciembre, cuando Yi ordenó la devolución del ordenador, Gorvetich y Orestes Mauro, un técnico de pruebas de la fiscalía, precintaron la pantalla, el teclado, el botón de encendido de la CPU e incluso el ratón con cinta adhesiva en la que escribieron sus iniciales antes de retractilarlo todo con plástico. El día de la declaración de Nat Sabich, el plástico fue retirado en la oficina del fiscal con el consentimiento de la defensa, pero los precintos solo se rompieron en la sala del tribunal, en presencia de los dos peritos de Sabich, que verificaron que ninguno mostrara la palabra «violado» que aparecía en azul en ellos por poco que se manipularan.

Así pues, la única posibilidad era que la manipulación del aparato hubiese tenido lugar mientras estaba bajo la custodia de George Mason. Gorvetich había revisado el registro de este juez y opinaba que nadie había tenido acceso al ordenador el tiempo suficiente para realizar todos los cambios, sobre todo las eliminaciones del registro, algo que incluso él tardaría un buen rato en llevar a cabo. La única explicación plausible parecía ser que Sabich y algún genio de la informática de momento sin identificar se habían colado en el edificio fuera de horas de oficina. Sin embargo, al parecer, durante las semanas siguientes, a Brand se le había ocurrido otra explicación.

–Probablemente, Brand hablaba por hablar –dijo Molto.

–Tal vez –convino Gorvetich–. O yo lo entendí mal. Habíamos bebido bastante.

–Probablemente sea eso. Tendré que preguntárselo.

–O dejarlo correr –añadió Gorvetich.

El viejo profesor siempre parecía abstraído en sus reflexiones, pero, por un instante, apareció un brillo de astucia en sus ojos. Tommy no entendió del todo qué le había pasado por la cabeza, pero sus nietas se habían alejado hacia el otro extremo del parque de juegos y el hombre se marchó en pos de ellas de inmediato. Y muy oportunamente, pues Tommy reconoció en aquel instante la voz de Tomaso, chillando. Cuando levantó la vista, vio que su hijo se había atrevido a subir la escalera del tobogán, y ahora estaba allí arriba, absolutamente aterrorizado de lo que había hecho.

42

RUSTY, 4 DE AGOSTO DE 2009

«La cárcel no le da ningún miedo.» Hace décadas, cuando era ayudante del fiscal, repetíamos esta frase continuamente. En general, nos referíamos a delincuentes encallecidos –estafadores, pandilleros, ladrones profesionales– que trasgredían la ley como modo de vida y a quienes no arredraba la perspectiva de ser encerrados, bien porque no pensaban nunca en el futuro o bien porque hacía mucho tiempo que habían aceptado que el paso por la cárcel formaba parte de lo que entendían como gajes del oficio.

Ahora, el dicho me viene a la cabeza una y otra vez, porque casi constantemente me obligo a repetirme que la cárcel no está tan mal. Lo que todo el mundo cree lo peor –las amenazas de los otros internos y los míticos peligros de la ducha– ocupa su espacio psíquico, pero cuenta mucho menos que otras cosas que vistas desde fuera parecían triviales. Uno no sabe cuánto se disfruta de la compañía de otros seres humanos o de la luz del día hasta que vive sin ellos. Tampoco se alcanza a comprender lo valiosa que es la libertad hasta que las decisiones cotidianas más nimias –cuándo levantarse, adónde ir, qué ropa ponerse– son rígidamente prescritas por otros. Irónica y sorprendentemente, lo peor de estar en la cárcel es lo más obvio: que no puedes salir de allí.

Como se considera que yo correría grave riesgo entre la población general de reclusos, me tienen en lo que llaman módulo de detención administrativa, separado de los demás. Yo no dejo de preguntarme si no me iría mejor exponerme a estar con el resto de internos, lo que por lo menos me permitiría trabajar ocho horas al día. La mayoría de los presos son jóvenes pandilleros latinos y negros condenados por delitos de drogas y no tienen un amplio historial de violencia. Que alguno de ellos quisiera hacerme daño es mera especulación. De boca de los funcionarios, que son el internet de la institución, he oído que aquí hay dos hombres cuya condena ratifiqué en apelación y no necesito echar muchas cuentas para calcular que debe de haber unos cuantos más a cuyos padres o abuelos llevé a juicio hace décadas. En definitiva, acepto la opinión del subalcaide, que me instó a pedir voluntariamente el aislamiento, de que soy demasiado famoso para no constituir un símbolo para algún joven deprimido y furioso, un trofeo de pesca que a alguien le gustaría ver colgando de su caña.

Así pues, estoy confinado en una celda de tres por tres, con una única bombilla, paredes de cemento y una pequeña puerta de acero reforzado por la que me entran las comidas. También tiene un ventanuco de tres palmos de largo y uno de alto por el que apenas entra ninguna luz. Aquí dentro puedo pasar el tiempo como quiera. Leo un libro cada dos días. Stern sugirió que quizá encuentre un editor con el que publicar mis memorias cuando me pongan en libertad y escribo un poco cada día, pero lo más probable es que queme todas estas hojas en cuanto salga. El periódico me llega por correo con dos días de retraso y con los ocasionales artículos relacionados con las prisiones del estado eliminados a golpe de tijera. He empezado a estudiar español y lo practico con un par de funcionarios que acceden a responderme. Y, como un caballero de finales del siglo XIX, contesto mi correspondencia. Le escribo a Nat a diario y recibo frecuentes noticias de diversas personas de mi vida anterior, cuya lealtad valoro inmensamente, en particular George Mason y Ray Horgan y alguno de mis vecinos. Durante el último mes, también me han escrito más de dos decenas de chiflados, mujeres en su mayoría, para proclamar su fe en mi inocencia y explicarme su propio historial de agravios, por lo general relacionados con el juez corrupto que decidió sobre su divorcio.

Cuando los cuatro presos que estamos en detención administrativa nos juntamos en el patio para nuestra hora diaria de ejercicio, siento el impulso inmediato de abrazar a cada uno de ellos, aunque no tardo mucho en reprimirlo. Rocky Toranto es un travestido, seropositivo, que no dejaba de ligarse clientes entre la población reclusa, por eso está aislado. Los otros dos, que me observan mientras doy vueltas al patio al trote y hago flexiones y estiramientos, son psicópatas criminales. Manuel Rodegas tiene la cara de un insecto aplastado. No alcanza el metro sesenta y la cabeza parece salirle directamente de los hombros. Su conversación, aunque lúcida en ocasiones, deriva hacia un parloteo ininteligible la mayoría de las veces. Harold Kumbeela es la pesadilla de cualquiera: con sus dos metros y sus ciento cuarenta kilos, ya ha dejado lisiado a un hombre y casi mata a otro mientras estaba alojado con el resto de los presos. Alguien tan violento no debería haber sido enviado a la granja de trabajo y está aquí solo por un acuerdo económico con Seguridad Interior, que alquila media docena de celdas para inmigrantes detenidos en espera de la deportación, que en el caso de Harold ya tarda en llegar. Por desgracia para mí, ha descubierto que yo era juez y acude regularmente a mí en busca de consejo para su caso. Decirle que no sé nada de leyes de inmigración ha sido una excusa que solo me ha servido durante un par de semanas. «Sí, chaval –me dijo hace unos días–, pero podrías estudiar un poco. Hazle ese favor a un hermano ¿quieres?» He pedido a los funcionarios que lo vigilen, lo que de todos modos ya hacen.

Nat viene a verme todos los domingos y me trae una cesta de libros, que los funcionarios inspeccionan, y los catorce dólares que se me permite gastar cada semana en el economato. Invierto toda la suma en caramelos y chucherías pues, no importa cuánto me esfuerce, el rancho que me dan rara vez parece comestible. Nat y yo nos sentamos en torno a una pequeña versión blanqueada de una mesa de picnic. Como es una cárcel de mínima seguridad, se me permite alargar la mano y tocar la suya un instante, y también abrazarlo a la llegada y cuando se marcha. Solo disponemos de una hora. Las dos primeras veces que me vio aquí dentro se echó a llorar, pero ahora hemos empezado a disfrutar de estos encuentros, en los que él lleva el peso de la conversación. Por lo general, me trae noticias del mundo, del trabajo y de la familia, así como la mejor oferta de chistes de internet de la semana. Nos pasamos la mayor parte de la hora riéndonos, aunque siempre se produce un momento de angustia cuando hablamos de los Trappers, embarcados en una nueva temporada decepcionante.

Hasta ahora, Nat es el único que ha venido a visitarme. Por numerosas razones, sería una imprudencia que Anna lo acompañara, por lo que mantiene la misma distancia de los dos últimos años. Además, en realidad, no tengo ningunas ganas de que nadie más me vea aquí dentro. Los domingos, cuando llega Nat, un funcionario llamado Gregg me conduce a través de las sucesivas barreras, literalmente avanzando hacia la luz.

Por eso, hoy me quedo completamente sorprendido cuando se abre de par en par la puerta de la celda y Torres, uno de los funcionarios que me ayuda con el español, dice en su idioma: «Su amigo». Cuando se hace a un lado, Tommy Molto agacha la cabeza para cruzar el umbral. Yo estaba tumbado en mi litera, leyendo una novela. Me incorporo y me siento rápidamente, pero no tengo idea de qué decir. Tom, que se detiene en cuanto pasa de la puerta, tampoco. Da la impresión de que solo ahora se pregunta qué está haciendo aquí.

–Rusty. –Me tiende la mano y yo la acepto–. Me gusta esa barba…

En efecto, me he dejado barba, sobre todo porque la falta de iluminación de la celda hace peligroso afeitarse y porque las cuchillas de seguridad que se permiten en la cárcel son famosas por su falta de filo.

–¿Cómo te va por aquí? –me pregunta.

–El gimnasio da pena, pero al menos hay servicio de habitaciones.

Molto sonríe. Utilizo esa broma continuamente en mis cartas.

–No he venido a regodearme, si es eso lo que temes –dice entonces–. He venido porque se ha celebrado aquí un encuentro de funcionarios de prisiones y fiscales de todo el estado.

–Extraño lugar para una reunión.

–No hay periodistas.

–¡Ah!

–El Departamento de Instituciones Penitenciarias quiere que los fiscales den el visto bueno a un plan para poner en libertad a algunos internos de más de sesenta y cinco años.

–¿Porque ya no son un riesgo?

–Para ahorrar. El Estado no puede permitirse el coste de su atención sanitaria.

Sonrío. Vaya mundo. En el sistema judicial, nadie habla nunca del coste del castigo. Todo el mundo piensa que la moralidad no tiene precio.

–Puede que Harnason hiciera mejor trato de lo que cree –comento.

A Tommy le hace gracia la idea, pero se encoge de hombros.

–Pensaba que había dicho la verdad.

–Yo también –digo–. En gran parte.

Él asiente. La puerta de la celda sigue abierta y Torres aguarda al otro lado. Tommy, con su elegante traje, apoya la espalda en la pared para estar más cómodo. Decido no advertirle que ahí suele acumularse la humedad.

–En cualquier caso –comenta–, algunos piensan que tú también deberías ser candidato a una puesta en libertad anticipada.

–¿Yo? ¿Quién más lo piensa, aparte de mi familia?

–Por mi oficina corre la teoría de que te declaraste culpable de un delito que no cometiste.

–Eso es tan cierto como las demás teorías que teníais sobre mí. Todas estaban equivocadas, y esta también.

–Bueno, como estaba por los alrededores, se me ha ocurrido pasar a visitarte y ver qué tenías que decir al respecto. Puede que solo sea una coincidencia, pero quizá significaba que debía venir aquí.

Tommy siempre ha sido una especie de místico católico. Sopeso lo que acaba de decir y no sé si sentirme confortado o furioso al ver que todavía parece dispuesto a fiarse de mi palabra. Cuesta imaginar qué piensa de mí. Probablemente, nada coherente. Ese es su problema.

–Pues ya lo has oído, Tommy. ¿Y de dónde ha salido esa teoría que comentan en tu oficina?

–Ayer me encontré con Milo Gorvetich y me repitió algo que se ha estado diciendo por ahí. Al principio no lo entendí bien, pero luego, en plena noche, se me hizo la luz, me preocupé.

Tommy mira a un lado y a otro y asoma la cabeza por el hueco de la puerta para pedirle a Torres una silla. El hombre tarda un minuto y lo mejor que encuentra es un cubo de plástico. Yo estaba pensando en ofrecerle el retrete de acero inoxidable sin tapa, pero Tommy es demasiado serio como para que le pareciese divertido. Y, además, como asiento, tampoco resulta muy cómodo.

–Te preocupaste en plena noche –le recuerdo dónde se había quedado.

–Lo que me preocupa es que tengo un hijo. De hecho, dentro de unos seis meses llegará otro.

Yo le expreso mis mejores deseos:

–Me das esperanza, Tommy.

–¿Cómo es eso?

–¿Volver a empezar a tu edad? Parece que te funciona. Tal vez a mí también me suceda algo bueno cuando salga de aquí.

–Eso espero, Rusty. Con fe, no hay nada imposible, si me permites decirlo.

No estoy seguro de que esa sea la solución para mí, pero acepto la buena intención del consejo y así se lo digo. Tras esto, se produce un silencio.

–Sea como sea –dice Molto–, si alguien me dijera que tengo que pasar dos años en la cárcel para salvar la vida de mis hijos, lo haría sin pensarlo.

–Bravo por ti.

–Y si estuviera convencido de que alguien a quien quiero había manipulado ese ordenador, aun sin recibir órdenes mías, me arrojaría sobre mi propia espada y me declararía culpable con tal de poner fin al asunto.

–Exacto. Pero en ese caso yo sería inocente y, como ya te he dicho, soy culpable de haberlo hecho.

–Eso es lo que tú dices...

–¿No te parece un poco irónico? Durante más de veinte años te he repetido que no soy un asesino y no has querido creerme. Ahora, finalmente, descubres un delito que sí he cometido y, cuando lo confieso, tampoco quieres aceptarlo.

–Hagamos una cosa –sonríe Molto–, ya que eres tan franco, explícame con detalle cómo conseguiste manipular el ordenador. Quedará entre tú y yo. Tienes mi palabra de que no se procesará a nadie más. De hecho, nada de lo que digas saldrá de esta celda. Pero permíteme oírlo.

–Lo siento, Tom. Hicimos un trato. Dije que, si aceptabas mi confesión de culpabilidad, no respondería a ninguna pregunta. Me mantengo en ello.

–¿Quieres que lo ponga por escrito? ¿Tienes un bolígrafo? Lo redacto ahora mismo. Arranca una página en blanco de alguno de tus libros. –Señala el montón apilado en el único estante de la celda–. «Yo, Tommy Molto, fiscal del condado de Kindle, prometo no presentar cargos por ningún concepto relacionado de algún modo con el ordenador personal de Rusty Sabich y mantener la más estricta confidencialidad sobre cualquier información que reciba.» ¿Crees que no puedo mantener una promesa así?

–Para ser sincero, probablemente no. Pero sea como sea, no se trata de eso.

–Solo entre tú y yo, Rusty. Cuéntame qué sucedió y podré dejar el asunto en paz de una vez.

–¿Y piensas que entonces me creerás, Tom?

–Dios sabe por qué, pero sí. No sé si eres o no un sociópata, Rusty, pero no me sorprendería que no hayas dicho ninguna mentira. Por lo menos, tal como tú entiendes la verdad.

–En eso aciertas. De acuerdo, aquí va la verdad –digo–. De una vez por todas. Entre tú y yo. –Me levanto de la litera para mirarlo cara a cara–: Obstruí la acción de la justicia. Ahora, déjalo estar.

–¿Es lo que quieres?

–Es lo que quiero.

Molto mueve la cabeza de nuevo y, al hacerlo, advierte la mancha de humedad en el hombro de su traje. La restriega varias veces y, cuando me mira otra vez, no consigo reprimir del todo una sonrisa. Su mirada se endurece. He reavivado el viejo conflicto que hay entre nosotros: Rusty gana, Tommy pierde. Lo he convertido en el don Verdad y Justicia de la ciudad, pero, por lo que a nosotros dos se refiere, todavía soy yo quien lleva la voz cantante.

–Que te jodan, Rusty –dice entonces.

Se encamina hacia la puerta y enseguida vuelve sobre sus pasos, pero solo para recoger el cubo.

43

TOMMY, 4-5 DE AGOSTO DE 2009

Tommy siempre se preguntaba qué sería en el futuro de jóvenes como Orestes Mauro, el técnico de pruebas de la fiscalía, que se dedicaba a los equipos digitales. Tommy consideraba que, después de haber vivido tanto, debería ocurrírsele alguna idea, pero lo cierto era que no creía que existiese nadie como Orestes cuando él era joven. El muchacho era muy listo y a su manera cumplía en el trabajo. Pero su vida era un permanente juego. Llevaba siempre en los oídos los auriculares del iPod, menos cuando se quitaba uno para escuchar lo que alguien le decía. Y cuando Tommy lo oía hablar en el pasillo, siempre era sobre juegos en red y las últimas novedades para su Xbox. Y casi todo su interés por los ordenadores se centraba en estudiar la máquina y los programas como un rompecabezas de múltiples niveles, de modo que la tarea concreta que le encomendaban, fuera cual fuese, resultaba en gran medida secundaria al enigma seductor de cómo funcionaba todo dentro de la caja. El trabajo, como tediosa necesidad, era algo que Orestes aceptaba, siempre que no se prolongase demasiado. Era un chico dulce y amistoso. Eso, cuando se enteraba de que estabas allí.

Cuando Tommy entró en la oficina, vio a Orestes en la sección de pruebas, trabajando con varias cajas de cartón sobre las que seguía un ritmo de percusión con los dedos. Eran casi las siete de la tarde. De vuelta de la granja de trabajo de Morrisroe, se había metido en un atasco de tráfico en la autovía del que, finalmente, había conseguido zafarse haciendo el resto del trayecto hasta su casa por las calles de la ciudad, lo que lo llevó a pasar por delante del edificio del condado. Ya llegaba tarde a la cena con Dominga y Tomaso, por lo que decidió detenerse a recoger los expedientes para la reunión del Tribunal de Apelaciones del día siguiente. Así, por la mañana, podría salir de casa media hora más tarde y dejar que Dominga durmiera un rato más.

Al ver a Orestes, hizo un alto en la sala de pruebas, un cuarto de almacén reconvertido, situado detrás del montacargas. La ley exigía que las pruebas puestas a disposición del gran jurado permanecieran bajo el control de la fiscalía, y no de la policía, y en aquel cuarto se procedía a embalarlas y catalogarlas. Cuando Orestes vio llegar a Tommy, dio una vuelta entera sobre sí mismo bailando sobre la punta del pie, un poco a lo Michael Jackson.

–¡Jefe!

Con los auriculares puestos, siempre hablaba demasiado alto.

–Eh, Orestes.

Molto se señaló los oídos y el chico se quitó un auricular. Tommy insistió, tocándose el otro oído. Orestes obedeció, pero quedó claro que pensaba que sucedía algo grave.

–¿Qué pasa?

–El caso Sabich –contestó él.

Orestes respondió refunfuñando.

–¿El juez?

–Sí, el juez –respondió Tommy.

–Joder, todo ese asunto es un maldito lío –dijo.

Un buen análisis. Tommy había hecho todo el trayecto de vuelta pensando en Rusty. Verlo en aquella celda había sido completamente perturbador, pero más para él que para Sabich, al parecer. Había previsto que este estuviera deprimido o apático, como les sucedía a la mayoría de los aislados en el módulo de detención administrativa, sin embargo, observó algo en él que sugería que se había liberado. Llevaba el pelo largo y una barba carcelaria más blanca de lo que Tommy habría esperado, de modo que tenía el aspecto de un náufrago abandonado. Y tenía el mismo aire: no puedes alcanzarme. Ha sucedido lo peor. Ahora ya no puedes hacerme nada. Aun así, seguía siendo el mismo de siempre. Probablemente, no le había mentido, pero había hablado a su manera, cautelosa e incluso evasiva, de modo que pudiera decirse a sí mismo que estaba siendo sincero, pero asegurándose a la vez, algo típico en Rusty, de que solo él conocía realmente la verdad. Lo que ponía a Tommy en la misma tesitura en la que había estado con Rusty durante décadas. ¿Cuál era la maldita verdad?

–Todavía intento averiguar cómo pudo manipular nadie el ordenador.

–Oh, jefe –contestó Orestes–, eso no puedo imaginármelo. Yo no fui, eso sí que lo sé –añadió, riéndose.

–Yo tampoco. Pero sigo pensando que hay algo que se nos escapa. Me pregunto si Sabich quizá se declaró culpable de obstrucción para proteger a su hijo. ¿Le encuentras algún sentido a eso?

–Vale –dijo Orestes mientras tomaba la extraordinaria decisión de desconectar el iPod y sentarse en un taburete de metal–. Nadie me lo preguntó, pero ¿recuerda la gran reunión que tuvimos después de que todos ustedes hubieran estado en el tribunal, cuando se supo que la tarjeta navideña era falsa? ¿Y cuando Milo soltó aquello de que ninguno de los que accedieron al ordenador en el despacho del juez Mason, ni Sabich ni el hijo ni la que había sido su pasante, ninguno de los tres, tuvo tiempo suficiente para manipularlo y llevar a cabo todo lo que se necesitaba para incluir la tarjeta, recuerda?

–Claro.

–¿Y cuando Jim Brand empezó a insinuar que Sabich debía de haber entrado a escondidas en el edificio de los juzgados?

–Sí.

–Pues ahí está la cosa. ¿Y si fueron todos ellos? ¿Y si estaban confabulados para sembrar la pista falsa? Uno la descargó del lápiz de memoria, otro pasó el programa Espía y el tercero manipuló el directorio. Entre los tres, o incluso entre dos de ellos, sí tuvieron tiempo suficiente.

Tommy se llevó las manos a la cabeza. ¡Por supuesto! Quizá Orestes tenía mejor futuro del que él pensaba.

–Entonces, ¿eso es lo que crees que sucedió? –preguntó Molto.

Orestes se rió en voz alta.

–No tengo idea, jefe –respondió–. Los ordenadores siempre son un viaje. No hay nadie que lo sepa todo de ellos. Por eso son tan guays.

Tommy se detuvo a pensar en aquella muestra de filosofía. Parecía ciencia ficción. Orestes estaba diciendo que los ordenadores ya eran como las personas, en el sentido de que nunca se los podía entender del todo.

–Pero si tú quisieras introducir la tarjeta, ¿sería así como lo harías?

–¿Yo? –El chico se echó a reír otra vez, con un sonido agudo y musical–. Oh, sí, yo podría haberlo hecho, seguro. Pero yo soy así...

Su despreocupada confianza en sí mismo resultaba un poco alarmante. Su trabajo era diseñar sistemas para asegurar que las pruebas bajo su control no pudieran ser manipuladas. Naturalmente, Tommy le preguntó a qué se refería.

–Bueno –dijo Orestes–, yo creo que así es como pasó. Igual que la noche que estuve allí con Jim Brand para quitar los retractilados...

–Pensaba que eso había sido por la mañana, inmediatamente antes de ir al tribunal.

–¡Qué va! –replicó el joven, y se llevó el pulgar a una de las rayas de vivos colores de su camiseta–: Yo hago turno de noche, de doce a ocho. Por la mañana tengo que ir a clase. Tener una educación. Hacerme un hombre de provecho. –Dio un redoble en una de las cajas de cartón para subrayar aún más lo que decía–. De modo que bajé al despacho de Brand, donde estaba el ordenador en el carrito de las pruebas, y entre los dos quitamos el envoltorio de plástico, lo que nos llevó una eternidad, porque habíamos marcado con nuestras iniciales tres o cuatro capas, y entonces llego a los componentes y, cuando lo miro todo bien, joder, vaya cagada.

–¿Qué quieres decir?

–Que la cinta adhesiva de la CPU cubría el botón de arranque. Pero ese botón está hundido en la carcasa, ¿entiende? Así que quedaba un pequeño resquicio debajo de la cinta y yo le digo a Brand, «Joder, hicimos un mal trabajo. Es posible ponerlo en marcha». Y él dice, «Imposible», así que voy por una de mis herramientas –Orestes saca del bolsillo del pecho un pequeño destornillador, lo bastante pequeño para ajustar los tornillos de unas gafas– y la meto ahí. Cuando me vio Brand por poco me asfixia. Se creía que iba a violar la cinta. Eso fue el día que declaró la mujer del banco, y Brand dijo: «Eh, tranquilo, que las cosas ya están bastante mal». Yo no hice nada. Solo asustarlo. Gorvetich y los demás quitaron toda la cinta por la mañana, sin problemas.

»Pero es lo que digo: si hubiese querido manipular el ordenador, lo habría hecho.

–¿De modo que podrían haberlo encendido?

–Yo no lo hice.

–Ya sé que no, Orestes, pero habrías podido. Los demás componentes, como el teclado y el monitor... seguían precintados, ¿verdad?

–Completamente, jefe. Pero los puertos de la torre no estaban tapados. Se habría podido utilizar cualquier ratón o monitor compatible, y los hay a miles. Por eso yo estaba alucinando. Pero no fue eso lo que sucedió, ni nada parecido. Todos los trastos habían pasado meses envueltos. Las iniciales y tal estaban. Lo único que digo, ya que lo pregunta, es cómo yo lo habría hecho. Pero no lo hice, y Sabich y los otros... fueron ellos, pero no sé cómo. Regla número uno, jefe: lo que no sabes no lo sabes. Simplemente, no lo sabes.

Orestes esbozó una gran sonrisa bajo la ligera pelusilla que quería ser un bigote. El chico era listo de verdad, pensó Tommy de nuevo. Con el paso de los años, él mismo había empezado a tener una idea de qué era lo que no sabía.

Brand estaba ordenando expedientes sobre la mesa de su despacho cuando Tommy regresó, hacia las once de la mañana, de su reunión en el Tribunal de Apelaciones. El tema central de esta había sido en gran medida el mismo que el del encuentro del día anterior en Morrissoe. Nadie tenía suficiente dinero. ¿De dónde iban a recortar gastos?

Jim Brand se había tomado libre la jornada anterior para entrevistarse con varios consultores políticos. Su oponente, Beroja, tenía la ventaja de contar ya con una organización. Brand obtendría mucha ayuda del partido, pero aún debía montar su propio equipo.

Molto le preguntó qué pensaba de los consultores con los que se había reunido.

–Me gustaron las dos mujeres, O'Bannon y Meyers. Muy perspicaces, solo que... Adivina cuál fue la última campaña local en la que participaron.

–¿La de Sabich?

–Exacto –Jim se rió–. Unas mercenarias.

–Por cierto, ayer lo vi.

–¿A quién?

–A Rusty.

Al oír eso, Brand, que había continuado ordenando las pilas de expedientes de su escritorio, dejó lo que estaba haciendo. El carrito de las pruebas del caso Sabich seguía en un rincón del despacho, todavía cargado con todos los expedientes utilizados por ellos, así como las pruebas materiales que el juez Yi había devuelto a la fiscalía al finalizar los trámites. Cuando se juzgaba un caso, uno dejaba de prestar atención a todo el resto del universo: celebraciones familiares, noticias, otros casos... Y luego, una vez concluía, lo que se había dejado de lado era más urgente que algo tan trivial como poner orden y hacer limpieza. En la mitad de los despachos de los ayudantes del fiscal, había cajas que llevaban allí arrinconadas varios meses, llenas de objetos procedentes de juicios ya celebrados. Y cuando se encontraba por fin un momento para guardar el material, volver a verlo resultaba tan doloroso como revivir los recuerdos de un antiguo amor. En el caso Sabich, todos aquellos documentos y frascos de pastillas, que en otro momento habían parecido más trascendentales que las mismísimas reliquias de la Vera Cruz, habían perdido ya significado en el discurrir de la vida diaria. Unos cuantos meses más y Tommy sería incapaz de decir cómo encajaba la mayoría de aquellas cosas en el complejo laberinto de inferencias y conclusiones que había sido el caso para la fiscalía. Ahora, lo único que importaba era el resultado. Rusty Sabich estaba condenado y encarcelado.

–Estuve en Morrissoe –explicó Tommy, e informó a Jim de lo tratado en la reunión de funcionarios y fiscales.

La puesta en libertad de reclusos iba a ser un tema de campaña cuando llegara a la prensa, pero Brand estaba más interesado en Sabich.

–¿Pasaste a verlo así sin más? ¿Sin abogados, ni nada?

–Como si fuéramos viejos amigos –contestó.

No se le había pasado por la cabeza que Sabich pudiera negarse a hablar con él. Y tampoco, al parecer, se le había ocurrido a Sabich. Los dos estaban demasiado enfrascados en su competición de fondo como para involucrar a nadie más. Era como pelearse con la ex esposa.

–¿Qué tal lo has encontrado? –preguntó Brand.

–Mejor de lo que pensaba.

–Mierda.

–Quería preguntarle cara a cara cómo hizo para manipular el ordenador.

–¿Otra vez?

–No quiso responder. Creo que está protegiendo a su hijo.

–Es lo que yo me imaginé.

–Ya lo sé. Hace un par de días me encontré con Gorvetich. Dijo que os emborrachasteis juntos después del juicio y que le comentaste que pensabas que Rusty se había declarado culpable de algo que no había hecho. Al principio, no lograba imaginar a qué diablos te referías. Y entonces se me ocurrió que pensabas que estaba encubriendo a su hijo.

–Quién sabe lo que pensaba... –Brand se encogió de hombros–. Estaba borracho. Y Milo, también.

–Pero sigo sin ver qué pudo darte esa idea de que Rusty estaba cargando con la culpa de su hijo.

Jim hizo una mueca y volvió a concentrarse en su escritorio. Las pilas de expedientes estaban ordenadas con precisión militar, con los bordes igualados y espaciadas uniformemente, como las camas de un cuartel. Levantó uno de los montones y buscó dónde ponerlo.

–Solo fue una sensación –dijo.

–Pero ¿por qué?

Brand dejó las carpetas en una esquina libre del escritorio. Un lugar que claramente no era su sitio.

–¿Qué importa, jefe? Rusty está entre rejas, como debe ser. Una temporada, por lo menos. ¿De qué tienes miedo?

Miedo. Esa era la palabra. Tommy se había despertado a las tres de la madrugada y se había pasado la mayor parte de la noche absolutamente aterrorizado. Intentó convencerse de que solo estaba torturándose, como hacía en ocasiones, incapaz de asimilar su propio éxito o reacio a hacerlo, pero sabía que tendría que averiguarlo si quería seguir siendo capaz de vivir consigo mismo.

–De lo que tengo miedo, Jim, es de que tú sepas a ciencia cierta que Rusty no introdujo la tarjeta navideña en el ordenador.

Finalmente, Brand se sienta en la silla del escritorio.

–¿Y por qué habrías de temer tal cosa, Tom?

–El último par de días he estado encajando un montón de piezas. Lo que le dijiste a Gorvetich. El hecho de que te quedaras aquí toda la noche después de desembalar el ordenador. Que Orestes te enseñara cómo podía ponerse en marcha sin tocar la cinta adhesiva. Eso fue después de que declarase la mujer del banco y, de pronto, pareciera que nuestro caso iba a irse por el desagüe. Y tú sabes de ordenadores. Aprendiste programación con Gorvetich. Así pues, debo preguntártelo, ¿no te parece, Jim? Todavía no tenemos ninguna otra cosa que constituya una explicación convincente. No pondrías tú la tarjeta navideña en el aparato, ¿verdad?

–¿Cómo podría haber hecho tal cosa? –preguntó Brand con una calma desarmante–. No podría haber encendido el ordenador y haberlo manipulado sin que el directorio de programa mostrara que había sido conectado, ¿recuerdas?

–Exacto. Salvo que el ordenador iba a arrancarse al día siguiente en la sala del tribunal y sería esa la fecha y hora que aparecería en el directorio.

Ahora, tenía toda la atención de Brand, que lo observaba con inquietud.

–Es brillante –prosiguió Tommy–. Ofreces a la defensa un argumento que explica todo lo que se ha declarado en el juicio, de modo que Stern tiene que aceptarlo. Y entonces, cuando lo ha hecho, lo echas por tierra completamente y acusas a Sabich de fraude. Es absolutamente brillante.

Brand lo miró largo rato desde el otro lado del escritorio, con el semblante completamente inexpresivo. Luego, poco a poco, su rostro empezó a iluminarse hasta que volvió a sonreírle a Tommy con la familiaridad de tantas otras veces, cuando los dos apreciaban la ironía, la comicidad, la auténtica payasada del mal comportamiento humano y los fútiles esfuerzos de la ley por ponerle freno.

–Habría sido absolutamente brillante, sí –dijo al fin.

En lo más profundo, a Tommy se le rompió algo. El corazón, probablemente. Se dejó caer en una silla de madera, al otro lado del despacho. Habría bastado con que Brand lo negara. Al observar la reacción de su jefe, a Jim se le borró enseguida la sonrisa.

–Ese hombre mató a su mujer. Es la segunda que mata. Es culpable.

–Pero no de lo que lo acusamos.

–¿A quién le importa?

–A mí –contestó Tommy.

Durante todos los años que había trabajado allí, había oído a un fiscal jefe tras otro aleccionar a sus ayudantes respecto al deber del fiscal de golpear con dureza pero con justicia. Algunos lo decían en serio, otros lo hacían con un guiño y una mueca, conscientes de lo difícil que resultaba jugar a indios y vaqueros y marchar en línea recta por el centro de la calzada mientras los malos se emboscaban para atacar. Antes de que Tomaso naciera, Tommy se habría tomado menos en serio todo aquello. Sin embargo, con un hijo, uno veía el futuro de otra manera. Debía enseñarle a su retoño a distinguir el bien del mal. Sin subterfugios ni excepciones. La cruda verdad siempre estaría en la calle, pero si el fiscal no establecía unas líneas claras y se atenía a ellas, no había la menor esperanza.

–Él declaró ante el juez y reconoció que era culpable –insistió Brand.

–¿No harías tú lo mismo para proteger a tu hijo? Él sabía que no lo había hecho, Jim, y que Nat era la única persona con un motivo para intentar rescatarlo de su situación de aquella manera. Así que se declaró culpable para poner fin a todo aquello.

–Es un asesino.

–¿Sabes? –dijo Tommy–, ni de eso estoy ya completamente seguro. Dime por qué no pudo suceder que esa mujer, que ya estaba bastante alterada, se diera por vencida cuando descubrió el lío de su esposo y, simplemente, se suicidase.

–En el frasco de las pastillas aparecen las huellas de él. E hizo esas búsquedas de la fenelzina en internet.

–¿Y eso es todo lo que tenemos? No me dirás que, si hubiéramos sabido que Barbara había ido al banco no nos habríamos pensado dos veces llevar adelante la acusación.

–Sabich no merecía salir bien librado otra vez. Por no hablar de ti. Has llevado a Rusty como un lastre sujeto a los tobillos durante veinte años.

A Tommy no le gustaba lo que Brand había hecho. No lo consideraba ningún regalo. Sin embargo, la noche anterior, mientras estaba sentado a oscuras en plena madrugada, pendiente de la respiración de su hijo y, en ocasiones, de la de su mujer, a menudo a un ritmo inexplicablemente acompasado, había comprendido una cosa: que si aquello era obra de Brand, lo había hecho por él.

–También te afecta a ti, Jim. Eres el candidato a convertirte en el próximo fiscal jefe.

Evasivo, pero alerta y a la defensiva hasta el momento, Brand se inclinó ahora hacia adelante en la silla con auténtica cólera. Tenía los puños apretados con fuerza.

–He estado sirviéndote durante años, Tommy, porque te lo debo. Porque te lo mereces. Te has portado conmigo mejor que mis propios hermanos. Nunca me he enfrentado a ti. Te quiero y lo sabes.

Sí, lo sabía. Jim le quería. Y él quería a Jim. Le quería como los guerreros aprenden a querer a los hombres y mujeres que están a su lado en las trincheras, que les cubren la espalda y que se cuentan entre los pocos que entienden de verdad el miedo y el derramamiento de sangre y el fragor de la batalla. De ese modo, acaban siendo como hermanos siameses, unidos por el corazón o por algún otro órgano vital. Brand era leal. Y listo. Pero se aferraba a Tommy por sus propios motivos. Lo hacía porque necesitaba una conciencia.

–Mira –dijo Brand entonces–. A veces, uno la caga. Estás en mitad de la maldita noche y te sientes furioso y frustrado y tienes una idea absurda, sobre todo porque sabes que puedes llevarla a cabo, y te pones manos a la obra y el asunto cobra vida propia. A decir verdad, las tres horas que tardé en hacerlo me las pasé riéndome a carcajadas. En aquel momento, me pareció bastante cómico.

Tommy reflexionó sobre eso. Probablemente fuese verdad. Aunque el hecho de serlo no lo mejoraba.

–No voy a permitir que ese tipo cumpla condena por algo que no hizo, Jim.

–Estás chiflado.

–No, nada de eso. Voy a llamar al juez Yi. Esta tarde presentaremos una moción para dejar en suspenso la sentencia. Sabich saldrá en libertad mañana mismo. Solo necesito decidir qué le digo a Yi. Y qué hago contigo.

–¿Conmigo? –Brand se puso rígido–. Yo no he hecho nada. No he falseado mi testimonio. No he presentado pruebas falsas. No fui yo quien puso en marcha el ordenador. Lee las actas, Tom. No encontrarás una sola palabra mía que no hiciera sino señalar al tribunal que la tarjeta navideña era un fraude. Y presenté pruebas para demostrarlo y para evitar que nadie se llevara a engaño. ¿Qué delito es ese?

Tommy pensó en Jim con tristeza. Últimamente, el delito lo entristecía. Cuando era más joven, lo enfurecía; pero ahora sabía que era una parte indeleble de la vida. La rueda giraba, la gente ardía de cólera y, la mayoría de las veces, se contenía. Pero cuando alguien no lo hacía, era tarea de él ocuparse de que recibiera un castigo, no tanto porque lo que hubiera hecho fuese incomprensible –siendo realmente sincero respecto a cómo podía ser la gente no lo era–, sino porque los demás, los que cada día procuraban contenerse, necesitaban la advertencia y, más importante aún, la vindicación de saber que los malos recibían su merecido. La gente corriente tenía que ver la validez del freno que se aplicaba a sí misma.

–No puedes llevarme a juicio –dijo Brand–. Y si lo haces, Tom, sabes perfectamente cómo terminará. La gente te echará la culpa a ti.

Al oír esas palabras, a Tommy se le encogió el corazón. Emitió un gemido doliente, pero, antes de responder, se detuvo un momento a pensar. Brand era más rápido de ideas que él y había tenido muchas semanas para analizar la situación. ¿Cómo iba a desarrollarse todo aquello?

Habría que nombrar un fiscal especial. El argumento que había empleado Jim hacía un instante, que no había hecho nada para engañar al tribunal, no tendría ningún efecto sobre dicho fiscal. Manipular pruebas en mitad de un juicio era un delito, de la clase que fuera.

Demostrar la acusación, en cambio, sería otra cosa. No había testigos de aquella conversación y, aunque se aceptara el relato de Tommy, Brand no había hecho todavía una declaración detallada de su autoría.

Pero lo más importante era lo que había dicho al final, la astuta advertencia que le había lanzado. Porque tenía razón. Una vez disparase, la bala sin duda rebotaría y alcanzaría al propio Tommy. Si alguna vez un fiscal amenazaba siquiera con acusarlo formalmente, Jim buscaría un trato declarando que Tommy estaba al corriente, que todo lo que habría hecho había sido a instancias de su jefe. Si Tommy lo entregaba, como anunciaba que haría, Brand le devolvería el favor delatándolo. Y si mentía lo bastante bien, Tommy podía incluso acabar condenado. Fuera como fuese, aunque las cosas no llegaran tan lejos, volvería a encontrarse en el mismo purgatorio de hacía veinte años. La gente lo creería porque él mismo había reconocido que la otra vez había actuado como lo había hecho. No por primera vez, Tommy pensó que la vida no era especialmente justa.

–Bien –dijo, después de sopesar las cosas durante varios minutos–, así es como se hará. Voy a decirle al juez Yi que hemos descubierto que la cadena de pruebas sobre el ordenador se había alterado: que el ordenador había estado en tu despacho sin el retractilado plástico la noche anterior a que se conectara en el tribunal y, contrariamente a lo que siempre habíamos creído, hemos averiguado que los precintos no eran seguros, y que cualquiera que hubiese estado en la oficina de la fiscalía esa noche o a primera hora de la mañana siguiente podría haberlo manipulado. No decimos que tal cosa sucediera, pero, como Sabich no se habría declarado culpable si hubiera sabido que no podíamos demostrar debidamente la cadena de pruebas, procederemos a anular la condena y a declarar sin lugar las acusaciones.

»Y tú dimitirás de tu cargo en el plazo de treinta días. Porque cuando Rusty salga libre otra vez habrá mucho revuelo. Y fue culpa tuya que el ordenador no quedara protegido adecuadamente. Asumirás la culpa del patinazo. Porque es culpa tuya, Jim.

–Eso dará al traste con mi candidatura –dijo Brand.

–Dará al traste con tu candidatura –asintió Molto.

–¿Debo darte las gracias? –preguntó Jim.

–Podrías hacerlo. Creo que me las darás cuando haya pasado un tiempo.

–Esto apesta.

–Estamos en un mundo apestoso, Jim. –Tommy se encogió de hombros–. A veces, al menos. –Se puso en pie y añadió–: Voy a llamar a Sandy Stern.

Arrinconado y amargado, Brand se mordisqueaba la uña de un pulgar sin darse cuenta.

–¿Todavía no ha muerto?

–Por lo que he oído, no. Dicen que incluso ha mejorado. Ahí lo tienes, Jimmy.

–¿Qué?

–Que por eso nos levantamos cada mañana. Porque nunca se sabe... –Miró a Brand, a quien tanto había querido, y cabeceó en señal de negación–. Nunca –repitió.

44

ANNA, 5-6 DE AGOSTO DE 2009

–No te lo vas a creer –es lo primero que me dice Nat cuando respondo a su llamada al móvil desde la oficina. Lo repite. Cada vez que pienso que Nat y yo hemos superado el último escollo, que las cosas se van a empezar a arreglar y que por fin nos hallamos en la cuesta abajo hacia una vida estable, sucede algo–. Acabo de hablar con Sandy. Es increíble. Van a retirar los cargos.

–Oh, Nat.

–¿No es increíble? Al parecer, gracias al técnico de pruebas, Molto ha descubierto, que el ordenador no estaba bien precintado la noche antes de que yo lo pusiera en marcha en la sala. Así que la cadena de pruebas no está preservada y, sin una buena cadena de pruebas, no hay delito demostrable.

–No lo entiendo.

–Yo tampoco. Y Sandy tampoco lo entiende. Pero Yi ya ha dado la orden. Sandy no ha hablado todavía con mi padre porque los presos que están aislados solo pueden recibir llamadas telefónicas en un horario determinado. Stern está esperando a que el director del centro le devuelva la llamada.

Al cabo de un segundo, en el teléfono de Nat suena una llamada entrante y me deja para poder hablar con Marta.

Me quedo sentada en mi pequeño despacho y miro la foto de Nat que tengo en el escritorio, aliviada por su alivio y alegre por su alegría. Y aun así, en mi corazón hay un rincón frío. Aunque no deseaba que fuese así, la horrible verdad es que para mí la ausencia de Rusty ha sido más fácil, pues no he vuelto a sentirme como me sentía en aquella época confusa cuando estábamos juntos, cuando nos podían las ganas mutuas y contábamos los segundos que faltaban para vernos de nuevo. Desde la muerte de Barbara, apenas hemos hablado y apenas nos hemos mirado. La única excepción verdadera fue en el momento siguiente a su declaración de culpabilidad, cuando se volvió y, claramente sorprendido, me vio sentada al lado de Nat. «Compleja» no es palabra suficiente para definir su expresión. Nostalgia, desaprobación, incomprensión: todo lo que probablemente ha sentido respecto a mí estaba contenido en esa mirada. Después, se volvió con las manos a la espalda.

Sigo sentada ante el escritorio cuarenta minutos más sin hacer nada, salvo esperar que suene de nuevo el teléfono. Cuando lo hace, me entero de que a los Stern ya se les ha ocurrido un plan. Rusty será liberado del centro penitenciario de Morrisroe a las tres de la madrugada. Lo de la hora es idea de Sandy. No está seguro de que la noticia no vaya a filtrarse, pero confía que, en estos tiempos, ningún periódico pueda permitirse pagar horas extra a reporteros y fotógrafos para que cubran esa información de madrugada.

–¿Podrás venir? –pregunta Nat.

–¿No es mejor que tu padre y tú estéis a solas?

–No –responde–. Marta y Sandy también estarán presentes. Somos la única familia que tiene. Tú también debes venir.

La noche se hace larga a la espera del momento de salir hacia allí. El hombre melancólico y reservado con el que llevo viviendo casi un año ha desaparecido. Nat no puede parar quieto. Deambula de un lado a otro del piso, comprueba los comentarios sobre su padre que van apareciendo en internet y pone la televisión para leer los teletipos de noticias de la base de la pantalla. Al parecer, un grupo de reporteros ha ido al sur del estado y ha filmado al juez Yi saliendo de su despacho a las cinco y media de esta tarde. Él no ha hecho declaraciones, pero ha sonreído ante las cámaras, divertido como siempre por las vueltas que da la vida y, por consiguiente, la ley. Todos los periodistas han utilizado la palabra «asombroso» para definir los acontecimientos de hoy. Stern ha divulgado un comunicado de prensa que los reporteros han citado al pie de la letra, en el que alaba la integridad del fiscal y añade que su cliente será puesto en libertad mañana.

Hacia las nueve de la noche, le propongo a Nat que vayamos a comprar comida para su padre. Será una buena distracción, ya que

Nat disfruta adquiriendo las cosas que sabe que a él le gustan. Al llegar a casa, decidimos acostarnos un poco –en la cama ocurrirá algo bueno, una cabezada, como mínimo–, y después tenemos que correr para llegar a la una de la madrugada a la vivienda familiar de los Sabich, en Nearing, donde hemos acordado encontrarnos con los demás para asegurarnos de que la prensa no monta guardia allí todavía. Suponiendo que en el centro penitenciario todo vaya bien, Rusty llegará a casa hacia las cuatro de la madrugada, y se marchará de inmediato, antes de que la horda de periodistas cerque la propiedad, en dirección a la cabaña que la familia tiene en Skageon. Parece extraño que un hombre salga de un módulo donde ha estado aislado y decida pasar más tiempo solo, pero, según Stern, Rusty ha dicho que el hecho de poder ir al pueblo a comprar el periódico o al cine lo convierte en algo muy distinto.

Los Stern llegan unos minutos después que nosotros en el Navigator de Marta. Nat y ella se abrazan un buen rato en la calzada. Cuando se separan, él se dirige al asiento del pasajero y se inclina para abrazar a Sandy, pero más brevemente. Conocí a los Stern hace unos meses, cuando preparaban el juicio, pero Nat vuelve a presentármelos. Le estrecho la mano a Sandy. A la luz del interior del coche, lo veo mejor que la última vez que lo vi en el juzgado. Ahora, el alarmante sarpullido que cubría buena parte de su rostro no es más que una leve mancha, y ya no tiene aquella expresión vacía y el aspecto desnutrido de un prisionero de guerra. Nat no tiene claro –y es probable que Sandy tampoco–, si esta recuperación es solo un breve respiro o se trata de algo más duradero. Sea como sea, se disculpa por no ponerse en pie para saludarme y comenta que hará algo con la «maldita rodilla» en cuanto tenga tiempo para ir al hospital.

De camino, Nat lo acribilla a preguntas acerca del futuro de su padre. ¿Recibirá Rusty la pensión? ¿Podrá volver a la judicatura? Es el único en el coche que parece incapaz de darse cuenta de que la liberación de Rusty en esos términos, plagada de tecnicismos, lo convertirá en poco menos que un paria. Desde que se hicieron públicos los resultados del ADN, a finales de junio pasado, los comentaristas de los medios han hablado de Rusty como de un intrigante perverso que ha cometido dos asesinatos y ha manipulado un sistema que conoce íntimamente para escapar con el mínimo castigo posible. Ahora gritarán que ha escapado sin ninguno.

Sin embargo, Stern se muestra paciente con Nat, explicándole que su padre recuperará la pensión, pero que su posición en la judicatura será más complicado.

–La acusación es nula, Nat, y, como fue apartado de su cargo cuando se declaró culpable, será repuesto en él. Pero admitió una obstrucción a la justicia y de eso no puede desdecirse. Por no mencionar todo lo que reconoció durante el juicio, como el haber revelado una decisión de su tribunal al señor Harnason, y que mantuvo con él una conversación ex parte.

»Por encima de todo, y siguiendo los deseos de tu padre, yo consideraría un resultado muy satisfactorio que pudiésemos negociar su rápida dimisión de la judicatura a cambio de un acuerdo con Disciplina y Admisiones del Colegio de Abogados para que no se emprenda ninguna acción contra él, o la mínima posible. Me gustaría asegurarme de que, a la larga, podrá retomar la práctica como abogado.

Por un instante, las dificultades del futuro de Rusty, sin trabajo, con pocos amigos y sin respeto público, nos confunden a todos y en el coche reina el silencio.

Llegamos a la institución una hora antes y esperamos en un bar para camioneros abierto toda la noche, donde tomamos café para mantenernos despiertos y nos entretenemos viendo las fotos de sus hijos que Marta lleva en el teléfono móvil. Finalmente, a las tres menos cuarto, cruzamos el pequeño pueblo camino del lugar. La granja de trabajo se halla en los terrenos, antaño vacíos, de la única cárcel de máxima seguridad del estado para mujeres. El campo está formado por una serie de barracones prefabricados y un edificio central de ladrillo que aloja la administración. La celda de Rusty está en el piso superior de este edificio, rodeado de establos y de dos campos enormes de judías maduras y maíz cuyas hojas se mueven como gráciles figuras en la brisa. Aunque el centro es una instalación de mínima seguridad, la institución contigua necesita una alambrada de espinos y muros de ladrillo de unos ocho metros de alto, con torres para centinelas cada doscientos metros.

Para confundir más a la prensa, Stern y el director del centro han acordado que Rusty salga por la puerta de transporte que está en el lado oeste del recinto, por donde los reclusos son traídos y llevados en autobús. Aparcamos allí, en la calzada de gravilla, fuera de las gruesas puertas de acero.

Pocos minutos antes de las tres, oímos voces en la silenciosa noche y, entonces, sin ceremonia alguna, una de las inmensas puertas chirría y se abre no más de un metro. Rusty Sabich aparece, iluminado por los faros del coche de Marta, y se tapa los ojos con un sobre. Lleva la misma camisa azul que cuando lo condenaron, sin corbata, y el pelo sorprendentemente largo, lo que me asombra más que la barba canosa de la que me ha hablado Nat después de sus visitas. También está algo más delgado. Nat y él caminan el uno hacia el otro y, finalmente, se funden en un abrazo. Aunque los demás estamos a unos diez metros de distancia, oímos los sollozos de ambos en la noche callada.

Luego, se separan, se frotan los ojos y caminan del brazo hacia nosotros. Stern se pone en pie apoyándose en su bastón y Rusty da un largo abrazo a sus abogados y, después, uno breve a mí. Con el dramatismo del momento, no me he dado cuenta de que un coche se ha detenido detrás del nuestro y me alarmo unos instantes hasta que Sandy explica que es un fotógrafo, Felix Lugon, que antes trabajaba en el *Tribune* y al que le ha pedido que viniera. Dice que quería una foto para su despacho, pero también quiere utilizarla para conseguir un artículo de portada en el que dentro de un par de días Rusty explique las cosas desde su punto de vista, si se cree conveniente. Los Stern, Nat y Rusty se toman del brazo y posan para un par de fotos y después Lugon le toma otras a Rusty mientras se sube al asiento delantero del todoterreno de Marta. Esta ya ha puesto el coche en marcha cuando otra silueta cruza la puerta y corre hacia nosotros. Resulta ser un vigilante uniformado. Rusty abre la ventanilla y le estrecha la mano, parloteando en español. Después, tras un último saludo, sube la ventanilla y nos marchamos, envueltos en la densa nube de polvo que ha levantado el coche de Lugon, y llevamos a Rusty Sabich a su casa.

El viaje de regreso es más rápido. Marta circula a más de ciento veinte kilómetros por hora, impaciente por llegar a casa de Rusty. Después de ver a este, Sandy ha desechado la idea de publicar su foto. Su aspecto ha cambiado tanto que su anonimato será prácticamente total; claro, eso suponiendo que podamos esquivar a la prensa al llegar a su casa.

El recién liberado permanece un rato callado, contemplando el paisaje que pasa a toda velocidad tras la ventanilla del asiento del pasajero y murmurando de vez en cuando por lo bajo, como si dijera, «Había olvidado cómo son los espacios abiertos y lo bien que sientan». Abre el sobre que contiene sus pertenencias. Saca todas las tarjetas de la cartera y las mira una a una, como si estuviera recordando para qué sirven. Y parece felicísimo de que su teléfono móvil todavía funcione, aunque al cabo de un segundo le avisa de que necesita cargar la batería.

–¿Puedes explicarme esto? –pregunta Rusty cuando ya llevamos un rato circulando.

–Explicar ¿qué? –inquiere Stern, a quien va dirigida la pregunta, desde el asiento trasero.

–¿Por qué Tommy ha hecho esto?

–Ya te lo he contado, Rusty. Dice que la noche antes de que lo pusiéramos en marcha ante el tribunal, el ordenador no estaba bien precintado. Sota, caballo y rey. Se rompe la cadena de pruebas.

–Pero deben de saber más que eso, ¿no crees? ¿Por qué Tommy iba a admitir algo así a estas alturas?

–Porque tenía que hacerlo. Ya no es el Tommy de antes. En la ciudad, todo el mundo te lo dirá. Y además, ¿qué otra cosa pueden saber?

Rusty no responde, pero al cabo de un minuto explica una visita que le hizo Tommy Molto en la cárcel dos días antes, en la que el fiscal le dijo que en su oficina todo el mundo creía que se había declarado culpable de un delito que no había cometido. Ni siquiera el imperturbable Sandy Stern puede evitar sobresaltarse.

–Yo solo soy el pobre abogado –dice este–, pero habría sido prudente que nos lo comunicaras.

–Lo siento, Sandy. Sé que suena ridículo, pero lo consideré una conversación privada.

–Comprendo –contesta Stern.

Rusty se ha vuelto para mirar a Sandy y, a su espalda, Marta se da leves golpes en la frente con la mano, en silencio. Sentada entre Sandy y Nat, noto que este me agarra la mano con más fuerza mientras niega despacio con la cabeza. Ninguno de nosotros llegará a comprender nunca esto.

Poco después de las cuatro, llegamos a Nearing. El barrio está tranquilo y se produce otra ronda de abrazos en la calzada. Nat y yo sacamos la compra, la llevamos al coche de Rusty, que está en el garaje, y nos hacemos a un lado para verlo salir camino de Skageon. Pero su coche emite una educada tos, parecida al sonido que Sandy emite constantemente, y se queda en completo silencio.

–Los planes mejor trazados... –dice Rusty mientras se apea.

Le ofrezco mi coche, pero Nat me recuerda que al día siguiente tengo una instrucción en el condado de Greenwood. Los cinco discutimos posibles alternativas. Marta propone llevar a su padre a casa para no agotarlo más, y luego ir a su domicilio, que está cerca, donde tiene unas pinzas para hacer el puente hasta la batería. Se necesitará la fuerza de un hombre para mover dos sacos de fertilizante de veinte kilos que hay delante del armario, en el garaje. Si el coche no arranca con las pinzas, alguien tendrá que llevar a Rusty o bien habrá que alquilar un vehículo.

Me dirijo al coche para acompañar a Nat a casa de Marta, pero él se me acerca y me susurra:

–No lo dejes solo.

Lo miro unos momentos y le tiendo las llaves. Él se sienta al volante y asoma la cabeza para decir:

–Tal vez le apetezca desayunar. ¿Te importaría prepararle algo?

Rusty ya se ha metido en la casa cuando lo sigo por el garaje con las dos bolsas de la compra. Ha puesto a cargar el móvil y está junto a la ventana de la cocina, mirando a través de las cortinas.

–¿Periodistas? –pregunto.

–No, no –me tranquiliza–. Me había parecido ver luz en la casa de al lado. Los Gregorius siempre tienen algún coche que nadie utiliza.

La verdad es que tiene mejor aspecto de lo que yo esperaba. Durante el juicio y los meses que lo precedieron, había cambiado tanto en tan poco tiempo que se había vuelto otra persona. Stern parecía menos consumido que él por su enfermedad mortal. A Rusty se lo veía destrozado y vacío, como un barco a la deriva. A veces, cuando estábamos con él, lo veía detenerse en la calle para saludar a algún conocido. Todavía recordaba lo que tenía que decir y tendía la mano en el momento adecuado pero era casi como si temiera ocupar su espacio en la tierra. No he sabido nunca si Nat lo notaba. Estaba tan ocupado tratando de llevarse bien con su padre que no se daba cuenta de que el hombre al que conocía había desaparecido. Pero ahora ha regresado. Y no es gracias a la libertad, eso lo sé al instante. Sino gracias a que ha recibido un castigo, a que ha pagado un precio.

–Nat ha pensado que tal vez quieres desayunar –digo.

–¿Hay fruta fresca? –pregunta, acercándose unos pasos para mirar dentro de las bolsas–. No había pensado nunca que lo primero que me apetecería al salir de la cárcel serían unas fresas.

Dado que siempre ha sido un atento observador de sus padres, Nat ha comprado arándanos y fresas y empiezo a lavarlos y a cortarlos.

–Barbara siempre había querido reformar la cocina –dice a mi espalda, mientras corre el agua del grifo–, pero no soportaba la idea de que esto se llenara de trabajadores.

Miro a mi alrededor. Tiene razón. La estancia se ve anticuada y pequeña. Los armarios de madera de cerezo siguen siendo bonitos, pero lo demás está pasado de moda. Aun así, que mencione a Barbara suena raro. Como me ocurre a menudo, la manera espectral en que ella se cierne sobre esta casa me impresiona, así como la intensidad de la pasión que sentía por su hijo y su profunda infelicidad. Era una de esas personas que necesitaba coraje para vivir.

–Yo no la maté –dice Rusty.

Me vuelvo un momento y lo veo sentado a la mesa de cerezo, con su anticuado borde festoneado, observando mi reacción.

–Lo sé –replico–. ¿Temías que lo dudara?

Mi respuesta es sincera, pero pasa por alto los meses que tardé en llegar a esa conclusión. Mi problema, tanto como no haber querido juzgar nunca las pruebas, es mi formación de jurista. Ensamblo las pruebas unas con otras como una mujer que confeccionase obsesivamente una colcha de retales. Siendo como era una niña juiciosa, que cuidaba de su madre y de sí misma desde muy tierna edad, examinando el mundo en busca de señales que interpretar, estaba predestinada a ser abogada. Así que para mí ha sido imposible no ponderar las cosas más incómodas que sabía: que Rusty fue a consultar a Prima Dana cuarenta y ocho horas después de decirle yo que empezaba a salir con Nat, o la mirada salvaje con que salió del Dulcimer aquel día, la de un hombre al que la furia consumía. Y, lo peor de todo, recordé los acuses de recibo que parecían indicar que Barbara había leído mis mensajes a Rusty. La noche en que Nat y yo cenamos en esta casa, ella no dijo nada al respecto, pero a menudo he imaginado que, después de que nos marcháramos, entre los dos hubo una escena terrible.

Sin embargo, no he llegado nunca a pensar en un asesinato. El tiempo que pasé con Rusty está ya muy lejano, pero en esos pocos meses vi lo suficiente de su ser más profundo como para saber que no es un asesino.

–A veces –responde finalmente.

–¿Por eso pensaste que yo había manipulado tu ordenador? Quiero decir que Tommy tiene razón, ¿no? Te declaraste culpable de un delito que no cometiste.

Lo había pensado antes, pero la conversación que ha mantenido con Stern en el coche me lo ha dejado claro.

–No sabía qué pensar, Anna. Sabía que yo no lo había hecho. No tuve nunca plena confianza en los llamados peritos, pero ellos insistían en que el ordenador estaba completamente precintado cuando llegó a la sala, así que eso descartaba que lo hubiera hecho alguien de la oficina de Molto. Y la respuesta tiene que ser esa, ¿no crees? Tommy puede decir lo que quiera para el consumo público, pero sabe que alguien que trabaja con él logró burlar los precintos y meter esa tarjeta navideña a fin de golpearnos a traición.

Yo no había pensado en ello hasta que él lo dice, pero me doy cuenta de que tiene razón. No he olvidado nunca que Molto hizo un mal uso de las pruebas veintitantos años atrás y me da un poco de vergüenza que no se me haya ocurrido antes. Lo que no sabremos nunca es por qué ha rectificado ahora. Probablemente, por miedo a ser desenmascarado.

–Sea como sea –prosigue–, en junio creía que las únicas personas que podían haberlo hecho erais tú y Nat. O los dos juntos. Los expertos no contemplaron nunca esa posibilidad, que los dos os hubierais confabulado para introducir esa tarjeta navideña. Lo último que quería era que la investigación se prolongara tanto como para que al final a Tommy o a Gorvetich se les ocurriese.

»De todas formas, no entendía por qué cualquiera de vosotros dos iba a hacer algo así. Pensé miles de cosas. Y, durante un par de segundos, esa posibilidad tuvo sentido. Y una de las cosas que pensé fue que tú me creías culpable y querías que me librara de la condena porque te sentías responsable de que yo hubiera matado a Barbara para que volvieras conmigo.

Estoy cortando las últimas fresas y evito volverme a mirarlo. El peor momento de estos dos últimos años fue cuando en mi ordenador aparecieron los acuses de recibo, y, después, cuando Nat me llamó desde el juzgado y me dijo: «Ella lo sabía. Mi madre lo sabía». La mujer del banco acababa de testificar y Nat no pudo evitar echarse a llorar. No me disgusta que llore. En este último año, me he dado cuenta de que siempre he esperado a un hombre que no asegure que es inmune al dolor de la vida, a diferencia de esa falsa que tengo por madre.

¿Lo sabía? ¿Qué sabía?, le pregunté. A juzgar por lo que salió a la luz durante el juicio, ahora me parece evidente que, la noche antes de morir, Barbara fingió que no ocurría nada para proteger a Nat; sin embargo, en aquel momento su actuación fue muy convincente y, durante este último año, he albergado la leve esperanza de que los acuses de recibo los hubiera enviado otra persona, la misma que había descargado y utilizado el programa para eliminar mensajes en el ordenador de Rusty, y que Barbara hubiese muerto sin saberlo. Cuando Nat me lo dijo cedí a la desesperación. Me había sentido culpable tantas veces que resultaba difícil creer que ese sentimiento pudiera ser todavía más hondo o herirme más intensamente. Sin embargo, en aquel momento fue como si me estuviesen haciendo una disección. En términos generales, siempre se me ha dado bien fingir, sobre todo cuando sufro, pero la dificultad de comprenderme a mí misma a veces me paraliza. ¿Por qué deseé a Rusty? Y, lo que resulta aún más misterioso, ¿por qué Barbara siempre me importó un pito? Los últimos dos meses ha habido un desfile de momentos en los que casi me he quedado petrificada al darme cuenta del daño monumental que le causé durante su última semana de vida. ¿Por qué no vi lo que eso significaría para ella cuando me lancé a los brazos de su marido? ¿Quién era yo? Es como tratar de entender por qué una vez, cuando estaba en el instituto, me tiré al río Kindle desde una roca de casi quince metros de alto y casi me ahogué al quedarme inconsciente por el impacto. ¿Por qué pensaba que aquello era divertido?

Tengo que decir en mi descargo que yo no sabía lo mal que estaba Barbara. Antes de intimar, Rusty siempre hablaba de ella como de una mujer más difícil que demente y parecía considerarla del mismo modo que los indios a los paquistaníes, o los griegos a los turcos: como enemigos tradicionales que viven en paz cada uno a un lado de una inestable frontera. A la sazón, me tomé aquello solo como una apertura, una oportunidad. Nunca tuve intención de hacerle daño, porque, como siempre cree la gente que obra mal, estaba segura de que jamás nos descubrirían.

Dejo la fruta en la mesa delante de Rusty y le doy un tenedor.

–¿Y tú? ¿No comes?

–No tengo apetito. –Esbozo una débil sonrisa–. ¿Y era eso lo que querías?

–¿Qué?

–¿Que yo volviera contigo cuando Barbara muriese?

–No, en realidad no. En aquellos momentos, no.

Tengo una decena de excusas para explicar lo que ocurrió con Rusty. La ley parecía una gran meta para mí, un destino hacia el que siempre me había dirigido. Quería absorberlo todo, hacerlo todo. Era como estar delante de un templo. Y yo sabía cuánto deseo reprimido había dentro de él. Casi podía oírlo, como un freno rechinando mientras lo pisan. Estúpidamente creía que yo le haría bien. Y sabía que, fuera cual fuese el ábrete sésamo con los hombres, yo todavía no lo había encontrado y que aquella era una llave más que probar. Sin embargo, al final, me di cuenta de que lo estaba utilizando. Anhelaba con desesperación que alguien como él, alguien importante, me deseara, como si así, en cierto modo, yo fuera a poseer lo que el mundo le había concedido a él si estaba dispuesto a abandonarlo todo por mí. Tenía sentido. Es lo único que puedo decir. Tenía sentido a la manera irracional e inextricable en que se enredan el corazón y la mente. En su momento, tenía sentido pero ahora ya no lo tiene. A veces, me siento como si suplicara «Llévame allí de nuevo para que pueda ver quién era esa chica hace dos años». De todas formas, no serviría de nada. Siempre tendré que vivir con ese pesar.

–Desde luego a mí no me lo parecía –comento–. La noche en que Nat y yo estuvimos aquí, la víspera de la muerte de Barbara, parecías haber olvidado lo nuestro. Es otra de las razones que me llevó a pensar que tú no la mataste. No entiendo cómo habías conseguido superarlo tan rápido.

–Porque resultó que quería a mi hijo más que a ti. ¿Es esto demasiado rudo?

–No.

–Me ayudó a ver las cosas con perspectiva, aunque era una situación terrible. Todavía lo es, supongo.

No creo que pretenda acusarme, pero, como es de prever, soy tan culpable que me siento acusada.

–Estás enamorada de él, ¿verdad? –pregunta Rusty.

–Con locura. De manera enfermiza. ¿Te importa que lo diga?

–Es precisamente lo que quiero oír.

Solo con hablar de Nat de esa manera, siento que el corazón se me ensancha y los ojos se me llenan de lágrimas.

–Es el hombre más dulce del mundo. Inteligente y divertido, pero tan amable, tan cariñoso…

¿Por qué tardé tanto en ver que eso era lo que necesitaba, alguien que quisiera mi amor y correspondiera a él?

–Mucho más que yo –murmura Rusty.

Los dos sabemos que es verdad.

–Tuvo unos padres mejores –respondo.

–¿Y sigue sin saberlo? –inquiere ahora, desviando la mirada.

Me encojo de hombros. ¿Cómo podemos saber lo que hay en el corazón o en la mente de otra persona? Siendo como somos un misterio para nosotros mismos, ¿qué posibilidades hay de que comprendamos del todo a los demás? En realidad ninguna.

–Creo que no. He empezado a contárselo miles de veces, pero siempre me he interrumpido.

–Me parece bien –asiente Rusty–. No ganarías nada con ello.

–Nada –convengo.

He ido a ver a mi terapeuta varias veces, pero Dennis no tiene respuestas para la demencial situación en que me he visto metida después de la muerte de Barbara, en parte porque siempre me aconsejó que no saliera con Nat. Pero hay una cosa en la que Dennis y yo siempre estamos de acuerdo, y es que decirle ahora la verdad sería terriblemente destructivo, no solo para nuestra relación sino para él. Gran parte de lo que daba por hecho sobre su vida en este mundo ha cambiado durante el último año. No puedo pedirle que pague un precio más solo para aliviar la abrumadora culpa que siento. Para mí, esta será siempre una relación construida encima del cráter de un volcán. Y tengo que recorrer sola esas peligrosas cumbres.

La gente, sin embargo, nos acostumbramos a las cosas. Rusty se acostumbró a la prisión, los amputados aprenden a vivir sin la extremidad que les falta. Si puedo seguir con Nat, el presente se impondrá al pasado. Me veo con él en una casa, con hijos, trabajando frenéticamente en dos empleos y viendo quién tendrá tiempo de recogerlos a la salida del entrenamiento de fútbol; nos imagino arraigados en un mundo totalmente nuestro y todavía profundamente emocionados por quién somos el uno para el otro. Eso lo veo. Lo que veo menos claro es cómo llegar desde aquí hasta allí. Siempre he pensado que si aún estábamos juntos después de que terminara el juicio, seguiríamos desde allí, día a día, y todavía lo pienso.

–Voy a dejaros en paz a los dos –dice Rusty–. No puedo vivir aquí. Al menos por ahora –añade–. Tal vez vuelva algún día. –Calla unos segundos–. ¿Puedo preguntarte una cosa muy personal?

Me asusto momentáneamente, hasta que añade.

–¿Puedo albergar alguna esperanza de tener nietos?

Me vuelvo hacia él y le sonrío.

–Ya veo que sí –dice.

Fuera, la puerta del garaje chirría ruidosamente. Nat ha vuelto. Los dos miramos hacia allí. Me pongo en pie y Rusty hace lo mismo. Lo abrazo brevemente, pero en esta ocasión con vehemencia, con la sinceridad y el aprecio que se le tiene a alguien a quien se ha amado.

Entonces me dirijo a la puerta del garaje para recibir a mi dulce compañero, pero antes de llegar, me vuelvo.

–Hay otra razón para que lo ame –digo.

–¿Cuál es?

–Lo mucho que se parece a ti en algunas cosas.

El coche se pone en marcha. La batería se irá cargando durante el largo trayecto hacia el norte. Nat le da los cables a Rusty, por si acaso, y luego lo despedimos desde la calzada de acceso. Sale marcha atrás, pero de repente Rusty se detiene, se apea, y Nat y él vuelven a abrazarse. Creo que uno de los aspectos más complicados de una relación es afrontar la forma en que tu compañero ve a sus padres. Eso lo aprendí en mi matrimonio con Paul, cuando él no comprendía lo mandona que era su madre y, desde entonces, he presenciado cosas similares en distintas ocasiones. Es como ver a alguien debatiéndose en una telaraña. No hay manera de librarse y el pobre pelele, ese tipo al que amas o esperas amar, sigue debatiéndose en ella. Me alegro por Rusty y por Nat, me alegro por esta noche, pero sé que todavía les quedan océanos que cruzar a nado.

Entonces Nat y yo nos ponemos en marcha hacia casa. Cuando amas a una persona, esta se convierte en tu vida. En el mismísimo principio de la existencia. Y, debido a ello, tiene poder para cambiarte a ti y todo lo que conoces. Es como poner de repente un mapa cabeza abajo, de forma que el sur esté en la parte de arriba. Sigue siendo correcto, sigue llevándote a donde quieras ir, pero su aspecto no puede ser más distinto.

Recuerdo que fui pasante del padre de Nat y que, durante un tiempo, estuve loca por él. Recuerdo que conocí a Rusty mucho antes que a Nat. Pero, en aquella época, este era otra persona, una figura insignificante, comparada con el hombre que ahora domina mi vida, mientras que la principal importancia de Rusty hoy en día reside en la manera inevitable en que puede influir en su hijo. Nat es mi vida. Ahora que Rusty se ha ido, noto la absoluta verdad de este hecho.

Permanecemos en silencio, pensando en nuestras cosas. Ha sido una noche intensa.

–Tengo que contarte una cosa –digo de repente, mientras cruzamos el puente de Nearing.

En el horizonte del este ya se intuyen tonos rosados, pero las luces de los edificios del centro de la ciudad todavía están encendidas, y se reflejan majestuosamente en el agua.

–¿Qué? –inquiere.

–Es doloroso, pero quiero que lo oigas ahora, ¿de acuerdo?

Lo miro y asiente. Debajo de sus oscuras cejas, tiene una expresión sombría y pensativa.

–Después de divorciarme, cuando me fui a vivir con Dede Wirklich, trabajaba en Masterston Buff, una agencia de publicidad, y a la vez intentaba terminar la carrera asistiendo a clases nocturnas. Y también iba a ese master de macroeconomía en la escuela de negocios de la universidad. En Introducción a la Economía había sacado matrícula de honor y pensé que las matemáticas se me daban bien y que todo sería fácil. El profesor era Garth Morse, ¿te suena ese nombre? Fue uno de los asesores económicos de Bill Clinton, y todavía sale mucho en la televisión, porque es un tipo realmente amable y atractivo y pensé que sería maravilloso tener como profesor a alguien así. Pero la asignatura me superó por completo, con todas esas ecuaciones que los otros buenos estudiantes entendían al momento. Yo estaba trastornada tras la separación de Paul y me costaba mucho concentrarme y, cuando fui a recoger la nota a mitad de trimestre, me encontré con un gran suspenso. Así que fui a ver a Morse. Estuve en su oficina unos diez minutos. Él me dedicó una intensa mirada, y, dando a entender que había visto muchas películas antiguas, dijo: «Esto es demasiado complicado, podríamos hablarlo cenando». Y la verdad es que no me sorprendió demasiado. Tenía cierta fama. Se creía un regalo de Dios. Dede me dijo: «¿Estás loca? ¿Quieres quedarte en la universidad para siempre?». Era realmente atractivo y muy excitante, un tipo interesante y con mucho carisma. Pero aun así. Su esposa estaba embarazada. No recuerdo cómo lo sabía, quizá el lo había mencionado en clase, pero eso no me preocupaba de veras. No obstante, Dede tenía parte de razón. Yo debía graduarme y seguir adelante y, después del fiasco de mi matrimonio, no podía permitirme fracasar en nada más. Y por eso…

Nat pisa el freno con tanta fuerza que me agarro y, cuando puedo pensar, pienso en el airbag. Miro por el parabrisas para ver contra qué hemos chocado. Estamos en el arcén, a la salida del puente.

–¿Estás bien? –pregunto.

Se ha quitado el cinturón de seguridad para poder acercar su cara a la mía.

–¿Por qué me cuentas esto? –pregunta–. ¿Por qué ahora, esta noche?

–¿Porque voy corta de sueño?

–¿Me amas? –quiere saber.

–Pues claro. Como no he amado nunca a nadie.

Lo digo de veras, y él lo sabe. Sé que lo sabe.

–¿Crees que yo te amo?

–Sí.

–Te amo –dice–. Te amo. No necesito saber las peores cosas que has hecho. Sé que lo has pasado muy mal antes de llegar hasta mí. Y yo lo he pasado muy mal antes de llegar hasta ti. Pero ahora estamos juntos, y juntos somos mejores de lo que lo fuimos antes. Eso es lo que realmente creo.

Se inclina para besarme dulcemente, me mira a los ojos un segundo y luego comprueba los retrovisores antes de volver a incorporarse a la carretera.

Cuando tienes veinte años, llegas nueva a tus novios. Todavía esperas encontrar al Verdadero, y todos los de antes son solo fases en el camino hacia él y no te los tomas en serio. Pero a los treinta y seis –¡treinta y seis!– ese ya no es el caso. Has estado en la cumbre, has creído que el amor de alguien era para siempre, has disfrutado del sexo como nunca habrías imaginado y, sin embargo, sigues adelante en busca de algo más. Has llegado a la persona con la que ahora estás después de una serie de experiencias. Los dos lo sabéis. No podéis fingir que lo que ha sucedido en el pasado no ha sucedido. Pero es el pasado, del mismo modo que Sodoma y Gomorra se convirtieron en ceniza a la espalda de la mujer de Lot, que tendría que haber sabido que no debía mirar atrás. Cuando se llega a esta edad, todo el mundo comprende que llevas contigo una historia, una persona, un tiempo cuyos efectos no pueden olvidarse del todo. Nat tiene a Kat, que de vez en cuando le envía mensajes por correo electrónico que lo ponen nervioso. Y así será con Rusty y lo que ocurrió con él. Ahora lo veo claro. Será como ese corazón delator que late de vez en cuando. Pero se habrá ido. Estará en el pasado que he vivido, un pasado loco, pero que ha terminado; el pasado que en cierto modo me ha traído a la vida que realmente quiero vivir todos los días con Nat.

45

RUSTY, 25 DE AGOSTO DE 2009

Hasta que llegué a la adolescencia no me di cuenta de que el matrimonio de mis padres no había sido por amor sino una boda concertada al viejo estilo rural. Él era un refugiado sin un céntimo, increíblemente atractivo, y ella una solterona sin gracia –de veintitrés años–, hija de una familia propietaria de la casa de tres pisos en la que mi madre vivió hasta que murió. Estoy seguro de que al principio a ella le gustó, pero dudo que él intentase fingir siquiera que estaba enamorado y cada vez se volvió más arisco.

Cuando yo era chico, todos los viernes mi padre desaparecía después de la cena. A decir verdad, yo esperaba con ganas ese día, porque eso significaba que no tendría que dormir en el suelo de la habitación de mi madre, encerrados allí los dos, que era como nos escondíamos de sus frecuentes borracheras furiosas. Yo suponía que mi padre pasaba las noches de los viernes en una taberna o jugando a cartas, pues ambas cosas eran sus pasatiempos habituales, pero luego no volvía a casa, sino que iba directamente a la panadería, donde empezaba a preparar el pan del sábado por la mañana. Pero una noche de viernes, cuando yo tenía trece años, mi madre prendió sin querer un pequeño fuego en la cocina. Casi todo el daño lo sufrió ella –era nerviosa y quejica por naturaleza– y los bomberos que irrumpieron en la casa la redujeron a un estado en el que lo único que ella podía hacer era chillar llamando a mi padre.

Primero fui a la taberna donde uno de sus conocidos –mi padre no tenía realmente amigos– se compadeció de mí y de mi evidente agitación y, cuando ya me marchaba, dijo: «Eh, chico, prueba en el hotel Delaney, de la calle Western». Le dije al recepcionista que tenía que encontrar a mi padre y el hombre me dedicó una mirada dubitativa y acuosa, pero finalmente dijo un número entre gruñidos. En aquella época, no era de esos lugares en los que las habitaciones tenían teléfono. Mientras subía la sucia escalera, con la alfombra gastada y pasillos que olían a alguna sustancia parecida a la naftalina, utilizada para controlar las plagas de insectos, no sabía qué me iba a encontrar. Sin embargo, cuando llamé, reconocí a la mujer, Ruth Plynk, una viuda diez años mayor que mi padre, que abrió un poco la puerta en bragas.

No sé por qué abrió ella. Quizá mi padre estaba en el baño, pero probablemente lo hizo porque él temía que fuera el recepcionista, que subía a pedir más dinero.

–Dígale que la casa está en llamas –anuncié antes de marcharme.

No sé exactamente qué sentí. Ira y vergüenza, supongo. Pero, sobre todo, incredulidad. El mundo, mi mundo, había cambiado. Después de aquello, los viernes me sentaba a cenar rabioso, porque mi padre canturreaba mientras comía, el único momento de la semana en que emitía algún sonido que guardara siquiera un remoto parecido con la música.

Mientras estuve en las diferentes habitaciones del hotel que frecuenté con Anna, nunca pensé en que había visto a Ruth Plynk al otro lado de aquella puerta entreabierta. Pero cuando le conté a mi hijo que tenía una aventura, aquella imagen volvió a mí, y no ha desaparecido en los meses transcurridos desde entonces. Regresa cada vez que noto la evidente confusión que Nat experimenta en mi presencia.

Ahora está de pie en la puerta trasera de casa y tiene esa expresión en la cara. Anoche, cuando lo llamé para decirle que iba a ir a la ciudad para firmar los acuerdos que finalmente Sandy ha negociado, dijo que quería pasar a visitarme, pero ha llegado antes de lo que esperaba. Hoy, las primeras borrascas del otoño han provocado tormentas intermitentes y lleva una sudadera con capucha; el fuerte viento agita su pelo negro.

Al ver a mi hijo me siento feliz, aunque nuestros encuentros siempre van acompañados de un leve malestar. Albergamos buenos sentimientos hacia nuestros hijos, pero hay muchas cosas que escapan a nuestro control. En Nat hay una especie de distracción nerviosa, un mirar aquí y allá que creo que será permanente, y un entrecejo fruncido como el que yo llevo viendo desde hace sesenta años, cuando me miro al espejo. Abro la puerta y nos abrazamos un instante.

–¿Café? –le pregunto.

–Sí.

Se sienta a la mesa de la cocina y mira a su alrededor. Seguramente le resulta difícil volver a esta casa donde se han vivido momentos tan tensos durante el último año. El silencio se prolonga hasta que pregunta cómo me ha ido en Skageon.

–Bien. –Pienso si con eso ya está dicho todo, pero decido que la sinceridad será lo mejor–. He visto algunas veces a Lorna Murphy, la vecina de al lado, ¿te acuerdas?

La mansión de los Murphy ocupa varias parcelas al lado de nuestra cabaña.

–¿De veras? –Pese a todo lo que ha ocurrido en los dos últimos años, parece más asombrado que molesto.

–El otoño pasado, cuando murió tu madre, me escribió y hemos mantenido el contacto.

–Ah, la compañía en el luto –dice él, siempre prudente.

Y algo de verdad hay en ello. Lorna perdió a Matt, una especie de magnate de la construcción, hace cuatro años. Es una mujer esbelta y rubia, unos cuatro o cinco centímetros más alta que yo y que siempre ha demostrado una obstinada confianza en mí. Pensé que eso se debía a que le había costado tanto llegar a pensar en otro hombre que el hecho de que me acusaran no la hizo cambiar de idea. Mientras estuve en prisión, me escribía todas las semanas y fue la primera persona a quien llamé de camino a Skageon la mañana en que salí libre. No sabía si tendría el coraje de proponerle que nos viéramos, pero no necesité hacerlo. En cuanto le dije que iba hacia la cabaña, me dijo que no tardaría en aparecer. Para los dos había llegado el momento de estar con otra persona.

Es una mujer amable, tranquila, cariñosa pero contenida. Sospecho que no envejeceré a su lado, pero el tiempo lo dirá. Sin embargo, con Lorna he aprendido una cosa: si no me enamoro de ella, me enamoraré de otra mujer. Sé que lo haré de nuevo. Está en mi naturaleza.

–Iba a preguntarte si fuiste a pescar mientras estabas allí arriba.

–Oh, sí, salí a pescar en canoa. Cogí dos hermosas percas. Me las comí y estaban riquísimas.

–¿En serio? Este otoño me encantaría ir a pescar contigo un fin de semana.

–Cuando quieras.

El café está listo. Sirvo dos tazas y me siento a la mesa de cerezo con su borde festoneado. Lleva aquí desde que Nat nació, toda la vida de nuestra familia está en ella, en sus manchas y muescas. Recuerdo el origen de muchas, trabajos manuales malogrados, rabietas y cacerolas demasiado calientes para la madera que yo estúpidamente escogí.

Nat ha apartado la vista, ensimismado. Remuevo el café y espero.

–¿Cómo va el trabajo? –pregunto finalmente.

Este otoño, Nat seguirá haciendo suplencias en el instituto de Nearing, pero también lo han contratado en la facultad de Derecho de Easton para que dé un curso de jurisprudencia en el trimestre de invierno, en sustitución de uno de sus ex profesores, que se ha cogido un permiso. Ha pasado mucho tiempo preparándose para eso. Y también trabaja de nuevo en su artículo, en el que compara el modelo legal de plenitud de facultades mentales con lo que sugieren las últimas investigaciones en el campo de la neurociencia. Puede ser un artículo realmente innovador.

–Papá –dice sin mirarme–, quiero que me digas la verdad.

–De acuerdo –digo. Siento una punzada en el corazón.

–Sobre mamá –añade.

–Se suicidó, Nat

–No quiero la versión oficial. –Cierra los ojos–. Quiero saber lo que realmente ocurrió.

–Eso fue lo que realmente ocurrió.

–Papá. –Da muestras otra vez de esa agitación perpetua suya y mira alrededor moviendo la cabeza como un pájaro–. Papá, una de las cosas que más odiaba de pequeño era que en esta casa todo el mundo tenía secretos. Mamá tenía los suyos, tú tenías los tuyos y, además, ella y tú teníais vuestros secretos comunes, por lo que yo debía tenerlos también y siempre deseé que todo el mundo hablase, ¿comprendes, joder?

Es un lamento que entiendo a la perfección y que probablemente no habría podido cambiar.

–Quiero saber lo que le ocurrió a mamá. Lo que tú sabes.

–Nat, tu madre se suicidó. No me engaño pensando que mi conducta no tuvo nada que ver con ello, pero yo no la maté.

–Eso ya lo sé, papá. ¿Crees que no lo sé? Pero soy tu hijo. Te comprendo, ¿sabes? Y he pensado en esto. Y he llegado a dos conclusiones. Primera: tú no te pasaste casi veinticuatro horas sentado después de su muerte afrontando tu dolor porque, francamente, eso no es propio de ti. Tú siempre has empujado hacia abajo tus emociones como quien carga un cañón. Tal vez después estallen, pero tú sigues adelante. Siempre sigues adelante. Tú habrías llorado, o fruncido el entrecejo o sacudido la cabeza, pero después habrías cogido el teléfono. Te sentaste aquí para planear algo. Esta es una de mis conclusiones. Y la otra tiene que ver con que te observé mientras te declarabas culpable de obstrucción a la justicia. Y estabas sereno. Dijiste que eras culpable con total convicción. Pero como sé que tú no metiste mano en ese ordenador y lo sé porque se lo dijiste a Anna, eso significa que las mentiras y las manipulaciones ocurrieron mucho antes. Y mi segunda conclusión es que lo hiciste cuando mamá murió. ¿Tengo razón?

Un chico listo, listo como su madre. Enormemente listo. Esbozo una leve sonrisa de orgullo y asiento.

–Así que quiero saberlo todo –concluye.

–Nat, tu madre era tu madre. Lo que yo fuera para ella o ella fuese para mí no cambia eso. Yo no he querido tratarte como a un niño. La verdad es que me he preguntado si yo querría saber lo que no te he contado nunca y creo que no. Y espero que te tomes un momento para considerarlo.

Nat no se enfada nunca con nadie como lo hace conmigo. Hacerlo contra su madre era demasiado peligroso. Yo soy un objetivo más seguro y la forma en que siempre lo he eludido, o he intentado hacerlo, lo pone furioso. Pero la ira que frunce su entrecejo, que ensombrece sus ojos azules es, sin duda, la ira de Barbara.

–De acuerdo –digo–, de acuerdo. La verdad, Nat, es que tu madre se mató. Y que no quise que tú ni nadie lo supiera. No quería que sufrieras, ni que cargases con el peso que llevan siempre los hijos de los suicidas. Tampoco quería que preguntases por qué o que supieras lo que hice para provocarla.

–¿Tu aventura?

–Mi aventura.

–De acuerdo, pero ¿cómo murió?

–Te lo contaré –respondo levantando una mano–. Te lo contaré todo.

Respiro hondo. Sesenta y dos años y todavía tengo las inseguridades del chico serbio que no caía bien en la escuela. Yo era listo, y además me respetaban, nadie quería tener un encontronazo conmigo en el patio ya que, si me provocaban, reaccionaba con dureza. Pero no era un tipo simpático y nadie quería pasar los fines de semana conmigo, ni invitarme a una fiesta ni bromear en el pasillo. Siempre he estado solo y he temido el significado de mi aislamiento. Aunque he vivido en el condado de Kindle toda mi vida, y aquí he ido a la escuela primaria, al instituto, a la universidad, a la facultad de Derecho y he trabajado más de treinta y cinco años, no tengo un solo amigo íntimo, sobre todo desde que la artritis reumatoide llevó a Dan Lipranzer, el detective con el que más me gustaba trabajar cuando era fiscal, a vivir a Arizona. Eso no quiere decir que no lo haya pasado bien o disfrutado de la compañía de personas profesionalmente cercanas, como George Mason. Pero me falta una figura con la que exista una conexión esencial. Creo que Anna se dio cuenta de eso y lo aprovechó. Pero de algún modo, mis mayores esperanzas las he depositado siempre en Nat, lo cual no es una carga justa para un hijo. Como resultado de ello, he tenido un miedo constante a que él me rechazara. Ahora necesito mostrarme fuerte.

–El día que tú y Anna vinisteis a cenar, yo había estado trabajando en el jardín.

–Plantando un rododendro.

–Sí, plantando un rododendro para tu madre. Y la espalda me estaba matando. Y mientras estábamos preparando la cena, ella me trajo cuatro pasillas de Advil.

–Lo recuerdo.

–No me las tomé. La situación, tú y Anna juntos, me distrajo y me olvidé de tomarlas. Así que, cuando os marchasteis, y me disponía a acostarme, tu madre subió las pastillas y me las dejó en la mesilla de noche. Me dijo que me las tomase porque si no, a la mañana siguiente, no podría levantarme de la cama y fue al baño a buscar un vaso de agua. No sé, Nat... Las tabletas de fenelzina son iguales que las de ibuprofeno. Tienen el mismo tamaño y el mismo color. Alguien incluso lo comentó en el juicio. Pero por más que se pareciesen, había una diferencia, una diferencia mínima, pero diferencia al fin y al cabo. No comparé los dos tipos de pastillas para comprobarlo, pero las cogí y las tuve en la mano un buen rato, mirándolas y, cuando levanté los ojos, tu madre estaba allí, con el vaso de agua, y ¿sabes qué, Nat?, fue un momento realmente intenso.

–¿Por qué?

–Porque, durante un segundo, unos pocos segundos, la vi realmente feliz. Alegre. Victoriosa. Estaba contenta porque yo lo sabía.

–¿Qué sabías?

Miré a mi hijo. Aceptar la verdad es a menudo una de las tareas más duras a las que deben enfrentarse los seres humanos.

–¿Que ella intentaba matarte? –pregunta finalmente.

–Sí.

–¿Mamá quería matarte?

–Había estado en el banco. Había entrado en mi cuenta de correo electrónico. Sabía lo que sabía y estaba mortalmente furiosa.

–¿Y decidió matarte?

–Sí.

–¿Mi madre era una asesina?

–Llámalo como quieras.

Ahora que ya lo ha oído, le resulta difícil hablar. Casi veo su pulso latir en las yemas de sus dedos. Es un momento difícil para los dos.

–Dios mío –dice Nat–. Me estás diciendo que mi madre era una asesina. –Suelta un bufido y luego, raudo como un gato, extrae la consecuencia lógica–. Bueno, uno de los dos tiene que serlo, ¿no?

Tardo un instante en comprenderlo. O bien miento porque la he matado o lo que digo es verdad.

–Exacto –digo.

Calla unos momentos y mira el frigorífico. Las postales navideñas de hace más de un año y medio siguen allí. Los niños recién nacidos, las familias felices.

–¿Mamá sabía quién era? Me refiero a la chica.

–Como ya he dicho, había entrado en mi cuenta de correo.

–No voy a pedirte que me digas quién…

–Mejor, porque no pensaba decírtelo.

–Eso debió de cabrearla mucho.

–Estoy seguro de que estaba furiosísima. Y no solo por ella. Intentaba ahorrarle el mal trago también a otras personas.

–Entonces, la chica debía de ser la hija de alguien. ¿De alguno de tus amigos? Tenía que ser alguien a quien mamá conociese bien.

–Ya basta, Nat. No puedo comprometer la intimidad de otro.

–¿Era Denise? Eso fue lo que pensé siempre, que te habías liado con Denise.

Denise es prima segunda de Nat, un par de años mayor que él e hija del tío más joven de Barbara. Se trata de una muchacha muy hermosa, que se ha metido en muchos líos y que ahora lucha para salvar su matrimonio con un policía estatal por el bien de su hijo de dos años.

–No hay nada más que decir, Nat. Me comporté como un auténtico gilipollas. Eso es todo.

–Eso ya lo sabía, papá.

Touché. Sigue sentado a la mesa y desvía otra vez la vista, enfrentándose de nuevo a su decepción. Imagino lo que piensa: que su madre había tomado una buena decisión. Que sin mí todo habría sido más fácil. Si uno de los dos tenía que desaparecer, si yo había dado pie a una situación en la que Nat solo pudiese tener a uno de sus dos progenitores, habría sido mejor que fuese Barbara. Esa es exactamente la conclusión a la que llegó ella, sobre todo porque yo no tenía derecho a poner en peligro la felicidad de mi hijo con Anna.

Nat suspira con dificultad y se toma un instante para quitarse la sudadera.

–Bien. Entonces miraste a mamá y tenía ese brillo de demencia en los ojos.

–Yo no lo diría así. Pero miré las pastillas y la miré a ella, alternativamente, y fue uno de esos momentos de terror y vacío absolutos. Y creo que dije algo estúpido y obvio como «¿Esto es Advil?», y ella respondió, «Un genérico». Yo miré las pastillas otra vez. No sabía qué iba a hacer a continuación, Nat. Notaba algo raro, pero no sabía si me las tragaría o le pediría que me mostrara el frasco, y no lo supe nunca porque se acercó, me las arrebató de la mano y se las tragó ella las cuatro. En un solo movimiento. «Bien», dijo y se alejó con su típico bufido. En aquel momento pensé que todo era muy propio de ella.

–¿Prefirió morir a que la pillaran?

–No lo sé. No lo sabré nunca. Creo que, llegado el momento, vio que no iba a disfrutar viéndome morir tanto como había imaginado. En ese momento debía de estar bien, incluso algo avergonzada.

–¿Te salvó de sí misma?

Asiento con la cabeza. No estoy seguro de que sea exactamente así, pero a mi hijo le irá bien pensar eso de su madre.

–¿Así que la fenelzina tiene el mismo aspecto que la pastilla que tú tomabas habitualmente? –dice.

–Sí. Algo de lo que ella debió de darse cuenta hace años. Y eso le proporcionó una oportunidad. De todas formas, creo que su objetivo era que pareciese que yo había muerto por causas naturales para que nadie lo supiera.

–¿Como Harnason trató de hacer?

–Exactamente como Harnason. Estoy seguro de que le encantó dar con la manera de hacerlo en uno de mis propios casos.

Sonríe con cierto pesar y lo tomo por un aprecio indestructible por su madre.

–Pero tenía un dispositivo de seguridad –prosigo–. Si de algún modo detectaban la sobredosis de fenelzina, ella habría dicho que yo me había suicidado. Por eso se aseguró de que fuese yo quien recogiera el medicamento en la farmacia y tocase el frasco al llegar, para que dejase las huellas. Por eso me mandó luego a la tienda a comprar queso, salami y vino. Ya había hecho una de las búsquedas sobre la fenelzina en mi ordenador. Tu madre no dejaba nada al azar.

Nat asiente. Lo ha comprendido todo.

–Sí, pero ¿qué hubiese dicho de los motivos que tenías para quitarte la vida unos días antes de las elecciones? Estabas a punto de alcanzar la cima de tu vida profesional, papá.

–Eso a veces a la gente le resulta difícil, Nat. Y también estaba el divorcio, mis visitas a Dana. Durante el año anterior, no había seguido adelante con el divorcio, así que podía decir que yo no había sido capaz de afrontar la situación.

–Y ella, ¿no quedaría en mal lugar sacando todo eso a la luz después de los hechos?

–Habría llorado un poco. ¿Quién no iba a creer que una viuda desesperada desearía proteger la reputación de su importante marido, por no hablar de su sensible hijo? Habría dicho que el frasco de fenelzina estaba en mi mesilla de noche cuando me había encontrado y la historia quedaría corroborada, porque en él solo había mis huellas. Pero nadie habría hecho preguntas. Sobre todo con Tommy Molto como fiscal en funciones, feliz por haberse librado de mí. Además, podrían haber puesto la casa patas arriba y aquí no habrían encontrado nada de lo que buscaban: un almirez y una mano para triturar las pastillas, polvo de fenelzina. Podrían haber exhumado mi cuerpo. No habrían encontrado nunca nada que no se correspondiera con el hecho de que yo había tomado voluntariamente una sobredosis de fenelzina. Porque así sería como habría muerto exactamente.

Nat pasa los dedos por el borde de la taza de café mientras reflexiona. Y entonces, como yo pensaba que ocurriría mucho antes, rompe a llorar.

–Dios mío, papá. Es la parte de abogado que llevas dentro. Puedes ser como el señor Spock. Es lo que te decía antes. Era imposible que te hubieses quedado sentado casi veinticuatro horas lamentando su muerte. No es propio de ti. Tú haces las cosas con total frialdad. Como si estuvieras a un millón de kilómetros. Hablas de ella como si fuera una asesina en serie, o una mafiosa. Alguien que supiera cómo hacer eso, matar a la gente, en vez de una persona muy furiosa y muy herida.

–Nat –digo, pero me callo enseguida.

Así han sido siempre las cosas entre nosotros, mi malestar con él expresado solo diciendo su nombre. No sirve de nada recordarle que me ha pedido la verdad. Se acera al fregadero en busca de papel de celulosa para secarse los ojos y sonarse.

–¿Y cómo llegaste a estas conclusiones, papá?

–Poco a poco. Por eso tardé todo un día.

–Ah. –Se sienta de nuevo y, con un gesto de la mano, me indica que continúe.

–Cuando me desperté, las sábanas estaban mojadas de su sudor y tu madre estaba muerta. Lo primero que pensé fue que había tenido un fallo cardíaco. Le hice masaje cardíaco y la respiración artificial, pero cuando fui a coger el teléfono vi un montón de papeles en mi mesilla de noche, debajo del vaso que me había traído para que me tomara las pastillas.

–¿Qué clase de papeles?

–Los que le habían dado en el banco. El recibo del bufete de Dana. Copias de los talones de ventanilla con que pagué al abogado y el análisis de enfermedades de transmisión sexual. Extractos mensuales con cifras circuladas en rojo. Debió de ponerlos allí cuando yo me dormí.

–¿Por qué?

–Equivalía a una nota de despedida. Quería que yo supiera que ella lo sabía.

–Ah –repite mi hijo.

–Me quedé conmocionado, por supuesto. Y no muy satisfecho conmigo mismo. Pero me di cuenta de lo furiosa que debía de haber estado. Y que, evidentemente, aquello no era un accidente. No tardé mucho en acordarme de las pastillas y me pregunté qué habría tomado y qué había querido darme. Así que fui a su botiquín y el frasco de fenelzina estaba delante de todo. Lo cogí, lo abrí y miré en su interior para asegurarme de que esas eran las pastillas. De ahí el resto de mis huellas.

»Entonces, puse en marcha mi ordenador y descubrí más cosas. ¿Sabías que, cuando ya has buscado algo, solo con escribir las primeras letras, el navegador escribe el resto? Pues "fenelzina" apareció enseguida, y así supe que tu madre había utilizado mi ordenador. Temí que hubiese leído mi correo y, cuando abrí el programa, vi que había borrado aquellos mensajes.

–¿Los mensajes de la mujer? Fuiste muy estúpido dejándolos ahí, papá.

Me encojo de hombros.

–No pensé nunca que tu madre fuera a fisgar de ese modo. Si yo hubiese leído su correo electrónico, se habría pasado al correo postal.

Por supuesto, la verdad es que yo sabía que corría cierto riesgo, pero no tenía fuerzas para borrar esos mensajes, el único recuerdo que me quedaba de unos tiempos que en ocasiones todavía anhelaba. Pero eso no puedo decírselo a mi hijo.

–¿Y por qué iba a molestarse en borrarlos? ¿O los mensajes de Dana?

–Por ti.

–¿Por mí?

–Eso es lo que me parece más lógico. Si las cosas salían como ella había planeado, si dictaminaban que yo había muerto por causas naturales, cabía la posibilidad de que tú quisieras echar un vistazo a mi correo, no para investigar, sino para recordar a tu padre, del mismo modo que los que lloran la muerte de un ser querido leen las cartas que este ha escrito. Si limpiaba la cuenta, tendrías un buen recuerdo de mí. Pero, además, en el caso poco probable de que se abriera una investigación, a ella le convenía que esos correos hubiesen desaparecido.

–¿Por qué?

–Porque así se aseguraba de que nadie pudiera contradecir la historia que iba a contar. Tendría que reconocer que los papeles del banco obraban en su poder y que sabía que yo había tenido una aventura amorosa el año anterior, pero podía decir que nunca había sabido con quién. Habría salido a la luz el hecho de que yo había considerado divorciarme, pero que no pude llevarlo adelante por razones desconocidas. Quizá la chica me había dejado cuando yo le dije que pensaba poner fin a mi matrimonio. Con todo eso corroborando mi suicidio, jamás habría habido una investigación.

Nat calla unos instantes y reflexiona.

–¿Y qué fue de esos papeles? Los del banco, los que encontraste en la mesilla de noche.

–Eres más listo que Tommy y Brand. –Me río–. Una vez que la mujer del banco declaró que se los había dado a tu madre, yo esperaba que la acusación preguntara dónde demonios habían ido a parar las copias que ella tenía. Registraron la casa varias veces. Pero las cosas ocurrían demasiado deprisa y, además, les pareció razonable pensar que tu madre los habría destruido.

–Pero lo hiciste tú, ¿verdad?

–Sí. Los rompí a trocitos pequeños y los tiré por el retrete. Ese día. Una vez lo vi todo claro.

–En ese caso cometiste obstrucción a la justicia.

–Así es –replico–. Mi testimonio en el juicio no fue un dechado de sinceridad. Hubo muchas cosas que no dije y que habría tenido que decir si hubiese dicho toda la verdad. Pero creo que no cometí perjurio. Realmente no quería cometerlo, pues eso habría convertido toda mi vida profesional en un chiste. Pero el día que murió tu madre destruí pruebas. Confundí a la policía. Sí, cometí obstrucción a la justicia.

–¿Por que?

–Ya te lo he dicho. No quería que supieras cómo había muerto o qué papel había desempeñado mi estupidez en todo ello. Cuando hice mi búsqueda sobre la fenelzina, vi que las posibilidades de que el forense tomase el fallecimiento por un fallo cardíaco eran abrumadoras. Sabía que Molto sería el principal obstáculo, por lo que me habría gustado ahorrarme al forense y a la policía, pero tú no estabas dispuesto a permitírmelo. La funeraria probablemente tampoco, pero yo estaba decidido a intentarlo.

Mi hijo mira un buen rato el interior de su taza de café y luego, sin decir nada, se levanta para llenarla de nuevo. Añade leche y después se sienta otra vez y adopta la misma postura. Sé lo que piensa. Sé que se plantea si debe creerme.

–Lo siento, Nat. Siento decirte esto. Ojalá hubiera otra conclusión que sacar, pero es lo que hay. Uno no puede anticipar nunca lo que va a ocurrir una vez las cosas empiezan a torcerse.

–¿Y por qué no dijiste todo esto en el juicio, papá?

–No quería que oyeras todavía esta historia sobre tu madre, pero el mayor problema habría sido admitir que había engañado a la policía y destruido los papeles que a ella le habían dado en el banco. Como dice la ley, «falso en una cosa, falso en todas». El jurado no habría sentido demasiada simpatía por un juez que se dedica a esas cosas. Dije toda la verdad que pude, Nat. Y no mentí.

Me mira larga y detenidamente, haciéndose todavía la misma pregunta y le digo:

–Me metí en un buen lío.

–Eso parece. –Cierra los ojos y se masajea la nunca unos instantes–. Y ahora, ¿qué vas a hacer, papá? ¿Contigo mismo?

–Sandy tiene los acuerdos para que los firme esta tarde.

–¿Cómo está?

–Como un roble.

–¿Y a qué acuerdos ha llegado? –pregunta Nat.

–Dimito de la judicatura por lo que hice con Harnason, pero conservo la pensión. Es el noventa por ciento de mis tres mejores años, así que, financieramente, no tendré problemas. Por cierto, ya se habla de quién va a sustituirme en el Tribunal de Apelaciones. ¿Sabes cuál es el nombre que Sandy oye más a menudo?

–¿N.J. Koll?

–Tommy Molto.

Esboza una sonrisa, pero no se ríe.

–¿Y qué pasa con la Comisión de Admisiones y Disciplina del Colegio de Abogados? –pregunta–. ¿Qué pasa con tu licencia para ejercer?

–Nada. La conservaré. La condena por obstrucción es una nulidad. La mala conducta puramente judicial tradicionalmente no es de su competencia.

–¿Y qué harás?

–He estado en la oficina de abogados de oficio de Skageon. Siempre les viene bien que alguien les eche una mano. He pensado que, después de haber sido fiscal y juez, sería interesante. No sé si me quedaré permanentemente allí o si acabaré volviendo. Quiero dejar que las cosas se enfríen un par de años, dar tiempo para que la gente se olvide de los detalles.

Mi hijo me mira con los ojos llenos de lágrimas.

–Me da tanta pena mamá… Piensa en ello, papá. Se traga esas pastillas y sabe que va a morir. Y, en vez de ir a urgencias, se toma su somnífero y se acuesta a tu lado para morir.

–Lo sé –replico.

Nat se suena de nuevo y luego se levanta y se dirige a la puerta trasera. Yo me quedo tres escalones más arriba, mirando sus dedos en el pasador.

–Espero que no te tomes a mal que te lo diga, pero todavía pienso que no me lo has contado todo, papá.

Levanto las manos como para decir: «¿Qué más?». Él me mira fijamente y regresa y abre los brazos. Nos abrazamos un instante.

–Te quiero, Nat –le digo con la cara cerca de su oreja.

–Yo también te quiero –contesta.

–Saluda a Anna de mi parte –añado.

Asiente y se marcha. Desde la ventana de la cocina lo veo bajar el sendero de acceso hasta el pequeño coche de Anna. Barbara y yo lo cargamos con nuestros problemas, pero ahora las cosas le irán bien. Es un buen hombre. Todo le irá bien. Lo hicimos lo mejor que pudimos, los dos, aunque a veces nos pasáramos, como muchos padres de nuestra generación.

Pero, a lo largo del camino, he cometido más de un error. El mayor de todos tal vez sea no haber aceptado, hace más de veinte años, el carácter inevitable del cambio. En vez de imaginar una nueva vida, la fingí sobre la vieja. Y por eso, seguramente, he pagado un precio. En mis momentos de humor más sombrío, me parece demasiado alto y creo que el destino ha llevado a cabo una venganza injusta. Pero las más de las veces, cuando pienso en lo mucho peor que podría haber salido todo, me doy cuenta de que he sido afortunado. Sin embargo, no importa. Voy a seguir adelante. De eso no he dudado nunca.

Mis primeros días fuera de la prisión no fueron fáciles. No estaba acostumbrado a la gente o al exceso de estímulos. Lorna me ponía nervioso y no dormía nunca toda la noche entera. Pero volví a ser yo mismo. El tiempo era espléndido y a un día radiante le sucedía otro. Yo me levantaba antes que ella y, para no despertarla, me sentaba en la mecedora a contemplar el lago y a sentir toda la emoción de la vida, sabiendo que todavía tenía la oportunidad de hacer algo mejor conmigo mismo.

Voy a la sala, donde un bosque de fotos familiares enmarcadas decora las estanterías: mis padres y los de Barbara, todos fallecidos; nuestra foto de boda; las fotos de los dos con Nat de pequeño: una vida. Me detengo en una foto de Barbara tomada en Skageon poco después de que naciera nuestro hijo. Está increíblemente hermosa, mirando a la cámara con una sonrisita y una expresión de serenidad.

He pensado a menudo en las últimas horas de Barbara, y prácticamente en los mismos términos que mi hijo, que siempre notaba enseguida el sufrimiento de su madre. Estoy seguro de que se tomó un tiempo para pensar en cómo iba a desarrollarse todo esto. Durante el juicio, cuando apareció aquel mensaje en el ordenador, me pregunté si habría muerto esperando que pareciese que yo la había matado, que, de alguna manera, había puesto la tarjeta como venganza final. Pero ahora sé que Nat tiene razón. Sus últimos momentos fueron de absoluta desesperación, sobre todo porque no había obtenido más de mí. Los malos matrimonios incluso son más complejos que los buenos, pero están siempre llenos del mismo lamento: No me amas lo suficiente.

Durante los meses que estuve a la espera de juicio, pensé más en Barbara que en Anna, cuya relación finalmente había superado. Miraba estas fotos y me lamentaba de la muerte de mi esposa. En ocasiones, la echaba de menos, y con mucha más frecuencia intentaba descifrar quién era realmente en sus peores momentos. Me gustaría decir que hice todo cuanto pude por Barbara, pero eso no sería verdad. Después de casi cuatro décadas, todavía no sé qué quería de ella, tan profundamente, con tanta intensidad, qué era lo que me unía a Barbara contra toda razón. Pero sea lo que fuere, pertenece al pasado.

Me quedo de pie en la sala. Me toco los bolsillos de la camisa y del pantalón para asegurarme de que no me dejo nada, de que, en cierto sentido, todavía estoy del todo aquí. Dentro de un minuto, me dirigiré al centro de la ciudad, a la oficina de Stern, para firmar la renuncia a mi carrera en la judicatura por todas las estupideces que he cometido en los últimos años. Y eso está bien. Estoy preparado para descubrir lo que ocurrirá a continuación.

Evanston, 20 de noviembre de 2009

AGRADECIMIENTOS

Estoy en deuda con muchas personas que me ayudaron a escribir este libro. Quiero citar a los médicos que me proporcionaron un asesoramiento esencial en temas de medicina: el doctor Carl Boyar, director médico del Centro Clearbook, de Arlington Heights, Illinois; el doctor Michael W. Kaufam, patólogo, del Servicio de Salud de la Universidad de NorthShore en Evanston, Illinois; el doctor Jerrold Leikin, toxicólogo, del Servicio de Salud de la Universidad de Glenview, Illinois; la doctora Nina Paleologos, neuróloga del Servicio de Salud de la Universidad de NorthShore, en Evanston; y el doctor Sydney Wright, psicofarmacólogo del Hospital Universitario Northwestern, de Chicago, Illinois. Mark J. Zwillinger, socio mío en el bufete de abogados de Sonnenschein Nath & Rosenthal, de Washington D.C., y Russ Shumway, nuestro director técnico de E-Discovery y Servicios Forenses, me ayudaron enormemente a comprender la ciencia forense aplicada a los ordenadores. Estoy sumamente agradecido a todos estos expertos por su ayuda. Los errores que haya cometido, pese a sus esfuerzos, son únicamente míos.

También quiero agradecer la colaboración de mis amigos James MacManus, Julian Solotorovsky y Jeffrey Toobin, que leyeron los distintos borradores y, con sus inteligentes comentarios, me ayudaron a dar forma al manuscrito. Mi hija Rachel Turow y su marido, Ben Schiffrin, fueron también un importante sostén y debo dar especiales gracias a Raquel por ayudarme a evitar varios errores embarazosos.

A Deb Futter, mi editor del Grand Central; a mi agente, Gail Hochman, y sobre todo, a Nina, que estuvo siempre a mi lado, borrador tras borrador, y para quien gracias no es palabra suficiente.